COLLECTION FOLIO

Orhan Pamuk

Neige

*Traduit du turc
par Jean-François Pérouse*

Gallimard

Titre original :

K A R

À Rüya

Our interest's on the dangerous edge of
    things.
The honest thief, the tender murderer,
The superstitious atheist.

> Robert Browning,
> « Bishop Blougram's Apology »

La politique dans une œuvre littéraire, c'est
un coup de pistolet au milieu d'un concert,
quelque chose de grossier et auquel pourtant il n'est pas possible de refuser son
attention. Nous allons parler de fort vilai-
nes choses.

> Stendhal,
> *La Chartreuse de Parme*

Eh bien détruire le peuple, le réduire, le
forcer à se taire. Car l'instruction européenne est supérieure au peuple...

> Dostoïevski,
> *Les Carnets des Frères Karamazov*

The Westerner in me was discomposed.

> Joseph Conrad,
> *Under Western Eyes*

1

Le silence de la neige

Le silence de la neige, voilà à quoi pensait l'homme assis dans l'autocar juste derrière le chauffeur. Au début d'un poème, il aurait qualifié ainsi l'état de ses sentiments, de « silence de la neige ».

Il avait attrapé l'autocar qui va d'Erzurum à Kars au dernier moment. Après deux jours de voyage dans les bourrasques de neige, il avait atteint la gare routière d'Erzurum et, portant son sac dans les corridors sales et froids, cherchait où se trouvaient les autocars pour Kars, quand quelqu'un lui dit qu'il y en avait un sur le départ.

L'aide-chauffeur du vieil autocar Magirus qu'il avait fini par prendre avait refusé de rouvrir le coffre, en disant : « On est pressés. » C'est pourquoi le gros sac à main Bally griotte foncé était maintenant avec lui, entre ses jambes. Le voyageur assis côté fenêtre portait un manteau épais couleur cendre, acheté cinq ans auparavant dans un *Kaufhof* à Francfort. Et disons dès maintenant qu'au cours des jours qu'il va passer à Kars, ce beau manteau au poil doux lui sera une source tout à la fois de honte, d'inquiétude et de confiance.

Dès le départ, les yeux grands ouverts dans l'espoir de « voir quelque chose de nouveau », le voyageur assis côté fenêtre observa les quartiers périphériques d'Erzurum, les minuscules et pauvres épiceries, les fours à pain, l'intérieur de bric et de broc des cafés ; sur ce, il commença à neigeoter. C'étaient des flocons plus gros et plus abondants que ceux de la neige tombée entre Istanbul et Erzurum. S'il n'avait pas été fatigué par le chemin parcouru et avait prêté plus d'attention à la taille des flocons qui tombaient du ciel comme des plumes d'oiseau, l'homme assis côté fenêtre aurait pressenti la forte tempête de neige qui allait survenir et peut-être que, réalisant dès le départ que ce voyage allait bouleverser sa vie, il aurait fait demi-tour.

Mais il n'eut aucune intention de faire demi-tour. Il fixa du regard le ciel qui, à la nuit tombante, paraissait plus lumineux que la terre et se mit à contempler les flocons de neige de plus en plus gros tournoyant dans le vent, non comme les indices d'une catastrophe imminente, mais comme les résidus d'un bonheur d'enfance et les signes d'une innocence enfin de retour. Il y avait une semaine que l'homme assis côté fenêtre était revenu à Istanbul, où il avait vécu ses années d'enfance et de bonheur, pour la première fois après douze ans d'absence, pour la mort de sa mère ; il y était resté quatre jours et sans trop y réfléchir s'était lancé dans ce voyage à Kars. Il sentait que l'exceptionnelle beauté du spectacle de la neige le rendait encore plus heureux que d'avoir revu Istanbul après tant de temps. Il était poète. Or, dans un poème écrit des années auparavant, et que les lecteurs turcs connaissent fort peu, il avait écrit qu'une fois par vie il neigeait dans nos rêves.

La neige tombait, telle qu'elle tombe en rêve, lancinante, silencieuse ; le voyageur assis côté fenêtre se purifiait avec les sentiments d'innocence et de naïveté auxquels il aspirait avec passion depuis des années et se mettait à croire, optimiste, qu'il se sentirait dans ce

12

monde comme chez lui. Peu de temps après, il fit quelque chose qu'il n'avait pas fait depuis longtemps et dont il ne lui avait pas même effleuré l'esprit que ce fût possible : il s'endormit sur son siège.

Profitons de son somme pour donner sans bruit quelques informations à son sujet. Il vivait depuis douze ans en Allemagne une vie d'exilé politique, mais à aucun moment ne s'était trop intéressé à la politique. Sa passion essentielle, toute sa pensée, c'était la poésie. Il avait quarante-deux ans, et ne s'était jamais marié. Même si on ne le remarquait pas, puisqu'il était replié sur son siège, il était plutôt grand pour un Turc ; il avait le teint clair que le voyage avait terni, et les cheveux châtains. C'était un timide qui aimait la solitude. S'il avait su que peu de temps après qu'il se fut endormi sa tête était tombée, sous l'effet des secousses de l'autocar, sur l'épaule du voyageur d'à côté, puis sur son poitrail, il aurait eu honte. L'homme ainsi affalé sur son voisin était bien intentionné, droit et correct ; de ce fait, il était toujours triste, comme les héros de Tchekhov, qui ne prennent aucune initiative ni n'ont de succès dans leur vie privée. Mais nous reviendrons plus tard abondamment sur sa tristesse. Disons d'emblée que le voyageur, dont je sens qu'il ne dormira pas beaucoup plus dans cette position inconfortable, s'appelle Kerim Alakuşoğlu, mais que, n'aimant pas du tout ce nom, il préfère qu'on l'appelle Ka, de ses initiales ; ce que l'on fera dans ce livre. Alors qu'il était encore à l'école, notre héros écrivait avec obstination son nom « Ka » sur les copies de devoirs et d'examen, il signait « Ka » les feuilles de présence à l'université et s'exposait ainsi chaque fois aux remontrances des enseignants et des fonctionnaires. Comme il publiait aussi ses livres de poésie sous ce nom, qu'il avait fait accepter à sa mère, à sa famille

13

et à ses amis, le nom de Ka avait en Turquie et auprès des Turcs d'Allemagne une modeste et mysté-rieuse réputation. Maintenant, j'ajouterai moi aussi, comme le chauffeur qui après avoir quitté la gare routière d'Erzurum souhaitait bonne route aux voyageurs : Que ton voyage soit sans encombre, cher Ka... Mais je ne voudrais pas vous tromper : je suis personnellement un ancien ami de Ka et je sais tout ce qui lui arrivera à Kars avant même de commen-cer à raconter cette histoire.

Après Horasan, l'autocar prit vers le nord la direc-tion de Kars. Soudain, à cause d'une carriole qui avait surgi au dernier moment, le chauffeur freina d'un coup sec dans une des côtes raides qui mon-taient en lacet, et Ka se réveilla aussitôt. Il ne fut pas long à se mettre à l'unisson de l'atmosphère de soli-darité qui baignait maintenant tout l'autocar. Dans les virages, le chauffeur ralentissait aux abords des précipices pierreux et, bien qu'il fût assis juste der-rière lui, Ka se levait dans son dos, comme les voya-geurs, pour mieux voir la route ; il s'efforçait en vain de montrer du doigt le bas-côté qui échappait au regard d'un voyageur qui, pour aider le chauffeur, essuyait le pare-brise embué ; quand la tempête s'in-tensifiait, que les essuie-glaces se paralysaient, ren-dant aussitôt le pare-brise blanc opaque, il s'employait à deviner où continuait la route qu'il ne voyait plus, ni d'ailleurs le chauffeur.

Les panneaux de signalisation, recouverts de neige, n'étaient plus visibles. La tempête redoublant de force, le chauffeur renonça aux pleins phares et fit le noir à l'intérieur du véhicule car il lui était plus facile de voir la route dans une demi-pénombre. Sans plus s'adresser la parole, saisis de peur, les voyageurs se mirent à regarder les rues des pauvres bourgades enneigées, les lampes pâles des maisons sans étage et faites de bric et de broc, les chemins désormais fermés vers les villages éloignés et les précipices que les phares éclairaient à peine. S'ils se parlaient, c'était à voix basse.

Le voisin de Ka, sur la poitrine duquel il s'était endormi, lui demanda ainsi en chuchotant ce qu'il allait faire à Kars. Il n'était pas difficile de comprendre que Ka n'était pas de Kars.

Ka répondit en chuchotant lui aussi qu'il était journaliste, mais ce n'était pas vrai, et qu'il y allait pour les élections locales et pour les femmes qui se suicident, et ça c'était vrai.

Le voisin lui dit avec force mimiques, dont Ka ne put savoir si elles exprimaient la honte ou la fierté, que dans tous les journaux d'Istanbul on avait écrit que le maire de Kars avait été assassiné et que les femmes s'y suicidaient.

Ka discuta par intermittence tout au long du trajet avec ce paysan fin et élégant qu'il allait croiser, en larmes, trois jours plus tard à Kars, dans l'avenue Halitpaşa prise par la neige. Ka apprit dans l'autocar que l'homme avait conduit sa mère à Erzurum parce que l'hôpital de Kars ne convenait pas, qu'il était éleveur dans un village des environs de Kars, qu'il s'en sortait tant bien que mal, avec résignation, que pour des raisons mystérieuses qu'il n'expliqua pas à Ka il avait de la peine non pour lui mais pour son pays, et qu'il était honoré que quelqu'un d'éduqué et de lettré comme Ka vînt d'aussi loin qu'Istanbul juste pour s'enquérir des malheurs de Kars. Ses propos sobres et dignes lui conféraient une noblesse qui éveilla la considération de Ka.

Ka sentait bien que la simple présence de cet homme lui apportait une quiétude qu'il n'avait pas éprouvée une seule fois en Allemagne, en douze ans ; elle lui rappelait l'époque où il se plaisait à avoir de l'affection pour qui lui paraissait plus désarmé que lui. Il s'efforçait de regarder le monde avec l'œil d'un homme plein de pitié et d'amour. Ka s'aperçut alors qu'il avait à présent moins peur de la tempête de neige, qui n'en finissait pas, qu'ils ne débouleraient pas dans le précipice et que l'autocar parviendrait à Kars au pire avec du retard.

Quand l'autocar arriva, avec trois heures de retard, dans les rues enneigées de Kars, Ka ne reconnut rien de la ville. Il n'arrivait même pas à situer la gare devant laquelle il s'était retrouvé, par un jour de printemps, quand il était venu vingt ans plus tôt avec le train à vapeur, ni l'hôtel de la République, avec ses chambres équipées du téléphone, où un cocher l'avait conduit après l'avoir promené dans toute la ville. Sous la neige, toute chose semblait effacée et perdue. Les quelques voitures à cheval qui attendaient à la gare routière lui rappelaient le passé, mais la ville était beaucoup plus triste et pauvre qu'elle était apparue à Ka des années auparavant. Par les fenêtres couvertes de glace, il vit des immeubles de béton, identiques à ceux qu'on avait érigés partout en Turquie ces dix dernières années, ces panneaux de plexiglas et ces fanions électoraux suspendus à des fils tendus de part et d'autre des rues qui rendaient les villes si indifférenciées.

Une fois descendu de l'autocar et dès que son pied eut touché la neige molle, un froid vif s'engouffra par le bas de son pantalon. Alors qu'il demandait l'hôtel Karpalas, où depuis Istanbul il avait réservé une chambre par téléphone, il aperçut des visages familiers parmi les voyageurs qui reprenaient leurs bagages auprès de l'aide-chauffeur, mais sous la neige il ne put les identifier. Au restaurant Yeşilyurt, où il se rendit après s'être installé à l'hôtel, il revit un homme usé, fatigué mais encore élégant et jovial, flanqué d'une femme grosse mais pleine de vivacité, manifestement sa compagne. Ils lui rappelèrent Istanbul, les théâtres politiques résonnant des slogans des années 1970 : l'homme se nommait Sunay Zaim. En les observant, plongé dans ses rêves, il se dit par ailleurs que la femme ressemblait à une de ses camarades de l'école primaire. Ka reconnut aussi chez les autres hommes de la tablée ce teint fané et macabre propre au milieu du théâtre : que venait donc faire cette petite compagnie dans cette ville oubliée par cette nuit enneigée de février ? Avant de sortir du restaurant où se trouvaient les mêmes fonctionnaires à cravate que vingt ans auparavant, Ka crut également voir à une autre table un des héros de la gauche des années 1970, arme à la main, mais de même que Kars et le restaurant étaient appauvris et affadis, ses souvenirs étaient comme enfouis sous la neige.

Était-ce à cause de la neige et des trottoirs verglacés ou parce qu'il n'y avait de toute façon jamais personne dans les rues que la ville était déserte ? Il lut avec attention les affiches électorales sur les murs, les publicités pour des écoles privées et des restaurants, et les placards contre le suicide que la préfecture venait de faire coller ; il y était écrit : « L'Être Humain est Un Chef-d'œuvre de Dieu et le Suicide Une Insulte. » La vue des vieux bâtiments de pierre de facture russe, qui conféraient dans sa mémoire une place spéciale à Kars, le rassérénait, si peu que ce fût.

L'hôtel Karpalas, de style baltique, était une de ces constructions pleines de grâce. Après être passé sous un porche qui ouvrait sur une cour, on entrait dans un immeuble de deux étages, aux hautes fenêtres fines et étirées. Sous ce porche conçu cent dix ans auparavant pour faire passer commodément les voitures à cheval, Ka ressentit une émotion indicible, mais il était si fatigué qu'il ne put s'y arrêter. Disons tout de même que cette émotion avait un lien avec l'une des raisons pour lesquelles Ka était venu à Kars : trois jours plus tôt, alors qu'il se rendait au journal *Cumhuriyet* à Istanbul, il rencontra Taner, un de ses amis d'enfance, qui lui dit qu'il allait y avoir des élections municipales à Kars et que là comme à Batman, les jeunes femmes étaient touchées par une étrange maladie du suicide ; qui lui proposa en outre de lui donner une carte de presse provisoire s'il voulait bien écrire sur ces questions que personne ne voulait traiter, et ainsi, après douze ans d'absence, de saisir l'occasion de connaître la vraie Turquie ; et qui surtout ajouta que leur camarade d'université, la belle İpek, se trouvait également à Kars. Bien que séparée de Muhtar, İpek vivait encore là-bas, à l'hôtel Karpalas avec son père et sa sœur, et tout en écoutant les propos de Taner, commentateur politique à *Cumhuriyet*, Ka se souvenait de la beauté d'İpek.

Arrivé au deuxième étage, chambre 203, Ka se sentit plus calme après avoir fermé la porte, alors que le réceptionniste Cavit, qui lui avait donné la clé, regardait la télévision dans le hall haut de plafond de l'hôtel. Il prit soin de se reposer et, contrairement à ce qu'il avait craint au cours du voyage, ni son esprit ni même son cœur ne se demandaient si İpek était ou non dans l'hôtel. Avec l'instinct puissant de ceux qui se souviennent que leur vie amoureuse s'est limitée à une série de souffrances et de hontes, Ka mourait de peur de tomber amoureux.

À minuit, il enfila son pyjama et, avant de se mettre au lit, une fois la chambre plongée dans le noir, il entrouvrit légèrement les rideaux puis contempla la chute incessante des énormes flocons de neige.

2

Notre ville est une ville tranquille

LES QUARTIERS ÉLOIGNÉS

La neige éveillait toujours en lui un sentiment de pureté lorsqu'en les recouvrant elle faisait oublier la saleté de la ville, sa boue et son obscurité, mais au cours de la première journée qu'il avait passée à Kars, Ka avait perdu ce sentiment d'innocence associé à la neige. Là, elle était quelque chose de fatigant, lassant, harassant, or il avait neigé toute la nuit. Et la neige n'avait pas cessé un seul moment le matin, tandis que Ka marchait dans les rues, pour s'asseoir dans les cafés pleins de Kurdes au chômage, s'entretenir avec des électeurs, papier et stylo à la main en journaliste zélé, grimper les ruelles raides et verglacées des quartiers pauvres et interviewer l'ancien maire de la ville, le préfet adjoint et les proches des filles qui s'étaient suicidées. Les rues sous la neige, qui lui paraissaient sorties d'un conte lorsqu'il les regardait de la fenêtre de leur maison protégée à Nişantaşı [1], du temps de son enfance, lui faisaient maintenant figure de prémices de cette vie de pauvreté sans espoir final qui hantait inconsciemment la classe moyenne comme une issue fatale, mais qu'elle ne voulait même pas imaginer.

1. Quartier réputé « occidentalisé » du centre d'Istanbul, où Orhan Pamuk a vécu une partie de sa propre enfance. *(Toutes les notes sont du traducteur.)*

19

Le matin, alors que la ville s'éveillait à peine, il marcha vite, très vite, sans se laisser abattre par la neige, de l'avenue Atatürk jusqu'aux quartiers de *gecekondu* [1], le secteur le plus pauvre de Kars, Kalealtı [2]. Il avançait toujours plus vite sous les eléanes et les érables aux branches couvertes de neige. La vue des vieux bâtiments russes abîmés, aux fenêtres percées de tuyaux de poêle, de la neige qui tombait à l'intérieur des églises arméniennes vieilles de mille ans, vides, s'élevant entre des transformateurs électriques et des dépôts de bois, des chiens fanfarons qui aboyaient après chaque passant sur le pont de pierre vieux de cinq cents ans au-dessus de la rivière prise par les glaces, des frêles fumées au-dessus des petits *gecekondu* du quartier de Kalealtı qui semblait bien vide et abandonné sous la neige, l'emplit de tant de tristesse que ses yeux s'ourlèrent de larmes. Et les deux enfants, un garçon et une fille, envoyés très tôt chez le boulanger de l'autre côté de la rivière, riaient en se chamaillant avec un tel bonheur, tout en serrant contre eux les pains chauds, que Ka leur sourit lui aussi. Ce n'était pas la pauvreté ou même le désarroi qui le minait à ce point ; c'était un étrange et puissant sentiment de solitude, qu'il verrait toujours par la suite, dans chaque lieu de la ville, dans les vitrines vides des boutiques de photographe, dans les vitres glacées des *çayhane* [3] remplies à craquer de chômeurs jouant aux cartes, sur les places désertes couvertes de neige. Comme si c'était ici un endroit oublié de tous et que la neige allait silencieusement tomber jusqu'à la fin du monde.

1. Mot à mot « posé la nuit » ; terme forgé à la fin des années 1940 pour désigner l'habitat spontané et illégal, sous forme de baraque ; désigne aujourd'hui plus largement un habitat construit sans autorisation ni respect des normes.
2. Le nom du quartier signifie « Dessous la citadelle ».
3. Maison de thé. Local sommaire, généralement doté d'un poste de télévision, où les hommes désœuvrés jouent en buvant du thé.

Le matin, la chance se mit de son côté et il fut accueilli comme un célèbre journaliste stambouliote dont chacun voudrait par curiosité serrer la main ; du préfet adjoint au plus pauvre, chacun lui ouvrit sa porte pour lui parler. Serdar Bey [1], qui publiait la *Gazette de la ville-frontière* et avait été un temps le correspondant local de *Cumhuriyet* (sans que les papiers qu'il envoyait fussent publiés), présentait Ka aux habitants de Kars. Au matin, à peine sorti de son hôtel, Ka avait trouvé à la porte de son journal ce vieux rédacteur qui avait commencé sa carrière en tant que « correspondant local » d'Istanbul. Et il avait aussitôt compris qu'il connaissait tout Kars.

Ce fut donc Serdar Bey qui posa le premier la question qu'on poserait à Ka des centaines de fois au cours des trois jours qu'il passerait à Kars.

« Bienvenue dans notre bonne ville-frontière, maître. Mais qu'avez-vous donc à faire par ici ? »

Ka répondit qu'il était venu suivre les élections et peut-être écrire un article au sujet des filles suicidaires.

« Les filles suicidaires font l'objet d'exagérations comme à Batman [2], dit le journaliste. Montons voir Kasım Bey, le directeur adjoint de la Sécurité. Qu'il sache que vous êtes arrivé.... On ne sait jamais. »

C'était une habitude de province remontant aux années 1940 que de présenter à la police les nouveaux venus dans une bourgade, même s'ils étaient journalistes. Comme il était un exilé politique revenant dans son pays après des années et que, même si on n'en parlait pas, on sentait d'une certaine

---

1. Le terme « Bey » accolé au prénom (les patronymes sont peu utilisés) signifie sur un mode un peu officiel la considération pour un homme.
2. Ville pétrolière du sud-est de la Turquie, longtemps bastion du Hezbullah turc.

manière la présence des guérilleros du PKK, Ka ne s'y opposa pas.

Sous la neige qui tombait pesamment, de la halle aux fruits secs, par l'avenue Kâzım-Karabekir où sont alignés méthodiquement les quincailliers et les vendeurs de pièces détachées, ils passèrent devant les maisons de thé où de tristes chômeurs regardaient la télévision et la neige qui tombait, puis devant les boutiques de produits fermiers où étaient exposées d'énormes roues de *kaşar* [1] ; ils traversèrent toute la ville de part en part, marchant au total quinze minutes.

Serdar Bey s'arrêta en chemin pour montrer à Ka le coin de rue où l'ancien maire avait été abattu. Selon certains dires, le maire avait été liquidé à cause d'une simple question municipale, une histoire de balcon détruit parce que sans autorisation. L'assassin avait été arrêté trois jours après les faits, avec son arme, dans la grange de sa maison, au village où il avait fui après son crime. Au cours de ces trois jours il y eut tant de rumeurs que personne ne crut que c'était lui le coupable ; la cause du meurtre était si simple que cela suscita une sorte de déception.

La Direction de la Sécurité de Kars était un immeuble de deux étages, qui s'étirait largement sur l'avenue Faikbey, où sont alignées les vieilles constructions en pierre, héritage des Russes et des riches Arméniens, utilisées pour la plupart comme bâtiments publics. En attendant le directeur adjoint de la Sécurité, Serdar Bey expliqua, en montrant à Ka les hauts plafonds ouvragés, qu'il s'agissait d'un *konak* [2] de quarante pièces qui avait appartenu à un

1. Fromage à pâte pressée cuite, s'apparentant un peu au cantal, dont la région de Kars est un des gros producteurs en Turquie.
2. Terme désignant une résidence pour notable à l'époque ottomane et dans une moindre mesure par la suite.

riche Arménien pendant la période russe de 1877 à 1918, et que les Russes l'avaient utilisé par la suite comme hôpital.

Kasım Bey, le directeur adjoint de la Sécurité au bon ventre de buveur de bière, fit irruption dans le couloir et les entraîna dans son bureau. Ka comprit tout de suite qu'il ne lisait pas *Cumhuriyet* parce qu'il trouvait ce quotidien à gauche et que, s'il lui était indifférent que Serdar Bey lui présentât de manière élogieuse un poète, il n'en craignait pas moins Serdar Bey en tant que propriétaire du journal local le plus vendu à Kars. Une fois que ce dernier eut fini de parler, il demanda à Ka : « Voulez-vous une protection ?

— Comment ?

— Je vous donnerai un de nos hommes en civil. Comme ça vous serez tranquille.

— Mais en ai-je vraiment besoin ? dit Ka avec l'inquiétude du malade à qui le docteur vient de prescrire de marcher désormais avec une canne.

— Notre ville est un lieu paisible. Nous avons chassé les terroristes séparatistes. Mais on ne sait jamais.

— Si Kars est un lieu paisible, alors je n'en ai pas besoin », dit Ka. En son for intérieur il souhaitait entendre le directeur adjoint de la Sécurité redire que la ville était un lieu paisible, mais Kasım Bey ne le répéta pas.

Ils allèrent d'abord vers les quartiers les plus pauvres du nord, vers Kalealtı et Bayrampaşa. Sous la neige qui tombait inlassablement Serdar Bey frappait aux portes des *gecekondu* faits de pierre, de briques et de tôle en fibrociment, demandait l'homme de la maison aux femmes qui ouvraient. Si on le connaissait, il expliquait d'une manière qui inspirait confiance que son ami, célèbre journaliste, était venu spécialement d'Istanbul à Kars à l'occasion des élections et qu'il allait écrire non seulement sur les élections, mais aussi sur les problèmes de Kars et les raisons pour lesquelles les femmes se suicidaient ; et qu'en conséquence ce serait bien pour Kars si on lui racontait ses peines. Certains se réjouissaient, pensant qu'ils étaient des candidats à la mairie apportant des bidons pleins d'huile de tournesol, du savon en boîte ou bien des colis de biscuits et de pâtes. Ceux qui se décidaient à les faire entrer chez eux, autant par curiosité qu'en raison de leur sens de l'hospitalité, prévenaient Ka que le chien qui aboyait n'était pas méchant. Certains aussi, croyant à une nouvelle descente de police assortie d'une fouille, comme il y en avait depuis des années, ouvraient leur porte sous le coup de la peur, et une fois entendu qu'il ne s'agissait pas de personnes envoyées par l'État, ils se retranchaient dans le silence. Quant aux familles des filles qui s'étaient suicidées (Ka, en un court laps de temps, put se pencher sur six cas), elles disaient toutes que leur fille ne s'était plainte de rien, et que fort stupéfiées par ces événements, elles en étaient extrêmement affligées.

Ils écoutèrent les infinis tourments de Kars, la pauvreté, les histoires de ceux qui avaient été licenciés et des filles suicidées, dans des pièces minuscules et gelées, au sol en terre battue ou couvert d'un tapis industriel, assis sur de vieux divans ou sur de vieilles chaises bancales, entre les enfants, dont le nombre semblait progressivement augmenter de maison en maison, qui jouaient tous avec des jouets en plastique cassés (voitures, poupons n'ayant plus qu'un bras), des bouteilles et des boîtes de médicaments ou de thé vides, face à des poêles à bois sans cesse farfouillés pour qu'ils chauffent mieux ou face à des poêles électriques alimentés par du courant piraté et devant des postes de télévision muets mais toujours allumés. Les mères pleurant leurs fils qui avaient fini au chômage ou en prison, les *tellak*[1] nourrissant difficilement leur famille de huit personnes à travailler douze heures par jour au hammam, les chômeurs obsédés par le prix du thé avant d'entrer dans une *çayhane*, tous racontèrent à Ka leurs histoires personnelles en se plaignant de leurs malheurs, de l'État, de la municipalité, comme s'il s'agissait des maux du pays et de l'État. Malgré la lumière blanche qui des fenêtres frappait ces intérieurs, à un certain stade de toutes ces histoires et de cette colère, Ka sentait une espèce de pénombre tomber dans les maisons où il se trouvait et avait du mal à discerner la forme des choses et, surtout, ce même aveuglement qui l'empêchait de tourner son regard vers la neige, qui tombait au-dehors comme un rideau de tulle, descendait dans son esprit comme une sorte de silence neigeux, son entendement et sa mémoire se fermant désormais à ces histoires de pauvreté et de misère.

Il n'arrivait pas non plus vraiment à saisir jusqu'à son terme fatal aucune des histoires de suicide qu'il entendait. Ce n'était pas la pauvreté, le désarroi ou l'incompréhension mutuelle dont regorgeaient ces histoires qui ébranlaient autant Ka. Ce n'était pas non plus l'incompréhension des parents opprimant et frappant sans cesse leur fille, ne lui donnant même pas la permission de sortir dans la rue ; ce n'était pas non plus la pression des maris jaloux ni le dénuement matériel. L'aspect qui fondamentalement effrayait et surprenait Ka, c'était la façon dont les suicides se faufilaient dans la banale vie quotidienne, sans prévenir, sans cérémonial, toute sou-

1. Homme travaillant comme laveur et masseur dans un hammam.

daine. Cette jeune fille par exemple, qui allait être fiancée de force à un vieux propriétaire de *çayhane* et qui après avoir dîné avec sa mère, son père, ses trois frère et sœurs et sa grand-mère maternelle, comme elle le faisait chaque soir, avait ramassé les assiettes sales en criant et en se chamaillant avec ses frère et sœurs comme d'habitude, puis de la cuisine où elle s'était rendue pour chercher le dessert, était sortie dans le jardin pour pénétrer par la fenêtre dans la chambre de ses parents, où elle s'était tuée avec le fusil de chasse de son père. Après avoir entendu la déflagration de l'arme et avoir trouvé le corps de leur fille, qu'ils croyaient dans la cuisine, recroquevillé dans un bain de sang, les parents se demandèrent comment elle avait pu passer de la cuisine à la chambre à coucher comme si c'était cela, et non la raison de son suicide, qu'ils ne voulaient pas comprendre. Ou cette autre jeune fille de seize ans qui, après s'être querellée bec et ongles avec ses deux sœurs, comme chaque fin de journée, pour savoir quelle chaîne de télé on allait regarder et qui allait tenir la commande, avait reçu deux bonnes claques de son père venu les séparer, avant de filer dans sa chambre et d'y engloutir une bouteille de produit chimique agricole (du Mortalin) comme elle aurait bu de l'eau gazeuse. Cette autre encore, âgée de quinze ans, poussée à la dernière extrémité par les coups de pied de son mari, avec lequel elle avait pourtant fait un mariage d'amour et dont elle avait un enfant de six mois déjà, mais que le chômage mettait lui-même à bout : après une dispute ordinaire elle s'était réfugiée dans la cuisine, s'y était enfermée à clé malgré les cris de son mari qui, ayant deviné ce qu'elle allait faire, s'efforçait de casser la porte, et s'était pendue sans hésiter à une corde qu'elle venait d'attacher à un crochet.

Dans toutes ces histoires, le passage du cours ordinaire de la vie à la mort se faisait avec une vitesse et un désespoir qui fascinaient Ka. Les crochets fixés au plafond, les armes chargées d'avance, les bouteilles de produit chimique apportées d'une pièce annexe dans la chambre à coucher prouvaient que les filles qui se suicidaient en avaient auparavant longtemps conçu le projet et vivaient intimement avec cette idée.

La vague soudaine de suicides de filles et de jeunes femmes avait commencé à Batman, à des centaines de kilomètres de Kars. Un jeune fonctionnaire travaillant à l'Institut d'État des statistiques à Ankara avait remarqué que non seulement le nombre de femmes s'étant suicidées était à Batman trois fois supérieur à celui du nombre d'hommes, alors qu'à l'échelle du monde entier il y a trois ou quatre fois plus d'hommes qui se suicident que de femmes, mais aussi que le taux de suicide y représentait quatre fois la moyenne mondiale. Or, bien qu'un des amis journalistes de ce fonctionnaire en eût fait une brève dans le journal *Cumhuriyet*, personne en Turquie ne s'était intéressé à ce phénomène. Les journaux turcs n'accordèrent aucune importance aux suicides et d'assez nombreux journalistes n'allèrent dans la ville que lorsque les correspondants en Turquie de journaux allemands et français qui avaient lu l'information dans *Cumhuriyet* s'y étaient intéressés et avaient publié des reportages dans leur pays après s'être rendus à Batman. Mais l'opinion des fonctionnaires d'État qui s'intéressèrent aux événements était que cet intérêt et ces articles avaient eu pour effet de rendre le suicide encore plus attrayant pour certaines filles. Le préfet adjoint, avec lequel s'était entretenu Ka, lui avait dit que les suicides à Kars n'atteignaient pas, statistiquement, le même niveau qu'à Batman et qu'il ne s'opposait pas « pour l'instant » à ce qu'il s'entretînt avec des familles de filles suicidées, mais il le pria de ne pas employer trop souvent le mot de « suicide » en parlant avec ces familles et également de ne pas exagérer le phénomène lorsqu'il en rendrait compte dans *Cumhuriyet*. Il avait commencé à préparer la venue à Kars d'une délégation de psychologues, de policiers, de juges et de membres des Affaires religieuses [1] spécialisés dans la question du suicide, en provenance de Batman. Les affiches contre le suicide imprimées par les Affaires religieuses et qui proclamaient que « L'Être Humain est Un Chef-d'œuvre de Dieu et le Suicide Une Insulte » étaient dorénavant placardées tandis que les brochures religieuses portant le même titre étaient arrivées à la préfecture pour être distribuées. Mais le préfet adjoint n'était pas sûr que ces dispositions mettraient un terme à l'épidémie de suicides qui commençait à sévir à Kars et redoutait même que les « mesures » aient un effet totalement contraire, parce qu'il pensait qu'un certain nombre de filles prenaient la décision de se suicider en réaction aux leçons contre le suicide sans cesse dispensées par l'État, les pères, les hommes et les sermons, autant que sous l'effet attractif des articles traitant du sujet.

« Il est sûr que la cause de ces suicides réside dans cet extrême malheur de nos filles ; il n'y a pas de doute à cela, dit à Ka le préfet adjoint. Mais si le malheur était une vraie cause de suicide, la moitié des femmes en Turquie se seraient suicidées. » Le préfet adjoint, avec sa moustache soignée et sa face d'écureuil, ajouta que les femmes se dressaient

1. Il s'agit de la Direction des Affaires religieuses, institution d'État liée au Premier ministre, chargée depuis 1924 d'encadrer la vie religieuse (notamment en formant et nommant les imams).

contre la voix masculine de l'État, des familles et de la religion leur conseillant de ne pas se suicider ; aussi, expliqua-t-il avec fierté à Ka, il avait écrit à Ankara qu'il était nécessaire de mettre au moins une femme dans chaque délégation envoyée pour la propagande contre le suicide.

L'idée que le suicide était contagieux tout comme la peste fut lancée pour la première fois après qu'une fille venue de Batman se fut suicidée à Kars. Cette fille, son oncle maternel en parla l'après-midi avec Ka, dans le quartier Atatürk, en fumant une cigarette dans le jardin, sous les eléanes couverts de neige (on ne les avait pas admis dans la maison) ; il raconta à Ka que sa nièce s'occupait de la maison du matin au soir à Batman, où elle avait été mariée il y avait deux ans, que sa belle-mère lui reprochait sans cesse de ne pas avoir d'enfant, et que cette fille avait décidé de se suicider à Batman, où toutes les femmes ont cette idée ; il expliqua que quand la défunte était encore là à Kars auprès de sa famille elle paraissait heureuse, et que pour cette raison ils avaient été très surpris de la trouver morte dans son lit avec une lettre explicative, après avoir pris deux boîtes de somnifères, le matin même où elle devait retourner à Batman.

La première à imiter cette femme qui avait importé de Batman à Kars l'idée de suicide fut la fille, âgée de seize ans, de la propre tante maternelle de cette femme. La cause de ce suicide, dont Ka promit aux parents en larmes de parler dans tous ses détails dans son article, était qu'un enseignant de la fille avait dit devant toute la classe qu'elle n'était pas vierge. Après que la rumeur se fut répandue dans tout Kars, le promis de la fille renonça aux fiançailles, ce qui dissuada tous ceux qui s'étaient auparavant présentés à la famille pour demander la main de cette charmante fille. Là-dessus, la grand-mère maternelle commença à dire : « Quoi qu'il arrive, toi tu ne te marieras jamais », et un soir, alors qu'ils regardaient tous ensemble à la télévision des scènes de noces et que son père, ivre, s'était mis à pleurer, la fille avala d'un seul trait tous les somnifères qu'elle avait volés à cette grand-mère et soigneusement mis de côté, puis alla se coucher (autant que l'idée de suicide, la méthode aussi est contagieuse). Quand on découvrit à l'autopsie que la fille était vierge, son père accusa à la fois l'enseignant à l'origine de la rumeur et sa parente venue de Batman qui s'était suicidée. Les parents racontèrent dans le détail le suicide de leur fille parce qu'ils souhaitaient que dans l'article qu'il écrirait Ka fît savoir que cette rumeur était non fondée et qu'il rendît public le nom de l'enseignant qui en était responsable.

Dans toutes ces histoires, ce qui plongeait Ka dans un étrange malaise c'était que les filles avaient toujours trouvé l'intimité et le temps nécessaires à leur suicide. Les filles qui partageaient d'ordinaire leur chambre avec d'autres agonisaient ainsi en secret lorsqu'elles avaient avalé des somnifères. En lisant la littérature occidentale, Ka, élevé à Nişantaşı Istanbul, avait senti, chaque fois qu'il pensait à son suicide, qu'il fallait beaucoup de temps et d'espace, ainsi qu'une pièce à la porte de laquelle personne ne frapperait des jours durant. Chaque fois qu'il s'abîmait dans la pensée de son propre suicide, qu'il accomplirait librèment à grand renfort de somnifères et de whisky, il craignait la solitude sans limites de cet ailleurs, à tel point même qu'il n'avait jamais envisagé sérieusement de passer à l'acte.

Au sujet de cette solitude, la seule personne qui en avait éveillé chez Ka le sentiment, ce fut la « fille au foulard » qui s'était pendue il y avait un mois et une semaine. C'était une des filles de l'École normale qui, à cause de leur tête couverte [1] qu'elles se refusaient de découvrir, furent empêchées de pénétrer d'abord dans les salles de cours et ensuite, sur ordre d'Ankara, dans l'enceinte même de l'École. Sa famille, parmi toutes celles avec lesquelles Ka s'était entretenu, était la moins démunie matériellement. Le père, affligé, sortit un Coca-Cola du frigo de l'épicerie dont il était propriétaire, l'ouvrit et le tendit à Ka. Tout en le buvant, Ka apprit qu'avant de se pendre la fille avait révélé son projet de suicide à la fois à sa famille et à ses camarades. La fille avait sans doute appris à se couvrir de sa mère et de sa famille, mais elle s'était approprié cette pratique comme un symbole de l'islam politique de ses camarades en conflit avec les dirigeants de l'École, qui dispensaient les interdits. Comme elle refusait d'enlever son foulard, malgré la pression de ses parents, elle était sur le point d'être renvoyée *sine die* de l'École normale, dont la police lui refusait l'entrée. Voyant que certaines de ses camarades se découvraient, renonçant à résister, ou que d'autres portaient une perruque à la place de leur foulard, elle avait commencé à dire à son père et à ses camarades : « Plus rien n'a de sens dans la vie », « Je ne veux plus vivre ». Comme ces derniers jours les Affaires religieuses liées à l'État autant que les islamistes n'avaient cessé de répéter par voie d'affiches ou par prospectus que le suicide était un des principaux péchés, personne n'avait même soupçonné que cette fille pratiquante pût se tuer. Lors de sa der-

1. Le terme turc « *başörtüsü* », littéralement « couvre-chef », désigne de manière générique toute la panoplie (voiles, foulards, coiffes diverses, écharpes...) utilisée par les femmes pour se couvrir les cheveux en public. La tendance à ne parler que de voile ou de foulard est réductrice par rapport à la diversité des formules possibles.

nière soirée, la fille, qui s'appelait Teslime [1], avait regardé en silence le feuilleton *Marianna* et, après avoir fait un thé et en avoir offert à ses parents, s'était retirée dans sa chambre, y avait fait ses ablutions et accompli sa prière rituelle ; puis elle avait lu un texte sacré, était longtemps restée plongée dans ses pensées, et elle s'était pendue au crochet de la lampe avec son foulard.

1. En turc « la soumise », dans une acception éminemment religieuse.

3

Donnez votre voix au parti
de Dieu

PAUVRETÉ ET HISTOIRE

Dans son enfance, la pauvreté était pour Ka le lieu où commençait l'autre monde, celui du dehors, là où s'arrêtaient les frontières de la « maison » et de leur vie de classe moyenne à Nişantaşı circonscrite par un père avocat, une mère femme au foyer, une sœur adorable, un fidèle domestique, mais aussi des meubles, une radio et des rideaux. Comme il était intouchable, cet autre monde, semblable à une zone de dangereuses ténèbres, revêtait une dimension métaphysique dans l'imaginaire d'enfant de Ka. Cette dimension n'avait pas tellement changé durant la phase suivante de sa vie, au moment où à Istanbul, sur un coup de tête, il s'était décidé à aller à Kars, mais il lui restait difficile d'expliquer par quelle espèce d'incitation au retour à l'enfance il avait pu se lancer dans ce voyage. Bien qu'il fût éloigné de la Turquie, Ka savait que Kars comptait ces dernières années parmi les zones les plus pauvres et les plus oubliées du pays. Après Francfort, où il avait vécu douze ans, la vue des changements radicaux, des destructions et du désenchantement qui avaient affecté toutes ces rues d'Istanbul où il avait marché avec ses camarades d'enfance, toutes ces boutiques, tous ces cinémas, avait pour ainsi dire éveillé en lui le désir de trouver ailleurs l'enfance et l'innocence ;

se lancer dans ce voyage à Kars, c'était aussi d'une certaine manière partir à la rencontre de la relative pauvreté d'une classe moyenne qui appartenait, enfouie, à son enfance. D'ailleurs il fut si heureux quand dans les vitrines des boutiques du marché il tomba sur les boîtes rondes de fromage de Kars, avec leurs six triangles, la première chose qu'il avait associée à Kars durant son enfance, et sur les chaussures de sport Gislaved qu'on portait également à cette époque et qu'il n'avait plus jamais revues à Istanbul, ainsi que sur les poêles Vésuve, que, tout à ce bonheur, il en oublia même les suicides des jeunes filles.

L'après-midi venu, Ka prit congé du journaliste Serdar Bey puis se promena seul dans la ville sous les énormes flocons de neige, après avoir discuté avec les personnalités en vue du Parti pour l'égalité des peuples et de la communauté des Azéris alévis. Il emprunta l'avenue Atatürk, franchit les ponts, et marcha avec tristesse vers les quartiers les plus pauvres, dans un silence que ne rompaient que les aboiements des chiens. La neige se répandait sur les montagnes escarpées invisibles au loin, sur la citadelle de l'époque Seldjoukide et sur les *gecekondu* confondus avec les ruines historiques, comme sur un temps sans limites ; c'était comme si, mis à part lui, personne ne remarquait ce spectacle, et ses yeux se mouillèrent.

Dans un terrain vague jouxtant le parc du quartier Yusufpaşa aux balançoires brisées et aux toboggans cassés, il vit des jeunes en âge d'aller au lycée jouer au football, à la lumière des hauts lampadaires qui éclairaient le dépôt de charbon adjacent. En entendant les cris et les échanges d'insultes des enfants, que la neige empêchait de porter au loin, il éprouva si intensément la lumière jaune et pâle des hautes lampes, l'éloignement de toute chose et l'incroyable désolation de ce coin du monde sous la neige qu'en son for intérieur prit forme la pensée de Dieu.

Au début, plus qu'une pensée c'était une image, mais imprécise, comme une image que l'on regarde sans réfléchir dans un musée dont on parcourt rapidement les salles et qu'on ne pourra plus jamais ensuite convoquer vivante sous ses yeux lorsque après coup on s'efforcera de s'en souvenir. Plus qu'une image, c'était une sensation, saisie un instant et aussitôt perdue, et ce n'était pas la première fois que Ka vivait cela.

Élevé à Istanbul dans une famille républicaine et laïque, Ka n'avait reçu aucun enseignement islamique, mis à part le cours de religion à l'école primaire, et ces dernières années, lorsque à l'occasion son imagination lui faisait connaître des états semblables à celui dont il venait d'être l'objet, il ne versait pas dans le désespoir mais n'éprouvait pas non plus cette espèce d'aiguillon poétique qui l'aurait incité à céder à cette inclination. Se faisait jour tout au plus en lui, dans un accès d'optimisme, l'idée qu'il existât au monde un bel endroit à contempler.

Dans sa chambre d'hôtel, où il était revenu pour se réchauffer et faire un petit somme, le contenu des livres sur l'histoire de Kars qu'il avait apportés d'Istanbul se greffa à ce sentiment de bonheur, et se confondirent dans son esprit cette histoire rappelant les contes de son enfance et ce qu'il avait entendu tout au long de la journée.

Jadis vivait à Kars une riche classe moyenne qui organisait des réceptions de plusieurs jours et donnait des bals dans des *konak* qui évoquaient à Ka, même de loin, ses propres années d'enfance. Ces gens tiraient leurs ressources de la situation de Kars, sur la route jadis active de la Géorgie, de Tabriz, de tout le Caucase et de Tbilissi, de son commerce, de sa position de ville aux confins de deux grands empires, l'Empire ottoman et l'Empire des tsars, anéantis au cours des deux derniers siècles, ainsi que des grandes armées que les empires y avaient installées pour protéger ce lieu de passage entre les montagnes. Il y vivait une multitude de peuples à l'époque ottomane, des Arméniens, par exemple, dont certaines des églises érigées il y a mille ans demeurent encore dans toute leur majesté, des *Acem* [1] fuyant les Mongols et les armées perses, des *Rum* [2] descendant de l'Empire de Trébizonde [3], des Géorgiens, des Kurdes et toutes sortes de peuples caucasiens. En 1878, après la chute de la forteresse depuis cinq siècles aux mains des Ottomans, une partie des musulmans fut déplacée, mais la richesse et la bigarrure de la vie s'y maintinrent. Pendant la période russe, alors que déclinaient la forteresse et les *konak* de pachas situés sur ses pentes dans le quartier de Kalealtı, les architectes du tsar édifièrent, sur les zones planes du sud de la rivière Kars, une nouvelle ville qui, de façon absolument inédite à l'est, était formée d'un damier de rues tirées au cordeau, articulées à cinq avenues principales parallèles, et qui prospéra vite. Les Russes ne lésinèrent pas sur les moyens dans la refondation de cette ville où le tsar Alexandre III venait chasser et retrouver secrètement son amante, car cela s'inscrivait dans leurs plans de descente vers le sud et vers

1. Il s'agit ici — car le mot a des significations très variables selon le contexte — de turcophones chiites d'Azerbaïdjan.
2. Le terme *Rum*, dont le sens a fort varié au cours de l'histoire, désigne aujourd'hui et à l'époque ottomane les grecs-orthodoxes, citoyens turcs ou ottomans. Le terme a une acception religieuse et non pas nationale.
3. Il s'agit d'un petit royaume grec-orthodoxe, sorte de résidu enclavé centré sur Trébizonde (Trabzon actuel) au bord de la mer Noire, qui a survécu pendant quelques années à la chute de l'Empire byzantin en 1453.

la Méditerranée et de contrôle des routes commerciales. Lors de sa venue à Kars vingt ans plus tôt, ce qui avait charmé Ka, ce n'était pas la ville ottomane aux constructions de bois complètement détruites par les incendies, le nationalisme et les guerres de clans, c'était précisément cette ville triste, avec ses rues, ses gros pavés, ses eléanes et ses châtaigniers plantés par la République turque.

Après les guerres, les tueries, les massacres collectifs et autres révoltes sans fin, après la prise de la ville par les armées arméniennes, russes, et même un temps anglaises, après le court épisode de l'État indépendant de Kars, en octobre 1920, l'armée turque était entrée dans la ville sous le commandement de Kâzım Karabekir (dont la statue serait érigée sur la place de la Gare). En reprenant Kars après une interruption de quarante-trois ans, les Turcs s'y installèrent en s'appropriant ce nouveau plan de la ville d'essence tsariste, mais aussi, et rapidement, la culture que les tsars avaient apportée dans la ville, car elle coïncidait bien avec l'enthousiasme occidentalisant de la République. Mais, comme ils ne connaissaient de grandeur que militaire, ils donnèrent aux cinq avenues que les Russes avaient ouvertes le nom de cinq grands pachas de l'histoire de Kars.

Kars vivait alors ses années d'occidentalisation, comme l'ancien maire de la ville, Muzaffer Bey, du parti du Peuple, le racontait avec fierté et colère. On donnait des bals dans les maisons du Peuple, on organisait des compétitions de patin à glace sous le pont métallique par endroits rongé de rouille — Ka l'avait noté ce matin en le franchissant. La classe moyenne républicaine de Kars applaudissait alors avec enthousiasme les acteurs venus d'Ankara jouer la tragédie *Œdipe roi* — alors même que moins de vingt ans auparavant on combattait les Grecs —, les membres des vieilles familles riches, portant des manteaux à col de fourrure, s'amusaient et sortaient en promenade sur des traîneaux tirés par des chevaux hongrois pleins de santé, parés de dorures, et dans les bals donnés sous les acacias du Jardin du peuple pour soutenir l'équipe de football, on dansait sur les tout derniers airs à la mode qu'accompagnaient piano, accordéon et clarinettes. Et en été, les filles de Kars, vêtues d'habits à manches courtes, pouvaient se promener tranquillement en bicyclette dans la ville ; et en hiver, les jeunes qui allaient au lycée en patins à glace, mettaient un nœud papillon, comme tant de lycéens porteurs de l'enthousiasme républicain. Ce nœud papillon de sa jeunesse, l'avocat Muzaffer Bey, revenu à Kars en tant que candidat à la mairie bien des années après, avait souhaité à nouveau l'arborer dans l'émotion de la campagne, et il n'écouta pas ses amis du Parti qui voulait lui faire comprendre que cet objet « snob » lui ferait perdre des voix.

C'était comme s'il y avait une relation entre la déchéance de la ville, sa paupérisation, son malheur croissant et le va-et-vient des hivers qui n'en finissaient pas. L'ancien maire fit ce commentaire à propos des beaux hivers du passé et évoqua les acteurs de théâtre qui venaient d'Ankara et montaient des pièces grecques à demi nus et le visage poudré, puis la pièce révolutionnaire que des jeunes, au nombre desquels il comptait, avaient mise en scène à la fin des années 1940 dans la Maison du peuple. « Cette œuvre racontait l'éveil d'une jeune fille en *çarşaf* [1] noir qui finissait par se découvrir la tête et par brû-

1. Le *çarşaf* est un drap (le plus souvent noir) qui cache tout le corps, tête comprise, porté par les filles et femmes « traditionalistes » ; il est, pour les milieux laïcs turcs, l'emblème d'un certain islam politique et de la soumission féminine.

ler sur scène son *çarşaf* », expliqua-t-il. À la fin des années 1940, on avait eu beau demander partout dans toute la ville, on ne put trouver un seul *çarşaf* noir dans tout Kars et il fallut téléphoner à Erzurum pour en faire venir un de là-bas. « Pourtant, ajouta Muzaffer Bey, les *çarşaf*, les fichus et les foulards abondent aujourd'hui dans les rues de Kars. Et elles se suicident parce qu'elles ne peuvent pas entrer dans les salles de cours avec sur leur tête cette sorte de drapeau, symbole de l'islam politique. »

Ka se tut et ne posa pas ces questions pourtant toujours plus pressantes à chaque rencontre faite à Kars, à propos de l'émergence de l'islam politique et des filles en foulard, de la même façon qu'il ne s'était pas arrêté sur le fait que des jeunes exaltés eussent joué une pièce contre le *çarşaf* alors qu'il n'y avait en 1940 pas une seule femme en *çarşaf* à Kars. En se promenant tout au long de la journée dans les rues de la ville, Ka n'avait pas prêté attention aux femmes en fichu ou en *çarşaf* qu'il avait vues ; il n'avait en effet pas pu acquérir en une semaine la connaissance et les habitudes de ces intellectuels laïcs qui pouvaient immédiatement produire des analyses politiques après avoir vu un grand nombre de femmes à foulard dans les rues. D'ailleurs, dès son enfance déjà, il n'avait jamais prêté attention dans la rue aux femmes à fichu et « fermées [1] ». Dans les milieux occidentalisés d'Istanbul où Ka avait grandi, une femme qui avait la tête couverte était soit une femme des environs d'Istanbul, venue par exemple des vignes de Kartal pour vendre du raisin dans le quartier, soit la femme du vendeur de lait, soit toute autre femme issue elle aussi des classes inférieures.

1. Nous reprenons ici le terme qui peut désigner dans le langage courant (masculin) toute femme dont les cheveux ne sont pas visibles et les formes du corps sont peu perceptibles.

Et à propos des anciens propriétaires de l'hôtel Karpalas, où était descendu Ka, j'ai moi-même entendu par la suite beaucoup d'histoires : d'un professeur d'université qui admirait l'Occident et que le tsar avait envoyé ici plutôt qu'en Sibérie, en une sorte d'exil doré, à un Arménien qui faisait du commerce de bœufs, en passant par un orphelinat pour les *Rum*... Quel qu'en fût le premier propriétaire, ce bâtiment de cent dix ans avait été conçu comme tant d'autres de l'époque, avec des poêles appelés *peç*, insérés dans les murs et dotés de quatre faces de façon à chauffer quatre pièces en même temps. Mais, comme pendant la période républicaine les Turcs ne purent faire fonctionner aucun de ces poêles russes, le premier propriétaire turc qui transforma la maison en hôtel fit installer un énorme poêle en fonte devant la porte d'entrée donnant sur la cour, et par la suite le chauffage fut finalement mis dans chaque chambre.

Ka, étendu sur son lit, était plongé dans ses rêveries lorsqu'on frappa à la porte ; il se leva en manteau et ouvrit. C'était le réceptionniste Cavit, celui qui passait toute sa journée à regarder la télévision devant le poêle, qui avait oublié de dire quelque chose à Ka en lui donnant sa clé.

« Au fait j'ai oublié tout à l'heure : Serdar Bey, le propriétaire de la *Gazette de la ville-frontière*, vous attend de toute urgence. »

Ils descendirent ensemble dans le hall. Juste au moment où Ka allait sortir, İpek entra par la porte donnant sur le côté du comptoir et il s'immobilisa instantanément ; elle était bien plus belle que Ka ne l'avait imaginé. Il se souvint aussitôt de la beauté de cette femme lors de leurs années à l'université et en fut embarrassé. Oui, vraiment elle était très belle. En vrais bourgeois stambouliotes bien occidentalisés, ils se serrèrent d'abord la main mais, après une légère indécision, s'embrassèrent en étirant leur tête en avant, se gardant de trop rapprocher les parties inférieures de leur corps.

« Je savais que tu allais venir, dit İpek avec une sincérité qui étonna Ka, tout en éloignant un peu son buste. Taner m'avait téléphoné pour me prévenir. » Elle regardait Ka droit dans les yeux.

« Je suis venu pour les élections municipales et les filles qui se suicident.

— Combien de temps vas-tu rester ? demanda İpek. À côté de l'hôtel Asya il y a la pâtisserie Yeni Hayat. Je suis pour l'instant occupée avec mon père. Rendez-vous là-bas à une heure et demie pour discuter. »

La scène se serait passée à Istanbul — à Beyoğlu par exemple — cela aurait été différent, mais comme elle s'était déroulée à Kars, Ka avait éprouvé un vague malaise. Il ne parvenait pas à évaluer dans quelle mesure son embarras était dû à la beauté d'İpek. Dans la rue, après avoir marché un moment sous la neige, Ka se dit qu'il avait bien fait d'acheter ce manteau.

Tandis qu'il marchait vers les bureaux de la *Gazette* et sans qu'il s'étonnât de la nette persistance de ses sentiments, son cœur signifiait à Ka deux choses que jamais son intelligence ne lui aurait avouées ; d'abord qu'il avait fait le voyage de Francfort à Istanbul autant pour pouvoir assister à l'enterrement de sa mère que pour trouver une fille turque à épouser après douze ans de solitude, ensuite qu'il avait fait le voyage d'Istanbul à Kars parce qu'il croyait très secrètement que cette fille à épouser, c'était İpek.

Si un de ses meilleurs amis lui avait parlé de ce second point, non seulement Ka ne lui aurait jamais

41

pardonné, mais, de honte, il lui en aurait voulu toute sa vie en raison même de la justesse de son hypothèse. Ka était de ces êtres moraux qui se persuadent que le plus grand bonheur est de ne rien faire pour son bonheur personnel. En plus, chercher à se marier avec une personne que l'on connaît fort peu entrait en pleine contradiction avec sa condition de lettré occidentalisé d'élite. Malgré tout, il n'éprouvait aucun malaise en entrant dans les bureaux de la *Gazette de la ville-frontière*, simplement parce que sa première rencontre avec İpek s'était mieux passée qu'il ne l'avait imaginé au cours de son voyage en autocar, sans toutefois jamais s'avouer clairement ses intentions.

Les bureaux de la *Gazette de la ville-frontière* se situaient dans l'avenue Faikbey, une rue en dessous de l'hôtel de Ka, et l'espace total occupé par la rédaction et l'imprimerie était à peine plus grand que sa modeste chambre d'hôtel. La petite pièce était divisée en deux par une cloison de bois à laquelle étaient suspendus des photographies d'Atatürk, des calendriers, des cartes de visite et des exemples de faire-part de mariage, des photographies de grandes figures de l'État et de célébrités turques prises par Serdar Bey lors de leurs venues à Kars, et des photos encadrées du premier numéro de la gazette sorti il y avait quarante ans. Au fond, travaillait avec un beau bruit et à grands mouvements de pédales une linotype électrique : fabriquée cent dix ans auparavant à Leipzig par la société Baumann, utilisée pendant un quart de siècle à Hambourg, elle avait été vendue à Istanbul en 1910, à l'époque de la libéralisation de la presse qui suivit la proclamation de la deuxième Constitution ; au moment où on la destinait à la casse, après avoir encore rendu service à Istanbul pendant quarante-cinq ans, elle fut enfin récupérée par le défunt père de Serdar Bey, qui la transporta à Kars par le train. Le fils de Serdar Bey, âgé de vingt-deux ans, qui alimentait la machine en papier vierge de sa main droite en crachotant sur un doigt pour le mouiller et qui ramassait habilement la gazette imprimée de sa main gauche — la corbeille de réception avait été cassée onze ans auparavant au cours d'une querelle entre frères —, put quand même saluer Ka d'une inflexion des sourcils. Contrairement à son frère, le second fils ressemblait non pas à son père mais à sa mère, dont Ka se remémora immédiatement les yeux bridés, la face lunaire, la courte taille et l'embonpoint prononcé; assis à un comptoir tout noir d'encre, devant d'innombrables petits tiroirs divisés en centaines de casiers, entre les lettres de plomb de toute taille, les matrices et les clichés, il mettait en page les publicités avec le soin et la patience d'un maître calligraphe ayant renoncé à ce bas monde pour une gazette qui sortirait dans trois jours.

« Vous voyez dans quelles conditions la presse de l'Est anatolien se bat pour survivre », dit Serdar Bey.

Au même moment survint une coupure d'électricité. La machine à imprimer arrêtée, l'atelier s'enfonça dans une obscurité magique et Ka vit alors la belle blancheur de la neige qui tombait dehors.

« Combien t'en as imprimé ? » demanda Serdar Bey. Après avoir allumé une bougie, il fit asseoir Ka sur une chaise du bureau située à l'entrée.

« Cent soixante, papa.

— Quand l'électricité sera revenue, fais-en encore trois cent quarante puisque aujourd'hui nous recevons une compagnie théâtrale ».

La *Gazette de la ville-frontière* se vendait dans un seul endroit à Kars, face au Théâtre populaire, dans un kiosque où une vingtaine de personnes par jour

43

passaient l'acheter, mais, comme le disait avec fierté Serdar Bey, grâce aux abonnés, le nombre total des ventes était en fait de trois cent vingt. Les administrations et les entreprises d'État à Kars, que Serdar Bey était régulièrement dans l'obligation de louer pour leur succès, représentaient deux cents de ces abonnés. Quant aux quatre-vingts abonnés restant, il s'agissait de personnes « importantes et honorables », influentes dans les sphères de l'État, qui bien qu'ayant quitté Kars pour s'installer à Istanbul continuaient à s'intéresser à la ville.

L'électricité revint et Ka vit qu'une veine coléreuse avait sailli sur le front de Serdar Bey.

« Quand on s'est quittés, vous avez parlé à de mauvaises personnes, vous avez donc recueilli de mauvaises informations sur notre ville-frontière, s'exclama Serdar Bey.

— Comment donc savez-vous où je suis allé ? » demanda Ka.

— La police vous a bien sûr suivi, dit le journaliste. Nous aussi, par nécessité professionnelle, nous écoutons les conversations des policiers par talkie-walkie. Quatre-vingt-dix pour cent des informations publiées dans notre journal nous sont données par la Préfecture et la Sécurité de Kars. Toute la Sécurité sait que vous avez demandé à tout le monde pourquoi Kars est aussi arriéré et pauvre et pourquoi nos filles se suicident. »

Ka avait entendu beaucoup d'explications sur les raisons de la paupérisation avancée de Kars, parmi lesquelles la diminution du commerce avec l'Union soviétique durant la guerre froide, la fermeture des postes-frontière, la fuite des riches sous la menace des bandes communistes contrôlant la ville jusque dans les années 1970, le départ vers Istanbul et Ankara de toutes les personnes ayant accumulé un petit capital, la négligence de Dieu, les querelles sans fin de la Turquie avec l'Arménie...

« Moi, j'ai décidé de vous dire l'entière vérité », ajouta Serdar Bey.

Ka comprit aussitôt, avec une clairvoyance optimiste telle qu'il n'en avait pas ressenti depuis des années, qu'il s'agissait au fond de honte. Pour lui aussi, en Allemagne depuis des années, la question fondamentale était de cet ordre, mais il avait constamment refoulé sa honte. Maintenant Ka était en mesure d'accepter cette vérité, pour la simple raison que pointait en lui l'espoir d'être heureux.

« Nous autres ici, avant, nous étions tous frères, dit Serdar Bey, comme s'il révélait un secret. Mais ces dernières années chacun a commencé à dire : "Moi je suis azéri, moi je suis kurde, moi je suis térékémé." Certes, c'est vrai qu'il y a des gens de toutes ces origines ici. Les Térékémés, on dit aussi les Karapapaks, sont les frères des Azéris. Les Kurdes, nous on dit les tribus, avant, n'avaient pas conscience de leur kurdicité. Même un autochtone, héritier de la période ottomane, ne tirait pas fierté à dire : "Je suis autochtone." Les Turkmènes, les Lazes de Posof [1], les Allemands déportés de Russie par le tsar, il y avait de tout et personne ne tirait fierté à dire qui il était. Toute cette fierté, c'est la radio communiste de Tbilissi qui l'a répandue, dans le dessein de diviser la Turquie pour la détruire. Maintenant, tout le monde est plus fier et plus pauvre. »

Décidant qu'il avait produit son effet sur Ka, Serdar Bey passa à un autre sujet. « Les islamistes font du porte-à-porte, ils se font bien recevoir en groupe dans les maisons, donnent aux femmes des usten-

---

1. Petite ville de l'extrême nord-est de la Turquie, près de la frontière avec la Géorgie.

siles de cuisine, des casseroles, des presse-orange, du savon en boîte, du boulgour, des détergents, ils établissent tout de suite des relations d'amitié dans les quartiers pauvres et des relations de confiance de femme à femme, et ils accrochent de l'or avec des épingles de nourrice aux épaules des enfants. Ils disent : "Votez pour le Parti de la prospérité [1]", qu'ils présentent comme le parti de Dieu ; ils disent : "Cette pauvreté et cette misère qui nous accablent, c'est parce qu'on s'est éloignés du chemin de Dieu." Les hommes discutent avec les hommes, les femmes avec les femmes. Ils gagnent la confiance des chômeurs en colère à la fierté brisée, ils réjouissent les épouses des chômeurs, qui ne savent pas ce qu'elles vont faire cuire à la casserole le soir venu, et ensuite, après avoir promis de nouveaux bienfaits, ils font jurer de voter pour eux. Mais ils ne gagnent pas seulement la considération des chômeurs ou des plus pauvres humiliés du matin au soir, ils gagnent aussi celle des étudiants qui ne peuvent se mettre dans le ventre qu'une soupe chaude par jour, celle des travailleurs, et même des petits commerçants, parce qu'ils sont plus travailleurs, honnêtes et humbles que ceux des autres partis. »

Le propriétaire de la *Gazette de la ville-frontière* raconta que l'ancien maire assassiné n'avait pas attiré la haine de tous pour avoir entrepris de supprimer les phaétons au motif que « ce n'était pas moderne » (d'ailleurs, comme il avait été tué, cette initiative était restée en plan), mais surtout à cause des pots-de-vin et de la corruption. Mais en raison

1. Le parti Refah a incarné, de la fin des années 1980 et jusqu'en 1998 où il a été autoritairement dissous, l'islam politique en Turquie. Ayant massivement accédé au contrôle des municipalités aux élections locales de mars 1994, il a même été, en avril 1995, le premier parti aux élections législatives. Après deux brèves expériences au pouvoir national, dans le cadre de coalitions (1995-1996), il a été dissous sous la pression des militaires.

des vieux conflits d'honneur, de la discrimination ethnique et du nationalisme, aucun des partis républicains (qu'ils soient de droite ou de gauche), divisés, et se livrant à une concurrence destructrice, n'avait pu proposer un candidat fort pour emporter la mairie. « On ne fait confiance qu'à l'honneur du seul candidat du parti de Dieu, ajouta Serdar Bey. Celui-ci, en l'occurrence, c'est Muhtar Bey, l'ex-mari de İpek Hanım [1], la fille de Turgut Bey, le propriétaire de votre hôtel. Il n'est pas très fin, mais il est kurde. Et les Kurdes, ici, c'est quarante pour cent de la population. L'élection municipale sera remportée par le parti de Dieu. »

La neige qui tombait en s'intensifiant toujours davantage fit à nouveau naître en Ka un sentiment de solitude, et la peur que le milieu où il avait grandi et vécu à Istanbul et que la vie occidentalisée en Turquie en fussent arrivés à leur fin accompagnait cette solitude. Lors de son séjour à Istanbul il avait vu que toutes les rues où il avait passé son enfance avaient été détruites, que tous les anciens et élégants bâtiments qui restaient du début du siècle, et où habitaient même certains de ses camarades, avaient disparu, que les arbres de son enfance, asphyxiés, avaient été coupés, et que même les cinémas, après dix années de fermeture, avaient été reconvertis en boutiques de confection uniformément étroites et obscures. Cela signifiait la fin non seulement de toute son enfance, mais aussi du rêve de revivre un jour à Istanbul. Si un pouvoir fort se réclamant de la charia s'établissait en Turquie, il lui vint à l'esprit que sa sœur non plus ne pourrait même pas sortir dans la rue sans se couvrir la tête. Ka, à la lumière

1. Le terme « Hanım » est, pour parler respectueusement d'une femme (désignée par son seul prénom), l'équivalent du terme « Bey » déjà signalé pour les hommes.

des néons de la *Gazette de la ville-frontière*, regardait la neige tomber à gros flocons comme dans un conte, et se mettait à rêver qu'il rentrait avec İpek à Francfort. Ils faisaient ensemble des courses au *Kaufhof* — où il avait acheté son pardessus couleur cendre qui le serrait —, mais cette fois au deuxième étage, où se trouvaient les chaussures pour femmes.

« Tout est orchestré par le mouvement islamique international qui veut que la Turquie ressemble à l'Iran...

— Et même les filles suicidées ? demanda Ka.

— Nous recueillons en effet des dénonciations selon lesquelles elles sont l'objet de manipulations, mais craignant qu'en réaction à des révélations de ce type les suicides n'augmentent davantage, il est de notre responsabilité de n'en rien écrire. On dit même que le célèbre terroriste islamiste Lazuli est dans notre ville. Juste pour fournir des raisons de se suicider aux filles en foulard.

— Mais les islamistes ne sont-ils pas contre le suicide ? »

Serdar Bey ne répondit pas à cette question. Une fois la machine à imprimer arrêtée, un silence s'installa dans la pièce et Ka contempla l'incroyable neige qui tombait dehors. Comme il allait voir İpek peu après, son inquiétude allait croissant et le remède le plus efficace contre la peur était de compatir aux maux de Kars. Mais Ka ne pensait maintenant plus qu'à İpek ; il souhaitait donc se préparer au rendez-vous à la pâtisserie, parce qu'il était une heure vingt. Sur ce, Serdar Bey étendit devant Ka, comme on offre un cadeau préparé avec mille soins, la première page de la gazette nouvellement imprimée que son grand et gros fils lui avait apportée. Les yeux de Ka, habitués depuis des années à rechercher son propre nom dans les revues littéraires, remarquèrent immédiatement la brève sur le côté :

LE CÉLÈBRE POÈTE KA À KARS

Connu de toute la Turquie, le poète KA est arrivé hier dans notre ville-frontière. Auteur de *Cendres et mandarines* et de *Journaux du soir*, notre jeune poète, lauréat du prix Behçet Necatigil qui lui fit gagner l'estime de tout le pays, va suivre l'élection municipale pour le journal *Cumhuriyet*. Le poète KA mène depuis de longues années des recherches sur la poésie occidentale à Francfort (Allemagne).

« Mon nom a été mal composé, dit Ka. Le A doit être en minuscules. » Il regretta aussitôt ses propos. « Là en revanche c'est bon, ajouta-t-il, avec le sentiment d'une dette à payer.

— Cher monsieur, c'est parce que nous n'étions pas très sûrs de votre nom que nous vous avons fait venir », dit Serdar Bey. Il s'en prit à ses fils, avec une voix ferme : « Mais regardez, vous avez mal composé le nom de notre poète. » Ka sentit que ce n'était pas la première fois que le père relevait une faute de ce genre. « Maintenant, corrigez tout de suite...

— À quoi bon... », dit Ka. Il vit encore son nom dans les dernières lignes de l'information principale, mais cette fois correctement écrit.

NUIT DE LA VICTOIRE DE LA TROUPE DE
SUNAY ZAÏM AU THÉÂTRE DE LA NATION

Le spectacle donné hier soir au Théâtre de la Nation par la compagnie théâtrale Sunay Zaim, connue dans toute la Turquie pour ses pièces populaires, consacrées à Atatürk et pédagogiques, a reçu un accueil plein de curiosité et d'enthousiasme. Le spectacle, qui s'est prolongé jusqu'au milieu de la nuit et auquel ont assisté le préfet adjoint, le maire par intérim et d'autres personnalités en vue de Kars, a même été par moments interrompu par des explosions de joie et des salves d'applaudissements. Les habitants de Kars, avides depuis longtemps d'une telle fête de l'art, outre ceux qui remplissaient à craquer le Théâtre de la Nation, ont aussi pu suivre la pièce de chez eux. En effet, la Télévision de la ville-frontière, réalisant par là la première retransmission en direct de ses deux années d'existence, a donné à voir en simultané à tous les habitants de Kars ce spectacle extraordinaire. Ainsi pour la première fois à Kars la Télévision de la ville-frontière réalisait hors studio une émission télé en direct. Mais comme elle ne possède pas encore de camion pour les émissions en direct, on a installé un câble de la longueur de deux rues, du siège de la Télévision de la ville-frontière situé avenue Halitpaşa à la caméra opérant au Théâtre de la Nation. De façon que le câble ne soit pas endommagé par la neige, des habitants dévoués de Kars ont même fait passer le câble par l'intérieur de leur logement (par exemple notre dentiste Fadıl Bey a déplacé le câble de la fenêtre de son balcon avant jusqu'au fin fond de son jardin). Les habitants de Kars souhaitent qu'à d'autres occasions encore ce type de retransmission en direct se fasse. Les autorités de la Télévision de la ville-frontière ont fait savoir que, grâce à cette première émission en direct réalisée hors studio, toutes les entreprises de Kars leur avaient donné de la publicité. Dans le spectacle que toute notre ville-frontière a unanimement regardé, outre les pièces dédiées à Atatürk, qui comptent parmi les scènes les plus réussies des œuvres théâtrales produites par les Lumières occidentales, outre les saynètes critiquant la publicité qui ronge notre culture, outre les aventures de notre célèbre gardien de foot national Vural, outre les poésies à la patrie et à Atatürk, et outre le tout dernier poème intitulé « Neige », que notre célèbre poète Ka, en visite dans notre ville, nous a lu en personne, l'œuvre majeure de nos Lumières à nous, appelée *La patrie ou le çarşaf*, qui remonte aux premiers temps de la République, a été portée à la scène dans une nouvelle interprétation, sous le titre *La Patrie ou le Voile*.

« Mais je n'ai pas de poème appelé "Neige", et je n'irai pas non plus au théâtre ce soir. Votre information va être fausse.

— N'en soyez pas aussi certain. Face aux informations que nous sortions alors que les événements ne s'étaient pas encore produits, de très nombreuses personnes, nous méprisant et estimant que nous ne faisions pas du journalisme mais de la divination, ont ensuite constaté que les événements se déroulaient de bout en bout comme nous l'avions écrit ; et elles ne purent dissimuler leur étonnement. De très nombreux événements se sont même réalisés uniquement parce que nous les avions anticipés par voie de presse. Le journalisme moderne, c'est ça en fait. Donc vous aussi, j'en suis sûr, vous allez écrire un poème intitulé "Neige" ; ensuite, pour ne pas nous priver à Kars du droit d'être modernes et pour ne pas nous vexer, vous viendrez au théâtre et en ferez une lecture. »

Ka lut une autre information, qu'il n'avait pas remarquée au premier abord, entre les informations du genre annonces des meetings électoraux, début dans les lycées de l'application de la campagne de vaccination lancée d'Erzurum, facilité supplémentaire accordée par la municipalité aux habitants de Kars avec le report de deux mois du paiement des dettes sur l'eau...

LA NEIGE A COUPÉ LES ROUTES

La neige qui tombe sans interruption depuis deux jours a coupé toutes les communications par route de notre ville avec le reste du monde. Après la fermeture de la route d'Ardahan hier matin, hier après-midi, c'est celle de Sarıkamış, qui a été fermée à son tour.

Dans le secteur de Yolgeçmez, comme la route était coupée en raison d'un excès de neige et de glace, l'autocar de la compagnie Yılmaz qui allait à Erzurum a fait demi-tour sur Kars. La météorologie a annoncé que le froid venant de Sibérie et les abondantes chutes de neige ne cesseraient pas avant trois jours. Kars, comme lors des hivers de jadis, va devoir survivre en autosuffisance. Voilà une bonne occasion pour remettre un peu d'ordre en nous.

Ka se levait pour sortir quand Serdar Bey bondit de son siège et retint la porte pour faire entendre ces derniers propos.

« Turgut Bey et aussi ses filles vont vous raconter je ne sais quoi de leur point de vue, dit-il. Eux, ce sont des gens que je fréquente avec une cordiale amitié le soir, mais n'oubliez pas : l'ex-mari d'İpek Hanım est le candidat à la mairie du parti de Dieu. Là-dessus, on dit de sa sœur Kadife, que le père avait prise à ses côtés pour qu'elle fasse ses études à Kars, qu'elle est la plus militante des filles à foulard. Leur père aussi est un ancien communiste ! Aujourd'hui dans tout Kars pas une seule personne n'est en mesure de comprendre pourquoi ils sont revenus ici, il y a quatre ans, à la pire époque qu'ait connue Kars. »

Bien qu'ayant entendu en un instant des tas de nouvelles choses appelées à le troubler, Ka n'en laissa rien paraître.

4

Es-tu vraiment venu ici pour les élections et les suicides ?

KA ET İPEK À
LA PÂTISSERIE YENI HAYAT

Pourquoi y avait-il cet imperceptible sourire sur le visage de Ka alors qu'il marchait sous la neige de l'avenue Faikbey vers la pâtisserie Yeni Hayat, malgré les mauvaises nouvelles qu'il venait d'apprendre ? Il avait à l'oreille l'air de Roberta de Peppino Di Capri et se voyait en héros triste et romantique d'un roman de Tourgueniev allant à la rencontre de la femme dont il rêvait depuis des années. Ka appréciait Tourgueniev et ses romans raffinés, quand, d'Europe, l'écrivain imagine plein de nostalgie et d'amour son pays qu'il a abandonné avec dédain, fatigué par ses problèmes interminables et ses côtés primitifs ; cependant, pour dire la vérité, ce n'était pas İpek qui nourrissait ses rêves depuis des années, à la façon des héros de Tourgueniev. Même si de temps en temps il arrivait qu'İpek lui traversât l'esprit, c'était seulement le rêve d'une femme comme İpek qui l'accaparait. Cependant, dès qu'il apprit qu'elle avait quitté son mari, il commença à penser à elle, sentant qu'il ne l'avait pas fait suffisamment, et, désormais décidé à fonder une relation profonde et vraie avec elle, il voulut en finir avec la musique et le romantisme de Tourgueniev.

D'ailleurs, une fois que Ka fut entré dans la pâtisserie et assis à table à côté d'İpek, le romantisme de

Tourgueniev qui l'habitait s'évanouit. İpek était plus belle encore que lorsqu'il l'avait vue à l'hôtel, et bien plus belle qu'elle ne le paraissait durant leurs années d'université. L'authenticité de sa beauté, ses lèvres légèrement maquillées, la couleur pâle de son teint, l'éclat de ses yeux et la sincérité fondamentale qui éveillait chez l'autre un sentiment immédiat de proximité troublaient Ka. İpek parut un instant tellement sincère que Ka craignit de ne pas être naturel. À part écrire de mauvais poèmes, c'était la plus grande crainte de Ka dans la vie.

« En chemin j'ai vu les employés qui tiraient le câble de retransmission en direct de la Télévision de la ville-frontière au Théâtre de la Nation comme on tend une corde à linge », dit-il pour lancer un sujet de conversation. Mais il se garda bien de sourire, redoutant de donner l'impression de mépriser les manques de la vie provinciale.

Pendant un moment ils cherchèrent des sujets communs pour pouvoir parler avec tranquillité, à la manière des couples bien intentionnés et décidés à s'entendre. Aussitôt un sujet épuisé, İpek, souriante, créative, en trouvait un autre. La neige qui tombait, la pauvreté de Kars, le manteau de Ka, se trouver mutuellement fort peu changés, ne pas pouvoir arrêter la cigarette, les personnes que Ka avait vues à Istanbul et dont ils étaient tous les deux également éloignés... Le fait que leurs mères respectives étaient mortes et enterrées au cimetière de Feriköy à Istanbul les rapprochait comme s'ils l'avaient fait exprès. Ils parlèrent (brièvement) de la place de leur mère dans leur vie, avec la tranquillité provisoire donnée par la proximité — même artificielle — que ressentent l'un vis-à-vis de l'autre l'homme et la femme qui réalisent qu'ils sont du même signe astral, des raisons de la destruction de l'ancienne gare ferroviaire de Kars (ce, plus longuement); du fait qu'à la place de la pâtisserie où ils se rencontraient se trouvait jusqu'en 1967 une église orthodoxe et que la porte de l'église détruite était cachée au musée; de la section spéciale « Massacre des Arméniens » au musée (certains touristes croient qu'il s'agit d'une exposition sur les Arméniens massacrés par les Turcs et finissent par comprendre qu'il s'agit du contraire); du serveur unique de la pâtisserie, moitié sourd, moitié fantôme; du fait que l'on ne vend pas de café dans les maisons de thé de Kars parce que les chômeurs n'en boivent pas en raison de son prix; des opinions politiques du journaliste qui avait promené Ka et des divers journaux locaux (qui soutenaient tous les militaires et le gouvernement en place); du numéro du lendemain de la *Gazette de la ville-frontière*, que Ka sortit de sa poche.

Alors qu'İpek commençait à lire avec une attention redoublée la première page du journal, Ka redouta que pour elle aussi, comme pour les anciens camarades qu'il avait vus à Istanbul, la seule réalité de la Turquie fût sa souffrance intérieure et son misérable monde politique. Ka regarda très longuement les mains menues d'İpek et son délicat visage dont la beauté l'étonnait encore.

« Et toi, en vertu de quel article et à combien d'années as-tu été condamné? » demanda ensuite İpek tout en souriant avec affection.

Ka raconta. Jusqu'à la fin des années 1970 tout pouvait s'écrire en Turquie dans les petits journaux politiques; tous ceux qui avaient été jugés et condamnés en vertu de tel ou tel article du code pénal en éprouvaient de la fierté, mais personne n'allait en prison, parce que la police avait tellement de travail qu'elle ne pouvait partir à la recherche des responsables éditoriaux, des auteurs ou des traducteurs qui déménageaient sans cesse. Par la suite, après le coup d'État militaire [1], on commença petit à petit à arrêter même ceux qui avaient changé de logement et Ka, condamné pour un article politique qu'il n'avait pas écrit lui-même et qu'il avait laissé publier précipitamment sans le lire, s'enfuit en Allemagne.

« Tu as eu des difficultés en Allemagne ? demanda İpek.

— Ce qui m'a protégé, c'était de ne pas pouvoir apprendre l'allemand, dit Ka. Mon corps a résisté à l'allemand et au total j'ai préservé mon innocence et mon esprit. »

Soudain, il craignit d'être ridicule à tant parler, mais İpek semblait heureuse de l'entendre, alors Ka raconta l'histoire que personne ne connaissait, le silence dans lequel, ne parvenant plus depuis ces quatre dernières années à écrire de poésie, il était enseveli.

« Le soir, dans mon petit appartement en location près de la gare, avec son unique fenêtre donnant sur les toits de Francfort, je passais en revue la journée que je venais d'achever dans une espèce de recueillement silencieux et ce travail m'amenait à écrire des poèmes. Par la suite, les immigrés turcs ont fait savoir que j'avais acquis en Turquie une petite réputation en tant que poète et les mairies, les bibliothèques, les écoles de troisième zone qui souhaitaient attirer les Turcs, et les communautés immigrées qui désiraient que leurs enfants fissent la connaissance d'un poète écrivant en turc commencèrent à faire appel à moi pour lire de la poésie. »

Ka montait à Francfort dans un de ces trains allemands dont il admirait toujours la ponctualité et

1. Il s'agit de celui de septembre 1980, qui fit suite à ceux de 1960 et 1971.

l'ordre ; et alors que défilaient à travers le miroir embué de la fenêtre les fins clochers d'église des villages déserts, la pénombre au cœur des forêts de hêtres et les enfants en pleine santé rentrant chez eux, leurs cartables sur le dos, il éprouvait à nouveau le même silence, se sentait chez lui, parce qu'il ne comprenait rien de la langue de ce pays, et écrivait des poèmes. S'il n'avait pas à se rendre dans une autre ville pour lire des poèmes, il sortait de chez lui chaque matin à huit heures, marchait le long de la Kaiserstrasse, et allait lire des livres à la bibliothèque municipale de l'avenue Zeil. « Là-bas il y avait assez de livres en anglais pour remplir au moins vingt vies. » Et il lisait tout à sa guise avec tranquillité, comme les enfants qui savent que la mort est loin, les romans du XIXe siècle dont il raffolait, les poètes romantiques anglais, des livres sur l'histoire des techniques, des catalogues de musée. Lorsque, à la bibliothèque municipale, Ka feuilletait et regardait les vieilles encyclopédies, captivé par leurs pages illustrées, lorsqu'il relisait les romans de Tourgueniev, il percevait le silence de l'intérieur des trains, malgré la rumeur de la ville alentour. Et le soir, quand il modifiait son itinéraire, passant par le Musée juif le long du Main, et même les fins de semaine quand il marchait d'un bout à l'autre de la ville, il percevait toujours ce silence.

« Peu après, ces silences ont commencé à prendre une place si importante dans ma vie que j'ai fini par ne plus entendre ce bruit dérangeant que je devais affronter pour écrire de la poésie, dit Ka. Je ne parlais d'ailleurs pas du tout avec les Allemands. Et mes relations avec les Turcs, qui me trouvaient pédant, intello et à moitié fou, n'étaient pas franchement meilleures. Je ne voyais personne, ne parlais avec personne et même n'écrivais plus de poésie.

— Mais la *Gazette* prétend que tu vas lire ce soir ta toute dernière poésie.

— Je n'ai aucune toute dernière poésie à lire. »

Dans la pâtisserie, à part eux, il n'y avait, à l'autre extrémité, assis à une table plongée dans l'obscurité à côté de la fenêtre, qu'un homme d'âge moyen, maigre et fatigué, en compagnie d'un minuscule jeune homme à qui il cherchait à expliquer quelque chose avec patience. Juste derrière eux, le néon rosâtre de l'enseigne de la pâtisserie éclairait à travers l'immense vitrine la neige tombant à gros flocons au sein de la pénombre et donnait à voir, comme un passage de mauvais film noir et blanc, les deux autres personnes, accaparées par leur conversation animée dans un recoin éloigné de l'établissement.

« Ma sœur Kadife n'a pas pu réussir ses examens de fin de première année à l'université, dit İpek. Mais la deuxième année elle a pu entrer à l'École normale d'ici. Le maigrichon assis là-bas derrière moi, à l'autre bout, c'est le directeur de l'École. Resté seul après la mort de ma mère, tuée dans un accident de voiture, mon père, très attaché à ma sœur, a décidé de revenir ici à nos côtés. Après le retour de mon père, c'était il y a trois ans, moi je me suis séparée de Muhtar. Et nous avons commencé à habiter tous ensemble. Nous possédons en association avec des gens de la famille le bâtiment hanté de cet hôtel. Nous vivons dans trois de ses pièces. »

Il n'y avait eu aucune sorte de rapprochement entre Ka et İpek durant leurs années d'université et de militantisme de gauche. Quand il avait commencé à arpenter les corridors aux hauts plafonds de la faculté de lettres, à dix-sept ans, comme tant d'autres, Ka n'avait pas immédiatement remarqué İpek pour sa beauté. L'année suivante, il l'avait revue en tant que femme de Muhtar, un ami poète du même groupe politique : tous les deux étaient de Kars.

« Muhtar a cédé la franchise Arçelik et Aygaz [1] de son père, dit İpek. Comme nous n'arrivions pas à avoir d'enfant dans les années qui ont suivi notre retour ici, il a commencé à m'envoyer consulter des médecins à Erzurum et à Istanbul, et comme tout cela ne donnait aucun résultat nous nous sommes séparés. Mais, au lieu de se remarier, Muhtar s'est adonné à la religion.

— Pourquoi tout le monde s'adonne à la religion ? » demanda Ka.

İpek ne répondit pas, ils regardèrent un moment la télévision noir et blanc accrochée au mur.

« Pourquoi tout le monde se suicide, dans cette ville ?

— Pas tout le monde : les jeunes filles, les femmes se suicident, dit İpek.

— Les hommes s'adonnent à la religion et les femmes se suicident. Pourquoi ? »

İpek le regarda d'une manière telle que Ka sentit qu'il y avait dans sa question et dans sa quête pressante de réponse un côté irrespectueux, voire insolent. Ils se turent un moment.

« Pour mon reportage sur les élections, il faut que j'aie un entretien avec Muhtar », dit Ka.

İpek se leva aussitôt, alla à la caisse et passa un coup de téléphone. « Vers cinq heures, au centre départemental de son parti, dit-elle en revenant à la table. Il t'attend. »

Un nouveau silence se fit : Ka fut saisi d'un

1. Appartenant à une même holding (Koç), ces deux marques turques disposent d'un réseau de représentants franchisés dans tout le pays ; la première commercialise des produits électroménagers, la seconde des bonbonnes de gaz pour particuliers.

trouble. Si les routes n'avaient pas été coupées, il aurait fui sur-le-champ par le premier autocar. Il éprouva une profonde pitié pour les fins de journée à Kars et pour ses habitants abandonnés. Leurs yeux retournèrent d'eux-mêmes à la neige. Ils la contemplèrent tous deux très longtemps et se livrèrent à cette contemplation comme les gens qui ont du temps et n'attendent rien de la vie. Ka se sentait totalement démuni.

« Tu es vraiment venu jusque-là pour cet article sur les élections et le suicide ? demanda İpek.

— Non, fit Ka. J'ai appris à Istanbul que tu t'étais séparée de Muhtar. Je suis venu jusque-là pour me marier avec toi. »

İpek rit un instant comme s'il s'agissait d'une bonne blague mais rapidement son visage devint tout rouge. Après un long silence, à l'expression des yeux d'İpek, il sentit qu'elle voyait parfaitement les choses. Les yeux d'İpek disaient : « Tu n'as même pas la patience de m'approcher avec un peu de raffinement ni de badiner avec délicatesse, en cachant ne serait-ce qu'un minimum tes intentions. » « Tu n'es pas venu ici parce que tu m'aimais et que tu pensais spécialement à moi, mais parce que tu as appris mon divorce, que tu t'es souvenu de ma beauté et que tu as aussi considéré le fait que je vis à Kars comme une faiblesse à exploiter. »

Désormais déterminé à punir son désir insolent de bonheur, dont il avait honte, Ka s'imagina qu'İpek pensait à une chose impitoyable à leur sujet : « Ce qui nous unit ce sont nos rêves déchus face à la vie. » Mais İpek dit une chose qui n'avait rien à voir avec ce que s'imaginait Ka.

« J'ai toujours pensé que tu ferais un bon poète, dit-elle. Je te félicite pour tes livres. »

Comme dans toutes les maisons de thé, tous les restaurants et tous les halls d'hôtel de Kars, ici aussi étaient affichés aux murs non pas leurs montagnes, dont les gens de Kars sont pourtant si fiers, mais des paysages des Alpes suisses. Le vieux serveur qui venait de leur apporter du thé était assis à côté de la caisse, entre les plateaux pleins de *çörek* [1] et de chocolats aux papiers d'argent luisant de graisse à la lumière pâle des lampes, le visage tourné vers eux et le dos tourné vers les tables du fond, et il regardait avec délectation la télévision noir et blanc fixée au mur. Ka, résolu à regarder tout sauf les yeux d'İpek, fixa son regard sur l'écran. Dans le film, une actrice turque blonde en bikini fuyait sur une plage, poursuivie par deux hommes moustachus. Sur ce, le tout petit jeune homme de la table plongée dans l'obscurité à l'autre extrémité de la pâtisserie se leva et, une arme à la main, empoigna le directeur de l'École normale et commença à lui dire quelque chose que Ka ne pouvait entendre. Alors que le directeur tentait de répondre, le pistolet avait lâché une balle ; Ka ne le comprit qu'après coup, et moins au bruit d'arme à feu qu'il perçut indistinctement qu'à la vue du directeur tombant de sa chaise, déséquilibré par la violence de l'impact.

İpek comprit elle aussi et se mit à regarder la scène que regardait Ka.

Le vieux serveur n'était plus à l'endroit où Ka l'avait vu peu avant. Le tout petit homme se leva et pointa son arme vers le directeur tombé à terre. Sur ce, le directeur lui dit quelque chose. Comme le son de la télévision était fort, ses propos étaient incompréhensibles. Le tout petit homme fit encore feu par trois fois sur le corps du directeur et, en un instant, sortit par une porte derrière lui et disparut. Ka n'avait pas du tout vu son visage.

« Sortons, l'enjoignit İpek. Ne restons pas là.

1. Sorte de pain au lait et beurre (terme générique).

— Au secours, s'écria Ka d'une voix faiblarde. Appelons la police », ajouta-t-il. Mais il ne put bouger. Bientôt il se mit à courir derrière İpek. Il n'y avait personne, ni à la porte à double battant de la pâtisserie Yeni Hayat, ni dans les escaliers, qu'ils descendirent rapidement.

En une fraction de seconde ils se retrouvèrent sur le trottoir enneigé et se mirent à marcher rapidement. Ka pensait : « Personne ne nous a vus sortir de là », et cette pensée le rassurait parce qu'il ressentait ce crime comme s'il l'avait commis lui-même. C'était comme si son désir de mariage, dont il avait maintenant honte et qu'il regrettait d'avoir exprimé, avait trouvé là le châtiment mérité. Il ne souhaitait rencontrer personne.

Quand ils furent arrivés au coin de l'avenue Kâzım-Karabekir, Ka était travaillé par toute une série de craintes, mais il éprouva le bonheur provoqué par l'intimité silencieuse naissant entre eux, du fait des secrets qu'il partageait avec İpek. Cependant, quand Ka vit les larmes d'İpek à la lumière de l'ampoule nue éclairant les caisses d'oranges et de pommes à l'entrée du *han* [1] Halitpaşa et se reflétant dans le miroir du coiffeur situé juste à côté, il se troubla.

« Le directeur de l'École normale n'admettait pas en cours les étudiantes avec foulard, dit-elle. C'est pour cela qu'ils ont tué ce pauvre homme.

— Allons raconter ça à la police, dit Ka en se souvenant que naguère les gauchistes détestaient cette phrase.

1. Les *han* sont des équipements commerciaux, associant la vente, le stockage et parfois la petite production (voire, jadis, à l'instar des caravansérails, la fonction d'hébergement) ; à l'origine fermés par une porte principale et organisés autour d'une cour centrale, ils se transforment aujourd'hui en centres commerciaux. Le terme est même désormais utilisé pour désigner un simple immeuble de bureaux.

— Quoi qu'il en soit, ils comprendront tout. Peut-être même qu'ils savent déjà tout. Le siège départemental du parti Refah est là-haut au second étage. » İpek lui indiqua l'entrée du *han*. « Raconte donc à Muhtar ce que tu as vu, qu'il ne s'étonne pas si les Renseignements généraux [1] débarquent. Par ailleurs il faut que je te dise ceci : Muhtar veut se remarier avec moi, n'oublie pas ça lorsque tu discuteras avec lui. »

1. Il s'agit du MIT (Milli İstihbarat Teşkilâtı).

5

Maître, puis-je vous poser une question ?

PREMIÈRE ET DERNIÈRE CONVERSATION ENTRE L'ASSASSIN ET LA VICTIME

Il y avait un petit micro relié à un mini-appareil enregistreur caché sur le directeur de l'École normale quand le tout petit homme lui avait tiré sur la poitrine et sur la tête à la pâtisserie Yeni Hayat, sous les yeux de Ka et d'İpek. Ce petit appareil importé, de marque Grundig, avait été installé sur la poitrine du directeur de l'École normale par les fonctionnaires prévoyants de l'antenne de Kars de l'Organisation nationale des renseignements. En raison à la fois des menaces personnelles qu'il avait reçues ces derniers temps, parce qu'il n'acceptait pas en cours les filles voilées, et des informations recueillies en provenance des milieux religieux par les fonctionnaires des renseignements civils, une mesure de protection avait été rendue nécessaire. Mais bien que laïc, le directeur, en bon fidèle, croyait au destin plus qu'en un garde du corps qui se serait tenu à ses côtés comme un ours, et il avait estimé qu'il serait plus dissuasif de faire arrêter les personnes qui le menaçaient en enregistrant leurs voix ; aussi, quand il vit qu'un inconnu l'approchait à la pâtisserie Yeni Hayat, où il était entré sans réfléchir pour manger quelques-uns de ces *çörek* en forme de croissant de lune qu'il chérissait tant, déclencha-t-il l'enregistreur qu'il avait sur lui ainsi qu'il le faisait dans ce genre de situation. J'ai pu obtenir de la veuve du défunt directeur, aux yeux encore en larmes des années après, et de sa fille, devenue un célèbre mannequin, l'intégrale des conversations sur les bandes magnétiques récupérées sans dommage sur l'appareil qui n'avait pu sauver la vie du directeur atteint de deux balles.

« Bonjour, maître, vous me connaissez ? / Non, je ne vous remets pas. / Moi non plus, je ne pense pas, à vrai dire. On n'a jamais fait connaissance en fait. Hier soir et ce matin, j'ai tenté à deux reprises de discuter avec vous. Hier les policiers m'ont forcé à faire demi-tour à la porte de l'École. Ce matin, même si j'ai pu entrer, votre secrétaire ne m'a pas permis de vous parler. Avant que vous n'entriez en classe, j'ai voulu vous rencontrer à la porte. Vous m'avez alors vu. Vous vous en souvenez, maître ? / Je n'arrive pas à m'en souvenir. / Vous ne vous souvenez pas de m'avoir vu ou vous ne vous souvenez pas de moi ? / Et vous vouliez parler de quoi avec moi ? / À vrai dire, je voudrais discuter avec vous des heures et des jours entiers, de tout. Vous êtes un homme très respectable, instruit, éclairé, un professeur d'agronomie. Nous, malheureusement, nous n'avons pas pu faire d'études. Mais sur un sujet je suis fort instruit. C'est précisément sur ce sujet que je veux discuter avec vous. Maître, pardonnez-moi, je ne vous prends pas votre temps ? / Je vous en prie. / Pardonnez-moi, m'autorisez-vous à m'asseoir, maître ? Parce que c'est un vaste sujet. / Allez-y, je vous en prie. (Bruit de chaise qu'on tire et bruit d'installation.) / Vous mangez des *çörek* aux noix, maître. Il y a de très grands noyers dans notre département de Tokat[1]. Vous n'êtes jamais allé à Tokat ? / Non, j'en suis désolé. / C'est regrettable, maître. Si vous venez,

1. Département de l'Anatolie centrale, situé à l'est d'Ankara.

vous logerez chez moi s'il vous plaît. J'ai passé toute ma vie, soit trente-six ans, à Tokat. Tokat est une bien belle région. La Turquie, c'est un bien beau pays aussi. (Un silence.) Pire, ne pas respecter ce pays, ce peuple est même considéré comme un sujet de fierté. Maître, pardonnez-moi, puis-je vous poser une question ? Vous n'êtes pas athée, n'est-ce pas ? / Non. / Vous êtes musulman ? / Je suis musulman, *elhamdülillah* [1]. / Maître, vous allez rire mais cette fois, s'il vous plaît, répondez-moi en prenant au sérieux ma question. Puisque je suis venu ici de Tokat par cet hiver neigeux pour avoir une réponse de vous à ma question. / Comment avez-vous entendu parler de moi à Tokat ? / Maître, les journaux d'Istanbul ne parlent pas du fait qu'à Kars vous n'admettez pas nos filles voilées fidèles à la religion et au Livre. Ces journaux s'occupent des abominations des mannequins d'Istanbul. Mais dans notre beau Tokat nous avons une radio musulmane dénommée Bayrak [2], qui fournit des informations sur les atteintes aux droits des croyants partout dans le pays. / Je ne porte pas atteinte aux droits des croyants, moi aussi je crains Dieu. / Maître, depuis deux jours je suis sur les routes dans les tempêtes de neige ; dans les bus, j'ai sans cesse pensé à vous, croyez-moi, je savais bien que vous alliez ajouter : "Moi, je crains Dieu !" Aussi, en mon for intérieur j'ai en permanence imaginé que je vous poserais la question suivante. Si vous craignez Dieu, cher professeur Nuri Yılmaz, et si vous croyez que le Saint Coran est la parole de Dieu, cher maître, alors dites-moi donc ce que vous pensez de ce trente-deuxième saint verset de la sourate *La Lumière*. / Dans ce ver-

1. Expression arabe fréquemment utilisée pour signifier la fidélité sans réserve à Dieu.
2. « Drapeau ».

set, effectivement, il est recommandé d'une façon très claire que les femmes couvrent leur tête et même qu'elles cachent leur visage. / Bravo, maître, tu as répondu avec une belle honnêteté. Dans ce cas, je peux encore poser une question ? Comment fais-tu pour ne pas trouver contradictoire cet ordre de Dieu et le fait de ne pas accepter les filles voilées à l'école ? / C'est un ordre de notre État laïc de ne pas admettre dans les cours privés comme à l'École les filles voilées. / Maître, pardonnez-moi, puis-je poser une question ? L'ordre de l'État est-il plus grand que l'ordre de Dieu, maître ? / C'est une bonne question. Mais dans un État laïc ces choses sont différentes. / Très juste, maître, je voudrais baiser votre main [1]. N'ayez pas peur, maître, allez, allez, que je baise à satiété votre main. Oh, que Dieu nous bénisse. Vous avez compris tout le respect que j'ai pour vous. Maintenant, maître, puis-je, s'il vous plaît, poser une autre question ? / Allez-y, je vous en prie. / Maître, être laïc c'est bien être sans religion ? / Non. / Dans ce cas, pourquoi n'acceptez-vous pas en cours nos filles croyantes qui mettent vraiment en application leur religion ? / Ciel, mon fils, cela ne sert à rien de discuter de ces sujets. Toute la journée, sur les chaînes de télévision d'Istanbul on parle de ces sujets ; et à quoi bon ? Ni les filles ne se dévoilent ni l'État ne les admet dans cette tenue en cours. / Bien, maître, puis-je poser une question ? Pardonnez-moi mais priver de leurs droits à l'éducation les filles qui se voilent, nos filles élevées à grande peine, ces filles travailleuses, polies, obéissantes, est-ce que c'est en accord d'une quelconque manière avec notre Constitution et avec la liberté d'éducation et de religion ? Est-ce que votre conscience n'est pas heurtée, dites,

1. Expression encore courante de respect, à l'adresse de personnes âgées et de personnes considérées comme vénérables.

je vous en prie, maître ? / Ces filles, si elles étaient si obéissantes, eh bien elles se dévoileraient. Mon fils, quel est ton nom, ton adresse, ton travail ? / Maître, je suis serveur à la *kıraathane* [1] Şenler qui se trouve juste à côté du célèbre hammam Pervane, à Tokat. Là-bas, je suis responsable des réchauds et des bouilloires. Mon nom n'a pas d'importance. Toute la journée, j'écoute Radio Bayrak. Parfois, je fais une fixation sur une injustice faite aux croyants et, maître, comme je vis dans un pays démocratique et comme je suis un homme libre qui vit en conformité avec ses idées, où que ce soit en Turquie, je monte dans le bus, je vais voir la personne sur laquelle j'ai fait une fixation, et je lui demande face à face des comptes sur son injustice. C'est pourquoi, s'il vous plaît, répondez à ma question, maître. Des deux ordres, lequel est le plus grand : l'ordre de l'État ou l'ordre de Dieu ? / Avec cette discussion on n'arrivera à rien, mon fils. Dans quel hôtel es-tu ? / Vous allez me dénoncer à la police ? N'aie pas peur de moi, maître. Je ne suis membre d'aucune organisation religieuse. Je hais la terreur et je crois dans le combat de la pensée et dans l'amour de Dieu. C'est pourquoi, d'ailleurs, bien que je sois un sacré nerveux, au terme du combat de la pensée, je n'ai pas encore fait la moindre chiquenaude à personne. Simplement, je veux que tu répondes à ma question. Maître, pardonnez-moi, alors même que c'est stipulé d'une manière claire dans les sourates *Ahzap* et *La Lumière* du Saint Coran, verbe de Dieu, le désarroi de ces filles que vous opprimez aux portes des universités ne s'insinue pas dans votre conscience ? / Mon fils, le Saint Coran dit aussi qu'il faut couper la main du voleur, pourtant notre État ne la coupe pas.

---

1. Équivalent des « maisons de thé » ou *çayhane*. Lieu de sociabilité masculine en milieu urbain.

Pourquoi ne te dresses-tu pas contre ça ? / Très bonne question, maître. Je veux baiser votre main. Mais est-ce que l'honneur de nos femmes c'est la même chose que le bras du voleur ? Selon des statistiques faites par le professeur noir américain musulman Marvin King, dans les pays musulmans où les femmes respectent la tenue prescrite, les cas de viol sont quantité négligeable, quant aux cas d'agression, dans tous ces pays, il n'y en a pas. Parce que la femme en conformité avec les interdits, la femme dans son tchador, dit d'emblée aux hommes, par sa simple tenue : "S'il vous plaît, pas d'agression." Maître, s'il vous plaît, puis-je poser une question ? À abandonner sans éducation ces femmes qui se voilent vous les mettez au ban de la société, à..., est-ce que nous voulons vendre pour deux sous l'honneur de nos femmes, comme dans l'Europe d'après la révolution sexuelle, est-ce que nous voulons nous dégrader nous-mêmes au rang, pardonnez-moi, de maquereaux ? / Fils, moi, j'ai mangé mon gâteau, désolé, j'y vais. / Reste à ta place, maître, assieds-toi, que je n'en vienne quand même pas à utiliser ça. Ça, c'est quoi ? tu vois, maître ? / Un pistolet. / Oui maître, excusez-moi, pour vous voir j'ai fait tellement de chemin, je ne suis pas un idiot, j'ai pensé à tout en me disant que peut-être vous ne voudriez même pas m'écouter et j'ai pris mes dispositions. / Fils, quel est ton nom ? / Vahit Süzme, Salim Feşmekân, quelle importance ça a, maître ? Moi, je suis un défenseur sans nom des héros sans nom qui luttent pour les croyants dans ce pays laïc, matérialiste et qui subissent l'injustice. Je ne suis membre d'aucune organisation. Je respecte les droits de l'homme et je n'aime pas la violence. C'est pourquoi je mets mon pistolet dans ma poche et je souhaite seulement de votre part que vous répondiez à ma question. / Bien. / Maître, vous avez tué dans l'œuf ces filles, amours de leurs parents, ces filles dont l'éducation a nécessité des années, ces filles intelligentes, travailleuses, toutes premières de leur classe, vous les avez détruites avec un ordre d'Ankara. Si leur nom était écrit sur les listes d'appel, vous le rayiez au motif qu'elles étaient voilées. Si sept étudiantes, dont une voilée, étaient assises avec leur enseignant, vous leur commandiez six thés, déniant toute existence à la fille fidèle aux prescriptions sacrées. Vous faisiez pleurer les filles dont l'existence était reniée. Ça n'a même pas suffi. Non content de jeter dans le couloir les filles non admises en classe, vous les avez cette fois exclues du couloir même, en les refoulant à l'entrée principale. Alors qu'une poignée de filles héroïques résistaient, refusant de découvrir leur tête, et attendaient en tremblant de froid à la porte de l'École pour faire entendre leurs peines, vous avez pris votre téléphone et appelé la police. / Nous n'avons pas appelé nous-mêmes la police. / Maître, ne me raconte pas des histoires par peur du pistolet dans ma poche. Le soir du jour où la police a arrêté des filles en les traînant à terre, toi, est-ce que tu as pu t'endormir la conscience tranquille ? Voilà ma question. / Bien sûr, le fait que la question du voile ait été érigée en un symbole utilisé dans le jeu politique a rendu encore plus malheureuses nos filles. / Quel jeu, maître ? Une fille déchirée entre son école et son honneur, en proie au désarroi, quelle horreur qu'elle se suicide. C'est un *jeu*, ça ? / Fils, la colère te gagne, mais est-ce qu'il ne t'est jamais venu à l'esprit que derrière une telle émergence politique de cette question du foulard, il y avait des forces extérieures souhaitant affaiblir la Turquie en la divisant en deux camps ? / Si toi tu acceptais ces filles à l'École, maître, penses-tu qu'il resterait une seule fille avec foulard ? / Puis-je le faire de ma propre volonté, fils ? Tout ça, c'est la volonté d'Ankara. Ma propre femme se couvre la tête. / Maître, ne me roule pas en plus dans la farine, réponds à ma question précédente. / À quelle question ? / As-tu la conscience tranquille ? / Moi aussi je suis père, mon enfant, bien sûr que j'éprouve de la peine pour ces filles. / Regarde, je sais très bien me tenir, mais je suis un homme nerveux. Une goutte, soudain, peut faire déborder le vase. En prison, moi, j'ai frappé un homme qui avait une réputation de dur des durs, d'inflexible ; j'ai rendu à leur humanité tous mes compagnons de cellule, ils ont tous abandonné leurs mauvaises habitudes et ont commencé à faire la prière. Maintenant, toi, ne t'esquive pas encore et réponds à ma question, allez. Qu'est-ce que je viens de dire ? / Qu'as-tu dit, fils ? Rentre ce pistolet. / Je n'ai pas demandé : as-tu une fille, n'as-tu pas de peine ? / Pardonne-moi, fils, qu'as-tu demandé ? / N'essaie pas maintenant de m'attendrir par peur du pistolet. Rappelle-toi ce que j'ai demandé... (Un silence.) / Qu'avez-vous demandé ? / Avez-vous des problèmes de conscience, ai-je demandé, homme sans foi. / Évidemment que j'en ai. / Alors pourquoi vous faites ça, homme sans honneur ? / Fils, je suis un enseignant de l'âge de votre père. Le Saint Coran ordonne-t-il d'insulter ses anciens, en brandissant un pistolet ? / Toi, ne prononce pas le nom du Saint Coran. D'accord ? Ne regarde pas non plus de cette façon à droite et à gauche comme si tu cherchais de l'aide ; si tu cries, je te tue sans aucune pitié. T'as compris, maintenant ? / J'ai compris. / Alors, réponds à ma question suivante : qu'est-ce que ça apportera au pays que les filles voilées se dévoilent ? Dis-moi une bonne raison élaborée au fond de toi, dans ta conscience ; par exemple, pourquoi pas, que, si elles se dévoilent, les Européens les considéreront davantage comme des êtres humains ; tout au moins je comprendrai ton objectif, je ne te tuerai pas, et je rangerai ce flingue. / Cher fils. J'ai aussi une fille qui n'est pas voilée. De la même façon que je ne suis pas intervenu dans le choix de se couvrir de sa mère, je ne m'en suis nullement mêlé pour ma fille. / Ta fille, pourquoi s'est-elle dévoilée ? Elle veut faire l'artiste, hein ? / Elle ne m'a jamais dit une telle chose. Elle étudie les relations publiques à Ankara. Dans cette histoire du foulard, chaque fois que je suis, pour mon malheur, érigé en cible vivante, chaque fois que je suis affligé par le poids de l'épreuve, chaque fois que je suis exposé aux injures, aux menaces et aux débordements de colère de gens dans leur droit comme vous, ainsi qu'aux expressions de haine, ma fille m'est toujours d'un grand soutien. Elle m'appelle d'Ankara... / Arrête, un peu de retenue ; elle ne dit pas : "Moi aussi je veux faire l'artiste" ? / Non, fils, elle ne dit pas ça. Elle dit plutôt : "Mon cher papa, même moi je n'aurai pas le courage d'entrer la tête découverte dans une classe où toutes les filles sont voilées, et je me voilerai malgré moi." / Eh bien, quel serait le problème si elle se voilait malgré elle ? / Oh mon Dieu, moi je ne veux pas discuter de ces questions. Vous m'avez demandé de donner une raison. / Homme sans honneur, tiens ! Ces filles voilées qui se conforment aux ordres de Dieu, ces filles croyantes, c'est toi qui les fais matraquer par la police à l'entrée de l'École et qui provoques leur suicide face à tant d'oppression. Tout ça pour le confort de ta fille ! / L'argument de ma fille est en même temps l'argument d'un grand nombre d'autres femmes turques. / Alors que quatre-vingt-dix pour cent des femmes sont couvertes en Turquie, je ne comprends pas qu'il puisse y avoir d'autre point de vue que celui de ces "artistes". Tu es fier que ta fille se déshabille, tu n'es qu'un indigne oppresseur ; mais mets-toi bien dans la tête la chose suivante : je ne suis pas professeur, mais sur cette question j'ai bien plus lu que toi. / Cher monsieur, ne pointez pas votre arme sur moi, s'il vous plaît, vous vous emportez, si le coup part, il se peut que vous le regrettiez. / Pourquoi donc le regretterais-je ? Parce que moi j'ai fait le voyage pendant deux jours, sous cette neige de fin du monde, pour liquider un mécréant. L'assassin de l'oppresseur de ceux qui croient au Saint Coran est un saint héros, dit-on. Quand même, parce que tu me fais pitié, je vais te donner une chance : donne-moi une seule raison en ton âme et conscience qui expliquerait que des filles convenables se dévoilent et montrent leurs cheveux ; écoute, si tu me réponds, je te jure, je ne te tuerai pas. / Si la femme enlève son foulard, elle acquiert dans la société une position plus tranquille et plus respectable. / Peut-être pour ta fille qui veut faire l'artiste. Mais la stricte tenue, au contraire, permet à la femme de se protéger des agressions, des viols et des humiliations et ainsi de sortir tranquillement dehors. Et comme l'ont aussi fait savoir tant de femmes qui ont mis le *çarşaf* sur le tard, et parmi elles l'ancienne danseuse du ventre Melahat Şandra en personne, la stricte tenue libère la femme de la pauvre condition d'objet destiné aux désirs bestiaux des hommes dans la rue ; objet qui, pour séduire, entre en concurrence avec les autres femmes. Comme l'a dit Marvin King, professeur noir américain, si la célèbre artiste Elizabeth Taylor avait mis le *çarşaf* ces vingt dernières années, elle n'aurait pas fini à l'hôpital psychiatrique, honteuse de sa grosseur, et elle aurait été heureuse. Pardon, maître, je peux poser une question : pourquoi ris-tu, ce que je dis t'amuse vraiment? (Un silence.) Mais dis-le, mon vieux, pourquoi tu ris, ignoble athée? / Mon cher fils, je suis profondément tout plein d'affection pour les jeunes gens de ce pays, qui, comme toi, comme ces filles au foulard, souffrent parce qu'ils croient en leur cause. / Pas de flatterie pour rien. Moi, je ne souffre pas du tout. Mais toi maintenant tu vas souffrir pour avoir ri des filles qui se suicident. Comme tu ris, tu n'as donc rien à regretter. Alors moi je vais te faire connaître tout de suite ton sort. La Justice des Combattants islamiques t'a déjà condamné à mort; la décision a été prise il y a cinq jours à Tokat au terme d'un vote à l'unanimité; et on m'a envoyé t'exécuter. Tu n'aurais pas souri, tu aurais exprimé des regrets, peut-être que je t'aurais pardonné. Allez, prends ce papier et lis donc ta condamnation à mort... (Un silence.) Lis à haute voix, sans pleurer comme une femme, allez, vaurien, sinon je t'abats tout de suite. / "Moi, le professeur athée Nuri Yılmaz...", mon cher enfant, je ne suis pas athée... / Allez, lis. / Mon fils, une fois que j'aurai lu, vous allez m'abattre? / Si tu ne lis pas je t'abattrai. Allez, lis. / "En tant qu'instrument d'un plan secret visant à asservir à l'Occident, à déshonorer et à rendre mécréants les musulmans de l'État laïc de la République turque, j'ai tellement opprimé les filles croyantes, attachées à la religion, au fait de ne pas se dévoiler la tête et de ne pas s'écarter de la lettre du Saint Coran, qu'à la fin une fidèle, ne pouvant plus supporter cette souffrance, mit fin à ses jours"... Mon cher enfant, là, avec votre permission, j'ai une objection; s'il vous plaît, faites-le savoir au comité qui vous a envoyé. Ce n'est pas parce qu'elle n'était pas admise à l'école ou même à cause des pressions de son père que cette fille s'est pendue, mais, comme nous l'ont fait savoir les Renseigne-

ments, c'est malheureusement par dépit amoureux. /
C'est pourtant ce qu'elle dit dans la lettre qu'elle a
laissée avant de mourir. / Je le dis pour que tu t'en
souviennes bien, mon fils ; s'il te plaît, baisse ce pistolet ; cette fille candide, hors de tout mariage, avait
offert sans réfléchir sa virginité à un policier âgé de
vingt-cinq ans de plus qu'elle, puis l'homme en question lui a dit que par malheur il était marié et qu'il
n'avait aucunement l'intention de l'épouser... / Tais-
toi, ignoble. Ce genre de chose, c'est ta putain de fille
qui le fait. / Non, mon enfant, non, mon fils. Si tu
m'abats tu compromets tout ton avenir. / Dis que tu
regrettes ! / Je le regrette, mon fils, ne tire pas. /
Ouvre ton bec, que j'y enfonce le pistolet... Maintenant appuie toi-même sur la détente par-dessus mon
doigt. Que tu crèves certes comme un incroyant,
mais au moins avec honneur. (Un silence.) / Mon
enfant, vois dans quel état tu m'as mis, à mon âge je
pleure, je supplie, n'aie pas pitié de moi mais de toi.
Et puis finis ta jeunesse, tu vas devenir un assassin. /
Alors appuie toi-même sur la détente ! Comme ça tu
verras toi aussi quelle souffrance c'est que le suicide.
/ Mon enfant, je suis musulman, et donc contre le
suicide ! / Ouvre ton bec. (Un silence.) Pleure pas
comme ça... Il ne t'est avant jamais venu à l'esprit
que tu devrais rendre des comptes un jour ? Pleure
pas, sinon je tire. / (Voix du serveur âgé, de loin :)
Monsieur, un thé pour votre table ? / Non merci. Je
m'en vais maintenant / Regarde pas le serveur, continue à lire ta sentence de mort. / Fils, pardonne-moi. /
Lis, je te dis. / "J'ai honte de tout ce que j'ai fait, je
sais que je mérite la mort et pour que Dieu me pardonne dans sa grandeur..." / Allez, lis... / Mon respectable enfant, laisse ce vieil homme que je suis
pleurer un peu. Attends, que je puisse penser une
dernière fois à ma femme et à ma fille. / Pense aux

jeunes filles que tu as opprimées. L'une a fait une crise de nerfs, quatre filles de troisième année ont été exclues de l'École, une s'est suicidée, toutes sont tombées malades à grelotter de fièvre à la porte de l'École, et toutes sont traumatisées à vie. / Je le regrette beaucoup, mon cher enfant. Mais est-ce que cela vaut la peine que tu deviennes assassin en tuant quelqu'un comme moi ? réfléchis-y. / Entendu. (Un silence.) C'est tout réfléchi, maître ; voilà ce qui m'est venu à l'esprit... / C'est quoi ? / Moi j'ai erré sans le sou pendant deux jours dans cette pauvre ville de Kars pour te trouver et pour exécuter ta condamnation. Alors que je me disais que je n'avais pas de chance, mon billet de retour pour Tokat en poche, je buvais un dernier thé quand... / Mon enfant, si tu crois t'enfuir de Kars avec le dernier autocar après m'avoir abattu, les routes sont blo-quées par la neige, celui de six heures ne partira pas ; évite les regrets une fois qu'il sera trop tard. / Alors que j'allais repartir, Dieu t'a envoyé vers cette pâtis-serie Yeni Hayat. Autrement dit, si Dieu ne te par-donne pas, est-ce que je vais te pardonner, moi ? Dis ton dernier mot, dis : "Dieu est grand" / Assieds-toi sur ta chaise, mon fils, cet État nous rattrapera tous et nous pendra tous. / Dis : "Dieu est grand." / Calme-toi, mon fils, arrête, assieds-toi, réfléchis encore un peu. Rentre ça, arrête. (Bruit de détona-tion, bruit de chaise.) / Fais pas ça, mon fils ! (Deux détonations d'arme à feu. Silence, un gémissement, le bruit de la télévision. Une nouvelle détonation. Silence.)

6

Amour, religion et poésie

LA TRISTE HISTOIRE DE MUHTAR

Une fois qu'İpek l'eut laissé à la porte du *han* de
Halitpaşa et fut retournée à l'hôtel, Ka n'alla pas au
siège départemental du parti Refah, qui se trouvait
juste deux étages plus haut (il n'y avait pourtant que
deux étages à monter) ; il préféra se faufiler entre les
chômeurs, les apprentis et des oisifs des couloirs du
han. Il était possédé par la vision du directeur de
l'École normale abattu, encore en train d'agoniser et
éprouvait du remords et un sentiment de culpabilité ; il souhaitait confusément téléphoner au directeur adjoint de la Sécurité avec lequel il avait parlé le
matin, téléphoner à Istanbul, au journal *Cumhuriyet*
ou à n'importe quelle connaissance, mais dans le
han où alternaient *kıraathane* et boutiques de coiffeur, il n'arrivait pas à trouver un poste quelconque
d'où il puisse appeler.

Sur ce, il entra dans un local à la porte duquel se
trouvait accroché un panneau indiquant « Association des amis des bêtes ». Mais il n'était même plus
si sûr de savoir s'il voulait ou non téléphoner. Une
fois franchie la porte latérale à moitié ouverte de
l'Association, il pénétra dans un salon avec des photos de coqs sur les murs et en son centre un petit
ring de combat. Dans le salon de combat de coqs, Ka
sentit avec effroi qu'il était amoureux d'İpek et que

cet amour allait être déterminant pour le reste de sa vie.

Un « ami des bêtes », homme riche passionné par les combats de coqs, se souviendrait parfaitement de l'arrivée de Ka à l'Association, ce jour, à cette heure, et du fait qu'il s'était assis, perdu dans ses pensées, sur un des bancs vides autour du ring. Là, Ka avait bu un thé et avait lu les règles de combat suspendues au mur, écrites en grosses lettres.

On n'accepte pas sur le ring des gens sans
l'autorisation des propriétaires de coqs.
Si le coq renversé est renversé pour la troisième fois
consécutive et s'il ne se défend pas avec le bec,
il a définitivement perdu.
On fait 3 minutes de pansement quand la crête
est arrachée et 1 minute quand c'est l'ongle.
Si le rival du coq qui sort du ring pendant le combat
essaie de remonter, on remonte le coq
et le combat continue.
Quand l'électricité s'arrête, on attend jusqu'à
15 minutes, si elle ne revient pas,
le combat est annulé.

En sortant de l'Association des amis des bêtes à deux heures et quart, Ka se demandait comment il allait pouvoir s'enfuir de cette ville de Kars après avoir enlevé İpek. Il se trouvait à deux boutiques de distance du bureau d'avocat aux lumières maintenant éteintes de Muzzafer Bey, l'ancien maire du Parti du peuple, au même étage que le siège départemental du parti Refah. (Entre, se trouvaient la *kıraathane* Les Amis et le tailleur Yeşil). La visite qu'il avait rendue ce matin à l'avocat paraissait à Ka appartenir à un passé si lointain qu'il pénétra dans le siège du Parti tout stupéfait de se trouver dans la même allée du même bâtiment.

Ka avait vu Muhtar pour la toute dernière fois douze ans auparavant. Après l'avoir pris dans ses bras puis embrassé, il remarqua, comme il l'avait justement supposé, qu'il avait pris du ventre et que ses cheveux, devenus gris, s'étaient mis à tomber. Tout comme durant leurs années d'université, Muhtar n'avait rien de caractéristique et comme toujours à l'époque il avait une cigarette au coin de la lèvre.

« Ils ont tué le directeur de l'École normale, dit Ka.

Il n'est pas mort, d'après ce que vient de dire la radio, répliqua-t-il. Comment t'es au courant ?

Il était assis tout comme nous à la pâtisserie Yeni Hayat, d'où İpek t'a téléphoné », dit Ka. Et il raconta les événements tels qu'ils les avaient vécus.

« Vous avez appelé la police ? demanda Muhtar. Après, qu'avez-vous fait ? »

Ka expliqua qu'İpek était retournée chez elle et que lui, pour sa part, était directement venu ici.

« Il ne reste que cinq jours avant les élections ; l'État a bien compris que nous allons gagner et fait tout pour nous mettre des bâtons dans les roues, continua Muhtar. Prendre la défense de nos sœurs voilées, c'est la politique de notre parti dans toute la Turquie. Maintenant on abat le pauvre vieux qui refusait l'entrée de l'École normale à ces filles et un témoin direct des événements, sans même avertir la police, vient directement ici au centre de notre parti. » Il redevint soudainement poli. « S'il te plaît, téléphone d'ici à la police et raconte-lui tout », demanda-t-il. Il tendit le combiné du téléphone comme un homme qui s'enorgueillit d'offrir un présent. Ka prit le combiné et Muhtar composa le numéro noté sur un cahier.

« Je connais Kasım Bey, le directeur adjoint de la Sécurité, dit Ka.

— D'où le connais-tu donc ? » demanda Muhtar avec un soupçon évident qui irrita Ka.

Alors que Ka lui expliquait que c'était précisément

79

le journaliste Serdar Bey qui l'avait en premier lieu conduit le matin même à cet homme, la fille du central le mit en communication avec le directeur adjoint de la Sécurité. Ka raconta tout ce dont il avait été témoin dans la pâtisserie Yeni Hayat, tel qu'il l'avait vécu. Muhtar, à la fois énervé et maussade, esquissa deux pas bizarres, puis, approchant son oreille en la pliant maladroitement, manifesta le souhait d'écouter la conversation. Ka rapprocha alors le combiné de l'oreille de Muhtar afin qu'il puisse mieux entendre. Maintenant, chacun sentait le souffle de l'autre sur son visage. Ka ne savait pas pourquoi il acceptait de partager avec Muhtar cette conversation avec le directeur adjoint à la Sécurité. Il décrivit deux fois encore au directeur adjoint non pas le visage de l'agresseur, qu'il n'avait pas pu voir, mais sa toute petite taille.

« Venez ici tout de suite, que je prenne votre déposition, exhorta le commissaire avec une voix bien intentionnée.

— Je suis au siège du Refah, dit Ka. J'arrive sans tarder. »

Il y eut un silence.

« Une seconde », fit le commissaire.

Ka et Muhtar entendirent que le commissaire, ayant éloigné le téléphone de sa bouche, murmurait quelque chose à quelqu'un.

« Veuillez m'excuser, j'appelais la voiture de garde, dit le commissaire. Cette neige ne va jamais s'arrêter. On vous envoie sous peu la voiture, qu'ils vous prennent au siège du Parti.

— Tu as bien fait de lui dire que tu étais ici, dit Muhtar en raccrochant le téléphone. Quoi qu'il en soit, ils le savent. Ils écoutent tout. Je ne voudrais pas que tu interprètes mal ce que je viens de dire sur le fait qu'ils te considèrent comme coupable. »

Ka était pris d'une colère comme celle qu'il éprouvait naguère envers ceux qui étaient versés dans la politique et le considéraient comme un bourgeois de Nişantaşı. Au lycée, les personnes de ce genre s'adonnaient sans cesse à la polémique, en se traitant mutuellement de pédé. Ultérieurement, cette activité fut remplacée par le jeu qui consistait à s'accuser les uns les autres, devenus ennemis politiques, d'être des agents de la police. Aussi Ka s'était-il toujours tenu éloigné de la politique, par peur d'être acculé à la position du délateur qui désigne, d'une voiture de police, la maison dans laquelle faire une descente. Et voilà que Ka était de nouveau chargé de trouver des excuses et des prétextes, alors que Muhtar faisait un boulot qu'il aurait lui-même méprisé dix ans plus tôt, comme être le candidat d'un parti de la réaction religieuse.

Le téléphone sonna, Muhtar décrocha en faisant l'important et se lança dans des négociations âpres avec un responsable de la Télévision de la ville-frontière à propos du coût de la publicité pour sa boutique de produits électroménagers qui passerait en direct ce soir.

Le téléphone une fois raccroché, muets l'un et l'autre comme deux enfants fâchés qui ne savent pas ce qu'ils vont se dire, Ka imaginait tout ce dont ils n'avaient pas parlé pendant cette coupure de douze ans.

D'abord, ils se dirent chacun de son côté : « À présent, comme nous vivons tous les deux une espèce de vie d'exil et que nous ne sommes donc ni couronnés de succès, ni triomphants, ni heureux, la vie est une chose bien difficile ! Être poète même ne semble pas suffire... C'est pourquoi l'ombre de la politique nous a violemment frappés. » Puis ils ne purent s'empêcher de penser, chacun de son côté :

« Comme le bonheur en poésie n'est pas entier, on a eu besoin de l'ombre de la politique. » Ka maintenant méprisait encore plus Muhtar.

Ka se dit que Muhtar était satisfait de se trouver à présent à la veille d'une victoire politique et que lui-même n'était pas mécontent — c'est mieux que rien — de sa modeste réputation de poète en Turquie. Mais, comme ni l'un ni l'autre n'avoueraient jamais cette satisfaction, ils ne pouvaient absolument pas aborder le seul sujet vraiment important, à savoir leur aigreur eu égard à leur vie privée. Autrement dit, c'est le pire qui se passait : ayant admis cette défaite, ils s'étaient résignés à l'injustice insupportable du monde. Et le fait qu'ils aient l'un et l'autre besoin d'İpek pour sortir de cette impasse effrayait Ka.

« On dit que tu vas faire une lecture de ton tout dernier poème ce soir au théâtre de la ville », dit Muhtar avec un sourire indécis.

Ka regarda au plus profond les yeux de l'homme qui avait été un temps marié avec İpek : ils étaient d'une belle couleur mêlée, mais nullement rieurs.

« Est-ce que tu as vu Fahir à Istanbul ? » demanda Muhtar avec un sourire plus prononcé.

Ka aurait enfin pu sourire avec lui, cette fois-ci. Dans ses sourires, il y avait même un côté affectueux et respectable. Fahir était de leur âge ; depuis vingt ans, il était un défenseur sans concessions de la poésie occidentale. Il avait fait ses études à Saint-Joseph [1], il allait une fois par an à Paris avec l'argent que lui donnait sa grand-mère paternelle folle et riche, dont on disait qu'elle descendait d'une grande famille ottomane, et, remplissant sa valise de livres de poésie qu'il achetait dans les librairies de

---

1. Un des prestigieux lycées privés d'Istanbul, où l'enseignement est dispensé majoritairement en langue française.

Saint-Germain, il les rapportait à Istanbul ; puis il publiait les traductions en turc de ces livres, ses propres poésies et celles d'autres poètes turcs modernistes dans les revues qu'il éditait lui-même et dans des collections de poésie de maisons d'édition qu'il n'en finissait pas de créer et de voir s'effondrer. En dépit du respect qu'inspirait à tous ce travail, les poésies de Fahir, qu'il écrivait sous l'influence des poètes qu'il traduisait dans un « turc pur » artificiel, étaient privées d'inspiration, de piètre qualité et même incompréhensibles.

Ka dit qu'il n'avait pas pu voir Fahir à Istanbul.

« Autrefois, je souhaitais ardemment que mes poésies plaisent à Fahir, reconnut Muhtar. Mais il les méprisa totalement, sous le prétexte qu'elles parlaient de folklore, de "beautés locales" et non pas de la langue pure comme les siennes. Les années ont passé, il y eut des coups d'État, tout le monde est allé en prison et en est sorti, et moi aussi, comme tout le monde j'ai été ballotté comme un pauvre hère, d'un endroit à l'autre. Les personnes que je me donnais en exemple ont changé, j'ai cessé de vouloir me plaire à moi-même, dans la vie comme en poésie aucune de mes aspirations ne s'est réalisée. Comme je vivais malheureux, tracassé et sans le sou à Istanbul, je suis retourné à Kars. J'ai récupéré le magasin de mon père, dont j'avais honte autrefois. Tout ça ne m'a pas rendu heureux non plus. Je traite de haut les gens d'ici, comme l'a fait Fahir vis-à-vis de mes poésies ; et quand je les vois, mon visage se renfrogne. À Kars, c'est comme si la ville et ses habitants n'étaient pas réels. Ici, tout le monde voulait soit mourir, soit encore se retirer du jeu pour s'en aller. Mais il ne me restait même plus de lieu où aller. Comme si j'avais été exilé hors de l'histoire, jeté hors des civilisations. La civilisation était si éloignée que je ne pouvais même pas l'imiter. Et Dieu ne me donnait même pas un enfant tel que je pouvais en rêver, un enfant qui ferait ce que je n'avais pas pu faire, et qui, sans complexe d'infériorité, serait un jour occidental, moderne et doté d'une vraie personnalité. »

La capacité de Muhtar à se moquer de lui-même par moments, en souriant doucement comme sous l'effet d'une lumière qui semblait venir de l'intérieur, plaisait à Ka.

« Le soir, je buvais, et, pour ne pas me quereller avec ma chère İpek, je rentrais tard à la maison. Tout bascula durant une de ces nuits de Kars où même les oiseaux gèlent en vol. Il était très tard ; sorti bon dernier de la *meyhane* [1] Yeşilyurt, je marchais en direction de la maison où nous habitions alors İpek et moi, avenue de l'Armée. Il n'y a pas plus de dix minutes, mais pour Kars c'est une distance assez longue. Comme j'avais abusé du *rakı*, je n'avais pas fait deux pas que je m'étais perdu. Il n'y avait pas l'ombre d'une personne dans les rues. Comme toujours pendant les nuits froides, Kars ressemblait à une ville abandonnée, les maisons à la porte desquelles je frappais étaient soit des maisons arméniennes dans lesquelles ne vivait plus personne depuis quatre-vingts ans, soit des maisons dont les habitants, réfugiés sous une pile de couvertures, ne sortaient pas du trou où ils s'étaient cachés comme des animaux en hibernation.

« Soudain, l'état d'abandon et d'anonymat de toute la ville me plut. Sous l'effet de l'alcool et du froid, un doux sommeil accaparait tout mon corps. Je pris alors la décision de quitter cette vie en silence, je titubai jusqu'à un arbre, m'allongeai sur le trottoir glacé et commençai à attendre le sommeil et

1. Les *meyhane* sont en Turquie des lieux dédiés principalement à la consommation d'alcool (bière ou vin).

la mort. Par ce froid, sous l'emprise de l'alcool, mourir est l'affaire de trois ou quatre minutes. Alors qu'un sommeil moelleux gagnait mes veines, l'enfant que je n'avais pas pu avoir m'est apparu. J'en fus très heureux : c'était un garçon, il avait grandi et portait la cravate; mais comme les Européens, pas de façon grossière comme nos fonctionnaires à cravate. Au moment où il allait me dire quelque chose, il s'arrêta et embrassa la main d'un vieux. Ce vieil homme rayonnait de toute part d'un éclat de sainteté. Làdessus, une lumière me frappa en plein dans l'œil à l'endroit où j'étais couché et me réveilla. Avec un espoir coupable, je me levai. Je regardai : tout près, il y avait une porte illuminée et ouverte, des gens y pénétraient puis en sortaient. Écoutant la voix qui parlait en moi, je me mis à les suivre. Ils me prirent parmi eux et me firent entrer dans une maison lumineuse et toute chaude. Là, il y avait non pas des gens déprimés et désespérés de la vie comme les habitants de Kars, mais des gens heureux, en plus ils étaient de Kars et même je les connaissais. Je compris que cette maison était le *tekke* [1] secret de Sa Sainteté le cheikh kurde Saadettin Efendi dont j'avais entendu parler. J'avais appris par des amis fonctionnaires que le cheikh attirait à ces cérémonies au *tekke*, sur les instances d'un nombre chaque jour croissant de riches disciples, les gens de Kars, pauvres déshérités descendus des villages de la montagne, chômeurs et malheureux; mais sachant que la police ne faisait aucune concession à ces ennemis de la république, je n'y avais pas accordé d'importance. Maintenant, c'était moi qui montais les escaliers de ce cheikh, en pleurant toutes les larmes de mon corps. Il se produisait

1. Lieu de rassemblement, autour d'une personnalité spirituelle, de membres d'une confrérie ou d'une communauté religieuse. Les *tekke* ont été légalement fermés en 1925 par Mustafa Kemal.

quelque chose que j'avais redouté en secret pendant des années et que j'avais considéré au cours de ma période athée comme une faiblesse et une régression : je retournais à l'islam. Je redoutais fondamentalement ces cheikhs réactionnaires, objets de caricature avec leur barbe en collier et leur capuchon ; or, en montant les escaliers de mon propre fait, j'avais commencé à pleurer à gros sanglots. Le cheikh était un homme bon. Il me demanda pourquoi je pleurais. Bien sûr, je n'allais pas lui dire : "Je pleure parce que je suis tombé au milieu de disciples et de leur cheikh réactionnaire." En plus, j'avais aussi honte de l'odeur de *rakı* que crachait ma bouche comme une cheminée qui fume. Je lui dis que j'avais perdu ma clé. Je m'étais mis subitement à penser que j'avais égaré mon trousseau à l'endroit où je m'étais étendu pour mourir. Alors que les disciples obséquieux qui l'entouraient s'empressaient à pointer la signification symbolique de la clé jetée, il les envoya dans la rue chercher mes clés. Comme nous restions tous les deux seuls, il me sourit avec douceur. Comprenant qu'il s'agissait du vieux au bon cœur que j'avais vu dans mon rêve juste avant, je fus rassuré.

« Ainsi que j'en ressentais intérieurement le besoin, je baisai la main de cette personne vénérable qui m'apparaissait comme un saint. Il eut alors un geste qui m'étonna beaucoup : lui aussi me baisa la main. Un bien-être que je n'avais pas éprouvé depuis des années m'envahit. Je compris aussitôt que je pourrais parler de tout avec lui et que je lui raconterais ma vie dans le détail. C'est aussi lui qui allait me montrer la voie de Dieu tout-puissant dont, même lors de mes années d'athéisme, je savais imperceptiblement l'existence. C'est lui aussi qui me rendait heureux par avance. Ils avaient retrouvé ma clé. Cette nuit-là, de retour à la maison, je m'endormis. Le matin, j'eus honte de toute cette expérience. Je me souvenais de manière évanescente de ce qui m'était passé par la tête, mais je tâchai de tout oublier. Je me promis de ne plus jamais retourner au *tekke*. Je prenais peur à l'idée de pouvoir croiser quelque part les disciples qui m'avaient vu ce soir-là au *tekke* ; ça me rendait mal à l'aise. Mais à nouveau, une nuit, en rentrant de la *meyhane* Yeşilyurt, mes pas me conduisirent là-bas d'eux-mêmes. En dépit de toutes les crises de regret qui m'assaillaient pendant la journée, cela continua au cours des nuits ultérieures. Le cheikh me faisait asseoir au plus près de lui et, à écouter mes tourments, il déversait en mon cœur l'amour de Dieu. Je pleurais sans arrêt et j'en éprouvais un grand bien-être. Le jour, pour n'éveiller aucun soupçon sur les cérémonies au *tekke* que je cachais comme un secret, prenant avec moi le journal le plus laïc que je connaisse, *Cumhuriyet*, je me plaignais que les religieux ennemis de la république s'infiltrent partout, et çà et là je faisais part de mon étonnement que l'Association de la pensée d'Atatürk [1] n'organise pas plus de réunions.

« Cette double vie dura jusqu'à ce qu'une nuit İpek me demande s'il y avait une autre femme dans ma vie. En pleurant, je lui avouai tout. Elle se mit elle aussi à pleurer en demandant : "T'es devenu religieux, tu vas me couvrir la tête ?" Je lui jurai que je n'aurais pas de telles exigences. Comme je sentais qu'une sorte de peur de la pauvreté subite nous hantait, pour qu'elle se rassure, je lui expliquai qu'au magasin tout allait bien et que, malgré les coupures d'électricité, les nouveaux poêles Arçelik se vendaient

---

1. Créée en 1990, parallèlement à l'affirmation de l'islam politique turc, cette association tente de faire perdurer les idéaux du fondateur de la République — quitte à les réélaborer et à les infléchir au goût du jour —, en insistant sur le danger religieux et sur la nécessaire défense de l'indépendance nationale.

bien. En vérité, j'étais heureux de pouvoir faire ma prière à la maison. Je m'achetai chez le libraire un guide de prière. Une nouvelle vie commença pour moi.

« Une nuit, un peu revenu à moi-même, j'écrivis un long poème sous l'effet d'une soudaine inspiration. J'y racontai toute ma crise, ma honte, l'amour de Dieu grandissant en moi, la quiétude, ma première montée des escaliers bénis de mon cheikh, et la signification à la fois réelle et symbolique de la clé. Ce n'est pas plus mauvais, je te jure, que la poésie du tout dernier poète à la mode qu'a traduit Fahir. Alors, je le lui ai aussitôt envoyé par la poste, accompagné d'une lettre. J'ai attendu six mois, mais le poème ne fut pas publié dans la revue *L'Encre d'Achille* qu'il dirigeait à l'époque. Au cours de cette attente, j'ai composé trois poèmes de plus. Je les ai postés au rythme d'un tous les deux mois. J'ai attendu avec patience une année ; et rien n'a encore paru.

« La source de mon malheur à cette époque de ma vie, ce n'était ni de ne pas avoir encore d'enfant à moi, ni qu'İpek ne se plie pas aux préceptes de l'islam, ni même que mes laïcs et gauchistes anciens amis me méprisent en disant que j'étais devenu religieux. D'ailleurs, comme il y a beaucoup d'exemples de personnes qui retournent à l'islam avec enthousiasme, à ma façon, ils ne faisaient pas trop cas de moi. Ce qui m'ébranlait le plus, c'était que ces poèmes que j'avais envoyés à Istanbul ne soient pas publiés. Chaque début de mois, j'attendais fébrilement la sortie du nouveau numéro et je me rassurais en me disant que la prochaine fois ils publieraient enfin un poème. La véracité de ce que j'évoquais dans ces poèmes pouvait bien être comparée à celle d'une seule de ces poésies occidentales. Et je pensais qu'il n'y avait bien en Turquie que Fahir pour me faire ça.

« Les dimensions prises par l'injustice que je subissais et par ma colère commençaient à empoisonner le bonheur que me procurait l'islam. Dès lors, en faisant ma prière à la mosquée où j'avais commencé à aller, je pensais à Fahir; j'étais à nouveau malheureux. Je pris la décision, une nuit, de confier mon angoisse à mon cheikh, mais il ne comprit pas ce qu'était la poésie moderniste, René Char, les phrases brisées, Mallarmé, Joubert, ni le silence d'un vers vide.

« Cet événement ébranla ma confiance en mon cheikh. D'ailleurs, depuis un bon moment, il ne faisait rien d'autre que de me répéter huit ou dix phrases du genre : "Tiens propre ton cœur", "Grâce à l'amour de Dieu tu sortiras de cette gorge étroite, si Dieu le veut". Je ne veux pas diminuer son mérite, ce n'est pas un homme simplet; c'est seulement un homme dont les connaissances sont limitées. Résidu de mes années d'athéisme, le diable mi-rationnel mi-utilitariste qui sommeillait en moi commença à nouveau à me titiller. Les gens de mon espèce ne peuvent trouver la quiétude qu'en bataillant au sein d'un parti politique avec leurs semblables pour le triomphe d'une cause. Pour cette raison, j'ai réalisé que le fait d'adhérer à un parti ici me donnerait une vie spirituelle plus profonde et plus significative que la vie dans un *tekke*. L'expérience de parti que j'ai acquise dans mes années marxistes m'a été très utile dans mon parti axé sur la religion et la spiritualité.

— Dans quelle mesure ? » demanda Ka.

Il y eut une coupure d'électricité. Puis un long silence.

« Plus d'électricité », finit par dire Muhtar avec un air mystérieux.

Ka s'assit dans l'obscurité sans bouger ni parler.

7

Islamistes, c'est un qualificatif dont nous affublent les Occidentaux et les laïcs

AU SIÈGE DU PARTI, À LA SÉCURITÉ PUIS À NOUVEAU DANS LES RUES

Le fait d'être assis dans l'obscurité sans dire un mot avait un côté irritant, mais Ka préférait cette tension au caractère artificiel d'une conversation en pleine lumière avec un ancien ami comme Muhtar. La seule chose qui le liait maintenant à Muhtar, c'était İpek ; Ka, tout en souhaitant d'une manière ou d'une autre parler d'elle, craignait de révéler qu'il était épris d'elle. Et craignait autre chose : que Muhtar racontât d'autres histoires et qu'il le trouvât encore plus stupide qu'il ne le trouvait à présent ; et qu'ainsi l'admiration qu'il souhaitait éprouver pour İpek ne fût profondément affectée par le fait qu'elle était restée mariée des années avec un tel individu.

C'est pourquoi quand Muhtar, à la recherche effrénée d'un sujet de conversation, dévia sur les anciens amis prétendument de gauche et sur les exilés politiques en Allemagne, Ka fut plus tranquille. Sur une question de Muhtar, il raconta en souriant qu'il avait entendu dire que Tufan, le gars de Malatya aux cheveux crépus qui jadis « écrivait des textes sur le tiers monde dans la revue », était devenu fou. Il ajouta qu'il l'avait vu pour la toute dernière fois à la gare centrale de Stuttgart, en train d'essuyer énergiquement le sol en sifflotant, un long bâton terminé par un chiffon mouillé à la main. Ensuite Muhtar demanda des nouvelles de Mahmut, toujours rappelé à l'ordre parce qu'il ne tenait pas sa langue. Ka dit qu'il était membre de la communauté de Hayrullah Efendi, qui défendait la charia, et qu'il se mêlait maintenant en Allemagne aux rivalités entre groupes religieux pour savoir lequel aurait la mainmise sur telle ou telle mosquée, avec la même hargne qu'il manifestait naguère dans les querelles concernant la gauche. On passa à un autre ; Ka se souvint à nouveau en souriant de l'attachant Süleyman : il vivait en Bavière avec les subsides d'une fondation cléricale qui accueillait les réfugiés politiques du tiers monde, dans la petite ville de Traunstein ; et il s'ennuyait tant qu'il était revenu en Turquie en sachant pertinemment qu'il serait coffré. Ils évoquèrent aussi Hikmet, qui avait été tué dans des conditions mystérieuses alors qu'il était chauffeur de taxi à Berlin, Fadıl qui, marié à une vieille Allemande veuve d'un officier nazi, tenait avec elle une pension, et aussi le théorique Tarık, qui s'était enrichi en travaillant avec la mafia turque de Hambourg. Et Sadık, qui, naguère, avec Muhtar, Ka, Taner et İpek, pliait les revues fraîchement sorties des presses, il était maintenant le chef d'un gang qui faisait passer des travailleurs clandestins en Allemagne par les Alpes. Ils parlèrent de Muharrem, si susceptible, qui vivait une heureuse vie souterraine avec sa famille dans une des stations fantômes du métro de Berlin, abandonnées à cause de la guerre froide et du Mur. Quand le train passait sans s'arrêter entre les stations de Kreuzberg et d'Alexanderplatz, les socialistes turcs retraités du wagon, subitement immobilisés, saluaient la bande avec solennité, comme le faisaient les vieux bandits d'Istanbul à chacun de leurs passages par Arnavutköy à l'adresse d'un gangster légendaire disparu avec sa voiture, les yeux fixés sur le courant. Même s'ils ne les connaissaient pas, les exilés politiques qui se trouvaient dans le wagon jetaient alors un regard du coin de l'œil sur leurs compagnons de route qui saluaient le héros d'une cause perdue. Ka avait ainsi rencontré à Berlin, dans un de ces wagons, Ruhi, qui leur reprochait sans cesse de ne pas s'intéresser à la psychologie de leurs camarades de gauche ; et il apprit qu'elle faisait le cobaye pour mesurer l'impact des publicités pour une nouvelle pizza au *pastırma* [1], ciblant les travailleurs immigrés les plus défavorisés, dont le lancement sur le marché était envisagé. Parmi les réfugiés politiques que Ka connaissait en Allemagne, le plus heureux était Ferhat : membre du PKK, il attaquait les bureaux de la Turkish Airlines avec une excitation toute nationaliste, apparaissait sur CNN en train de lancer des cocktails Molotov sur les consulats de Turquie et apprenait le kurde en imaginant les poèmes qu'il écrirait un jour. Quant à certains autres, dont Muhtar demandait des nouvelles avec une étrange curiosité, soit Ka les avait oubliés depuis longtemps, soit il avait entendu que, mêlés à des petits gangs, travaillant pour les services secrets, ils avaient été anéantis comme un bon nombre de ceux qui avaient versé dans des activités obscures, avaient disparu ou très probablement avaient été jetés dans un canal après avoir été discrètement assassinés.

À la lumière de l'allumette que son ancien ami venait de craquer, il alla à la fenêtre regarder les affaires fantomatiques du siège départemental du Parti, un vieux tréteau, le poêle à gaz, puis il admira le spectacle de la neige.

La neige tombait lourdement à très gros flocons.

1. Sorte de viande séchée, salée et pimentée, toujours consommée par les Anatoliens du monde entier.

Dans sa lenteur, dans sa plénitude et dans sa blancheur bien perceptible par cette lumière bleuâtre dont on ne savait pas précisément d'où elle venait dans la ville, il y avait une force rassurante, une grâce qui laissèrent Ka émerveillé. Ka se souvint des soirées neigeuses de son enfance ; à Istanbul aussi, naguère, l'électricité était coupée par la neige et la tempête ; on entendait à la maison les chuchotements de peur qui faisaient battre le cœur de Ka, les imprécations « Que Dieu nous protège », et Ka ressentait alors le bonheur d'avoir une famille. Il regarda avec tristesse les chevaux d'une voiture qui avançaient avec peine sous la neige : dans l'obscurité, il pouvait seulement apercevoir la tête des bêtes et leur balancement nerveux dans tous les sens.

« Muhtar, est-ce que tu vas encore voir ton cheikh ?

— Sa Sainteté Saadettin Efendi, hein ? demanda Muhtar. Parfois ! Pourquoi tu me demandes ça ?

— Qu'est-ce qu'il t'apporte ?

— Un peu d'amitié, un peu d'affection, même si elle n'est pas très durable. Il a de l'instruction. »

Cependant, dans la voix de Muhtar, Ka perçut non pas de la joie mais une déception. « Je mène une vie très solitaire en Allemagne, poursuivit-il avec obstination. Au milieu de la nuit, en contemplant les toits de Francfort, je sens que tout ce monde et toute ma vie ne sont pas insensés. J'entends en moi comme des voix.

— Quel genre de voix ?

— C'est peut-être aussi qu'avec l'âge la mort commence à me travailler, dit Ka avec un sentiment de honte. Si j'étais écrivain, j'écrirais à mon sujet : "La neige rappelait Dieu à Ka." Mais je ne sais pas non plus si c'est juste ou non. Le silence de la neige me rapproche de Dieu.

— Les religieux, les gens de droite, les conservateurs musulmans de ce pays, enchaîna Muhtar avec un empressement qui renfermait un faux espoir, me furent d'un grand réconfort après mes années d'athéisme de gauche. Rencontre-les. Je suis sûr qu'à toi aussi ils seront d'un grand réconfort.

— Tu crois ?

— En fait, ces gens religieux sont sans prétention, doux, compréhensifs. Ils ne méprisent pas a priori le peuple à la façon de ceux qui sont occidentalisés ; ils sont tendres, de bon conseil. S'ils faisaient ta connaissance, ils sauraient t'aimer, ils ne te blesseraient pas ».

Ka savait bien que croire en Dieu, en Turquie, cela signifiait non pas la rencontre d'un seul homme avec la plus haute pensée et le plus grand créateur, mais avant tout l'entrée dans une communauté et un réseau ; cependant, le fait que Muhtar parlât seulement de l'utilité de la communauté, sans évoquer la croyance du seul individu, provoquait en lui une nouvelle déception. Mais, tout en regardant par la fenêtre à laquelle il appuyait son front, il raconta autre chose à Muhtar, sous le coup d'une impulsion subite.

« Muhtar, si je me mettais à croire en Dieu, j'ai l'impression que tu serais déçu et même que tu me mépriserais.

— Pourquoi donc ?

— L'idée de l'individu occidentalisé, esseulé et croyant en Dieu seul dans son coin t'effraie. Tu trouves plus sûr un homme de communauté, qui ne croit pas vraiment, qu'un individu qui croit. Pour toi un homme seul est plus misérable et nuisible qu'un homme qui ne croit pas.

— Moi-même je suis très seul », dit Muhtar.

Comme il avait prononcé ces mots de la manière

la plus sincère et la plus convaincante possible, il éprouva rancœur et pitié. Maintenant, il sentait que l'obscurité de la pièce avait fait naître, et en lui-même et en Muhtar, une espèce d'enivrante intimité. « Je ne suis pas sûr, mais le fait que je sois un religieux qui fait cinq fois par jour sa prière, tu sais pourquoi ça t'effraie au fond ? Tu ne parviens à concevoir la religion et la communauté qu'en les référant automatiquement, à la façon des laïcs sans Dieu, à des relations étatiques et commerciales. Dans ce pays, un homme ne peut pas prier tranquille, sans devoir se livrer à un mécréant qui va mêler à Dieu des histoires non religieuses, comme les affaires et la politique avec l'Occident.

— Mais toi, tu n'es pas de ces gens qui confondent religion, État et affaires. Aussi, quand tu veux je te conduirai à Sa Sainteté cheikh Efendi.

— Nos policiers sont probablement arrivés ! » dit Ka.

Par les interstices de la vitre couverte de givre à plusieurs endroits, tous les deux regardèrent sans mot dire les deux policiers en civil qui, sous la neige, descendaient avec peine du véhicule de service garé en bas à la porte du *han*.

« Moi, j'aurais une chose à te demander maintenant, dit Muhtar. Sous peu ces hommes vont monter et nous conduire à leur QG. Ils ne vont pas te mettre en garde à vue, ils prendront ta déposition et te laisseront. Tu vas rentrer à ton hôtel, et ce soir, enfin, Turgut Bey, le propriétaire de l'hôtel, va t'inviter à dîner, et tu iras. Là, bien sûr, il y aura aussi ces filles curieuses. Alors je veux que tu dises à İpek la chose suivante. Tu m'écoutes bien ? Dis à İpek que je veux me remarier avec elle ! Que c'était une erreur que j'exige d'elle qu'elle se couvre et qu'elle s'habille selon les prescriptions de l'islam. Que je ne me comporterai désormais plus à son égard comme un mari provincial, étriqué et jaloux ; que je regrette les pressions que j'ai exercées sur elle pendant notre mariage et que j'en ai honte ; dis-lui !

— Mais tout ça, tu ne l'as pas déjà dit toi-même à İpek ?

— Je le lui ai dit, mais en vain. Peut-être aussi qu'elle ne me croit pas parce que je suis le responsable départemental du parti Refah. Toi qui viens d'Istanbul et même d'Allemagne tu es un autre genre d'homme. Si c'est toi qui le dis, elle y croira.

— En tant que responsable départemental du parti Refah, le fait que ta femme ne soit pas couverte ne te pose pas de difficulté en politique ?

— Dans quatre jours, si Dieu le permet, j'aurai gagné les élections et je serai maire, dit Muhtar. Mais il est plus important pour moi que tu fasses part de mes remords à İpek. Alors, peut-être que je trouverai encore quelque grâce à ses yeux. Est-ce que tu ferais ça pour moi, frère ? »

Ka resta un moment indécis. « Je le ferai », finit-il par dire.

Muhtar prit Ka dans ses bras et lui fit un baiser sur les joues. Ka éprouva quelque chose entre la jouissance et la pitié à l'égard de Muhtar, et il se méprisa lui-même de ne pas avoir un cœur aussi simple et ouvert que ce dernier.

« De même, le poème dont je viens de te parler, je te prie instamment de le donner en main propre à Fahir à Istanbul, ajouta Muhtar. Son titre est "L'escalier".

Alors que Ka mettait le poème dans sa poche, trois policiers en civil entrèrent dans l'obscurité ; deux d'entre eux portaient à la main une grosse lampe. Ils étaient fin prêts et curieux et l'on pouvait comprendre à leur comportement qu'ils savaient parfaitement ce que faisaient ici Ka et Muhtar. Ka comprit qu'ils étaient des Renseignements. Puis, en regardant les papiers d'identité de Ka, ils lui demandèrent ce qu'il faisait là. Ka répondit qu'il était venu d'Istanbul afin d'écrire un article pour le journal *Cumhuriyet* sur les élections municipales et les femmes qui se suicident.

« Si vous dites que c'est pour les journaux d'Istanbul, elles vont tout de suite se suicider ! s'exclama l'un des fonctionnaires.

— Non, ce n'est pas pour ça, reprit Ka en le regardant avec insistance.

— C'est pour quoi ?

— Elles se suicident parce qu'elles sont malheureuses.

— Nous aussi nous sommes malheureux, mais nous ne nous suicidons pas. »

Éclairés par leur lampe torche, ils ouvrirent les placards du siège du Parti, vidèrent le contenu des tiroirs sur la table et cherchèrent quelque chose dans les dossiers. Regardant en dessous pour chercher une arme, ils renversèrent la table de Muhtar et, écartant du mur une des armoires, ils regardèrent derrière. Ils se comportèrent beaucoup plus correctement envers Ka qu'envers Muhtar.

« Après avoir vu que le directeur se faisait abattre, pourquoi êtes-vous venu ici et non pas à la police ?

— J'avais un rendez-vous ici.

— Quel genre de rendez-vous ?

— Nous sommes d'anciens camarades d'université, dit Muhtar avec la voix de quelqu'un qui s'excuse. En plus, le propriétaire de l'hôtel Karpalas, où il loge, c'est le père de ma femme. Peu de temps avant l'agression, ils m'ont téléphoné, ici, au siège du Parti, pour prendre rendez-vous. Comme les Renseignements écoutent les lignes de notre parti, vous pouvez contrôler cette information.

« — Comment savez-vous donc que nous écoutons vos lignes ?

— Pardon, reprit Muhtar sans s'emporter, je ne sais pas, je suppose. Peut-être que je me trompe. »

Ka sentait chez Muhtar le sang-froid et la colère rentrée de celui qui est habitué à ne pas s'offusquer des mauvais traitements de la police, à ne pas faire des insultes et des bousculades une question d'honneur, et à accepter comme une chose naturelle — à la façon des coupures d'électricité ou des routes toujours boueuses — le caractère impitoyable de la police et de l'État ; comme il ne possédait pas cette souplesse et ces capacités utiles, Ka éprouva une forme de considération pour lui.

Une fois le siège du Parti fouillé de fond en comble, les armoires et les dossiers mis sens dessus dessous, des sacs entiers remplis d'une partie des dossiers puis fermés d'une ficelle, et ensuite le procès-verbal de perquisition rédigé, quand ils furent assis à l'arrière du véhicule de police où on les avait fait monter, côte à côte et muets comme des enfants coupables, Ka vit la même colère rentrée dans les grosses mains blanches de Muhtar qui se tenaient tout sagement sur ses genoux comme de vieux chiens obèses. Pendant que la voiture de police avançait dans les rues enneigées et obscures de Kars, ils regardèrent avec tristesse les lumières pâles orangées des vieux *konak* arméniens qui filtraient à travers les fenêtres aux rideaux à moitié ouverts, les vieux qui marchaient à grand-peine sur les trottoirs verglacés, des sacs plastique à la main, et les façades des vieilles maisons vides et solitaires, hantées. Les affiches du spectacle du soir étaient placardées au panneau d'affichage du Théâtre de la Nation. Les travailleurs qui faisaient passer par les rues le câble de transmission pour le direct étaient encore à l'œuvre. Comme les routes étaient fermées, il régnait dans les gares routières une atmosphère tendue d'attente.

Sous la neige féerique aussi énorme aux yeux de Ka que les flocons de ces jouets pleins d'eau auxquels les petits donnent le nom de « tempête de neige », la voiture de police avançait laborieusement. Comme le chauffeur roulait avec prudence et très lentement, durant ce tout petit bout de route qui ne dura pas plus de sept ou huit minutes, les yeux de Ka croisèrent une fois ceux de Muhtar assis à ses côtés et, non sans honte mais au fond rassuré, il comprit aux regards à la fois tristes et rassurants de son ancien ami qu'ils frapperaient Muhtar à la direction de la Sécurité, alors qu'ils ne le toucheraient pas, lui.

Par ailleurs, au vu de ces regards que même des années après il n'oublierait pas, Ka eut aussi l'intuition que Muhtar pensait qu'il méritait les coups qu'il allait prendre. Bien qu'il crût pertinemment à sa victoire aux élections municipales, qui auraient lieu dans quatre jours, Ka lisait dans ces yeux une telle résignation et, par anticipation, un tel pardon pour tout ce qui se passerait que Ka saisit les pensées de Muhtar : « Comme je m'obstine encore à vivre dans ce coin du monde, et que je suis même en prise au désir d'avoir du pouvoir ici-bas, je sais que je mérite les coups que je vais recevoir et que je m'efforcerai de subir sans que cela blesse ma fierté ; et pour cette raison, je me considère inférieur à toi. Quant à toi, s'il te plaît, ne me renvoie pas ma honte à la figure en me fixant droit dans les yeux. »

Une fois le minibus de la police arrêté dans la cour intérieure de la Direction couverte de neige, Ka et Muhtar ne se séparèrent pas l'un de l'autre ; cependant, on se comporta de façon différente à leur égard. Ka fut traité comme un journaliste célèbre venu d'Istanbul, une personne influente qui pourrait leur causer des problèmes si elle écrivait des choses contre eux et un témoin prêt à collaborer. Mais, vis-à-vis de Muhtar, il y avait quelque chose de dégradant, du genre : « Encore toi ! » ; et même, pour en revenir à Ka, ils semblaient dire : « Une personne comme vous, qu'a-t-elle à faire de quelqu'un de cette espèce ? » Ka pensait naïvement que leurs façons d'humilier Muhtar étaient dues à leur bêtise (« Tu crois qu'ils vont te livrer l'État, à toi ! ») et à leur malveillance (« Si tu commençais par mettre de l'ordre dans ta propre vie ! »). Mais il comprendrait plus tard avec douleur que les allusions étaient de tout autre nature.

Afin qu'il identifiât l'agresseur de toute petite taille qui avait abattu le directeur de l'École normale, ils emmenèrent un moment Ka dans une pièce latérale et lui montrèrent près de cent photos noir et blanc tirées des archives. Il y avait là la photographie de tous ceux qui avaient été mis en garde à vue par les forces de sécurité, même une seule fois, parmi les islamistes de Kars et ses environs. La plupart étaient jeunes, kurdes, villageois ou sans travail, mais parmi eux il y avait aussi des vendeurs de rue, des élèves de lycées d'imams et de prédicateurs [1] et même des étudiants, des enseignants et des Turcs sunnites. Parmi les photos de jeunes qui fixaient l'objectif de la Sécurité avec colère et tristesse, Ka reconnut le visage de deux adolescents qu'il avait rencontrés pendant la journée passée dans les rues de Kars ; mais à partir de ces photographies noir et blanc, il ne lui fut pas possible de trouver l'agresseur dont il pensait qu'il était plus âgé et tout petit.

1. Lycées « professionnels », publics, formant les cadres de l'islam d'État (imams des mosquées). Les diplômés de ces lycées peuvent intégrer l'Université, pas seulement les facultés de théologie.

Revenu dans l'autre pièce, il vit que Muhtar, toujours assis sur le même tabouret comme un bossu, saignait du nez et avait un œil au beurre noir. Muhtar fit un ou deux mouvements qui trahissaient sa honte, et se cacha une partie du visage avec son mouchoir. Dans le silence, Ka se mit à imaginer un instant que les coups portés à Muhtar le délivreraient du sentiment de culpabilité qu'il éprouvait à cause de la pauvreté et de la stupidité généralisées de son pays. Deux jours plus tard, juste avant d'apprendre dans la douleur la nouvelle la plus malheureuse de sa propre vie — en se trouvant cette fois lui-même dans la position de Muhtar —, Ka se souviendrait de cette pensée, si stupide fût-elle.

Après l'avoir installé une minute les yeux dans les yeux face à Muhtar, ils le ramenèrent dans la pièce latérale pour recueillir sa déposition. Tout en racontant à un jeune policier — qui utilisait une vieille machine à écrire Remington semblable à celle de son père avocat, les soirs où, du temps de son enfance, celui-ci apportait du travail à la maison — comment le directeur de l'École normale avait été abattu, Ka se disait qu'ils lui avaient montré Muhtar pour l'effrayer.

Une fois libre, il ne put pendant un long moment chasser de son esprit le visage ensanglanté de Muhtar, resté à l'intérieur. Autrefois, dans les villes de province, les conservateurs n'étaient pas ainsi frappés par la police. Mais Muhtar n'était pas d'un parti de centre-droit comme le Parti de la mère patrie (ANAP) [1] ; il se réclamait d'une vision aspirant à l'islam radical. Ka sentit combien son état présent

---

1. Parti libéral de centre-droit, créé en 1983 par Turgut Özal, fréquemment au pouvoir, seul ou dans le cadre de coalitions, entre 1983 et 2002.

devait lui aussi à la personnalité de Muhtar. Il marcha très longtemps sous la neige, s'assit sur un mur en bas de l'avenue de l'Armée, et fuma une cigarette en contemplant les enfants qui faisaient de la luge sur une pente enneigée, à la lumière des lampadaires. Il était fatigué de la pauvreté et de la violence dont il avait été le témoin tout au long de la journée, mais l'espoir de commencer une vie toute nouvelle construite sur l'amour d'İpek le travaillait intérieurement.

Ensuite, marchant à nouveau sous la neige, il se retrouva sur le trottoir en face de la pâtisserie Yeni Hayat. Le gyrophare bleu azur de la voiture de police postée devant la pâtisserie à la vitrine cassée illuminait d'une drôle de lumière la foule des badauds qui regardaient en famille les policiers à l'intérieur de la pâtisserie, et la neige qui tombait avec une patience divine sur tout Kars. Ka se glissa lui aussi dans la foule et vit que les policiers continuaient à questionner le vieux serveur de la pâtisserie.

Quelqu'un lui heurta l'épaule si brutalement qu'il prit peur. « Vous êtes bien le poète Ka, n'est-ce pas ? »

C'était un jeune aux yeux verts écarquillés et au visage d'enfant. « Je m'appelle Necip. Je sais que vous êtes venu à Kars écrire pour le journal *Cumhuriyet* un article sur les élections et sur le suicide des jeunes femmes, et que vous avez déjà discuté avec de nombreux groupes religieux. Mais il y a encore une personne importante que vous devez absolument voir à Kars.

— Qui donc ?

— Éloignons-nous un peu de là ! »

Ka aima l'air mystérieux que le jeune garçon arborait. Ils se retirèrent jusque devant le Buffet moderne, célèbre dans le monde entier pour ses boissons sucrées et son *salep* [1].

« J'ai été chargé de ne vous révéler l'identité de la personne que vous devez rencontrer à tout prix qu'à la condition que vous acceptiez de la voir.

— Mais comment pourrais-je accepter de la voir si je ne sais pas qui c'est ?

— Là-bas, c'est comme ça, dit Necip. Mais cette personne se cache. De qui il s'agit et pourquoi elle se cache, je ne peux pas vous le dire avant que vous acceptiez de la voir.

— Allez, d'accord, j'accepte de la voir », consentit Ka. Dans le pur style des romans illustrés, il ajouta : « J'espère que ce n'est pas un piège.

— Si tu ne fais pas confiance aux gens, tu ne pourras rien faire dans la vie, continua Necip lui aussi dans le pur style des romans illustrés.

— Je vous fais confiance, enchaîna Ka. La personne que je dois voir, c'est qui alors ?

— Après avoir appris son nom, vous la verrez. Mais le lieu où elle se cache, vous le cacherez aussi comme un secret. Réfléchis encore un coup. Alors je te dis qui c'est ?

— Allez-y, dit Ka. Faites-moi confiance à votre tour. »

Necip finit par dire avec émotion, comme s'il évoquait le nom d'un héros de légende : « Cette personne s'appelle Lazuli. » Il fut terriblement déçu de voir que ça ne faisait aucun effet à Ka. « Ben alors ? Vous n'en avez jamais entendu parler quand vous étiez en Allemagne ? En Turquie il est connu.

— Je connais, dit Ka avec un ton apaisant. Je suis prêt à le voir.

1. Boisson chaude faite à base de poudre d'orchidée et saupoudrée de cannelle, vendue dans les rues, surtout en hiver. On écrit aussi souvent *sahlep*.

« — Mais moi je ne sais pas où il est, dit Necip. Même moi je ne l'ai jamais vu de ma vie. »

Soudain ils s'examinèrent avec une suspicion amusée.

« C'est un autre qui va te conduire à Lazuli, dit Necip. Ma mission est de t'amener à la personne qui t'y conduira. »

Ils marchèrent ensemble par la rue Küçük-Kâzım-bey, en descendant sous les fanions et les affichettes de campagne électorale. Ka, qui croyait un peu se revoir jeune dans les mouvements nerveux et enfantins de l'adolescent et dans son corps tout fin, en ressentit de la sympathie pour lui. Alors qu'il s'efforçait de voir le monde avec les yeux de son compagnon, il reprit soudain possession de lui-même.

« Qu'est-ce qu'on dit en Allemagne au sujet de Lazuli ? demanda Necip.

— J'ai lu dans les journaux turcs qu'il était un militant islamiste, dit Ka. Et d'autres choses pas très positives. »

Necip lui coupa aussitôt la parole. « Islamistes, c'est le qualificatif que donne la presse occidentalisée et laïque à nous autres musulmans, prêts à combattre pour l'islam, dit-il. Vous êtes un laïc, mais, s'il vous plaît, ne vous laissez pas tromper par les mensonges que raconte à son sujet la presse laïque. Lui, il n'a tué personne. Pour défendre nos frères musulmans il est allé en Bosnie et a même été mutilé par une bombe russe à Grozny. » Il arrêta Ka dans un coin. « Tu vois la boutique en face, hein, librairie Le Message... C'est la librairie de la communauté des Vahdetçi [1], mais tous les islamistes de Kars s'y retrouvent. La police aussi est au courant, comme tout le monde. Ça grouille d'indics. Moi, je suis élève dans un lycée de prédicateurs. Il nous est

1. Une des branches du Hezbullah turc.

interdit d'entrer là-bas, sous peine de sanction disci-
plinaire, mais je vais faire passer la nouvelle à l'intérieur. Dans trois minutes, il en sortira un jeune de
grande taille, barbu et coiffé d'une calotte écarlate.
Suis-le. Deux rues après, si la police en civil ne vous
file pas, il s'approchera de toi et te conduira où il
doit te conduire. T'as compris ? Que Dieu t'aide. »

Necip disparut tout d'un coup dans la neige dense.
Ka éprouva une profonde affection pour lui.

8

Celui qui se suicide
est un pécheur

HISTOIRE DE LAZULI ET DE RÜSTEM

Alors que Ka attendait devant la librairie Le Messsage, la neige redoubla d'intensité. Ka commençait tellement à se lasser d'épousseter celle qui s'accumulait sur le sommet de son crâne et d'attendre qu'il allait rentrer à son hôtel quand il remarqua que le jeune de grande taille et barbu marchait dans la lumière pâle du lampadaire sur le trottoir d'en face. La calotte rouge sur sa tête était devenue complètement blanche de neige ; il le suivit, le cœur battant.

Ils remontèrent toute l'avenue Kâzım-Karabekir que le candidat à la mairie du Parti de la mère patrie avait promis de rendre entièrement piétonnière pour imiter Istanbul, tournèrent dans l'avenue Faikbey, prirent à droite deux rues plus bas et parvinrent place de la Gare. La statue de Kâzım Karabekir au milieu de la place avait disparu sous la neige et avait pris dans l'obscurité la forme d'une grande glace. Ka, voyant que le barbu entrait dans la gare, se mit à courir. Il n'y avait personne dans les salles d'attente. Ka cessa alors de courir quand il comprit que le jeune se dirigeait vers les quais. Parvenu au bout du quai, il longea les rails, peu rassuré, en s'efforçant de ne pas perdre de vue celui qu'il suivait dans l'obscurité. Et alors même qu'il lui venait à l'esprit que s'il était soudainement abattu ici personne ne pour-

rait retrouver son cadavre avant le printemps, il se
retrouva nez à nez avec le barbu à calotte.

« Personne ne nous file, dit celui-ci. Mais si tu le
veux, tu peux encore renoncer. Tu ne révéleras
jamais comment t'es venu là. La fin des traîtres, c'est
la mort. »

Mais même son dernier mot ne fit pas peur à Ka,
parce qu'il avait une voix fluette presque risible. Ils
longèrent encore les rails, passèrent près du silo et,
une fois entrés dans la rue Yahniler située juste à
côté des logements militaires, le jeune montra à Ka
l'immeuble où il devait pénétrer et, de sa voix frêle,
lui expliqua sur quelle sonnette appuyer. « Et sois
respectueux envers le Maître ! dit-il. Ne lui coupe pas
la parole et, une fois ton boulot terminé, sors et
dégage sans traînasser. »

Ka apprit par ce biais que dans le milieu de ses
admirateurs Lazuli avait un autre nom d'emprunt :
« Maître ». En fait, mis à part que c'était un islamiste
et qu'il était célèbre, Ka ne savait pas grand-chose de
Lazuli. Il avait lu des années auparavant, dans un
des journaux turcs qui lui étaient tombés sous la
main en Allemagne, que son nom avait été mêlé à
une affaire de crime. Il y avait pas mal d'islamistes
assassins ; mais aucun de ceux-là n'était célèbre.
Lazuli l'était, lui, depuis qu'on le soupçonnait
d'avoir tué le présentateur — habillé de folles couleurs fantaisistes, efféminé et snob, humiliant en
permanence les « ignorants » avec des plaisanteries
obscènes et nulles — d'un jeu de questions/réponses
où l'on pouvait gagner de l'argent, diffusé sur une
petite chaîne de télévision. Ce blagueur à l'ego bour-
souflé, Güner Bener, s'était moqué en direct d'un
modeste participant nigaud, et avait commis un lap-
sus ordurier au sujet du Saint Prophète ; cette plaisanterie avait suscité la colère de quelques religieux,

qui avaient vu l'émission en sommeillant, mais elle commençait à être oubliée quand Lazuli avait envoyé des lettres à tous les journaux d'Istanbul où il menaçait de tuer cet animateur si, au cours de la même émission, celui-ci ne présentait pas ses excuses. Habituée à ce type de menaces, la presse d'Istanbul n'en aurait sans doute pas fait grand cas; mais une petite chaîne de télévision, de tendance laïque, et provocatrice, saisit l'occasion de montrer à l'opinion publique où en étaient arrivés les islamistes armés et invita Lazuli à une émission; lui, de son côté, réitéra ses menaces plus fermement encore; il remporta ainsi un succès certain et se montra disposé à jouer le rôle du « méchant islamiste » sur d'autres chaînes. Il avait commencé à se tailler une petite réputation mais, désormais recherché pour menaces de mort, il choisit de se cacher; voyant l'opinion publique s'intéresser à l'événement, Güner Berner donna alors dans la provocation au cours d'une de ses émissions quotidiennes en direct, en lançant, à sa manière, inopinément : « Je ne crains pas les déviants réactionnaires ennemis d'Atatürk et de la république »; le lendemain, il fut retrouvé étranglé avec la cravate imprimée de boulets de canon multicolores qu'il portait toujours à l'écran, dans la chambre de l'hôtel de luxe à Izmir où il était descendu pour son émission. Il fut prouvé que Lazuli donnait le même jour, à la même heure, à Manisa, une conférence de soutien aux filles voilées, pourtant il continua à se cacher, fuyant la presse qui avait étendu sa réputation à tout le pays. Même une partie de la presse religieuse montrait à l'époque l'islam radical avec du sang sur les mains et l'agressait autant que la presse laïque, et prétendait que Lazuli était un instrument de la presse laïque, qu'il aimait la célébrité et les médias de manière inconvenante pour un islamiste ou qu'il était un agent de la CIA. Lazuli disparut aussi de la circulation un long moment. Des rumeurs se propagèrent alors, dans les milieux islamistes, selon lesquelles il combattait héroïquement en Bosnie contre les Serbes et à Grozny contre les Russes ; mais il y en avait aussi pour prétendre que tout cela n'était que mensonges.

Quant à ce qu'en pense Lazuli, ceux qui sont curieux de le savoir peuvent se reporter à son autobiographie, qui commence par les mots « Ma condamnation à mort », à la cinquième page du trente-cinquième chapitre, sous le titre « MOI, JE NE SUIS L'AGENT DE PERSONNE », sous-titre « Ka et Lazuli en prison » ; mais je ne garantis pas la justesse de ce que dit là notre héros. Si beaucoup de contrevérités circulent et que certaines histoires ont acquis une sorte de dimension mythique, c'est à cause de l'atmosphère de mystère que cultive Lazuli lui-même. Derrière le silence dont Lazuli a cherché à s'entourer après avoir utilisé les médias et s'être ainsi attiré la vive désapprobation de certains milieux islamistes, on peut voir une forme de reconnaissance des critiques qui lui ont été adressées, à savoir qu'un musulman ne doit pas apparaître aussi souvent dans les médias laïcs, sionistes et bourgeois ; mais, comme vous le verrez dans notre récit, parler aux médias plaît fondamentalement à Lazuli.

La plupart des rumeurs qui circulaient sur son arrivée à Kars étaient contradictoires, comme tous les bruits qui se propagent soudainement dans les petites villes. Selon certaines, Lazuli serait venu protéger la base et les secrets d'une organisation kurdo-islamiste dont l'État venait de démanteler la tête à Diyarbakır, à la suite d'une série d'opérations, mais en réalité, sauf un ou deux exaltés, cette organisation n'avait pas de partisans à Kars. Des militants

pacifiques et bien intentionnés des deux côtés prétendaient aussi qu'il était là pour calmer les hostili-
tés entre les marxistes nationalistes kurdes et les
islamistes kurdes, qui s'étaient ouvertes dans les
villes de l'Est et aggravées ces derniers temps. La
confrontation entre ces Kurdes s'était d'abord manifestée par des joutes verbales, des échanges d'insultes, des passages à tabac et des batailles de rue,
s'était ensuite muée en affrontements à coups de
petits couteaux puis de gros couteaux de cuisine ;
récemment, les deux parties avaient commencé à
s'entre-tuer, par balles ou étranglement ; enfin, elles
procédèrent à des interrogatoires avec torture après
enlèvement (en utilisant des méthodes qui consis-
taient à faire couler du plastique brûlé sur la peau
ou à écraser les testicules). On racontait aussi qu'en
vue de constituer une instance secrète de médiation
chargée de mettre un terme à cette guerre, dont certains disaient : « Ça arrange bien l'État ! », Lazuli
devait tâter le terrain, de bourgade en bourgade,
alors que, selon ses ennemis, ni les zones d'ombre
dans son passé ni son jeune âge ne faisaient de lui la
personne idéale pour cette mission si délicate, et
d'une telle importance. Les jeunes islamistes ont
aussi répandu la rumeur qu'il était venu à Kars pour
nettoyer le « brillant » présentateur et disc-jockey
aux habits scintillants de la chaîne de télévision
locale, la Télévision de la ville-frontière, que ses
blagues déplacées et son ironie même dissimulée à
l'égard de l'islam avaient rendu suspect ; c'est pourquoi ce présentateur d'origine azérie, Hakan Özge,
avait, dans ses dernières émissions, commencé à fréquemment parler d'Allah et des heures de prière.
D'autres avaient imaginé que Lazuli agissait en tant
que relais en Turquie d'un réseau terroriste international. Certains firent même savoir aux Ren-

seignements et aux unités de sécurité de Kars que ce réseau soutenu par l'Arabie Saoudite avait planifié, afin de dissuader les milliers de femmes venues des anciens pays soviétiques en Turquie pour se prostituer, d'en tuer quelques-unes. Lazuli n'osait pas démentir ce type d'allégation, pas plus que cette autre rumeur selon laquelle il était là pour les filles qui se suicidaient, les filles voilées, ou même pour les élections municipales. Le fait qu'aucune réponse ne fût donnée à ceux qui se demandaient pourquoi on ne le voyait pas apparaître lui conférait un mystère qui plaisait aux élèves prédicateurs et aux jeunes. S'il n'apparaissait pas dans les rues de Kars, c'était non seulement pour se cacher de la police, mais aussi pour ne pas dissiper cette aura mythique, et tout cela alimentait les doutes sur la réalité de sa présence dans la ville.

Ka appuya sur la sonnette que lui avait indiquée le jeune à calotte et réalisa immédiatement que l'homme de petite taille qui le pria d'entrer après lui avoir ouvert la porte d'un appartement était celui qui avait abattu le directeur de l'École normale à la pâtisserie Yeni Hayat une heure et demie plus tôt. Dès que Ka l'aperçut, son cœur se mit à battre à tout rompre.

« Excusez-moi, dit l'homme de petite taille qui levait les mains en lui présentant ses paumes. Ces deux dernières années on a tenté à trois reprises de tuer notre Maître, je vais vous fouiller. »

Ka écarta les bras pour se laisser fouiller, comme il en avait pris l'habitude à l'université. Le petit homme, une arme dans le dos, lui passa soigneusement les mains sur la chemise ; Ka eut peur qu'il sentît son cœur battre la chamade. Aussitôt, il tenta d'en calmer le rythme et vit alors qu'il s'était trompé. Non, il ne s'agissait pas de l'assassin du directeur de l'École normale, pas du tout. Cet homme aimable et d'âge moyen qui lui rappelait Edward G. Robinson ne semblait pas assez déterminé pour tuer qui que ce soit ; en plus il n'avait pas l'air très solide.

Ka entendit un bébé commencer à pleurer et la voix douce d'une mère parlant avec affection.

« J'enlève mes chaussures ? » demanda-t-il, puis sans attendre la réponse il commença à se déchausser.

« Nous sommes là en hôtes, avait dit au même moment une voix. Nous ne voulons pas être une charge pour les maîtres de maison. »

Ka remarqua à ce moment qu'il y avait une autre personne sur un petit sofa. Il comprit qu'il s'agissait de Lazuli, mais, comme il s'était préparé à une rencontre bien plus impressionnante, il en douta quelques instants. Sur les talons de Lazuli, il entra dans une pièce nue où une télévision en noir et blanc était allumée. Là, un bébé, la main enfoncée dans la bouche jusqu'au poignet, regardait sa mère, qui le changeait en lui disant des mots doux en kurde avec un sérieux et une satisfaction si intenses qu'elle se contenta de jeter un œil d'abord sur Lazuli, ensuite sur Ka. Comme dans toutes les anciennes maisons russes, il n'y avait pas de corridor : ils passèrent directement dans une seconde pièce.

L'esprit de Ka était focalisé sur Lazuli. Il vit un lit fait avec une rigueur militaire, un pyjama bleu à rayures plié avec soin, un cendrier à l'effigie d'Ersin Électricité, posé sur un coin du coussin, un calendrier au mur avec une vue de Venise, une large fenêtre aux battants ouverts qui donnait sur les lumières tristes de la ville de Kars entièrement sous la neige. Lazuli ferma la fenêtre puis revint à Ka.

Le bleu de ses yeux tirait sur un azur foncé tel qu'on ne peut en voir chez un Turc. Il était brun, imberbe, beaucoup plus jeune que Ka ne le pensait, et avait un teint d'une pâleur étonnante et un nez busqué. Il paraissait exceptionnellement beau. Son charme tenait à la confiance qu'il avait en lui-même. Dans son allure, son comportement, son apparence, il n'avait absolument rien qui ressemblât au partisan de la charia que dessinait la presse laïque, le chapelet dans une main, une arme dans l'autre, barbu, provincial et agressif.

« Ne quittez pas votre manteau tant que le poêle n'a pas réchauffé la pièce... Beau manteau. Vous l'avez acheté où ?

— À Francfort.

— Francfort... Francfort... », dit Lazuli ; et, fixant son regard au plafond, il plongea dans ses pensées.

Il expliqua que « jadis », condamné au titre de l'article 163 pour diffusion d'une pensée prônant l'instauration d'un ordre étatique fondé sur la religion, il avait fui en Allemagne.

Un silence se fit. Ka sentait que pour se comporter amicalement il fallait dire quelque chose et il se troubla parce que rien ne lui venait à l'esprit. Il sentit que Lazuli parlait pour s'apaiser.

« Quand j'étais en Allemagne, dans toutes les villes où j'allais rendre visite aux associations, à Francfort, à Cologne entre la cathédrale et la gare, ou bien dans un quartier riche de Hambourg, où que j'aille, au bout d'un moment, je me concentrais pour essayer de deviner ce que pensait l'Allemand type que je croisais dans la rue. L'important n'était pas ce que je pensais de lui, car je travaillais plutôt à voir avec ses yeux, en imaginant ce qu'il pensait de moi, de mon propre accoutrement et habillement, de mes propres mouvements, de ma démarche, de mon histoire, de mes origines et de ma destination, de mon identité. C'était un sentiment impur, mais j'y étais habitué ; je n'étais pas humilié : je comprenais comment mes frères s'humiliaient. Le plus souvent l'Européen n'humilie pas. C'est nous qui nous humilions en le regardant. On ne fait pas ça pour fuir la condition de migrant ou l'angoisse d'être seul à la maison, on le fait plutôt pour atteindre les profondeurs de notre esprit. Celui qui n'a pas le courage ne peut quitter sa patrie, mais pour sauver ses pairs, un jour on revient, c'est sûr. Toi, pourquoi t'es revenu ? »

Ka se taisait. Le dénuement et la pauvreté de la pièce, les murs sans peinture, au crépi effrité, la lumière violente de l'ampoule nue au plafond qui lui perçait les yeux, tout ça le rendait peu serein.

« Je ne veux pas t'indisposer avec des questions métaphysiques, dit Lazuli. Le défunt Molla Kasım Ensari demandait d'emblée ceci aux étrangers qui venaient lui rendre visite là où résidait sa tribu, sur les bords du Tigre : "J'ai été heureux de faire votre connaissance, mais pour qui donc faites-vous du renseignement ?"

— Pour le journal *Cumhuriyet*..., répondit Ka.

— Jusque-là, je sais. Mais le fait qu'ils s'intéressent à Kars au point d'y envoyer un homme me met la puce à l'oreille.

— Je me suis porté volontaire, dit Ka. J'avais appris que mon ancien camarade Muhtar et sa femme étaient là.

— Ils se sont séparés, tu le sais ? corrigea Lazuli en fixant attentivement Ka dans les yeux.

— Je le savais », dit Ka. Il rougit. À l'idée que Lazuli percevait tout ce qui lui passait par la tête, il éprouva de la haine pour lui.

« À la Sécurité ils ont frappé Muhtar, hein ?

— Ils l'ont frappé.

— Il méritait les coups ? demanda Lazuli avec un air bizarre.

— Non, bien sûr que non, dit Ka avec embarras.

— Et toi, pourquoi ils ne t'ont pas frappé ? T'es content de toi ?

— Je ne sais pas pourquoi ils ne m'ont pas frappé.

— Tu le sais, t'es un bourgeois d'Istanbul, dit Lazuli. Ça se voit tout de suite, à ton teint, à tes regards. Il a sûrement des connaissances haut placées et influentes, se sont-ils probablement dit. Ils savent, ça se voit immédiatement, qu'au contraire Muhtar n'a pas de telles relations, qu'il n'a pas un tel pouvoir. D'ailleurs Muhtar est entré en politique pour gagner en influence par rapport à eux, comme toi. Mais même s'il remporte les élections, pour pouvoir occuper cette position officielle, il lui fallait leur prouver qu'il était capable de recevoir en pleine poitrine ces coups assenés par l'État. C'est pourquoi il est probablement satisfait de les avoir pris. »

Lazuli ne riait nullement, il lui passa même sur le visage une expression de tristesse.

« Personne ne peut être satisfait des coups qu'il a pris », dit Ka ; et il se sentit trivial et superficiel face à Lazuli.

Avec l'air de dire : « Allez, maintenant venons-en à notre véritable affaire », Lazuli demanda : « Je crois savoir que tu as parlé avec les familles des filles qui se sont suicidées, pourquoi l'as-tu fait ?

— En pensant que j'écrirais un papier sur ce sujet.

— Dans les journaux occidentaux ?

— Dans les journaux occidentaux », dit Ka avec un sentiment de supériorité jouissif. En réalité il ne connaissait personne qui pût le faire publier dans un journal allemand. « En Turquie aussi, pour *Cumhuriyet*, ajouta-t-il non sans remords.

— Les journaux turcs ne s'intéressent pas plus

aux Occidentaux qu'à la misère et aux souffrances de leur propre peuple, dit Lazuli. C'est honteux de parler de la pauvreté, des suicides, aussi traitent-ils le sujet comme s'il était hors du temps. C'est pourquoi tu es obligé de publier ton papier en Europe. Moi aussi je voulais parler de ça avec toi : attention, n'écris pas, ni pour ici ni pour l'étranger, que les filles se suicident ! Le suicide est un grand péché ! Quand on s'y intéresse, ça devient une maladie contagieuse ! En particulier, la rumeur selon laquelle la toute dernière fille à s'être suicidée était une pratiquante qui faisait la "résistance du foulard" est plus mortelle que le poison.

— Mais c'est exact, dit Ka. La fille, avant de se suicider, a fait ses ablutions puis sa prière. Les filles qui font la résistance du foulard éprouvent maintenant une grande estime pour elle.

— Une fille qui se suicide, même pratiquante, n'est pas musulmane ! dit Lazuli. Ce n'est pas vrai qu'elle combatte pour se voiler. Si tu divulgues cette fausse information, la rumeur selon laquelle les filles musulmanes qui font de la résistance cèdent ainsi aux renégates, aux pauvres qui mettent des perruques, à la pression de la police et de leurs parents risque de se propager. T'es venu ici pour ça hein ? N'incite personne au suicide. Tiraillées entre leur amour de Dieu, leur famille et leur école, ces filles sont tellement malheureuses et seules qu'elles se mettraient en quasi-totalité à imiter cette très chère suicidée.

— Le préfet adjoint aussi m'a dit de ne pas exagérer les suicides à Kars.

— Pourquoi t'es-tu entretenu avec le préfet adjoint ?

— Pour qu'ils ne m'embêtent pas toute la journée ; j'ai aussi parlé à la police.

— Eux sont contents quand ils apprennent que "les filles voilées expulsées de l'école se suicident", dit Lazuli.

— Moi j'écris ce que je pense, dit Ka.

— L'allusion en question n'est pas seulement destinée au préfet laïc de l'État, elle m'est aussi destinée. En plus, tu me fais dire insidieusement : le préfet, comme l'islamiste, ne veut pas que j'écrive que les filles se suicident !

— En effet.

— Cette fille ne s'est pas suicidée parce qu'elle n'était pas prise à l'École, mais à cause d'une histoire d'amour. Si tu écris d'un simple suicide par amour qu'il est celui d'une fille voilée qui s'effondre et puis, en plus, commet ainsi un péché, les jeunes islamistes des lycées de prédicateurs vont sérieusement t'en vouloir. Kars est une petite ville.

— Je veux aussi parler de ça avec ces filles.

— Tu ferais bien ! dit Lazuli. Demande donc aux filles si ça leur plaît qu'on écrive dans les journaux allemands qu'elles meurent en pécheresses en se suicidant, accablées par ce qu'elles subissent pour l'amour de Dieu dans leur résistance contre l'indécence.

— Je leur demanderai », dit Ka avec un regard de défi ; mais il eut peur.

« Je t'ai appelé pour te dire autre chose, dit Lazuli. Le directeur de l'École normale a été abattu sous tes yeux tout à l'heure... C'est le résultat de la colère qu'a engendrée chez les musulmans la pression de l'État sur les filles voilées. Mais il s'agit bien sûr d'une provocation de l'État. D'abord on a utilisé le pauvre directeur pour qu'il fasse pression, ensuite on l'a fait abattre par un idiot pour qu'on accuse les musulmans.

— Est-ce que c'est un acte grave pour vous ? Le

condamnez-vous? demanda Ka avec une attention de journaliste.

— Moi, je ne suis pas venu à Kars pour la politique, dit Lazuli, je suis venu à Kars pour empêcher que les suicides se propagent. » Soudain il attrapa Ka par l'épaule, le tira à lui et le baisa sur les joues : « Toi tu es un derviche qui a consacré tes années à l'épreuve de la poésie. Tu ne seras pas l'instrument de ceux qui veulent souiller les musulmans et l'opprimé. De la même façon que je te fais confiance, toi aussi tu m'as fait confiance, tu es venu ici par cette neige. Pour te remercier, je vais te raconter une très vieille histoire. » Il fixa Ka dans les yeux, avec un air mi-joueur mi-sérieux.

« J'y vais ?

— Raconte.

— Il était une fois en Iran, il y a très longtemps, un héros sans égal, un guerrier infatigable. Tous ceux qui le connaissaient l'aimaient. Disons comme ceux qui l'aiment encore aujourd'hui qu'il s'appelait Rüstem. Un jour Rüstem perdit d'abord son chemin à la chasse puis son cheval, la nuit, pendant qu'il dormait. Se disant qu'il y retrouverait son cheval Raks, il pénétra en terres ennemies, dans le Turan. Mais, comme sa réputation l'avait précédé et qu'on l'avait reconnu, on le traita correctement. Le shah du Turan en fit son hôte et donna une fête. Après le repas, il se retira dans sa chambre, la fille du shah y pénétra et déclara son amour à Rüstem. Elle lui dit qu'elle souhaitait avoir un enfant de lui. Avec sa beauté et son verbe, elle le conquit ; ils s'aimèrent. Le matin, en souvenir de lui pour l'enfant qui naîtrait, il laissa un petit bracelet et retourna dans son pays. L'enfant qui naquit — on l'appelle généralement Suhrab, nous aussi on l'appellera ainsi —, en apprenant des années plus tard par sa mère que son

118

père était le légendaire Rüstem, fit la déclaration suivante : "Je vais aller en Iran, une fois que j'aurai détrôné le tyrannique shah d'Iran Keykavus, je mettrai mon père à sa place... Ensuite je reviendrai ici dans le Turan et après avoir détrôné le shah du Turan Efrasiyab, comme je l'aurai fait pour Keykavus, je me mettrai moi-même à sa place ! Alors mon père Rüstem et moi, nous gouvernerons avec justice l'Iran et le Turan, soit le monde entier !" Ainsi parla Surhab, au cœur pur et bon, mais sans savoir que ses ennemis étaient plus sournois et rusés que lui. Bien qu'il connût ses intentions, Efrasiyab, shah du Turan, le soutint, en se disant qu'il combattrait l'Iran, et envoya des espions se mêler à l'armée de Suhrab pour l'empêcher d'identifier son père. Après moult tromperies et intrigues, jeux de la mauvaise providence, et mystérieux hasards du grand Dieu, le légendaire Rüstem et son fils, à la tête de leurs soldats, se retrouvèrent face à face sur le champ de bataille, mais sans se reconnaître à cause de leur armure. Rüstem d'ailleurs se cachait toujours dans son armure pour éviter que les guerriers ennemis concentrent leurs forces contre lui. Surhab au cœur d'enfant, qui n'avait pas autre chose en tête que d'installer son père sur le trône d'Iran, ne se souciait même pas de savoir contre qui il allait combattre. Et ainsi ces deux braves et grands guerriers, le père et le fils, leurs soldats derrière eux les regardant, se ruèrent en avant et sortirent leur épée. »

Lazuli se tut. Sans regarder Ka dans les yeux, il dit comme un enfant : « Bien que je l'aie lu des centaines de fois, quand j'arrive à ce moment de l'histoire, mon cœur commence à battre d'effroi. Je ne sais pas pourquoi ; peut-être que je m'identifie à Suhrab sur le point de tuer son père. Qui peut bien vouloir tuer son père ? Quelle âme pourrait supporter la douleur de cette faute et le poids de ce péché ! Et je m'identifie tout spécialement à Suhrab au cœur d'enfant. Dans ce cas, s'il faut tuer le père, le mieux est de le faire sans en être conscient.

« Moi, je suis plongé dans ces pensées, tandis que les deux guerriers s'empoignent et se frappent ; et après des heures de corps à corps, sans qu'aucun n'ait vaincu, ils se retirent en sang et en sueur. Arrive la nuit de ce premier jour, et mon esprit se fixe autant sur Suhrab que sur son père ; puis, en lisant la suite de l'histoire, aussi fébrile que si je la lisais pour la première fois, j'espère que le père et son fils se sortiront de cette affaire, chacun incapable de vaincre l'autre.

« Le deuxième jour, les armées se disposent à nouveau face à face, à nouveau le père et le fils, dans leur armure, foncent et s'affrontent sans pitié. Après une longue lutte, ce jour-là, la chance — mais est-ce bien de la chance ? — sourit à Suhrab et à Rüstem : faisant tomber Rüstem de son cheval, le fils prit le dessus. Il sortit son poignard, et alors qu'il allait frapper son père d'un coup mortel, un cri leur parvint : "En Iran, il n'est pas de tradition, à la première campagne, de prendre la tête du guerrier ennemi. Ne le tue pas." Suhrab ne tuera donc pas son père.

« Ce passage me plonge toujours dans la confusion. Je suis plein d'amour pour Suhrab, mais quel est le sens du destin que Dieu a considéré comme juste pour le père et pour le fils ? Le troisième jour enfin, contrairement à ce que j'escomptais, le combat se termine tout d'un coup. Rüstem fait tomber Suhrab de son cheval et en un seul assaut lui plonge son épée dans la poitrine et le tue. La vitesse de l'acte surprend autant que son atrocité. Une fois qu'il réalise, à la vue du bracelet, que celui qu'il a tué est son fils, il s'agenouille, prend contre lui le cadavre en sang de son fils et pleure.

« À ce stade de l'histoire, chaque fois je pleure, moi aussi : je pleure en fait plus parce que je comprends la douleur du pauvre Suhrab que parce que je partage celle de Rüstem. Alors qu'il est mû par l'amour pour son père, Suhrab est tué par celui-ci. Puis la grave détresse de Rüstem fidèle aux lois et à la tradition, sentiment plus profond et plus mûr, se substitue bientôt à mon admiration pour l'amour enfantin que Suhrab au cœur généreux éprouve pour son père. Au fil de l'histoire, mon amour et mon admiration passent du rebelle et indi- vidualiste Suhrab au puissamment fort et respon- sable Rüstem. »

Lazuli se tut un instant. Ka lui envia sa faculté de raconter une histoire avec une telle foi, n'importe quelle histoire.

« Mais je ne t'ai pas raconté cette belle histoire pour te montrer par ce biais de quelle manière je donnais sens à ma vie, je te l'ai racontée pour te dire qu'elle était oubliée, dit Lazuli. Cette histoire, qui a au moins mille ans, est reprise dans Şehname [1] de Firdousi. Autrefois, de Tabriz à Istanbul, de la Bos- nie à Trabzon, des millions de personnes la connais- saient et, se la remémorant, comprenaient le sens de leur vie. C'est comme ceux qui pensent, aujourd'hui en Occident, à l'assassin du père dans Œdipe ou au trône de Macbeth et à son obsession de la mort. Mais maintenant, à cause de l'admiration pour l'Oc- cident, tout le monde l'a oubliée. Les vieilles his- toires ont été retirées des livres d'école. Aujourd'hui,

1. Œuvre magistrale en vers du poète persan Firdousi, du début du XIe siècle.

il n'y a pas un seul libraire à Istanbul qui vendrait le *Şehname* ! Pourquoi donc ? »

Ils se turent un moment.

« Réfléchis un peu à ça, l'exhorta Lazuli. Un être humain en tuerait-il un autre pour la beauté de cette histoire ? Hein ?

— Je ne sais pas, dit Ka.

— Alors réfléchis », répliqua Lazuli avant de sortir de la pièce.

9

Excusez-moi, vous êtes athée ?

UN MÉCRÉANT QUI NE VEUT
PAS SE TUER

Lazuli étant soudainement sorti, Ka resta indécis. D'abord il pensa que Lazuli allait revenir pour l'interroger sur le problème qu'il lui avait posé. Mais rapidement il comprit qu'il n'en serait rien : d'une manière théâtrale et un peu détournée sans doute, un message lui avait été adressé. Était-ce là une menace ?

Cependant Ka se sentit moins menacé qu'étranger dans cette maison. La mère et son bébé n'étaient plus dans la pièce adjacente, il prit la porte et sortit sans être vu. Il descendit les escaliers en courant, sans raison.

La neige tombait si lentement que Ka eut l'impression que les flocons restaient comme suspendus, ce qui donna à Ka l'illusion que beaucoup de choses pouvaient avoir changé, qu'il s'était écoulé des heures mais que le temps, lui aussi, était suspendu ; en réalité son entrevue avec Lazuli avait duré moins de vingt minutes.

Il longea les rails, passa près du silo telle une ombre géante et blanche sous la neige, avant de parvenir à la gare par le chemin qu'il avait emprunté à l'aller. Il en traversa le bâtiment sale et vide et vit un chien s'approcher de lui en remuant amicalement sa queue en tire-bouchon. Il était tout noir, avec une tache ronde sur le haut de la tête, et alla jusqu'à une salle d'attente minable, où trois adolescents lui donnèrent un *simit* [1]. Necip était parmi eux ; il laissa ses compagnons et courut rejoindre Ka. Il lui demanda de ne surtout pas expliquer à ses camarades d'école comment il savait qu'il passerait par là. « Fazıl, un de mes amis les plus proches, a une question très importante à vous poser. Si vous voulez bien lui accorder une minute, il en sera très heureux.

— Entendu », dit Ka ; il marcha vers le banc où étaient assis les deux adolescents. Sur les posters, derrière eux, Atatürk rappelait l'importance des chemins de fer, et l'État effrayait les filles tentées par le suicide ; les jeunes se levèrent et serrèrent la main de Ka. Mais désormais ils l'avaient pris au piège.

« Avant que Fazıl ne pose sa question, Mesut va raconter une histoire qu'il a entendue, dit Necip.

— Non, je ne peux pas, dit Mesut, intimidé. Tu peux raconter à ma place, s'il te plaît ? »

Tout en écoutant l'histoire racontée par Necip, Ka regardait le chien noir que les deux autres faisaient courir dans la gare vide, sale et à moitié plongée dans l'obscurité.

« L'histoire se déroule dans un lycée de prédicateurs d'Istanbul, enfin c'est comme ça que je l'ai entendue, commença Necip. Le directeur d'un lycée de prédicateurs mal construit dans un quartier périphérique entra pour traiter ses affaires dans un de ces hauts gratte-ciel d'Istanbul nouvellement érigés que l'on voit à la télévision. Il prit un grand ascenseur, dans lequel se trouvait un homme de grande taille, plus jeune que lui, qui se rapprocha de lui pour lui parler et qui, tout en sortant un coupe-papier nacré de sa poche, lui montra le livre qu'il

---

1. Petit pain parsemé de sésame, en forme de bracelet. Vendu dans les rues, il constitue la nourriture des plus démunis.

tenait à la main. Le directeur sortit au dix-neuvième étage. Mais, les jours suivants, il se mit à se sentir un peu bizarre. Il avait peur de la mort, il n'avait plus envie de faire quoi que ce soit et pensait en permanence à l'homme de l'ascenseur. Le directeur était profondément croyant ; aussi, espérant que ça calmerait ses tourments, il entra dans le *tekke* Cerrahi [1]. Son célèbre cheikh, après avoir écouté jusqu'au matin ce que le directeur avait sur le cœur, fit le diagnostic suivant : "Tu as perdu ta foi en Dieu. En plus, tu ne t'en rends pas compte et tu t'enorgueillis même de la situation ! Cette maladie t'a été transmise par l'homme de l'ascenseur. Tu es devenu athée." Le directeur eut beau s'efforcer de cacher l'évidence derrière ses larmes, il comprit très bien, du moins la part encore honnête de son cœur le comprit, que le cheikh disait vrai. Coincer les belles petites lycéennes, faire tout pour rester seul avec les mères de ses élèves, voler l'argent d'un enseignant qu'il jalousait, tout cela l'avait amené à savoir qui il était. En plus, il était fier de lui, le directeur, en commettant ces péchés : devant tout le lycée rassemblé, il déclarait que les gens n'étaient pas aussi libres que lui à cause de leurs croyances aveugles et de leurs traditions insensées, et que tout était permis. Il truffait ses propos de très nombreux mots européens et avec l'argent volé il s'achetait et portait les habits les plus à la mode en Europe. Il faisait tout cela avec le plus grand mépris pour tout le monde et en se comportant en personne "développée". Dans ce climat, des étudiants violèrent une belle fille de leur classe, un vieux professeur de Coran fut frappé et ce

1. Il s'agit de l'une des vieilles confréries représentatives de l'islam non étatique en Turquie. Bien qu'interdites dans les années 1920 par le pouvoir kémaliste, les confréries ont poursuivi leur existence, d'abord en secret et, ensuite, à partir de 1950, de façon moins dissimulée.

fut le début des révoltes. Le directeur, certes, pleurait chez lui et souhaitait se suicider, mais n'ayant pas le courage de passer à l'acte, il attendait que les autres le tuent. C'est pourquoi il insulta — Dieu nous en préserve — notre Saint Prophète en présence des élèves les plus religieux de l'école, qui ne le touchèrent pas, comprenant qu'il avait perdu la raison. Il sortit dans les rues et se mit à déclarer — Dieu nous en préserve — que Dieu n'existait pas, qu'il fallait transformer les mosquées en discothèques et que nous ne serions tous riches comme les Occidentaux qu'à la condition de devenir chrétiens. Les jeunes islamistes voulurent le tuer, mais il se cacha. Ne trouvant pas de remède à son malheur et à son envie de suicide, il retourna au gratte-ciel et rencontra dans l'ascenseur le même homme de haute stature. L'homme lui sourit d'un regard qui signifiait qu'il savait tout ce qui lui arrivait et lui montra la couverture du livre qu'il avait dans la main ; le remède de l'athéisme était là, le directeur tendit ses mains tremblantes vers le livre ; alors, avant que l'ascenseur ne s'arrête, l'homme de grande taille enfonça le coupe-papier nacré dans le cœur du directeur. »

Une fois le récit terminé, Ka se souvint qu'une histoire semblable se racontait parmi les Turcs islamistes d'Allemagne. Le livre de la fin de l'histoire gardait son mystère dans la version de Necip, mais Mesut rappela le nom de quelques éditorialistes — l'un d'entre eux serait tué par balles trois ans plus tard — qui comptent parmi les ennemis principaux de l'islam, avec un ou deux écrivains juifs dont Ka n'avait jamais entendu dire qu'ils eurent incité à l'athéisme. « Des athées manipulés par le diable, tel le malheureux directeur de cette histoire, se promènent parmi nous à la recherche du bonheur et de la quiétude, dit Mesut. Vous êtes d'accord avec ça ?

— Je ne sais pas.

— Comment je ne sais pas ? fit Mesut un peu en colère. Vous, vous n'êtes pas athée, hein ?

— Je ne sais pas, dit Ka.

« Dans ce cas répondez à ceci : est-ce que vous croyez ou non que Dieu si Haut a créé ce monde, toute chose, cette neige qui tombe en abondance dehors ?

— La neige m'évoque Dieu, répondit Ka.

— Bien, mais pensez-vous que Dieu a créé la neige ? » surenchérit Mesut.

Un silence se fit. Ka, à la lumière pâlotte des néons de dehors, vit le chien sortir précipitamment par la porte qui dessert les quais et courir tout excité sous la neige.

« Tu ne peux pas répondre, dit Mesut. Si l'être humain reconnaît Dieu et l'aime, il ne doute absolument pas de son existence. Cela signifie en fait que tu es un athée mais que tu hésites à le dire. D'ailleurs, nous le savions. C'est pourquoi je voudrais au nom de Fazıl te poser cette question. Est-ce que tu connais les mêmes tourments que le pauvre athée de l'histoire ? Est-ce que tu veux mettre fin à tes jours ?

— Même si je suis parfois très tourmenté, j'ai peur de me suicider, avoua Ka.

— Pour quelle raison ? demanda Fazıl. Parce que l'État l'interdit au motif que l'être humain est la plus noble des créatures ? Ça aussi, prétendre que l'être humain est un chef-d'œuvre est une mauvaise interprétation. Dites, s'il vous plaît, pourquoi vous avez peur du suicide.

— Pardonnez l'obstination de mes amis, dit Necip. Cette question a pour Fazıl une signification très particulière.

127

— Autrement dit, est-ce que vous ne voulez pas vous suicider parce que vous ne pouvez pas supporter le tourment et le malheur ?

— Non, fit Ka, légèrement énervé.

— S'il vous plaît, ne nous cachez rien, enchaîna Mesut. Si vous dites que vous êtes athée, nous ne vous ferons pas de mal. »

Il se fit un silence tendu. Ka se leva. Il ne voulait en rien montrer que la peur l'avait saisi. Il se mit à marcher.

« Tu y vas ? Arrête, je t'en prie, ne t'en va pas », fit Fazıl. Ka s'immobilisa, et resta là sans pouvoir parler.

« Je vais parler à sa place, moi, dit Necip. Nous sommes tous les trois amoureux de "filles voilées" qui ont mis leur vie en danger pour leur croyance. La presse laïque utilise pour les qualifier l'expression "filles voilées". Pour nous ce sont des musulmanes et toutes les musulmanes devraient mettre leur vie en péril pour leur croyance.

— Et les hommes aussi, dit Fazıl.

— Évidemment, dit Necip. Moi, je suis amoureux de Hicran, Mesut aime Hande, quant à Fazıl, il était amoureux de Teslime, mais Teslime est morte. Ou plutôt elle s'est suicidée. Mais nous ne croyons pas qu'une musulmane prête à sacrifier sa vie pour sa croyance puisse se suicider.

— Il se peut que les souffrances qu'elle a endurées l'aient poussée à bout, dit Ka. Sa famille aussi a exercé des pressions pour qu'elle enlève son voile et elle a été expulsée de l'école.

— Aucune pression n'est suffisante pour conduire une vraie croyante à commettre un péché, dit Necip avec exaltation. Nous autres, on craint tellement de tomber dans le péché en manquant la prière du matin que la nuit, d'exaltation, on ne parvient pas à dormir. Chaque fois on accourt toujours plus tôt à la mosquée. En fait, quand on croit avec une certaine ferveur, on fait tout pour ne pas commettre de péché, et on consentirait même à se faire écorcher vif, si nécessaire.

— On sait que vous avez parlé à la famille de Teslime, lâcha Fazıl. Eux, est-ce qu'ils croient qu'elle s'est suicidée ?

— Ils le croient. D'abord, elle a regardé le film *Marianna* avec ses parents, ensuite elle a fait ses ablutions puis sa prière.

— Teslime ne regarde jamais les feuilletons télévisés, dit Fazıl à voix basse.

— Vous, est-ce que vous la connaissiez ? demanda Ka.

— Pas personnellement, et je n'ai jamais discuté avec elle, avoua Fazıl, honteux. Une fois je l'ai vue de loin ; elle était bien couverte, d'ailleurs. Mais en tant qu'âme, bien sûr que je la connaissais : l'être humain connaît la personne dont il est le plus épris. Je la sentais de l'intérieur comme si c'était moi. La Teslime que je connais ne se suicide pas.

— Peut-être que vous ne la connaissiez pas suffisamment.

— Peut-être aussi que les Occidentaux t'ont envoyé ici pour que tu dissimules l'assassin de Teslime, dit brutalement Mesut.

— Non, non, fit Necip. On vous fait confiance. Notre autorité religieuse nous a dit que vous étiez un derviche, un poète. Comme on vous fait confiance, on voudrait vous poser une question sur un sujet qui nous rend bien malheureux. Fazıl vous demande pardon au nom de Mesut.

— Pardon », dit Fazıl. Son visage était tout rouge. Ses yeux soudain se mouillèrent.

Mesut laissa faire ce rituel de paix sans dire un mot.

« Nous sommes, Fazıl et moi, des frères de sang, dit Necip. Très souvent, au même moment nous pensons la même chose et nous savons ce que pense l'autre. Contrairement à moi, Fazıl ne s'intéresse nullement à la politique. Maintenant on a lui et moi une requête à vous adresser. En fait, on peut accepter l'un et l'autre que, condamnée à pécher à cause de la pression de ses parents et de l'État, Teslime se soit suicidée. C'est très douloureux, mais Fazıl, par moments, en arrive à penser que la fille dont il est amoureux a "commis un péché et s'est tuée". Mais si Teslime était une athée cachée, comme dans l'histoire, si c'était une athée malheureuse qui ne savait pas qu'elle était athée, et si elle s'était suicidée parce qu'elle était athée, eh bien, pour Fazıl, ce serait la fin de tout. Puisque dans ce cas il deviendrait l'amoureux d'une athée. Il n'y a que vous qui puissiez donner une réponse à ce grand doute en nous, il n'y a que vous qui puissiez rassurer Fazıl. Est-ce que vous avez compris ce qu'on pense ?

— Vous, vous êtes athée ? demanda Fazıl avec des yeux suppliants. Si vous êtes athée, est-ce que vous voulez mettre fin à vos jours ?

— Même les jours où je suis le plus sûr d'être athée, je ne ressens jamais la tentation du suicide, dit Ka.

— Je vous remercie beaucoup de nous avoir répondu honnêtement, fit Fazıl, rassuré. Votre cœur est plein de bonté, mais vous craignez de croire en Dieu. »

Ka avait surpris le regard haineux de Mesut et voulait s'en aller. Comme si son esprit se fixait sur quelque lieu éloigné de lui-même. Il sentit germer en lui un profond désir et qu'une vision en naissait, mais à cause du mouvement autour de lui, il ne put se concentrer sur cette vision. Plus tard, il devait intensément réfléchir à ces minutes et comprendre que sa vision était nourrie autant par la question de la non-croyance que par son envie de revoir İpek. Au dernier moment Mesut ajouta quelque chose à tout ce qui avait été dit.

« S'il vous plaît, comprenez-nous bien, renchérit Necip. Nous ne reprochons à personne d'être athée. Il y a toujours eu une place pour les athées dans la société musulmane.

— Simplement, les cimetières doivent être séparés, dit Mesut. Le fait d'être enterré dans le même cimetière qu'un sans-Dieu agresse l'âme des croyants. Certains athées, qui ont réussi à cacher cela toute leur vie, alors même qu'ils ne pouvaient croire en Dieu, se sont fait une spécialité d'importuner les croyants, non seulement dans ce monde, mais aussi dans leurs tombes. Comme si la torture de reposer dans le même cimetière jusqu'à la fin des temps ne suffisait pas, au moment du Jugement dernier, quand nous nous lèverons de nos tombeaux, nous serons confrontés à l'horreur de voir en face de nous un funeste athée... Monsieur Ka, vous qui êtes poète, vous ne cachez parfois plus que vous êtes athée. Peut-être que vous en êtes vraiment un. Alors dites-nous qui fait tomber cette neige, quel est le secret de cette neige ? »

Ils regardèrent un instant tous ensemble dehors, à travers le bâtiment vide de la gare, la neige qui tombait sur les rails déserts à la lumière des néons.

« Que fais-je dans ce monde ? se demanda Ka. Ma vie est aussi misérable que le paraissent de loin ces flocons de neige. L'être humain vit, s'érode, disparaît. » Il se dit que dans un sens il avait déjà disparu, mais que dans l'autre il existait encore : il aimait à se penser en flocon de neige, et suivait avec amour et tristesse la voie que prenait sa vie. Il se rappela l'odeur de son père quand il se rasait. Il se souvint de ses pieds froids dans les pantoufles de sa mère qui préparait le petit déjeuner à la cuisine, d'une brosse à cheveux, du sirop de couleur rose, sucré, qu'on lui faisait boire à son réveil après une nuit passée à tousser, de la cuillère dans sa bouche, de tous ces petits riens qui font la vie, de l'ensemble de ces choses, du flocon.

Ce faisant, Ka sentit le profond appel familier des vrais poètes qui ne peuvent être heureux dans la vie que dans les moments d'inspiration. Pour la première fois depuis quatre ans, un poème lui venait à l'esprit : il était si sûr de son existence, de son ton, de sa grâce et de sa force qu'il en fut intérieurement empli de bonheur. Il dit aux trois jeunes qu'il était pressé et sortit de la gare déserte et à moitié obscure. Il rentra sans tarder à son hôtel en pensant au poème qu'il écrirait, sous la neige qui tombait.

10

Pourquoi ce poème est-il beau ?

NEIGE ET BONHEUR

À peine dans sa chambre d'hôtel, Ka enleva son manteau. Il ouvrit un cahier à carreaux, à la couverture verte, qu'il avait acheté à Francfort et commença à écrire son poème tel qu'il lui venait à l'esprit, mot après mot. C'était comme si quelqu'un d'autre le lui murmurait à l'oreille : il se sentit rasséréné ; cependant, il s'adonnait avec la plus grande attention à ce qu'il faisait. Comme auparavant aucun poème ne lui était venu sous l'effet d'une telle inspiration et sans interruption, il éprouva quelque doute sur sa valeur. Mais, au fur et à mesure que les vers se succédaient, sa raison lui disait que le poème était en tout point parfait, et cela accrut l'enthousiasme et le bonheur qui l'habitaient. Ainsi, sans trop s'arrêter, laissant en quelques endroits des vides pour certains mots, comme s'il les avait mal entendus, Ka écrivit trente-quatre vers.

Le poème était composé de ce qui lui avait tout à l'heure simultanément traversé l'esprit : la chute de la neige, les cimetières, le chien noir qui s'ébattait avec joie dans la gare, plusieurs de ses souvenirs d'enfance et İpek, à laquelle il avait pensé, sur le chemin du retour à l'hôtel, avec un sentiment de bonheur et d'inquiétude mêlés qui avait accéléré ses pas. Il baptisa son poème « Neige ». Bien plus tard, en se rappelant les conditions dans lesquelles il avait écrit à Kars, il dessinerait un flocon de neige, représentation de sa propre vie, dont le flocon exprimerait l'organisation logique, et il déciderait de placer ce poème au centre du dessin comme de sa vie. Mais, ces décisions-là — et le livre tente de répondre à cette question —, dans quelle mesure ne sont-elles pas, comme l'a été le poème pour Ka, le fruit de la vie elle-même, avec sa mystérieuse symétrie ?

Ka alla à la fenêtre et se mit à regarder silencieusement la neige qui tombait dehors à gros flocons et avec grâce, habité par le sentiment qu'il finirait d'autant mieux le poème, arrivé presque à son terme, qu'il contemplerait ce spectacle. On frappa à la porte, Ka ouvrit et oublia les deux derniers vers qui lui étaient venus à l'esprit, et dont il ne se souviendrait pas tant qu'il serait à Kars.

À la porte, c'était İpek. Elle lui tendit une enveloppe en disant : « Il y a une lettre pour toi. »

Ka prit la lettre et sans même la regarder la jeta dans un coin. « Je suis très heureux », dit-il.

Il pensait que seuls des gens ordinaires pouvaient dire : « Je suis très heureux ! », mais là, il n'avait pas honte. « Entre, dit-il à İpek. Tu es très belle. »

İpek entra dans la chambre avec une aisance de propriétaire. Ka eut le sentiment que le temps passé les avait comme rapprochés l'un de l'autre.

« Je ne sais pas ce qui m'est arrivé, dit Ka. C'est peut-être à cause de toi que ce poème m'est venu.

— L'état du directeur de l'École normale est critique, dit İpek.

— C'est une bonne nouvelle d'apprendre que vit encore quelqu'un qu'on croyait mort.

— La police multiplie les descentes. Dans les foyers d'étudiants, dans les hôtels. Ils sont même venus nous voir, ont regardé les cahiers d'enregistrement et posé des questions sur chacune des personnes qui couchaient à l'hôtel.

— Qu'as-tu dit à mon sujet ? Tu as dit qu'on allait se marier ?

— Tu es charmant. Mais je n'ai pas l'esprit à ça. Ils ont mis Muhtar en garde à vue, ils l'ont battu. Ensuite ils l'ont relâché.

— Il t'envoie ce message par mon intermédiaire : il est prêt à tout pour se remarier avec toi. Il regrette mille fois d'avoir exercé des pressions sur toi pour que tu te voiles.

— En fait, Muhtar me répète ça quasiment chaque jour, dit İpek. — Qu'as-tu fait après que la police t'a relâché ?

— J'ai marché dans les rues... », dit Ka. Il hésitait, soudain, à poursuivre.

« Allez, raconte.

— Ils m'ont conduit à Lazuli. Ça, j'étais censé ne le raconter à personne.

— Tu ne dois pas le raconter, dit İpek. Et tu ne dois absolument pas parler de nous, ni de mon père, à cet individu.

— Tu ne l'as jamais rencontré ?

— Autrefois, Muhtar l'admirait ; il est venu de temps en temps chez nous. Mais quand Muhtar a pris la décision de s'en tenir à un islam modéré et démocratique, il s'est éloigné de lui.

— Il est venu ici pour les filles qui se suicident.

— Redoute-le et n'en parle absolument pas, dit İpek. Le lieu où il loge est très probablement sur écoute.

— Alors pourquoi est-ce qu'ils ne l'attrapent pas ?

— Ils l'attraperont quand ils jugeront le moment opportun.

— Fuyons tous les deux cette ville de Kars », l'exhorta Ka.

135

Montait en lui la peur de se trouver à un point encore plus proche du malheur et du désespoir, une peur qu'il avait ressentie dans son enfance et dans sa jeunesse aux heures où il était exceptionnellement heureux.

Ka souhaitait mettre un terme à ses moments de bonheur, de crainte que le malheur qui suivrait ne fût plus grand encore. Pour cette raison, à cet instant précis où il était envahi moins par l'amour que par cette inquiétude, il pensait qu'İpek le rejetterait, que l'espoir d'intimité entre eux serait tout d'un coup ruiné, et qu'il serait finalement apaisé, une fois ce bonheur immérité interrompu par quelque refus humiliant bien justifié.

Ce fut tout le contraire. İpek le prit même dans ses bras. Ils se serrèrent l'un contre l'autre avec délice, s'étreignirent, s'embrassèrent avec passion et basculèrent enlacés sur le lit. Ka éprouva bientôt un tel désir, si puissant qu'il se mit à imaginer, avec un espoir et un optimisme aux antipodes de son pessimisme immédiat, qu'ils allaient se déshabiller et faire l'amour à satiété.

Mais İpek se remit debout. « Tu me plais beaucoup, moi aussi je voudrais faire l'amour avec toi, mais depuis trois ans je n'ai eu aucune relation sexuelle, je ne suis pas prête », dit-elle.

« Moi, cela fait quatre ans que je n'ai pas fait l'amour », se dit à part lui Ka. Il sentit qu'İpek avait deviné cette pensée sur son visage.

« Même si j'étais prête, d'ailleurs, poursuivit İpek, quand mon père est aussi proche, quand il est dans la même maison, moi je ne peux pas faire l'amour.

— Pour que tu te mettes nue au lit avec moi, il faut que préalablement ton père sorte de l'hôtel et s'en aille ? demanda Ka.

— Parfaitement. En plus, il sort très peu de l'hôtel. Parce qu'il n'aime pas les rues verglacées de Kars.

— D'accord, ne faisons pas l'amour maintenant, mais embrassons-nous encore un peu, dit Ka.

— D'accord. »

İpek s'inclina vers Ka en se rasseyant au bord du lit et, sans l'autoriser à trop s'approcher, l'embrassa longuement avec gravité.

« Je vais te lire mon poème, dit Ka, résigné à l'idée que le temps des baisers était terminé. Ça t'intéresse ?

— Lis d'abord cette lettre, un jeune homme l'a apportée à la porte. »

Ka ouvrit la lettre et la lut à haute voix :

Cher monsieur Ka, mon fils. Si le fait que je vous dise « mon fils » vous dérange, pardonnez-moi. Je vous ai vu en rêve cette nuit. Dans mon rêve il neigeait et chaque flocon tombait sur le monde comme une lumière divine. Ce fut de bon augure, car soudain, l'après-midi, cette neige que j'avais vue dans mon rêve commença à tomber devant ma fenêtre. Vous êtes passé devant la porte de notre hospice de pauvres au numéro 18 de la rue Baytarhane. Muhtar Bey, à qui Dieu Tout-Puissant a fait subir une épreuve, m'a rapporté le sens que vous donnez à cette neige. Nos voies sont les mêmes. J'attends, cher monsieur. Signé : Saadettin Cevher.

« Cheikh Saadettin, dit İpek. Va tout de suite le voir. Car ce soir tu dois venir dîner chez nous avec mon père.

— Pourquoi faut-il que je m'entretienne avec tous les fêlés de Kars ?

— Je t'ai dit de craindre Lazuli, mais ne le traite

pas de fêlé tout de suite. Le cheikh, pour sa part, est rusé, il n'est pas bête.

— Je souhaite tous les oublier. Je peux te lire mon poème maintenant ?

— Vas-y, lis. »

Ka s'assit et commença à lire avec entrain et confiance le poème qu'il venait d'écrire, puis il s'arrêta aussitôt. « Mets-toi là, fit-il à İpek. Je veux voir ton visage en lisant. » Il se remit à lire tout en regardant İpek du coin de l'œil. « C'est beau ? demanda Ka peu après. — Oui, c'est beau », dit İpek. Ka lut une nouvelle fois, et il demanda à nouveau : « C'est beau ? » İpek dit : « C'est beau. » Une fois sa lecture terminée, il demanda à İpek : « Qu'est-ce que tu as trouvé de beau ? — Je ne sais pas, répondit İpek. Mais j'ai trouvé l'ensemble très beau. — Muhtar t'a-t-il jamais lu un tel poème ? — Jamais. » Ka lut une nouvelle fois le poème avec enthousiasme et à nouveau, aux mêmes endroits, il demanda : « C'est beau ? » Plusieurs fois encore il demanda : « C'est très beau n'est-ce pas ? » Et İpek lui répondit « Oui, oui, c'est très beau ! »

Ka était ainsi tellement heureux ; c'était comme si « une lumière agréable et étrange » se diffusait autour de lui, ainsi qu'il avait écrit pour un enfant dans un poème de jeunesse, et il se réjouissait de voir qu'une part de cette lumière se diffusait aussi en İpek. En harmonie avec les règles de ce « moment en apesanteur », il prit à nouveau İpek dans ses bras, mais elle s'éloigna gentiment.

« Écoute-moi, maintenant : va tout de suite voir le cheikh Efendi. C'est en fait une personne très importante, elle, plus importante que tu ne le penses : beaucoup de gens de la ville vont le voir, même des laïcs. On dit aussi que le général de division et la femme du préfet vont le voir ; des riches, des militaires... Il est du côté de l'État. Quand il a déclaré que les étudiantes voilées devaient se découvrir dans les cours, les gens du Refah n'ont rien pu dire contre lui. Dans un endroit comme Kars, quand un homme aussi influent t'appelle, tu ne peux pas refuser.

— Et le pauvre Muhtar, c'est aussi toi qui l'as envoyé à lui?

— Est-ce que tu crains que, après avoir découvert la peur de Dieu qui t'habite, il ne fasse de toi un religieux à force de t'épouvanter?

— Je suis très heureux maintenant, je n'ai aucun besoin de la religion, déclara Ka. En plus, je ne suis vraiment pas venu pour ça en Turquie. Il n'y a qu'une seule chose qui peut me faire aller là-bas, c'est ton amour... On va se marier, alors? »

İpek s'assit sur le rebord du lit. Si tu m'aimes vraiment, file là-bas », dit-elle. Elle fixa Ka d'un regard mystérieux et charmant. « Mais fais attention aussi. Il n'y a pas plus fort que lui pour entrer immédiatement à l'intérieur des gens comme un djinn, dès qu'il a trouvé en leur âme un point de fragilité et de faiblesse.

— Que va-t-il me faire?

— Il parlera avec toi et d'un coup te jettera par terre. Il prétendra que ce que tu dis avec des mots ordinaires est d'une immense sagesse et que tu es un homme accompli. Au début, certains croient même qu'il se moque d'eux! Mais là réside la force de Sa Sainteté le cheikh Efendi. Il fait ça de telle façon que tu crois qu'il croit vraiment en ta sagesse et il le croit vraiment de tout son cœur. Il se comporte comme s'il y avait en toi un autre beaucoup plus haut que toi. Après un temps, toi aussi tu commences à voir en toi cette beauté : tu pressens que la beauté qui est en toi, c'est la beauté de Dieu que tu n'as pu discerner jusque-là, et tu deviens heureux. Et le monde est fondamentalement beau quand tu te trouves à ses côtés. Tu aimes cheikh Efendi qui t'a fait découvrir ce bonheur. Mais, au cours de tout ce processus, un autre versant de ta raison te murmure que tout ça n'est qu'un jeu de cheikh Efendi, et qu'en fait tu n'es qu'un misérable et qu'un pauvre idiot. Cependant, autant que je l'ai compris de Muhtar, il ne te reste plus de force pour croire à ce côté négatif et misérable. Tu es tellement pauvre et malheureux que tu penses que seul Dieu te sauvera. Là-dessus, ta raison, qui ne connaît pas les inclinations de l'âme, se rebelle d'abord un peu. Et ainsi tu empruntes la voie que te montre le cheikh, parce que c'est la seule qui te permettra de rester debout dans ce monde. Le plus grand talent de Sa Sainteté cheikh Efendi est de faire sentir au misérable qui est en face de lui qu'il est beaucoup plus noble qu'il ne l'est, parce que la majorité des hommes de cette ville de Kars savent bien qu'en Turquie personne ne peut être plus misérable, plus pauvre et plus perdant qu'eux. De la sorte, à la fin, tu crois en premier lieu au cheikh et en second lieu tu crois à l'islam en quoi il t'a fait croire. Et cela n'est pas une chose aussi mauvaise que cela y paraît d'Allemagne ou que le prétendent les intellectuels laïcs. Tu deviens comme tout le monde, tu ressembles au peuple, et tu es un peu sauvé du malheur.

— Moi, je ne suis pas malheureux, reprit Ka.

— Celui qui est aussi malheureux n'est pas malheureux, en vérité. Puisqu'ils ont une consolation à laquelle se rattacher très souvent, ils ont un espoir, les gens d'ici. Ici, il n'y a pas d'incroyant moqueur comme à Istanbul. Ici, les choses sont plus simples.

— Puisque tu le veux, j'y vais de ce pas. La rue Baytarhane, c'est laquelle ? Là-bas, je dois rester combien de temps ?

— Reste jusqu'à ce que tu te sentes bien intérieurement ! dit İpek. Et n'aie pas peur de croire. » Elle aida Ka à mettre son manteau. « Tes connaissances sur l'islam sont-elles fraîches dans ta mémoire ? demanda-t-elle. Te souviens-tu des prières apprises à l'école primaire ? Évite de te ridiculiser là-bas.

— Dans mon enfance, la domestique m'emmenait à la mosquée de Teşvikiye [1], dit Ka, moins pour faire sa prière que pour rencontrer les autres domestiques et discuter avec elles. Celles-ci, attendant l'heure de la prière, se livraient à leurs commérages qui n'en finissaient pas, tandis que moi je jouais avec les enfants à faire des pirouettes sur les tapis. À l'école, j'apprenais par cœur toutes les prières pour être le favori du professeur qui nous inculquait la *Fatiha* en nous donnant des claques, ou, nous attrapant par les cheveux, en nous frappant la tête avec son livre de religion resté ouvert sur le pupitre. J'ai appris tout ce qui s'enseignait sur l'islam dans les écoles, mais j'ai tout oublié. Aujourd'hui, c'est comme si tout ce que je sais de l'islam se résumait au film *L'Appel*, avec Anthony Quinn dans le rôle principal, dit Ka en souriant. Récemment, ils l'ont passé je ne sais pas pourquoi en allemand sur une chaîne turque d'Allemagne. Ce soir tu es là, n'est-ce pas ?

— Bien sûr.

— Parce que je veux te lire une fois de plus mon poème, dit Ka en mettant le cahier dans la poche de son pantalon. Il est beau, à ton avis ?

— Franchement très beau.

— Qu'est-ce qu'il a de beau ?

— Je ne sais pas, mais il est beau », dit İpek qui ouvrait la porte pour sortir.

Ka s'empressa de la prendre dans ses bras et lui fit un baiser.

---

1. Fameuse mosquée de la fin du XIXᵉ siècle au cœur du quartier de Nişantaşı à Istanbul.

11

Existe-t-il un autre Dieu en Europe?

KA AVEC CHEIKH EFENDI

Il y en a qui virent Ka, une fois sorti de l'hôtel, courir dans la direction de la rue Baytarhane, sous la neige et les fanions électoraux. Il était si heureux que son imagination, comme dans les moments de bonheur extrême de son enfance, sous l'effet de l'excitation du cinéma, commençait à passer deux films en même temps. Dans le premier, quelque part en Allemagne — ce n'était pas dans sa maison de Francfort — il faisait l'amour avec İpek. Il avait constamment cette vision et par moments le lieu où ils faisaient l'amour devenait sa chambre d'hôtel à Kars. Dans le second film, s'entremêlaient des mots des deux derniers vers de son poème, « Neige », et diverses visions.

Il entra d'abord dans le restaurant Yeşilyurt pour demander son chemin. Ensuite, comme la photo au mur d'Atatürk et les bouteilles disposées sur les étagères juste à côté des paysages enneigés de Suisse l'inspiraient, avec la détermination de quelqu'un de pressé, il commanda un double *rakı* accompagné de fromage et de pois chiches grillés. Le présentateur télé expliquait que, malgré les fortes chutes de neige, tous les préparatifs en vue de la première émission en direct hors studio de l'histoire de Kars (qui aurait lieu le soir même) étaient sur le point d'être achevés, puis il résumait certaines informations locales et nationales. Le préfet adjoint, pour que l'affaire ne prît pas de proportions démesurées et que la haine ne fût pas exacerbée, avait téléphoné pour interdire de mentionner, aux informations, la mort du directeur de l'École normale. Ka but rapidement deux doubles *rakı*, comme on boirait de l'eau, sans rater aucune de ces informations.

Après avoir avalé son troisième verre, la porte du *tekke* qu'il avait atteinte en quatre minutes s'ouvrit automatiquement par le haut. En montant les escaliers raides, Ka se souvint du poème de Muhtar intitulé « Escaliers », qu'il avait encore dans la poche de sa veste. Il était sûr que tout se passerait bien, mais il se sentit comme un enfant entrant effrayé dans la salle de consultation du médecin, alors même qu'il sait qu'on ne lui fera pas de piqûre. Parvenu en haut des marches, il hésita un moment : malgré le *rakı* une peur panique s'empara de lui.

Dès que cheikh Efendi l'aperçut, il sentit la peur dans le cœur de Ka. Et Ka le comprit. Mais il y avait chez le cheikh quelque chose de singulier qui fit que Ka n'en eut pas honte. Sur le palier où débouchaient les escaliers, il y avait au mur un miroir ouvragé avec un cadre en noyer. Il vit cheikh Efendi d'abord dans ce miroir. À l'intérieur de l'appartement les gens étaient serrés comme des sardines. La pièce était chauffée par la respiration et la chaleur des hommes. Ka se retrouva soudain à baiser la main de cheikh Efendi. Tout cela eut lieu en une fraction de seconde, Ka ne fit attention ni à son environnement ni à la foule dans la pièce.

Un peu plus de vingt personnes étaient là pour participer à la simple cérémonie du mardi, écouter les conversations du cheikh et épancher leurs douleurs. Des gens qui connaissaient le bonheur de se rassembler en toute occasion aux côtés du cheikh Efendi : des propriétaires de ferme, quatre ou cinq personnes de la catégorie des petits commerçants, des gérants de *çayhane*, un jeune à moitié paralysé, un gérant de compagnie d'autocars qui souffrait de strabisme flanqué d'un vieil ami, le veilleur de nuit d'une société d'électricité, le portier depuis quarante ans de l'hôpital de Kars et quelques autres personnes...

Le cheikh déchiffra une à une sur le visage de Ka toutes ses indécisions, puis il lui baisa la main avec un geste ostentatoire. Il le fit autant par respect que comme on embrasse la menotte d'un mignon petit bébé. Alors même qu'il avait fort bien deviné que le cheikh ferait ainsi, Ka en fut étonné. Ils parlèrent sous les regards de l'assemblée, bien conscients que tous les écoutaient avec attention.

« Que Dieu te bénisse d'avoir répondu favorablement à mon invitation, dit le cheikh. Je t'ai vu en rêve. Il neigeait.

— Moi aussi je vous ai vu en rêve, Votre Sainteté, dit Ka. Je suis venu ici pour être heureux.

— Que ta présence ici te procure du bonheur nous comble aussi de bonheur, reprit le cheikh.

— Là, dans cette ville, dans cet appartement, j'ai peur, dit Ka. Parce que vous m'êtes très étrangers. Parce que de telles choses m'ont toujours effrayé. Je n'ai jamais baisé la main de personne et personne non plus ne m'a jamais baisé la main.

— Je crois que tu as confié la beauté qui était en toi à notre frère Muhtar, dit le cheikh. Cette neige sacrée qui tombe, qu'est-ce qu'elle t'évoque ? »

Ka remarqua que l'homme assis juste sur le rebord de la fenêtre, à l'extrémité droite du sofa où siégeait le cheikh, c'était Muhtar. Il avait un pansement sur le front et un sur le nez. Pour cacher ses yeux au beurre noir, comme les vieux rendus aveugles par la variole, il avait mis des lunettes de soleil à larges verres. Il souriait à Ka, mais son visage ne paraissait pas du tout amical.

« La neige m'évoque Dieu, dit Ka. La neige m'a rappelé combien ce monde était mystérieux et beau et combien la vie était en fait un bonheur. »

Soudain il se tut et il vit que les regards de la foule dans la pièce étaient fixés sur eux. Et le fait que le cheikh fût satisfait de cette situation l'irrita. « Pourquoi m'avez-vous appelé ici ? demanda-t-il.

— Que Dieu nous pardonne, dit le cheikh, nous avons pensé, d'après ce que nous a raconté Muhtar Bey, que vous vouliez ouvrir votre cœur et discuter, que vous recherchiez un ami.

— D'accord, discutons, dit Ka. Mais avant de venir ici, de trac, j'ai bu trois verres de *rakı*.

— Pourquoi avez-vous peur de nous ? » demanda le cheikh en écarquillant les yeux pour feindre un grand étonnement. C'était un homme gros et aimable ; Ka s'aperçut que les gens autour de lui souriaient sincèrement. « Vous n'allez pas nous dire pourquoi vous avez peur de nous ? »

— Je vais vous le dire, mais je ne voudrais pas que vous vous fâchiez, dit Ka.

— On ne se fâchera pas, dit le cheikh. S'il vous plaît, asseyez-vous à mes côtés. Il est très important pour nous d'apprendre ce qui vous fait peur. »

Le cheikh avait un air mi-sérieux mi-joueur, prêt à faire rire à chaque instant ses disciples. Ka sentit qu'il voulait imiter, aussitôt assis, cet air qui lui plaisait.

« J'ai toujours souhaité, plein de bonnes intentions puériles, le développement de mon pays, l'affranchissement de ses hommes et sa modernisation, dit-il. Mais notre religion m'a toujours semblé opposée à tout cela. Peut-être que je me trompais. Veuillez m'excuser. Peut-être que maintenant j'ai trop bu et que, pour cette raison, je peux faire ce genre d'aveu.

— Que Dieu te pardonne.

— J'ai grandi dans un milieu aisé à Nişantaşı, Istanbul. Je voulais être comme les Européens. Ma vie s'est déroulée à l'écart de la religion, parce que je percevais que je ne pourrais pas croire en même temps en un Dieu qui enfermait les femmes dans un *çarşaf* ou voilait leur visage et en l'être européen. Une fois en Europe, à entendre ce que racontaient les types barbus, réactionnaires et provinciaux, j'ai pressenti qu'il pouvait y avoir un Dieu tout autre.

— Existe-t-il un autre Dieu en Europe? demanda le cheikh avec un air plaisantin, tout en passant sa main sur le dos de Ka.

— Moi, je voudrais un Dieu qui n'exige pas pour son contentement que j'ôte mes chaussures ou que je m'agenouille pour baiser la main de certains ; je veux un Dieu qui comprenne ma solitude.

— Dieu est un, dit le cheikh. Il voit tout, il comprend tout. Ta solitude aussi. Si tu croyais en Lui et si tu avais conscience qu'Il voyait ta solitude, tu ne te sentirais pas seul.

— Très juste, Votre Sainteté cheikh Efendi, dit Ka en sentant qu'il s'adressait en fait à tous ceux qui étaient dans la pièce. Comme je suis seul, je ne peux pas croire en Dieu, comme je ne peux pas croire en Dieu, je ne peux pas non plus être libéré de la solitude. Que puis-je faire? »

Alors même qu'il était ivre et qu'il prenait un profond plaisir, tel qu'il n'aurait jamais pu s'y attendre, à exposer avec audace à un vrai cheikh ce qu'il avait en lui, il eut peur du silence du cheikh, comme il sentait parfaitement par ailleurs qu'il s'aventurait dans des zones dangereuses.

« Est-ce que tu veux vraiment mon avis ? demanda le cheikh. Nous autres, nous sommes ces personnes que tu qualifies de barbus, de réactionnaires et de provinciaux. Même si nous coupions notre barbe, il n'y aurait pas de remède à notre provincialisme.

— Moi aussi je suis un provincial, ou plutôt je souhaite en être un et être oublié dans le plus inconnu recoin du monde sur lequel tombe la neige », dit Ka. Il baisa à nouveau la main du cheikh. Ce faisant, il prit plaisir à constater qu'il ne se forçait pas le moins du monde. Mais il ressentit qu'une autre part de lui-même fonctionnait encore en Occidental, comme quelqu'un de tout autre qui le mépriserait.

« Veuillez m'excuser, j'ai bu avant de venir ici, répéta-t-il. Tout au long de ma vie, je me suis senti coupable de ne pas croire dans le Dieu des pauvres auquel croyaient les gens sans éducation, les tatas voilées, les tontons à chapelet. Il y avait une part d'orgueil dans mon incroyance. Mais à présent je veux croire dans le Dieu qui fait tomber dehors cette belle neige. Il existe un Dieu qui rendra l'homme plus civilisé et plus fin, plus attentif à la symétrie cachée du monde.

— Il existe, bien sûr, mon fils, dit le cheikh.

— Mais ce Dieu n'est pas celui que vous cherchez ici. Il est dehors, dans la neige qui tombe au cœur de la nuit vide, de l'obscurité, des voyous.

— Si tu peux trouver Dieu tout seul, alors va, qu'au sein de la nuit la neige emplisse ton cœur de l'amour de Dieu. Nous n'allons pas entraver ton chemin. Mais n'oublie pas que seuls les orgueilleux ivres d'eux-mêmes se retrouvent totalement seuls. Dieu n'aime pas du tout les orgueilleux. C'est parce que

Satan était orgueilleux qu'il a été chassé du Paradis. »

Ka fut à nouveau la proie d'une peur dont il aurait plus tard honte. S'il sortait de là, il n'apprécierait pas tout ce qui se dirait dans son dos. « Que faire, Votre Sainteté cheikh Efendi ? » demanda-t-il. Allait-il une nouvelle fois baiser sa main ? Il y renonça. Il sentit que son indécision et son ivresse étaient clairement remarquées et qu'on le méprisait. « Je veux être un citoyen de base comme vous autres, qui croit au Dieu auquel vous croyez, mais l'Occidental en moi m'en empêche.

— Le fait que tu sois aussi bien intentionné est tout de même un bon début, dit le cheikh. Toi, apprends avant tout l'humilité.

— Que puis-je faire pour ça ? » demanda Ka. Il y avait de nouveau un diable ironique en lui.

« Le soir, après le repas de rupture du jeûne, tous ceux qui veulent discuter s'assoient sur ce coin du divan où je t'ai fait asseoir, dit le cheikh. Nous sommes tous frères. »

Ka comprit que la foule installée sur les chaises et les *minder* [1] faisait en fait la queue pour s'asseoir sur le coin du divan. Sentant que le cheikh avait moins de respect pour lui que pour cette longue file d'attente, et que la meilleure chose à faire c'était, en Européen, d'aller tout au bout de la file et de prendre patience, il se leva, baisa une fois de plus la main du cheikh et alla s'asseoir sur le *minder* le plus éloigné.

À ses côtés, il y avait un homme doux de courte taille, aux molaires plaquées d'or, qui tenait une *çayhane* sur l'avenue İnönü. L'homme était si petit, et la tête de Ka si confuse qu'il le supposa venu chercher

1. Sorte de coussin plat et lourd, rectangulaire, que l'on dispose au gré des besoins.

un remède à son quasi-nanisme. Dans son enfance à Nişantaşı, il y avait un nain très distingué qui achetait chaque soir un bouquet de violettes ou un unique œillet aux Tziganes de la place. Le tout petit homme à côté de lui dit qu'il l'avait vu aujourd'hui passer devant sa *çayhane*, où malheureusement il n'était pas entré, et qu'il l'attendait le lendemain. Làdessus, le gérant de compagnie de bus atteint de strabisme se mêla à la conversation et murmura que, lui aussi, il avait été jadis très malheureux à cause d'une histoire de fille et qu'il avait sombré dans l'alcool, qu'il était alors révolté au point de ne pas reconnaître Dieu, mais qu'après tout ça avait passé et avait été oublié. Sans même que Ka ne lui ait demandé s'il s'était marié avec la fille, le gérant qui louchait dit : « Nous avons compris que la fille n'était pas faite pour nous. »

Ensuite, le cheikh fit un développement contre le suicide ; tous écoutaient silencieusement, certains en balançant leur tête, et puis les trois se remirent à discuter entre eux en chuchotant : « Il y a eu d'autres suicides, expliquait le petit homme, mais l'État les dissimule comme la météorologie dissimule que le temps est encore plus froid pour ne pas décourager les gens : on donne les filles contre de l'argent à de vieux fonctionnaires, à des hommes qu'elles n'aiment pas. » Le gérant de la compagnie de bus enchaîna : « Même ma femme ne m'aimait pas au début, parce qu'elle ne me connaissait pas. » On énuméra parmi les causes du suicide le chômage, la pauvreté, l'immoralité, l'incroyance. Ka se trouva hypocrite à donner raison à tous ceux qui parlaient. Alors que son compagnon âgé commençait à s'endormir, le gérant qui louchait le réveilla. Il y eut un long silence, Ka sentit un malaise monter en lui : ils étaient si éloignés du centre du monde que c'était comme si personne ne pouvait avoir même l'idée de venir là, et, sous l'effet des flocons de neige qui restaient, dehors, comme suspendus en l'air, s'éveillait en l'homme l'impression que ne vivait rien d'autre que la pesanteur.

Alors que personne ne s'intéressait plus à lui, un nouveau poème vint à Ka. Son cahier était avec lui ; fort de son expérience du premier poème, il fut tout attentif à la voix qui s'élevait en lui et cette fois écrivit d'une seule traite les trente-six vers du poème, sans en manquer un seul. Comme sa tête était embrumée par le *rakı*, il n'avait pas trop confiance en son poème. Mais, sous le coup d'une nouvelle inspiration, il se leva, l'autorisation du cheikh obtenue, il se précipita dehors, s'assit sur les escaliers aux hautes marches du *tekke* et se mit à lire son cahier : il constata que le poème était sans défaut, comme le premier.

Ce qu'il venait de vivre et dont il avait été le témoin constituait le matériau du poème : dans quatre vers il y avait un dialogue avec un cheikh au sujet de l'existence de Dieu, et le point de vue de Ka plein de culpabilité sur le « Dieu des pauvres », des développements sur la solitude, le sens secret du monde et la structure de la vie ; parallèlement, prirent place dans le poème, qui puisait dans sa vie entière, un homme aux dents en or, un homme qui louche, et un nain distingué avec un œillet à la main. « Quel est le sens de tout cela ? » pensa-t-il en s'étonnant de la beauté de ce qu'il avait lui-même écrit. Et comme il trouvait ça beau, il s'étonnait de son matériau et de sa propre vie. Quel est le sens de la beauté dans un poème ?

La minuterie des escaliers fit un bruit sec et partout se fit l'obscurité complète. L'interrupteur trouvé et actionné, il regarda encore le cahier dans sa main et le titre du poème lui vint à l'esprit. « Symétrie mystérieuse », inscrivit-il à son début. Plus tard, il installerait aussi ce poème, comme le premier poème, sur l'axe de la Logique ; ce qui montrerait que le fait de trouver aussitôt ce titre est une preuve que tous ces poèmes — tout comme le monde entier — ne sont pas de sa propre conception.

12

Si Dieu n'existe pas, quel est le sens des mille souffrances qu'endurent les pauvres ?

L'HISTOIRE DOULOUREUSE DE NECIP

En sortant du *tekke* de Sa Sainteté le cheikh pour se rendre à son hôtel sous la neige, il pensa qu'il ne tarderait pas à revoir İpek. Dans l'avenue Halitpaşa, il tomba d'abord sur un rassemblement électoral du Parti du peuple, puis se retrouva parmi les élèves qui sortaient des cours de préparation à l'examen d'entrée à l'université : ils parlaient de regarder la télévision le soir même, d'histoires de chimiste, et, tout comme Ka et moi-même à cet âge, ils se titillaient férocement. En bas d'un immeuble, il vit sortir du cabinet d'un dentiste une petite fille en larmes que ses parents tenaient par la main. Il comprit immédiatement à leurs habits qu'ils joignaient difficilement les deux bouts, mais qu'ils avaient quand même amené leur fille tremblante chez un dentiste privé, en pensant qu'il lui ferait moins mal, plutôt qu'à un dispensaire d'État. Venant de l'intérieur d'un magasin où l'on vendait des chaussettes pour femmes, des nouilles, des crayons de couleur, des piles et des cassettes, par une porte ouverte, il entendit *Roberta*, une chanson de Peppino Di Capri qu'il écoutait à la radio, à l'époque où il allait se promener au bord du Bosphore dans la voiture de son oncle paternel, les matins d'hiver de son enfance : une émotion le gagna, et, croyant que survenait un nouveau poème, il entra dans la première *çayhane* qu'il trouva, s'assit à une table vide et sortit son cahier.

Ka regarda un moment la page blanche, son stylo à la main et l'œil mouillé, puis il comprit qu'il n'y aurait pas de poème, mais cela ne brisa pas son optimisme. Sur les murs de la *çayhane* pleine à craquer de chômeurs et d'étudiants, il vit, mis à part les paysages de Suisse, des affiches de théâtre, des caricatures et des articles de journaux découpés, l'annonce des conditions requises pour se présenter à un futur examen de recrutement de fonctionnaires et le tableau des matchs de l'année joués par l'équipe de Kars. La plupart s'étaient terminés par des défaites, signalées avec un crayon différent. À côté du match contre Erzurumspor perdu 6-1, quelqu'un avait écrit ces vers que Ka allait intégrer tels quels au poème intitulé « Toute l'humanité et les étoiles », qu'il écrirait le surlendemain, assis dans la *çayhane* Les Frères Talihli :

Même si notre mère, sortie du Paradis, revenait nous
    serrer dans ses bras,
Même si notre père mécréant, ne serait-ce qu'un seul
    petit soir, évitait de la frapper,
eh bien quand même, la vie ne vaudrait pas la peine,
ta merde gèlerait, ton esprit sécherait, il n'y a pas
    d'espoir !
Tire la chasse,
qu'elle dégage la personne échue dans la ville de Kars !

Alors qu'il notait sur son cahier ces vers avec un optimisme rieur, surgit Necip de l'une des tables du fond, avec une expression de joie sur son visage comme Ka n'en aurait jamais imaginé chez lui. L'adolescent s'assit à sa table.

« Je suis bien content de te voir, dit Necip. Tu écris un poème ? Je suis désolé pour le camarade qui t'a traité d'athée. C'est la première fois de leur vie qu'ils en voient un. Mais en fait tu ne peux pas être un athée, puisque tu es un type très bien. » Il parla ensuite d'une chose qui parut à Ka sans aucun rapport avec ce qui précédait : il avait séché l'école avec certains de ses camarades pour voir le spectacle de ce soir, mais ils s'assiéraient dans les derniers rangs puisque bien sûr ils ne voulaient pas que le directeur de leur école les « identifie » sur les images de retransmission. Il était très content de s'être enfui de l'école. Il avait donné rendez-vous à ses camarades au Théâtre de la Nation. Ils savaient que Ka y lirait un de ses poèmes. Dans la ville de Kars tout le monde écrivait de la poésie, mais dans sa vie Ka était le premier poète dont il faisait la connaissance. Pouvait-il lui offrir un thé ? Ka dit qu'il était pressé.

« Dans ce cas, dit Necip, je vais te poser une seule et dernière question. Mon but, pas plus que celui de mes camarades, n'est pas de te manquer de respect. Je suis seulement très curieux.

— D'accord. »

D'abord, il alluma nerveusement une cigarette :

« Si Dieu n'existe pas, cela veut dire qu'il n'y a pas de Paradis et que les millions de personnes qui vivent dans le dénuement, la pauvreté et l'oppression ne pourront même pas aller au Paradis. Alors quel est le sens des souffrances innombrables qu'endurent les pauvres ? Pour quelle raison vivons-nous et pourquoi souffrons-nous tant pour rien du tout ?

— Dieu existe. Le Paradis existe.

— Non, tu dis cela pour me consoler, parce qu'on te fait pitié. Dès que tu seras rentré en Allemagne, tu recommenceras à penser comme avant que Dieu n'existe pas.

154

— C'est la première fois depuis des années que je suis heureux, dit Ka. Pourquoi moi je ne pourrais pas croire en ce en quoi tu crois?

— Parce que t'es un snob d'Istanbul, répondit Necip. Eux, ils ne croient jamais en Dieu. Comme ils croient aux mêmes choses que les Européens, ils se considèrent supérieurs au peuple.

— Peut-être que j'étais un snob à Istanbul, dit Ka. Mais, en Allemagne, je suis un pauvre hère à qui personne ne donne la pièce. Je suis opprimé là-bas. »

Alors que Necip semblait regarder en lui-même de ses beaux yeux, Ka sentit que c'était sa propre situation qui était l'objet d'un examen systématique dans la tête de l'adolescent.

« Mais alors, pourquoi t'es-tu fâché contre l'État et enfui en Allemagne? » demanda-t-il. Voyant que Ka était envahi par la tristesse, il dit : « Peu importe! Pour ma part si j'étais riche, j'aurais honte de mon état et je croirais encore plus en Dieu.

— Un jour, in cha' Allah! on sera tous riches, dit Ka.

— Rien dans mes pensées n'est aussi simpliste que tu peux le croire. Je ne suis pas moi non plus aussi fruste et je ne veux nullement devenir riche. Je veux devenir poète, écrivain. J'écris un roman de science-fiction. Peut-être qu'il sera publié dans *La Lance*, un des journaux de Kars, mais j'aimerais que mon roman soit publié dans les journaux d'Istanbul vendus à des milliers d'exemplaires et non pas dans un journal vendu à soixante-quinze exemplaires. Le résumé de mon roman est sur moi. Si je te le lis, pourras-tu me dire s'il est publiable à Istanbul? »

Ka regarda sa montre.

« C'est très court! » fit Necip.

Juste à ce moment il y eut une coupure d'électricité et Kars tout entier fut enseveli dans l'obscurité.

À la lueur des réchauds à thé, Necip courut prendre une bougie au comptoir, l'alluma et, après l'avoir collée à une assiette avec de la cire, la posa sur la table. Il se mit à lire des papiers froissés sortis de sa poche, la voix tremblante, la gorge nouée par l'émotion.

« En l'an 3579, sur la planète Gazzali, qui n'est pas encore connue, les gens étaient très riches et la vie beaucoup plus tranquille que celle que nous menons aujourd'hui, mais, contrairement à ce que pensent les matérialistes, ces gens n'avaient pas délaissé les choses de la vie spirituelle sous prétexte qu'ils étaient "maintenant riches". Tout au contraire, chacun était très curieux de questions sur l'existence et le néant, l'être humain et le monde, Dieu et ses sujets. Pour cette raison, un lycée des sciences et de la prédication islamiques à destination des élèves les plus intelligents et les plus travailleurs fut ouvert dans l'endroit le plus reculé de cette planète rouge. Dans ce lycée, il y avait deux excellents amis : ils s'étaient donné les noms d'emprunt de Necip et Fazıl, en référence à Necip Fazıl[1], dont ils lisaient avec admiration les livres écrits mille six cents ans auparavant mais qui conservaient toujours une grande pertinence sur la question Orient-Occident ; ils avaient lu plusieurs fois l'œuvre magistrale du maître, *Grand Orient*, et se retrouvaient secrètement, la nuit dans le dortoir, sur le lit de Fazıl, situé au niveau supérieur ; ils se glissaient sous la couverture, s'allongeaient côte à côte, et, quand il neigeait sur le toit de cristal au-dessus d'eux, ils contemplaient chaque flocon de neige bleu qui se dissolvait, le

---

1. Necip Fazıl Kısakürek (1905-1983) est un très célèbre poète, journaliste et écrivain, surtout vénéré dans les milieux conservateur et religieux.

comparant à une planète se désintégrant, et se mur-
muraient à l'oreille le sens de la vie et ce qu'ils
feraient de leur avenir.

Cette pure amitié que des gens au cœur mauvais
s'efforçaient de souiller par des plaisanteries
jalouses fut un jour ombragée. Ils tombèrent amoureux au même moment d'une vierge nommée
Hicran [1] qui irradiait la ville désolée. Apprendre que
le père de celle-ci était athée ne les avait pas sauvés
de cet amour sans issue, tout au contraire cela avait
même attisé leur passion. Dès lors ils comprirent
aussitôt de tout leur cœur que l'un des deux était de
trop sur cette planète rouge, l'un des deux devait
mourir et d'emblée ils se firent cette promesse : quel
que soit celui qui meurt, après être parvenu dans
l'autre monde il reviendra, quelle que soit la distance
en années-lumière, et racontera à celui qui est resté
dans ce bas monde la chose qui les intrigue le plus, à
savoir la vie après la mort.

Ils n'avaient pas du tout décidé qui mourrait et
comment, parce que chacun des deux savait que le
vrai bonheur était de se sacrifier pour le bonheur de
l'autre. Si l'un proposait, par exemple Fazıl, de
s'électrocuter au même moment, Necip découvrait
aussitôt qu'il s'agissait d'une ruse inventée par Fazıl
pour mourir en se sacrifiant, puisque la prise à
laquelle il était lui, Necip, censé s'électrocuter était
de moindre intensité. Les indécisions de ce genre
qui duraient depuis des mois et qui leur causaient
une égale souffrance prirent subitement fin : Necip,
une nuit, de retour de son cours, trouva sur sa
couche le cadavre de son cher camarade, impitoyablement criblé de balles.

1. D'origine arabe et à fortes connotations religieuses, ce prénom, de
la même famille que le mot « Hégire », signifie à la fois séparation et
souffrance inoubliable.

L'année suivante, Necip se maria avec Hicran et, la nuit de noces, il expliqua à celle-ci l'accord qu'il avait passé avec son ami et que le fantôme de Fazıl, un jour, reviendrait. Là-dessus, Hicran lui dit qu'elle était en fait amoureuse de Fazıl, qu'elle avait pleuré sa mort des jours durant jusqu'à ce que ses yeux se transforment en vasques de sang, et qu'elle ne s'était mariée avec lui, Necip, que parce qu'il avait été son camarade et qu'il ressemblait à Fazıl. Ainsi ils ne purent s'aimer et ils s'interdirent l'amour jusqu'à ce que Fazıl revienne de l'autre monde.

Mais, au fil des années, leurs âmes d'abord, puis leurs corps aussi commencèrent à se désirer violemment. Un soir où ils irradiaient pour un essai la petite ville de Kars sur la planète Terre, ils ne purent se retenir et firent l'amour comme des fous. Ce fut comme s'ils oubliaient Fazıl, qui harcelait leur conscience telle une rage de dents. Seulement, en leurs cœurs s'amplifiait un sentiment de culpabilité qui leur faisait peur. Soudain ils se dressèrent tous les deux dans le lit, se sentant pris à la gorge par un sentiment étrange mêlé de peur. À cet instant, l'écran de télévision qui se trouvait devant eux s'alluma de lui-même et y apparut la vision immaculée et translucide de Fazıl, à la façon d'un fantôme. Sur son front et sous sa lèvre inférieure, les traces des balles qui l'avaient tué étaient encore sanglantes et vives.

"Je suis dans la souffrance, dit Fazıl. Dans l'autre monde, il ne reste pas un lieu où je ne sois allé, pas un coin que je n'aie vu." ("Ces voyages, je les écrirai avec tous les détails en m'inspirant des *Conquêtes de La Mecque* de Gazzali et d'Ibn Arabi", précisa Necip.) "J'ai été honoré par les plus grands éloges des anges d'Allah et j'ai pu me rendre dans les lieux réputés les plus inaccessibles, j'ai vu les châtiments effroyables endurés dans l'enfer par les athées à cravate, les orgueilleux qui se moquent des croyances de leur peuple et les positivistes colonialistes; mais je n'ai toujours pas atteint le bonheur, parce que mon esprit est ici avec vous."

Femme et mari écoutaient avec stupeur et effroi le fantôme malheureux.

"Ce qui me peine depuis des années, ce n'est pas le fait que vous soyez un jour tous les deux heureux, comme j'ai pu le voir cette nuit; tout au contraire, je souhaite encore plus le bonheur de Necip que le mien propre. Comme nous nous sommes tant aimés en tant que camarades, nous n'avons jamais pu nous faire mourir, ni nous-même, ni l'un l'autre. Comme si nous avions revêtu une garantie d'immortalité, puisque nous donnions l'un et l'autre bien plus de valeur à la vie de l'autre qu'à notre propre vie. Que ce sentiment était source de bonheur! Mais ma mort m'a prouvé sans appel que je m'étais trompé en croyant à ce sentiment.

— Non! s'écria Necip. À aucun moment je n'ai accordé plus de valeur à ma vie qu'à la tienne.

— Si c'était vrai, je ne serais jamais mort, moi, dit le fantôme de Fazıl. Quant à toi, tu n'aurais jamais pu te marier avec la belle Hicran. Je suis mort très secrètement, en te cachant même à toi ma mort, comme tu le souhaitais."

Necip avait beau de nouveau violemment nier, le fantôme ne l'écoutait pas.

"Ce n'était pas seulement le soupçon que tu aies pu souhaiter ma mort qui m'a empêché d'atteindre la sérénité dans l'autre monde, c'était aussi la pensée que tu aies pu être impliqué dans mon assassinat par balles, alors que je dormais sur ma couchette dans l'obscurité de la nuit, et la peur que tu aies pu avoir collaboré avec les ennemis de la charia", dit le fantôme. Necip se taisait, il ne contestait même plus dorénavant.

"Il n'y a qu'une façon de me permettre d'entrer dans le Paradis libéré de cette inquiétude et de te laver, toi, de ce soupçon!" poursuivit le fantôme. Mon assassin, quel qu'il soit, démasque-le. Depuis sept ans et sept mois, ils n'ont pas trouvé un seul suspect. J'exige des représailles contre celui qui est impliqué dans ma mort, ne serait-ce qu'en pensée. Tant que cet abject individu ne sera pas châtié il n'y aura pour moi plus de sérénité en ce monde, pas plus que dans le monde éphémère dont vous croyez qu'il est le vrai monde."

Sans que mari et femme en larmes, saisis de stupeur, n'aient pu objecter quoi que ce soit, le fantôme disparut tout d'un coup de l'écran et s'en fut. »

« Et après, que se passe-t-il? demanda Ka.

— Je n'ai pas encore décidé de la suite, dit Necip. Si j'écris cette histoire, à ton avis ça se vendra? » Voyant que Ka se taisait, il ajouta aussitôt : « Mais moi d'ailleurs à chaque ligne j'écris des choses auxquelles je crois de tout mon cœur. À ton avis, que raconte cette histoire? Pendant que je lisais, qu'as-tu ressenti?

— J'ai compris, et ça m'effraie, que tu crois de tout ton cœur que cette vie n'est qu'une préparation à l'autre vie.

— Oui, je le crois, dit Necip avec enthousiasme. Mais cela ne suffit pas. Allah souhaite aussi que nous soyons heureux dans ce monde-ci. Mais c'est très compliqué! »

Ils se turent en pensant à cette difficulté.

Au même moment, l'électricité revint, mais ceux qui étaient dans la *çayhane* ne faisaient aucun bruit, comme s'il faisait encore noir. Le propriétaire de la *çayhane* commença à donner des coups à la télévision qui ne marchait pas.

« Ça fait vingt minutes qu'on est assis, dit Necip, les amis doivent brûler de curiosité.

— Les amis, c'est qui ? demanda Ka. Fazıl est-il parmi eux ? Ce sont vos vrais prénoms en fait ?

— Bien sûr que, comme le Necip de l'histoire, mon nom est un nom d'emprunt. Ne pose pas de questions comme un policier ! Quant à Fazıl, il ne viendrait jamais dans un tel lieu, ajouta Necip avec un air mystérieux. Le plus musulman d'entre nous, c'est lui, la personne en laquelle dans la vie j'ai le plus confiance. Mais s'il se mêle de politique, j'ai peur qu'il ne soit fiché et expulsé de l'école. Il a un oncle paternel en Allemagne qui pourrait s'occuper de lui ; nous aussi, comme dans l'histoire, nous nous aimons beaucoup et je suis sûr que si quelqu'un me tuait, il me vengerait. En fait, nous sommes encore plus proches que je ne le raconte dans l'histoire et quelle que soit la distance qui nous sépare nous pouvons dire à tout instant ce que fait l'autre.

— Alors, que fait Fazıl maintenant ?

— Hmmm », fit Necip. Il prit une pose étrange. « Il lit dans le dortoir.

— Hicran, c'est qui ?

— Comme pour nous autres, ce n'est pas non plus son vrai prénom. Mais Hicran, ce n'est pas un prénom qu'elle s'est elle-même donné, c'est un prénom que nous lui avons donné. Il y en a qui lui écrivent en permanence des lettres d'amour ou des poèmes, mais ils n'ont pas le courage de les lui envoyer. Si j'avais une fille, je voudrais qu'elle soit belle, intelligente et courageuse comme elle. C'est elle la meneuse des filles à foulard, elle n'a peur de rien, elle a une personnalité très riche. En fait, à l'origine, sous l'influence de son père athée, elle était elle aussi sans foi, elle a été mannequin à Istanbul, elle est passée à la télé et elle montrait ses fesses et ses jambes. Elle est venue ici pour une publicité de shampooing qui devait passer à la télé. Elle marchait dans l'avenue Gazi-Ahmet-Muhtar-Paşa, la plus pauvre et la plus sale avenue de Kars, mais la plus belle, elle s'arrêtait soudain devant la caméra et, d'un mouvement de la tête, elle déployait et agitait comme un drapeau ses magnifiques cheveux châtain clair qui descendaient jusqu'à sa taille, et déclarait : "Malgré la saleté de la belle ville de Kars, grâce à Blendax mes cheveux sont toujours pleins d'éclat." La publicité devait passer dans le monde entier et la terre entière allait rire de nous. Sur ce, deux filles de l'École normale, alors à peine à la pointe du combat pour le voile, qui la connaissaient par la télévision et par les photos parues dans les journaux people relatant les abominations que vit la jeunesse dorée d'Istanbul, et éprouvaient tout secrètement de l'admiration pour elle, l'invitèrent à boire un thé. Hicran accepta et vint presque pour rire. Là, les filles l'ennuyèrent aussitôt et elle leur dit : "Puisque votre religion" (oui, elle dit "votre religion" et non pas "notre religion") "interdit de montrer les cheveux et que l'État de son côté interdit de les couvrir, alors vous, à la manière d'une telle" (elle cita ici le nom d'une vedette rock étrangère), "rasez-vous complètement la tête et accrochez-vous un anneau de fer au nez ! Alors, le monde entier s'intéressera à vous !" Nos filles étaient tellement démunies qu'elles rirent avec elle de cette plaisanterie ! Encouragée par cette réaction, Hicran leur dit : "Enlevez de vos belles têtes ce bout de tissu qui vous transporte dans l'obscurantisme médiéval", elle lança une main sur le foulard de la plus interloquée des filles pour essayer de l'arracher et à cet instant même cette main fut immobilisée. Aussitôt, se jetant à terre, elle pria la fille, dont le frère bien peu futé était dans notre classe, de l'excuser. Le lendemain, elle revint, le surlendemain encore, et, se ralliant à la cause de ces filles, elle ne retourna jamais à Istanbul. Elle est, crois-moi, devenue une sainte, qui a érigé le foulard en étendard politique de la femme musulmane opprimée d'Anatolie !

— Dans ces conditions, pourquoi tu n'as jamais parlé d'elle dans ton histoire, si ce n'est pour dire qu'elle est vierge ? demanda Ka. Pourquoi Necip et Fazıl n'ont même pas eu la présence d'esprit de demander à Hicran ce qu'elle en pensait, avant de se tuer en son nom ? »

Levant ses beaux yeux, que quelqu'un allait deux heures et trois minutes plus tard pulvériser à coups de balles, Necip, le regard tout étourdi et captivé par une tension silencieuse, fixa l'alignement de la rue et la neige qui tombait au cœur de l'obscurité, comme un poème qui lentement s'écoule. « La voilà. C'est elle ! murmura ensuite Necip.

— Qui donc ?

— Hicran ! Dans la rue ! »

13

Je ne discute pas de ma religion
avec un athée

PROMENADE SOUS LA NEIGE
AVEC KADIFE

Elle entra. Elle portait un pardessus violet, des lunettes noires qui la faisaient ressembler à une héroïne de science-fiction et, sur la tête, un foulard sans aucune particularité, comme Ka en avait vu depuis son enfance sur des milliers de femmes pour qui, alors, il ne s'agissait en rien d'un symbole de l'islam politique. Dès que Ka avait vu la jeune femme venir vers lui, il s'était levé comme un élève quand l'enseignant entre dans la classe.

« Je suis Kadife, la sœur d'İpek, dit la jeune femme en souriant légèrement. Ce soir, tout le monde vous attend pour le dîner. Mon père a souhaité que je vous amène.

— D'où saviez-vous que j'étais là ? demanda Ka.

— À Kars, tout le monde est au courant de tout à tout moment », répondit Kadife avec un grand sérieux. Elle ajouta : « C'est une particularité de Kars ! »

Sur son visage pointa une expression de souffrance : Ka ne put en comprendre la raison. Ka présenta Necip : « Mon camarade, poète et romancier ! » Ils se regardèrent attentivement, mais ne se serrèrent point la main. Ka imputa cela à la tension qui régnait. Plus tard, réfléchissant à ce qui était arrivé, il réaliserait ce que signifiait pour deux islamistes, au nom de la « stricte correction dans la présentation de soi », de ne pas se serrer la main. Necip observait Hicran comme un extraterrestre l'aurait fait, son visage avait pâli, mais les manières et l'allure de Hicran étaient si ordinaires que de la foule des hommes du café personne ne se retourna, même pour la regarder. Elle n'était pas aussi belle que sa grande sœur.

Cependant, Ka se sentit très heureux de marcher avec elle sous la neige dans l'avenue Atatürk. Comme il pouvait très tranquillement parler, à force de regarder son visage sans apprêt et pur, encadré par le foulard, certes pas aussi beau que celui de son aînée, à force de regarder tout au fond de ses yeux bleu azur il la trouva aussi attirante et pensa qu'il était prêt à trahir la grande sœur.

D'abord, et Ka ne s'y attendait pas du tout, ils parlèrent météorologie. Kadife était même au courant des détails dont seules peuvent avoir connaissance les personnes âgées qui passent leur journée à écouter les informations à la radio. Elle raconta que la vague de froid due aux basses pressions en provenance de Sibérie durerait encore deux jours, que si les chutes de neige continuaient avec cette intensité les routes seraient coupées deux jours de plus, que la couche de neige atteignait 160 centimètres à Sarıkamış [1], que les habitants de Kars ne croyaient pas aux prévisions météo et que la rumeur la plus répandue ici prétendait que l'État, pour ne pas démoraliser la population, ne donnait pas la vraie température, qu'il fallait en fait enlever encore cinq ou six degrés (mais personne d'autre n'allait parler de ça à Ka). Quand elles étaient enfants, à Istanbul,

---

1. Petite ville à l'ouest de Kars, connue pour ses grands froids et surtout pour sa tragique bataille au début de la Première Guerre mondiale (décembre 1915), où des dizaines de milliers de soldats ottomans, russes et arméniens périrent de froid.

elles voulaient toujours, İpek et elle, qu'il neigeât beaucoup plus : la neige éveillait en elle le sentiment de la beauté et de la brièveté de la vie, et lui faisait comprendre que, malgré toutes les haines, les hommes en réalité se ressemblaient et que dans un univers et un temps si vastes, le monde des hommes était bien étriqué. C'est pourquoi quand il neige les hommes se serrent les uns contre les autres. Comme si la neige, tombant sur les haines, les ambitions et les fureurs, rapprochait les hommes les uns des autres.

Il se turent un moment. Ils ne rencontrèrent pas âme qui vive en marchant en silence dans la rue Şehit-Cengiz-Topel, dont toutes les boutiques étaient closes. Ka sentit que l'inquiétude le gagnait au fur et à mesure qu'il prenait plaisir à marcher sous la neige avec Kadife. Au bout de la rue, il fixa une vitrine éclairée, ce fut comme s'il craignait de tomber amoureux d'elle s'il regardait encore son visage tourné vers lui. Était-il amoureux de sa grande sœur ? Pour être follement amoureux, il faut aussi quelque désir raisonnable, il le savait, ça. Quand ils parvinrent au bout de la rue, dans l'exigu bar à bière Neşe, derrière la vitrine éclairée où était écrit sur une feuille de cahier : « La réunion avec M. Zihni Sevük, candidat à la présidence du Parti du pays libre, est reportée en raison de la représentation théâtrale de ce soir », ils virent la troupe au grand complet, au premier rang de laquelle Sunay Zaim, qui buvait avec ardeur vingt minutes avant le début du spectacle, comme s'il s'agissait du dernier verre de sa vie.

En voyant imprimé sur un papier jaune entre les affichettes électorales suspendues à la vitrine du bar à bière l'annonce « L'Être Humain est le Chef-d'œuvre de Dieu et le Suicide une Insulte », Ka demanda à Kadife ce qu'elle pensait du suicide de Teslime.

« Tu vas maintenant faire du drame de Teslime une histoire racoleuse, dans les journaux d'Istanbul ou d'Allemagne, dit Kadife avec un brin de colère.

— Je découvre juste Kars, fit Ka. Plus je découvre, plus je sens que je ne pourrai raconter à personne de l'extérieur ce qui arrive ici. La fragilité de la vie humaine et l'absurdité des souffrances endurées me font pleurer.

— Ce n'est que pour les penseurs athées qui n'ont jamais souffert que les souffrances apparaissent vaines, dit Kadife. Même les athées qui ont un peu souffert finissent par croire, ne supportant pas plus longtemps d'être sans foi.

— Mais Teslime, en se suicidant à l'extrémité de la souffrance, est morte d'incroyance, dit Ka avec une opiniâtreté que lui donnait l'alcool.

— En effet, si Teslime s'est suicidée, cela veut dire qu'elle est morte en commettant un péché. Parce que le vingt-neuvième verset de la sourate *Les femmes* [1] condamne le suicide d'une manière très claire. Mais le fait que notre camarade se soit tuée et ait commis un péché ne signifie pas que nous éprouvons envers elle en notre cœur moins d'amour d'essence divine.

— Tu veux dire que nous pouvons toujours aimer de tout notre cœur une malheureuse qui a fait une chose radicalement condamnée par la religion ? demanda Ka, qui cherchait à déstabiliser Kadife. Veux-tu dire que nous croyons en Dieu non pas avec notre cœur, comme les Occidentaux qui n'en ont plus besoin, mais avec notre raison ?

— Le Saint Coran est commandement de Dieu, et ses ordres, précis et clairs, nous ne pouvons pas les

1. Il s'agit de la 4e sourate (dite « Nisa »), qui compte 176 versets.

discuter, nous autres esclaves de Dieu, dit Kadife avec assurance. Cela ne signifie pas bien sûr qu'il n'y a pas de place pour la discussion dans notre religion. Mais, désolée, je ne veux pas discuter de ma religion avec un athée, et même pas avec un laïc.

— Vous avez raison.

— Et je ne suis pas de ces islamistes obséquieux qui s'efforcent d'expliquer aux laïcs que l'islam est une religion laïque, ajouta Kadife.

— Vous avez raison, dit Ka.

— Ça fait deux fois que vous dites que j'ai raison, mais je ne pense pas que vous le croyiez vraiment, fit Kadife en souriant.

— Vous avez encore raison », dit Ka sans sourire.

Ils marchèrent un moment en silence. Est-ce qu'il aurait pu tomber amoureux d'elle plutôt que de sa sœur ? Ka savait très bien qu'il ne pourrait éprouver d'attirance sexuelle pour une femme portant le foulard, mais quand même, pendant un moment, il n'avait pu s'empêcher de s'amuser avec cette secrète pensée.

Quand ils débouchèrent dans la foule de l'avenue Karadağ, il évoqua d'abord la poésie en général, puis, par une transition brutale, ajouta que Necip était lui aussi poète, et lui demanda si elle savait qu'il éprouvait une admiration éperdue pour une fille du lycée de prédicateurs qu'il vénérait sous le nom de Hicran.

« Sous quel nom ? »

Ka fit alors un résumé des autres histoires qu'il connaissait à propos de Hicran.

« Aucune de ces histoires n'est exacte, dit Kadife. Je n'ai jamais entendu ça des élèves du lycée de prédicateurs que je connais. » Après quelques pas : « Mais l'histoire du shampooing, je l'ai déjà entendue avant », reconnut-elle en souriant. Elle rappela que c'était un journaliste d'Istanbul riche et détesté qui, pour la première fois, avait proposé aux jeunes filles en foulard de se raser les cheveux, histoire d'attirer l'attention des médias occidentaux, comme pour citer une source qui soit digne de lui. « Dans toutes ces histoires il n'y a qu'une chose de vraie : oui, lors de ma première visite aux camarades dites à foulard, je suis allée là-bas pour me moquer ! J'étais aussi curieuse. Allez : je m'y suis rendue avec une ironie mêlée de curiosité.

— Que s'est-il passé ensuite ?

— Je suis venue ici parce que j'avais juste les points requis pour entrer à l'École normale et que ma sœur aînée était à Kars. Par conséquent, ces jeunes filles sont devenues mes camarades de classe et, même si tu ne me crois pas, quand elles t'invitent chez elles eh bien tu y vas. Même avec ma façon de voir d'alors, j'ai senti qu'elles avaient raison. Leurs pères et mères les avaient élevées ainsi. En plus, l'État, qui dispense aussi un enseignement religieux, les avait soutenues. Alors que pendant des années ils avaient dit à leurs filles : "Couvre-toi la tête", ils leur disaient désormais : "Découvre-toi, c'est l'État qui le veut." Alors moi je me suis couvert la tête pendant une journée, juste en signe de solidarité politique. J'avais peur de ce que je faisais, mais, d'un autre côté, j'en souriais. Peut-être aussi parce que je me souvenais que j'étais fille d'athée, opposant éternel à l'État. En allant là-bas, j'étais sûre que je faisais ça juste une journée : c'était comme un geste de liberté, un souvenir politique savoureux qu'on se rappellerait des années après comme d'une plaisanterie. Mais l'État, la police et les journaux d'ici me sont tellement tombés dessus que je n'ai pas pu m'arracher à cette affaire, une fois son côté moqueur et léger oublié. Ils nous ont mises en prison sous prétexte que nous avions manifesté sans autorisation. Si j'avais dit en sortant de prison, le lendemain : "J'abandonne, de toute façon depuis le début moi je n'y crois pas !", tout Kars m'aurait craché à la figure. Et maintenant je pense que toutes ces pressions c'est Dieu qui me les a envoyées pour me mettre dans le droit chemin. J'ai moi aussi été athée comme toi par le passé, ne me regarde pas comme ça, je sens que tu as de la pitié pour moi.

— Je ne te regarde pas avec pitié.

— Si, si. Je ne me sens pas plus ridicule que toi. Je ne me sens pas non plus supérieure à toi, sache-le bien.

— Et ton père, qu'est-ce qu'il dit de tout cela ?

— Nous nous accommodons de la situation. Mais elle prend un tour tellement peu accommodant que nous avons peur, parce que nous nous aimons beaucoup. Mon père, au départ, était fier de moi, le jour où je suis allée à l'École normale la tête couverte, il a pris ça pour une manière de révolte très singulière. En me regardant dans le miroir au cadre de bronze hérité de ma mère, il a observé ce que donnait le foulard sur ma tête et, alors que nous étions face au miroir, il m'a embrassée. On se parlait peu mais une chose était certaine : il avait du respect, non pas parce que ce que je faisais était un acte islamiste, mais parce que c'était une action contre l'État. Je sentais que mon père pensait à part lui : "Cette tenue sied à ma fille", mais il n'en disait rien, car il avait peur, tout comme moi. Après qu'ils nous ont emprisonnées, je sais qu'il a eu peur et qu'il a regretté. Il prétendait que la police politique s'intéressait non pas à moi mais encore à lui. Les agents des Renseignements qui auparavant passaient leur temps à ficher les gens de gauche et les démocrates, à présent ils demandent en permanence des comptes aux religieux ; et on comprend bien qu'ils commencent leur boulot par la fille d'un ancien activiste. Tous ceux-là me forçaient à faire demi-tour, mais mon père était obligé de me soutenir dans chacune de mes initiatives, et pourtant c'était de plus en plus difficile pour lui. C'est comme les vieux qui, même s'ils entendent, ne font plus attention à certaines voix dans leur maison, au crépitement du poêle, au radotage permanent de leur femme sur certains sujets, au grincement des montants de la porte : dorénavant, mon père se comporte ainsi vis-à-vis de mon combat aux côtés des filles à foulard. Il prend sa revanche, parfois, quand l'une d'elles vient à la maison, en jouant perfidement à l'athée, mais au bout du compte il finit par se moquer de l'État par le biais de ces filles. J'organise des réunions à la maison car je considère que tenir tête verbalement à mon père est une épreuve formatrice pour ces filles. Ce soir, d'ailleurs, l'une d'elles, Hande, va venir. Hande a décidé de se dévoiler sous la pression de sa famille après le suicide de Teslime, mais elle ne peut pas passer à l'acte. Mon père me dit parfois que tout ça lui rappelle sa période communiste. Il y avait deux types de communistes : les orgueilleux, soucieux de développer le pays et d'éveiller la conscience du peuple, et les innocents, poussés par le sentiment de justice et d'égalité. Les orgueilleux étaient épris de pouvoir, faisaient la leçon à tout le monde, et d'eux ne pouvait venir que du mal. Les innocents, quant à eux, ne faisaient de mal qu'à eux-mêmes : en fait, ils ne souhaitaient que cela. En cherchant à mêler à leur sentiment de culpabilité la souffrance des pauvres, ils vivaient encore plus mal. Mon père était enseignant, ils l'expulsèrent de la fonction publique, ils lui arrachèrent un ongle en le torturant et le jetèrent en prison. Pendant des années, il a tenu une papeterie avec ma mère, ils faisaient des photocopies, il a aussi quelque temps fait des traductions de romans français, et vendu au porte-à-porte des encyclopédies à crédit. Quand nous sommes désespérées, les jours où tout semble faire défaut, parfois, tout d'un coup, sans raison apparente, il nous embrasse et pleure. Il a très peur qu'il nous arrive une tuile. Quand la police est venue à l'hôtel après que le directeur de l'École normale a été abattu, il a commencé à avoir peur. Ça leur a été rapporté. Et j'ai su que vous aviez vu Lazuli. N'en parlez pas à mon père.

— Je n'en parlerai pas », dit Ka. Il s'arrêta pour chasser la neige qu'il avait sur la tête. « On ne marchait pas de ce côté, en direction de l'hôtel ?

— Ça y mène aussi par là. Pas plus que les questions à discuter ne sont épuisées, la neige ne s'est arrêtée. Je vais vous montrer la rue des Bouchers. Que vous voulait Lazuli ?

— Rien.

— Vous a-t-il d'une façon ou d'une autre parlé de nous, de ma sœur et de mon père ? »

Ka vit l'inquiétude sur le visage de Kadife. « Je n'en ai pas le souvenir, répondit-il.

— Tout le monde a peur de lui. Nous aussi nous avons peur. La totalité de ces boutiques, ce sont des boucheries réputées ici.

— Qu'est-ce que votre père fait de ses journées ? demanda Ka. Il ne sort pas du tout de votre maison-hôtel ?

— C'est lui qui dirige l'hôtel. Il donne des ordres à tout le monde : à l'intendant, à celle qui fait le ménage, à la femme qui s'occupe du linge, au commis. Nous aussi, avec ma sœur aînée, on met la main à la pâte. Mon père sort très peu. Vous êtes de quel signe, vous ?

— Gémeaux, répondit Ka. Il paraît que les Gémeaux mentent énormément, mais en fait je ne sais pas.

— Vous ne savez pas si vous dites beaucoup de mensonges ou si vous n'en dites aucun ?

— Si vous croyez à l'astrologie, il faut que vous trouviez quelque part qu'aujourd'hui est pour moi un jour très spécial.

— Oui, ma sœur me l'a dit, vous avez écrit des poèmes aujourd'hui.

— Votre grande sœur vous dit donc tout ?

— Nous avons deux distractions ici : parler de tout et regarder la télévision. Même en regardant la télévision, nous parlons de tout. Et en parlant nous regardons aussi la télévision. Ma sœur est très belle, n'est-ce pas ?

— Oui, très belle, dit Ka avec respect. Mais vous aussi vous êtes belle, ajouta-t-il avec politesse. Maintenant, vous allez lui répéter aussi ce que je viens de vous dire ?

— Je ne le lui dirai pas. Que cela soit un secret entre nous. Le meilleur commencement pour une bonne amitié, c'est un secret. »

Elle balaya la neige qui s'était accumulée sur son long pardessus violet.

14

Quel genre de poésie vous écrivez ?

AU REPAS DU SOIR, À PROPOS DE L'AMOUR, DU VOILE ET DU SUICIDE

Ils aperçurent la foule attendre devant le Théâtre de la Nation pour le « spectacle » qui allait commencer. Malgré la neige qui tombait comme si elle ne devait jamais cesser, de pauvres hères sans travail ainsi que des jeunes arborant chemise et veste, des lycéens fugueurs étaient venus de chez eux, de leur dortoir, pour passer le temps et se distraire ; tous s'étaient rassemblés là, à la porte du bâtiment vieux de cent dix ans, sur le trottoir. Il y avait aussi des familles au grand complet. Ka vit pour la première fois à Kars un parapluie noir ouvert. Kadife savait que figurait au programme un poème de Ka, mais il éluda le sujet, prétendant qu'il n'irait pas et que d'ailleurs il n'en avait pas le temps.

Il sentit qu'un nouveau poème était sur le point de surgir. Il pressa le pas jusqu'à l'hôtel en s'efforçant de ne pas parler. Sous le prétexte de se recoiffer et de se changer, il monta sans tarder dans sa chambre, enleva son manteau et, une fois assis à la petite table, se mit à écrire fébrilement. Le thème principal du poème était l'amitié et la confidence. La neige, les étoiles, les motifs propres aux jours heureux et certaines des expressions sorties de la bouche de Kadife entraient tels quels dans le poème et Ka contemplait avec un plaisir enthousiaste la succession des vers, comme on contemple l'harmonie d'un tableau. Les termes de sa conversation avec Kadife se développaient selon une logique mystérieuse, et dans le poème intitulé « L'amitié des étoiles » il s'arrangea pour que chaque être humain ait une étoile, chaque étoile un ami, chaque être humain un sosie et enfin que ce sosie porte en lui un confident. Bien qu'il eût la sensation que le poème, avec sa musicalité, était accompli, certains vers çà et là et certains mots lui paraissaient encore faire défaut, ce qu'il s'expliquerait plus tard par le fait qu'il pensait à İpek, qu'il était en retard pour le dîner, et aussi extrêmement heureux.

Le poème terminé, il passa sans tarder de sa chambre au petit appartement des propriétaires de l'hôtel. Là, assis à la table dressée au milieu d'une vaste salle à manger à haut plafond, siégeait Turgut Bey, entouré de ses filles Kadife et İpek. Il y avait une troisième jeune femme, coiffée d'un chic foulard violet, dont Ka comprit tout de suite qu'il s'agissait de Hande. Face à elle, il reconnut le journaliste Serdar Bey. À la beauté étrange et un peu désordre du couvert dressé pour ce petit comité qui semblait ravi d'être réuni, aux mouvements heureux et agiles de Zahide, la servante kurde, qui allait et venait prestement de la cuisine, derrière, à la salle à manger, il sentit tout de suite que Turgut Bey et ses filles avaient érigé en rituel ces longues séances du soir autour de la table.

« Toute la journée j'ai pensé à vous, toute la journée je me suis inquiété pour vous, où étiez-vous ? » demanda Turgut Bey en se levant. Brusquement il s'approcha de Ka pour le prendre dans ses bras ; Ka crut même qu'il allait pleurer. « À tout moment des choses très désagréables peuvent arriver », dit-il avec une expression tragique.

Une fois assis à sa place, désignée par Turgut Bey, en face de lui, à l'autre extrémité de la table, une fois la chaude soupe aux lentilles posée devant lui goulûment attaquée, et une fois le *rakı* entamé en compagnie des deux autres hommes, l'attention de l'assemblée glissa soudainement de Ka vers l'écran de télévision situé juste derrière lui ; il put ainsi enfin faire ce qu'il désirait depuis longtemps : regarder à satiété le beau visage d'İpek.

Je sais parfaitement ce qu'il ressentit à ce moment précis, puisqu'il l'a écrit plus tard dans tous les détails sur son cahier : un bonheur profond, sans limites. À la manière des enfants heureux, ses bras et ses jambes s'agitaient sans cesse, sous l'effet de l'impatience, comme si İpek et lui allaient rater le train qui les conduirait dans l'instant à Francfort. Il imaginait qu'une lumière pareille à celle qui frappait à travers l'abat-jour la table de travail de Turgut Bey, où étaient mêlés des livres, des journaux, le registre de l'hôtel et des factures, frapperait dans un futur très proche, à travers l'abat-jour de sa propre table de travail, le visage d'İpek dans son petit appartement où ils vivraient ensemble dans le bonheur.

Aussitôt après il s'aperçut que Kadife le regardait. Une fois les yeux dans les yeux, sur son visage qui n'était pas aussi beau que celui de sa grande sœur, pointa comme l'expression furtive de la jalousie, que Kadife parvint en un instant à dissimuler derrière un sourire complice.

Autour de la table on jetait de temps en temps un coup d'œil à la télévision. La transmission en direct de la soirée au Théâtre de la Nation venait de commencer, et un acteur longiligne de la compagnie que Ka avait aperçu la première nuit en descendant de l'autocar, une vraie tige, était tout juste en train de présenter la soirée en se dandinant, quand soudain Turgut Bey changea de chaîne avec la télécommande qu'il tenait à la main. Ne sachant à quoi s'en tenir, les convives fixèrent longtemps une image noir et blanc à grains gris, apparemment brouillée.

« Papa, dit İpek. Pourquoi vous regardez ça maintenant ?

— La neige tombe ici..., répondit son père. Au moins, ça, c'est une image juste, une information vraie. Tu sais bien que quelle que soit la chaîne qu'on regarde ça m'exaspère profondément.

— Dans ce cas, papa, s'il vous plaît, éteignez la télévision, poursuivit Kadife. On a tous ici même un autre sujet d'exaspération.

— Expliquez la situation à nos invités, dit le père avec contrition. Ça m'ennuie de ne pas comprendre.

— Moi aussi », dit Hande. Elle avait de gros yeux noirs colériques, extraordinairement beaux. Soudain tout le monde se tut.

« Raconte toi-même, Hande, suggéra Kadife. Il n'y a pas de quoi avoir honte dans cette histoire.

— Au contraire, il y a tellement de quoi avoir honte que je veux raconter », enchaîna Hande. Un instant son visage s'éclaira d'une joie étrange. Souriant comme si elle se rappelait un souvenir agréable, elle déclara : « Il y a aujourd'hui quarante jours que notre camarade Teslime s'est suicidée. Teslime était de nous toutes la plus dévouée à la lutte pour la religion et pour la parole de Dieu. Elle se voilait non seulement pour l'amour de Dieu, mais aussi pour sa propre foi et son propre honneur. Personne n'aurait pu imaginer qu'elle allait se suicider. À l'école, ses professeurs, à la maison, son père, tous faisaient impitoyablement pression sur elle pour qu'elle se dévoile, mais Teslime résistait. Elle était sur le point d'être renvoyée de l'école où elle allait terminer ses trois ans d'études. Un jour, des hommes de la Sécurité ont coincé son épicier de père et lui ont dit que si sa fille continuait à aller voilée à l'école, ils feraient fermer sa boutique et le chasseraient de Kars. Là-dessus, le père a commencé par menacer Teslime de la renvoyer de la maison, puis, le chantage restant sans effet, entreprit de la marier avec un policier veuf âgé de quarante-cinq ans. Dès lors, le policier est venu régulièrement en visite à l'épicerie, un bouquet à la main. Teslime était tellement dégoûtée par cet homme, qu'elle qualifiait de "vieillard au regard métallique", qu'elle nous a dit qu'elle se dévoilerait rien que pour ne pas se marier avec lui ; mais elle n'a jamais pu mettre en application cette décision. Certaines d'entre nous l'ont approuvée, parce qu'elle s'épargnait le mariage avec le regard métallique, d'autres aussi lui ont dit : "Menace donc ton père de te suicider !" C'est même moi qui lui ai le plus suggéré cette idée. Parce que je ne voulais surtout pas que Teslime se découvre. Combien de fois je lui ai dit : "Teslime, il vaut mieux se suicider que se dévoiler." Je lui disais ça sans y croire vraiment. Nous pensions que le mot "suicide" allait faire peur à son père, compte tenu de ce qu'on lisait dans les journaux, à savoir que les suicides des femmes étaient dus à leur manque de foi, à leur excessive dépendance par rapport à la vie matérielle et à leur désespoir amoureux. Comme il s'agissait d'une fille profondément croyante, l'hypothèse qu'elle pût vraiment se suicider ne nous avait même jamais effleuré l'esprit. Mais quand on a appris qu'elle s'était pendue, moi, j'y ai cru avant tous les autres. Parce que je sentais que si j'avais été à la place de Teslime, j'aurais aussi pu me suicider. »

Hande se mit à pleurer. Tout le monde se tut. İpek s'approcha de Hande, lui fit un baiser et commença à lui passer la main dans les cheveux. Kadife fit de même : les jeunes femmes s'embrassèrent. Turgut Bey, à son tour, tint des propos affectueux sans lâcher la télécommande et, pour éviter de se mettre à pleurer, ils plaisantèrent tous ensemble. Turgut Bey attira l'attention des convives sur les girafes qui apparaissaient à l'écran comme dans les petits divertissements pour enfants ; là-dessus, à l'instar des enfants, toujours prêts à se distraire, Hande regarda l'écran, les yeux mouillés, puis tous, entièrement oublieux de leur propre existence, captivés, regardèrent un long moment un couple de girafes qui s'avançait tout heureux sur un terrain boisé, parmi les ombres, dans un lieu très éloigné, peut-être au cœur de l'Afrique.

« Après le suicide de Teslime, Hande a décidé de retourner dévoilée à l'école pour ne pas rendre encore plus malheureux ses parents, dit ensuite Kadife à Ka. Ils l'ont élevée avec bien des difficultés, dans la misère, comme on élève un enfant mâle unique. Son père et sa mère ont toujours rêvé que leur fille s'occuperait d'eux plus tard, elle est très intelligente, Hande. » Elle parlait d'une voix douce, comme si elle murmurait, mais assez fort pour que Hande puisse entendre, et la fille aux yeux emplis de larmes l'écoutait, tout en regardant l'écran de télé comme les autres. « Nous, les filles voilées, nous avons d'abord essayé de la convaincre de ne pas abandonner notre combat, mais après avoir réalisé que se dévoiler valait mieux que se suicider, nous avons décidé de venir en aide à Hande. Pour une fille qui a cru que le voile était un ordre de Dieu, un signe qu'on s'approprie comme un drapeau, il n'est pas facile d'admettre de l'ôter. Retirée depuis des jours chez elle, Hande s'efforçait de méditer cette décision. »

Ka s'était replié comme les autres sur sa culpabilité, mais dès que son bras toucha celui d'İpek, le
bonheur l'envahit. Alors que Turgut Bey changeait
frénétiquement de chaîne, Ka appuya son bras sur
celui d'İpek, pour raviver cette sensation. İpek lui
rendit la pareille, et il oublia la tristesse de la tablée.
La soirée au Théâtre de la Nation passait maintenant à la télévision. L'homme long comme une tige
expliquait sa fierté de participer à la première émission en direct de l'histoire de Kars. Il lisait le programme de la soirée quand, au milieu du verbiage
convenu, des confessions du gardien de but de
l'équipe nationale, des secrets honteux du milieu
politique, des scènes de Shakespeare, de Victor
Hugo, des révélations inattendues, des scandales,
des noms inoubliables et compliqués de l'histoire du
théâtre et du cinéma turcs, des plaisanteries, des
chansons et des formidables surprises, Ka entendit
son nom, assorti de la qualification "Notre plus
grand poète, revenu dans notre pays après des
années d'absence". Sous la table, İpek lui prit la
main.

« Il paraît que vous ne voulez pas y aller, ce soir,
dit Turgut Bey.

— Je suis très bien et très heureux ici, cher monsieur, répondit Ka tout en appuyant une nouvelle
fois son bras sur celui d'İpek.

— À la vérité, je ne voudrais surtout pas gâcher
votre bonheur », dit Hande, et tous s'inquiétèrent de
ce qu'elle allait ajouter. « Mais ce soir, je suis venue
ici pour vous. Je n'ai lu aucun de vos livres, mais le
fait que vous soyez poète, que vous soyez allé jusqu'en Allemagne et que vous ayez vu du pays me suffit. Dites-moi, s'il vous plaît, si vous avez écrit des
poèmes ces derniers temps ?

— J'ai été assez inspiré à Kars, répondit Ka.

— Je pensais que vous pourriez m'expliquer comment me concentrer sur un sujet. Dites-moi, s'il vous plaît, dans quelle disposition d'esprit vous écrivez vos poèmes. Concentré, n'est-ce pas ? »

C'était la question que les femmes posaient le plus fréquemment aux poètes, lors des soirées poésie organisées avec des lecteurs turcs en Allemagne, mais chaque fois elle faisait peur à Ka, comme s'il s'agissait d'une question très personnelle. « Je ne sais pas comment on écrit de la poésie, dit-il. Un bon poème vient comme de l'extérieur, de quelque lieu éloigné de soi-même. » Il vit que Hande le regardait avec soupçon. « Pouvez-vous me dire ce que vous entendez par "concentré" ? demanda-t-il.

— Je m'y efforce mentalement pourtant toute la journée, mais je n'arrive pas à me représenter sans voile. Au lieu de ça, viennent à mon esprit des choses que je voudrais oublier.

— Quoi par exemple ?

— Alors que le nombre de filles qui se voilaient augmentait, ils ont envoyé d'Ankara une femme chargée de nous persuader de nous dévoiler. Cette femme persuasive a discuté avec nous en nous prenant une par une dans une salle retirée. Elle nous a posé des questions du genre : "Ton père bat-il ta mère ? Combien de frères et sœurs êtes-vous ? Combien gagne ton père par mois ? Avant de porter le foulard comment t'habillais-tu ? Aimes-tu Atatürk ? Sur les murs de ta maison quelles images y a-t-il ? Combien de fois par mois vas-tu au cinéma ? À ton avis, la femme est-elle l'égale de l'homme ? Qui, de Dieu ou de l'État, est le plus grand ? Combien d'enfants désires-tu avoir ? As-tu subi des agressions à caractère sexuel au sein de ta famille ?" Elle notait sur un papier nos réponses et remplissait des formulaires d'entretien à notre sujet. Elle avait les lèvres maquillées et les cheveux teints, les cheveux à l'air libre, elle était très chic, comme sortie d'un magazine de mode féminine, mais, comment dirais-je, elle était en fait très simple. Bien que ses questions aient fait pleurer certaines d'entre nous, nous l'avons à vrai dire bien aimée... Certaines se sont même dit : pourvu que la crasse et la boue de Kars ne la souillent pas. Par la suite, j'ai commencé à la voir en rêve, sans y accorder de l'importance dans les premiers temps. Mais maintenant, chaque fois que je m'efforce de m'imaginer me promenant dehors dévoilée, cheveux au vent, je me vois à l'image de cette femme persuasive. Je peux être aussi chic qu'elle, je mets des talons aiguilles, et je porte même des vêtements plus courts que les siens. Les hommes s'intéressent à moi. Cela m'est agréable, et en même temps me fait honte.

— Hande, si tu ne veux pas, ne raconte pas ta honte, dit Kadife.

— Si, je la raconterai. Parce que j'ai honte dans mes rêves, mais que je n'ai pas honte de mes rêves. En vérité, si je me dévoile, je ne pense pas du tout que je pourrai devenir de ces femmes sensuelles qui cherchent à provoquer les hommes. Puisque je me dévoilerai sans croire du tout à ce que je fais. Cependant, je sais que même sans y croire, on peut être la proie d'assauts de sensualité, et ce, juste au moment où l'on se dit ne pas en vouloir. Nous tous, hommes et femmes, la nuit dans nos rêves, nous commettons le péché avec des êtres que nous prétendons, de jour, ne pas désirer du tout. C'est pas vrai ?

— Ça suffit, Hande, dit Kadife.

— C'est pas vrai ?

— C'est faux », dit Kadife. Elle se tourna vers Ka. « Il y a deux ans, Hande devait se marier avec un jeune Kurde très séduisant. Mais ce jeune homme s'est mêlé de politique, et a été tué...

— Cela n'a rien à voir avec le fait que je ne puisse pas me dévoiler, dit Hande en colère. Si je n'arrive pas à me dévoiler, c'est que, toute concentrée que je sois, je ne peux encore me présenter avec la tête découverte, du moins pas autrement que transformée ou en méchante étrangère comme la femme persuasive, ou en une femme sensuelle. Si j'arrivais, ne serait-ce qu'un court instant, à m'imaginer que, dévoilée, je franchis la porte de l'école, je marche dans les couloirs et que je vais au cours privé, alors, in cha' Allah !, je pourrais trouver en moi-même la force de le faire et, à ce moment, je serais libre. Parce que je me dévoilerais du seul fait de ma volonté souveraine et non sous la contrainte de la police. Mais pour le moment je n'arrive pas à me concentrer à ce point.

— Cesse d'accorder trop d'importance à ce moment du dévoilement, c'est tout, dit Kadife. Même si tu cèdes à ce moment, tu seras toujours notre très chère Hande.

— C'est pas vrai, reprit Hande. Vous m'accusez et vous me méprisez intérieurement depuis que j'ai pris un autre chemin que vous et que j'ai décidé de me dévoiler. » Elle se tourna vers Ka. « Par moments, j'ai la vision saisissante d'une fille qui va à l'école dévoilée, avance dans les couloirs, entre dans notre classe qui me manque tant ; et je me souviens même alors de l'odeur des couloirs et de l'atmosphère pesante du cours privé. À cet instant précis, je vois cette fille par la vitre qui sépare la classe du couloir, et quand je réalise qu'elle n'est pas moi mais une autre, je me mets à pleurer. »

Tout le monde crut que Hande allait à nouveau pleurer.

« Ce qui me fait peur, ce n'est pas d'être une autre, dit Hande, c'est de ne pouvoir revenir à mon état actuel, ou même de l'oublier. Au fond, l'être humain peut se suicider pour cette unique raison. » Elle se tourna vers Ka. « Vous n'avez donc jamais voulu vous suicider, vous ? demanda-t-elle avec un air de défi.

— Non, jamais, mais les gens commencent à réfléchir sérieusement à ce sujet à cause des femmes de Kars.

— Pour d'assez nombreuses jeunes femmes dans notre situation, l'envie de se suicider correspond au désir de s'approprier leur propre corps. Les filles qui perdent leur virginité tout en étant trompées, les vierges destinées à être mariées avec un homme dont elles ne veulent pas, toutes se suicident pour cette raison. Elles voient le suicide comme un désir d'innocence et de pureté. Vous n'avez écrit aucun poème sur le suicide ? » Elle se tourna vers İpek comme par instinct. « Vous trouvez que j'ennuie trop votre invité ? D'accord, alors qu'il nous dise d'où surgissent ces poèmes qui lui sont venus à Kars, et je le laisserai tranquille.

— Dès que je saisis l'origine d'un poème en mon for intérieur, je suis rempli de reconnaissance envers celui qui me l'envoie, parce que j'atteins à un grand bonheur.

— Qui est donc ce "celui" qui vous pousse au poème ? Qui est-il ?

— Bien que je ne croie pas, je sens que c'est lui qui m'envoie le poème.

— C'est en Dieu que vous ne croyez pas, ou alors dans le fait que c'est lui qui vous envoie le poème ?

— C'est Dieu qui m'envoie le poème, dit Ka, comme sous le coup d'une inspiration.

— Ici, il a vu combien les mouvements religieux

se sont développés, dit Turgut Bey. Peut-être même qu'ils l'ont menacé... Et, par peur, il s'est mis à croire en Dieu.

— Non, cela vient du plus profond de moi-même, dit Ka. Je veux être ici comme tout le monde.

— Vous avez eu peur ou quoi? Je ne suis pas du tout d'accord avec vous.

— Oui, j'ai peur, s'écria aussitôt Ka. J'ai même très peur. »

Il se leva comme s'il y avait un pistolet braqué sur lui. Ce mouvement jeta le trouble sur la tablée. « Où? » se mit à crier Turgut Bey, comme s'il avait senti une arme dirigée sur eux. « Je n'ai pas peur, plus rien ne m'impressionne », dit Hande comme pour elle-même.

Mais elle aussi, comme les autres, regardait le visage de Ka pour saisir d'où venait le danger. Des années plus tard, le journaliste Serdar Bey me dirait qu'à cet instant le visage de Ka était blanc comme la chaux, et que s'y exprimait non pas quelque malaise mais, causé par la peur ou même la folie, un profond bonheur. La domestique, allant encore plus loin, me raconterait avec insistance qu'une lumière était apparue dans la pièce et que tout avait été plongé dans cette lueur divine. À partir de ce jour, Ka fut à ses yeux érigé au rang d'un saint. Quelqu'un déclara alors : « Un poème est venu », et tous accueillirent avec fébrilité et crainte cette parole plus effrayante qu'une arme pointée sur eux.

Revenant sur les événements dans le journal qu'il tenait, Ka comparerait l'atmosphère de tension qui régnait dans la pièce à ces moments d'attente fébrile que nous avions connus dans notre enfance lors des séances de spiritisme. Nous assistions avec Ka à ces soirées organisées par la mère d'un de nos amis, jeune veuve bien grosse, dans sa maison située dans une rue secondaire de Nişantaşı, en compagnie d'autres femmes au foyer peu épanouies, d'un pianiste paralysé des doigts, d'une irritable star du cinéma sur le retour, dont nous nous demandions toujours si elle allait venir « elle aussi », de sa sœur qui tombait dans les pommes une fois sur deux, d'un militaire gradé à la retraite « faisant la leçon » à la star défraîchie, et de notre ami qui nous faisait passer en silence d'une pièce du fond à ce salon. Lors de ces moments de tension, quelqu'un disait : « Esprit, es-tu là ? fais du bruit ! », et il se faisait un long silence, ensuite on entendait un étrange craquement, un grincement de chaise, un gémissement ou bien parfois le bruit d'un coup brutal porté à un pied de la table, et quelqu'un répétait : « Esprit, es-tu là ? », avec crainte.

Mais Ka ne semblait nullement être entré en contact avec un esprit. Lorsqu'il se dirigea vers la porte de la cuisine, il avait sur le visage une expression de bonheur.

« Il a beaucoup bu, dit Turgut Bey. Oui, aide-le », ajouta-t-il. Il avait dit cela comme si c'était lui qui avait envoyé İpek au secours de Ka, alors qu'elle s'était d'elle-même précipitée à ses côtés. Celui-ci s'effondra sur une chaise près de la porte. Il sortit de sa poche son cahier et son stylo.

« Je ne peux pas écrire, si vous êtes tous là debout à me regarder », dit-il.

İpek enchaîna : « Je vais t'installer dans une autre pièce. »

İpek devant, Ka derrière, ils passèrent par la cuisine aux agréables odeurs, où Zahide versait du sirop sur du *kadayıf* [1], puis par une pièce froide pénétrèrent dans la chambre du fond, à moitié obscure.

---

1. Dessert s'apparentant aux « cheveux d'ange ».

« Ici, tu peux écrire ? » demanda İpek en allumant une lampe.

Ka vit une pièce propre, deux lits bien faits. Sur la commode et sur la sommaire table à tréteaux des sœurs, il y avait des tubes de crème et de rouge à lèvres, de petits flacons d'eau de Cologne, une modeste collection de bouteilles d'alcool et d'huile d'amande, des livres et, à côté d'un sac à main à fermeture éclair, une boîte de chocolats suisses remplie de brosses, de crayons, de *nazar boncuk* [1], de colliers et de bracelets ; il s'assit sur le lit à côté de la fenêtre couverte de givre.

« Je pourrai écrire, là, dit-il. Mais ne m'abandonne pas.

— Pourquoi ?

— Je ne sais pas », dit-il d'abord. « J'ai peur », fit-il ensuite.

Alors il se mit à écrire un poème qui commençait par la description de la boîte de chocolats que son oncle avait rapportée de Suisse quand il était enfant. Sur la boîte, il y avait des paysages suisses comme sur les murs des *çayhane* de Kars. Ensuite, d'après les notes qu'il avait prises pour mieux comprendre les poèmes qui lui étaient venus à Kars, les classer et les mettre en ordre, Ka sortit de la boîte du poème une montre-jouet dont il apprendrait deux jours plus tard qu'elle avait été un jouet d'İpek. Cette seule montre suffirait à lui faire dire quelque chose sur le temps de l'enfance et le temps de la vie.

« Je veux que tu restes toujours à mes côtés, dit Ka à İpek, parce que je suis terriblement amoureux de toi.

— Tu ne me connais même pas, dit İpek.

— Il y a deux types d'hommes, déclara Ka d'un air

1. Porte-bonheur en verre bleu moucheté de blanc et de noir, bibelot courant en Turquie, que l'on voit notamment sur les nouveau-nés.

pontifiant. Le premier doit savoir, avant d'être amoureux, comment la fille mange son sandwich, comment elle se peigne, de quelle ineptie elle s'offusque, pour quelle raison elle se fâche contre son père, et toutes les anecdotes qu'on raconte à son sujet. Quant au second type, j'en fais partie, pour qu'il tombe amoureux il faut qu'il en sache le moins possible.

— Autrement dit, tu es amoureux de moi parce que tu ne me connais pas du tout. C'est vraiment de l'amour, ça, d'après toi ?

— L'amour est ce pour quoi l'être humain est prêt à renoncer à tout, dit Ka.

— Une fois que tu auras vu comment je mange mon sandwich et ce que je me mets dans les cheveux, alors ton amour cessera.

— Mais à ce moment-là, de la proximité de plus en plus grande dans laquelle nous aurons vécu naîtront le désir, qui enveloppera nos corps, et le bonheur, qui, avec les souvenirs désormais communs, nous liera l'un à l'autre profondément.

— Ne te lève pas, assieds-toi au bord du lit, dit İpek. Moi, je ne peux embrasser personne sous le même toit que mon père. » Elle ne s'opposa d'abord pas aux baisers de Ka, mais finit par le repousser en lui disant : « Quand mon père est à la maison, cela ne me fait pas plaisir. »

Une fois encore, Ka l'embrassa sur la bouche en la forçant, puis vint s'asseoir sur le bord du lit. « Nous devons immédiatement nous marier et fuir, partir d'ici. Sais-tu combien nous serons heureux à Francfort ? »

Un silence se fit.

« Puisque tu ne me connais pas, comment peux-tu être amoureux de moi ?

— Parce que tu es belle... Parce que je rêve que

188

nous serons heureux ensemble. Parce que je peux
tout te dire sans honte. Je rêve que nous faisons
l'amour sans arrêt.

— En Allemagne, qu'est-ce que tu vas faire ?

— Je serai occupé par mes poèmes, ceux que je
n'ai pas pu écrire, et je me masturberai. La solitude
est une affaire de fierté ; l'être humain se laisse avec
orgueil enterrer dans sa propre odeur ; le problème
du vrai poète est toujours le même. S'il est heureux
pendant une longue période, il devient ordinaire. S'il
est malheureux pendant une longue période, il ne
peut plus trouver en lui la force de tenir en vie sa
poésie... La vraie poésie ne cohabite avec le bonheur
que pour une durée très courte. Au bout d'un certain
temps, soit le bonheur banalise la poésie et le poète,
soit alors la vraie poésie gâche le bonheur. J'ai très
peur d'être malheureux, une fois retourné à Francfort.

— Tu vas rester à Istanbul », dit İpek.

Ka la regarda avec attention. Il murmura : « Tu
veux vivre à Istanbul, n'est-ce pas ? » Maintenant il
espérait qu'İpek souhaiterait quelque chose de lui.

İpek susurra : « Je ne souhaite rien. »

Ka sentait qu'il s'était emporté. Il sentait aussi
qu'il ne pourrait pas rester longtemps à Kars, qu'il
ne pourrait, dans peu de temps, plus y respirer, et
qu'il n'avait de ce fait pas d'autre solution que de
précipiter les choses. Ils prêtèrent l'oreille aux bribes
de conversation qui provenaient de l'intérieur et au
bruit d'une calèche qui passait devant la fenêtre en
écrasant la neige. İpek se tenait debout sur le seuil,
elle démêlait distraitement ses cheveux pris dans la
brosse.

« Ici, tout est tellement pauvre et désespéré qu'on
peut même, à ta façon, oublier ce que désirer veut
dire, dit Ka. Ici, on ne peut rêver que de mourir, pas

de vivre... Tu vas venir avec moi ?... » İpek ne répondit pas. « Plutôt que de donner une réponse négative, ne dis rien, fit Ka.

— Je ne sais pas, dit İpek tout en fixant sa brosse. Viens, ils nous attendent.

— Là-bas des tables tournent, je le sens, mais je n'arrive pas à comprendre ce qui se passe, dit Ka. Explique-moi donc. »

L'électricité fut coupée. İpek s'immobilisa. Ka eut envie de la prendre dans ses bras, mais la peur d'avoir à retourner tout seul en Allemagne s'était emparée de tout son être ; il ne pouvait plus bouger.

« Tu ne vas pas écrire tes poèmes dans cette obscurité, dit İpek. Allons-y.

— Que veux-tu que je fasse pour que tu m'aimes ?

— Sois toi-même », répondit-elle. Elle se décida à sortir de la pièce.

Ka était si bien, assis là, qu'il se leva avec difficulté. Il s'installa un moment dans la pièce froide, entre la chambre et la cuisine, pour écrire sur le cahier vert, à la lumière tremblante de la bougie, le poème qu'il avait en tête, « La boîte de chocolats ».

Quand il se leva, İpek était devant lui. Il s'élança pour la prendre dans ses bras et enfouir la tête dans ses cheveux, mais dans un mouvement si soudain, et tout était si obscur dans sa tête, qu'ils se heurtèrent.

Une bougie dans la cuisine diffusait une faible lumière. Ka s'aperçut alors que Kadife était là, elle aussi, et que les deux sœurs étaient enlacées. Elles se passaient les mains le long du corps, elles se prenaient dans les bras comme des amoureux.

« Papa a voulu que j'aille voir ce qui vous arrivait, dit Kadife.

— D'accord, ma chérie.

— Il n'a pas écrit de poème ?

— Si, j'en ai écrit un, dit Ka en émergeant de

l'obscurité. Mais maintenant je voudrais vous aider. »

Il entra dans la cuisine, alla s'y servir un verre de *rakı* et le but pur, d'un trait, à la lueur vacillante de la bougie. Alors que ses yeux se mouillaient de larmes, il se remplit précipitamment un verre d'eau.

En sortant, il fut plongé un instant dans une obscurité ténébreuse et comme hantée. Il vit la table à manger éclairée par une bougie et avança. Les convives et leurs grosses ombres sur les murs se tournèrent de concert vers Ka.

« Vous avez pu écrire un poème ? » demanda Turgut Bey. Il avait voulu faire comme s'il n'accordait aucune importance à la présence de Ka, en restant d'abord silencieux pendant quelques secondes.

« Oui.

— Félicitations. » Il mit un verre à *rakı* dans la main de Ka, et le remplit. « Quel en est le sujet ?

— Ici, quelle que soit la personne avec laquelle je parle, je lui donne raison. La peur qui planait à l'extérieur, dans les rues, quand j'étais en Allemagne, est maintenant entrée en moi.

— Je vous comprends très bien », dit Hande avec un air entendu.

Ka lui sourit avec reconnaissance. Il avait envie de lui dire : « Ne te dévoile pas, ma belle. »

« Puisque vous donnez raison à toute personne avec qui vous discutez, je voudrais corriger un point. Si vous prétendez que vous croyez en Dieu lorsque vous vous trouvez à côté de cheikh Efendi, eh bien attention car ce dernier ne représente pas Dieu à Kars ! dit Turgut Bey.

— Alors, qui représente Dieu ici ? » objecta Hande.

Turgut Bey ne s'emporta pourtant pas contre elle. Il était certes opiniâtre et combatif, mais c'était un cœur tendre incapable de se comporter en athée intransigeant. Ka sentit alors que Turgut Bey avait peur d'aller jusqu'à bouleverser les habitudes de son propre monde, de même qu'il ne voulait pas troubler le bonheur de ses filles. Ce n'était pas une inquiétude d'ordre politique qui le travaillait, c'était la crainte de perdre la seule distraction de sa vie, sa place au centre de la table, d'un homme qui se chamaille chaque soir pendant des heures avec ses filles et ses invités, à parler de politique, de l'existence de Dieu et de la pauvreté.

L'électricité revint, la pièce s'illumina d'un coup. Dans cette ville, ils étaient tellement habitués aux caprices du courant que le retour de la lumière n'était accueilli par aucune exclamation de joie comme lors de son enfance à Istanbul, aucune inquiétude, du genre : « Regarde si la machine à laver n'a pas été abîmée », par aucune revendication excitée du genre : « C'est moi qui vais souffler les bougies ! » ; on se comportait comme si de rien n'était. La télévision rallumée, Turgut Bey commença à passer d'une chaîne à l'autre au moyen de la télécommande. Ka dit en murmurant aux filles que Kars était un lieu exceptionnellement silencieux.

« Parce que ici nous avons même peur de nos propres voix, enchaîna Hande.

— Ça, c'est le silence de la neige », dit İpek.

Avec un sentiment de défaite, tous regardèrent longtemps la télévision, alors qu'on passait sans arrêt d'une chaîne à l'autre. Sous la table, la main de Ka rencontra celle d'İpek ; il pensa alors qu'il pourrait passer ici toute sa vie avec bonheur, le jour à végéter dans un petit boulot, et le soir à regarder la télévision reliée à une antenne parabolique, avec cette femme, main dans la main.

15

Notre vie à tous est travaillée par un désir principal

AU THÉÂTRE DE LA NATION

Sept minutes exactement après avoir pensé qu'en compagnie d'İpek il pourrait mener toute une existence heureuse à Kars, Ka courait sous la neige participer à la soirée au Théâtre de la Nation, comme s'il allait tout seul à un combat ; son cœur battait la chamade. Durant ces sept minutes, tout s'était passé en vérité à un rythme soutenu mais facile à suivre.

D'abord Turgut Bey s'était arrêté sur l'émission en direct du Théâtre de la Nation et, à l'atmosphère de la salle, ils avaient deviné qu'il s'y passait quelque chose d'extraordinaire. Ils en avaient éprouvé à la fois le désir de s'évader de la vie provinciale, ne fût-ce que le temps d'une nuit, et la crainte d'assister à un événement fâcheux. Aux applaudissements et aux cris de la foule impatiente, ils avaient perçu une tension entre les notables de la ville assis aux premiers rangs et les jeunes au fond. Comme la caméra ne pouvait montrer la salle dans son entier, ils étaient frustrés et auraient aimé savoir à quoi s'en tenir.

Sur la scène se trouvait un gardien de but de l'équipe nationale autrefois connu dans toute la Turquie. Il n'avait encore parlé que du premier des onze buts qu'il avait encaissés quinze ans auparavant au cours d'un match tragique contre les Anglais que l'homme long comme une tige qui présentait la soirée apparut à l'écran ; alors le gardien de l'équipe nationale, comprenant qu'il s'agissait d'une page de publicité, comme à la télévision nationale, s'était tu. Le micro dans une main, un papier dans l'autre, le présentateur avait mis quelques secondes à lire deux réclames (le *pastırma* de Kayseri était arrivé à l'épicerie Tadal et les inscriptions pour les cours du soir de préparation à l'examen d'entrée à l'université avaient commencé au cours privé Bilim) ; puis, répétant le riche programme de la soirée, il avait prononcé le nom de Ka et ajouté, en regardant la caméra avec tristesse :

« Mais notre grand poète, venu dans notre ville-frontière d'aussi loin que l'Allemagne, n'est pas encore parmi nous ; cette absence attriste vraiment les gens de Kars.

— Après ça, il serait honteux de ne pas y aller ! dit aussitôt Turgut Bey.

— Mais on ne m'a pas demandé une seule fois si j'allais ou non participer à la soirée, dit Ka.

— Ici, c'est la coutume, reprit Turgut Bey. Vous n'y êtes pas allé alors qu'ils vous ont appelé. Maintenant, pour ne pas leur donner l'impression que vous les méprisez vous devez les rejoindre.

— On vous regardera à la télé », dit Hande avec un entrain complètement inattendu.

Au même moment, la porte s'ouvrit et le veilleur de nuit annonça : « Le directeur de l'École normale est décédé à l'hôpital.

— Pauvre imbécile... », dit Turgut Bey. Ensuite, il fixa Ka du regard : « Les religieux ont commencé à nous nettoyer un par un. Si vous voulez rester en vie, vous feriez bien de croire tout de suite un peu plus en Dieu. Parce que je crains que dans peu de temps une religiosité modérée ne suffise pas à sauver la peau d'un ancien athée.

— Vous avez raison, dit Ka. D'ailleurs j'ai décidé d'ouvrir toute ma vie, jusqu'à sa fin, à l'amour de Dieu, que j'ai commencé moi aussi à éprouver des profondeurs de mon cœur. »

Ils comprirent tous qu'il avait dit ça sur un mode ironique, mais comme ils voyaient bien qu'il était passablement ivre, ils se demandèrent si cette réponse toute faite de Ka ne correspondait pas à des intentions réelles.

Là-dessus, une grosse casserole qu'elle tenait avec dextérité dans une main, une louche en aluminium qui reflétait indirectement la lumière de la lampe dans l'autre, Zahide s'approcha de la table en souriant comme une mère affectueuse et dit :

« Il me reste assez de soupe pour une personne, ce serait dommage de la perdre ; qui en veut, les filles ? »

İpek demanda à Ka de ne pas aller au Théâtre de la Nation parce qu'elle avait peur ; puis elle se retourna soudain pour répondre, avec Hande et Kadife, au sourire de la domestique kurde.

À cet instant Ka fit le pari que si İpek disait : « Moi, je veux bien », elle viendrait avec lui à Francfort et ils se marieraient. « Et dans ce cas, je file au Théâtre lire mon poème "Neige". »

Elle dit aussitôt : « Moi, je veux bien » et sans gaieté de cœur tendit son bol.

À l'extérieur, sous la neige tombant à gros flocons, Ka sentit un moment qu'il était étranger à Kars et qu'il oublierait cette ville dès qu'il la quitterait ; mais cette impression ne dura pas. Il fut envahi de tristesse ; l'intuition le saisit que la vie recelait une géométrie secrète dont la logique lui échappait. Il éprouvait une profonde nostalgie du bonheur auquel il accéderait lorsque la logique de l'existence lui serait révélée, mais que, pour l'instant, il ne se sentait pas la force d'atteindre.

Devant lui, la rue couverte de neige qui allait jusqu'au Théâtre de la Nation, et où flottaient des fanions électoraux, était complètement déserte. À la largeur de leurs avant-toits couverts de glace, à la beauté de leurs hauts reliefs, à leurs façades solennelles et surannées, Ka sentit que jadis dans ces vieilles bâtisses des gens (Arméniens commerçant à Tbilissi ? Pachas ottomans récoltant l'impôt des fermes ?) avaient mené une existence heureuse, sereine et même haute en couleur. Tous ces Arméniens, Russes, Ottomans et Turcs des débuts de la République, qui avaient transformé la ville en un modeste centre de civilisation, s'en étaient allés, et on avait l'impression que les rues étaient complètement désertes parce que personne n'était venu les remplacer. Mais, contrairement à celles d'une ville abandonnée, ces rues désertes n'éveillaient aucune angoisse. Ka contemplait avec émerveillement la lumière légèrement orange et pâle des lampadaires et des néons faiblards derrière les vitrines couvertes de givre, et ses reflets sur les amas de neige accrochés aux branches des eléanes et des érables, sur les poteaux électriques aux côtés desquels pendaient de gros morceaux de glace. La neige tombait dans un silence magique et presque sacré, il ne percevait rien d'autre que le bruit incertain de ses propres pas et de sa respiration haletante. Aucun chien n'aboyait. C'était comme si la fin du monde était arrivée, comme si tout ce qu'il voyait alors, et même le monde dans son entier, était subjugué par la chute de la neige. Dans la lueur chiche d'un lampadaire, Ka observa les flocons de neige : certains tombaient lourdement, d'autres entamaient une ascension décidée vers les hauteurs obscures.

Il se mit sous l'auvent de Chez Aydın au Palais de la Photo et il contempla longuement, attentivement, à la lumière rougeâtre d'une enseigne bordée de glace, un flocon posé sur la manche de son manteau.

Le vent se leva, il y eut de l'agitation et l'enseigne lumineuse rouge du Palais de la Photo s'éteignit tout d'un coup; de l'autre côté de la rue ce fut comme si l'eléane était devenu tout noir. Ka aperçut la foule à l'entrée du Théâtre de la Nation, le minibus de la police qui stationnait un peu plus loin, et les badauds, massés entre le seuil et la porte entrouverte du café d'en face, qui regardaient la foule.

Parmi eux, quelqu'un agitait désespérément la main, mais Ka n'était pas sûr que ce fût pour lui.

« Je vous ai reconnu de très loin à votre manteau. »

En voyant de près le visage de Necip, Ka eut un élan d'affection. Ils s'enlacèrent chaleureusement.

« Je savais que vous viendriez, dit Necip. Ça me fait bien plaisir. Puis-je sans attendre vous poser une question? J'ai à l'esprit deux choses très importantes.

— Une ou deux choses?

— Vous êtes très intelligent, au point même de comprendre que l'intelligence n'est pas tout », dit Necip. Il entraîna Ka dans un coin où ils pourraient discuter tranquillement. « Avez-vous dit à Hicran, c'est-à-dire à Kadife, que j'étais amoureux d'elle et qu'elle était ma seule raison de vivre?

— Non.

— Vous êtes allés ensemble un moment dans une maison de thé. Et vous n'avez pas du tout parlé de moi?

— Je lui ai dit que tu étais au lycée des prédicateurs.

— Quoi d'autre? Et elle, elle n'a rien dit du tout?

— Elle n'a rien dit. »

Il y eut un silence.

« Je comprends que vous n'ayez vraiment rien dit d'autre à mon sujet », dit Necip avec un grand étonnement. Il était coi. « Kadife ne m'a même pas remarqué parce qu'elle a quatre ans de plus que moi. Peut-être que vous avez parlé avec elle de choses pas très recommandables. Ou même abordé de mystérieux sujets politiques. Je ne vous pose pas de questions là-dessus. Il n'y a qu'une chose qui me préoccupe, à présent fort importante pour moi. Le reste de ma vie en dépend. Même si Kadife ne me remarque pas — d'ailleurs il faudra très probablement des années avant qu'elle fasse attention à moi et ce n'est qu'à ce moment-là qu'elle se mariera —, selon la réponse que vous allez me donner, soit je resterai amoureux d'elle toute ma vie, soit je l'oublie sur-le-champ. S'il vous plaît, dites-moi la vérité, immédiatement et sans hésiter.

— J'attends votre question, dit Ka avec une attitude solennelle.

— N'avez-vous pas du tout parlé de choses superficielles ? Des inepties à la télé, des petits ragots sans importance, des broutilles que l'on peut acheter avec de l'argent. Vous comprenez ? Est-ce que Kadife est une personne conforme à l'impression qu'elle fait, n'accordant aucune valeur aux choses dérisoires, ou est-ce que je suis tombé amoureux d'elle sans raison ?

— Pas du tout, nous n'avons pas parlé légèrement », dit Ka.

Il vit que les réponses qu'il donnait avaient un effet destructeur sur Necip, et lut sur son visage que l'adolescent faisait un effort surhumain pour se ressaisir.

« Alors, vous avez vu qu'il s'agissait d'un être d'exception.

— Oui.

— Toi aussi tu pourrais en être amoureux ? Parce qu'elle est très belle. Elle est à la fois très belle et maîtresse d'elle-même, d'une façon que je n'ai jamais vue chez une femme turque.

— Sa grande sœur est plus belle, dit Ka. Si c'est une question de beauté.

— Mais quelle est la question ? demanda Necip. Pour quelle raison Dieu dans sa grandeur me fait-il donc penser en permanence à Kadife ? »

Il écarquilla ses yeux verts et eut un air enfantin qui stupéfia Ka.

« Je ne sais pas, dit Ka.

— Non, tu sais, mais tu ne le dis pas.

— Je ne sais pas.

— L'important, c'est de pouvoir exprimer les choses, dit Necip comme s'il voulait l'aider. Si je pouvais être écrivain, je voudrais verbaliser ces choses. Ne serait-ce qu'une seule fois, tu peux tout me dire.

— Demande.

— Dans notre vie à chacun il y a quelque chose qu'on veut absolument, une chose essentielle.

— C'est juste.

— Toi, c'est quoi ? »

Ka se tut, puis sourit.

« Moi, c'est très simple, dit Necip avec fierté. Je veux me marier avec Kadife, vivre à Istanbul et devenir le premier écrivain de science-fiction islamique. Je sais que c'est impossible, mais pourtant je continue à le vouloir. Que tu ne me dises pas quel est ton vœu principal ne me froisse pas, parce que je te comprends. Tu es mon avenir. Et puis j'ai compris, au regard que tu portes à présent sur moi, que c'est ta propre jeunesse que tu vois en moi et que c'est pour cette raison que tu m'aimes. »

Au coin de ses lèvres pointa un sourire heureux et rusé qui fit peur à Ka.

« Alors, tu es ce que j'étais il y a vingt ans ?

— Oui. Dans le roman de science-fiction que j'écrirai un jour il y aura une scène exactement semblable. Excuse-moi, je peux poser ma main sur ton front ? » Ka pencha légèrement la tête en avant. Avec la tranquillité de quelqu'un qui a déjà fait ce geste, Necip appuya sa paume sur le front de Ka :

« Maintenant je vais te dire ce que tu pensais il y a vingt ans.

— Comme tu l'as fait avec Fazıl ?

— Lui et moi, nous pensons la même chose au même moment. Avec toi il y a un intervalle de temps entre nous. Maintenant, écoute, s'il te plaît : un jour d'hiver, tu étais au lycée, la neige tombait et tu étais perdu dans tes pensées. Tu percevais en toi la Voix de Dieu, mais tu t'efforçais de L'oublier. Tu sentais que toute chose formait une unité mais tu pensais que tu serais plus malheureux et plus intelligent si tu fermais les yeux à celui qui te faisait sentir cette unité. Tu avais raison. Parce que tu savais que seuls ceux qui sont intelligents et malheureux peuvent écrire de bons poèmes. Et pour pouvoir écrire de bons poèmes, tu t'es héroïquement risqué dans les souffrances de l'incroyance. Une fois cette voix éteinte en toi, il ne t'est pas venu à l'esprit que tu pourrais rester tout seul dans l'immensité du monde.

— Parfait, tu as raison, c'était ce que je pensais, dit Ka. Maintenant, toi, tu as des pensées semblables ?

— Je savais que tu me poserais aussitôt la question, fit Necip, troublé.

— Toi non plus tu ne veux pas croire en Dieu ? Tu ne veux pas, n'est-ce pas ? » Il retira soudain sa main froide du front de Ka d'une façon qui lui fit peur. « Je peux te dire beaucoup de choses à ce sujet. J'entends en moi une voix qui dit : "Ne crois pas en Dieu." Puisque croire en l'existence d'une chose avec tant d'amour ne peut se faire sans éprouver un doute, sans une curiosité quant à son inexistence. Lors des moments où je comprends que je ne pourrais rester en vie sans ma croyance en l'existence de Dieu très Bon, tout comme, enfant, je me demandais ce que je deviendrais si mes parents venaient à mourir, il m'arrive de me demander ce qu'il en serait si Dieu n'existait pas. Alors une chose s'anime devant mes yeux : un paysage. Comme je sais que ce paysage tire sa force de l'amour de Dieu, je le contemple avec curiosité.

— Décris-moi ce paysage.

— Tu vas en faire un poème ? Il n'est pas nécessaire de mettre mon nom dans le poème. Je ne te demande qu'une chose en retour.

— Accordé !

— J'ai écrit ces six derniers mois trois lettres à Kadife. Je n'ai pu en poster aucune. Pas parce que j'avais honte ; parce que les gens de la poste les auraient ouvertes pour les lire. Ben oui, la moitié de Kars travaille pour la police. La moitié de la foule là-bas nous observe. En plus, les nôtres nous observent aussi.

— C'est qui, "les nôtres" ?

— Tous les jeunes islamistes de Kars. Ils sont très curieux de nos sujets de conversation. Ils sont venus ici pour faire un scandale. Parce qu'ils savent que cette soirée va se transformer en démonstration de force des laïcs et des militaires. On va jouer cette prétendûment fameuse pièce Çarşaf et humilier les filles à foulard. Moi, au fond, je déteste la politique, mais mes camarades ont raison de se révolter.

Comme je ne peux pas m'enflammer autant qu'eux, ils ont des doutes à mon sujet. Je ne peux pas te donner les lettres. Pas maintenant, tout le monde nous regarde. Je veux que tu les remettes à Kadife.

— Maintenant, là, personne ne nous regarde. Donne-les-moi tout de suite, et décris-moi ce paysage.

— Les lettres sont ici, mais pas sur moi. J'ai eu peur de la fouille à l'entrée. Mes camarades aussi pourraient me fouiller. Dans exactement vingt minutes, rendez-vous dans les toilettes au bout du couloir qui est accessible par la porte située à côté de la scène.

— Est-ce que tu me décriras le paysage, alors ?

— Il y en a un qui vient par là », fit Necip. Il jeta un coup d'œil. « Je le connais. Ne le regarde pas du tout, et fais comme si tu me parlais normalement, sans être trop cordial.

— Bien.

— Tout Kars est curieux de savoir pourquoi donc tu es venu ici. On pense que tu as été envoyé pour une mission secrète par notre État, voire par les puissances occidentales. Mes camarades m'ont chargé de te poser cette question : ces rumeurs sont-elles justes ?

— Mais non.

— Que vais-je leur dire ? Pour quelle raison es-tu venu ?

— Je ne sais pas.

— Tu le sais, mais tu ne peux toujours pas le reconnaître, par honte. » Il y eut un silence. « Tu es venu parce que tu es malheureux, dit Necip.

— Qu'est-ce qui te fait dire ça ?

— Tes yeux : je n'ai jamais vu de regard aussi triste que le tien... Maintenant moi aussi je ne suis pas du tout heureux ; mais je suis jeune, moi. Le malheur me donne de la force. À mon âge je préfère être malheureux plutôt qu'heureux. À Kars, seuls les idiots et les mauvaises gens sont heureux. Mais, une fois que je serai parvenu à ton âge, j'espère bien être inondé de bonheur.

— Le malheur me protège contre la vie, dit Ka. Ne te fais pas de mouron pour moi.

— Comme c'est beau. Tu n'es pas fâché, hein ? Sur ton visage il y a une telle expression que je pourrais te dire tout ce qui me vient à l'esprit, même les pires bêtises. Si je disais ce genre de chose aux camarades, ils se mettraient aussitôt à se moquer de moi.

— Même Fazıl ?

— Fazıl, c'est différent. Lui, il punit ceux qui m'ont fait du mal et sait ce que je pense. Maintenant à ton tour de parler un peu. Le mec nous regarde.

— Quel mec ? » demanda Ka. Il regarda la foule amassée derrière ceux qui étaient assis : un homme à la tête en forme de poire, deux jeunes boutonneux, des adolescents pauvrement vêtus fronçant les sourcils, tous étaient maintenant tournés vers la scène et certains tanguaient comme s'ils étaient ivres.

« Je ne suis pas le seul à avoir bu, ce soir, murmura Ka.

— Eux, ils boivent parce qu'ils sont malheureux, dit Necip. Vous, vous avez bu pour résister au bonheur caché en vous. »

Sa phrase à peine terminée, il disparut soudain dans la foule. Ka n'était pas tout à fait sûr d'avoir bien entendu. Cependant, intérieurement, malgré tout le brouhaha de la salle, il était rasséréné comme s'il avait entendu une agréable musique. Parmi les spectateurs, quelqu'un lui fit un signe de la main, il y avait quelques places libres réservées aux « artistes », et un employé du plateau, ni poli ni grossier, le fit asseoir.

Ce que Ka vit sur la scène durant cette soirée, moi je l'ai regardé des années plus tard sur les enregistrements vidéo consultés aux archives de la Télévision de la ville-frontière. Sur la scène, on jouait une petite séquence parodiant la publicité pour une banque, mais comme Ka n'avait pas regardé la télévision en Turquie depuis des années il ne comprit pas de quoi il s'agissait. Il put seulement saisir que l'homme qui entrait dans la banque pour déposer de l'argent était une caricature de snob qui affectait d'avoir des façons occidentales. Dans certaines bourgades plus petites et plus retirées encore que Kars, dans les maisons de thé où les grands de l'État ne passent pas, la compagnie théâtrale brechtienne et bakhtinienne de Sunay Zaim joue cette saynète dans un registre encore plus vulgaire, et transforme le snob élégant prenant sa carte bancaire en un personnage efféminé qui fait mourir de rire les spectateurs. Dans l'autre « brève séquence », Ka reconnut au dernier moment que l'homme à moustache vêtu comme une femme qui mettait sur ses cheveux du shampooing et de la crème Kelidor était en fait Sunay Zaim. Dans son accoutrement féminin, Sunay, comme jadis lorsqu'il voulait calmer avec une « catharsis anticapitaliste » les pauvres foules coléreuses des *çayhane* pour hommes des recoins perdus, faisait mine de s'enfoncer dans l'arrière-train la longue bouteille de shampooing Kelidor, tout en proférant des grossièretés. Ensuite, Funda Eser, la femme de Sunay, pour imiter une publicité de saucisse très populaire, se saisissait d'un chien Kangal [1] en demandant : « C'est un cheval ou un âne ? », puis essayait de le peser avec une joie vulgaire, et, sans en faire davantage, quittait la scène.

1. Espèce de chien réputée en Anatolie, originaire de la région de Sivas (Anatolie centre-est).

Elle fut aussitôt suivie sur scène par Vural, le fameux gardien de but des années 1960, qui raconta comment il avait encaissé onze buts des Anglais lors d'un match de l'équipe nationale à Istanbul, ajouta à son récit des histoires d'amour de célébrités et des révélations sur les tromperies de l'époque, tout en souriant avec l'air de prendre plaisir à souffrir et de s'amuser misérablement qu'affectent certains Turcs.

16

Le lieu où Dieu est absent

LE PAYSAGE VU PAR NECIP
ET LE POÈME DE KA

Vingt minutes s'étant écoulées, Ka entra dans les toilettes situées au bout du couloir glacial, et Necip vint aussitôt se ranger à côté de ceux qui urinaient dans les pissotières. Puis, feignant de ne pas se connaître, ils attendirent un moment devant les cabinets du fond. Ka contempla les roses et leurs feuilles en stuc qui ornaient le haut plafond des toilettes.

Dès qu'un cabinet se libéra, ils s'y glissèrent et s'y enfermèrent. Ka crut qu'un vieil édenté les avait remarqués. Une fois dedans, après avoir tiré la chasse, Necip dit : « Non, il ne nous a pas vus. » Il étreignit Ka joyeusement. D'un mouvement vif, il prit appui sur une aspérité de la cloison, se hissa et, étirant le bras, il retrouva les enveloppes déposées au-dessus de la chasse d'eau. Il descendit puis souffla la poussière accumulée sur les enveloppes.

« Je veux que tu dises quelques mots à Kadife quand tu lui remettras ces lettres, précisa-t-il. J'y ai beaucoup réfléchi. Une fois qu'elle les aura lues, il ne me restera plus dans la vie ni espoir ni attente concernant Kadife. Je veux que tu dises cela très clairement à Kadife.

— Si tu estimes qu'il n'y a aucun espoir à partir

du moment où elle apprendra que tu l'aimes, pour-quoi veux-tu le lui faire savoir?

— Moi, je n'ai pas peur de la vie et des passions, je ne suis pas comme toi », dit Necip. Il s'inquiéta de voir Ka devenir triste. « Ces lettres sont la seule issue pour moi : je ne peux pas vivre sans aimer avec passion quelque beauté. Il faut que j'aime avec bon-heur quelqu'un d'autre. Mais avant toute chose il faut que je libère mon esprit de Kadife. Tu sais à qui je consacrerai toute ma passion d'aimer, après Kadife? »

Il remit les lettres à Ka.

« À qui? demanda Ka tout en glissant celles-ci dans la poche de son manteau.

— À Dieu.

— Décris-moi ce paysage que tu as vu.

— D'abord, ouvre cette fenêtre! Ça sent trop mau-vais ici. »

Ka finit par ouvrir la petite fenêtre du cabinet en forçant le loquet rouillé. Ils contemplèrent avec émerveillement, comme s'ils étaient témoins d'un miracle, les flocons de neige qui tombaient à l'inté-rieur, lourds et silencieux.

« Que le monde est beau! murmura Necip.

— À ton avis, c'est quoi, le plus beau côté de la vie? » demanda Ka.

Il y eut un silence. « Tout! répondit Necip comme on livre un secret.

— Mais est-ce que la vie ne nous rend pas mal-heureux?

— C'est vrai, mais c'est notre faute. C'est pas la faute du monde ou de son créateur.

— Décris-moi ce paysage.

— D'abord, pose ta main sur mon front et dis-moi mon avenir », demanda Necip. Il ouvrit grands ses yeux que vingt-six minutes plus tard on lui ferait exploser, avec la cervelle. « Je veux vivre longtemps et très intensément et je sais qu'il m'arrivera des tas de belles choses. Mais ce que je penserai dans vingt ans, je ne le sais pas et j'en suis très curieux. »

Ka appuya la paume de sa main droite sur la peau délicate du front de Necip. « Oh la la, mon Dieu ! » Il retira sa main de la tempe comme s'il avait touché un objet très chaud. « Il y a beaucoup d'agitation là-dedans.

— Raconte.

— Dans vingt ans, autrement dit quand tu auras juste trente-sept ans, tu auras finalement compris que la cause de tous les côtés négatifs du monde, à savoir que les pauvres soient aussi pauvres et inconscients, que les riches soient aussi riches et rusés, la foule grouillante, la violence, le matéria-lisme ambiant, autrement dit tout ce qui excite en toi le désir de mourir ou des sentiments de culpabi-lité, la cause en est que tout le monde pense comme tout le monde, dit-il. C'est pourquoi je sens que dans ce monde où chacun devient plus idiot en se présen-tant comme vertueux puis meurt, toi tu ne pourras accéder à la bonté qu'en étant mauvais et immoral. Mais tu comprends que ceci aboutit à un résultat redoutable. Parce que je sens sous ma main trem-blante cette issue...

— Qu'est-ce donc ?

— Tu es très intelligent, toi, et tu sais bien aujour-d'hui de quoi il s'agit. Et c'est pourquoi je veux que tu parles d'abord.

— De quoi donc ?

— Je sais aussi qu'en fait tu éprouves pour cette raison un sentiment de culpabilité, parce que tu hésites à dire ce que tu éprouves face à la misère et au malheur des pauvres.

— Ne croiras-tu donc vraiment jamais en Dieu ?
demanda Necip. Si j'étais dans ton cas, moi, je préférerais mourir.

— Comme le pauvre directeur athée dans l'ascenseur, cela ne se fera pas en une nuit ! Cela se fera si
lentement que tu ne t'en apercevras pas toi-même.
Cela se fera comme l'homme qui, parce que ça tue
tout doucement, remarque un matin en forçant sur
le *rakı* qu'il est déjà depuis des années dans l'autre
monde.

— C'est toi, cet homme ? »

Ka retira sa main de son front : « C'est tout le
contraire. Moi, cela fait des années que je crois tout
doucement en Dieu. C'est venu si progressivement
que je ne m'en suis rendu compte qu'une fois arrivé
à Kars. C'est pour ça que je suis heureux et que je
peux écrire des poèmes, ici.

— Maintenant, dit Necip, tu me parais si heureux
et clairvoyant que je vais te demander la chose suivante. Est-ce que l'être humain peut vraiment
connaître le futur ? Même s'il ne le connaît pas,
peut-il au moins éprouver de la sérénité en croyant
qu'il le connaît ? C'est cette question que je veux traiter dans mon premier roman de science-fiction.

— Certains êtres savent..., dit Ka. Regarde le propriétaire du *Journal de la ville frontière*, Serdar Bey ;
il publie depuis longtemps le journal, où est écrit ce
qui se passera le soir. » Ils regardèrent ensemble le
journal, que Ka avait sorti de sa poche : « ... le spectacle fut interrompu par moments par des manifes-
tations enthousiastes et des applaudissements. »

« Ce qu'on nomme le bonheur, ça doit être cela,
dit Necip. Si on pouvait d'abord écrire dans les journaux ce qui allait nous arriver et si ensuite nous
vivions avec étonnement les belles choses que nous
avions écrites, alors nous serions les poètes de notre

209

propre vie. Le journal dit que tu as lu ton dernier poème. C'est lequel, celui-là ? »

On frappa à la porte du cabinet. Ka pria aussitôt Necip de lui décrire ce « paysage ».

« Je vais te le décrire maintenant, lui dit Necip. Mais tu ne le diras à personne. Cela ne leur plaît pas que je sois aussi amical avec toi.

— Je n'en parlerai à personne, dit Ka. Raconte sans attendre.

— J'aime beaucoup Dieu, dit Necip avec émotion. Mais parfois — que Dieu m'en préserve ! —, je me demande à mon insu ce qu'il en serait si Dieu n'existait pas et alors surgit devant moi un paysage qui m'effraie.

— Continue.

— Je regarde ce paysage par la fenêtre, une nuit, dans l'obscurité. À l'extérieur, il y a deux hauts murs blancs, aveugles, comme les murs d'une forteresse. Comme s'il y avait deux forteresses face à face ! Moi, je regarde avec crainte l'étroit passage entre ces forteresses, et l'extension devant moi de ce passage pareil à une espèce de rue. Dans ce lieu où Dieu est absent, cette rue est enneigée et boueuse, comme à Kars, mais elle est violette ! Au milieu de la rue il y a quelque chose qui me dit stop, mais je regarde au bout de la rue, vers l'extrémité de ce monde. Il y a un arbre là-bas, sans feuilles, nu, un dernier arbre. Soudain, alors que je le regarde, il devient tout rouge et commence à s'enflammer. À ce moment-là, je me sens coupable d'avoir de la curiosité pour le lieu où Dieu n'est pas. Là-dessus, l'arbre rouge revient soudain à son ancienne couleur de ténèbres. Tout en me disant de ne plus regarder, je regarde à nouveau, incapable de me retenir, et l'arbre esseulé au bout du monde, redevenu tout rouge, recommence à s'enflammer. Et ça dure ainsi jusqu'au petit matin.

— Pourquoi ce paysage t'effraie-t-il autant ? demanda Ka.

— Parce que parfois, sous le coup de l'aiguillon du diable, il me vient à l'esprit que ce paysage pourrait appartenir à ce monde. Mais ce qui s'anime devant mes yeux doit être une création de mon imagination. Parce que s'il y avait en ce monde un lieu comme je l'ai évoqué, dans ce cas, Dieu nous en préserve, cela voudrait dire que Dieu n'existe pas. Comme cela ne saurait être exact, la seule hypothèse restante est que je ne crois plus en Dieu. Et c'est pire que la mort.

— Je comprends, fit Ka.

— J'ai regardé dans une encyclopédie, le mot "athée" viendrait du grec *athos*. Or ce mot désigne non pas une personne qui ne croit pas en Dieu, mais plutôt une personne seule, abandonnée des dieux. Cela prouve que l'homme ici-bas ne pourra jamais être athée. Parce que Dieu, même si nous ne voulons pas de Lui, ne nous abandonnera pas ici-bas. Pour être athée, une personne doit d'abord être occidentale.

— Mais moi, je souhaite pouvoir croire tout en étant occidentalisé, fit Ka.

— La personne que Dieu a abandonnée, même si tous les soirs elle va au café jouer aux cartes et plaisanter avec ses amis, même si chaque jour elle s'amuse en classe, rit à gorge déployée avec ses camarades, même si elle passe toute la journée avec ses amis à discuter, elle est radicalement seule.

— Cependant, une vraie amoureuse, cela peut être une consolation, dit Ka.

— Elle doit t'aimer autant que tu l'aimes. »

On frappa à nouveau à la porte, Necip prit Ka dans ses bras ; il l'embrassa sur les joues comme un enfant, puis il sortit. Ka vit quelqu'un qui attendait se ruer aussitôt vers un autre cabinet. Ka s'enferma à nouveau et fuma une cigarette tout en regardant la neige qui tombait magnifiquement. Il lui semblait se rappeler mot pour mot, comme on se souvient d'un poème, le paysage évoqué par Necip, et si personne ne venait de Porlock, il se sentait capable d'écrire sur son cahier comme un poème ce paysage qu'avait vu Necip.

L'homme de Porlock ! C'était un sujet que nous aimions beaucoup les jours où nous discutions littérature jusqu'au milieu de la nuit, Ka et moi, durant les dernières années de lycée. Tous ceux qui s'intéressaient un peu à la poésie anglaise connaissaient la note que Coleridge avait écrite au début du poème intitulé « Kublai Khan » (Kubilay Khan), dont le sous-titre est « Une vision perçue en rêve, un morceau de poème », et où il explique qu'il s'est endormi sous l'effet d'un médicament pris parce qu'il était malade (en fait, il avait pris de l'opium pour le plaisir), et qu'avant de plonger dans le sommeil les phrases du livre qu'il était en train de lire s'étaient, au cours de l'extraordinaire rêve qu'il avait fait, transformées en un objet et en un poème. Un formidable poème lui était apparu intégralement, sans aucun effort de l'esprit. En outre, à son réveil, Coleridge se souvenait mot pour mot de tout ce formidable poème. Il avait sorti papier, stylo et encre et entrepris avec fièvre d'écrire le poème, rapidement, vers par vers, quand on avait frappé à la porte et qu'il avait dû se lever pour ouvrir : c'était quelqu'un venu de la ville proche de Porlock pour une sombre histoire de dette. Après avoir congédié l'homme en question, Coleridge, rapidement revenu à sa table, s'était rendu compte qu'il avait oublié la suite du poème et qu'il ne lui restait en tête que l'esprit de celui-ci et quelques mots isolés.

Comme personne n'était « venu de Porlock » dissiper son attention, Ka avait pu garder en tête le poème. Puis on l'appela sur scène. Là, il était le plus grand de tous. Le manteau allemand couleur cendre qu'il portait le distinguait aussi des autres.

Le brouhaha de la salle cessa brusquement. Certains étudiants agités, les sans-emploi, les perdants, les islamistes protestataires se turent parce qu'ils ne savaient ni pourquoi ils riaient, ni contre quoi ils pestaient. Les fonctionnaires assis aux premiers rangs, les policiers qui avaient suivi Ka toute la journée, le préfet adjoint et les enseignants savaient qu'il était poète. Le présentateur de haute stature fut saisi par le silence. Il posa à Ka une question toute sortie des émissions « culturelles » de la télévision. « Vous êtes poète, vous écrivez des poèmes. Est-ce difficile d'écrire des poèmes ? » À la fin de cette courte discussion laborieuse que je m'efforce d'oublier chaque fois que je me projette la cassette vidéo, on avait compris non pas s'il était difficile ou non d'écrire de la poésie, mais que Ka venait d'Allemagne.

« Comment avez-vous trouvé notre belle ville ? » demanda ensuite le présentateur.

Après un temps d'indécision, Ka répondit : « Très belle, très pauvre, très triste. »

Du fond de la salle, deux élèves du lycée de prédicateurs rirent de cette réponse. Un autre s'écria : « C'est ton esprit qui est pauvre. » Encouragés par cette repartie, six ou sept personnes se levèrent et crièrent. Une partie d'entre elles se moquaient, et on ne comprenait rien à ce que disaient les autres. Quand je suis allé à Kars bien après les événements, Turgut Bey me raconta que, devant la télévision de l'hôtel, Hande s'était alors mise à pleurer. « Vous représentez la littérature turque d'Allemagne, dit le présentateur.

« — Qu'il nous dise donc pourquoi il est venu, s'écria quelqu'un.

— Je suis venu, parce que j'étais très malheureux, répondit Ka. Ici, je suis plus heureux. Silence, je vais maintenant lire mon poème. »

Soudain, après quelques cris de stupeur, Ka commença à lire son poème. Des années plus tard, ayant mis la main sur l'enregistrement vidéo de cette soirée, j'ai suivi des yeux mon ami avec une affectueuse admiration. Je le voyais pour la première fois lire un poème en public. Il avançait, absorbé par ses pensées, comme quelqu'un qui marche avec une attentive et immense tranquillité. Qu'il était loin de toute affectation ! Mis à part deux pauses, comme s'il se rappelait quelque chose, il lut son poème sans interruption ni difficulté.

Necip remarqua que le poème provenait du « paysage » qu'il venait de lui évoquer et que tout ce qu'il avait dit sur le « lieu où Dieu est absent » s'était mot pour mot intégré au poème, et, comme enchanté, il se leva, mais Ka ne rompit point le rythme qui suggérait la chute de la neige. On entendit un ou deux applaudissements. Quelqu'un des rangs du fond se leva à son tour pour crier, d'autres l'imitèrent. On ne pouvait savoir s'ils répondaient aux vers du poème ou s'ils s'ennuyaient. Si on ne compte pas la silhouette qui apparaîtrait ultérieurement sur fond vert, ceci constitue les dernières images que j'ai pu voir d'une amitié de vingt-sept ans.

17

« *La Patrie ou le Voile* »

UNE PIÈCE AU SUJET D'UNE JEUNE
FEMME QUI BRÛLE SON *ÇARŞAF*

Après le poème de Ka, le présentateur annonça la
pièce qui allait être jouée comme le couronnement de
la soirée, avec des gestes emphatiques et en appuyant
lourdement sur chaque syllabe : *La Patrie ou le Voile*.

On entendit alors des rangs du milieu et du fond,
où étaient assis les lycéens, quelques contestations,
un ou deux sifflements, des gens huer, et, des premiers rangs réservés aux fonctionnaires, un ou deux
applaudissements approbateurs. Quant à la foule
qui remplissait à ras bord la salle, elle se demandait
ce qui allait bien se passer, et regardait, mi-curieuse
mi-impressionnée. Les « légèretés » préliminaires de
la troupe de théâtre, les grossières imitations de
publicité par Funda Eser, ses danses du ventre
moyennement nécessaires, ses mises en scène, avec
Sunay Zaim, d'un ancien Premier ministre femme et
de son mari corrompu, tout cela ne l'avait pas refroi-
die pour la suite de la soirée. Contrairement à certains fonctionnaires offusqués des premiers rangs,
la foule, même, s'amusait bien.

La Patrie ou le Voile plut aussi à la foule, mais les
provocations des lycéens, leurs interpellations incessantes avaient fini par lasser. Dans ces moments-là,
on ne comprenait plus rien aux dialogues. Pourtant,
cette pièce élémentaire et « démodée », de vingt

minutes, avait une structure dramatique tellement basique que même des sourds-muets auraient tout compris.

1. Une femme enveloppée dans un *çarşaf* bien noir marche dans la rue, monologue et réfléchit. Elle paraît malheureuse.

2. La femme proclame sa liberté en ôtant son *çarşaf*. Elle va désormais tête nue et heureuse.

3. Sa famille, son fiancé, ses proches, des hommes barbus et musulmans qui se dressent pour diverses raisons contre sa liberté souhaitent alors qu'elle remette son *çarşaf*. Là-dessus la femme, dans un accès de colère, brûle son *çarşaf*.

4. Des voyous à la barbe en collier, chapelet à la main, s'opposent alors violemment à cette rébellion, et alors même qu'ils traînent la femme par les cheveux pour la tuer...

5. ... de jeunes soldats de la République la sauvent.

Cette brève pièce a été très fréquemment jouée du milieu des années 1930 à la Seconde Guerre mondiale dans les lycées et les Maisons du peuple d'Anatolie, à l'instigation de l'État occidentalisateur qui voulait tenir les femmes éloignées du voile et des pressions religieuses ; après 1950, avec l'avènement de la démocratie, la vigueur révolutionnaire kémaliste s'affaiblissant, elle est tombée dans l'oubli. Funda Eser, qui jouait la femme au *çarşaf*, m'expliqua des années après dans un studio d'enregistrement à Istanbul, où je l'avais retrouvée, qu'elle était fière que sa mère eût joué le même rôle en 1948 au lycée de Küthaya, et qu'elle regrettait de n'avoir pas vécu à Kars le même bonheur, pourtant légitime, à cause des événements survenus par la suite. Malgré l'impression qu'elle donnait d'avoir tout oublié, à la façon de ces artistes de scène usés par les drogues, fatigués et abattus, je l'ai beaucoup forcée pour qu'elle me raconte cette soirée telle qu'elle l'avait vécue. J'en viens aux détails dont j'ai parlé avec beaucoup d'autres témoins de cette soirée.

Au premier tableau, les spectateurs de Kars qui remplissaient le Théâtre de la Nation furent stupéfaits. Le titre *La Patrie ou le Voile* les avait pourtant préparés à une pièce politique d'actualité, mais, à l'exception d'un ou deux vieux qui se souvenaient de cette ancienne pièce, personne ne s'attendait à y voir une femme en *çarşaf*. C'était le foulard, symbole de l'islam politique, qu'ils avaient à l'esprit. De nombreuses personnes furent impressionnées par cet air de fierté, voire d'orgueil, dont sa démarche était empreinte, lorsque la mystérieuse femme en *çarşaf* arpentait la scène avec détermination. Même les fonctionnaires « radicaux », qui méprisent les accoutrements religieux, éprouvèrent du respect pour elle. Un jeune prédicateur malin, qui avait deviné qui se cachait sous le *çarşaf*, poussa un éclat de rire qui énerva les premiers rangs.

Au deuxième tableau, dès que la femme commença à défaire son voile noir dans un élan de libération digne des Lumières, tout le monde eut peur. Nous pouvons expliquer cette réaction en invoquant la peur des occidentalisateurs laïcs eux-mêmes face aux conséquences de leurs propres idées. En fait, comme ils craignaient les islamistes, ils s'étaient résolus depuis longtemps à ce que les choses ne changent surtout pas à Kars. L'idée de faire enlever les *çarşaf* par la force de l'État, comme aux débuts de la République, ne leur venait à présent même pas à l'esprit, ils se contentaient de penser qu'il suffisait que les femmes sans *çarşaf* ne fussent pas contraintes d'en mettre un de force ou par peur, comme en Iran.

217

« En vérité, tous les kémalistes des premiers rangs n'étaient pas des kémalistes, mais des peureux ! » dirait par la suite Turgut Bey à Ka. Tout le monde craignait qu'à montrer de façon insistante une femme en *çarşaf* se dévêtir sur la scène on mît en ébullition non seulement les religieux, mais aussi la bande des chômeurs et des démunis. À ce moment-là, une enseignante assise devant se leva et se mit à applaudir Funda Eser qui ôtait son voile avec des gestes élégants et décidés. Mais pour d'autres, il ne s'agissait pas d'une action politique modernisatrice : c'était une femme aux bras nus et dodus, à la belle nuque et la tête renversée et déjà embrumée par l'alcool, qui faisait ce numéro. C'est ce que répondit avec rage à la malheureuse enseignante isolée une poignée de jeunes assis au fond.

Les républicains des premiers rangs n'étaient pas non plus satisfaits de la situation. Voir sortir du drap noir Funda Eser en lascive danseuse du ventre, à la place d'une simple villageoise à lunettes, au visage lumineux, résolue à faire des études, les avait plongés dans la confusion. Est-ce que cela voulait dire que seules les prostituées, les immorales se défont de leur *çarşaf* ? Ça, c'était précisément le message des islamistes. On entendit le préfet adjoint crier : « C'est pas ça du tout qu'il fallait faire ! » Funda Eser ne se laissa pas intimider par ces mots pourtant abondamment relayés par les obséquieux. Une ou deux bruyantes menaces fusèrent de la foule des jeunes prédicateurs qui regardaient avec inquiétude la fille de la République éclairée défendre sa propre liberté, mais cela n'effraya d'abord personne. Aux premiers rangs, le préfet adjoint, Kasım Bey, le courageux directeur adjoint à la Sécurité qui s'était efforcé en son temps d'éradiquer les militants du PKK, d'autres hauts fonctionnaires, le directeur départemental du cadastre, le directeur à la Culture, dont le travail consiste à faire saisir les cassettes de musique en kurde et à les envoyer à Ankara (il est venu accompagné de sa femme, de ses deux filles, de ses quatre garçons, à qui il a fait mettre une cravate, et de trois neveux), les quelques officiers habillés en civil et leurs femmes n'avaient nullement peur du bruit d'une poignée de jeunes prédicateurs décidés à faire un scandale et à se lâcher la bride. On peut aussi supposer qu'ils avaient confiance dans les policiers en civil disséminés dans toute la salle, ainsi que dans les policiers en uniforme sur le côté et dans les soldats dont on dit qu'ils étaient postés derrière la scène. Mais, plus important, le fait que la soirée fût retransmise en direct à la télévision, même s'il ne s'agissait que d'une émission locale, éveillait en eux l'impression qu'ils étaient regardés par toute la Turquie et par Ankara. Les représentants de l'État devant, comme toute la foule dans la salle, assistaient au spectacle sans oublier que la télévision retransmettait le spectacle et, pour cette seule raison, les vulgarités, les querelles politiques dans la salle et les inepties sur scène leur semblaient moins grossières et répugnantes qu'elles ne l'étaient. Il y en avait qui se retournaient en permanence vers la caméra pour contrôler qu'elle fonctionnait encore, et d'autres qui se blottissaient sans bouger à leur place, dans les recoins les plus éloignés, de peur d'être filmés. Le fait que la soirée fût retransmise à la télé avait donné à la plupart des habitants de Kars l'envie de regarder, au théâtre, les journalistes filmer le spectacle plutôt que, à la maison devant la télévision, le spectacle lui-même.

Funda Eser fourra le *çarşaf* qu'elle venait d'enlever dans une bassine de cuivre, sur la scène, tel un vêtement sale, et elle versa soigneusement dessus de l'essence, comme si c'était de la lessive, et commença à frotter. Comme par hasard l'essence avait été mise dans une bouteille de poudre à laver Akif, qu'utilisaient à l'époque beaucoup des maîtresses de maison de Kars. De ce fait, non seulement toute la salle mais tout Kars fut étrangement rassuré, pensant que la fille libre révoltée s'était finalement ressaisie et frottait désormais tout docilement son *çarşaf*.

« Lave, ma fille, frotte bien ! » cria quelqu'un des rangs du fond. Il y eut de petits rires, les fonctionnaires du devant y crurent, comme d'ailleurs tout le public. « Et alors, prends de l'Omo », cria un autre.

Ces remarques provenaient des jeunes prédicateurs, et personne ne s'en offusqua outre mesure tant qu'elles faisaient rire plus qu'elles ne dérangeaient véritablement la salle. La plupart des spectateurs, en effet, comme les fonctionnaires d'État, souhaitaient que cette pièce politique jacobine et provocatrice se termine avant de dégénérer. Un grand nombre de personnes avec lesquelles j'ai discuté des années plus tard m'ont dit avoir partagé ces sentiments : ce soir-là, du fonctionnaire à l'étudiant kurde, la plupart des gens de Kars réunis au Théâtre de la Nation souhaitaient simplement vivre une nouvelle expérience théâtrale et se distraire un peu. Peut-être que certains élèves prédicateurs en colère avaient vraiment l'intention de gâcher la soirée, mais jusque-là on n'avait pas vraiment peur d'eux.

Funda Eser de son côté prolongeait l'opération comme une femme au foyer qui a érigé le lavage du linge en divertissement, ainsi qu'on le voit souvent à la télévision. L'opération terminée, elle sortit le drap noir de la bassine, et comme si elle allait l'étendre sur une corde à linge, elle le déploya tel un drapeau brandi aux spectateurs. Devant les regards stupéfaits de la foule qui s'efforçait d'anticiper ce qui allait se passer, elle sortit un briquet de sa poche et mit le feu à une extrémité du voile. Il y eut soudain un silence. On entendit le souffle des flammes envelopper le tissu en crépitant. Toute la salle fut éclairée par une lumière étrange et effrayante.

Plusieurs spectateurs se levèrent, épouvantés.

Personne ne s'attendait à un tel acte. Même les laïcs les plus intransigeants eurent peur. Une fois que la femme eut jeté à terre le *çarşaf* en feu, certains redoutèrent que le parquet de la scène vieux de cent dix ans et les rideaux de velours rapiécés, dont la crasse témoignait des plus riches années de Kars, ne prissent feu. Mais la majorité de la salle était saisie d'épouvante, comme si elle avait bien perçu que la cible était atteinte. Dès lors, tout pouvait arriver.

Une explosion de hurlements et de clameurs monta du groupe des jeunes prédicateurs. On entendit huer, brailler, crier violemment.

Quelqu'un lança : « Mécréants, ennemis de la religion ! » « Athées sans foi ! »

Les premiers rangs étaient encore pétris de stupeur. L'enseignante de tout à l'heure se leva, toujours seule et courageuse, pour demander le silence afin de continuer à regarder le spectacle, mais personne ne l'écouta. Quand on comprit que les huées, les cris et les slogans ne cesseraient pas et que tout ne ferait qu'empirer, un vent de panique se mit à souffler. Le directeur départemental de la Santé fit se lever d'un coup et conduisit en direction de la porte de sortie ses fils en costume cravate, sa fille aux cheveux tressés, et sa femme qui avait mis sa plus belle tenue, une robe en crêpe couleur paon. Sadık Bey, marchand de cuir, une des vieilles fortunes de Kars, venu d'Ankara pour suivre ses affaires locales, et son ami d'école primaire Sabit Bey, avocat membre du Parti du peuple, partirent aussi tous les deux. Ka vit bien que la peur s'était emparée des premiers rangs, il resta pourtant, indécis, à sa place : il songea un moment à partir, parce qu'il craignait d'oublier le poème qu'il avait en tête et qu'il n'avait pas encore noté sur son cahier vert à cause du brouhaha. Par ailleurs, il voulait sortir de là pour retourner auprès d'İpek. À ce moment-là, Recai Bey, le directeur de l'administration du Téléphone, personne respectée dans tout Kars pour ses connaissances et sa distinction, s'avança vers la scène enfumée.

« Ma fille, dit-il, votre pièce kémaliste nous a bien plu. Mais ça suffit maintenant. Regardez, tout le monde est mal à l'aise, la foule est sur le point de s'enflammer à son tour. »

Le *çarşaf* jeté à terre s'éteignit rapidement alors que, enveloppée de fumée, Funda Eser lisait le monologue final, objet de fierté de l'auteur de *La Patrie ou le Voile*, texte que j'allais intégralement retrouver dans les publications des Maisons du peuple de l'année 1936. Quatre ans après les événements, l'auteur de *La Patrie ou le Voile*, âgé de quatre-vingt-douze ans mais encore bien vif à mon goût, tout en grondant ses petits-enfants (en fait ses arrière-petits-enfants) qui faisaient des cochonneries, me raconta comment, dans les années 1930, les lycéennes et les fonctionnaires, en larmes, se levaient pour applaudir ce moment même de la pièce ; laquelle, selon lui, au sein de ses œuvres complètes (*Atatürk arrive, Pièces sur Atatürk pour lycée, Souvenirs de lui*, etc.), était aujourd'hui malheureusement tombée dans l'oubli (il n'avait pas eu vent de la mise en scène et des événements de Kars).

À présent, on n'entendait rien d'autre que les jeunes prédicateurs en furie hurler et brailler des menaces. Très peu entendaient les paroles de Funda

Eser, en dépit du silence d'effroi coupable qui régnait dans les premiers rangs. Mais, si on ne percevait pas très bien les explications de la fille en fureur, pourquoi elle avait jeté son voile noir, pourquoi les joyaux des hommes et aussi des peuples ne résident pas dans les accoutrements mais dans les âmes, pourquoi maintenant il fallait courir vers l'Europe en direction des peuples civilisés et modernes, libérés du voile, du foulard, du fez et du turban, symboles de l'arriérisme qui obscurcit notre âme, tout le salon distingua en revanche nettement une réponse enragée, bien ciblée, en provenance des rangs du fond :

« Mais vas-y, toi, cours à poil vers ton Europe, vas-y à poil ! »

On entendit des éclats de rire et des applaudissements approbateurs venant même des premiers rangs, ce qui provoqua un profond désarroi. C'est à ce moment-là que Ka se leva, avec un grand nombre de personnes. Tout le monde faisait du bruit, les derniers rangs braillaient de rage ; certains, tout en filant vers la porte, essayaient de voir ce qui se passait au fond ; Funda Eser lisait encore son poème, écoutée par bien peu de spectateurs.

18

Ne tirez pas, les fusils sont chargés !

INSURRECTION SUR SCÈNE

Ensuite, tout alla très vite. Deux bigots barbus à calotte apparurent sur scène. Ils avaient à la main corde pour étrangler et couteaux ; on comprenait à leur état qu'ils voulaient châtier Funda Eser, qui avait défié l'ordre de Dieu en défaisant et brûlant son *çarşaf*.

Funda Eser gigotait, tout excitée, avec des mouvements érotiques, pour ne pas tomber entre leurs mains.

À vrai dire, elle se comportait moins comme une héroïne des Lumières que comme « la femme allant se faire violer » si souvent mise en scène dans les théâtres ambulants de province. Avec ses regards suppliants, pliant l'échine comme une banale victime, elle n'éveillait d'émotion que dans la mesure où elle répondait aux attentes sexuelles des spectateurs mâles. L'un des bigots barbus (on voyait qu'il s'était maquillé peu avant comme un vulgaire amateur) la traîna par les cheveux puis la plaqua au sol, l'autre appuya sur sa gorge un poignard en une pose évoquant l'Abraham sur le point de sacrifier son fils des peintures de la Renaissance. Dans tout ce tableau, on retrouvait bien la peur imaginaire de la « révolte réactionnaire et religieuse » très répandue parmi les intellectuels et les fonctionnaires occidentalisés des premières années de la République. Les vieux fonctionnaires des premiers rangs et les vieux conservateurs, derrière eux, commencèrent alors à avoir peur.

Funda Eser et les « deux partisans de la charia » restèrent immobiles pendant dix-huit secondes exactement, sans se défaire de la pose magistrale qu'ils avaient prise. En raison de la tension éprouvée durant ce moment par la foule dans la salle, beaucoup de gens de Kars avec qui j'ai discuté par la suite m'ont dit qu'ils étaient tous les trois restés beaucoup plus longtemps que cela sans bouger. Ce qui rendait furieux les jeunes prédicateurs, ce n'était pas seulement le côté ignoble, infâme et complètement caricatural des bigots religieux montés sur scène ou même le fait de représenter non pas la souffrance des filles qui portent le voile mais celle d'une mécréante qui ôte le sien. Ils sentaient bien que toute cette pièce était une provocation sciemment montée. Là-dessus, ils comprenaient encore mieux dans quel piège spécialement tendu ils étaient tombés, quand ils exprimaient leur colère, en criant et beuglant, en lançant n'importe quoi sur la scène, une moitié d'orange ou un coussin ; et leur propre impuissance les irritait encore davantage. C'est ainsi que Abdurrahman Öz (trois jours plus tard, son père, venu de Sivas pour récupérer le corps de son fils, écrivait différemment son nom de famille), l'un de ceux qui avaient le plus d'expérience politique, un garçon de petite taille aux larges épaules, en dernière année de lycée, avait essayé de calmer ses camarades et de les faire rasseoir en silence, mais n'y était pas parvenu du tout. Les applaudissements et les huées qui provenaient d'autres coins de la salle, de simples curieux, avaient passablement encouragé les lycéens furieux. Plus important : les jeunes islamistes de Kars, qui étaient relativement « neutralisés », comparé à ceux des arrondissements périphériques, purent ce soir-là pour la première fois se faire entendre d'une seule voix ; ils virent avec une jubilation étonnée que leur audace effrayait les représentants de l'État et les militaires des premiers rangs. Maintenant que la télévision montrait les événements à toute la ville, ils ne pouvaient plus bouder le plaisir savoureux d'une telle démonstration de force. On oublia par la suite que derrière cet énorme brouhaha, et qui enflait à toute vitesse, il y avait aussi une simple envie de s'amuser. Comme j'ai regardé l'enregistrement vidéo de nombreuses fois, j'ai vu rire certains étudiants en même temps qu'ils lançaient des slogans et des insultes ; quant à ceux qui les encourageaient en applaudissant, et dont certains, même, huaient, c'étaient des citoyens ordinaires, tout bonnement désireux, à la fin d'une soirée de « théâtre » incompréhensible, à la fois de s'amuser et d'exprimer un peu de leur ennui. Et j'ai même entendu dire : « Si les rangs de devant n'avaient pas trop pris au sérieux et ne s'étaient pas trop affolés de ce chahut et de ce tumulte, rien de ce qui est arrivé ensuite n'aurait eu lieu. » De même, d'autres ont affirmé qu'on « savait d'ailleurs que ce serait les hauts fonctionnaires et les riches qui se lèveraient, affolés par ces dix-huit secondes », que « c'est pour cela qu'ils étaient partis avec leur famille », et que « tout avait été planifié à Ankara ».

Ka sortit de la salle à ce moment-là, réalisant avec effroi qu'il était en train d'oublier le poème qui le hantait. Au même instant apparut sur la scène le sauveur attendu, qui allait arracher Funda Eser des mains des agresseurs réactionnaires barbus : c'était Sunay Zaim ; il avait sur la tête un chapeau d'astrakan du type de ceux que portaient Atatürk et les héros de la guerre de Libération, et un uniforme militaire venu tout droit des années 1930. Aussitôt monté sur la scène d'un pas sûr (il cachait bien qu'il boitait légèrement), les deux barbus réactionnaires se jetèrent de peur à terre. L'enseignante âgée et bien seule de tout à l'heure se leva pour applaudir Sunay de toutes ses forces. « Bravo, bravo ! » crièrent une ou deux autres personnes. Une lumière puissante tomba sur Sunay Zaim, qui apparut alors aux gens de Kars comme un phénomène extraordinaire venu d'une tout autre planète.

Tout le monde fut sensible à sa beauté, à sa luminosité. Il n'avait pas complètement épuisé dans ses mortelles tournées anatoliennes, cause de son handicap, cette beauté ferme, décidée, mêlée de tragique, à la fois fragile et même légèrement féminine, qui le rendait fascinant auprès des étudiants de gauche dans les années 1970, dans les rôles de Che Guevara, Robespierre ou du putschiste Enver Paşa. Il dit : « Taisez-vous » non pas en portant l'index de sa main droite gantée de blanc à ses lèvres, mais en faisant un geste discret du doigt sur la gorge.

Il n'y avait pas besoin de cela, parce que, même si cette réplique ne figure pas dans le texte de la pièce, la salle entière s'était déjà tue. Même ceux qui étaient debout s'assirent aussitôt et entendirent une autre réplique.

« En danger ! »

Cette réplique avait été dite à mi-voix sans doute, parce que personne ne comprit qui était en danger. Autrefois cette seule expression parlait au peuple et à la nation ; mais les gens de Kars de l'époque ne surent pas si c'était les choses qu'ils avaient vues tout au long de la soirée, si c'était eux-mêmes, Funda Eser ou alors la République qui était en danger. Quoi qu'il en fût, le sentiment connoté par cette expression était adapté à la situation. Toute la salle fut plongée dans un silence mêlé de crainte rentrée.

« Ô vénérable et très cher peuple turc, déclama Sunay Zaim. Personne ne te fera revenir en arrière sur cette grande et noble voie des Lumières où tu t'es engagé. N'aie crainte. Les réactionnaires, les salopards, les têtes d'araignée ne pourront jamais mettre un bâton dans les roues de l'histoire. Les mains menaçant la République, la liberté et les Lumières seront brisées. »

On entendit seulement une réplique ironique, envoyée par un camarade courageux et excité de Necip, assis à deux fauteuils de lui. D'ailleurs dans la salle régnaient un silence profond et une peur mêlée d'admiration. Tout le monde était assis bien droit, sans bouger, et attendait bouche bée que le sauveur qui avait donné un sens à cette soirée ennuyeuse eût quelques propos piquants et racontât savamment une ou deux histoires dont on parlerait le soir dans les chaumières. À cet instant même, de chaque côté du rideau apparut un soldat. Sur ce, trois soldats de plus entrèrent par la porte arrière et longèrent les sièges, puis montèrent en renfort sur la scène. Voir des acteurs marcher au milieu des spectateurs, comme cela se fait dans les pièces contemporaines, commença par faire peur aux gens de Kars, puis ça les amusa. Au même moment, un enfant à lunettes, dans le rôle du messager, monta en courant sur la scène ; l'ayant reconnu immédiatement, les spectateurs rigolèrent. C'était le Binoclard, neveu espiègle et aimable du tenancier du kiosque à journaux situé en face du Théâtre de la Nation, que tout Kars connaissait. Il s'approcha de Sunay Zaim, qui se pencha, puis lui souffla quelque chose à l'oreille.

Tout Kars vit alors que Sunay Zaim était très affecté par ce qu'il venait d'entendre.

« Nous apprenons à l'instant que le directeur de l'École normale vient de décéder à l'hôpital, annonça Sunay Zaim. Ce crime ignoble sera la dernière agression contre la République, la laïcité et l'avenir de la Turquie ! »

Alors que la salle n'avait pas encore digéré cette mauvaise nouvelle, les soldats, sur la scène, épaulèrent et mirent la foule en joue. Aussitôt ils firent feu chacun une fois, dans une grande déflagration.

On aurait pu penser qu'il s'agissait d'une simple intimidation, d'une sorte de réponse du monde imaginaire de la pièce, faite à l'annonce de la douloureuse nouvelle de la vraie vie. Les quelques rares gens de Kars qui avaient une expérience du théâtre se dirent qu'il s'agissait d'une innovation scénique à la mode occidentale.

À nouveau, des rangs vint un mouvement très fort, comme une secousse. Ceux qui avaient eu peur du bruit des armes donnaient aux autres, avec cette secousse, des raisons d'avoir peur à leur tour. On eut l'impression qu'une ou deux personnes s'étaient levées de leur siège ; les « réactionnaires barbus », sur la scène, se recroquevillèrent encore davantage.

« Que personne ne bouge ! » lança Sunay Zaim.

Au même moment, les soldats épaulèrent et prirent une fois de plus la foule pour cible. C'est alors que l'étudiant courageux de courte taille, assis à deux sièges de Necip, se dressa pour lancer :

« À mort les laïcs sans Dieu, à mort les fascistes sans foi ! »

Les soldats firent feu une deuxième fois.

Avec les déflagrations, on sentit à nouveau dans la salle un frémissement et un vent d'effroi.

Aussitôt après, ceux qui étaient assis dans les rangs du fond virent l'étudiant qui venait de lancer son slogan s'effondrer sur son siège et faire des gestes désarticulés du bras et de la main. Quelques personnes qui avaient ri tout au long de la soirée aux interventions intempestives des jeunes prédicateurs rirent à la fois de ce qui arrivait et de la chute au milieu des rangées d'un lycéen pris de gesticulations encore plus intempestives, comme s'il jouait parfaitement le rôle du mort.

Dans certains endroits de la salle, on finit par réaliser à la troisième salve que c'était de vraies balles qui étaient tirées sur la foule. Parce que, contrairement à ce qui se passe avec les tirs à blanc, on ne les percevait pas qu'avec les oreilles, on les percevait aussi avec le ventre, comme lors des nuits où les forces de l'ordre chassent les terroristes dans les rues. Le gros poêle de fabrication allemande qui chauffait la salle depuis quarante-quatre ans rendit un étrange bruit, et, son tuyau en fer-blanc ayant été percé, commença à fumer à la manière d'une théière en folie. Dès lors, on remarqua la tête en sang d'un homme qui se leva des rangs du milieu pour marcher vers la scène, de même qu'on nota l'odeur de poudre. On ressentit le début d'un affolement général, mais la plupart de ceux qui étaient dans la salle demeuraient encore silencieux et immobiles comme des idoles. Un sentiment de solitude pareil à celui qu'éprouve quelqu'un qui fait un rêve effrayant s'installa dans la salle. Et pourtant, Nuriye Hanım, l'enseignante de littérature qui avait pris l'habitude de voir tous les spectacles du Théâtre d'État à chacun de ses passages à Ankara, se leva pour la première fois de son siège des premiers rangs et se mit à applaudir les gens sur la scène. C'est exactement au même moment que Necip se leva à son tour comme un élève inquiet qui demande la parole.

Aussitôt après, les soldats firent feu pour la quatrième fois. Selon le rapport sur lequel le commandant inspecteur envoyé d'Ankara après les faits pour enquêter sur les événements aurait travaillé des semaines dans un secret soigneusement gardé, deux personnes furent tuées par cette salve. Parmi elles, il y avait Necip, tombé sous les balles, dont l'une s'était fichée dans le front et l'œil, mais comme à ce sujet j'ai entendu d'autres versions, je suis incapable de dire s'il est vraiment mort à ce moment précis. S'il y a bien un point sur lequel les gens des premiers rangs et du milieu sont d'accord, c'est que Necip aurait remarqué après la troisième salve qu'on tirait de vraies balles et qu'il aurait fait un commentaire à ce sujet (mais les interprétations divergent alors). Deux secondes avant d'être abattu, il aurait dit d'une voix que de nombreuses personnes auraient entendue (mais qui n'est pas passée à l'enregistrement vidéo) :

« Arrêtez, ne tirez pas, les armes sont chargées ! »

C'est ainsi que fut clairement formulé ce dont chacun dans la salle avait le pressentiment mais que la raison ne voulait pas admettre. Lors du premier coup de feu, l'une des cinq balles atteignit les feuilles de laurier en stuc de la loge d'où, un quart de siècle auparavant, le dernier consul soviétique de Kars regardait des films en compagnie de son chien. Parce que le Kurde de Siirt qui avait tiré n'avait voulu tuer personne. Une autre balle, par scrupule là encore, et peut-être aussi un peu par maladresse, se logea dans le plafond du théâtre et les morceaux de plâtre peint vieux de cent vingt ans qui se déversèrent de là-haut tombèrent comme de la neige sur la foule inquiète. Une autre balle se ficha, tout au fond, sous la surélévation où avait été installée la caméra pour la retransmission, en plein dans la rambarde de bois que tenaient jadis les pauvres Arméniennes rêveuses qui regardaient debout, avec un billet à prix modique, les troupes de théâtre venues de Moscou, les équilibristes et autres orchestres de chambre. Une quatrième balle, passant à travers le dossier d'un siège dans un coin que ne couvrait pas la caméra, finit par se planter dans l'épaule de Muhittin Bey, vendeur de pièces détachées pour tracteurs et autres engins agricoles, assis à l'arrière avec sa femme et sa belle-sœur, une veuve. Une cinquième balle brisa le verre gauche des lunettes d'un grand-père venu de Trabzon voir son petit-fils qui faisait son service militaire à Kars, pénétra dans son cerveau et le tua en silence — d'ailleurs, le vieux, qui somnolait, ne remarqua même pas qu'il mourait —, puis, sortant par sa nuque et transperçant son siège, finit parmi les œufs durs du sac d'un petit Kurde de douze ans qui vendait du *lavaş* [1] et des œufs et était en train de rendre de la monnaie.

J'écris ces détails en vue d'expliquer pourquoi, alors même qu'on lui tirait dessus, la grosse majorité de la foule entassée dans le Théâtre de la Nation n'a pas bougé d'un pouce. À la deuxième salve des soldats, comme le lycéen touché au cou et juste au-dessus du cœur était celui-là même qui auparavant avait fait montre d'un grand courage, on crut qu'il s'agissait d'une séquence divertissante de la pièce effrayante. L'une des deux autres balles s'était logée dans la poitrine d'un autre jeune prédicateur (la fille de sa tante maternelle avait été la première suicidée de la ville) assis à l'arrière et pourtant assez discret ; l'autre avait atteint le cadran couvert de poussière et de toiles d'araignée de l'horloge murale, qui ne marchait plus depuis soixante ans, deux mètres au-dessus de l'appareil de projection. L'existence d'une

---

1. Sorte de pain plat, en crêpe, utilisé pour les entrées ou pour envelopper des grillades.

autre balle fichée au même endroit à l'issue de la troisième salve fut prouvée au commandant inspecteur par l'un des tireurs d'élite, qui avait été sélectionné avant le spectacle, mais qui ne se sentait pas tenu de respecter le serment qu'il avait fait sur le Coran et qui avait ainsi évité de tuer quelqu'un. Une autre question délicate fut soulignée dans le rapport du commandant, à savoir qu'un autre étudiant islamiste déchaîné, tué lors de la troisième salve, était en même temps un agent des Renseignements, zélé et consciencieux, attaché à l'antenne de Kars ; il est précisé d'ailleurs dans une parenthèse qu'il n'y avait aucune raison juridique pour qu'une indemnité fût donnée à la famille, qui avait entrepris un recours contre l'État. Les deux dernières balles ont tué simultanément Rıza Bey, aimé de tous les conservateurs et religieux de Kars et bienfaiteur du quartier de Kaleiçi (il y avait financé la construction d'une fontaine), ainsi que son domestique, qui faisait office de canne au vieux Rıza tant il marchait désormais difficilement. On a du mal à comprendre que la foule dans sa majorité ait pu continuer à regarder sans broncher les soldats la remettre en joue malgré les gémissements de ces deux compagnons de vie agonisant au milieu de la salle. « Nous qui étions assis dans les rangs du fond, nous avons réalisé qu'il se passait quelque chose d'effroyable, reconnut des années plus tard un propriétaire de ferme qui ne voulait absolument pas qu'on révélât son nom. Comme nous avions peur que quelque malheur nous arrive si nous bougions de notre place et si nous attirions l'attention, nous regardions ce qui se passait sans dire un seul mot ! »

Le commandant inspecteur ne put déterminer où était allée une des balles de la quatrième salve. Une balle avait d'abord blessé (deux heures après, il mourrait d'une hémorragie) un jeune homme venu d'Ankara vendre à crédit des encyclopédies et des jeux de salon. Une autre balle avait fait un énorme trou dans le mur, en face de la loge privée où prenaient place au début des années 1900 le négociant en cuir Kirkor Çizmeciyan, qui comptait parmi les riches Arméniens, quand il se rendait au théâtre avec sa famille enveloppée dans des fourrures. Les deux autres balles qui pénétrèrent dans un des yeux verts de Necip et au milieu de son front large et pur ne l'auraient pas tué immédiatement, selon une version des faits peut-être exagérée; selon des racontars ultérieurs l'adolescent aurait dit, regardant la scène : « Lumière ! »

Après la dernière série de coups de feu, ceux qui couraient vers les portes, ceux qui poussaient des cris et braillaient se firent encore plus petits. Même le cameraman responsable de la retransmission en direct se serait jeté entre deux rangs ; sa caméra, qui jusque-là bougeait sans cesse de droite à gauche, était désormais immobile. La grande majorité de la ville également, aux déflagrations des armes, aux cris et au tumulte généralisé qu'elle percevait, comprit qu'il se passait quelque chose d'étrange au Théâtre de la Nation. Même ceux qui avaient commencé à s'endormir vers le milieu de la soirée, trouvant le spectacle ennuyeux, après les coups de feu des dix-huit dernières secondes, se remirent à fixer attentivement leur écran.

Sunay Zaim avait suffisamment d'expérience pour percevoir cette pointe d'intérêt. « Soldats héroïques, vous avez fait votre devoir », dit-il. Avec un geste délicat, il revint à Funda Eser, qui était encore à terre, et, s'inclinant d'une manière outrancière, il lui tendit la main. La dame prit la main de son sauveur et se releva.

234

Le fonctionnaire retraité du devant se leva et les applaudit. En outre, quelques personnes des mêmes rangs exprimèrent leur accord. De derrière eux vinrent quelques applaudissements supplémentaires, nés de la peur ou même de l'habitude d'applaudir quand d'autres le font. Le reste des spectateurs était resté de glace et silencieux. Chacun semblait émerger de l'ivresse ; certains, bien qu'ils vissent des corps en train d'agoniser, commencèrent à sourire timidement, avec la tranquillité de qui a décidé que tout ça n'était qu'une partie du spectacle, d'autres émergeaient des recoins où ils s'étaient enfouis quand la voix de Sunay leur fit peur.

« Ceci n'est pas un jeu, c'est une insurrection, tonitrua-t-il. Nous ferons tout pour notre patrie. Ayez confiance en la vénérable armée turque ! Soldats, emmenez-les. »

Deux soldats se saisirent des deux barbus « réactionnaires » qui étaient sur la scène. Alors que d'autres soldats épaulaient à nouveau, un être étrange, descendant du fond de la salle parmi les spectateurs, bondit sur la scène — étrange car ce n'était pas un soldat et qu'on comprenait tout de suite, à ses gestes précipités et privés de grâce, inadaptés à la scène, que ce n'était pas non plus un acteur. De nombreux habitants de Kars le regardaient en espérant qu'il allait dire que tout cela n'était qu'une plaisanterie.

« Vive la République ! cria-t-il. Vive l'armée ! Vive le peuple turc ! Vive Atatürk ! » On commença à baisser le rideau péniblement, péniblement. Les deux hommes, lui et Sunay Zaim, passèrent devant le rideau et restèrent du côté de la salle. Un pistolet de facture Kırıkkale à la main, l'homme portait des bottes militaires et un habit civil. « Mort aux bigots ! » s'écria-t-il, puis il descendit par les esca-

liers au milieu des spectateurs. Derrière lui apparurent deux personnes, fusil à la main. Alors que les
soldats arrêtaient les lycéens prédicateurs, ces trois
types, sans même effleurer les spectateurs, qui les
regardaient avec terreur, coururent vers la sortie
avec détermination tout en lançant des slogans.

Ils étaient en liesse, suprêmement excités. Parce
qu'ils avaient pris au dernier moment la décision de
participer à la petite insurrection de Kars et à cette
pièce, après de longues et vives discussions et de
longues tractations. La nuit de son arrivée à Kars,
Sunay Zaim avait fait leur connaissance, et n'avait
pas cédé pendant toute une journée, pensant que de
tels aventuriers armés trempant dans de sombres
affaires comme celles-ci allaient souiller l'« œuvre
d'art » qu'il voulait mettre en scène, mais au dernier
moment il avait admis les objections fondées selon
lesquelles, face à une troupe qui ne comprendrait
rien à l'art, il aurait peut-être besoin d'hommes
capables de manier les armes. On dira qu'il a profondément regretté cette décision dans les heures
qui suivirent, qu'il a même été sérieusement affligé
d'avoir fait couler le sang de ces pauvres hères bizarrement accoutrés, mais, ça encore, ce ne sont que
des on-dit.

Quand je suis allé à Kars des années plus tard,
Muhtar Bey, le propriétaire du magasin, me fit visiter le Théâtre de la Nation pour moitié effondré,
pour l'autre transformé en dépôt de l'enseigne Arçelik, et, pour éluder mes questions au sujet de l'horreur de cette nuit et des jours suivants, il m'expliqua
que, de l'époque lointaine des Arméniens à aujour-
d'hui, toute une série de crimes avaient été commis
à Kars, toute une série d'actes ignobles et de massacres. Mais moi, si je voulais procurer un peu de
bonheur aux pauvres gens d'ici, une fois que je

serais retourné à Istanbul, il me faudrait selon lui raconter non pas les turpitudes de Kars, mais la beauté de son air pur et la grande cordialité de ses habitants. Dans la salle du théâtre transformée en dépôt obscur sentant le moisi, entre des fantômes de réfrigérateurs, de machines à laver et de poêles, il ne me montra qu'une trace héritée de cette soirée : c'était l'énorme trou qu'avait fait la balle dans la loge d'où Kirkor Çizmeciyan regardait les spectacles.

19

Et pourtant, que la neige tombait joliment

NUIT D'INSURRECTION

Des trois hommes alertes qui sortaient en courant, armes à la main, avec force cris et braillements, au moment où le rideau du théâtre tombait, le meneur était un ancien journaliste communiste au nom de code Z. Demirkol. Il s'était signalé dans les années 1970 au sein d'organisations communistes prosoviétiques à la fois comme écrivain, poète et surtout comme « garde du corps ». C'était un rustre. Après le coup d'État militaire de 1980, il avait fui en Allemagne, puis il était rentré en Turquie grâce à une permission spéciale pour participer à la défense de l'État moderne et de la République contre les guérillas kurdes et contre les « partisans de la charia ». Les deux types qui l'accompagnaient étaient de la clique des nationalistes turcs contre laquelle Z. Demirkol se battait la nuit dans les rues d'Istanbul durant les années 1979 et 1980, mais l'esprit d'aventure et l'idée de défendre l'État les avaient à présent réunis. Selon certains, ils étaient tous depuis le début des agents secrets. Et ceux qui, poussés par la peur, descendaient précipitamment les escaliers dans l'intention de fuir au plus vite le Théâtre de la Nation, comme ils ne savaient pas de qui il s'agissait, se comportèrent vis-à-vis d'eux comme s'ils faisaient partie du spectacle qui continuait là-haut.

Parvenu dans la rue et voyant que tout marchait parfaitement, Z. Demirkol trépigna de joie comme un enfant, tira deux fois en l'air et s'écria : « Vive le peuple turc, vive la République ! » Il repoussa la foule apeurée qui s'agglutinait devant la porte. Certains le regardèrent avec un sourire jaune. D'autres s'arrêtèrent, s'excusèrent, comme s'ils rentraient en retard à la maison. Z. Demirkol et ses compagnons coururent tout droit par l'avenue Atatürk vers le haut de la ville. Ils lançaient des slogans et beuglaient de joie comme s'ils étaient ivres. Les vieux qui avançaient péniblement dans la neige en s'aidant mutuellement et les pères de famille chargés d'enfants blottis les uns contre les autres se mirent, interloqués, à les applaudir.

Le joyeux trio atteignit Ka à la hauteur de l'angle avec l'avenue Küçük-Kâzımbey. Ils virent que Ka, qui les avait remarqués, était monté sur le trottoir, sous des eléanes, comme s'il s'écartait pour les laisser passer.

« Cher poète, lui lança Z. Demirkol. Avant qu'ils ne te tuent, tu les tueras. Compris ? »

Ka oublia aussitôt le poème qu'il n'avait pas encore écrit et qu'il voulait baptiser « Le lieu où Dieu est absent ».

Z. Demirkol et ses compagnons montaient tout droit par l'avenue Atatürk. Ka, qui ne voulait pas les suivre, tourna à droite dans l'avenue Karadağ et se rendit compte que rien du poème ne subsistait dans son esprit.

Il était habité par ce sentiment de honte et de culpabilité qu'il ressentait dans sa jeunesse en sortant des réunions politiques, non seulement parce qu'il était un rejeton de la bourgeoisie aisée de Nişantaşı, mais aussi parce que la plupart des discussions étaient pleines d'exagérations excessivement puériles. Avec l'espoir que le poème lui reviendrait à l'esprit, il décida de ne pas retourner directement à l'hôtel et de faire un détour.

Il vit quelques curieux se mettre à la fenêtre, intrigués par ce qu'ils avaient vu à la télévision. Il est difficile de dire dans quelle mesure Ka était conscient des événements effroyables qui s'étaient produits au théâtre. Les coups de feu avaient commencé avant qu'il ne quitte le bâtiment, mais il croyait peut-être que la fusillade, ainsi que Z. Demirkol et ses compagnons, faisait partie intégrante de la pièce.

Toute son attention était absorbée par le poème oublié. Sentant qu'un autre poème venait, il mit le précédent en attente dans un coin de sa tête pour favoriser l'essor et la maturation du nouveau.

Deux détonations d'armes à feu se firent entendre au loin et s'évanouirent sans provoquer d'écho.

Et pourtant, ô combien la neige tombait joliment! Avec des flocons ô combien énormes, d'une façon ô combien décidée, comme si elle n'allait jamais s'arrêter, et sans bruit! La large avenue Karadağ couverte de neige jusqu'à hauteur de genoux semblait une ruelle pentue montant pour s'y perdre vers le cœur de la nuit obscure. Blanche et mystérieuse! Dans le beau bâtiment de deux étages de la mairie, héritage des Arméniens, il n'y avait pas âme qui vive. Les stalactites qui tombaient d'un eléane sur un monceau de neige accumulé au-dessus d'une voiture invisible formaient un voilage de glace et de neige mêlées. Ka passa devant les fenêtres aveugles, aux volets cloués, d'une maison arménienne sans étage, totalement vide. Tout à l'écoute des mouvements de sa propre respiration et du bruit de ses pas, face à l'appel de la vie et du bonheur qu'il percevait pour la première fois, il sentit émerger une force menaçant cet horizon.

Il n'y avait pas âme qui vive non plus dans le tout petit parc où trônait la statue d'Atatürk, en face de l'hôtel de la préfecture. Devant la Trésorerie générale, une des plus somptueuses constructions de Kars, héritage des Russes, Ka ne vit pas non plus l'ombre d'un mouvement. C'est là que siégeaient les pouvoirs exécutifs et législatifs de l'État qu'avaient fondés les Turcs soixante-dix ans auparavant, après la Première Guerre mondiale, quand les soldats du tsar et du sultan se furent retirés de la région. En face, se trouvait un vieux bâtiment arménien qui avait été pris d'assaut par les soldats anglais parce qu'il était le palais de la présidence de ce même État éphémère. Comme alors il servait de préfecture, Ka se garda bien de s'en approcher, l'immeuble était surprotégé, et il avança vers la droite, en direction du parc. Après être passé un peu en dessous d'un autre vieux bâtiment arménien, aussi beau et triste que les autres, il aperçut le long du terrain vague d'à côté un tank qui s'éloignait lourdement et silencieusement, Plus loin, stationnait un camion militaire, à proximité du lycée de prédicateurs. Peu de neige s'était accumulée sur la carrosserie, et Ka comprit que le camion venait d'arriver. Bruit d'arme à feu. Ka revint sur ses pas. Sans se montrer aux policiers qui devant la préfecture cherchaient à se réchauffer dans la guérite aux vitres couvertes de givre, Ka redescendit par l'avenue de l'Armée. Il avait réalisé qu'il ne pourrait sauver le nouveau poème qu'il avait en tête et les réminiscences qui lui étaient liées qu'à la condition expresse qu'il rentrât à l'hôtel sans sortir du silence de la neige.

Il était au milieu de la pente, un tumulte vint du trottoir d'en face, Ka ralentit. Deux gars donnaient des coups de pied contre la porte de l'administration du Téléphone.

Les phares d'une voiture apparurent dans la neige, ensuite Ka entendit un plaisant cliquetis de chaînes. De la voiture noire qui approchait sortirent deux autres personnes, que Ka avait vues peu avant au théâtre quand il pensait s'en aller, un homme distingué et un autre, armé, qui portait un béret de laine.

Ils s'agglutinèrent tous devant la porte. Une vive discussion s'engagea. Ka reconnut leurs voix et leurs visages dans la lumière du lampadaire : trois d'entre eux étaient Z. Demirkol et ses compagnons.

« Comment, t'as pas la clé ! dit l'un. T'es pas le directeur du Téléphone ? On t'a pas envoyé ici pour que tu interrompes les communications ? Comment est-ce que tu peux oublier ta clé ?

— Les communications intra-urbaines ne se coupent plus de là, maintenant, mais du nouveau central, celui de l'avenue de la Gare, dit le directeur en chef.

— C'est une insurrection, nous sommes venus jusque-là pour ça, dit Z. Demirkol. Si nous voulons aller là-bas, on ira. D'accord ? Où est la clé ?

— Mon fils, cette neige va s'arrêter dans deux jours, les routes seront rouvertes, alors l'État demandera des comptes à chacun d'entre nous.

— Cet État que tu crains, eh bien c'est nous, dit Z. Demirkol en haussant le ton. Alors tu te dépêches d'ouvrir ?

— Sans ordre écrit, je n'ouvrirai pas la porte !

— Nous allons voir ça tout de suite », rétorqua Z. Demirkol. Il sortit son pistolet, et tira deux coups en l'air. « Emmenez-le, mettez-le contre le mur, et s'il s'obstine on le flingue », ordonna-t-il.

Personne ne crut à ce qu'il disait mais les hommes de Z. Demirkol, fusil à la main, traînèrent Recai Bey contre le mur de l'administration du Téléphone. Comme ils ne voulaient pas que les balles abîment les fenêtres de derrière, ils le poussèrent un peu sur la droite. La neige étant très peu tassée de ce côté, le directeur tomba. Ils lui demandèrent pardon, le remirent debout en le tirant par une main. Dénouant sa cravate, ils lui attachèrent les mains dans le dos. Là-dessus, ils parlèrent entre eux, prétendant que d'ici au matin Kars serait nettoyé de tous ses traîtres à la patrie.

Sur ordre de Z. Demirkol, ils épaulèrent et pointèrent leurs fusils sur Recai Bey à la façon d'un peloton d'exécution. À ce moment précis, des détonations se firent entendre au loin (c'était des tirs d'intimidation des soldats dans le jardin du dortoir du lycée de prédicateurs). Ils se turent tous et attendirent. La neige qui était tombée toute la journée semblait enfin prête à s'arrêter. Il régnait un beau silence, empreint d'un mystère exceptionnel. Au bout d'un moment, l'un dit qu'il serait juste que le vieillard (ce n'était pas du tout un vieillard) fumât une dernière cigarette. Ils fichèrent une cigarette dans le bec de Recai Bey, l'allumèrent d'un coup de briquet, puis, comme s'ils s'ennuyaient tandis que le directeur fumait, ils commencèrent à briser la porte de l'administration du Téléphone à coups de crosses de fusil et de bottes.

« Dommage pour le bien de l'État, dit le directeur, la bouche à demi fermée sur sa cigarette. Détachez-moi et je vous ouvrirai. »

Ka poursuivit son chemin pendant qu'ils entraient. De temps à autre il entendait quelques détonations isolées, auxquelles il n'accordait désormais pas plus d'importance qu'aux aboiements des chiens. Il était tout entier absorbé par la beauté immobile de la nuit. Il s'arrêta un moment devant une ancienne maison arménienne, vide. Ensuite il contempla les ruines d'une église et, dans son jardin, les stalactites suspendues aux branches d'arbres fantomatiques. À la lumière morbide de l'éclairage urbain jaune pâle, tout paraissait sorti d'un rêve si triste que Ka fut saisi d'un sentiment de culpabilité. D'un autre côté, il était plein de reconnaissance pour ce pays silencieux et oublié qui le comblait de poésies.

Un peu au-delà, il y avait une mère furieuse qui, par la fenêtre, rappelait avec véhémence son fils à la maison ; mais celui-ci, toujours sur le trottoir, voulait aller « voir ce qui se passe là-bas ». Ka passa entre eux. À l'angle de l'avenue Faikbey il vit deux hommes de son âge, l'un assez gros, l'autre fin comme un enfant, sortir, affolés, de chez un cordonnier. Les deux amoureux, qui se retrouvaient secrètement dans cette boutique à l'odeur de colle, depuis douze ans, deux fois par semaine, arguant du même prétexte auprès de leurs femmes respectives (« Je vais à la *çayhane* »), étaient fort inquiets après avoir appris l'instauration du couvre-feu à la télévision toujours allumée du voisin du dessus. Ka tourna dans l'avenue Faikbey, qu'il prit dans le sens de la descente, croisa deux rues, et remarqua qu'il y avait un tank devant la boutique où le matin même il avait regardé un étal de truites. Le tank, comme la rue, était plongé dans un mystérieux silence, et il était si immobile et comme mort qu'on l'eût dit vide. Mais la tourelle s'ouvrit et une tête en sortit : un soldat le somma de rentrer tout de suite chez lui. Ka lui demanda le chemin de l'hôtel Karparlas. Mais, avant que le soldat lui répondît, il aperçut en face de lui les obscurs bureaux de la *Gazette de la ville-frontière* et retrouva le chemin du retour.

La chaleur de l'hôtel et la lumière du hall d'entrée remplirent son cœur de joie. Aux visages des clients en pyjama qui regardaient la télévision une cigarette à la main, il comprit qu'il se passait des choses extraordinaires, mais son esprit glissa sur tout ça, libre et léger, tout comme un enfant ignore une question qui le dérange. Il entra dans l'appartement de Turgut Bey avec ce sentiment de légèreté. Toute la bande était encore à table au grand complet et regardait la télévision. Apercevant Ka, Turgut Bey se leva et dit d'une voix teintée de reproche qu'ils se faisaient du souci pour lui, vu son retard. Il ajouta quelque chose quand Ka et İpek se retrouvèrent les yeux dans les yeux.

« Tu as très bien lu ton poème, dit İpek. J'ai été fière de toi. »

Ka comprit aussitôt que de toute sa vie il n'oublierait pas cet instant. Il était si heureux que, n'eût été les questions des autres filles et la curiosité maladive de Turgut Bey, il aurait pleuré.

« Apparemment, les militaires ont fait des leurs », dit Turgut Bey, gêné, ne sachant pas s'il fallait s'en réjouir ou s'en accabler.

La table était dans un joyeux désordre. Quelqu'un avait mis ses cendres de cigarette dans des peaux de mandarine, probablement İpek. Dans son enfance, une jeune cousine de son père, Münire Hanım, faisait la même chose, et la mère de Ka, quand elle parlait avec elle, la méprisait profondément, bien qu'elle continuât à lui donner du « chère Madame » respectueux.

« Ils ont proclamé le couvre-feu, dit Turgut Bey. Racontez-nous ce qui s'est passé au Théâtre.

— La politique ne m'intéresse pas du tout », fit Ka.

Tout le monde comprit, et en premier lieu İpek, qu'il disait ça sous le coup d'une voix intérieure, mais à nouveau il se sentit coupable.

À présent, il voulait s'asseoir et regarder İpek, un

long moment, là, sans rien dire du tout, mais le « climat de nuit d'insurrection » qui régnait à la maison l'importunait. Ce n'était pas parce qu'il avait un mauvais souvenir des nuits de coup d'État de son enfance, mais parce que tout le monde lui posait des questions. Hande s'assoupissait dans un coin. Kadife regardait la télévision, que Ka ne voulait pas regarder, Turgut Bey paraissait satisfait mais inquiet des choses pas banales qui se passaient.

Ka s'assit auprès d'İpek, lui prit la main, et lui dit qu'il aimerait bien qu'elle le rejoigne dans sa chambre. Il y monta lui-même, en commençant à souffrir de ce qu'ils ne pouvaient pas plus se rapprocher. Il y régnait une familière odeur de bois. Il accrocha avec soin son manteau à la porte. Il alluma la petite lampe de chevet : la fatigue, comme un bruissement exhalé par les entrailles de la terre, enveloppait non seulement tout son corps et ses paupières, mais aussi la chambre et l'hôtel. C'est pourquoi, transcrivant rapidement sur son cahier, vite, vite, le poème qui lui venait à l'esprit, il sentait que les vers qu'il écrivait étaient dans la continuité du lit au bord duquel il était assis, du bâtiment de l'hôtel, de la ville enneigée de Kars et même du monde entier.

Il baptisa son poème « Nuit d'insurrection ». Il s'ouvrait sur les marches militaires à la radio que toute la famille éveillée écoutait en pyjama, les nuits de coup d'État militaire de son enfance, mais il s'infléchissait ensuite sur les repas de fête où ils se retrouvaient tous ensemble. C'est pourquoi, ultérieurement, il installerait ce poème sur l'axe « mémoire » du flocon de neige, estimant qu'il n'avait pas pour origine l'expérience d'une insurrection, mais la mémoire. Un point important du poème avait trait à la question de savoir, lorsqu'une catastrophe survenait dans le monde, dans quelle mesure le poète pouvait partiellement demeurer aveugle. Le poète capable de cette abstraction ne pouvait vivre l'actualité que comme un rêve : c'était là toute la difficulté du travail exigeant de poète. Son poème terminé, il alluma une cigarette puis regarda par la fenêtre.

20

Vive le peuple et la nation !

NUIT DE SOMMEIL DE KA ET MATIN

Ka dormit sans interruption très précisément dix heures et vingt minutes. Un moment, il vit en rêve la neige tomber. Peu de temps avant, d'ailleurs, la neige avait repris dans la rue blanche qu'on entrevoyait par les rideaux à moitié ouverts et, dans la lumière pâle de la lampe qui éclairait le panneau rose sur lequel était inscrit « Hôtel Karpalas », elle paraissait exceptionnellement douce : c'était sans doute dû à son étrange et mystérieuse douceur, absorbant le bruit des armes dans les rues de Kars, que Ka avait pu dormir toute la nuit avec une telle sérénité.

Pourtant, le dortoir du lycée de prédicateurs où un tank avait fait une descente, secondé de deux camions militaires, était situé juste deux rues plus haut. Il y eut des affrontements non pas à la porte principale, qui témoigne encore du subtil savoir-faire des forgerons arméniens, mais à la porte qui dessert les dortoirs des lycéens de dernière année et la salle de réunion ; à des fins d'intimidation, les soldats avaient d'abord tiré en l'air, depuis le jardin enneigé noyé dans l'obscurité. Comme les étudiants islamistes les plus engagés participaient à la soirée au Théâtre de la Nation et avaient été arrêtés là-bas, ceux qui restaient dans les dortoirs étaient inexpérimentés, ou même indifférents ; toutefois, après avoir vu les images à la télévision, ils s'excitèrent, dressèrent une barricade derrière la porte avec des tables et des bancs, et, lançant des slogans, ils se mirent en faction en criant : « Dieu est grand ! » Mais un ou deux lycéens pas malins commencèrent à jeter par les fenêtres des toilettes sur les soldats des couteaux et des fourchettes volés au réfectoire et à jouer avec le seul pistolet qu'ils possédaient ; au terme de l'affrontement, les armes parlèrent à nouveau et un lycéen tout menu, très beau garçon, prit une balle dans le front et tomba, tué sur le coup. Les lycéens en pyjama, la plupart en larmes, les indécis qui avaient participé à cette rébellion juste pour faire quelque chose et le regrettaient, et les mutins déjà bien ensanglantés, furent indistinctement chargés dans les bus et menés à la direction de la Sécurité, tout en étant abondamment roués de coups ; mais la neige était si dense que peu de gens dans la ville avaient remarqué tous ces événements.

Pourtant, les gens n'étaient en majorité pas couchés, mais leur attention était encore tournée vers la télévision et non pas vers les fenêtres et la rue. Après qu'en pleine retransmission en direct au Théâtre de la Nation Sunay Zaim avait déclaré qu'il ne s'agissait pas d'un jeu mais d'une insurrection, les soldats rassemblèrent tous les fauteurs de trouble de la salle et, tandis que l'on emportait sur des civières les cadavres et les blessés, Umman Bey, le préfet adjoint bien connu de tout Kars, monta sur scène et annonça de sa voix sentencieuse, nerveuse mais inspirant confiance comme à l'habitude, avec cependant l'angoisse de la première émission en direct, que le couvre-feu avait été instauré à Kars jusqu'au surlendemain à douze heures. Comme personne n'était monté sur la scène après Umman Bey, pendant les vingt minutes qui suivirent, les téléspectateurs de Kars ne virent à l'écran que le rideau du Théâtre de la Nation ; ensuite il y eut une brève interruption, puis le même vieux rideau apparut à nouveau. Un moment après, le rideau se rouvrit très lourdement et toute la soirée commença à être rediffusée à la télévision.

Pour la plupart des spectateurs de Kars qui s'efforçaient devant leur poste de comprendre ce qui se passait en ville, cette rediffusion suscita la peur. Ils eurent le sentiment que le temps était déréglé, comme s'ils étaient à moitié ivres ou ensommeillés, certains même avaient l'impression que la soirée et les tueries allaient se reproduire. D'autres téléspectateurs, peu sensibles à la dimension politique des événements, un peu comme moi des années plus tard, se mirent à regarder avec attention cette rediffusion, l'occasion rêvée de tenter de comprendre ce qui s'était passé cette nuit-là à Kars.

Tandis que le téléspectateur de Kars revoyait l'accueil de clients américains par Funda Eser éplorée imitant un ancien Premier ministre femme ou bien sa danse du ventre joyeuse après sa parodie de spot publicitaire, le siège départemental du Parti pour l'égalité des peuples situé dans le *han* Halitpaşa était l'objet d'une descente discrète d'une équipe de la Sécurité spécialisée dans ce type d'opération, la seule personne qui s'y trouvait, un commis de bureau kurde, fut arrêtée, et tous les papiers et cahiers que contenaient armoires et tiroirs furent saisis sans exception. Les mêmes policiers en véhicules blindés allèrent chercher un par un tous les responsables départementaux du Parti dont ils connaissaient parfaitement les adresses, les ayant toutes préalablement relevées lors d'opérations nocturnes, et les mirent en garde à vue pour séparatisme et nationalisme kurde.

Mais ce n'était pas les seuls nationalistes kurdes de Kars. Les trois cadavres sortis d'un taxi brûlé de marque Murat trouvé au petit matin, juste avant que la neige ne le recouvre, à l'embranchement de la route de Digor appartenaient à des militants pro-PKK, selon les déclarations des forces de sécurité. Ces trois jeunes, qui depuis des mois se préparaient à pénétrer dans la ville, affolés par les événements survenus ce soir-là, avaient décidé de fuir dans les montagnes avec un taxi, mais, désespérés parce que la route était bloquée par la neige, ils s'étaient querellés, et la bombe que fit exploser l'un des trois les avait tués. La démarche officielle de la mère d'un des morts, femme de ménage dans un centre de santé, qui prétendait que son fils avait été en fait arrêté par des inconnus armés qui avaient frappé à sa porte, n'a pas été prise en compte, pas plus que celle du frère aîné du chauffeur du taxi, qui prétendit, lui, que son frère n'était pas un nationaliste kurde, et qu'il n'était d'ailleurs même pas kurde.

À la vérité, à cette heure-ci tout Kars avait compris qu'il s'agissait d'une insurrection ou qu'en tout cas des choses bizarres se passaient dans la ville sillonnée par deux tanks lourds et obscurs comme des fantômes, mais comme cela s'était déroulé à la fois dans une pièce montrée à la télévision et dehors sous une neige absolument ininterrompue comme dans les contes d'autrefois, il n'y avait pas de sentiment de peur. Seuls ceux qui se mêlaient de politique se faisaient un peu de souci.

Par exemple, Sadullah Bey, journaliste et folkloriste respecté par tous les Kurdes de Kars, personnalité ayant connu au cours de sa vie quelques coups d'État, avait préparé ses affaires dès qu'il avait entendu à la télé l'annonce du couvre-feu, sentant qu'il n'échapperait pas à la prison. Après avoir mis dans sa valise ses pyjamas à carreaux bleus sans lesquels il ne pouvait pas dormir, son médicament pour la prostate et ses somnifères, son bonnet de laine et ses chaussettes, la photo d'Istanbul où sa fille sourit avec son enfant dans les bras, les études préparatoires pour le livre qu'il écrivait sur les élégies kurdes collectées laborieusement, il attendit devant un thé, en regardant à la télévision la deuxième danse du ventre enflammée de Funda Eser. Quand on frappa à la porte au milieu de la nuit, bien tardivement, il salua sa femme, prit sa valise et ouvrit ; mais, ne voyant personne, il sortit dans la rue et sous la mystérieuse lumière couleur soufrée des lampadaires, dans la beauté de la rue silencieuse couverte de neige, il fut tué par des inconnus qui visèrent sa tête et sa poitrine tandis qu'il se rappelait avec émotion les séances de patin à glace sur les ruisseaux de Kars dans son enfance.

Des mois après, la neige ayant bien fondu, on comprit aux divers cadavres qu'on retrouva que quelques autres crimes avaient été commis cette nuit-là, mais, comme le fit la prudente presse de Kars, pour ne pas affliger davantage mes lecteurs je m'efforcerai de ne pas parler du tout de ces événements. Quant aux rumeurs qui prétendaient que ces « crimes anonymes » avaient été perpétrés par Z. Demirkol et ses compagnons, elles sont infondées, en tout cas pour les premières heures de la nuit. Ceux-ci réussirent à couper les liaisons téléphoniques, avec un peu de retard cependant, firent une descente à la Télévision de Kars pour s'assurer que la chaîne soutenait bien l'insurrection, et, jusqu'à la fin de la nuit, déployèrent tous leurs moyens pour retrouver « un chanteur héroïque de Kars à la voix puissante » sur lequel ils avaient fait une fixation. Parce que, pour que cette révolution fût une véritable révolution, il fallait des chants martiaux et des chansons de Kars à la radio et à la télévision.

Ka entendit à son réveil, le lendemain matin, à la télévision du hall dont le son était filtré par les murs, le plâtre et les rideaux, la voix lyrique du chanteur : on l'avait trouvé au dernier moment parmi les pompiers de garde après des recherches dans les casernes, les hôpitaux, les lycées scientifiques et les *çayhane* matinales ; alors qu'il avait d'abord cru qu'on allait l'arrêter, voire l'exécuter, il fut directement transporté aux studios. Une étrange lumière inondait avec une force exceptionnelle, par l'ouverture des rideaux, la pièce silencieuse et haute de plafond. Il avait très bien dormi et s'était bien reposé, mais, avant même de mettre un pied hors du lit, il sentit que la culpabilité dont il était la proie brisait sa force et sa détermination intérieure. Comme un très ordinaire client d'hôtel, goûtant le plaisir d'être ailleurs que chez lui, dans une autre salle de bains, il se lava le visage, se rasa, ôta son pyjama, s'habilla, prit la clé attachée à un poids de cuivre, puis descendit dans le hall.

Il aperçut le chanteur à la télévision, remarqua le profond silence dans lequel étaient plongés et l'hôtel (on parlait en murmurant dans le hall) et la ville, et prit progressivement conscience de tout ce qui s'était passé la veille et qu'il s'était caché à lui-même. Il sourit froidement au jeune homme de la réception, et, comme un voyageur pressé qui n'a pas l'intention de perdre son temps dans une ville minée par ses propres violences et ses obsessions politiques, passant dans la salle à manger, il s'installa pour le petit déjeuner. Dans un coin, au-dessus d'un samovar crachant de la fumée, il y avait une théière dodue ; il vit dans une assiette du *kaşar* de Kars coupé très fin et, dans un bol, des olives exténuées et ternes.

Ka s'assit à une table près de la fenêtre. À travers le tulle entrouvert, la rue recouverte de neige lui apparut dans toute sa beauté. Il y avait quelque chose de si triste dans la rue déserte que Ka se rappela dans le détail, du temps de son enfance et de sa jeunesse, les recensements de la population et des électeurs au cours desquels il était interdit de sortir, les descentes de police massives et les coups d'État militaires qui réunissaient tout le monde devant la radio, la télévision. Alors même que les ondes diffusaient des marches militaires, alors que les communiqués et les interdictions de l'état d'exception étaient portés à la connaissance de tous, Ka voulait toujours aller dans les rues désertes. Enfant, un peu comme certains aiment les réjouissances du ramadan, Ka aimait les jours de coup d'État militaire, où tout le monde était fédéré autour d'un unique sujet, où se rapprochaient toutes les tantes paternelles, tous les oncles paternels et tous les voisins. Les familles de la moyenne et de la haute bourgeoisie d'Istanbul, au sein desquelles Ka avait passé son enfance, animées par le besoin de cacher ne serait-ce qu'un minimum la satisfaction où les mettaient les coups d'État, qui leur rendaient à elles la vie plus sûre, s'amusaient à épingler en silence les mesures aberrantes prises après chaque putsch (passer à la chaux comme dans une caserne toutes les bordures des trottoirs d'Istanbul ou arrêter par la force militaire et policière les gens à cheveux longs et à barbe et les raser grossièrement). Les grands bourgeois d'Istanbul avaient très peur des militaires, tout en regardant secrètement de haut ces fonctionnaires qui vivaient dans une austérité disciplinée.

Alors qu'un camion commençait de remonter la rue qui évoquait une ville abandonnée depuis des centaines d'années, Ka, comme il le faisait enfant, suspendit un instant son attention. Un homme habillé en maquignon entra soudain dans la pièce, prit Ka dans ses bras et l'embrassa sur les joues.

« Félicitations, cher monsieur ! Vive notre pays et notre peuple ! »

Ka se souvint que les adultes se félicitaient aussi après les coups d'État militaires, en temps et en lieu bien déterminés, tout comme on le faisait lors des anciennes fêtes religieuses. Il lui murmura aussi quelque chose du genre « Bonne chance ! », et en eut honte.

La porte qui donnait sur la cuisine s'ouvrit et Ka eut l'impression soudaine que tout son sang se retirait de son visage. C'était İpek. Ils se retrouvèrent les yeux dans les yeux et Ka resta longtemps sans savoir ce qu'il allait faire. Il eut alors l'idée de se lever, mais İpek lui sourit et se dirigea vers l'homme qui venait de s'installer. Elle avait un plateau à la main, avec une tasse et une assiette.

İpek maintenant posait l'assiette et la tasse sur la table devant l'homme.

Une vraie serveuse. Le pessimisme, le remords et la culpabilité envahirent Ka : il s'en voulait de n'avoir pas salué İpek comme il le fallait, mais il y avait une autre chose, dont il comprit qu'il ne pourrait pas se la cacher. Il était complètement dans l'erreur, tout ce qu'il avait fait la veille était déplacé : cette proposition de mariage intempestive à cette femme finalement étrangère, ces baisers (certes, c'était bon), un tel abus d'alcool, cette manière de lui prendre la main alors qu'ils mangeaient tous ensemble et, pire, cette façon de montrer sans vergogne à tout son entourage, une fois saoul comme le Turc de base, à quel point il était irrésistiblement attiré. Comme il ne savait toujours pas quoi lui dire, il souhaitait maintenant qu'İpek continuât à l'infini à faire la serveuse à la table d'à côté.

L'homme en habit de maquignon lança un grossier « Thé! ». Libérant le plateau qu'elle avait à la main, İpek se tourna mécaniquement vers le samovar. Pour servir du thé au maquignon, elle se glissa rapidement entre les tables, et Ka sentit son cœur battre jusque dans son nez.

« Qu'y a-t-il? demanda İpek, souriante. Tu as bien dormi? »

Ka eut peur de ces allusions à la soirée, à leurs moments heureux de la veille. « C'est à croire que la neige ne s'arrêtera jamais », articula-t-il avec peine.

Chacun devinait sans mot dire ce que pensait l'autre. Ka comprit qu'il ne pourrait pas parler et que, s'il le faisait, cela sonnerait faux. Muet et lui signifiant qu'il ne pouvait faire autrement, il fixa l'intérieur de ses grands yeux azur qui louchaient légèrement. İpek comprit que Ka était maintenant dans un tout autre état d'esprit et même qu'il était quelqu'un de tout autre. Ka perçut qu'İpek avait senti l'obscurité qui s'était faite en lui, et qu'elle l'accueillait même avec tant de compréhension que cela, toute sa vie, pouvait le rendre dépendant d'elle.

« La neige va continuer de tomber, dit İpek avec délicatesse.

— Je n'ai plus de pain, fit Ka.

— Oh, excuse-moi. » Elle alla aussitôt près du samovar poser son plateau, et se mit à couper du pain.

Ka en avait demandé parce qu'il ne faisait pas face à la situation. Maintenant, prenant l'air de celui qui aurait pu le faire lui-même, il contemplait İpek, de dos, avec un pull de laine blanche, une longue robe couleur café, et une ceinture très fine, à la mode dans les lointaines années 1970 mais que plus personne ne portait désormais. Sa taille était fine, ses hanches harmonieuses. Elle était juste assez grande pour Ka. Ka apprécia aussi ses chevilles et, s'il ne revenait pas à Francfort avec elle, il comprit qu'il se rappellerait douloureusement combien il aurait été heureux ici jusqu'à la fin de sa vie, à tenir sa main, à l'embrasser, mi-sérieux mi-taquin, et à plaisanter avec elle.

Dès qu'İpek cessa de couper le pain, Ka détourna la tête avant qu'elle ne se retourne. « Je vous sers en fromage et olives ? » demanda-t-elle en le vouvoyant volontairement, parce qu'ils n'étaient pas seuls dans la salle. « Oui, s'il vous plaît », répondit-il avec le même ton convenu à l'intention des autres. Dès qu'il rencontra son regard, il comprit qu'elle savait pertinemment qu'il l'avait contemplée quand elle lui tournait le dos. La pensée qu'İpek connaissait très bien les relations entre homme et femme et les subtilités diplomatiques auxquelles il n'avait lui-même jamais été rompu lui fit peur. Mais il craignait aussi qu'elle ne fût sa seule chance d'accéder au bonheur dans la vie.

« Le pain vient d'être apporté par camion militaire, dit İpek en souriant avec ce regard doux qui broyait le cœur de Ka. Comme Zahide Hanım ne peut pas venir à cause du couvre-feu, je m'occupe de la cuisine... J'ai eu très peur en voyant les militaires. »

Parce que les militaires auraient pu venir prendre Hande ou même Kadife. Voire son père...

« Ils ont demandé aux femmes de garde de l'hôpital de faire disparaître les traces de sang au Théâtre de la Nation », murmura İpek. Elle s'assit à la table de Ka. « Il paraît qu'ils ont fait des descentes dans les foyers étudiants, au lycée de prédicateurs, dans les partis... On dit qu'il y a eu des morts, qu'ils ont

257

arrêté des centaines de personnes, mais qu'ils en ont relâché ce matin. » Cette manière de murmurer, symptomatique des périodes de pressions politiques, renvoya Ka vingt ans en arrière, aux cantines universitaires, à de semblables récits de torture et d'oppression toujours rapportés de la même façon, d'une voix basse chargée de colère et d'affliction mêlées à une secrète fierté. Dans ces moments-là, en proie à la culpabilité et d'humeur sombre, il désirait rentrer chez lui pour oublier qu'il vivait en Turquie, et pour lire. Maintenant, pour inviter İpek à poursuivre, il avait préparé une formule comme « C'est terrible ! », il l'avait sur le bout de la langue, mais elle lui paraissait si artificielle qu'il dut renoncer à la prononcer. Tout penaud, il mangea son pain au fromage.

Ainsi, tandis qu'İpek lui murmurait que les véhicules envoyés dans les villages kurdes pour que les pères viennent reconnaître les corps de leurs fils « prédicateurs » étaient restés bloqués en chemin, qu'un jour avait été fixé pour déposer les armes et les remettre à l'État, que les cours coraniques et les activités des partis politiques avaient été interdits, Ka regardait ses mains, ses yeux, son cou, dont il détaillait le beau grain de peau et les cheveux châtains qui l'encadraient. Pouvait-il l'aimer ? Pendant un moment il essaya d'imaginer qu'ils marchaient dans la Kaiserstrasse, à Francfort, et qu'après être allés au cinéma ils rentraient chez eux. Mais le pessimisme le gagna. Maintenant, il fixait son attention sur İpek, qui coupait le pain de la corbeille en gros morceaux, comme chez les pauvres et, pire, qui faisait une pyramide de ces tranches épaisses, comme dans les restaurants bas de gamme.

« S'il te plaît, parle-moi d'autre chose maintenant », demanda Ka avec délicatesse.

İpek racontait l'arrestation sur dénonciation de

quelqu'un qui passait par les jardins intérieurs, à deux immeubles de là ; elle s'arrêta, pleine de compassion.

Ka vit de la peur dans ses yeux. « Hier j'étais très heureux, tu sais, c'était la première fois depuis des années que j'écrivais de la poésie, expliqua-t-il. Mais maintenant je ne peux pas supporter ces histoires.

— Ton poème d'hier était très beau, dit İpek.

— Avant que le malheur ne me submerge entièrement, m'aideras-tu aujourd'hui ?

— Que puis-je donc faire ?

— Je vais monter dans ma chambre, dit Ka. Attends un moment, puis viens prendre ma tête entre tes mains. Un tout petit peu, rien de plus. »

Ka parlait encore lorsqu'il lut dans les yeux effarés d'İpek qu'elle ne pourrait pas faire ça, puis il se leva. C'était une provinciale, une locale ; elle était étrangère à Ka et il lui demandait quelque chose qu'une étrangère ne pouvait pas comprendre. Pour ne pas en être réduit à lire une telle incompréhension sur le visage d'İpek, il n'aurait pas dû faire une proposition aussi inepte. Il s'en voulait de s'être persuadé qu'il était amoureux d'elle. Il monta les escaliers à toute vitesse et rentra dans sa chambre, se jeta sur son lit et songea d'abord qu'il avait été stupide de venir jusqu'ici, puis pensa à l'erreur qu'il avait commise de quitter Francfort pour la Turquie. Alors que vingt ans auparavant sa mère s'était efforcée de tenir son fils éloigné de la poésie et de la littérature, qu'aurait-elle dit maintenant qu'il avait quarante-deux ans, si elle avait su que le bonheur de son fils était à la merci d'une femme qui s'occupait de la cuisine dans la ville de Kars et découpait le pain en gros morceaux ? Et son père, s'il avait eu vent que son fils parlait de sa foi en Dieu, les larmes aux yeux, agenouillé devant un cheikh sorti d'un village, le tout à Kars, qu'est-ce qu'il aurait dit ? Les gros flocons tristes de la neige qui recommençait à tomber passaient lourdement devant sa fenêtre.

On frappa à la porte ; d'un bond, il alla ouvrir, plein d'espoir. C'était İpek, mais avec une expression complètement différente sur le visage : elle lui annonça qu'un véhicule militaire était venu, que deux personnes, dont un soldat, en étaient sorties et avaient demandé Ka. Elle leur avait dit qu'il était là et qu'elle montait le prévenir.

« D'accord, fit Ka.

— Si tu veux, je vais te faire ce massage pendant deux minutes », dit İpek.

Ka l'entraîna à l'intérieur, ferma la porte, lui fit un baiser et ensuite l'assit au bord du lit. Lui, il s'allongea la tête sur la poitrine d'İpek. Ils restèrent ainsi un moment en silence à regarder par la fenêtre les corbeaux se promener dans la neige sur le toit du bâtiment municipal vieux de cent dix ans.

« C'est bon, ça suffit, je te remercie », dit Ka. Il décrocha avec soin son manteau gris cendre et sortit. Dans les escaliers, le manteau lui rappela Francfort et lui fit regretter un instant sa vie en Allemagne avec toutes ses couleurs. Il l'avait acheté au *Kaufhof* et avait revu le vendeur blond qui l'avait servi deux jours plus tard, quand il avait fait raccourcir le manteau. Il s'appelait Hans Hansen. Peut-être à cause de son nom trop allemand et de sa blondeur, Ka se rappela avoir pensé à lui au cours de sa longue nuit de sommeil.

21

Mais je n'en reconnais absolument aucun

KA DANS LES PIÈCES GLACIALES ET TERRIFIANTES

Pour récupérer Ka, ils avaient envoyé un de ces vieux camions Cemse, à cette époque déjà très peu utilisés en Turquie. Un homme en civil, jeune d'apparence, au teint blanc et au nez aquilin, qui attendait Ka dans le hall de l'hôtel, le fit s'asseoir à l'avant, au milieu, tandis qu'il s'installait lui-même côté fenêtre. Comme pour empêcher que Ka ouvre la porte et s'enfuie. Mais il se comporta avec lui de manière plutôt polie, lui donnant même du « cher monsieur » ; Ka supposa que cet homme n'était pas un policier en civil, mais un membre des Renseignements et qu'on le traiterait donc correctement.

Ils passèrent très pesamment dans les rues vides et blanches de la ville. Le tableau de bord était garni de compteurs qui ne marchaient pas. Comme le siège du camion était relativement surélevé, Ka apercevait l'intérieur de certaines maisons par les rares rideaux ouverts. La télévision y était allumée, mais Kars avait tiré les rideaux et s'était recroquevillée sur elle-même. Ils progressaient dans les rues d'une ville presque complètement différente et ce qu'il entrevoyait à travers les essuie-glaces qui balayaient péniblement la neige, et même l'homme au nez aquilin et le chauffeur paraissaient magiques, du fait de la beauté onirique des rues, des vieilles maisons russes de style baltique et des eléanes couverts de neige.

Ils s'arrêtèrent devant la Direction de la Sécurité et, comme ils avaient eu passablement froid dans le camion, ils pénétrèrent très vite dans le bâtiment. Contrairement à la veille, il y avait à l'intérieur une telle foule et une telle agitation que Ka prit peur, bien qu'il sût qu'il en serait ainsi. Il y régnait cet étrange mouvement désordonné propre aux lieux où les Turcs travaillent en nombre. Il pensa à des couloirs de tribunal, à des entrées de stade de football, à des gares routières. Mais il régnait aussi une atmosphère d'épouvante et de mort qu'on sent dans les hôpitaux baignés d'effluves de teinture d'iode. À l'idée que tout près d'ici quelqu'un se faisait torturer, la culpabilité et la peur l'envahirent.

Dans les escaliers qu'il avait montés la veille en fin de journée avec Muhtar, il chercha d'instinct à emprunter l'attitude de qui est capable de garder son sang-froid même en de tels lieux. Il entendit par les portes le crépitement des machines à écrire en action, les conversations bruyantes au talkie-walkie, les demandes de thé dans les escaliers. Sur les bancs installés devant les portes, il vit des jeunes qui attendaient d'être interrogés, attachés les uns aux autres par des menottes, le cheveu en bataille et le visage tuméfié, et il s'efforça de ne pas croiser leur regard.

Ils le mirent dans une pièce semblable à celle où il s'était trouvé avec Muhtar et lui firent savoir qu'il pourrait peut-être identifier l'assassin du directeur de l'École normale, qu'il n'avait pas pu reconnaître sur les photos, alors même qu'il leur avait dit qu'il n'en avait pas vu le visage, et cette fois parmi les étudiants islamistes en garde à vue dans les sous-sols. Ka comprit qu'après l'« insurrection » la police était passée aux mains des Renseignements et qu'il y avait des frictions entre les deux instances.

Un agent des Renseignements au visage rond demanda à Ka où il était la veille aux environs de quatre heures.

En un instant le visage de Ka devint couleur de cendre. « On m'avait dit que ce serait bien que je rencontre aussi monsieur le cheikh Saadettin », dit Ka, aussitôt interrompu par l'homme au visage rond : « Non, avant lui ! »

Voyant que Ka restait muet, l'homme lui rappela qu'il avait vu Lazuli. D'ailleurs, il faisait comme s'il savait tout depuis le début et qu'il était désolé de mettre Ka dans cet embarras. Ka s'efforça d'y voir le signe d'une bonne intention. Un commissaire de police de base aurait prétendu que Ka lui cachait cette entrevue et l'aurait grossièrement frappé au visage, en se vantant de tout savoir, comme tout bon policier.

L'agent des Renseignements au visage rond, avec l'air de dire « Ça va passer ! », lui expliqua que Lazuli était un terroriste aguerri, qu'il complotait à tout-va et était un ennemi patenté de la République, nourri par l'Iran. On était sûr qu'il avait tué un présentateur de télévision et pour cette raison il était sous le coup d'un mandat d'arrêt. Il parcourait toute la Turquie pour organiser les partisans de la charia.

« Qui vous a introduit auprès de lui ?

— Un jeune prédicateur dont je ne connais pas le nom, répondit Ka.

— Maintenant, essayez de l'identifier, fit l'homme des Renseignements à la face ronde. Regardez par la fenêtre d'observation située au-dessus des portes des cellules. N'ayez crainte, ils ne vous reconnaîtront pas. »

Ils firent descendre Ka par un large escalier.

Quand il y a environ cent ans ce bâtiment, large et peu profond, était l'hôpital d'une fondation arménienne, ces sous-sols servaient au stockage du bois de chauffage et de dortoir pour le personnel de ménage. Le bâtiment avait été ensuite transformé dans les années 1940 en lycée d'État, et l'endroit était devenu un réfectoire, une fois les murs abattus. De nombreux jeunes de Kars, qui deviendraient des marxistes ennemis de l'Occident dans les années 1960, avaient avalé durant leur enfance ici même, l'estomac retourné par leur mauvaise odeur, les premières tablettes de foie de morue de leur vie avec un *ayran*[1] confectionné à partir du lait en poudre fourni par l'Unicef. Une partie de ces vastes sous-sols a été maintenant transformée en quatorze petites cellules donnant sur un couloir.

Un policier dont les mouvements trahissaient une longue habitude posa avec soin une casquette d'officier sur la tête de Ka. L'agent des Renseignements au nez aquilin qui était allé chercher Ka à l'hôtel lui dit avec l'air de s'y entendre parfaitement : « Ceux-là, ils ont très peur de la casquette d'officier. »

Alors qu'ils s'approchaient de la première cellule à droite, le policier ouvrit d'un geste ferme le fenestron au-dessus de la porte en fer et cria de toutes ses forces : « Attention, commandant ! » Ka regarda à l'intérieur par le judas pas plus grand que la main.

Il vit cinq personnes dans une cellule de la taille d'un grand lit. Peut-être même qu'ils étaient plus nombreux : en effet, ils étaient les uns sur les autres, entassés, plaqués contre le mur sale face à la porte. Ils exécutèrent le salut au gradé, mais maladroitement, car ils n'avaient pas fait leur service militaire, et avaient fermé les yeux ainsi qu'il leur avait été ordonné sous la menace (Ka sentit que certains le

1. Boisson très courante en Turquie, faite de yogourt et d'eau.

regardaient à travers leurs paupières à moitié fermées). L'« insurrection » avait commencé à peine onze heures auparavant, mais tous avaient déjà la boule à zéro et les yeux et le visage tuméfiés par les coups. L'intérieur de la cellule était plus éclairé que le couloir, pourtant, aux yeux de Ka, tous se ressemblaient. Il était abasourdi : la pitié, mêlée de peur et de honte, l'envahit. Cependant, il se réjouit de voir que Necip n'était pas parmi eux.

Comme il n'avait encore identifié personne au troisième judas, l'agent des Renseignements au nez aquilin lui dit : « Il n'y a rien à craindre ; d'ailleurs, dès que les routes seront à nouveau praticables, vous partirez.

— Mais je n'en reconnais aucun », dit Ka avec une légère perplexité.

Plus loin, il se rappela parfaitement avoir vu l'un d'entre eux invectiver Funda Eser sur la scène, un deuxième aussi, qui lançait en permanence des slogans, et quelques autres visages lui étaient familiers. Un instant, il pensa que s'il dénonçait les deux premiers il prouverait qu'il était disposé à collaborer avec la police et qu'ainsi, s'il venait à voir Necip, il pourrait faire comme s'il ne le connaissait pas (d'ailleurs le délit de ces jeunes n'était pas bien grave).

Mais il n'en dénonça aucun. Dans une cellule, un jeune qui avait le visage et les yeux en sang supplia Ka : « Mon commandant, surtout ne prévenez pas nos mères. »

Ils avaient vraisemblablement frappé ces jeunes à coups de poings et de bottes, sans recourir à des instruments spéciaux, dans les premiers enthousiasmes de l'insurrection. Arrivé à la dernière cellule, Ka n'avait toujours pas identifié l'assassin du directeur de l'École normale. Il fut aussi rassuré de ne pas avoir trouvé Necip parmi ces jeunes épouvantés.

En haut, il comprit que l'homme au visage rond et ses supérieurs étaient résolus à trouver le plus rapidement possible cet assassin pour l'offrir à tous les habitants de Kars en gage du succès de l'insurrection, et peut-être également pour le pendre aussitôt. Dans la pièce, il y avait maintenant en plus un commandant en retraite. L'homme qui, en dépit du couvre-feu, s'était débrouillé pour venir jusqu'à la Direction de la Sécurité souhaitait la libération de son neveu, en garde à vue. Il demandait qu'au moins on ne « brouille pas définitivement avec la société » son jeune parent en le torturant, racontait que la mère de l'enfant, démunie, avait inscrit son fils dans une école de prédicateurs en pestant contre le mensonge selon lequel l'État distribuerait gratuitement à tous les écoliers des manteaux et des vestes de laine, expliquait qu'en fait ils étaient tous républicains et kémalistes dans la famille. L'homme au visage rond coupa la parole au commandant en retraite.

« Mon commandant, ici personne ne maltraite qui que ce soit », dit-il, puis il entraîna Ka dans un coin : l'assassin et les hommes de Lazuli (Ka sentit qu'il supposait qu'il s'agissait des mêmes personnes) se trouvaient alors peut-être à l'École vétérinaire, située un peu plus haut, parmi ceux qui avaient été arrêtés.

Ainsi, accompagné de l'homme au nez aquilin qui était allé le chercher à l'hôtel, Ka remonta dans le même camion militaire. Sur le trajet, Ka se réjouit de la beauté des rues vides, d'avoir enfin pu sortir de la Direction de la Sécurité et du plaisir de la cigarette. Il se disait aussi qu'en un sens le putsch et le fait que le pays ne fût pas livré aux religieux n'étaient pas une mauvaise chose. Cependant, pour apaiser sa conscience il se jura de ne pas collaborer avec la police et les militaires. Aussitôt après, un nouveau poème lui vint à l'esprit avec une force si étrangement impérieuse qu'il demanda à l'agent des Renseignements au nez aquilin s'il était possible de s'arrêter boire un thé.

La plupart des *çayhane* à chômeurs qu'on trouve à chaque pas dans la ville étaient fermées, mais ils en aperçurent une ouverte dans la rue du Canal, dont le tenancier s'efforçait de ne pas trop attirer l'attention d'un véhicule militaire stationné au coin. Mis à part un apprenti qui attendait la levée du couvre-feu, il y avait là trois jeunes assis dans un coin. Quand ils virent entrer un civil et un officier à casquette, l'atmosphère se crispa.

L'homme au nez aquilin sortit aussi sec son pistolet de l'intérieur de son manteau et, dans un style professionnel qui inspira du respect à Ka, aligna les jeunes contre le mur auquel était accroché un immense paysage suisse, les fouilla et prit leurs papiers. Ka se dit que les choses n'allaient pas mal tourner ; il s'assit alors à une table tout près du poêle éteint et écrivit tout tranquillement le poème qu'il avait en tête.

Le point final du poème, auquel il donnerait plus tard le titre « Rues rêvées », c'était les rues enneigées de Kars, mais ces trente-six vers devaient aussi beaucoup aux vieilles rues d'Istanbul, à Ani, ancienne capitale arménienne, ainsi qu'aux villes désertes et superbement effrayantes que Ka voyait en rêve.

Une fois son poème terminé, Ka vit à la télévision noir et blanc que les images de l'insurrection au Théâtre de la Nation avaient remplacé le chanteur de ce matin. Le gardien de but Vural commençait tout juste à raconter ses amours et les buts qu'il avait encaissés, mais Ka aurait pu tout aussi bien se voir en train de lire de la poésie, vingt minutes plus tard. Ka voulait surtout se remémorer le poème qu'il avait oublié et n'avait pu transcrire sur son cahier.

Quatre personnes firent irruption dans la *çayhane* par la porte arrière et furent à leur tour alignées contre le mur par l'agent des Renseignements au nez aquilin qui avait derechef ressorti son pistolet. Le Kurde qui tenait la *çayhane*, lui donnant du « mon commandant », lui expliqua que ces hommes n'avaient pas violé le couvre-feu car ils étaient venus par la cour et le jardin.

L'agent des Renseignements, mû par une intuition, décida de vérifier la véracité de ces propos. D'ailleurs l'un des hommes n'avait pas ses papiers et tremblait anormalement de peur. L'agent des Renseignements lui demanda de le conduire chez lui par le même chemin qu'à l'aller. Il confia les jeunes appuyés contre le mur au chauffeur du camion, appelé à la rescousse. Ayant remis son cahier de poèmes dans sa poche, Ka leur emboîta le pas : ils sortirent par la porte arrière de la *çayhane* pour tomber dans une cour glacée couverte de neige, passèrent un mur bas, montèrent trois marches verglacées et, au son des aboiements d'un chien attaché, descendirent dans le sous-sol d'un immeuble de béton brut de décoffrage, délabré comme la majorité des constructions de Kars. Il y régnait une mauvaise odeur de charbon et de sommeil. L'homme qui marchait en tête se faufila dans un recoin aménagé avec des cartons vides et des cagettes à légumes, à côté d'une chaudière ronronnante : Ka vit sur un lit en désordre une jeune femme endormie, au teint clair et d'une exceptionnelle beauté, et préféra d'instinct détourner la tête. Là-dessus, l'homme qui n'avait pas de papiers tendit un passeport à l'agent des Renseignements ; Ka ne pouvait entendre de quoi ils parlaient à cause du ronronnement de la chaudière, cependant il vit dans la pénombre que l'homme sortait un second passeport.

C'étaient des Géorgiens venus en Turquie pour travailler et accumuler quelque argent. Aussitôt qu'ils furent revenus dans la *çayhane*, les jeunes désœuvrés appuyés contre le mur, à qui l'agent des Renseignements avait redonné leurs papiers, se plaignirent de ces Géorgiens. La femme avait la tuberculose et pourtant se prostituait avec les propriétaires de fermes qui descendaient en ville ainsi qu'avec les négociants en cuir. Son mari, prêt comme les autres Géorgiens à travailler à moitié prix, ôtait le pain de la bouche aux citoyens turcs dès que par miracle une occasion se présentait sur le marché du travail. Ces gens-là étaient tellement désargentés et pingres qu'ils ne voulaient même pas débourser pour un hôtel, et qu'ils vivaient dans cette chaufferie en refilant cinq dollars par mois, de la main à la main, au préposé de l'administration des Eaux. Selon les racontars, quand ils rentreraient dans leur pays, ils s'achèteraient une maison et ne travailleraient plus jusqu'à la fin de leur vie. Dans les cartons, il y avait des articles en cuir qu'ils avaient achetés à vil prix et qu'ils revendraient une fois rentrés à Tbilissi. Ils avaient été reconduits à la frontière par deux fois, mais, trouvant un nouveau moyen, avaient réussi à revenir « chez eux », dans la chaufferie. Le putsch militaire devait permettre de nettoyer Kars de ces microbes dont les policiers corrompus n'avaient jamais pu les débarrasser.

Dès lors, en buvant le thé que le responsable de la *çayhane* s'était fait un plaisir de servir à ses hôtes, ces jeunes chômeurs désemparés, timidement assis à leur table à l'instigation de l'agent des Renseignements au nez aquilin, expliquèrent ce qu'ils attendaient du putsch et racontèrent des tas de ragots qui ressemblaient fort à des dénonciations, assortis de plaintes contre les politiciens pourris : l'abattage illégal des animaux, les trafics à répétition dans le dépôt du Monopole, l'importation par certains entrepreneurs en construction, au moyen de camions à bestiaux à travers l'Arménie, de travailleurs illégaux qui travaillaient pour rien, sommairement logés dans des baraquements et parfois même pas payés alors qu'ils s'étaient acharnés au boulot. C'était comme si ces jeunes chômeurs n'avaient pas du tout conscience que le putsch militaire avait été monté contre les religieux et les nationalistes kurdes sur le point de gagner les élections municipales. Ils se comportaient comme si tout ce qui s'était passé depuis la veille devait mettre fin au chômage et à l'immoralité dans la ville et leur procurer du travail.

Dans le camion militaire, un moment, Ka eut l'impression que l'agent des Renseignements sortait le passeport de la Géorgienne pour regarder sa photo. Il en éprouva une émotion étrange et honteuse.

Dès que Ka pénétra dans l'École vétérinaire, il sentit que la situation y était bien pire qu'à la Direction de la Sécurité. En marchant dans les couloirs glacials du bâtiment, il comprit tout de suite que personne n'avait de pitié pour personne. Ici, on avait transporté les nationalistes kurdes, ceux que l'on avait pu arrêter des terroristes de gauche qui distribuaient des tracts tout en jetant çà et là une bombe et tous ceux qui étaient connus et fichés aux Renseignements comme supporteurs fanatiques. Policiers, militaires et procureurs mettaient à la question de manière intraitable, avec des méthodes beaucoup plus rudes et impitoyables que celles qu'ils employaient à l'égard des islamistes, ceux qui avaient participé à des opérations, ceux qui avaient aidé des guérilleros kurdes descendus des montagnes à s'infiltrer dans la ville et toutes sortes de suspects.

Un policier grand et fort prit Ka par le bras, comme on aide affectueusement un vieux qui peine à marcher, puis il lui fit visiter trois salles de cours dans lesquelles se déroulaient des choses épouvantables. Comme l'a fait ultérieurement mon ami sur les cahiers qu'il tenait, je ne m'étendrai pas trop sur ce qu'il vit dans ces pièces.

Dans la première salle, après avoir vu en trois ou quatre secondes dans quel état étaient des suspects après interrogatoire, Ka pensa pour la première fois à quel point le passage de l'être humain sur cette terre était bref, et certaines images et certains désirs relatifs à des pays où il n'était jamais allé s'animèrent devant lui comme dans un rêve. Ka et ceux qui étaient dans la pièce semblaient avoir atteint le terme de la vie qui leur avait été octroyée et ressentaient en profondeur qu'ils se consumaient comme une bougie. Dans son cahier, Ka parlerait de cette pièce comme de la pièce jaune.

Dans la deuxième salle de cours, un sentiment sur lequel il s'arrêta moins s'éveilla en lui. Là il croisa des regards, se souvint d'avoir vu certains de ces hommes la veille en se promenant dans une *çayhane*, et, tout travaillé par la culpabilité, détourna les yeux. Ceux-là lui donnèrent l'impression qu'ils étaient dans un pays imaginaire très éloigné de lui.

Dans la troisième salle de cours, des gémissements, des pleurs ; Ka, sous l'emprise d'un profond silence qui se dilatait dans son esprit, eut l'intuition qu'une force omnisciente et jalouse de son savoir transformait en oppression la vie d'ici-bas. Dans cette pièce, il ne parvint à croiser le regard de personne. Il regardait, mais il voyait non pas ceux qu'il avait devant les yeux mais une couleur qu'il avait en tête. Comme cette couleur s'apparentait au rouge, il appellerait cette pièce la pièce rouge. Ce qu'il avait éprouvé dans les deux premières salles de cours, le sentiment que la vie était brève et que l'humain était coupable, tout fusionna ici et, malgré l'horreur du spectacle, Ka se sentit rasséréné.

Il était conscient que ne pouvoir identifier personne non plus à l'École vétérinaire le rendait suspect et le mettait en danger. Mais l'absence de Necip le rassurait tellement que, quand l'homme au nez aquilin lui dit que pour finir il devait aller voir les cadavres à la morgue de l'hôpital public, toujours à des fins d'identification, Ka accepta immédiatement de s'y rendre.

Dans la morgue des sous-sols de l'hôpital public, ils montrèrent en premier lieu à Ka le cadavre du plus suspect. C'était celui du militant islamiste tombé sous le coup des trois balles de la deuxième salve, alors qu'il lançait des slogans. Mais Ka ne le reconnaissait pas du tout. Il regarda le cadavre comme s'il le saluait avec un geste plein de retenue, respectueux mais tendu. Le deuxième cadavre allongé sur le marbre glacial était celui du vieux grand-père tout petit. Son œil gauche, crevé par une balle, s'était transformé en un trou noir sous l'effet des effusions de sang. Le policier le montrait parce qu'il éveillait un très léger soupçon et qu'on n'avait pas encore établi qu'il était effectivement venu de Trabzon pour voir son petit-fils qui faisait son service militaire dans la police. Quand on lui présenta le troisième cadavre, il pensa avec optimisme qu'il reverrait İpek dans peu de temps. Un œil de ce cadavre, étrangement, avait éclaté. Un moment il se dit que c'était un incident survenu à la morgue. Il vit nettement, en se rapprochant, le visage clair du jeune mort, et, soudain, quelque chose s'effondra en lui pour disparaître à jamais.

272

C'était Necip. Le même visage enfantin. Les mêmes lèvres tendues en avant de l'enfant qui pose une question. Ka ressentit le froid et le silence de l'hôpital. La même acné juvénile. Le même nez arqué. La même veste sale d'étudiant. Ka crut un moment qu'il allait pleurer et fut pris de panique. Cette panique le paralysa et ses larmes ne purent couler. Ce qui prouvait que Necip était bien mort, ce n'était pas le blanc bleuâtre et pâle de son visage, c'était que sa poitrine était raide comme une planche de bois. Ka se réjouit furtivement d'être encore en vie, lui. Cette idée l'éloigna de Necip. Il dénoua ses mains jointes dans son dos, se pencha en avant, attrapa Necip par les épaules et l'embrassa sur les deux joues. Elles étaient froides, ses joues, mais pas dures. Le vert de son œil demeuré à moitié ouvert regardait Ka. Celui-ci se ressaisit et dit à l'homme au nez aquilin que ce « camarade » l'avait arrêté hier en chemin, lui avait déclaré qu'il était écrivain de science-fiction et l'avait ensuite conduit chez Lazuli. Il l'avait embrassé parce que cet « adolescent » avait un cœur très pur.

22

*La personne idéale
pour jouer Atatürk*

LA CARRIÈRE MILITAIRE
ET LA CARRIÈRE THÉÂTRALE
MODERNE DE SUNAY ZAIM

Il fut rapporté sur un registre promptement rempli et signé que Ka avait identifié un des cadavres à la morgue de l'hôpital public. Ka et l'homme au nez aquilin remontèrent dans le même camion militaire et passèrent par les rues entièrement vides aux murs couverts d'affiches électorales et de posters contre le suicide que semblaient seuls regarder les chiens trouillards qui s'écartaient à leur passage. Depuis qu'ils avaient pris la route, Ka voyait les rideaux s'entrouvrir, les enfants jouer et les pères curieux jeter un œil au passage du camion, mais son esprit était ailleurs. L'image du visage de Necip et de son corps tendu, tout raide, ne le quittait pas. Il imaginait qu'à l'hôtel İpek le consolerait, mais, la place principale passée, le camion descendit vers le bas de l'avenue Atatürk et s'arrêta deux rues en dessous du Théâtre de la Nation, un peu après un bâtiment vieux de quatre-vingt-dix ans, héritage de la période russe.

C'était le *konak* sans étage qui, par sa beauté et son air d'abandon, avait attristé Ka le soir où il était arrivé à Kars. C'est là que, une fois la ville tombée aux mains des Turcs, aux débuts de la République, avait vécu dans le faste, avec sa famille, pendant vingt-trois ans, Maruf Bey, un des fameux négo-

274

ciants faisant commerce du bois et du cuir avec l'Union soviétique, nanti de ses cuisiniers et serviteurs, d'un traîneau tiré par des chevaux, et d'une calèche. À la fin de la Seconde Guerre mondiale, au début de la guerre froide, la Sécurité nationale emprisonna et réduisit les célèbres fortunes de Kars qui commerçaient avec les soviets en les accusant d'être des espions ; celles-ci disparurent pour ne plus jamais revenir ; leurs demeures restèrent vides pendant près de vingt ans, faute de propriétaire et à cause des procès de succession. Au milieu des années 1970, une fraction marxiste armée de bâtons occupa les lieux et en fit son QG ; certains crimes politiques y auraient été planifiés (le maire, l'avocat Muzaffer Bey, en était sorti blessé) ; après le coup d'État militaire de 1980 le bâtiment fut vidé, puis il servit de dépôt à un petit malin, vendeur de réfrigérateurs et de poêles qui avait acheté le local voisin ; enfin, il y a trois ans, il fut transformé en atelier pour machines textiles par un tailleur entreprenant et imaginatif rentré au pays avec un beau pécule accumulé en tant que tailleur à Istanbul et en Arabie Saoudite.

Aussitôt entré, dans l'ambiance douceâtre de la tapisserie à fleurs orange, Ka vit les machines à fixer les boutons dont chacune ressemblait à un étrange instrument de torture, les machines à coudre vieux modèle, et les énormes ciseaux pendus à des clous aux murs.

Sunay Zaim faisait les cent pas dans la pièce, il avait sur lui le manteau et le pull usés qu'il portait quand Ka l'avait vu pour la première fois juste deux jours auparavant, ses bottes militaires aux pieds, et, entre les doigts, une cigarette sans filtre. Comme s'il revoyait un vieil et cher ami, son visage s'éclaira, et il accourut pour étreindre Ka et l'embrasser. Dans son baiser, il y avait un côté très camarade, du genre « Vive la patrie ! », comme chez l'homme habillé en maquignon de l'hôtel, qui avait mis Ka mal à l'aise. Ka comprendrait plus tard à quoi devait surtout cette camaraderie : il s'agissait de deux Stambouliotes se retrouvant dans un endroit aussi pauvre et perdu que Kars, de surcroît dans des conditions difficiles et pourtant il connaissait bien alors cette familiarité particulière qui naît de ces circonstances.

« L'aigle de la mélancolie s'envole en moi tous les jours, dit Sunay, tout en se rengorgeant avec un air mystérieux. Mais il faut que je me maîtrise. Toi aussi, maîtrise-toi. Et tout se passera bien. »

Dans la lumière neigeuse qui pénétrait par les grandes fenêtres, en voyant les hommes à talkie-walkie dans la vaste pièce, dont on devinait qu'elle avait connu jadis de grandes heures, avec ses médaillons aux quatre coins du haut plafond et son énorme poêle, les deux gardes du corps géants qui l'épiaient en permanence et les cartes, les stylos et les dossiers sur la table disposée à côté de la porte qui donnait dans le couloir, Ka réalisa qu'il s'agissait du centre de gestion de l'insurrection et que Sunay jouissait de beaucoup de pouvoir.

« Autrefois, oui, c'était nos pires moments, ceux-là, dit Sunay en arpentant la pièce, dans les villes de province les plus perdues, les plus misérables et ignobles, en apprenant que je ne pourrais pas trouver de lieu où donner nos spectacles, et même pas de chambre d'hôtel où, la nuit venue, nous pourrions poser notre tête et dormir, en apprenant que l'ancien ami dont on croyait pourtant qu'il s'y trouvait avait quitté la ville des années auparavant, la mélancolie dénommée tristesse commençait à très gravement agir en moi. Pour ne pas succomber à ce sentiment, à la recherche effrénée dans la ville de quelqu'un qui pourrait être sensible aux messagers du monde moderne que nous étions, à l'art contemporain, j'allais de porte en porte voir les médecins, les avocats, les enseignants. Et, constatant qu'il n'y avait personne, même à la seule adresse que j'avais sous la main, ou comprenant qu'en plus la police ne nous accorderait pas l'autorisation de donner notre spectacle, ou après que le sous-préfet, qu'en dernier recours je voulais implorer pour obtenir l'autorisation, avait refusé de me recevoir, je réalisais avec effroi que la pénombre qui m'habitait allait désormais me submerger. Alors, l'aigle qui sommeillait en ma poitrine déployait fort pesamment ses ailes et prenait son envol au risque de m'étouffer. À ce moment-là, je jouais ma pièce dans les *kıraathane* les plus misérables de la terre, ou alors sur les parvis des gares routières, parfois dans les gares mêmes, grâce au chef de gare, qui lorgnait sur une des filles de notre troupe, dans les casernes de pompiers, dans les salles de cours vides des écoles primaires, dans des restaurants de fortune, dans un salon de coiffure, dans les escaliers d'un *han*, dans des étables, sur le trottoir... Ainsi, j'évitais de succomber à la nostalgie. »

Dès que Funda Eser l'eut rejoint, Sunay passa du « je » au « nous ». Il y avait une telle intimité entre eux que Ka ne ressentit pas le moindre artifice dans ce changement de pronom personnel. Funda Eser approcha son grand corps avec une gracieuse vélocité, serra la main de Ka, murmura quelques mots à l'oreille de son mari et, sans se départir de son air occupé, fit demi-tour et ressortit.

« Celles-là, ce sont nos pires années, dit Sunay. Tous les journaux ont prétendu que nous n'avions plus les faveurs du public et des idiots d'Istanbul et d'Ankara. Or le jour où la plus belle occasion de ma vie s'est présentée — de celles qui n'arrivent qu'aux bienheureux dotés de génie —, oui, le jour où j'allais m'inscrire avec tout mon art dans le cours de l'histoire, le sol s'est dérobé soudain sous mes pas, je suis tombé d'un coup dans la plus misérable des fanges. Là non plus je ne me suis pas effondré, mais je me suis heurté à la mélancolie. Même si je m'enfonce encore plus dans cette fange, au cœur de la saleté, de l'abomination et de l'ignorance, fille de la pauvreté, je ne perdrai rien de la certitude que j'atteindrai à la quintessence du théâtre, ce bijou rare. De quoi as-tu peur ? »

Du couloir surgit un docteur à chemise blanche, cartable à la main. Il sortit son tensiomètre avec une hâte partiellement feinte, puis le passa au bras de Sunay et celui-ci regarda avec un air si tragique la lumière blanche déversée à travers la fenêtre que Ka se rappela sa « perte des faveurs de la société » au début des années 1980. Mais Ka se souvenait mieux encore des rôles des années 1970 qui avaient établi la réputation de Sunay. Ce qui distinguait le nom de Sunay parmi les nombreuses petites compagnies de ces années d'or du théâtre politique de gauche, c'était, autant que ses qualités d'acteur et le travail qu'il abattait, ce que le spectateur trouvait en lui dans certaines des pièces dont il jouait le rôle principal, à savoir sa qualité de meneur d'hommes, vrai don de Dieu. Le spectateur nationaliste appréciait beaucoup Sunay dans les pièces où il incarnait de fortes personnalités historiques ayant exercé le pouvoir, Napoléon, Lénine, des révolutionnaires jacobins comme Robespierre ou Enver Paşa, ou alors des héros populaires locaux qui leur ressemblaient. Les lycéens, les étudiants « progressistes » le regardaient, avec force larmes et applaudissements, se faire du mauvais sang avec une voix sublimement

suggestive pour le peuple en danger et déclarer :
« Un jour, assurément, nous demanderons des
comptes pour cela » en redressant fièrement la tête
comme s'il avait subi l'affront de quelque tyran,
redonner de l'espoir à ses camarades, dans les pires
des jours, en serrant les dents de souffrance (il
devait toujours être mis en prison à un moment ou à
un autre) et, si c'était pour le bonheur de son peuple,
recourir sans pitié à la violence, même à son corps
défendant. On discernait des restes de l'éducation
militaire qu'il avait reçue, spécialement à la fin des
pièces, après qu'il avait pris le pouvoir, dans sa
détermination à châtier les méchants. Il avait entrepris ses études au lycée naval Kuleli [1]. Il en avait été
expulsé la dernière année parce qu'il allait traîner
dans les théâtres de Beyoğlu, traversant le Bosphore
en barque, et qu'il avait entrepris secrètement de
mettre en scène au lycée la pièce intitulée *Avant la
fonte des glaces*.

Le coup d'État de 1980 entraîna l'interdiction de
tout ce théâtre politique de gauche, mais il fut
décidé de tourner un grand film sur Atatürk pour la
télévision, à l'occasion du centième anniversaire de
la naissance du père de la République. Jusqu'alors,
personne ne pensait qu'un Turc pût incarner ce
grand héros de l'occidentalisation aux cheveux
blonds et aux yeux bleus et, pour les rôles principaux dans de grands films nationaux qui ne furent
jamais tournés, on pensait plutôt à des acteurs occidentaux comme Laurence Olivier, Curd Jürgens, ou
Charlton Heston. Cette fois, le quotidien *Hürriyet* se
mêla de l'affaire et fit rapidement accepter à l'opinion publique que, « enfin », un Turc puisse jouer
Atatürk. Par ailleurs, le même journal fit savoir que
les lecteurs détermineraient eux-mêmes qui jouerait

1. Fameux lycée militaire d'Istanbul à Üsküdar.

Atatürk, par le biais de coupons à découper et à renvoyer. Sunay, qui figurait parmi les candidats sélectionnés par un pré-jury, après une longue période de promotion démocratique de soi, apparut, dès le premier jour du vote populaire organisé par la suite, de loin comme le candidat le plus sérieux. Le spectateur turc avait immédiatement pressenti que celui qui pouvait incarner Atatürk, c'était Sunay, fort de nombreuses années de rôles jacobins, élégant, majestueux et inspirant confiance.

La première erreur de Sunay fut de prendre trop au sérieux ce plébiscite. Courant après la télévision et la presse, il adressa des discours au peuple, et fit prendre des photos exhibant son mariage heureux avec Funda Eser. Ouvrant grand sa maison, sa vie privée, ses opinions politiques, il entreprit de montrer qu'il était digne d'Atatürk, qu'il Lui ressemblait par nombre de ses goûts et traits de caractère (le *rakı*, la danse, l'habillement, le raffinement), et, posant avec en main les volumes du *Nutuk* [1], qu'il Le lisait et Le relisait (un éditorialiste trouble-fête, passé tôt à l'action, s'étant moqué du fait qu'il ne s'agissait pas de la version originale du *Nutuk*, mais d'une version abrégée en turc simplifié, Sunay prit alors la pose avec les volumes de la version originale de sa bibliothèque ; cependant, malgré tous ses efforts, ces photos ne furent pas publiées dans le journal accusateur). Se rendant aux vernissages, aux concerts, aux matchs de foot importants, il fit à l'emporte-pièce des déclarations sur tous les sujets, à tout le monde, même aux journalistes de troisième zone, qui l'interviewaient sur n'importe quoi : Atatürk et la peinture, Atatürk et la musique, Atatürk et

---

1. Fameux discours fleuve prononcé par Mustafa Kemal (Atatürk) à l'Assemblée nationale en 1927, qui relate la geste de la guerre de Libération et des tout premiers temps de la République.

le sport turc. Avec un souci d'être aimé de tous qui sied mal au jacobinisme, il participa aussi à des reportages de journaux « religieux » ennemis de l'Occident. Dans l'un de ces journaux, en réponse à une question qui n'était pas fondamentalement provocatrice, il déclara : « Assurément un jour, si le peuple le souhaite, je pourrai jouer le rôle de Mahomet le Très Saint. » Cette déclaration malheureuse fut la première chose qui sema le trouble.

Dans les petites revues de l'islam politique il fut alors écrit que personne — Dieu nous en préserve ! — ne pourrait jouer Notre Prophète et Seigneur. Cette colère s'exprima d'abord dans les colonnes des journaux sous la forme : « Il a manqué de respect à Notre Prophète », puis : « Il l'a insulté ». Comme les militaires ne faisaient même pas taire les islamistes, il échut à Sunay de calmer le jeu. Avec l'espoir d'apaiser les esprits, le saint Coran à la main, il entreprit d'expliquer aux lecteurs conservateurs ô combien il aimait Mahomet le Très Saint notre Seigneur et Prophète et combien, d'ailleurs, il était aussi moderne. Cette initiative fournit une occasion aux éditorialistes kémalistes déchaînés contre ses poses d'« Atatürk élu » : on commença à écrire qu'à aucun moment Atatürk n'avait fait preuve d'obséquiosité envers les religieux et les dévots. On publiait et republiait dans les journaux favorables au coup d'État militaire la photo où, avec un air inspiré, il exhibait le Coran, assortie de la question : « C'est ça, Atatürk ? » Là-dessus, la presse islamiste répliqua en passant à son tour à l'attaque, moins pour parler de Sunay que dans le souci urgent de se défendre. Commençant par publier des photos de Sunay en train de boire du *rakı*, elle se mit à lancer des légendes du genre : « Lui aussi est porté sur le *rakı*, comme Atatürk ! » ou bien : « C'est ça qui va jouer le

Seigneur Notre Prophète ? » Ainsi la querelle islamistes contre laïcs qui enflamme la presse stambouliote une fois tous les deux mois se relança-t-elle,
cette fois à son propos, mais cela ne dura pas.

Durant toute une semaine il y eut beaucoup de
photos de Sunay dans les journaux : en train de
boire goulûment une bière dans un film publicitaire
tourné des années auparavant, en train de recevoir
des coups dans un film de jeunesse, en train de serrer le poing devant le drapeau à faucille et marteau,
en train de regarder sa femme embrasser des
acteurs masculins pour les besoins du rôle... On
écrivit des pages sur le fait que sa femme était les-
bienne, qu'il était lui-même encore communiste,
comme par le passé, qu'ils avaient fait du doublage
de films porno, qu'ils étaient prêts pour l'argent à
jouer tous les rôles, et *pourquoi pas Atatürk*, qu'ils
avaient d'ailleurs joué des pièces de Brecht avec de
l'argent d'Allemagne de l'Est, qu'ils s'étaient plaints
de la Turquie, au motif qu'on « y pratiquait la torture », à des femmes d'une association suédoise
venues après le coup d'État en mission d'observation, et plein d'autres racontars. Durant ces mêmes
jours, un « officier haut gradé » qui l'avait convoqué
à l'état-major lui fit succinctement savoir que toute
l'armée était d'avis qu'il retire sa candidature. Cet
officier, qui ne se prenait pas pour rien, n'était pas
un homme au bon cœur et réfléchi, du genre à
convoquer à Ankara les journalistes stambouliotes
écervelés qui critiquent d'une manière détournée
l'ingérence des militaires dans la vie politique pour
finalement, après les avoir brièvement rappelés à
l'ordre et avoir constaté qu'il les avait blessés à les
faire pleurer, leur offrir du chocolat ; c'était un militaire plus décidé et plus mordant que ceux du
« bureau des relations publiques ». Voyant que

Sunay était peiné et avait peur, il ne se radoucit pas, tout au contraire, il se moqua de sa façon de faire part de ses opinions politiques dans des poses d'« Atatürk sélectionné ». Deux jours plus tôt Sunay avait fait une brève visite dans la bourgade où il était né, il avait été accueilli là-bas comme un politicien populaire, par des convois de voitures et les acclamations de milliers de jeunes chômeurs et de producteurs de tabac ; puis il monta sur la statue d'Atatürk de la place de la petite ville et, au milieu des applaudissements, il serra la main d'Atatürk. À la question qu'on se posait à Istanbul compte tenu de l'intérêt qu'il soulevait et qui lui fut d'ailleurs posée par un magazine populaire : « Allez-vous passer un jour de la scène à la politique ? », il répondit : « Si le peuple le souhaite ! » Le cabinet du Premier ministre fit savoir que le film sur Atatürk était suspendu « jusqu'à nouvel ordre ».

Sunay avait assez d'expérience pour encaisser cette cuisante défaite sans se laisser ébranler, mais il fut vraiment abattu par ce qui allait suivre : en un mois, il était tellement passé à la télévision pour convaincre que ce rôle était fait pour lui qu'après ça plus personne ne lui confia de doublage parce que sa voix, désormais trop connue, était associée à celle d'Atatürk. Les réalisateurs de publicités pour la télévision qui l'appelaient avant pour des rôles de père de famille raisonnable choisissant le produit solide et bon trouvaient désormais bizarre qu'un Atatürk malheureux expliquât qu'il était très satisfait de sa peinture murale, un pot de peinture à la main, ou de sa banque, et eux aussi ils le boudèrent. Mais le pire, c'était que le peuple, enclin à gober aveuglément tout ce qui est écrit dans les journaux, crut qu'il était un ennemi d'Atatürk et de la religion : certains pensèrent même qu'il ne s'opposait pas à ce que sa femme embrassât d'autres hommes. Du moins, régnait l'idée qu'il n'y a pas de fumée sans feu. Tous ces événements coup sur coup eurent pour effet de réduire le nombre de spectateurs à ses pièces. Beaucoup de gens l'arrêtaient dans la rue pour lui dire : « Mais quel dommage ! » Un jeune étudiant d'un lycée de prédicateurs, qui croyait qu'il avait blasphémé à propos du Prophète et qui voulait passer dans les journaux, fonça, un soir de spectacle, sur le théâtre avec un couteau et cracha sur quelques personnes. Tout cela eut lieu en l'espace de cinq jours. Puis mari et femme disparurent de la circulation.

En ce qui concerne leurs activités ultérieures, il circule toute une série de ragots du genre : ils seraient allés à Berlin et auraient suivi une formation au terrorisme sous couvert d'une formation théâtrale au Berliner Ensemble brechtien, ou bien ils auraient fait un séjour à l'hôpital psychiatrique français La Paix, à Şişli, grâce à une bourse du ministère français de la Culture. La vérité, c'est qu'ils se sont réfugiés dans la maison de la mère de Funda Hanım, peintre de son état, sur la côte de la mer Noire. Cependant, l'année suivante, ils trouvèrent du travail comme « animateurs » dans un hôtel très ordinaire d'Antalya. Le matin, ils jouaient au volley-ball sur le sable avec des épiciers allemands et des touristes hollandais, l'après-midi, en tenue de Karagöz et de Hacivat, ils divertissaient les enfants dans un allemand catastrophique, et le soir, enfin, ils montaient sur scène, travestis en sultan et en femme du harem faisant la danse du ventre. Ce fut là le début de la carrière de danseuse du ventre que Funda Eser poursuivrait par la suite dans les petites bourgades, dix années durant. Sunay ne put supporter toute cette mascarade que trois mois : il finit par frapper, sous les yeux horrifiés de la foule des touristes, un coiffeur suisse qui voulait instamment qu'on poursuivît, même le matin, les facéties turques avec harem et fez, et qui courtisait Funda Eser. Après ça, on sait qu'ils ont trouvé du travail dans les salons de mariage d'Antalya et des environs, lui comme présentateur de soirée de divertissement, elle comme danseuse et tous deux comme « acteurs de théâtre ». Sunay introduisait sur scène des chanteurs minables qui imitaient avec furie leurs modèles d'Istanbul, des jongleurs mangeurs de feu, et des comédiens de troisième zone, puis, après un bref discours sur l'institution du mariage, la république et Atatürk, Funda Eser faisait la danse du ventre ; ensuite, d'une manière toujours disciplinée, tous les deux jouaient une saynète, telle celle de l'assassinat du roi Macbeth avant d'être applaudis. Il y avait dans ces soirées les premiers germes de leur troupe de théâtre, qui parcourerait l'Anatolie par la suite.

Après s'être fait prendre la tension, avoir donné des ordres au moyen du talkie-walkie que lui avaient apporté ses gardes du corps, puis lu un morceau de papier qu'on venait de lui faire parvenir, Sunay froissa son visage avec dégoût et dit : « Ils se dénoncent tous les uns les autres. » Il raconta que tout au long de ces années passées à jouer au théâtre dans les bourgades reculées d'Anatolie, il avait vu combien les hommes de ce pays étaient paralysés par un sentiment de mélancolie : « Ils restent assis sans rien faire dans les maisons de thé, des jours et des jours. Il y a, dans chaque bourgade, des centaines, dans toute la Turquie, des centaines de milliers, des millions de chômeurs, de perdants, de désespérés, d'apathiques et de pauvres hères. Ces hommes, mes frères, ils ne sont même plus en état de mettre un peu d'ordre dans leur apparence et leurs cheveux, ils n'ont plus la volonté de nouer leur veste grasse et tachée, ils n'ont plus l'énergie de bouger les mains ou les bras, ni la faculté d'attention suffisante pour écouter une histoire jusqu'au bout, ils ne sont même plus en mesure de rire à une plaisanterie. » Puis il raconta que la plupart, de désespoir, n'arrivaient pas à dormir, prenaient plaisir à fumer en disant que ça les tuerait, interrompaient en chemin la phrase qu'ils avaient commencée, une fois réalisée l'absurdité qu'il y avait à la terminer ; il ajouta qu'ils ne regardaient pas la télé parce qu'ils appréciaient l'émission ou s'en amusaient, mais parce qu'ils ne pouvaient supporter la mélancolie de ceux qui les entouraient, qu'en fait ils souhaitaient mourir mais qu'ils ne s'estimaient pas dignes du suicide ; enfin, il expliqua qu'aux élections ils votaient pour les candidats les plus nuls des partis les plus lamentables, en se disant qu'ils leur infligeraient la peine qu'ils méritaient, et qu'ils préféraient les putschistes qui menacent en permanence de les châtier aux politiciens qui font en permanence des promesses. Entrée dans la pièce, Funda Eser ajouta que leurs femmes étaient toutes malheureuses, à s'occuper à la maison des enfants en surnombre ou à travailler pour un salaire de misère comme domestiques dans des endroits inconnus même de leurs maris, comme ouvrières dans des fabriques de tabac ou de tapis ou bien comme gardes-malades. Mais s'il n'y avait pas ces femmes reliées à la vie par leurs cris et leurs lamentations incessantes à l'adresse de leurs enfants, ces millions d'hommes qui recouvrent toute l'Anatolie, ces hommes qui se ressemblent tous les uns les autres, avec leurs chemises sales, ces hommes mal rasés, sans joie, sans travail ni occupation, eh bien ils s'en iraient et disparaîtraient, tels ces mendiants qui meurent de froid au coin de la rue par les nuits glaciales, tels ces ivrognes engloutis dans le trou d'une canalisation au sortir de la *meyhane* ou bien tels ces vieux gâteux envoyés acheter du pain à l'épicerie en pantoufles et pyjama qui se perdent en route. Et tous ces hommes, comme on peut le voir dans cette « pauvre ville de Kars », forment une foule démesurée ; la seule chose à laquelle ils prennent plaisir étant d'opprimer leurs femmes, à qui pourtant ils doivent de rester en vie et qu'ils aiment d'un amour honteux.

Alors Sunay, sans s'apitoyer sur son sort, déclara : « J'ai consacré les dix années de ma vie en Anatolie à tenter d'affranchir mes frères désespérés de cette mélancolie et de cette affliction. Ils nous ont fait mettre au trou plusieurs fois en nous traitant de communistes, d'agents de l'Occident, de déviants, de témoins de Jéhovah, de maquereaux et de prostituées, ils nous ont passés à la torture et frappés. Ils ont entrepris de nous violer, ils nous ont lapidés. Mais, malgré tout, ils ont appris à apprécier le bonheur et la liberté que procuraient mes pièces et ma compagnie. Aussi, maintenant que se présente à moi la plus belle occasion de ma vie, je ne vais pas fléchir. »

Deux hommes pénétrèrent dans la pièce, et l'un tendit à nouveau un talkie-walkie à Sunay. Des bribes de conversation qu'il put percevoir, Ka saisit que l'un des *gecekondu* du quartier de Sukapı avait été encerclé, que les personnes à l'intérieur avaient ouvert le feu, et qu'il y avait dans la maison un guérillero kurde et une famille. Et Sunay communiquait avec un soldat qui donnait des ordres et s'adressait à lui en disant « Mon commandant ». Un peu après, le même soldat, comme s'il parlait non plus avec le meneur d'une insurrection mais avec un camarade de classe, fournit à Sunay des informations relatives à une question précise et lui demanda son avis.

Remarquant que Ka tendait l'oreille, Sunay lui dit : « Il y a une petite brigade à Kars. L'État, durant la guerre froide, dans l'hypothèse d'une attaque russe, a concentré l'essentiel de ses troupes combattantes à Sarıkamış. À la première attaque les troupes postées ici ne seront bonnes qu'à faire diversion. À présent, elles servent ici plus à protéger la frontière avec l'Arménie. »

L'avant-veille, après être descendu du bus d'Erzurum en même temps que Ka, Sunay lui avait raconté comment il avait rencontré dans le restaurant Yeşilyurt Osman Nuri Çolak, son camarade de plus de trente ans. C'était son camarade de classe du lycée militaire de Kuleli. À l'époque, c'était la seule personne à Kuleli qui savait qui était Pirandello et quelles pièces Sartre avait écrites. « Il n'a pas réussi à se faire renvoyer de l'école comme moi pour indiscipline, mais il n'a jamais pu adhérer pleinement à la chose militaire. Ainsi, il n'a jamais pu devenir officier d'état-major. Certains ont insinué qu'il ne pourrait pas devenir pacha en raison de sa courte taille. Il est coléreux et morose ; à mon avis, non pour des raisons professionnelles mais parce que sa femme l'a quitté, et a emmené son fils. Il était exaspéré par la solitude, le désœuvrement et les ragots des petites villes, même si, évidemment, c'était lui qui répandait le plus de ragots. C'est lui au restaurant qui a évoqué en premier les boucheries illégales, dont j'ai pris le contrôle à la suite de l'insurrection, et les déviations comme les crédits pratiqués par la Banque pour l'agriculture ou les cours coraniques. Il avait tendance à boire un peu trop. Il a été très heureux de me voir et se plaignit de la solitude. Il me dit, à titre d'excuse mais aussi non sans fierté, que cette nuit-là le commandement à Kars était entre ses mains, et que donc, malheureusement, il devait s'en aller tôt.

Le commandant de brigade était allé à Ankara pour les rhumatismes de sa femme, son adjoint, un colonel, avait été appelé d'urgence à Sarıkamış pour une réunion et le préfet était à Erzurum. Tous les pouvoirs étaient donc en ses mains. La neige n'avait pas encore cessé et il était évident que, comme chaque hiver, les routes seraient impraticables pendant quelques jours. Je compris aussitôt qu'il s'agissait de l'occasion de ma vie et je commandai un double *rakı* de plus pour mon ami. »

Selon les investigations menées après les événements par le lieutenant inspecteur envoyé d'Ankara, le camarade de lycée de Sunay que Ka venait d'entendre au talkie-walkie, le colonel Osman Nuri Çolak — ou tout simplement Çolak, pour reprendre l'expression de Sunay — aurait déclaré, lui, en premier, sur le ton du bavardage, qu'il avait participé à cet étrange projet de coup militaire d'abord tout simplement comme on participe à une blague ou à une plaisanterie imaginée autour d'un *rakı*, et qu'il pensait que l'affaire serait conclue avec deux tanks. Il aurait ajouté qu'il s'était par la suite impliqué dans l'affaire, sur les instances de Sunay, pour ne pas passer pour un lâche, et convaincu qu'en définitive Ankara ne serait pas mécontent de leur action ; en aucun cas il n'avait agi, selon ses dires, sous le coup d'une quelconque ambition personnelle, par colère ou par intérêt. (Selon le rapport du lieutenant, il est fort regrettable que Çolak ait bafoué ces principes en organisant une descente, pour une histoire de femme, dans la maison d'un dentiste kémaliste du quartier de la République.) Mis à part une demi-division utilisée lors des descentes dans des appartements ou des écoles, quatre camions et deux tanks de modèle T-1, qu'il a fallu faire marcher avec force précautions compte tenu du manque de pièces de rechange, aucune autre force militaire n'avait participé à l'insurrection. Si l'on ne prend pas en compte l'Équipe spéciale de Z. Demirkol et de ses camarades qui ont pris sur eux les « cas de crimes non élucidés », l'essentiel des œuvres a été assuré par les Renseignements, qui d'ailleurs, en prévision de tels événements extraordinaires, avaient fiché tout Kars des années auparavant et employé comme indics un dixième de la population de la ville, et par quelques fonctionnaires zélés de la Sécurité. Ces fonctionnaires, une fois au courant des premiers développements du coup militaire, répandant dans la ville une rumeur selon laquelle les laïcs allaient faire une démonstration de force au Théâtre de la Nation, furent tellement heureux qu'ils envoyèrent des télégrammes officiels à leurs camarades en permission hors de Kars pour les exhorter à rentrer afin de ne pas manquer les réjouissances.

Là-dessus, d'après les conversations qui reprenaient au talkie-walkie, Ka comprit que les affrontements du quartier Sukapı entraient dans une nouvelle phase. Trois détonations lui parvinrent, d'abord par le talkie-walkie. Quelques secondes plus tard, en entendant celles qui, atténuées, traversaient la plaine enneigée, Ka se dit qu'en fin de compte les appareils exagéraient et que le bruit était en réalité moins effrayant.

« Ne soyez pas cruels, lança Sunay dans le talkie-walkie, faites surtout sentir que les insurgés et l'État sont puissants et ne feront de concessions à personne. » Il prit l'extrémité de son menton entre l'index et le pouce de sa main droite d'une manière pensive qui lui était si particulière que Ka se souvint avoir entendu Sunay prononcer la même phrase au milieu des années 1970, dans une pièce historique. À présent, fatigué, usé, il avait perdu de son éclat et de sa séduction. Il saisit les jumelles militaires des années 1940 qui étaient sur sa table. Il enfila le manteau de feutre épais et élimé qu'il portait depuis dix ans dans ses tournées anatoliennes et mit son *kalpak* [1], prit Ka par le bras et sortit. Le froid surprit Ka un instant, qui sentit combien les désirs et les rêves des hommes, la politique et les intrigues quotidiennes demeuraient bien dérisoires face au froid de Kars. La neige qui recouvrait les trottoirs, le désert des rues toutes blanches et le fait d'être seuls dehors les remplirent de bonheur. Ka, dans son for intérieur, prenait plaisir non seulement à contempler la beauté de la ville et les vieux *konak* vides, mais aussi, à présent, à se sentir proche du pouvoir.

« Voici le plus bel endroit de Kars, dit Sunay. C'est la troisième fois en dix ans que je passe à Kars avec ma troupe. Or, chaque fois, je viens ici à la tombée de la nuit me promener sous les peupliers et les eléanes, je cède à la tristesse en écoutant les corbeaux et les pies, et je contemple la forteresse, le pont et ce hammam vieux de quatre cents ans. »

Ils se trouvaient maintenant sur le pont qui franchit la rivière Kars, prise par les glaces. Sunay montra du doigt un des tout petits *gecekondu* sur le relief en face d'eux à gauche. Ka aperçut un peu en dessous du *gecekondu* un tank qui dominait le chemin, et, devant le tank, un véhicule militaire. Sunay annonça au talkie-walkie : « Je vous vois », puis les regarda avec ses jumelles. Peu après, deux détonations se firent entendre, d'abord au talkie-walkie. Était-ce un salut qu'on leur envoyait ? Juste à l'entrée du pont, deux gardes en faction les attendaient. Ils contemplèrent le pauvre quartier de *gecekondu*

---

1. Sorte de haut chapeau d'astrakan porté par les dignitaires des débuts de la République turque. Nombre de photos de Mustafa Kemal le représentent en *kalpak*.

installé, cent ans après, à la place des *konak* des riches pachas ottomans détruits par les canons russes, le parc sur la rive d'en face où jadis se divertissait la grande bourgeoisie de Kars, ainsi que la ville, qui s'étendait derrière eux.

Sunay dit alors : « C'est Hegel qui le premier a remarqué que l'histoire et le théâtre étaient faits de la même matière. Il a rappelé que, tout comme le théâtre, l'histoire distribuait les rôles. Et aussi que, comme au théâtre, ce sont les courageux qui montent sur la scène de l'histoire... »

Toute la vallée fut ébranlée par une explosion. Ka comprit que le fusil-mitrailleur monté sur le tank était passé à l'action. Le tank fit feu à son tour, mais effleura seulement sa cible. Ensuite on passa aux grenades à main lancées par les soldats. Un chien aboya. La porte du *gecekondu* s'ouvrit, deux personnes en sortirent les mains en l'air. Ka aperçut des flammes jaillir des fenêtres aux vitres brisées. D'autres hommes sortirent du bâtiment les mains en l'air et se jetèrent à terre. Un chien noir, qui pendant toute l'opération courait tout autour des protagonistes en aboyant de joie, s'approcha des hommes étendus au sol. Ensuite, Ka aperçut à l'arrière quelqu'un courir et entendit les soldats ouvrir le feu. L'homme tomba, ensuite on n'entendit plus rien du tout. Bien après, quelqu'un se mit à crier, mais l'attention de Sunay s'était déjà portée ailleurs.

Leurs gardes du corps à leurs trousses, ils retournèrent à l'atelier de couture. Dès qu'il entrevit les belles tapisseries murales du vieux *konak*, Ka réalisa qu'il ne pourrait résister au nouveau poème qui germait en lui et il se retira dans un coin.

Dans ce poème, intitulé « Suicide et pouvoir », Ka, sans détour, mit en vers la jouissance que le fait de côtoyer le tout-puissant Sunay, d'être son camarade, venait de lui procurer, et le sentiment de culpabilité qu'il éprouvait face aux jeunes femmes qui se suicidaient. Plus tard, il envisagerait la possibilité d'introduire dans ce poème « sain » tout ce dont il avait été le témoin à Kars, en conservant la force de ces événements et sans y rien changer.

23

Dieu, ce n'est pas une question
d'intelligence ou de foi,
c'est une lucidité rappelant que
toute vie est une énigme

Quand Sunay vit Ka écrire un poème, il se leva de sa table de travail couverte de papiers, le félicita, et s'approcha en boitant. « Le poème que tu as lu hier au théâtre était très moderne aussi, dit-il. Il est regrettable qu'il n'y ait pas dans notre pays de public à même de comprendre l'art moderne. C'est pourquoi dans mes œuvres j'utilise les danses du ventre et les aventures du gardien de but Vural, que le peuple peut comprendre. Ensuite, mais sans faire aucune concession, j'insère le plus moderne des "théâtres de la vie" qui va à l'intérieur du vécu. Je préfère faire de l'art à la fois misérable et noble avec le peuple, plutôt que de jouer des simulacres de comédies de boulevard avec le soutien d'une banque d'Istanbul. Maintenant parle-moi en ami, pourquoi n'as-tu reconnu personne parmi les religieux suspects qui t'ont été montrés à la Direction de la Sécurité et ensuite à l'École vétérinaire ?

— Je n'ai reconnu personne.

— En voyant combien tu aimais le jeune qui t'a conduit à Lazuli, les soldats ont voulu aussi t'arrêter. Le fait que tu sois arrivé d'Allemagne juste la veille de cette insurrection et te sois retrouvé à l'endroit même où a été abattu le directeur de l'École normale a éveillé leurs soupçons. Ils voulaient voir ce que tu

avais dans le ventre en te soumettant à un interrogatoire musclé ; je les en ai empêchés et je me suis
porté garant.

— Je vous remercie.

— On n'est pas encore arrivés à comprendre
pourquoi tu as fait un baiser au cadavre de ce jeune
qui t'a conduit à Lazuli.

— Je ne sais pas, dit Ka. Il avait un côté très honnête et sincère. Je croyais qu'il vivrait cent ans.

— Ce Necip pour lequel tu as eu tant de peine, tu
veux que je te dise un peu quel genre de type
c'était ? » Sur une feuille qu'il sortit, il lut que Necip
avait fui une fois de l'école au mois de mars dernier,
qu'il était mêlé à l'affaire de bris de vitre du bar à
bières Neşe, attaqué parce qu'il vendait de la bière
pendant le ramadan, qu'il avait travaillé un temps
comme homme à tout faire au siège départemental
du parti Refah, mais qu'il en avait été éloigné, soit
en raison de ses opinions extrêmes, soit en raison
d'une crise de nerfs qui avait effrayé tout le monde
(il y avait plus d'un indic au siège départemental du
Parti), qu'il souhaitait être présenté à Lazuli, qu'il
admirait depuis le moment de son arrivée à Kars
dix-huit mois auparavant, qu'ayant écrit une histoire
que les gens des Renseignements avaient trouvée
« incompréhensible », il l'avait laissée à un journal
religieux de Kars tiré à soixante-quinze exemplaires,
qu'après qu'un pharmacien à la retraite, éditorialiste
dans ce journal, l'eut embrassé à plusieurs reprises
d'une manière étrange, il avait échafaudé avec son
camarade Fazıl le projet de le tuer (l'original de la
lettre d'explication qu'ils avaient programmé de laisser sur le lieu du crime avait été subtilisé aux archives des Renseignements et rangé dans un dossier),
qu'il avait marché à diverses dates dans l'avenue Atatürk en ricanant avec ses camarades, et qu'à une de

ces occasions, au mois de novembre, il avait fait des signes suspects en direction d'une voiture de policiers en civil qui venait de les doubler.

« Les Renseignements internes travaillent très bien, ici, dit Ka.

— Ayant réussi à pénétrer dans la maison de Sa Sainteté le cheikh Saadettin pour y poser des micros, ils savent que tu as baisé sa main en te présentant à Sa Grâce, que tu as expliqué, en larmes, que tu croyais en Dieu, qu'il t'a humilié devant toute la foule des adeptes qui l'entouraient, mais ils ne savent pas pourquoi tu as fait tout ça. Un grand nombre de poètes de gauche de ce pays ont viré de bord avec le souci de "devenir religieux avant que les islamistes n'arrivent au pouvoir". »

Ka devint tout rouge. Il eut encore plus honte quand il vit que Sunay considérait cette honte comme une faiblesse.

« Je sais que ce que tu as vu ce matin t'a affecté. La police se conduit très mal avec les jeunes, il y a même parmi eux des bêtes qui donnent des coups pour le plaisir. Mais maintenant mettons de côté cette part maudite... » Il présenta une cigarette à Ka. « Moi aussi dans ma jeunesse j'ai marché à ta façon dans les rues de Nişantaşı et de Beyoğlu, j'ai éperdument regardé les films occidentaux et j'ai lu tous les Sartre et les Zola, bref j'ai cru que notre avenir c'était l'Europe. À présent, je ne crois pas que tu puisses rester spectateur face à l'écroulement de tout ce monde, face à nos sœurs qu'on oblige à mettre un foulard, face à l'interdiction de poèmes, comme en Iran, sous prétexte qu'ils ne sont pas conformes à la religion. Parce que toi tu es de mon monde, il n'y a personne d'autre à Kars qui dit avoir lu les poèmes de T.S. Eliot.

— Le candidat à la mairie du parti Refah, Muhtar, les a sûrement lus, dit Ka. Il est très porté sur la poésie.

— Il n'a même pas été nécessaire de l'arrêter, glissa Sunay en souriant. Au premier soldat qui a sonné chez lui, il a remis un papier signé qui notifiait qu'il retirait sa candidature aux élections locales. »

Il y eut une explosion. Les vitres des fenêtres et leurs châssis tremblèrent. Tous les deux regardèrent du côté de la rivière de Kars, dans la direction d'où venait le bruit, mais seuls les avant-toits verglacés d'un bâtiment ordinaire et vide, situé au-delà du chemin couvert de neige et bordé de peupliers, étaient visibles ; ils s'appuyèrent à la fenêtre. Il n'y avait pas âme qui vive dans la rue, à l'exception d'un garde devant la porte. Kars, même à midi, était exceptionnellement triste.

« Un bon acteur, dit Sunay d'une façon légèrement théâtrale, représente des forces accumulées au cœur de l'histoire depuis des années, des centaines d'années et des forces compressées dans un coin qui n'ont pas jailli et n'ont pas été formulées. Tout au long de sa vie, dans les endroits les plus éloignés, sur les routes les moins courues, sur les scènes les plus désolées, il cherche la voix qui lui offrira la vraie liberté. Et même quand il la trouve, il doit aller sans peur jusqu'à sa fin.

— Dans trois jours, une fois que la neige aura fondu et aura libéré les routes, Ankara demandera des comptes sur le sang versé ici, dit Ka. Pas parce que le sang qui coule leur déplaît. Mais parce que ça leur déplaira qu'un autre qu'eux ait fait ce boulot. Et les gens de Kars vont te détester, toi et ta pièce bizarre. Qu'est-ce que tu feras à ce moment-là ?

— Tu as vu le docteur, j'ai une maladie cardiaque, je suis parvenu au terme de ma vie, plus rien ne

297

m'importe, confia Sunay. Sais-tu ce qui m'est venu à l'esprit ? Ils disent que si on pendait quelqu'un, par exemple, dès qu'on l'aura trouvé, celui qui a abattu le directeur de l'École normale, si on le présentait en direct à la télévision, tout Kars resterait de marbre.

— Ils sont déjà de marbre, dit Ka.

— Ils se préparent pour les attaques-suicides à la bombe.

— Si vous pendiez quelqu'un, tout deviendrait plus effroyable.

— Si les Européens voyaient ce que nous faisons ici, est-ce que tu n'aurais pas peur d'avoir honte ? Eh bien eux, pour pouvoir fonder ce monde moderne que tu admires, tu sais combien de personnes ils ont pendues ? Atatürk, des libéraux idéalistes à cervelle d'oiseau de ton espèce, il en a fait valser dès le premier jour. Mets-toi ça dans la tête, dit Sunay. Les étudiants en garde à vue que tu as vus aujourd'hui, ils ont gravé en eux ton visage de façon à ne plus t'oublier. Ils peuvent balancer leurs bombes n'importe où, contre n'importe qui, pourvu qu'ils se fassent entendre. En plus, comme tu as lu un poème à la soirée d'hier, ils pensent que tu es de la partie... Tous ceux qui sont un peu occidentalisés, en particulier les intellectuels qui traitent de haut le peuple, ont besoin d'une armée laïque pour respirer dans ce pays, sinon les religieux les découperaient bruyamment avec des couteaux mal aiguisés, eux et leurs femmes maquillées. Mais, en fait, ces fiérots qui se croient européens, ils froncent le nez avec snobisme face aux militaires qui leur ouvrent grand les bras. Le jour où ils auront fait de ce pays un second Iran, penses-tu que quelqu'un se souviendra qu'un libéral au cœur faible de ton espèce a versé des larmes pour de jeunes prédicateurs ? Ce jour-là, ils te tueront, toi, parce que tu es un peu occidentalisé, parce que tu ne dis pas des *bismillah* quand tu as peur, parce que tu es snob, parce que tu portes la cravate ou bien même simplement ce manteau. Où l'as-tu acheté, ce beau manteau? Pourrais-je le mettre sur scène?

— Bien sûr.

— Juste pour qu'on ne fasse pas de trou dans ton manteau, je vais te flanquer d'une protection. Peu après je ferai une déclaration à la télévision, comme quoi il ne sera permis de sortir dans la rue qu'en milieu de journée.

— À Kars il n'y a pas vraiment de terroriste "religieux" à redouter plus que ça, dit Ka.

— Ceux qu'on a suffisent, répondit Sunay. En plus, ce pays ne peut être correctement dirigé que si l'on agite devant les cœurs la peur de la religion. Chaque fois on s'aperçoit après coup que cette peur était justifiée. Si le peuple, effrayé par les religieux, ne se réfugie pas auprès de l'État et de son armée, il tombe alors en pleines tensions et en pleine anarchie, à la façon de certains États tribaux du Moyen-Orient ou d'Asie. »

Sa façon de parler comme s'il donnait des ordres, en se tenant raide, sa façon de fixer de temps en temps pendant très longtemps un point imaginaire au-dessus des spectateurs, tout rappelait à Ka les poses qu'affectait Sunay sur scène vingt ans plus tôt. Mais il n'en rit pas; il se sentait lui aussi partie prenante de cette pièce démodée.

« Que veux-tu de moi? Dis-le maintenant, fit Ka.

— Si je n'étais pas là, il te serait difficile après tout ça de rester en vie dans cette ville. Tu as beau flatter les religieux autant que tu veux, tu te feras quand même trouer le manteau. Dans la ville de Kars, ton seul protecteur et ami, c'est moi. Si tu perds mon amitié, n'oublie pas que, fourré dans une de ces cellules du sous-sol de la Direction de la Sécurité, tu seras torturé. Tes amis au quotidien *Cumhuriyet*, ce n'est pas en toi qu'ils croient, c'est dans les militaires. Sache-le.

— Je le sais.

— Dans ce cas, dis-moi tout ce que tu as caché à la police ce matin et enfoui dans un coin de ton cœur avec ton sentiment de culpabilité.

— Ici, j'ai probablement commencé à croire en Dieu, dit Ka en souriant. Mais il se peut que ça, je me le cache encore à moi-même.

— Tu te leurres ! Même si tu y crois, ça ne sert à rien que tu y croies tout seul. Le problème, c'est de croire comme croient les pauvres et d'être un des leurs. Si tu manges ce qu'ils mangent, si tu vis avec eux, si tu ris des choses dont ils rient et si tu t'énerves à ce qui les énerve, alors seulement tu croiras en leur Dieu. Tant que tu vivras une vie complètement différente, tu ne croiras pas au même Dieu. Allah, dans sa clairvoyance, sait que la question n'est pas une question d'intelligence ou de foi mais essentiellement une question de manière de vivre. Mais ce que je te demande maintenant, ce n'est pas ça. Dans une demi-heure, je vais passer à la télé pour m'adresser aux gens de Kars. Je voudrais leur annoncer une bonne nouvelle. Je dirai que l'assassin du directeur de l'École normale a été arrêté. Il est fort probable que ce soit le même individu qui ait tué le maire. Est-ce que je peux leur dire que tu as identifié ce matin cette personne ? Ensuite tu passeras toi aussi à la télé pour tout raconter.

— Mais je n'ai identifié personne. »

Sunay, d'un geste coléreux qui n'avait rien de théâtral, prit Ka par le bras, le tira hors de la pièce, et, une fois passés par un large corridor, le fit entrer dans une pièce toute blanche qui donnait sur la cour intérieure. Ka détourna aussitôt la tête, effrayé non par la saleté des lieux mais par leur caractère intime. Des chaussettes étaient suspendues à un fil tendu entre le loquet de la fenêtre et un clou planté au mur. Dans une valise ouverte dans un coin de la pièce, Ka aperçut un sèche-cheveux, des gants, des chemises et un grand soutien-gorge tel que seule Funda Eser pouvait en porter. Tout à côté, assise dans un fauteuil, Funda Eser plongeait sa cuillère dans un bol — Ka se demanda si c'était de la compote ou de la soupe — posé sur la table couverte de produits de maquillage et de papiers, tout en lisant quelque chose.

« Nous, nous sommes là pour l'art moderne... Et nous sommes donc très étroitement liés », dit Sunay en serrant encore plus fort le bras de Ka.

Incapable de comprendre ce que Sunay voulait dire, Ka oscillait entre la réalité et le théâtre.

« Le gardien de foot Vural a disparu, dit Funda Eser. Il est sorti ce matin et n'est pas revenu.

— Il s'est planqué quelque part, dit Sunay.

— Où se serait-il bien planqué ? demanda sa femme. Tout est fermé. On ne peut sortir dans la rue. Les soldats ont commencé à le chercher. Ils craignent qu'il n'ait été enlevé.

— Pourvu qu'il ait été enlevé, dit Sunay. Qu'ils l'écorchent vif et qu'ils lui arrachent la langue, nous le sauverons. »

Malgré toute la grossièreté de leur apparence et de leurs propos, Ka sentit une telle ironie subtile et une telle complicité d'esprit entre mari et femme qu'il en éprouva pour eux un respect mêlé de jalousie. Au même moment, alors qu'il croisait le regard de Funda Eser, il salua d'instinct cette femme en se penchant jusqu'à terre.

« Chère madame, vous avez été merveilleuse la

nuit dernière, dit-il avec un ton affecté mais aussi plein d'une admiration venue du cœur.

— C'est trop aimable à vous, mon cher monsieur, dit Funda Eser avec une pointe de honte. Dans notre conception du théâtre, le talent ne réside pas dans l'acteur mais dans le spectateur. »

Elle se tourna vers son mari. Ils parlèrent très vite comme un roi et une reine dévoués, tout préoccupés par les affaires de l'État. Ka, partagé entre l'étonnement et l'admiration, observa le mari et la femme se décider en un clin d'œil sur ce que Sunay allait mettre comme tenue à la télé, où il devait passer dans peu de temps (une tenue civile ou militaire ? un costume ?), sur la préparation du texte de l'allocution télévisée (Funda Eser en écrivit une partie) ; et sur le fait que le propriétaire de l'hôtel Şen de Kars, où ils descendaient habituellement quand ils venaient dans la région, affectionnait les dénonciations et les pots-de-vin (irrité par les intrusions et les fouilles permanentes des militaires, il avait dénoncé lui-même deux jeunes clients suspects) ; ils prirent leurs décisions tout en regardant le programme de l'après-midi de la Télévision de la ville-frontière noté sur un paquet de cigarettes (quatrième et cinquième diffusions de la soirée au Théâtre de la Nation, trois diffusions de l'allocution de Sunay, les chants héroïques de la région, le film touristique promouvant les beautés de Kars, le film turc *Gülizar*).

« Qu'est-ce qu'on va faire de notre poète dont l'esprit est en Europe, le cœur avec les militants "imams et prédicateurs" et la tête bien confuse ? demanda Sunay.

— C'est évident à son visage, dit Funda Eser en souriant doucement. C'est un bon garçon, lui. Il nous aidera.

— Mais lui, il verse des larmes pour les islamistes.

— Il était épris de lui, dit Funda Eser. Les poètes de nos jours sont trop sentimentaux.

— Mais il est amoureux, notre poète? demanda Sunay Zaim avec une gestuelle outrancière. Seuls les poètes les plus naïfs peuvent être occupés par l'amour en période de révolution.

— Lui, ce n'est pas un poète naïf, c'est un amoureux naïf », enchaîna Funda Eser.

Le mari et la femme jouèrent encore un peu ce jeu impeccable, rendant Ka à la fois irrité et abasourdi. Ensuite, ils s'assirent l'un en face de l'autre à la grande table de l'atelier pour boire du thé.

« Je te le dis en pensant que c'est à toi de décider de la façon la plus intelligente de nous aider, fit Sunay. Kadife est la maîtresse de Lazuli. Lazuli ne vient pas à Kars pour la politique mais pour l'amour. Pour identifier les jeunes islamistes avec lesquels il a des contacts, ils n'ont pas arrêté cet assassin. Maintenant ils le regrettent. Parce qu'il a disparu en un clin d'œil avant l'opération d'hier soir dans les dortoirs. Tous les jeunes islamistes de Kars l'admirent et lui sont liés. Il se trouve quelque part à Kars et va certainement t'appeler une fois encore. Ça te sera sans doute difficile de nous tenir informés : si on met sur toi un ou deux microphones — tout comme on l'a fait pour le défunt directeur de l'École normale —, si l'on branche en plus sur ton manteau un émetteur, une fois qu'on t'aura repéré tu n'auras plus grand-chose à craindre. Et dès que tu l'auras quitté, on l'arrêtera. »

Il comprit immédiatement au visage de Ka que cette idée ne lui plaisait pas. « Je n'insiste pas, dit-il. Tu le caches bien, mais à ton comportement d'aujourd'hui on comprend que tu es quelqu'un de prudent. Tu sais te protéger, c'est un fait, mais moi je me permets quand même de te dire qu'il te faut faire très attention à Kadife. On suppose qu'elle rapporte à Lazuli tout ce qu'elle entend ; et qu'elle doit aussi rapporter ce que les invités racontent chaque soir à la table de son père. Ça lui fait peut-être un peu plaisir de trahir son père. Mais elle est surtout prise dans un lien amoureux avec Lazuli. À ton avis, qu'est-ce que cette personne a de si particulier pour qu'on l'admire autant ?

— Kadife ? demanda Ka.

— Mais non, enfin. Lazuli, rétorqua Sunay avec agacement. Pourquoi tout le monde finit-il par admirer cet assassin ? Pourquoi son nom a-t-il pris une dimension mythique dans toute l'Anatolie ? Toi qui as parlé avec lui, tu peux m'expliquer cette fascination ? »

Alors que Funda Eser commençait au moyen d'un peigne en plastique à peigner avec un soin affectueux les cheveux ternes de son mari, Ka se tut, l'attention passablement dissipée.

« Écoute l'allocution que je vais faire à la télé, dit Sunay. On va te ramener en camion à ton hôtel. »

Il restait quarante-cinq minutes avant la fin du couvre-feu. Ka demanda l'autorisation de rentrer à pied ; on la lui accorda.

Le vide de la large avenue Atatürk, le silence des rues perpendiculaires sous la neige, la beauté des vieilles maisons russes et des eléanes enneigés, tout ça le mit suffisamment en éveil pour qu'il sente que quelqu'un le filait. Il passa l'avenue Halitpaşa, et tourna à gauche par l'avenue Küçük-Kâzımbey. L'indic à ses trousses tâchait de le suivre dans la neige molle et pestait. Le chien noir à tête tachetée de blanc, compagnon de vie qu'il avait fait courir hier à la gare, s'était à son tour collé à ses basques. Ka se cacha à l'intérieur d'une des boutiques-ateliers du quartier Yusufpaşa et observa l'homme et le chien.

Soudain il en sortit pour se retrouver nez à nez avec l'indic.

« Vous me suivez pour récolter des informations à mon sujet ou pour me protéger ?

— Mon Dieu, cher monsieur, c'est comme vous voudrez. »

Cependant l'homme était tellement usé et fatigué qu'il n'était même pas en état de se protéger lui-même. Il paraissait avoir au moins soixante-cinq ans, son visage était ridé, sa voix frêle, ses yeux éteints, et il regardait Ka tout effrayé, plus comme quelqu'un qui a peur de la police que comme un policier en civil. En voyant que ses chaussures — de fabrication Sümerbank comme celles de tous les policiers en civil de Turquie — bâillaient pitoyablement, Ka eut de la peine pour lui.

« Vous êtes policier, si vous avez une carte professionnelle vous pourrez faire ouvrir la *meyhane* Yeşilyurt qui est par là, qu'on s'assoie un moment. »

La *meyhane* s'ouvrit sans qu'il fût besoin de trop frapper à la porte. Ka et l'indic, dont il apprit que le prénom était Saffet, burent du *rakı* et écoutèrent l'allocution de Sunay en mangeant des *börek* et sans oublier le chien noir. Il n'y avait aucune différence entre son allocution et les autres, celles des présidents après les coups d'État. Alors que Sunay expliquait que, excités par nos ennemis de l'extérieur, les nationalistes kurdes, les religieux et les politiciens dégénérés prêts à tout pour gagner quelques voix avaient conduit Kars au bord du gouffre, Ka commença même à s'ennuyer.

Ka buvait son deuxième verre lorsque l'indic de seconde zone lui montra Sunay à la télé avec une expression de respect. Puis, avec cette fois le regard d'un pauvre citoyen qui dépose une demande officielle, il lui dit : « Vous, vous le connaissez ; mieux, il vous manifeste même du respect. Nous aurions un souhait. Si vous pouviez lui en faire part, eh bien je serais sauvé de cette vie d'enfer. Je vous en prie, qu'ils me dessaisissent de cette enquête sur l'empoisonnement et qu'ils m'affectent à autre chose. »

À la demande de Ka il se leva, alla verrouiller la porte de la *meyhane*, puis s'assit à sa table et raconta l'histoire de l'enquête sur l'empoisonnement.

Comme le malheureux indic n'arrivait pas à raconter exactement ce qu'il voulait et que Ka avait dès le départ l'esprit embrumé par l'alcool, le récit s'avéra passablement compliqué à mener. L'histoire commençait par les soupçons d'empoisonnement d'un sirop à la cannelle, vendu dans un relais sandwichs et cigarettes dénommé Buffet Moderne, lieu très fréquenté par les membres de l'armée des Renseignements et les militaires du centre-ville. Le premier cas qui éveilla l'attention était celui d'un officier d'infanterie de réserve d'Istanbul. Il y a deux ans, avant une manœuvre qui s'annonçait fort harassante, cet officier, fiévreux, se mit à trembler et à pousser des hennissements au point de ne plus pouvoir tenir sur ses pieds. Une fois qu'on eut réalisé qu'il s'agissait d'un empoisonnement, on le coucha sur une civière, et le militaire, qu'on pensait à l'agonie, accusa avec colère le sirop chaud qu'il avait bu, par curiosité, à un buffet situé à l'angle de l'avenue Kâzım-Karabekir et de l'avenue Küçük-Kâzımbey. Cet événement, qu'on aurait vite considéré comme une simple intoxication, sans importance, fut à nouveau évoqué quand, à brève échéance, deux autres officiers de réserve souffrant de symptômes analogues furent transportés sur une civière. Eux aussi tremblaient à claquer des dents, bégayaient à force de trembler, étaient dans l'incapacité de tenir debout tant ils étaient mal, tombaient, et accusaient le même sirop chaud à la cannelle qu'ils avaient bu, mus eux aussi par la curiosité. Ce sirop chaud, c'était une femme kurde du quartier Atatürk qui l'avait « découvert » chez elle, et, tout son entourage l'appréciant, il commença à être vendu au buffet que tenaient les neveux de cette femme. Ces informations avaient été obtenues au terme d'une enquête secrète promptement menée par le QG militaire de Kars. Mais après analyses, faites à l'école vétérinaire sur des échantillons secrètement prélevés, aucune trace de poison ne fut trouvée dans ce sirop. Alors que l'affaire allait être close, un commandant s'ouvrit de ce sujet à sa femme et apprit avec effroi que celle-ci buvait chaque jour des verres et des verres de ce sirop chaud, persuadée que c'était bon pour ses rhumatismes. En effet, de nombreuses femmes d'officiers, et en fait même de nombreux officiers, sous prétexte que c'était bon pour la santé et aussi juste parce qu'ils s'ennuyaient, en buvaient de grandes quantités. Une petite enquête révéla que les officiers et leurs familles, les soldats qui allaient en permission pour emplettes et les familles qui rendaient visite à leur fils buvaient tous en abondance de ce sirop vendu au cœur de la ville, où ils passaient dix fois par jour, et qui constituait la seule innovation distrayante de Kars ; le commandant, saisi par la peur à la vue des premières informations récoltées, et préoccupé des tenants et aboutissants de cette affaire, transmit le dossier aux Renseignements et aux inspecteurs de l'état-major. À cette époque, comme l'armée commençait à avoir dans le Sud-Est des succès relatifs dans sa guerre au corps à corps avec les guérilleros du PKK, des rêves de vengeance étranges et effrayants se diffusaient parmi certains jeunes Kurdes sans travail, sans ressources et sans espoir, prêts à rejoindre la guérilla. Une partie de ces rêves de vengeance, comme bombarder, procéder à un enlèvement, renverser une statue d'Atatürk, empoisonner l'eau de la ville, faire sauter des ponts, avait certainement été révélée par les divers indics des Renseignements végétant dans les cafés de Kars. En conséquence, l'affaire fut prise au sérieux, mais en raison de son caractère sensible, on ne jugea pas opportun de passer à la question de manière musclée les propriétaires du buffet. On préféra introduire un indic lié à la préfecture dans la cuisine de la femme kurde qui se réjouissait de la progression des ventes, ainsi qu'au buffet. L'un d'eux fit d'abord savoir qu'il n'avait repéré aucune substance suspecte dans le produit à la cannelle, spécialité de la femme, ni dans les verres, ni dans les bouts de tissu qui entouraient les manches tordus des louches en fer-blanc, ni dans la boîte où l'on rangeait la petite monnaie, ni dans les trous rouillés, ni dans les mains de tous ceux qui travaillaient au buffet. Mais, une semaine après, il fut obligé d'abandonner son travail, tremblant et vomissant, victime des mêmes symptômes d'empoisonnement. L'indic infiltré dans la maison de la femme du quartier Atatürk était pour sa part encore plus zélé. Il notifiait par écrit chaque soir, sous la forme d'un rapport, tout ce qui entrait dans la maison et en sortait, jusqu'aux ingrédients achetés : carottes, pommes, prunes, jus de mûre, fleur de grenade, aubépine et guimauve. Ces rapports se transformèrent vite en recettes élogieuses et appétissantes du sirop chaud. L'indic en buvait jusqu'à cinq carafes par jour et rapporta qu'il avait constaté non pas la nocivité mais l'utilité du sirop, que c'était bon pour nombre de maladies et qu'il s'agissait d'une authentique « boisson des montagnes » évoquée dans *Mem û Zin*, la célèbre épopée kurde. Les spécialistes envoyés d'Ankara perdirent leur confiance dans cet indic parce qu'il était kurde et conclurent de ce qu'ils avaient appris de lui que le sirop qui empoisonnait les Turcs n'avait aucun effet sur les Kurdes, mais ils ne firent part à personne de ce point de vue, dans la mesure où il allait à l'encontre de la thèse étatique selon laquelle il n'y avait pas de différence entre les Turcs et les Kurdes. Là-dessus, un groupe de médecins d'Istanbul ouvrit un service spécial à l'hôpital public pour faire des recherches sur la maladie. Cependant, l'afflux de gens de Kars en pleine forme qui souhaitaient se faire examiner gratuitement et de malades se plaignant de maux très banals comme la chute de cheveux, le psoriasis, la hernie ou le bégaiement jetèrent une ombre sur le sérieux de ces recherches. De la sorte, la responsabilité de résoudre ce « complot du sirop » qui s'amplifiait de jour en jour — si ce complot avait été effectif, des milliers de soldats auraient déjà été mortellement touchés — retomba sur les épaules des services de Renseignements de Kars, auxquels appartenait le zélé Saffet. De nombreux indics furent chargés de suivre ceux qui buvaient du sirop que la femme kurde préparait avec entrain. Le problème n'était plus de déterminer comment les gens de Kars étaient contaminés, mais bien davantage d'établir de façon fondée s'ils étaient ou non empoisonnés. Aussi les indics suivaient-ils un à un, et parfois jusqu'à l'intérieur de leur maison, les citoyens, civils ou militaires, qui raffolaient du sirop à la cannelle de la femme. Ka promit de toucher un mot à Sunay, qui parlait encore à la télévision, des malheurs de l'indic aux chaussures percées et aux ressources épuisées après tant d'efforts coûteux et éreintants.

Saffet en fut tellement satisfait qu'en partant il embrassa Ka avec reconnaissance et ouvrit lui-même la porte.

24

Moi, Ka

FLOCON HEXAGONAL

Ka, le chien noir à ses trousses, marchait vers l'hôtel en jouissant de la beauté des rues vides sous la
neige. Il laissa un message destiné à İpek au réceptionniste Cavit : « Viens, c'est urgent. » Dans sa
chambre, il se jeta sur le lit et en attendant se mit à
penser à sa mère. Mais celle-ci n'occupa pas très
longtemps son esprit qui, très vite, se fixa sur İpek.
Elle qui n'arrivait toujours pas. Attendre İpek était
une activité qui procurait en si peu de temps tant de
souffrance à Ka qu'il recommença à se dire que
c'était une bêtise de s'être épris d'elle et même à
regretter d'être venu à Kars. Mais maintenant beaucoup de temps s'était écoulé et İpek n'était toujours
pas là.

Elle arriva trente-huit minutes après Ka. « Je suis
allée chez le marchand de charbon, dit-elle. Pour
éviter la queue au magasin après la levée du couvre-
feu je suis sortie par la cour intérieure à midi moins
dix. Après midi j'ai un peu traîné dans le centre. Si
j'avais su, je serais venue tout de suite. »

Ka fut soudain si heureux de la vitalité et de l'ani-
mation qu'İpek avait apportées dans la chambre
qu'il eut très peur que l'instant qu'il était en train de
vivre ne fût brisé. Il observa les cheveux brillants et
longs d'İpek et ses petites mains continuellement en

mouvement. (En un laps de temps très bref sa main gauche toucha ses cheveux pour les arranger, son nez, sa ceinture, le bord de la porte, sa belle taille allongée, à nouveau ses cheveux pour les arranger et son collier de jaspe dont Ka remarquait à présent qu'elle venait de le mettre.)

« Je suis terriblement amoureux de toi et j'en souffre, dit Ka.

— Un amour qui s'enflamme aussi vite s'éteint à la même vitesse, n'aie crainte. »

Ka, fébrile, la prit dans ses bras et essaya de l'embrasser. İpek l'embrassa avec une tranquillité tout opposée à l'agitation de Ka. Sentir ses petites mains prendre ses propres épaules, éprouver ses baisers dans toute leur douceur étourdit Ka. Cette fois il comprit à la familiarité de son corps qu'İpek aussi désirait faire l'amour. Grâce à sa faculté de passer rapidement d'un profond pessimisme à un bonheur enthousiaste, Ka était maintenant si heureux que ses yeux, son esprit, sa mémoire étaient ouverts à cet instant et au monde entier.

« Moi aussi je veux faire l'amour avec toi », dit İpek. Elle regarda droit devant elle. Aussitôt, levant ses yeux légèrement divergents, elle fixa Ka avec résolution. « Mais je te l'ai déjà dit, pas quand mon père est là, pas sous son nez.

— Quand ton père sort-il ?

— Jamais », dit İpek. Elle ouvrit la porte puis déclara : « Je dois y aller », avant de s'éloigner.

Ka la regarda jusqu'à ce qu'elle disparaisse dans les escaliers au bout du couloir à moitié obscur. La porte fermée, il sortit de sa poche son cahier dès qu'il fut assis sur le bord du lit et commença aussitôt à écrire sur la page blanche un poème intitulé « Désespoir, difficultés ».

Après avoir terminé le poème, assis à un coin du

311

lit, Ka pensa pour la première fois depuis son arrivée à Kars qu'il n'y avait rien d'autre à faire dans cette ville que de travailler İpek au corps et d'écrire des poèmes : ce constat lui conféra à la fois un sentiment de désespoir et un sentiment de liberté. Maintenant il pensait que, une fois İpek convaincue, s'ils pouvaient quitter ensemble Kars, il serait heureux avec elle jusqu'à la fin de sa vie. Il éprouva un sentiment de reconnaissance envers la neige qui, bloquant les routes, lui laissait le temps de convaincre İpek, sans compter que l'unité de lieu faciliterait cette entreprise.

Il enfila son manteau et sortit sans être vu. Il ne marcha pas en direction de l'hôtel de ville, mais vers la gauche, en bas, par l'avenue de l'Indépendance-Nationale. Il acheta des tablettes de vitamine C à la pharmacie Bilim, tourna à gauche dans l'avenue Faikbey, avança en regardant les vitrines des restaurants puis bifurqua dans l'avenue Kâzım Karabekir. Toutes les boutiques étaient ouvertes, mais les fanions électoraux qui rendaient hier l'avenue si animée avaient été enlevés. Une petite papeterie où l'on vendait aussi des cassettes faisait entendre fort de la musique. Une foule avait envahi les trottoirs, pour le seul plaisir de sortir, et les gens faisaient des allers et retours dans le grand froid tout en regardant les vitrines et en se regardant les uns les autres. Mais la foule des sous-préfectures n'avait pas pu se rendre en ville avec les minibus pour passer sa journée à végéter dans les maisons de thé et à se faire raser chez le coiffeur ; le vide des salons de coiffure et de thé plaisait à Ka. Les enfants dans les rues le réjouissaient un peu, chassant la peur qui l'habitait. Au milieu de cette agitation, il vit un tas d'enfants morveux qui faisaient de la luge dans les petits terrains vagues, sur les places couvertes de neige, dans les jardins des administrations d'État et des écoles, dans les ruelles en pente, sur les ponts de la rivière Kars, et d'autres qui faisaient des batailles de boules de neige, qui se poursuivaient, se battaient et s'insultaient. Peu d'entre eux avaient un manteau, la plupart portaient la veste de l'école, l'écharpe et le bonnet. Comme Ka s'était passablement refroidi à contempler cette foule enjouée qui accueillait avec allégresse le coup d'État militaire parce que ça leur avait donné un jour de vacances, il entra dans la maison de thé la plus proche, s'assit à une table en face de celle de l'indic Saffet, but un thé puis ressortit.

Comme il s'était habitué à l'indic Saffet, Ka n'avait plus du tout peur de lui. Il savait que s'ils avaient vraiment voulu le filer, ils lui auraient collé aux basques un indic plus discret. L'indic qui se voit permet à l'indic qui ne se voit pas de se cacher. C'est pourquoi Ka s'inquiéta un moment d'avoir perdu de vue l'indic Saffet et commença à le chercher. Dans l'avenue Faikbey, à l'angle où il était tombé la nuit précédente sur un tank, il trouva Saffet, un sac plastique à la main, qui le cherchait lui aussi, haletant.

« Les oranges sont très peu chères, je n'ai pas pu résister », dit l'indic. Il remercia Ka d'avoir attendu, et dit que le fait qu'il n'ait pas fui était une preuve de « bonne volonté ». « À partir de maintenant, vous me direz où vous allez, que l'on ne perde ni l'un ni l'autre notre temps pour rien. »

Ka ne savait pas où il voulait aller. Un peu plus tard, alors qu'ils étaient assis dans une autre maison de thé vide aux vitres couvertes de glace, une fois deux verres de *rakı* avalés, il réalisa qu'il souhaitait aller voir cheikh Saadettin Efendi. Il n'était pas possible à cet instant de revoir İpek et son esprit était coincé entre l'image d'İpek et la peur de la torture. Il voulait, après s'être ouvert à cheikh Efendi de l'amour de Dieu qui l'habitait, parler posément de Dieu et du sens du monde. Mais lui vint à l'esprit l'idée que les gens de la Sécurité qui avaient posé des micros dans le couvent allaient l'écouter et rire de lui. Toutefois, en passant devant la maison modeste de cheikh Efendi, rue Baytarhane, Ka s'arrêta un moment. Il regarda les fenêtres au-dessus de sa tête.

Ensuite il s'aperçut que la porte de la bibliothèque départementale de Kars était ouverte. Il entra, puis monta les escaliers boueux. Sur le palier, les sept journaux locaux de Kars avaient été intégralement punaisés avec soin sur un panneau d'affichage. Tout comme *La Gazette de la ville-frontière*, les autres journaux ne parlaient pas de l'insurrection, puisqu'ils étaient sortis la veille dans l'après-midi, mais seulement du spectacle en soirée au Théâtre de la Nation qui s'était bien passé, et des chutes de neige dont on attendait qu'elles se poursuivent.

Il aperçut dans le salon de lecture cinq ou six élèves, bien que les écoles aient été fermées, en compagnie de quelques fonctionnaires à la retraite fuyant leur maison glacée. Dans un coin il trouva, entre les dictionnaires élimés à force d'avoir été consultés et les encyclopédies illustrées pour enfants à la reliure brisée, les vieux volumes de l'*Hayat Ansiklopedisi* qu'il aimait tant dans son enfance. Faite d'images en couleurs collées les unes sur les autres sur la troisième de couverture de chacun de ces volumes, se déployant au fur et à mesure que l'on tournait les pages en arrière, il y avait une sorte de planche anatomique montrant dans le détail tous les organes, et une autre, toutes les composantes d'une voiture, d'un homme ou d'un bateau. Ka, instinctivement, chercha sur la troisième de couverture du quatrième tome la mère et son bébé lové dans son gros ventre comme dans un œuf, mais les images de ces tomes avaient été arrachées, on ne pouvait voir que la déchirure.

Il lut avec attention un article à la page 324 du même tome.

> **Neige.** Forme solide prise par l'eau en tombant dans l'atmosphère, en se déplaçant ou en s'élevant. Elle se présente sous l'état de beaux cristaux étoilés de forme généralement hexagonale. Chaque cristal a une structure qui lui est propre. Les mystères de la neige suscitent l'intérêt et l'admiration des hommes depuis des temps très anciens. À l'instar du prêtre Olaus Magnus, qui a établi pour la première fois en 1555 dans la ville suédoise d'Uppsala que chaque flocon avait sa structure hexagonale propre et que, comme on le voit sur l'illustration...

Combien de fois Ka a lu et relu cet article à Kars et à quel point cette image de cristal de neige s'est alors imprimée en lui, ça, je ne saurais le dire. Des années plus tard, alors que je m'étais rendu dans leur maison de Nişantaş, un jour où nous discutions de lui à n'en plus finir, les yeux en larmes, avec son père, inquiet et méfiant comme toujours, j'ai demandé la permission de voir la vieille bibliothèque familiale. J'avais en tête non pas la bibliothèque d'enfance et de jeunesse de la chambre de Ka, mais celle de son père, logée dans un recoin sombre du salon. Là, entre les livres de droit à la reliure élégante, entre les romans turcs ou traduits des années 1940 et le téléphone et les annuaires téléphoniques, je vis cette encyclopédie *Hayat* à la reliure spéciale et jetai un coup d'œil sur l'anatomie de la femme enceinte de la troisième de couverture du quatrième tome. Ouvrant par hasard le volume, je tombai juste sur la page 324. Là, à côté du même article « Neige », je vis aussi un buvard vieux de trente ans.

Ka, regardant l'encyclopédie posée devant lui, sortit de sa poche son cahier comme un élève qui fait ses devoirs, et commença à écrire le dixième poème qui devait lui venir à Kars. Débutant par l'unicité de chaque flocon de neige et par l'image de l'enfant dans le ventre de sa mère qu'il n'avait pu trouver dans le tome de l'encyclopédie *Hayat*, il se focalisa sur la place dans ce monde de sa personne et de sa vie, sur ses peurs, ses particularités et ses côtés uniques, et baptisa son poème « Moi, Ka ».

Il n'était pas encore parvenu à la fin de son poème qu'il sentit une présence à sa table. Levant les yeux de son cahier, il fut pris de stupéfaction : c'était Necip. En fait, ce n'était pas l'effroi et l'étonnement qui s'éveillaient en lui, c'était plutôt le sentiment de culpabilité d'avoir cru à la mort de quelqu'un qui n'était pas destiné à mourir facilement.

« Necip », s'exclama-t-il. Il voulut l'embrasser.

« Moi, c'est Fazıl, reprit le jeune. Je vous ai vu en chemin et je vous ai suivi. » Il jeta un regard en direction de la table où était assis l'indic Saffet. « Répondez-moi vite : est-ce vrai que Necip est mort ?

— C'est vrai. Je l'ai vu de mes yeux.

— Alors pourquoi m'avez-vous dit "Necip" ? Est-ce que vous n'en seriez toujours pas sûr ?

— Je ne sais pas. »

Un instant le visage de Fazıl devint couleur de cendre ; il s'efforça ensuite de se ressaisir.

« Il attend de moi que je le venge. C'est à ça que je comprends qu'il est bien mort. Mais dès que l'école rouvrira je veux travailler comme avant, et non pas me lancer dans la vengeance et la politique.

— En plus, la vengeance est une chose horrible.

— Cela dit, s'il le souhaite vraiment, je le vengerai, dit Fazıl. Il m'a parlé de vous. Les lettres qu'il a écrites, vous les avez données à Hicran, enfin, à Kadife?

— Je les ai données », dit Ka. Le regard de Fazıl le mit mal à l'aise. Il pensa qu'il fallait rectifier et dire : « Je vais les donner. » Mais il était trop tard. En outre, pour une raison inconnue, proférer des mensonges le remplissait de confiance. Mais il était indisposé par l'expression de souffrance qui altérait les traits de Fazıl.

Fazıl cacha son visage dans ses mains pour pleurer un peu. Mais il était tellement en colère qu'il ne pouvait pas libérer ses larmes. « Si Necip est bien mort, contre qui exercer ma vengeance? » Comme Ka se taisait, il planta ses yeux dans les siens. « Vous, vous le savez.

— Il paraît que vous pensiez parfois à la même chose, au même moment, invoqua-t-il. Autrement dit, tu penses, donc il est.

— La chose à laquelle il veut que je pense me remplit de souffrance », dit Fazıl. Ka vit pour la première fois dans ses yeux la lumière qu'il y avait dans ceux de Necip. Il se sentit comme face à un fantôme.

« Quelle est cette chose à laquelle il t'oblige à penser?

— La vengeance », dit Fazıl. Il pleura encore légèrement.

Ka comprit tout de suite que la pensée principale qui occupait l'esprit de Fazıl n'était pas la vengeance. D'ailleurs Fazıl le lui dit après s'être aperçu que l'indic Saffet se levait de la table d'où il les observait avec attention et s'approchait.

« Papiers d'identité, demanda l'indic Saffet en fixant Fazıl avec un air inflexible.

— Ma carte scolaire est au comptoir des emprunts. »

Ka vit que Fazıl savait parfaitement qu'il avait

devant lui un policier en civil et qu'il réprimait sa peur. Ils se rendirent tous aux emprunts. La carte qu'il avait arrachée des mains d'une fonctionnaire manifestement effrayée indiqua à Saffet que Fazıl était inscrit dans un lycée de prédicateurs, puis il lança soudain à Ka un regard accusateur qui voulait dire : « Nous le savions bien de toute façon. » Ensuite, avec l'air important de celui qui confisque le ballon d'un enfant, il mit la carte d'identité dans sa poche.

« S'il vient à la Direction de la Sécurité, il pourra reprendre sa carte de "prédicateur", ajouta-t-il.

— Monsieur le fonctionnaire, dit Ka. Cet enfant vient d'apprendre que son ami le plus cher, d'une absolue innocence, est mort, rendez-lui sa carte d'identité. »

Mais bien qu'à midi il eût lui-même demandé une faveur à Ka, Saffet resta de marbre.

Dans un recoin où personne ne pouvait les voir, Ka prit avec Fazıl un rendez-vous à cinq heures au pont de Fer, parce qu'il croyait pouvoir récupérer la carte d'identité auprès de Saffet. Fazıl sortit aussitôt de la bibliothèque. Toute la salle de lecture fut gagnée par un malaise, chacun pensant qu'il allait être procédé à une vérification générale d'identité. Mais Saffet était parti ; Ka revint vite à sa table, feuilleta un volume de la revue *Hayat* du début de l'année 1960, et regarda les dernières photographies de la triste princesse Süreyya, contrainte de divorcer, et de l'ancien Premier ministre Menderes, juste avant sa pendaison.

Ka sortit de la bibliothèque, réalisant qu'il ne pourrait récupérer la carte d'identité auprès de l'indic. En voyant la beauté de la rue enneigée, la gaieté enthousiaste des enfants qui se lançaient des boules de neige, il laissa toutes ses peurs derrière lui. Il lui vint même l'envie de courir. Sur la place du Gouvernement, il vit une foule d'hommes qui faisaient la queue tristement dans le froid, des sacs de tissu, des paquets de papier journal ficelés à la main. C'était quelques habitants de Kars précautionneux qui, prenant au sérieux les directives de l'état de siège, remettaient tout penauds à l'État les armes qu'ils avaient à la maison. Mais comme l'État ne leur faisait pas du tout confiance, la tête de la file d'attente n'avait pas encore été admise dans le bâtiment de la préfecture, et tous avaient froid. Toutefois la majorité de la ville, après cette instruction relative aux armes, avait enterré les siennes sous la neige et le sol gelé, dans des planques auxquelles personne ne penserait.

Alors qu'il marchait dans l'avenue Faikbey, il croisa Kadife et son visage devint tout rouge. Il était juste en train de penser à İpek, et Kadife lui apparut très proche de sa sœur et exceptionnellement belle. S'il ne s'était pas retenu, il aurait pris dans ses bras et embrassé cette jeune femme à foulard.

« Je dois vous parler au plus vite, dit Kadife. Mais il y a un homme à vos trousses, tant qu'il sera là je ne le pourrai pas. Est-ce que vous pouvez venir à deux heures à l'hôtel, chambre 217 ? C'est la dernière au bout du couloir où se trouve la vôtre.

— Là-bas on pourra parler tranquillement ?

— Si vous ne le dites à personne », et Kadife ouvrit tout grands ses yeux, « pas même à İpek, personne ne sera au courant de notre entrevue ». Avec un geste très officiel destiné aux badauds qui les regardaient elle serra la main de Ka. « Maintenant regardez tout naturellement derrière moi, et dites-moi s'il y a un ou deux indics à mes basques. »

Tout en souriant légèrement du coin des lèvres, Ka lui fit un tel « Entendu » qu'il fut lui-même surpris du sang-froid qu'il affichait. Là-dessus, l'idée de retrouver Kadife dans une chambre sans que sa grande sœur fût au courant lui accapara l'esprit un instant.

Il réalisa vite qu'il ne souhaitait pas, même par hasard, croiser İpek dans l'hôtel avant de rencontrer Kadife. Aussi, avant de la rejoindre il marcha dans les rues pour tuer le temps. Personne ne paraissait se plaindre du coup d'État militaire ; tout comme dans son enfance, il y avait une atmosphère de nouveau départ et de changement dans une vie d'ennui. Les femmes empoignaient leur sac et leurs enfants, les épiciers et les marchands de primeurs commençaient à trier leurs fruits dans leur boutique et à marchander, la foule des hommes moustachus, plantés au coin des rues, à regarder les jeunes passants fumant des cigarettes sans filtre et à raconter des ragots. Sous l'avant-toit d'un immeuble vide, entre les garages et l'emplacement du marché, le faux aveugle mendiant qu'il avait vu la veille à deux reprises n'était plus à son poste. Et il n'y avait pas non plus les camionnettes arrêtées en plein milieu des rues pour la vente d'oranges et de pommes. Le trafic automobile, d'habitude modeste, avait encore sensiblement diminué, mais il était difficile de dire si c'était à cause du coup d'État ou à cause de la neige. Le nombre de policiers en civil avait augmenté (l'un d'entre eux avait été envoyé en direction de la forteresse par les gamins qui jouaient au foot en dessous de l'avenue Halitpaşa) et les deux hôtels de passe à côté des gares de bus et de minibus (l'hôtel Pan et l'hôtel Hürriyet) ainsi que les organisateurs de combats de coqs et les bouchers qui abattaient illégalement avaient tous différé leurs activités souterraines jusqu'à une date indéterminée. Les bruits d'explosion intermittents en provenance des quartiers de *gecekondu*, tout particulièrement la nuit, déflagrations auxquelles les gens de Kars s'étaient d'ailleurs accoutumés, ne faisaient plus sursauter personne. Comme Ka se sentait bien dans le sentiment de liberté que conférait cette musique indifférente, il acheta et but avec plaisir un sirop chaud à la cannelle au Buffet Moderne situé à l'angle de l'avenue Kâzım-Karabekir et de l'avenue Küçük-Kâzımbey.

25

Le seul moment de liberté
à Kars

KA ET KADIFE DANS
LA CHAMBRE D'HÔTEL

Seize minutes après, quand Ka entra dans la chambre 217 de l'hôtel, la peur d'être aperçu le crispait tellement qu'il parla à Kadife de ce sirop dont il sentait encore le goût acidulé dans sa bouche, pour faire diversion avec un sujet amusant.

« Il se disait à une époque que les Kurdes, déchaînés, avaient mis du poison dans ce sirop pour empoisonner les membres de l'armée, dit Kadife. Et même pour enquêter sur cette histoire l'État a secrètement envoyé des inspecteurs.

— Et vous, vous croyez à ces histoires ? demanda Ka.

— Tous les étrangers éduqués et occidentalisés qui viennent à Kars, dit Kadife, dès qu'ils entendent ce genre d'histoires, se précipitent au Buffet, boivent du sirop et s'empoisonnent comme des imbéciles pour prouver qu'ils ne croient pas à ces rumeurs de comptoir. Parce que les rumeurs sont fondées. Certains Kurdes sont tellement malheureux que même Dieu n'existe plus pour eux.

— Après tant de temps, comment l'État permet-il cela ?

— Comme tous les intellectuels occidentalisés, sans vous apercevoir de rien, c'est en notre État que vous avez tout compte fait le plus confiance. Les

Renseignements, qui savent tout, sont au fait de cette affaire, mais ils n'y mettent pas de terme.

— Alors savent-ils que nous sommes ici ?

— N'ayez crainte, pour l'instant ils ne le savent pas, dit Kadife en souriant. Un jour, ils le sauront certainement, mais jusqu'à présent nous sommes libres ici. Le seul moment de liberté à Kars, c'est ce moment provisoire. Appréciez-en la valeur ; vous pouvez enlever votre manteau, je vous en prie.

— Ce manteau me protège des malveillances », dit Ka. Sur le visage de Kadife, il aperçut une expression de peur. « Il fait froid ici aussi », ajouta-t-il.

C'était une pièce minuscule utilisée jadis comme débarras. Il y avait une fenêtre tout étroite qui donnait sur la cour intérieure, un petit lit sur lequel ils s'étaient timidement assis chacun d'un côté, et une étouffante odeur de poussière mouillée caractéristique des chambres d'hôtel mal ventilées. Kadife s'étira pour essayer de tourner le robinet du chauffage sur le côté, mais elle était dans une posture peu confortable et donc abandonna. Quand elle vit que Ka s'était levé nerveusement, elle essaya de sourire.

Ka réalisa d'un coup que Kadife éprouvait une forme de plaisir à se trouver dans la même pièce que lui. Lui aussi, d'ailleurs, après des années de solitude, se plaisait à se trouver dans la même pièce qu'une belle jeune fille, mais le plaisir de Kadife, il le comprit à son visage, n'était pas, comme le sien, celui du tendre abandon, il était plus profond et destructeur.

« N'ayez crainte, puisque derrière vous il n'y a pas d'autre policier en civil que ce pauvre malheureux et son sac d'oranges. Cela montre bien que l'État, en fait, n'a pas peur de vous et qu'il veut seulement vous faire un peu peur. Et derrière moi il y avait qui ?

— J'ai oublié de regarder derrière vous, dit Ka avec honte.

— Mais enfin, comment donc ! » Kadife le foudroya un instant d'un regard vénéneux. « Vous êtes amoureux, vous, terriblement amoureux ! » dit-elle. Elle se reprit aussitôt. « Veuillez m'excuser, nous sommes tous en proie à la peur », ajouta-t-elle. Son visage revêtit subitement une tout autre expression. « Rendez ma sœur heureuse, c'est une personne très bien.

— À votre avis, est-ce qu'elle m'aime ? demanda Ka en chuchotant.

— Elle vous aime, elle doit vous aimer ; vous êtes un type très attirant », dit Kadife.

Voyant que Ka était déstabilisé par ces propos, elle dit : « Parce que vous êtes du signe des Gémeaux. » Il réfléchit pour savoir pourquoi un homme du signe des Gémeaux devait s'entendre avec une femme du signe de la Vierge. À côté de la double personnalité des Gémeaux, il y a une légèreté, une superficialité telle que la Vierge, qui prend tout au sérieux, peut à la fois être heureuse avec un pareil homme et en être dégoûtée.

« De vos discussions avec votre sœur aînée, avez-vous retiré l'impression qu'elle pourrait venir avec moi en Allemagne ?

— Elle vous trouve très beau, dit Kadife, mais elle ne peut vous croire. Il lui faut aussi du temps pour croire. Parce que les impatients de votre espèce pensent non pas à aimer une femme mais plutôt à se l'approprier.

— Elle vous a vraiment dit ça ? demanda Ka en fronçant les sourcils. Dans cette ville, nous n'avons pas le temps. »

Kadife jeta un coup d'œil à sa montre. « D'abord je voudrais vous remercier d'être venu. Je vous ai appelé pour un sujet très important. Lazuli a un message à vous remettre.

— Cette fois, comme ils me suivent, ils le trouveront tout de suite, dit Ka. Ils nous soumettront tous à la torture. Il y a eu une descente dans cette maison. La police écoute tout le monde.

— Lazuli savait qu'il était écouté, dit Kadife. Il avait un message philosophique envoyé avant le putsch, à vous et à l'Occident, par votre intermédiaire. Ils leur disaient : "N'allez surtout pas mettre votre nez dans nos suicides". Tout a changé à présent. C'est pour cette raison qu'il souhaite annuler son ancien message. Mais le plus important c'est qu'il y ait un tout nouveau message. »

Kadife insista longuement, longuement, mais Ka resta indécis. « Dans cette ville, c'est carrément impossible de se rendre d'un lieu à l'autre sans être vu, dit-il après un long moment.

— Il y a une voiture à cheval. Chaque jour elle vient une ou deux fois à la porte de la cuisine qui donne sur la cour pour déposer une bonbonne de gaz, du charbon ou une bouteille d'eau. Elle fait la distribution dans d'autres endroits et, pour protéger de la neige ou de la pluie la marchandise, il y a une bâche tendue sur l'ensemble des affaires. Le cocher est quelqu'un de confiance.

— Est-ce que je vais me cacher sous une bâche comme un voleur ?

— Moi, je me suis déjà beaucoup cachée, dit Kadife. Alors que personne ne remarque rien, il est très amusant de passer ainsi en pleine ville. Si vous faites cet entretien, je vous aiderai de tout mon cœur au sujet d'İpek. Parce que je veux qu'elle se marie avec vous.

— Et pourquoi ?

— Tout frère ou sœur veut que son aînée soit heureuse. »

Ka ne crut pas une seconde à ces propos, non parce qu'il n'avait vu toute sa vie entre les frères et sœurs turcs que haine bien ancrée et entraide forcée, mais plutôt parce qu'il trouvait quelque chose d'artificiel aux manières de Kadife (son sourcil gauche se soulevait sans qu'elle s'en aperçoive, ses lèvres à demi ouvertes s'étiraient vers l'avant comme celles d'un enfant qui va pleurer, geste considéré comme un signe convenu d'innocence dans les films turcs). Mais Kadife, après un coup d'œil sur sa montre, lui dit que la voiture à cheval allait arriver dans dix-sept minutes et que s'il promettait tout de suite de se rendre chez Lazuli avec elle, c'est juré, elle lui raconterait tout. « C'est promis, je viens, dit-il aussitôt. Mais, avant toute chose, dites-moi pourquoi vous me faites autant confiance.

— Vous, vous êtes une sorte de derviche, comme le dit Lazuli, qui croit que Dieu vous gardera innocent de la naissance à la mort.

— Bien, bien, dit promptement Ka. Est-ce qu'İpek connaît ce qualificatif ?

— Pourquoi devrait-elle le connaître ? C'est un mot de Lazuli.

— Dites-moi s'il vous plaît tout ce qu'İpek pense de moi.

— En fait, je vous ai dit tout ce dont nous avons parlé », dit Kadife. Voyant que Ka était déçu, elle réfléchit un peu, ou bien fit mine de réfléchir — dans son trouble, Ka n'était sûr de rien — puis elle dit : « Elle vous trouve distrayant. Vous venez d'Allemagne, vous avez plein de choses à raconter.

— Pour la convaincre, que dois-je donc faire ?

— Si ce n'est pas au tout premier moment, c'est

dans les dix premières minutes qu'une femme sent
dans son for intérieur qui est l'homme auquel elle a
affaire, ou du moins ce qu'il signifie pour elle et si
elle l'aimera ou non. Pour se formuler clairement ce
qu'elle a ressenti, il faut qu'un peu de temps passe.
Si cela ne tenait qu'à moi je dirais que durant cette
période l'homme n'a pas grand-chose à faire. Si vous
y croyez vraiment, dites-lui les belles choses que
vous éprouvez à son sujet. Pourquoi l'aimez-vous,
pourquoi voulez-vous vous marier avec elle ? »

Ka se tut. Kadife, le voyant regarder par la fenêtre
à la manière d'un petit enfant tout triste, lui dit qu'il
serait heureux à Francfort avec İpek, que celle-ci
retrouverait la joie dès qu'elle aurait quitté Kars, et
qu'elle, Kadife, pouvait déjà se les imaginer rire dans
les rues de Francfort, en allant le soir au cinéma.
« Dites-moi le nom d'un cinéma où vous pourriez
aller à Francfort, n'importe lequel, poursuivit-elle.

— Filmforum Höchst, dit Ka.

— Les Allemands n'ont donc pas de nom de
cinéma comme Elhamra, Rüya, Majestik ?

— Si, Eldorado ! » dit Ka.

Kadife, le regard égaré dans la cour où tour-
noyaient des flocons, raconta qu'à l'époque où elle
jouait au théâtre à l'université, une fois, le cousin
d'un camarade de classe lui avait proposé à demi-
mot un rôle dans une coproduction turco-alle-
mande, et qu'elle avait refusé ; puis elle dit que dans
ce pays İpek et Ka seraient très heureux, qu'en vérité
sa sœur aînée avait été créée pour être heureuse
mais que comme elle ne le savait pas elle n'avait jusqu'à maintenant pas pu connaître ce bonheur, que le
fait de ne pas avoir d'enfant l'avait aussi brisée ; mais
le plus triste, à son avis, c'était que, bien que sa sœur
fût aussi belle, aussi délicate, aussi sensible et honnête, ou peut-être à cause de tout cela, elle n'était

pas heureuse (là, sa voix se troubla); puis elle avoua que durant leur enfance et leur jeunesse son aînée avait toujours été un exemple pour elle (là sa voix se troubla à nouveau), par sa bonté et sa beauté, qu'à côté de cette bonté et de cette beauté elle s'était toujours sentie mauvaise et laide, et qu'enfin pour que son aînée ne ressente pas les mêmes choses, elle avait toujours dissimulé sa propre beauté. (Maintenant, après tous ces aveux, elle pleurait.) Secouée par les larmes et les sanglots, elle raconta qu'un jour, quand elles étaient au collège (« On était à Istanbul et, à cette époque, on n'était pas aussi pauvres, dit Kadife. — Maintenant, vous n'êtes quand même pas pauvres non plus, objecta Ka. — Mais nous habitons à Kars », dit Kadife, fermant rapidement cette parenthèse), le prof de biologie, Mesrure Hanım, avait demandé à Kadife, qui avait été en retard la première heure ce matin-là : « Est-ce que ton "intelligente sœur aînée" était aussi en retard ? », puis lui avait dit : « C'est bien parce que j'aime beaucoup ta sœur aînée que je t'accepte en classe. » Il va sans dire qu'İpek, elle, n'arrivait jamais en retard.

La voiture à cheval entra dans la cour.

C'était une ancienne et très ordinaire voiture à cheval, avec les montants en bois décorés de roses rouges, de marguerites blanches et de feuilles vertes peintes. Les naseaux givrés du cheval éreinté et âgé crachaient de la vapeur. Le manteau et le chapeau du cocher taillé large et légèrement bossu étaient tout couverts de neige. Le cœur battant, Ka vit que la bâche était elle aussi couverte de neige.

« Du calme, n'aie crainte, dit Kadife. Je ne vais pas te tuer. »

Ka vit un pistolet dans la main de Kadife, mais il ne comprit pas qu'elle le pointait sur lui.

« Je ne fais pas une crise de nerfs ou quelque chose

de ce genre, dit Kadife. Mais crois bien que si tu me fais faux bond maintenant, eh bien je t'abats... Nous soupçonnons les journalistes qui viennent interviewer Lazuli, nous soupçonnons tout le monde.

— C'est vous qui m'avez appelé, fit Ka.

— C'est vrai, mais même à ton insu, les Renseignements, qui supposent que nous te chercherons, ont peut-être installé un micro sur toi. Je doute que tu aies le courage d'enlever ton manteau chéri pour la raison que je viens de t'exposer. Maintenant, enlève ton manteau et laisse-le sur le coin du lit, et dépêche-toi. »

Ka fit ce qui avait été demandé. Kadife, de ses mains aussi petites que celles de sa sœur, palpa rapidement le manteau et tous ses plis. N'ayant rien pu trouver, elle lui présenta ses excuses. « Tu enlèveras aussi ta veste, ta chemise et ton sous-vêtement. Parce qu'ils scotchent les micros sur le dos ou la poitrine. Il y a peut-être cent personnes à Kars qui se baladent du matin au soir avec un micro sur eux. »

Ka, après avoir retiré sa veste, retroussa et remonta sa chemise et son sous-vêtement, comme un enfant qui montre son ventre au docteur.

Kadife jeta un coup d'œil. « Tourne-toi », dit-elle. Il y eut un silence. « Bien. Pour le pistolet aussi, excuse-moi... S'ils ont installé des micros, ils vont s'opposer à la rencontre et ne vont pas nous laisser tranquilles... » Elle n'abaissa pas pour autant son pistolet. « Maintenant, écoute bien ça, lui enjoignit-elle d'une voix menaçante. Tu ne diras pas un mot à Lazuli de notre conversation et de notre camaraderie. » Elle parlait comme un docteur menace son patient après consultation. « Tu ne lui parleras d'aucune façon d'İpek et du fait que tu es amoureux d'elle. Lazuli n'aime pas du tout ce genre de saletés...

Si tu en parles et qu'il ne te brûle pas la cervelle, sois sûr que moi je m'en chargerai. Comme il est pareil à un djinn, dès qu'il a perçu quelque chose, il peut te faire parler. Fais comme si tu avais vu İpek une ou deux fois, c'est tout. T'as compris?

— D'accord.

— Sois respectueux envers Lazuli. Surtout n'essaie pas de le regarder de haut avec ton air de collégien content de lui parce qu'il a vu l'Europe. Même si ce genre d'imbécillité te traverse l'esprit, reste calme et ne ris pas. N'oublie pas : toi, t'es le dernier souci des Européens que tu imites avec admiration... Mais redoute donc Lazuli et ceux de son engeance.

— Je sais.

— Moi, je suis ton amie, alors sois loyal avec moi, dit Kadife en souriant avec un air sorti de mauvais films.

— Le cocher a enlevé la bâche, dit Ka.

— Aie confiance dans le cocher. L'année dernière son fils est mort dans un affrontement avec la police. Et profite bien du voyage. »

Kadife descendit la première. Au moment où elle entrait dans la cuisine, Ka vit la voiture à cheval pénétrer dans le passage voûté qui sépare la cour intérieure de l'ancienne demeure russe de la rue et, comme ils en étaient convenus, il sortit alors de la pièce et descendit à son tour. Il s'inquiéta de ne trouver personne dans la cuisine, mais le cocher l'attendait dans l'entrebâillement de la porte de la cour. Il se coucha en silence au côté de Kadife, dans un interstice entre les bonbonnes de gaz.

L'expédition, dont il comprit tout de suite qu'il s'en souviendrait jusqu'à la fin de ses jours, ne dura que huit minutes, mais elle parut beaucoup plus longue à Ka. Il se demandait à quel endroit de la ville ils étaient, il écoutait les gens de Kars parler entre eux quand la carriole roulait près d'eux, et Kadife respirer, étendue à ses côtés. À un moment, une myriade d'enfants s'accrochèrent à l'arrière de la carriole pour se faire tracter sur la neige, ce qui leur fit un peu peur. Mais le doux sourire de Kadife lui fut alors si agréable qu'il se sentit aussi heureux que ces enfants.

🙏

26

La raison pour laquelle nous sommes si attachés à notre Dieu, ce n'est pas notre pauvreté

DISCOURS DE LAZULI
À L'OCCIDENT TOUT ENTIER

Alors que de nouveaux vers affluaient à l'esprit de Ka, couché dans la voiture à cheval aux roues en plastique et qui se balançait tout doucement sur la neige, ils montèrent sur le trottoir en tressautant et s'arrêtèrent un peu plus loin. Après un long silence, durant lequel il trouva de nouveaux vers, le cocher ayant soulevé la bâche, Ka aperçut une cour vide couverte de neige, entourée d'ateliers de réparation et de soudure pour automobiles, ainsi qu'un tracteur en piteux état. Un chien noir enchaîné dans un coin aboya avec insistance dès qu'ils sortirent de dessous la bâche.

Ils passèrent par une porte en noyer, puis Ka, une fois la seconde porte franchie, trouva Lazuli contemplant par la fenêtre la cour enneigée. Ses cheveux châtains à reflets légèrement roux, les taches de rousseur sur son visage et le bleu marine de ses yeux surprirent Ka tout autant que lors de leur première rencontre. Le dénuement de la pièce, certaines affaires (la même brosse à cheveux, le même sac à main à moitié fermé et le même cendrier en plastique au rebord à figures ottomanes à l'effigie de Ersin Électricité) purent presque donner à Ka l'impression que Lazuli ne changeait pas de lieu la nuit. Mais sur son visage Ka vit un sourire plein de sang-

332

froid qui exprimait l'acceptation de ce qui s'était passé depuis la veille et il comprit aussitôt que Lazuli se félicitait d'avoir échappé aux putschistes.

« Maintenant tu ne vas plus pouvoir écrire sur les filles qui se suicident, dit Lazuli.

— Et pourquoi donc ?

— Les militaires ne voudront pas que tu parles de ça.

— Je ne suis pas le porte-parole des militaires, dit Ka avec mesure.

— Je sais. »

Pendant un moment, tendus, ils se sondèrent l'un l'autre.

« Hier tu m'as dit que tu pourrais écrire dans les journaux occidentaux à propos des filles qui se suicident », dit Lazuli.

Ka ne fut pas fier de ce petit mensonge.

« Dans quel journal occidental ? demanda Lazuli. Dans lequel des journaux allemands as-tu des connaissances ?

— Au *Frankfurter Rundschau*, dit Ka.

— Et qui ?

— Un journaliste allemand démocrate.

— Comment s'appelle-t-il ?

— Hans Hansen, répondit Ka en se drapant dans son manteau.

— J'ai une déclaration contre le coup d'État militaire à l'attention de Hans Hansen, dit Lazuli. Nous n'avons pas beaucoup de temps, j'aimerais que tu en prennes note tout de suite. »

Ka commença à prendre des notes sur les dernières pages de son cahier de poésies. Lazuli déclara que depuis le putsch au Théâtre au moins quatre-vingts personnes avaient été tuées (le chiffre officiel était de dix-sept, les personnes abattues dans le théâtre même incluses), puis il raconta les descentes dans les maisons et les écoles, les neuf *gecekondu* (quatre en vérité) que les tanks avaient défoncés et détruits, les lycéens morts sous la torture et les affrontements de rue dont Ka n'avait pas connaissance ; il passa sans trop s'y attarder sur les souffrances des Kurdes, mais exagéra un peu celles des islamistes et prétendit que le maire et le directeur de l'École normale avaient été abattus par l'État pour servir de prétexte au putsch. Selon lui, tous ces événements avaient été montés pour s'opposer à la victoire des islamistes aux élections démocratiques. Alors que pour étayer sa version des faits Lazuli évoquait des éléments supplémentaires comme l'interdiction de toute activité pour les partis politiques et les associations, Ka regarda Kadife écouter Lazuli avec admiration, puis il fit un dessin qui montrait qu'il pensait à İpek (dessin qu'il allait par la suite arracher de son cahier de poésies) : la taille et les cheveux d'une femme, sur fond de fumées d'enfant sortant d'une cheminée d'enfant sur une maison d'enfant... Ka m'avait dit ces choses bien avant, d'ailleurs : qu'un bon poète devait retourner simplement dans le cercle des vérités fortes qu'il trouvait justes mais auxquelles il avait peur de croire en pensant qu'elles gâteraient sa poésie, et que la secrète musique de ce retour serait son art.

Ka apprécia même certains propos de Lazuli au point de les noter mot pour mot dans son carnet. « La cause de notre attachement si poussé à notre Dieu ici-bas n'est pas, comme le croient les Occidentaux, le fait que nous soyons aussi pauvres, c'est notre insatiable curiosité à l'égard de notre raison d'être dans ce monde et de ce qu'il y a dans l'autre monde. »

Lazuli, au lieu de descendre aux racines de cette curiosité évoquée dans ces phrases définitives et d'expliquer quelle était notre raison d'être dans ce monde, préféra prendre à partie l'Occident : « L'Occident, qui semble plus croire à la démocratie, sa propre et grande découverte, qu'au verbe de Dieu, va-t-il s'opposer à ce coup des militaires contre la démocratie à Kars ? » demanda-t-il avec un geste ostentatoire. « Ou alors ce qui lui importe, ce n'est pas la démocratie, la liberté et les droits de l'homme, mais que le reste du monde imite l'Occident comme un singe. Est-ce que l'Occident peut tolérer une démocratie que conquerraient ses ennemis en tout point différents de lui ? En outre, je souhaiterais m'adresser au reste du monde, l'Occident mis à part : frères, vous n'êtes pas seuls... » Il se tut un moment. « Mais votre ami du *Frankfurter Rundschau* publiera-t-il l'intégralité de cette information ?

« Occident, Occident, à parler comme s'il n'y avait qu'une personne et qu'une façon de voir, on se rend peu crédible, fit remarquer Ka avec retenue.

— Mais j'y crois, à ça, dit finalement Lazuli. Il n'y a qu'un Occident et qu'une seule façon de voir. Nous représentons, nous, l'autre façon de voir.

— En plus, les Occidentaux ne vivent pas comme vous le croyez, dit Ka. Contrairement à ici, là-bas personne ne se flatte de penser comme tout le monde. Chacun, et jusqu'au petit épicier le plus ordinaire, se flatte d'avoir des opinions personnelles. C'est pourquoi, au lieu de dire "l'Occident", si l'on disait "les démocrates de l'Occident", on toucherait mieux aux consciences des gens de là-bas.

— D'accord, faites comme vous le pensez. Pour la publication, y a-t-il d'autres corrections nécessaires à apporter ?

— Avec l'accent final, plus que d'une simple information, il s'agit d'une intéressante déclaration à valeur informative, dit Ka. En dessous, ils vont mettre votre signature... Et peut-être quelques mots vous présentant...

— J'ai préparé cela, dit Lazuli. S'ils mettent : "un des islamistes les plus en vue de Turquie et du Moyen-Orient", ça suffira.

— De cette façon Hans Hansen ne pourra pas publier la déclaration.

— Et pourquoi donc ?

— Parce que ce serait pour eux partial de publier dans le journal social-démocrate *Frankfurter Rundschau* uniquement la déclaration d'un islamiste turc, répondit Ka.

— Cela signifie que monsieur Hans Hansen est habitué à ce genre de circonlocution quand les choses ne vont pas dans son sens, reprit Lazuli. Que devons-nous faire pour le convaincre ?

— Les démocrates allemands, même s'ils s'opposent à un coup d'État militaire en Turquie — à un vrai, pas un coup d'État d'opérette —, seront en définitive dérangés par le fait que ce soit surtout des islamistes qui s'y opposent.

— Oui, ils ont tous, sans exception, peur de nous », dit Lazuli.

Ka ne put discerner s'il avait dit cela avec fierté ou avec le sentiment d'être mal compris. « C'est pourquoi, si un ancien communiste, un libéral et un nationaliste kurde la signaient aussi, cette déclaration serait publiée sans difficulté dans le *Frankfurter Rundschau*, poursuivit-il.

— Autrement dit ?

— Préparons une déclaration commune avec deux autres personnes de Kars, dit Ka.

— Je ne suis pas homme à boire du vin juste pour me rendre agréable aux Occidentaux, déclara Lazuli. Je ne bougerai pas d'un pouce pour leur ressembler, juste pour qu'ils n'aient pas peur de moi et qu'ils me soient utiles. Je ne baiserai pas le seuil de la porte de cet Occidental de monsieur Hans Hansen avec des athées intégraux, juste pour qu'on nous prenne en pitié. C'est qui, ce monsieur Hans Hansen? Pourquoi impose-t-il tant de conditions? Il est juif? »

Il y eut un silence. Sentant bien que Ka trouvait qu'il avait dit des énormités, Lazuli le regarda un moment avec haine. « Les Juifs sont les plus grandes victimes de ce siècle, dit-il. Avant d'apporter la moindre modification à ma déclaration, je souhaite connaître ce Hans Hansen. Comment avez-vous fait sa connaissance?

— C'est un ami turc qui m'a dit qu'une information concernant la Turquie allait sortir dans le *Frankfurter Rundschau* et que son auteur souhaitait discuter avec quelqu'un d'informé.

— Pourquoi donc Hans Hansen a-t-il posé ces questions non à cet ami turc, mais à toi?

— Cet ami turc s'intéressait moins à ces choses que moi...

— Et c'était quoi, "ces choses", tu peux me le dire? demanda Lazuli. Des choses qui nous humilient, comme la torture, l'oppression, les conditions d'incarcération?

— Si je ne m'abuse, c'était l'affaire d'un athée tué par de jeunes prédicateurs à Malatya.

— Je ne me souviens pas d'une telle affaire, dit Lazuli en se contrôlant avec mesure. Si minables que soient les islamistes en question, qui se rengorgent de passer à la télévision après avoir tué un pauvre athée juste pour la gloire, les orientalistes qui grossissent ce genre d'information en disant que dix ou quinze personnes sont mortes, juste pour rabaisser le mouvement islamiste dans le monde, sont tout aussi ignobles. Si monsieur Hans

Hansen est quelqu'un de cette espèce, alors oublions-le.

— Hans Hansen m'a posé quelques questions sur les relations entre l'Union européenne et la Turquie. J'ai répondu à ses questions. Une semaine après il m'a téléphoné et m'a invité à dîner chez lui.

— Comme ça, de but en blanc ?

— Eh oui.

— Voilà qui est très suspect. Qu'as-tu vu chez lui ? T'a-t-il présenté sa femme ? »

Ka vit Kadife, qui écoutait maintenant, tout attentive, assise juste à côté des rideaux, qu'elle avait tirés à fond.

« C'était une belle et heureuse famille que celle de Hans Hansen, dit Ka. Un soir, à la sortie du journal, monsieur Hansen est venu me chercher à la gare. Une demi-heure après, nous arrivions dans une belle maison pleine de lumière au milieu d'un jardin. Ils ont été d'une grande gentillesse avec moi. Nous avons mangé des pommes de terre au four avec du poulet. Sa femme a d'abord fait bouillir les pommes de terre, puis elle les a fait rôtir au four.

— De quel genre est sa femme ? »

Ka se remémora le Hans Hansen qui tenait un stand au *Kaufhof*. « Ingeborg et les enfants sont aussi blonds et beaux que Hans Hansen est blond, large d'épaules et séduisant.

— Y a-t-il des croix aux murs ?

— Je ne me souviens pas, mais je ne crois pas.

— Il y en a, mais tu n'as sans doute pas fait attention, dit Lazuli. Contrairement à ce qu'imaginent nos athées admirateurs de l'Europe, tous les intellectuels européens sont très étroitement attachés à leur religion et à leur croix. Mais nos intellectuels ne parlent pas de ça quand ils rentrent en Turquie, parce que leur souci, c'est de prouver que la supério-

338

rité technologique de l'Occident est une victoire de l'athéisme... Raconte ce que tu as vu et ce dont vous avez parlé.

— Monsieur Hans Hansen, bien qu'il travaille au service Étranger du *Frankfurter Rundschau*, est un passionné de littérature. Aussi la conversation a-t-elle glissé sur la poésie. Nous avons parlé de poètes, de leur pays, et de leur histoire. Le temps a passé très vite.

— Est-ce qu'ils t'ont pris en pitié? Est-ce qu'ils n'ont pas éprouvé de l'affection pour toi simplement parce que t'es turc, parce que t'es un réfugié politique malheureux, esseulé et sans le sou, et que les jeunes Allemands, ivres et minés par l'ennui, brûlent les Turcs solitaires de ton espèce, juste pour se distraire?

— Je ne sais pas. Personne ne m'a parlé ainsi.

— Même s'ils ne t'ont pas manifesté leur pitié en te l'avouant, il y a dans tout homme un tel désir d'apitoiement. Et en Allemagne, il y a des dizaines de milliers d'intellectuels turcs ou kurdes qui ont converti ce désir en ressource principale.

— La famille de Hans Hansen, ses enfants, c'était tous des gens bien. Ils étaient fins, doux. C'est peut-être à cause de leur finesse qu'ils ne m'ont pas fait sentir leur pitié. Je les ai appréciés. Quand bien même ils auraient eu pitié, je n'en aurais pas fait cas.

— Autrement dit, cette situation ne blessait en rien ta fierté?

— Peut-être qu'elle la blessait, mais ce soir-là j'ai été très heureux avec eux. Les lampes latérales avaient une lumière orange très plaisante... Les fourchettes et les couteaux étaient d'un genre que je n'avais jamais vu, mais n'étaient pas étrangers au point de me rendre mal à l'aise. La télévision était allumée en permanence, de temps en temps ils la regardaient, ça aussi ça m'a fait me sentir chez moi. Par moments, voyant que mon allemand était insuffisant, ils expliquaient les choses en anglais. Après le dîner les enfants ont posé des questions à leur père à propos de leurs devoirs, et avant de se coucher les enfants nous ont fait une bise. Je me suis senti tellement tranquille qu'à la fin du repas j'ai pris de moi-même une seconde part de gâteau. Personne ne l'a remarqué, et même s'ils l'avaient remarqué, ils auraient considéré cela comme tout naturel. J'ai beaucoup réfléchi à ça après coup.

— C'était quel genre ce gâteau ? demanda Kadife.

— Un bavarois aux figues et au chocolat. »

Il y eut un silence.

« Les rideaux étaient de quelle couleur ? demanda Kadife. Les motifs étaient comment ?

— Blancs ou bien crème, répondit Ka en faisant mine de chercher dans ses souvenirs. Dessus, il y avait des petits poissons, des fleurs, des ours et des fruits tout pleins de couleurs.

— Autrement dit, du tissu pour enfants ?

— Non, parce qu'il y avait une ambiance très sérieuse. Ça, je ne voulais pas le dire : ils étaient heureux, mais ne riaient pas sans cesse pour rien comme nous. Ils étaient très sérieux. Et peut-être pour cette raison même très heureux. La vie était pour eux une affaire sérieuse, qui nécessite qu'on soit responsable. Ce n'est pas comme chez nous une occupation menée à l'aveuglette, une épreuve douloureuse. Mais ce sérieux était plein de vie, c'était une chose positive. Il y avait du bonheur coloré et mesuré, à la façon des ours et des poissons des rideaux.

— La nappe était de quelle couleur ? demanda Kadife.

— J'ai oublié, dit Ka, qui plongea dans ses pensées comme s'il essayait de se souvenir.

— Combien de fois es-tu allé chez eux ? demanda Lazuli légèrement agacé.

— J'avais été si heureux là-bas que j'ai souhaité très fort qu'ils m'invitent une nouvelle fois. Mais Hans Hansen ne m'a plus jamais invité. »

Le chien enchaîné dans la cour aboya très longuement. Ka voyait sur le visage de Kadife comme une tristesse et chez Lazuli un mépris irrité.

« J'ai très souvent songé à les appeler, raconta-t-il avec persévérance. Parfois, j'ai pensé que Hans Hansen m'avait rappelé pour m'inviter à dîner, mais ne m'avait pas trouvé et, en sortant de la bibliothèque, je me contenais difficilement pour ne pas me ruer à la maison. Ce beau miroir, ces étagères, ces fauteuils dont j'ai oublié la couleur — jaune citron si je ne m'abuse —, leur façon de me demander : "C'est bon ?" en coupant le pain sur la planche de bois posée sur la table (vous savez, les Européens mangent beaucoup moins de pain que nous), ces beaux paysages alpins sur les murs sans croix, toutes ces choses, j'ai souhaité très fort les revoir. »

Ka voyait qu'à présent Lazuli le regardait avec un dégoût explicite. « Trois mois après, un ami apporta des nouvelles fraîches de Turquie, dit Ka. Saisissant le prétexte de communiquer ces actes ignobles de torture, pression et cruauté, j'ai appelé Hans Hansen. Il m'a écouté avec attention, il était toujours très fin et poli. Une brève sortit dans le journal. Ces informations sur les tortures et les crimes, je ne m'en souciais pas. Moi, je voulais juste qu'il m'appelle. Mais lui ne m'appela pas une seule fois. Parfois il me vient à l'esprit d'écrire à Hans Hansen pour lui demander en quoi j'ai commis une faute et pourquoi il ne m'appelle plus. »

À faire comme s'il riait de sa propre situation, Ka ne tranquillisa pas Lazuli.

« Donc maintenant, vous avez un nouveau prétexte pour l'appeler, dit-il avec ironie.

— Mais pour que l'information passe dans le journal, il faut qu'on prépare une déclaration commune adaptée aux normes allemandes, dit Ka.

— Qui seront le Kurde nationaliste et le communiste libéral avec qui je dois écrire une déclaration ?

— Si vous craignez des taupes de la police, allez-y, proposez des noms, dit Ka.

— Au lycée de prédicateurs, il y a un tas de jeunes Kurdes au cœur rempli de colère à cause de ce qu'on fait à leurs camarades de classe. Aux yeux du journaliste occidental, le nationaliste kurde islamiste est sans aucun doute moins intéressant que le nationaliste kurde athée. Dans cette déclaration, un jeune lycéen peut bien représenter les Kurdes.

— D'accord, occupez-vous de trouver ce jeune lycéen, dit Ka. Je peux vous assurer que le *Frankfurter Rundschau* sera content de ça.

— Bien sûr, parmi nous c'est vous qui représentez l'Occident quoi qu'il en soit », dit avec ironie Lazuli.

Ka ne releva pas du tout. « Quant à l'ancien communiste-nouveau démocrate, Turgut Bey est le plus approprié.

— Mon père ? » demanda Kadife avec inquiétude.

Alors que Ka approuvait, Kadife dit que son père ne sortirait jamais de chez lui. Ils commencèrent à parler tous en même temps. Lazuli essayait d'expliquer que, comme tous les anciens communistes, Turgut Bey en fait n'était pas un démocrate, qu'il avait sûrement accueilli avec satisfaction le putsch militaire en se disant que ça allait permettre de liquider les islamistes, mais qu'il faisait son numéro, comme s'il était contre, pour ne pas trahir son gauchisme.

« Mon père n'est pas de ceux qui font leur numéro ! » dit Kadife.

Au tremblement de sa voix et aux yeux brillant subitement de colère de Lazuli, Ka sentit qu'ils étaient parvenus au seuil de l'une de leurs querelles, qui devaient se répéter très fréquemment. Ka comprit aussi que comme dans les couples fatigués de se quereller, leurs efforts pour se cacher des autres étaient désormais épuisés. Il perçut en Kadife une détermination à répondre quel qu'en soit le prix, propre aux femmes maltraitées et amoureuses, et en Lazuli une tendresse hors pair, mêlée à une expression d'orgueil. Cependant tout changea en un instant et pointa dans les yeux de Lazuli une soudaine résolution.

« Comme tous les athées poseurs et les intellos de gauche admirateurs de l'Europe, ton père est à la base un dissimulateur qui déteste le peuple ! » dit-il.

Kadife prit le cendrier en plastique Ersin Électricité et le lança à la tête de Lazuli. Mais, peut-être intentionnellement, elle le visa mal : le cendrier alla frapper le paysage de Venise du calendrier pendu au mur et retomba en silence.

« Par ailleurs, ton père ignore que sa fille est l'amante secrète d'un islamiste radical », dit Lazuli.

Kadife frappa légèrement des deux poings l'épaule de Lazuli, puis se mit à pleurer. Lazuli la fit asseoir sur une chaise et ils parlèrent d'une voix tellement artificielle que Ka se demanda si tout cela n'était pas un coup monté pour l'impressionner.

« Retire tes propos, demanda Kadife.

— Je retire mes propos, dit Lazuli comme s'il consolait avec affection un petit enfant en larmes. Pour te prouver ma bonne foi, sans accorder d'importance au fait qu'il soit homme à faire des plaisanteries d'athée nuit et jour, j'accepte de signer avec lui la déclaration. Mais comme ce représentant de Hans Hansen — il sourit à Ka — peut nous avoir tendu un piège, il n'est pas question que je me rende à votre hôtel. Tu comprends, ma chérie?

— Mon père, pour sa part, ne sortira pas de l'hôtel, dit Kadife avec un ton de fille gâtée qui surprit Ka. La pauvreté de Kars lui mine le moral.

— Kadife, persuadez votre père de sortir », supplia Ka avec une intonation sentencieuse que sa voix n'avait jusque-là jamais prise quand il discutait avec elle. « La neige a tout recouvert. » Il croisa soudain ses yeux.

Cette fois, Kadife comprit. « D'accord, dit-elle. Mais, avant que mon père ne sorte de l'hôtel, il faut le persuader d'apposer sa signature au bas d'un texte signé par un islamiste et un Kurde nationaliste. Qui s'en chargera?

— Je m'en charge, fit Ka. Vous m'y aiderez aussi.

— Où se fera le rendez-vous? demanda Kadife. Histoire que mon pauvre père se fasse arrêter à cause de cette bêtise, voire qu'il aille à nouveau en prison à son âge.

— Ce n'est pas une bêtise, reprit Lazuli. Si un ou deux papiers sortent dans des journaux européens, ça parviendra à l'oreille d'Ankara et ça retiendra un peu leur attention.

— L'enjeu est moins de sortir un papier dans les journaux européens que de faire une info avec ton nom », dit Kadife.

Lazuli ayant réussi à sourire à Kadife avec indulgence et douceur, Ka éprouva du respect pour lui. Il réalisait alors que si une déclaration sortait dans le *Frankfurter Rundschau*, les petits journaux islamistes d'Istanbul la traduiraient, pleins d'éloges et d'emphase. Cela signifiait que Lazuli serait connu dans toute la Turquie. Il y eut un long silence. Kadife sortit un mouchoir, pour s'essuyer les yeux. Ka pressentit que dès qu'il serait sorti de là les deux

344

amants d'abord se querelleraient et ensuite feraient l'amour. Souhaitaient-ils qu'il sorte et s'en aille sans tarder ? Un avion passa très haut dans les airs. Ils écoutèrent tous, les yeux en l'air, tournés vers le ciel qu'on voyait par la partie supérieure de la fenêtre.

« Aucun avion ne passe par là, d'habitude, dit Kadife.

— La situation est exceptionnelle », dit Lazuli, avant de sourire à ses illusions. Remarquant que Ka souriait lui aussi, il devint hargneux. « La température est largement inférieure à moins vingt, mais on dit que l'État annonce qu'elle est juste de moins vingt. » Il regarda Ka avec un air de défi.

« Je souhaitais avoir une vie normale, dit Kadife.

— Toi, tu rejettes la vie bourgeoise normale, dit Lazuli. C'est ce qui fait de toi quelqu'un d'aussi exceptionnel.

— Mais je ne veux pas être exceptionnelle. Je veux être comme tout le monde. S'il n'y avait pas eu le putsch militaire, peut-être que je me serais dévoilée et que j'aurais enfin été comme tout le monde.

— Ici, tout le monde se voile, dit Lazuli.

— C'est pas vrai. Dans mon entourage, la plupart des femmes qui ont fait des études comme moi ne se voilent pas. Le problème, c'est qu'en me voilant, alors que j'étais comme tout le monde et ordinaire, je me suis passablement éloignée de mes pairs. Il y a quelque chose d'orgueilleux dans tout ça que je n'aime pas.

— Dans ce cas, dévoile-toi dès demain, dit Lazuli. Tout le monde verra cela comme une victoire du putsch militaire.

— Tout le monde sait que je ne vis pas avec toi pour tes idées... », dit Kadife. Et son visage devint tout rouge de plaisir.

Lazuli aussi lui sourit avec douceur, mais cette

fois Ka vit à son visage qu'il se retenait. Et Lazuli vit que Ka avait vu les efforts qu'il déployait. Cela conduisit les deux hommes à un point dont aucun des deux ne voulait que l'autre fût témoin, à savoir au seuil de l'intimité entre Lazuli et Kadife. Ka sentit que Kadife, qui regardait Lazuli par en dessous avec un air à moitié hargneux, avait en fait déballé son intimité avec Lazuli et fait de Ka un témoin de leur liaison pour toucher le premier à son point faible et embarrasser le second. Pourquoi lui vinrent alors à l'esprit les lettres d'amour de Necip à Kadife, qu'il gardait dans sa poche depuis la nuit dernière?

« Dans les journaux, aucun des noms des jeunes femmes malmenées à cause de leur voile et expulsées de l'école n'est mentionné, dit Kadife avec le même regard noir. Dans les journaux, à la place des femmes dont la vie bascule à cause du voile, on nous montre des photos d'islamistes provinciaux, réservés et niais qui parlent en leur nom. En outre, la femme musulmane n'est mentionnée dans les journaux que si son mari est maire ou quelque chose comme ça et qu'elle se trouve à ses côtés lors de cérémonies officielles. C'est pourquoi ce qui m'afflige n'est pas de ne pas passer dans les journaux, c'est d'y passer. Alors que nous autres, nous souffrons pour protéger notre intimité, j'ai au fond de la peine aussi pour ces malheureux qui gesticulent pour être sûrs qu'on les reconnaîtra. C'est la raison pour laquelle je pense qu'il est nécessaire d'écrire un article sur les filles qui se suicident. Par ailleurs, je sens que j'ai moi aussi le droit de remettre une déclaration à Hans Hansen.

— Ce serait très bien, dit Ka sans réfléchir. Vous signerez : une représentante des féministes musulmanes.

— Je ne veux représenter personne, s'exclama

Kadife. Je veux me montrer aux Européens de là-bas avec ma propre histoire, toute seule, avec tous mes péchés et tous mes défauts. Parfois, les gens veulent raconter leur histoire, sans rien cacher, à quelqu'un qu'ils ne connaissent pas et qu'ils sont sûrs de ne jamais revoir. Autrefois, quand je lisais des romans européens, j'avais l'impression que les héros avaient raconté comme ça leur histoire à l'écrivain. Je voudrais ainsi que quatre ou cinq personnes lisent mon histoire en Europe. »

Il y eut une explosion à proximité, tout l'appartement fut secoué et les vitres tremblèrent. Une ou deux secondes après, Lazuli et Ka se dressèrent sous le coup de la peur.

« Moi, je vais aller voir », dit Kadife. Des trois, c'était elle qui semblait avoir le plus de sang-froid.

Ka entrouvrit légèrement le rideau. « La voiture à cheval est partie, dit-il.

— C'est dangereux de rester ici, dit Lazuli. Qu'il sorte par la porte côté cour. »

Ka sentit qu'il avait dit cela pour lui signifier : « Ça suffit, tu peux partir », mais comme figé par l'indécision il ne put bouger. Ils se regardèrent avec haine. Ka se souvint de sa peur quand, durant ses années d'université, il croisait dans un couloir vide et obscur des étudiants ultranationalistes armés, mais à cette époque il n'y avait absolument pas de tension d'ordre sexuel dans l'air.

« Je peux être un peu paranoïaque moi aussi, dit Lazuli. Mais cela ne signifie pas que tu n'es pas un agent de l'Occident. Je ne peux pas savoir si tu es un agent ou non, et donc le fait que tu te montres ainsi bien intentionné ne changera rien à la situation. Ici, l'étranger, c'est toi. Les doutes que tu suscites, sans t'en apercevoir, dans l'édifice des croyances de cette chère fille, certaines de tes étrangetés en sont bien la preuve. Avec tes regards d'Occidental content de soi, tu nous as jugés, tu as même peut-être ri de nous à part toi... Moi, je n'ai pas accordé d'importance à ça, Kadife non plus, assurément, mais tu as introduit ici la promesse de bonheur de l'Europe, le rêve de justice, et, avec ta propre innocence, tu as troublé nos esprits. Je ne t'en veux pas, parce que, comme tous les hommes de bien, tu fais le mal sans t'en apercevoir. Mais à présent, après tout ce que je t'ai dit, tu ne pourras plus désormais être considéré comme innocent. »

27

Tiens bon, ma fille, du renfort vient de Kars !

KA S'EFFORCE DE FAIRE
PARTICIPER TURGUT BEY
À LA DÉCLARATION

En sortant de la maison, Ka alla jusqu'au marché en passant par la cour sur laquelle donnaient les ateliers, sans que personne le vît. Dans la petite boutique de chaussettes, papeterie et cassettes où il avait entendu la veille *Roberta* de Peppino Di Capri, il fit photocopier page à page par le garçon au visage pâle et aux sourcils froncés, les lettres que Necip avait écrites à Kadife. Pour cela il fallut déchirer les enveloppes. Ensuite, il remit les originaux dans le même genre d'enveloppe terne et bon marché, et, imitant l'écriture de Necip, il écrivit dessus le nom de Kadife.

Il marcha à grands pas vers l'hôtel avec en tête l'image d'İpek l'appelant à se battre pour le bonheur et à faire tourner les tables en racontant des mensonges. La neige tombait à nouveau à gros flocons. Ka ressentit dans les rues la précipitation décousue d'une fin de journée ordinaire. À cause des congères qui rétrécissaient l'angle de la rue Saray-Yolu et de l'avenue Halitpaşa, une charrette de charbon tirée par un cheval fatigué bloquait la route. Les essuie-glaces du camion derrière elle peinaient à dégager le pare-brise. Il y avait dans l'air une tristesse propre aux soirs d'hiver de son enfance où chacun, sacs plastiques à la main, se dépêche de rentrer chez soi sous un ciel de plomb, retrouver son bonheur étroit, mais il se sentait quant à lui aussi résolu que si le jour commençait.

Il monta aussitôt dans sa chambre. Il cacha au fond de son sac les photocopies des lettres de Necip, puis ôta son manteau et le suspendit. Il se lava les mains avec un soin étrange. D'instinct, il se lava les dents (d'habitude, il faisait ça le soir) et, pensant qu'un nouveau poème s'apprêtait à venir, il regarda dehors par la fenêtre un long moment. Parallèlement, il profitait de la chaleur du radiateur et à la place du poème lui vinrent à l'esprit certains souvenirs de son enfance et de sa jeunesse qu'il avait oubliés : le sale type qui les avait suivis un matin de printemps alors qu'ils étaient allés à Beyoğlu, sa mère et lui, pour acheter des boutons, le taxi transportant à l'aéroport son père et sa mère en partance pour l'Europe qui disparaissait au coin de Nişantaşı, les maux d'amour qu'il avait eus au ventre pendant des jours, parce qu'il ne savait pas comment retrouver la fille de grande taille, aux longs cheveux et aux yeux verts qu'il avait rencontrée dans une soirée à Büyükada et avec qui il avait dansé des heures... Tous ces souvenirs n'avaient aucun rapport les uns avec les autres et Ka réalisait parfaitement à présent que sa vie, hormis les moments de bonheur amoureux, n'était qu'une série d'événements sans relation entre eux, insensés, ordinaires.

Il descendit et frappa à la porte blanche qui séparait le hall de l'appartement du propriétaire de l'hôtel avec la détermination de quelqu'un qui rend une visite programmée depuis des années et avec un sang-froid qui l'étonna lui-même. Il eut l'impression que la servante kurde le recevait avec un air « mi-mystérieux, mi-respectueux », comme dans un roman de Tourgueniev. En pénétrant dans la salle où ils avaient dîné la veille au soir il vit, tournant le dos à la porte, Turgut Bey et İpek assis côte à côte sur un grand canapé face à la télévision.

« Kadife, où étais-tu ? » demanda pour commencer Turgut Bey.

À la lumière falote de la neige qui venait de l'extérieur, cette pièce large aux hauts plafonds de l'ancienne demeure russe apparut à Ka comme un lieu tout différent de la veille.

Après avoir réalisé que c'était Ka qui était entré, le père et la fille furent un instant mal à l'aise, à la façon des couples dont l'intimité est violée par un étranger. Aussitôt après Ka fut heureux de voir qu'une lumière brillait dans les yeux d'İpek. S'asseyant sur un siège tourné à la fois vers la télévision allumée et vers le père et la fille, il trouva celle-ci encore plus belle que dans son souvenir. Cela accrut la peur qui l'habitait, mais il pensait désormais qu'il finirait par être heureux avec elle.

« Mes filles et moi, tous les jours à quatre heures, nous nous asseyons ici et nous regardons *Marianna* », dit Turgut Bey avec une expression disant à la fois la confusion et « Je n'ai de compte à rendre à personne ».

Marianna était une série mélo mexicaine diffusée sur une des grandes chaînes de télé d'Istanbul cinq jours dans la semaine et très appréciée dans toute la Turquie. Le titre du feuilleton était le nom d'une fille de petite taille aux grands yeux verts, chaleureuse, très coquette, Marianna, issue d'un milieu défavorisé malgré son teint bien blanc. Quand elle se trouvait dans des situations difficiles, qu'elle était injustement accusée ou aimait sans être aimée, le spectateur avait tout loisir de se rappeler la pauvreté chronique et la situation d'orpheline esseulée de Marianna aux longs cheveux et au visage innocent,

351

et alors Turgut Bey et ses filles, lovés comme des chats sur le canapé, se prenaient généreusement dans les bras et, la tête des filles, disposées de chaque côté de leur père, appuyée contre sa poitrine ou ses épaules, ils versaient tous une petite larme. Comme Turgut Bey avait honte d'être aussi passionné par une série télévisée mélodramatique, de temps en temps il soulignait la pauvreté de Marianna et du Mexique, déclarait que cette fille menait à elle seule une guerre contre les capitalistes, parfois même il s'adressait tout haut à l'écran pour s'écrier : « Tiens bon, ma fille, du renfort vient de Kars ! » À ces moments, ses filles souriaient doucement, les yeux pleins de larmes.

Un sourire se fit jour au coin des lèvres de Ka quand le feuilleton commença. Mais dès qu'il croisa le regard d'İpek, il comprit que cette ironie distante ne lui plaisait pas, et il affecta un air sérieux.

À la première page de publicité, Ka fit part à Turgut Bey, rapidement et sans hésiter, de l'affaire de la déclaration commune et parvint en peu de temps à éveiller son intérêt. Turgut Bey fut tout particulièrement satisfait de se voir accorder de l'importance et demanda qui avait eu l'idée de cette déclaration et dans quelles conditions son nom à lui avait été proposé.

Ka dit qu'il avait ici pris lui-même la décision en question, sur la base de discussions qu'il avait eues avec des journalistes démocrates en Allemagne. Turgut Bey demanda à combien se vendait le *Frankfurter Rundschau* et si Hans Hansen était ou non un « humaniste ». Ka, pour préparer Turgut Bey, parla de Lazuli comme d'un dangereux religieux qui avait saisi l'importance d'être démocrate. Mais Turgut Bey ne s'était pas braqué sur ce point, et avait déclaré que l'engagement religieux intégral était un produit de la pauvreté, tout en rappelant que, même s'il ne croyait pas, il avait du respect pour le combat de sa fille et de ses camarades. Avec le même état d'esprit, il expliqua qu'il éprouvait du respect pour l'adolescent kurde nationaliste — quel qu'il fût —, et que s'il avait été jeune à Kars aujourd'hui il aurait été lui aussi par réaction un nationaliste kurde. C'était comme s'il était sous le coup d'un de ses moments d'enthousiasme où il volait au secours de Marianna. « Il serait déplacé de le dire ouvertement, mais je suis contre le putsch », reconnut-il avec enthousiasme. Ka le calma en lui disant que cette déclaration ne serait d'ailleurs pas publiée en Turquie. Ensuite, il dit que pour que cette réunion puisse se faire dans la sécurité, elle ne pouvait se dérouler que dans une pièce sommaire au dernier étage de l'hôtel Asya, et qu'on ne pouvait entrer dans l'hôtel sans être vu, une fois sorti par la porte arrière du passage, que par une cour à laquelle on accède par une porte arrière de la boutique voisine.

« Il faut montrer au monde qu'il existe aussi de vrais démocrates en Turquie », lui répondit Turgut Bey. Comme le feuilleton reprenait, il avait prononcé ces mots dans la précipitation. Avant que Marianna réapparaisse à l'écran, il jeta un coup d'œil sur sa montre et demanda : « Mais où est donc Kadife ? »

Ka regarda *Marianna* en silence à la façon du père et de la fille.

À un moment, Marianna monta des escaliers côte à côte avec celui dont elle était éprise et, sûre que personne ne pourrait les voir, elle prit dans ses bras son amoureux. Ils ne s'embrassèrent pas, mais ils firent quelque chose qui eut encore plus d'effet sur Ka : ils se serrèrent l'un contre l'autre de toutes leurs forces. Dans le silence qui fut long, Ka se dit que tout Kars était en train de regarder ce feuilleton, les maris revenus du centre-ville et les femmes au foyer, les collégiennes et les vieux retraités; il se dit aussi qu'à cause du feuilleton, non seulement les rues tristes de Kars étaient complètement désertées, mais aussi toutes celles de Turquie et en même temps il réalisa qu'avec sa permanente ironie d'intellectuel, ses préoccupations politiques, ses très hautes prétentions culturelles et son austère façon de vivre éloignée de toute la sensibilité que provoquait ce feuilleton, il était décidément un bel imbécile. Il était sûr que Lazuli et Kadife, après avoir fait l'amour, maintenant retirés dans un coin et allongés dans les bras l'un de l'autre, regardaient *Marianna* avec passion.

Alors que Marianna disait à son amoureux : « J'ai attendu ce jour toute ma vie », Ka sentit que ce n'était pas par hasard que ces mots reflétaient ses propres pensées. Il s'efforçait de croiser le regard d'İpek. Son amoureuse, la tête appuyée sur la poitrine de son père, ses grands yeux embués de tristesse et d'amour fixés sur l'écran, s'abandonnait complaisamment aux sentiments qu'éveillait en elle le feuilleton.

« Pourtant, je suis toujours très inquiet, dit le bel amoureux au visage pur de Marianna.

— Ma famille ne permettra pas que nous soyons ensemble. Tant que nous nous aimerons, il ne devrait rien y avoir à craindre, dit Marianna, optimiste.

— Ma fille, ton vrai ennemi, c'est ce mec! intervint Turgut Bey.

— Je voudrais que tu m'aimes sans aucune crainte », dit Marianna.

À force de regarder avec insistance İpek au fond des yeux, Ka réussit à croiser son regard, mais la félonne se déroba aussitôt. Durant la page de publicité, elle se tourna vers son père : « Mon papa chéri, je trouve dangereux que vous alliez à l'hôtel Asya.

— Ne t'en fais pas, répondit Turgut Bey.

— C'est vous-même qui dites depuis des années que le couvre-feu à Kars apporte toujours un malheur.

— C'est vrai, mais si je ne vais pas là-bas, il faut que ce soit pour une question de principes et non pas par peur », dit Turgut Bey. Il se tourna vers Ka. « La question est la suivante : moi, à présent, en tant que communiste, moderniste, laïc, démocrate et patriote, est-ce qu'il faut que je croie d'abord aux Lumières ou en la souveraineté du peuple ? Si je crois jusqu'au bout aux Lumières et en l'occidentalisation, il faut que je soutienne ce coup d'État militaire mené contre les religieux. Mais si je place la souveraineté du peuple avant toute chose et si je suis un démocrate sans concession, alors, dans ce cas, il faut que j'aille signer cette déclaration. Vous, vous penchez pour quoi ?

— Soyez du côté des opprimés et venez signer cette déclaration, dit Ka.

— Il ne suffit pas d'être opprimé, il faut aussi avoir raison. La plupart des opprimés ont ainsi tort à un point démentiel. Que dois-je croire ?

— Lui, il ne croit en rien, dit İpek.

— Tout le monde croit en quelque chose, dit Turgut Bey. Dites-nous, s'il vous plaît, ce que vous en pensez. »

Ka essaya d'expliquer qu'il y aurait un peu plus de démocratie à Kars si Turgut Bey signait la déclaration. Mais à présent il sentait avec panique qu'il était fort probable qu'İpek ne voulût pas venir avec lui à Francfort et il craignait de ne pouvoir calmement persuader Turgut Bey de sortir de l'hôtel. Il éprouva aussi le sentiment de liberté enivrant que procure le fait de dire que l'on croit à des choses sans y croire vraiment. Alors qu'il débitait les termes de la déclaration à signer que tous les défenseurs des droits de l'homme et de la démocratie connaissaient bien, il aperçut dans les yeux d'İpek une lueur qui indiquait qu'elle ne croyait pas du tout à ce qu'il racontait. Mais ce n'était pas une lueur apitoyée et moralisatrice ; au contraire, c'était une lueur pleine d'affects sexuels et de provocation qui signifiait : « Je sais que tu racontes tous ces mensonges parce que tu me désires. » De la sorte Ka décida qu'il avait découvert, tout de suite après l'importance de la sensibilité mélodramatique, une autre grande vérité qui lui avait échappé jusque-là, à savoir que certaines femmes peuvent trouver très attirants les hommes qui ne croient à rien d'autre que l'amour... Porté par l'enthousiasme de cette découverte, il fit un long discours sur les droits de l'homme, la liberté de pensée, la démocratie et autre. En répétant les mots sur les droits de l'homme que certains intellectuels européens légèrement abrutis par un excès de bonnes intentions et que ceux qui les imitent en Turquie ont galvaudés, excité par la perspective de faire l'amour avec elle, il planta ses yeux au fond de ceux d'İpek.

« Vous avez raison, dit Turgut Bey, alors que la pub se terminait. Mais où est donc Kadife ? »

Pendant la suite du film, Turgut Bey n'était plus aussi serein : il avait beau avoir peur, il voulait aller tout de suite à l'hôtel Asya. Devant *Marianna*, il évoqua pesamment ses souvenirs politiques de jeunesse, ses craintes d'aller en prison et ses responsabilités d'être humain, avec la tristesse d'une personne âgée égarée entre rêves et souvenirs. Ka comprit qu'İpek lui en voulait d'avoir entraîné son père vers cette fébrilité et cette peur, tout en éprouvant de l'admiration pour lui, Ka, qui avait su convaincre son père. Elle ne prêta pas d'importance à son regard qui s'était dérobé et, son père dans les bras jusqu'à la fin du feuilleton, elle ne prit pas la peine de dire : « N'y allez pas si vous ne voulez pas, papa, vous avez assez souffert pour les autres. »

Ka aperçut comme une ombre sur le visage d'İpek, mais un nouveau poème, plein de bonheur, lui vint à l'esprit. Il s'assit silencieusement sur le siège à côté de la porte de la cuisine où peu de temps avant Zahide Hanım regardait *Marianna* en larmes, puis nota avec entrain le poème qui se présentait à lui.

Alors qu'il finissait sans une seule lacune le poème qu'il baptiserait, bien après, peut-être par ironie, « Je serai heureux », Kadife entra précipitamment sans le voir. Turgut Bey se leva d'un bond, la prit dans ses bras, l'embrassa, et lui demanda d'où elle sortait et pourquoi ses mains étaient aussi froides. Une larme coula de son œil. Kadife dit qu'elle était allée chez Hande. Puis elle prétendit qu'elle était sortie en retard de chez elle, pour pouvoir regarder jusqu'à la fin *Marianna*, qu'elle ne voulait rater pour rien au monde.

« Tu l'as trouvée comment, notre fille ? » (il faisait allusion à Marianna), demanda Turgut Bey, mais sans écouter la réponse de Kadife il passa à l'autre sujet qui l'accaparait à présent entièrement comme une source d'inquiétude et fit un résumé de ce qu'il venait d'entendre de la bouche de Ka.

Non seulement Kadife se comporta comme si elle entendait pour la première fois parler du sujet, mais, remarquant Ka à l'autre bout de la pièce, elle fit comme si elle était fort surprise de le trouver là. Elle s'exclama : « Je suis très heureuse de vous voir ici », tout en se recouvrant la tête, mais avant même de s'être pleinement voilée, elle s'assit devant la télévision et commença à donner des conseils à son père. L'étonnement de Kadife était tellement crédible que, quand elle entreprit par la suite de convaincre son père de signer la déclaration et d'aller à la réunion, Ka pensa que Turgut Bey aussi jouait la comédie. En voyant la peur sur le visage d'İpek, Ka pensa qu'elle soupçonnait Lazuli d'avoir voulu cette publication à l'étranger, puis il comprit qu'il y avait une autre raison à cela.

« Mon papa chéri, moi aussi je vais venir avec vous à l'hôtel Asya, dit Kadife.

— Je ne veux absolument pas qu'il t'arrive quoi que ce soit à cause de moi, reprit Turgut Bey dans le pur style des feuilletons qu'ils regardaient et des romans que jadis ils lisaient tous ensemble.

— Mon papa chéri, il se peut qu'en vous mêlant de cette affaire vous vous exposiez inutilement à un danger », dit İpek.

Ka sentit qu'İpek, tout en s'adressant à son père, sous-entendait autre chose, qui lui était destiné à lui ; il sentit aussi qu'au fond, comme pour tous ceux qui se trouvaient dans la pièce, ses paroles à elle aussi étaient à double sens, et ses regards tantôt fuyants tantôt au contraire braqués sur lui ne faisaient que souligner cette duplicité. Il réaliserait bien plus tard qu'à Kars, à l'exception de Necip, toutes les personnes qu'il avait rencontrées s'étaient employées à prononcer des mots à double sens, avec un art inné, et il se demanderait si c'était lié à la pauvreté, à la peur, à la solitude ou à la fragilité de la vie. Ka voyait bien qu'en disant « Mon papa chéri, n'y allez pas » İpek le provoquait, lui, et que Kadife, en évoquant la déclaration et son attachement à son père, exprimait au fond son attachement à Lazuli.

Ainsi, il s'engagea dans la négociation dont il dirait plus tard qu'elle avait été la « discussion le plus à double sens » de sa vie. S'il ne parvenait pas à convaincre tout de suite Turgut Bey de sortir de l'hôtel, il sentait fortement qu'il ne pourrait jamais coucher avec İpek, ça, il le voyait dans les yeux pleins de défi d'İpek ; et il décida que c'était, de sa vie, la dernière chance d'être heureux. En commençant à parler il saisit que les mots et arguments nécessaires pour convaincre Turgut Bey étaient en même temps ceux qui conduisaient sa propre vie dans une impasse. Et cela éveilla également en lui le désir de se venger de ses idéaux de jeunesse, que sans même s'en rendre compte il avait à présent oubliés. En évoquant, pour convaincre Turgut Bey, la nécessité de faire quelque chose pour les autres, le sentiment de responsabilité face à la pauvreté et aux déboires du pays, la volonté de civiliser, ainsi qu'un imperceptible sens de la solidarité, une sincérité inattendue l'envahit. Il se rappela les enthousiasmes de gauche de sa jeunesse, sa résolution de ne pas vivre comme un bourgeois turc, ordinaire et ignoble comme les autres, son aspiration à une vie partagée entre les livres et les idées. Ainsi, il ressortit à Turgut Bey, avec la passion de ses vingt ans, les convictions qui faisaient tant de peine à sa mère tout naturellement opposée à ce que son fils soit poète, et qui, chamboulant toute sa vie, l'avaient conduit finalement en exil dans un trou à rats à Francfort. D'un autre côté, il sentait que la violence de ses propos signifiait pour İpek : « Je veux te faire l'amour avec cette violence. » Il pensait que ces paroles de gauchiste qui avaient gâché toute sa vie serviraient bien à quelque chose en fin de compte, et que grâce à celles-ci il pourrait faire l'amour avec İpek. Mais, à ce moment précis, il s'aperçut qu'il ne croyait désormais plus du tout à ces paroles, et que le plus grand bonheur dans la vie c'était, tout en tenant dans ses bras une fille belle et intelligente, d'écrire de la poésie dans un coin.

Turgut Bey annonça qu'il irait à la réunion à l'hôtel Asya « sur-le-champ ». Il se retira dans sa chambre avec Kadife pour se préparer.

Ka se rapprocha d'İpek, qui était restée là où elle était tout à l'heure avec son père devant la télévision. Elle était assise comme si elle était encore appuyée contre Turgut Bey. Ka murmura : « Je t'attendrai dans ma chambre.

— Tu m'aimes ? demanda İpek.

— Je t'aime très fort.

— C'est vrai, ça ?

— Très vrai. »

Ils se turent un moment. Ka, suivant le regard d'İpek, regarda par la fenêtre. La neige avait recommencé à tomber. Le lampadaire devant l'hôtel s'alluma, et bien qu'il illuminât les gros flocons, comme l'obscurité n'était pas encore totale, on avait l'impression qu'il s'était allumé pour rien.

« Toi, monte dans ta chambre. Je viendrai dès qu'ils seront partis », dit İpek.

28

Ce qui différencie l'amour de la douleur de l'attente

Mais İpek ne vint pas tout de suite. Ce fut là une des plus grandes tortures de la vie de Ka. Il se souvint qu'il redoutait d'être amoureux à cause de cette douleur ravageuse que cause l'attente. Quand il arriva dans sa chambre, il se jeta d'abord sur le lit, puis se releva aussitôt, mit en ordre ses vêtements et ses cheveux, se lava les mains, sentit que son sang était en train de se retirer de ses mains, de ses bras, de ses lèvres, se peigna les cheveux d'une main tremblante ; ensuite, ayant regardé à quoi il ressemblait dans le reflet de la vitre, il remit ses cheveux en désordre, et, s'apercevant que tout cela n'avait pas pris beaucoup de temps, il commença à regarder désespérément dehors.

Par la fenêtre, il aurait dû voir s'éloigner Turgut Bey et Kadife. Mais peut-être qu'ils étaient partis alors qu'il se trouvait aux toilettes. Mais, dans ce cas, İpek aurait dû arriver longtemps auparavant. Peut-être aussi qu'à cet instant elle s'apprêtait fébrilement dans sa chambre, en se mettant les parfums et les fards qu'il avait vus la veille. Quelle erreur stratégique que de dépenser pour des futilités un temps qu'ils pourraient passer ensemble ! Ne savait-elle pas combien il l'aimait ? Rien au monde n'équivalait à la douleur insupportable de cette attente-là ; il aurait voulu le dire à İpek dès son arrivée, mais viendrait-elle? Au fil du temps, il avait la conviction croissante qu'İpek avait changé d'avis au dernier moment et qu'elle ne viendrait pas.

Il vit qu'une voiture à cheval avait abordé l'hôtel, que Turgut Bey, qui s'appuyait sur Kadife pour avancer, était monté dedans avec l'aide de Zahide Hanım et de Cavit, le réceptionniste, et que l'on tirait une bâche pour recouvrir les portières. Mais la voiture ne bougeait pas. Elle restait immobile, alors que les flocons de neige, paraissant chacun bien plus gros à la lumière du lampadaire, s'accumulaient rapidement sur la bâche. Le temps semblait à Ka comme suspendu, il crut qu'il devenait fou. Ce faisant, Zahide arriva en courant et tendit vers l'intérieur de la voiture un objet que Ka ne put voir. Le cœur de Ka s'emballa, alors que la voiture se mettait en mouvement.

Mais İpek n'arrivait toujours pas.

Qu'est-ce donc qui différencie l'amour de la douleur de l'attente? Tout comme l'amour, cette douleur commençait quelque part entre le bas-ventre et l'estomac, et se diffusait à partir de ce point nodal, prenait possession de sa poitrine, du haut de ses jambes et de son front, puis insensibilisait tout son corps. En écoutant les petits craquements intérieurs de l'hôtel, il s'efforça de deviner ce qu'İpek faisait à cet instant. Il prit pour İpek une femme qui passait dans la rue et ne lui ressemblait en aucune manière. Comme la neige tombait joliment! Qu'il était bon d'oublier un instant qu'il attendait! Enfant, pour les vaccinations, on les descendait au réfectoire de l'école et, quand ils attendaient l'un derrière l'autre dans les odeurs de teinture d'iode et de gril, les manches retroussées, son ventre lui faisait mal, c'était la même douleur, et il avait envie de mourir.

Il aurait voulu être chez lui, dans sa chambre. Ou même être dans son immonde chambre à Francfort. Quelle erreur grossière il avait commise en venant ici! À présent même la poésie l'avait délaissé. Et la souffrance l'empêchait maintenant de regarder la neige tomber dans la rue. Pourtant il était agréable, alors que la neige tombait, de se tenir devant cette fenêtre, au chaud; c'était mieux que d'être mort, parce que si İpek ne venait pas, il pouvait en mourir.

Il y eut une coupure de courant.

Il l'interpréta comme un signe qui lui était adressé. Il se pouvait qu'İpek ne fût pas venue parce qu'elle savait que le courant allait être coupé. Ses yeux cherchèrent dans la rue obscure sous la neige le moindre mouvement qui aurait pu le distraire. Quelque chose qui aurait pu lui faire comprendre pourquoi elle n'était pas encore arrivée. Il vit au loin un camion. Était-ce un camion militaire? Non, c'était une hallucination. Et les bruits qu'il entendait à présent dans les escaliers? Illusion, eux aussi? Personne ne viendrait. Il s'écarta de la fenêtre et se jeta dos sur le lit. Son mal de ventre s'était transformé en supplice et en désespoir chargé de remords. Il pensa que toute sa vie s'était écoulée pour rien et qu'il mourrait ici, de désespoir et de solitude. Il ne pourrait même plus trouver en lui la force de retourner dans ce petit trou à rats à Francfort. Ce qui le faisait intimement souffrir et le minait, ce n'était pas d'être aussi malheureux, c'était de réaliser qu'en fait s'il avait agi de façon un peu plus intelligente il aurait pu avoir une vie bien plus heureuse. Et le plus effrayant, c'était que personne ne remarquait son malheur et sa solitude. Si İpek les avait remarqués, elle serait aussitôt montée sans le faire attendre! Si sa mère l'avait vu dans cet état, elle aurait été la seule au monde à s'en affliger, et l'aurait

consolé en lui caressant les cheveux. Par les fenêtres
aux rebords verglacés, on apercevait les lumières
pâles de Kars et la couleur orangée de l'intérieur des
maisons. Ka se mit à souhaiter que la neige tombât à
ce rythme pendant des jours, des mois, qu'elle
recouvrît Kars au point que plus personne à l'avenir
ne pût retrouver la ville ; comme ça, endormi sur le
lit où il s'était allongé, il se réveillerait un matin
ensoleillé de son enfance en compagnie de sa mère.

On frappa à la porte. Ka pensa que c'était quelqu'un de la cuisine. Mais il bondit pour ouvrir, et
sentit la présence d'İpek dans l'obscurité.

« Mais où étais-tu ?

— J'arrive tard ? »

Mais Ka n'était pas en état de l'écouter. Il la prit
aussitôt dans ses bras de toutes ses forces ; il
enfonça sa tête entre son cou et ses cheveux ; et resta
ainsi sans bouger. Et il se sentit tellement heureux
que la douleur de l'attente lui parut bien absurde.
Cependant, parce que cette attente l'avait épuisé, il
ne pouvait éprouver autant d'élan qu'il l'eût désiré.
C'est pourquoi, alors même qu'il savait bien qu'il ne
fallait pas le faire, il demanda des explications à
İpek sur son retard d'une manière plaintive. Mais
İpek lui dit qu'elle était venue dès que son père était
parti ; oui, c'est vrai, elle était descendue à la cuisine
pour dire une ou deux choses à Zahide au sujet du
repas du soir, mais cela n'avait pas pris plus d'une
minute ; aussi, elle n'avait pas eu le sentiment d'avoir
fait attendre Ka. En se montrant ainsi plus ardent et
plus susceptible, alors que leur relation ne faisait
que s'esquisser, Ka sentit que le rapport de force lui
était devenu défavorable. Craignant de paraître
faible et pour cacher la souffrance qu'il avait endurée, il mit İpek dans une situation inconfortable. Or
est-ce qu'il ne voulait précisément pas être amou-

reux pour désormais partager toute chose? L'amour, d'ailleurs, n'était-ce pas le désir de pouvoir dire toute chose? En un instant, il fit part à İpek, avec l'émotion précipitée de l'aveu, de toute cette association d'idées.

« Oublie tout ça, maintenant, dit İpek. Je suis venue faire l'amour avec toi. »

Ils s'embrassèrent et, avec une douceur immensément jouissive pour Ka, ils basculèrent sur le lit. C'était un bonheur miraculeux pour Ka, qui n'avait fait l'amour avec personne depuis quatre ans. Aussi, plus que de s'adonner aux plaisirs charnels du moment qu'il vivait, il était tout accaparé par des pensées relatives à l'exceptionnelle beauté de ce moment. Comme lors des premières expériences sexuelles de ses années de jeunesse, il était plus préoccupé par sa propre personne en train de faire l'amour que par l'acte lui-même. Cela, au premier abord, protégea Ka des enthousiasmes démesurés. En même temps, il commença à se remémorer rapidement, avec une logique poétique, certains détails non encore élucidés des films pornographiques dont il était devenu grand amateur à Francfort. Mais il ne s'agissait pas de rêver à des scènes pornographiques pour s'exciter; tout au contraire, c'était comme s'il célébrait la possibilité d'être en fin de compte partie prenante de certaines visions pornographiques qu'il avait en permanence à l'esprit comme des chimères. C'est pourquoi Ka ressentait que l'émotion intense qu'il vivait n'était pas focalisée sur İpek, mais sur une femme pornographique de son imaginaire, et sur le miracle que cette femme fût là dans son lit. Tout en défaisant impatiemment ses vêtements, après l'avoir déshabillée non sans une certaine rudesse sauvage et une certaine maladresse, il réalisa alors seulement qu'il s'agissait d'İpek. Ses seins étaient énormes, la chair autour de ses épaules et de son cou très délicate, et elle avait un parfum qui lui parut bizarrement étranger. Il la contempla à la lumière neigeuse qui venait de l'extérieur et eut peur de ses yeux qui brillaient par intermittence. Un regard très sûr de lui ; et Ka redoutait aussi d'apprendre qu'İpek n'était pas suffisamment vulnérable. Aussi, il lui tira les cheveux de façon à lui faire mal et, prenant du plaisir à lui infliger ce traitement, il les lui tira plus encore, avec acharnement ; il la força à des choses qui correspondaient aux scènes pornographiques qu'il avait en tête et il se comportait fermement sous le coup d'un instinct inattendu. Sentant qu'elle prenait plaisir à cela, le sentiment de victoire qu'il éprouvait se transforma en fraternité. Il la prit dans ses bras de toutes ses forces comme s'il voulait non seulement se protéger lui-même du malheur de Kars, mais aussi en protéger İpek. Mais, estimant qu'il ne parvenait pas à susciter suffisamment de réactions, il s'éloigna d'elle. Sur ce, il contrôla avec une maîtrise qu'il n'aurait jamais soupçonnée de sa part les acrobaties et les initiatives sexuelles qui habitaient ses fantasmes. Ainsi dans un moment de réflexion où il s'était passablement éloigné d'İpek, il se rapprocha d'elle avec autant de violence que s'il avait voulu lui ôter la vie. Selon quelques notes prises par Ka au sujet de ce rapport sexuel, dont je ne pense pas qu'il soit nécessaire que je rapporte tous les détails aux lecteurs : ils se rapprochèrent donc l'un de l'autre avec violence et demeurèrent comme hors de ce bas monde. Toujours selon les notes de Ka, vers la fin İpek cria d'une voix vaincue, et Ka, tel qu'il était, enclin à la paranoïa et à la peur, pensa qu'elle s'était donnée à lui seulement pour ça, dans cette chambre de ce recoin éloigné de l'hôtel, et il sentit que le plaisir qu'ils avaient pris à se faire mal l'un l'autre était imprégné d'un sentiment de solitude. Et son esprit imagina que ce couloir éloigné et cette chambre se détachaient de l'hôtel et s'installaient dans un quartier éloigné de la ville désolée de Kars. Il neigeait sur cette ville qui rappelait le silence d'après la fin du monde.

Ils restèrent ensemble au lit un long moment, puis regardèrent la neige sans dire un mot. Ka aperçut même parfois dans les yeux d'İpek la neige qui tombait.

29

L'incomplétude en moi

À FRANCFORT

Quarante-deux jours après la mort de Ka, soit quatre ans après sa venue à Kars, je suis allé dans le petit appartement de Francfort où Ka a passé les huit dernières années de sa vie. C'était un jour de février neigeux, humide et venteux. Francfort, où je me suis rendu un matin par avion depuis Istanbul, était une ville encore plus dénuée de saveur qu'il n'y paraissait sur les cartes postales que Ka m'envoyait depuis seize ans. Mis à part les tramways, qui tour à tour apparaissaient puis disparaissaient comme des fantômes, les voitures obscures qui passaient à toute vitesse, et les femmes au foyer qui marchaient à pas rapides, leur parapluie à la main, les rues étaient complètement vides. Le ciel était tellement bouché et sombre que même à midi les lampadaires au halo jaune morbide étaient allumés.

Aussi, dans les environs de la gare centrale, sur les trottoirs aux vendeurs de *döner*, aux agences de voyage, aux vendeurs de glaces et aux sex-shops, je me suis réjoui de retrouver les traces de cette énergie immortelle qui maintient en vie les grandes villes. Une fois installé dans mon hôtel, après avoir parlé au téléphone avec un jeune Turco-Allemand amateur de littérature qui m'avait invité, à ma propre demande, à faire une intervention dans une Maison de la culture, j'ai rejoint Tarkut Ölçün dans le café italien de la gare. J'avais eu son numéro de téléphone par la sœur de Ka à Istanbul. Cet homme bien intentionné et fatigué, d'une soixantaine d'années, était une des personnes qui avaient le mieux connu Ka durant ses années à Francfort. Au cours de l'enquête qui suivit la mort de Ka, il avait donné des informations à la police, avait contacté sa famille à Istanbul par téléphone et aidé au transfert de sa dépouille en Turquie. À l'époque, je pensais que les brouillons du livre de poésie que Ka avait dit avoir terminé seulement quatre ans après être revenu de Kars se trouvaient parmi ses affaires en Allemagne. Aussi demandai-je à son père et à sa sœur ce qu'il en était de tout ce qu'il avait laissé. Comme ils n'avaient alors pas la force d'aller en Allemagne, ils me prièrent de rassembler ce qui restait et de vider l'appartement de Ka.

Tarkut Ölçün était un des premiers immigrés arrivés au début des années 1960. Pendant des années, il avait servi d'enseignant et de conseiller dans des associations turques et des institutions de bienfaisance. Il avait deux enfants, une fille et un garçon, nés en Allemagne, qu'il était fier d'avoir envoyés à l'université et dont il me montra très vite les photos ; il jouissait d'une position respectable parmi les Turcs de Francfort, mais je vis néanmoins sur son visage ce sentiment caractéristique de solitude et de défaite que j'avais déjà remarqué chez les Turcs de la première génération et chez les exilés politiques vivant en Allemagne.

Tarkut Ölçün me montra en premier lieu le petit sac de voyage que Ka portait quand il avait été abattu. La police le lui avait laissé contre signature. Je l'ouvris et me mis à fouiller avec frénésie. Je trouvai à l'intérieur les pyjamas que Ka avait achetés à Nişantaşı dix-huit ans auparavant, un pull vert, sa brosse à dents avec son matériel de rasage, des sous-vêtements propres avec une chaussette, les revues de littérature que je lui avais envoyées d'Istanbul, mais pas le cahier de poèmes vert.

Par la suite, alors que nous buvions un café tout en regardant deux Turcs âgés qui faisaient les cent pas en discutant joyeusement dans la foule massée devant la gare, il me dit : « Orhan Bey, votre ami Ka était un homme seul. À Francfort, et moi compris, personne ne savait trop ce qu'il faisait. » Et il me promit à nouveau de raconter tout ce qu'il savait.

Passant entre les bâtiments centenaires situés derrière la gare et la vieille caserne, nous nous sommes rendus d'abord dans l'immeuble des environs de la Gutleutstrasse où Ka avait vécu ses huit dernières années. Nous n'avons pas pu trouver le propriétaire, qui aurait pu nous ouvrir aussi bien la porte du bas de l'immeuble qui donnait sur une petite place et sur un parc pour enfants que la porte de l'appartement. En attendant sous la neige mouillée qu'on nous ouvrît la vieille porte à la peinture écaillée, je regardai le petit parc mal entretenu, la boutique de l'épicier d'à côté et plus loin la vitrine sombre du magasin d'alcools et de journaux, dont Ka parlait dans les lettres qu'il envoyait et dans nos rares conversations téléphoniques (Ka, avec un soupçon de paranoïa, pensait qu'il était sur écoute et n'aimait pas parler au téléphone avec la Turquie) ; je regardais tout cela comme s'il s'agissait de mes propres souvenirs. Sur les bancs où, en compagnie de travailleurs italiens et yougoslaves, Ka buvait des bières les chaudes soirées d'été à côté des balançoires et bascules du parc pour enfants, il tombait à présent une neige à flocons drus.

Nous marchâmes vers la place de la gare en suivant le chemin que, les dernières années, Ka empruntait tous les matins pour se rendre à la bibliothèque municipale. Comme le faisait Ka, qui aimait marcher parmi les gens pressés qui se rendaient à leur travail, nous passâmes la gare, puis par la galerie marchande souterraine et devant les sex-shops de la Kaiserstrasse, longeâmes les échoppes pour touristes, les pâtisseries et les pharmacies, enfin nous suivîmes la ligne du tramway, jusqu'à la place Hauptwache. Tout en saluant lui-même certains Turcs et Kurdes qu'il voyait dans leurs boutiques de *döner*, de kebab ou de fruits et légumes, Tarkut Ölçün dit qu'ils saluaient tous Ka lorsqu'il passait par là pour se rendre à la bibliothèque municipale chaque matin, à la même heure, d'un « Bonjour, monsieur le professeur ». Comme je lui avais auparavant demandé où il était situé, Tarkut me montra le grand magasin au bord de la place : le *Kaufhof*. Je lui dis que Ka avait acheté là le manteau qu'il portait à Kars, mais je déclinai sa proposition d'entrer.

La bibliothèque municipale de Francfort, où Ka se rendait chaque matin, était un bâtiment moderne et sans caractère. À l'intérieur il y avait les hôtes typiques de ce genre de bibliothèque : des femmes au foyer, des personnes âgées tuant le temps, des chômeurs, des Turcs et quelques Arabes, des écoliers riant sous cape devant leurs devoirs, et les habitués sans surprise de ces lieux, à savoir des très très gros, des estropiés, des fous et des retardés mentaux. Un jeune à la langue pendante et baveuse leva les yeux du livre illustré qu'il regardait et me tira la langue. Je fis s'asseoir à la cafétéria d'en bas mon guide, qui s'ennuyait au milieu de tous ces livres, et, parvenu aux rayons des recueils de poésie en anglais, je me mis à chercher le nom de mon ami dans les fiches d'emprunt glissées dans la troisième de couverture : Auden, Browning, Coleridge... Chaque fois que je trouvais la signature de Ka, j'avais quelques larmes

pour lui, qui avait consumé sa vie dans cette bibliothèque.

J'interrompis rapidement ces recherches qui me
rendaient si triste. Nous rentrâmes en silence, mon
ami guide et moi, par les mêmes avenues. Après avoir
tourné à gauche devant une boutique bêtement bap-
tisée World Sex Center, à peu près à mi-chemin dans
la Kaiserstrasse, nous marchâmes vers la Münchenerstrasse, une rue en dessous. Je vis là des Turcs qui
vendaient des fruits et des légumes, des kebabs ou
qui tenaient des boutiques de coiffeur vides. J'avais
compris depuis un bon moment ce qui allait m'être
montré ; mon cœur battait la chamade, mais je rivais
mes yeux sur les oranges et les poireaux du primeur,
sur un mendiant amputé, sur les phares de voitures
qui se reflétaient dans la vitrine étouffante de l'hôtel
Éden, ainsi que sur une lettre « K » en néon étince-
lant d'un rose tout lumineux dans le soir gris cendré
qui s'affaissait.

« C'est là, dit Tarkut Ölçün. Oui, c'est exactement là
qu'on a trouvé le cadavre de Ka. »

Je regardai, complètement hébété, le trottoir
détrempé. Un des deux enfants qui étaient subitement sortis de la boutique du primeur en se chamaillant passa et repassa devant nous, posant le pied
précisément sur les pavés mouillés du trottoir où le
corps de Ka, atteint de trois balles, s'était effondré.
Un peu plus loin, les lumières rouges d'un camion à
l'arrêt se reflétaient sur l'asphalte. Ka était mort
avant même que l'ambulance arrivât, après s'être
tordu de douleur quelques minutes sur ces pavés. Un
instant, levant la tête, je regardai le bout de ciel qu'il
avait aperçu en mourant : entre les vendeurs de *döner*
turcs aux étages inférieurs, les agences de voyage,
les vieux bâtiments occupés par des salons de coiffure et des bars à bière, ainsi que les lampadaires

avec leurs fils électriques, on entrevoyait une étroite portion de ciel. Ka fut abattu la nuit, à minuit environ. À ces heures-là, me dit Tarkut Ölçün, les prostituées, en bande ou non, font le trottoir. La prostitution, en fait, se faisait une rue au-dessus, dans la Kaiserstrasse, mais lors des nuits d'intense activité, les fins de semaine ou les périodes de foire, les filles débordaient jusque-là. « Ils n'ont rien pu trouver, me dit-il, alors que je regardais à droite et à gauche comme à la recherche d'un indice. La police allemande n'est pas comme la police turque, elle travaille bien. »

Mais, alors que je commençais à entrer dans les boutiques situées tout autour et à en sortir, il se porta à mon secours avec une sollicitude qui venait du cœur. Les filles du salon de coiffure, qui connaissaient Tarkut Bey, le saluèrent gentiment : bien sûr, elles n'étaient pas au salon à l'heure du crime, d'ailleurs elles n'avaient jamais entendu parler de l'événement. « Les familles turques n'apprennent à leurs filles que la coiffure, me dit-il une fois dehors. À Francfort il y a des centaines de coiffeuses turques. »

Les Kurdes vendeurs de fruits et légumes étaient, eux, plus que de raison au courant et du crime et de l'enquête policière qui s'ensuivit. Peut-être que c'est pour cela que nous ne leur avons pas beaucoup plu. Le garçon au bon cœur du *Kebab Haus Bayram* avait entendu des coups de feu la nuit de l'événement, vers minuit, alors qu'il essuyait les tables en formica avec le même chiffon sale qu'il avait à ce moment-là à la main, et après avoir attendu quelques instants il était sorti et avait été la dernière personne à avoir vu Ka en vie.

Une fois sorti de la boutique du vendeur de kebabs, prenant le premier passage qui se présentait devant moi, je marchai rapidement et arrivai dans la sombre cour arrière d'un immeuble. Sur les indications de Tarkut Bey, nous descendîmes deux étages plus bas par des escaliers, franchîmes une porte et nous retrouvâmes dans un endroit effrayant de la taille d'un hangar dont on voyait bien qu'il avait servi de dépôt dans le passé. On était là dans un monde souterrain qui s'étendait des sous-sols du bâtiment à l'autre trottoir de la rue. Aux tapis disposés au centre et à la communauté de cinquante à soixante fidèles rassemblés pour la prière du soir on comprenait que le lieu était utilisé comme mosquée. Tout autour, c'était comme dans les passages souterrains d'Istanbul bordés de boutiques sales et obscures : j'y vis un orfèvre dont la vitrine n'était même pas éclairée, un primeur quasi nain, immédiatement à côté un boucher assez occupé et un épicier dont le comptoir était tourné vers la télévision du café, qui vendait de longs rouleaux de saucisse. Sur un côté de l'épicerie, il y avait des cagettes de jus de fruits venues de Turquie, des nouilles et des conserves turques, un stand de livres sur la religion et un café plus fréquenté que la mosquée. Dans le café envahi par une épaisse fumée de cigarettes, entre la foule d'hommes fatigués absorbés par le film turc à la télévision, se faufilaient quelques rares personnes qui allaient faire leurs ablutions aux robinets alimentés par un gros bidon en plastique. Tarkut Bey dit : « Pour les prières des fêtes religieuses et du vendredi, jusqu'à deux mille personnes remplissent les lieux. » Simplement pour faire quelque chose, j'achetai un numéro de la revue *Le Message* à un stand de livres et revues.

Par la suite, nous nous assîmes dans un bar à bière au vieux style munichois, situé juste au-dessus de la mosquée. « Là en dessous c'est la mosquée des Süleymancı [1], dit Tarkut Ölçün en me montrant le sol. Ils sont religieux, mais ne se mêlent pas de terrorisme. Ils n'entrent pas en conflit avec l'État turc à la façon des gens de la Vision nationale [2] ou de Cemalettin Kaplan [3]. » Cependant, sans doute indisposé par mes regards dubitatifs et mes amalgames de mauvais détective brandissant la revue *Le Message* comme un indice, il se mit à me raconter ce qu'il savait de l'assassinat de Ka, qu'il avait appris par la police ou la presse.

Quarante-deux jours plus tôt, le premier samedi de la nouvelle année, Ka était rentré à 23 h 30 d'une soirée poésie à laquelle il avait participé à Hambourg. Juste à la descente du train, après un voyage de six heures, au lieu de sortir par la porte sud de la gare pour se rendre directement chez lui près de la Gutleutstrasse, il avait pris la Kaiserstrasse, puis, dans la foule des célibataires, des touristes et des soûlards, avait traîné vingt-cinq minutes entre les sex-shops encore ouverts et les prostituées qui attendaient le client. Une demi-heure après, à la hauteur du World Sex Center, il avait tourné à droite et fut abattu alors qu'il venait de passer sur le trottoir d'en face dans la Münchenerstrasse. Selon toute probabilité il voulait avant de rentrer chez lui acheter des mandarines au primeur Bel Antalya, deux boutiques plus loin. C'était là le seul primeur ouvert jusqu'à minuit dans les environs et le vendeur se souvenait

1. Communauté religieuse très influente en Europe (par le biais d'une multitude d'associations), connue pour son extrême discrétion et son action éducatrice.
2. *Milli Görüş* : organisation fondée en Allemagne, qui associe dans sa rhétorique mobilisatrice nationalisme et valeurs religieuses. Elle a soutenu dans les années 1980 et 1990 l'islam politique en Turquie. Depuis la fin des années 1990, elle semble perdre de l'influence.
3. Leader religieux turc d'Allemagne, à la tête d'une mouvance favorable à l'instauration de la charia. Mort en 1995 en Allemagne, où il était exilé depuis 1981 ; son fils et successeur spirituel, Metin Kaplan, a été extradé en Turquie en 2004.

que Ka venait parfois la nuit lui acheter des mandarines.

La police n'a pu trouver personne qui dise avoir vu
l'assassin de Ka. Le garçon du *Kebab Haus Bayram*
avait, bien sûr, entendu des coups de feu mais à cause
du bruit de la télévision et des clients il n'avait su
combien de coups avaient été tirés. Et par les vitres
embuées du bar à bière au-dessus de la mosquée on
voyait assez mal dehors. Le fait que le vendeur de
fruits chez qui on supposait que devait se rendre Ka
eût dit qu'il n'était au courant de rien avait mis la
puce à l'oreille de la police, aussi le vendeur fut-il mis
en garde à vue une nuit, mais cette piste ne donna
aucun résultat. Une prostituée qui fumait sa cigarette
une rue en dessous en attendant le client avait
déclaré avoir vu aux mêmes instants quelqu'un de
petite taille, brun comme un Turc, avec un manteau
noir, courir en direction de la Kaiserstrasse, mais elle
ne pouvait le décrire de manière cohérente. Un Allemand sorti sur son balcon par hasard juste après que
Ka se fut effondré sur le trottoir avait appelé l'ambulance, mais lui non plus n'avait vu personne. La première balle était entrée par l'arrière de la tête pour
sortir par l'œil gauche de Ka. Les deux autres avaient
fait éclater les artères autour du cœur et des pou-
mons et laissé en sang le manteau gris troué à la hauteur du dos et de la poitrine.

« Comme il a été frappé de dos, celui qui le suivait
devait être parfaitement sûr de lui », dit un vieux
détective bavard. Peut-être même qu'il le filait depuis
Hambourg. La police avait aussi envisagé d'autres
pistes du genre crime passionnel ou règlement de
comptes politiques entre Turcs. Ka n'avait aucune
relation avec le monde interlope des environs de la
gare. Les vendeurs à qui on avait montré sa photo
avaient dit à la police que de temps en temps il fré-

quentait les sex-shops ou allait dans les petites cabines voir des films pornos. Comme il n'y eut aucune dénonciation, vraie ou fausse, et qu'aucune pression de médias ou d'un quelconque milieu influent n'avait été exercée pour « trouver le responsable », quelque temps après, la police classa cette affaire.

Comme si son but était davantage de faire oublier ce crime que de l'élucider, le vieux détective toussotant, au cours de ses enquêtes parmi ceux qui connaissaient Ka, racontait en fait surtout sa propre vie. Tarkut Ölçün apprit grâce à ce brave patriote que Ka avait connu deux femmes lors des huit années ayant précédé sa venue à Kars. Je notai avec précaution sur mon cahier le numéro de téléphone de ces femmes : l'une était turque, l'autre allemande. Durant les quatre années qui avaient suivi son retour de Kars, Ka n'avait, semble-t-il, pas eu de relation avec une femme.

Une fois revenus en silence sous la neige à l'appartement de Ka, nous trouvâmes le propriétaire, homme de forte stature, aimable mais plaintif. En ouvrant les combles du vieil immeuble qui sentaient le frais et la suie, il nous dit d'une voix excédée qu'il était sur le point de louer l'appartement et que si on n'emportait pas les affaires et toutes les saletés qui se trouvaient à l'intérieur, il les jetterait ; puis il s'en alla aussi sec. En entrant dans l'appartement obscur, oppressant et minuscule où il avait passé huit ans de sa vie, je sentis cette odeur unique de Ka que je connaissais depuis mon enfance, et mes yeux s'emplirent de larmes. C'était l'odeur qu'avaient ses pulls de laine tricotés par sa mère, ses cartables d'écolier et sa chambre à coucher quand j'allais chez lui ; je pensai qu'elle venait d'un savon turc dont je ne connaissais pas la marque, que je n'avais même plus la présence d'esprit de demander.

Durant ses premières années en Allemagne, Ka avait travaillé comme porteur, déménageur, enseigné l'anglais à des Turcs et été cireur de chaussures ; mais une fois qu'il avait commencé à toucher son « salaire de réfugié », son statut de « politique » ayant été officiellement accepté, il rompit avec les communistes de la mouvance de la Maison du peuple turque. Les communistes turcs en exil trouvaient Ka trop renfermé et trop « bourgeois ». Les lectures de poésie dans les bibliothèques municipales, les Maisons de la culture et les associations turques constituèrent une autre source de revenus pour Ka au cours de ces douze années. S'il arrivait, au rythme de trois fois par mois, à gagner cinq cents marks avec ces lectures auxquelles n'assistaient que des Turcs (dont le nombre ne dépassait que rarement vingt), cette somme ajoutée à son salaire d'exilé politique de quatre cents marks, il pouvait aller jusqu'à la fin du mois, mais c'était en fait très rare. Les chaises et les cendriers étaient tout cassés, le poêle électrique tout rouillé. Au début, comme j'étais énervé au point de vouloir tordre le cou au propriétaire, je pensai bourrer les vieilles valises et les sacs des affaires de mon ami pour tout emporter, l'oreiller imprégné de l'odeur de ses cheveux, la cravate et la ceinture dont je me souvenais qu'il les mettait au lycée, les chaussures Bally dont il m'avait écrit dans une lettre qu'il les utilisait « comme pantoufles, à la maison » bien qu'il les eût trouées avec ses ongles, sa brosse à dents et le verre sale dans lequel elle se trouvait, environ trois cent cinquante livres, une vieille télévision et un lecteur vidéo dont il ne m'avait jamais parlé, ses vestes et chemises élimées et les pyjamas qu'il avait achetés en Turquie, vieux donc de dix-huit ans. Mais, ne voyant pas sur sa table de travail la chose dont je réalisai, à peine parvenu dans la pièce, qu'elle avait motivé ma venue à Francfort et que c'était elle que je souhaitais avant tout retrouver, je perdis mon sang-froid.

Dans les dernières lettres que Ka m'avait envoyées de Francfort, il m'avait écrit avec entrain qu'il avait fini son nouveau livre de poésie, au terme d'un labeur de quatre ans. Le titre du livre était *Neige*. Il avait écrit la grande majorité de ces poésies à Kars, sur un cahier vert, et sous le coup fulgurant de l'inspiration qui survenait subitement. Après être rentré de Kars, il avait senti que le livre avait une logique propre, « profonde et secrète », dont il n'avait lui-même pas conscience jusque-là. Et il avait passé ces quatre dernières années à Francfort à éliminer les « imperfections » du livre. Ce fut là un labeur éreintant, source de bien des tourments. En effet, ces vers qui lui étaient venus avec aisance à Kars, comme si quelqu'un les lui avait soufflés à l'oreille, à Francfort il n'en percevait plus aucun.

C'est pourquoi il avait entrepris d'identifier la logique secrète du livre qu'il avait écrit en grande partie à Kars sous le coup d'une inspiration, et avait comblé les manques du livre en s'efforçant de respecter cette logique. Dans la dernière lettre qu'il m'avait envoyée, il avait écrit que tout ce labeur enfin se terminait, qu'il allait tester ses poèmes en en faisant la lecture dans certaines villes d'Allemagne, et qu'une fois qu'il aurait décidé qu'enfin tout était à sa place comme il le fallait, il ferait dactylographier le livre encore à l'état de cahier et en enverrait une copie à moi et une autre à son éditeur d'Istanbul. Et pour la quatrième de couverture il me demandait d'écrire un ou deux mots et de les envoyer à l'éditeur, notre ami commun Fahir.

La table de travail de Ka, étonnamment bien rangée pour un bureau de poète, regardait les toits de

Francfort perdus dans l'obscurité de la neige et du soir. Elle était recouverte d'une toile verte, et il y avait, sur la droite, les cahiers de Ka dans lesquels il commentait ses jours passés à Kars et les poèmes qu'il écrivait, sur la gauche, les revues et les livres qu'il lisait à l'époque. En plein milieu et symétriquement par rapport à un axe imaginaire, avaient été disposés une lampe au corps de bronze et un téléphone. Je cherchais désespérément dans les tiroirs, parmi les livres, les cahiers, dans la collection de coupures de journaux qu'il tenait comme tant de Turcs en exil, dans sa commode, à l'intérieur du lit, dans les petits placards de la salle de bains et de la cuisine, à l'intérieur du réfrigérateur et du sac à linge, et dans tous les recoins de l'appartement où pouvait se cacher un cahier. Je ne croyais pas que ce cahier pût avoir été perdu et, pendant que Tarkut Ölçün regardait en silence Francfort sous la neige, tout en fumant une cigarette, moi je fouillais à nouveau aux mêmes endroits. S'il n'était pas dans le sac qu'il avait avec lui lors de son voyage à Hambourg, il devait l'avoir laissé chez lui. Ka ne faisait aucune copie de poème avant de terminer entièrement un recueil, et il disait que ça portait malheur, mais, comme il me l'avait écrit, le livre devait être fini maintenant.

Deux heures plus tard, au lieu d'admettre que le cahier vert dans lequel Ka avait écrit à Kars avait disparu, je me persuadai que sinon celui-ci, du moins certains des poèmes étaient là à portée de main, mais que l'émotion m'empêchait de les voir. Quand le propriétaire frappa à la porte, je bourrai des sacs plastique de tous les cahiers et de tous les papiers portant l'écriture manuscrite de Ka que je pouvais trouver sur la table et dans les tiroirs. Je mis également les cassettes porno jetées n'importe comment à côté du lecteur vidéo (c'était une preuve que Ka n'invitait jamais personne chez lui), les dissimulant dans un sac à commissions *Kaufhof*. Comme qui s'apprête à faire un long voyage et emporte avec lui un des objets de son environnement quotidien, je cherchais pour moi-même un dernier souvenir de Ka. Mais je fus pris d'une de mes crises d'indécision habituelle et je remplis les sacs de tas de choses, avec une passion muséologique : non seulement le cendrier qui était sur la table, le paquet de cigarettes, le couteau utilisé pour ouvrir les enveloppes, la montre sur la table de nuit, la veste vieille de vingt-cinq ans, tout élimée et imprégnée de son odeur, qu'il mettait par-dessus son pyjama les nuits d'hiver, ou la photo avec sa sœur prise sur le quai de Dolmabahçe, mais aussi des chaussettes sales et des mouchoirs inutilisés dans l'armoire, des fourchettes de la cuisine et un paquet de cigarettes que je sortis de la poubelle. Lors d'une de nos dernières entrevues à Istanbul, Ka m'avait demandé quel serait mon prochain roman et je lui avais raconté l'histoire du *Musée de l'Innocence*, que je gardais soigneusement cachée de tous.

Après avoir pris congé de mon guide, retiré dans ma chambre d'hôtel, je recommençai à fouiller dans les affaires de Ka. Pourtant, j'avais pris la résolution d'oublier mon ami le temps de la soirée pour m'épargner le chagrin destructeur que me faisait son évocation. La première chose que je fis fut de jeter un coup d'œil sur les cassettes porno. Il n'y avait pas de lecteur vidéo à l'hôtel, mais je compris aux notations écrites de sa propre main sur la cassette que mon ami avait un intérêt particulier pour une star américaine du porno nommée Melinda.

Puis je me mis à lire les cahiers où Ka commentait les poèmes qui lui étaient venus à l'esprit à Kars. Pourquoi m'avait-il caché toute cette horreur et cet amour ? Je trouvai la réponse dans une quarantaine de lettres d'amour tirées d'un dossier que j'avais jeté dans un sac après l'avoir sorti d'un tiroir. Elles étaient toutes adressées à İpek, aucune n'avait été envoyée, et commençaient toutes par la même phrase : « Ma chère, j'ai beaucoup hésité à t'écrire ceci. » Dans toutes ces lettres il y avait un autre souvenir de Kars, un autre détail déchirant à faire pleurer sur sa relation sexuelle avec İpek, et une ou deux observations résumant bien la banalité des journées de Ka à Francfort (il m'avait aussi évoqué dans ses lettres un chien boiteux qu'il avait vu dans le parc Von Bethmann ou bien les tables en zinc du Musée juif qui lui avait procuré tant de peine). Aucune de ces lettres n'était même pliée : il était clair que Ka n'avait pas eu la force de les mettre dans une enveloppe.

Dans l'une d'elles, Ka avait écrit : « Un mot de toi et je vais là-bas. » Dans une autre : « Je ne retournerai jamais à Kars, parce que je ne supporterai pas que tu me comprennes toujours aussi mal. » Une autre encore faisait allusion à un poème perdu, une autre donnait l'impression qu'elle était une réponse à İpek. « Comme c'est dommage que tu aies encore mal compris ma lettre », se plaignait Ka. Mais j'ai bien cherché ce soir-là, ayant étalé par terre et sur le lit toutes les affaires contenues dans les sacs, et je suis sûr que Ka n'a pas reçu une seule lettre d'İpek. Et d'ailleurs, des semaines plus tard, quand je suis allé à Kars et que je l'ai rencontrée, İpek en personne me l'a confirmé, après que je lui ai demandé si elle avait écrit à Ka. Puisque Ka savait déjà en les écrivant qu'il ne les enverrait pas, ses lettres, pourquoi faisait-il donc comme s'il répondait à İpek ?

Peut-être que nous avons atteint le cœur de notre histoire. Dans quelle mesure est-il possible de comprendre la souffrance ou l'amour d'un autre ?

Dans quelle mesure pouvons-nous comprendre ceux qui vivent des souffrances, des déchirements et des oppressions bien plus graves que les nôtres ? Et en admettant que, pleins de compassion, nous puissions vraiment nous mettre à la place de ceux qui sont différents de nous, les riches et les maîtres de ce monde ont-ils pu une seule fois, eux, comprendre les milliards de voyous à leur périphérie ? Et le romancier Orhan, dans quelle mesure peut-il saisir la vie obscure, dure et douloureuse de son ami poète ?

« Toute ma vie, je l'ai vécue dans la souffrance, tel un animal blessé, avec un intense sentiment de perte et d'incomplétude. Peut-être que si je ne t'avais pas pris dans mes bras aussi violemment, si je ne t'avais pas à la fin exposée à tant de colère, perdant l'équilibre, je ne serais pas retourné au point de départ, là où je me suis tenu douze ans durant », avait aussi écrit Ka. Et encore : « À présent, je ressens à nouveau en moi ce sentiment insoutenable de perte et d'abandon qui me fait saigner de toute part. Le manque de toi qui gît en moi, j'ai l'impression parfois qu'il ne fait pas que te concerner mais qu'il contamine le monde entier. » Je lisais tout cela, mais comprenais-je vraiment ?

Ayant passablement repris mes esprits grâce au whisky trouvé dans le mini-bar de ma chambre d'hôtel, je sortis tard dans la soirée, et marchai en direction de la Kaiserstrasse à la recherche de Melinda.

Elle avait de grands, très grands yeux couleur olive, des yeux tristes, qui louchaient légèrement. Sa peau était claire, ses jambes longues et ses lèvres menues mais charnues ; les poètes du Divan les auraient comparées à des cerises. Elle était assez célèbre : après une petite enquête à la section Cassettes vidéo du World Sex Center ouvert vingt-quatre heures sur vingt-quatre, j'ai dénombré six cassettes d'elle. Ultérieurement, à regarder ces films que j'avais emportés à Istanbul, je repérai des caractéristiques de Melinda qui pouvaient avoir marqué Ka. Si laids et grossiers que fussent les hommes qui tombaient à ses pieds et gémissaient de plaisir, le visage pâle de Melinda irradiait une expression d'authentique affection, propre aux mères. Quand elle était habillée (en femme d'affaires battante, en femme au foyer consternée par l'impuissance de son mari ou en hôtesse perverse), elle était aussi fragile que quand elle était nue, si provocante fût-elle. Comme je le comprendrais tout de suite en allant plus tard à Kars, avec ses grands yeux, son grand corps robuste, son allure, elle avait quelque chose qui rappelait beaucoup İpek.

J'ai bien conscience qu'en disant de mon ami qu'il a passé une bonne partie de ses quatre dernières années à regarder ce genre de cassettes je risque de mettre en colère ceux qui le voient tel un saint poète, sans défauts, animé par la passion de l'idéal et nimbé de la légende propre aux pauvres. En me retrouvant dans le World Sex Center à la recherche d'autres cassettes de Melinda parmi tous ces pauvres hommes, aussi seuls que des spectres, je me dis que l'unique chose qui les unissait sur terre, c'était de regarder une cassette porno, cachés dans un coin, submergés par la culpabilité. Ce que j'ai vu dans les cinémas de la 42ᵉ Avenue à New York, dans la Kaiserstrasse à Francfort, ou bien dans les cinémas des petites rues dérobées de Beyoğlu prouvait que ces pauvres hommes qui regardent les films avec un sentiment d'abandon en s'efforçant durant les entractes de ne croiser le regard de personne dans les halls minables se ressemblaient étonnamment, au point d'infirmer tous les préjugés nationalistes et toutes les lois anthropologiques. Une fois sorti du World Sex Center, les cassettes de Melinda dans un sac plastique noir, je rentrai à mon hôtel sous la neige qui tombait à gros flocons dans les rues désertes.

Au bar en fer forgé de l'hôtel, je bus encore deux whiskies et, le temps qu'ils fassent leur effet, je regardai par la fenêtre la neige tomber au-dehors. Avant de remonter dans ma chambre, je me dis que si j'arrivais à recouvrer un peu mes esprits, je consacrerais ma nuit soit à Melinda, soit aux cahiers de Ka. Aussitôt dans ma chambre, je me saisis au hasard d'un des cahiers et, sans même me déshabiller, je me jetai sur le lit et commençai à lire. Après trois ou quatre pages, voici le flocon qui me tomba sous les yeux :

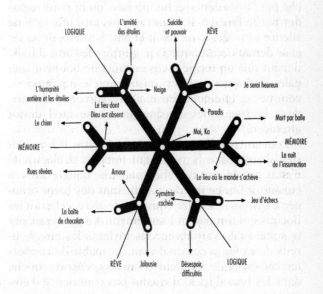

30

Quand nous reverrons-nous ?

UN BONHEUR ÉPHÉMÈRE

Après avoir fait l'amour, Ka et İpek restèrent couchés, enlacés sans bouger. Le monde entier était si silencieux et Ka si heureux qu'il eut l'impression que ce moment avait duré très longtemps. Il en fut arraché par l'impatience et bondit hors du lit pour regarder par la fenêtre. Il penserait plus tard que ce long silence avait été le moment le plus heureux de sa vie et se demanderait pourquoi, quittant les bras d'İpek, il avait mis un terme à ces instants de bonheur inégalé. Il donnerait pour raison une « inquiétude », comme si quelque chose allait survenir, dehors, dans la rue enneigée, quelque chose qu'il devait atteindre.

Pourtant, de l'autre côté de la fenêtre il n'y avait rien d'autre que la neige qui tombait. L'électricité n'était pas encore rétablie, mais une bougie dans la cuisine, à l'étage inférieur, diffusant une lueur orangée à travers la fenêtre couverte de givre, éclairait les flocons qui tombaient lourdement. Ka penserait par la suite qu'il avait abrégé les instants les plus heureux de sa vie parce qu'il était incapable de supporter cet excès de bonheur. Pourtant, encore couché dans les bras d'İpek, il n'avait pas conscience d'être aussi heureux ; il éprouvait une grande sérénité et c'était si naturel qu'il semblait même avoir oublié pourquoi toute sa vie s'était partagée entre détresse et inquiétude. Cette sérénité rappelait aussi le silence qui précède le poème. Mais avant l'avènement du poème le sens du monde paraît dans toute sa nudité, ce qui engendre une forme d'enthousiasme, alors que pendant ce moment de bonheur il n'y avait pas, en lui, une telle lumière ; plutôt une innocence, élémentaire, enfantine : il n'aurait pu exprimer le sens du monde que tel un enfant qui apprivoise le langage.

Il se remémora dans le détail tout ce qu'il avait lu dans l'après-midi à la bibliothèque sur la structure des flocons de neige. Il était allé à la bibliothèque pour se préparer à l'irruption d'un autre poème sur la neige. Mais il n'en avait aucun en tête. Il se mit à comparer la structure hexagonale, enfantine, des flocons de neige, qu'il avait vue dans l'encyclopédie à celle, équilibrée, des poèmes qui lui étaient venus à l'esprit un par un comme des flocons. À cet instant, il pensa que tout ce qu'il avait écrit ici devait renvoyer à un sens encore plus profond.

« Qu'est-ce que tu fais ? demanda İpek juste au même moment.

— Je regarde la neige, ma chérie. »

Au-delà de la beauté des flocons, Ka découvrait ce sens dans leur structure géométrique même. Il se dit qu'İpek comprenait cela mais qu'elle ne pouvait vraiment pas déterminer quel était ce sens et que, d'une certaine manière, elle était par ailleurs contrariée qu'il s'intéressât maintenant à autre chose qu'elle. Mais il ne s'était pas senti désarmé face à İpek, il avait même été plein d'ardeur, il était satisfait. L'amour lui avait redonné des forces, si peu que ce fût.

« À quoi penses-tu ? demanda İpek.

— À ma mère », répondit Ka ; il se demanda pourquoi il avait soudain répondu cela, il ne pensait pas à elle, bien qu'elle fût morte depuis peu de temps. Mais, en repensant ultérieurement à ce moment lors de mon expédition à Kars, j'avais pour ma part sans cesse ma mère en tête, pourrais-je ajouter.

« Et tu penses quoi, à propos de ta mère ?

— Qu'elle me caressait les cheveux une nuit d'hiver en regardant la neige tomber par la fenêtre.

— Tu as été heureux dans ton enfance ?

— L'être humain ignore qu'il est heureux au moment où il l'est. C'est des années plus tard que j'ai décrété que j'avais été un enfant heureux : à la vérité, c'est faux. Mais je n'étais pas pour autant malheureux comme j'ai pu l'être durant les années qui ont suivi. Pendant mon enfance, je ne me souciais pas d'être heureux.

— Quand est-ce que tu as commencé à t'en soucier ? »

Ka souhaita pouvoir dire : « Absolument jamais », mais c'était à la fois faux et trop prétentieux. À nouveau, l'idée d'impressionner İpek lui traversa l'esprit, mais maintenant il attendait d'elle quelque chose de bien plus essentiel que d'être impressionnée.

Il dit : « À partir du moment où je ne pouvais plus rien faire à force d'être malheureux, j'ai commencé à réfléchir au bonheur. » Devait-il vraiment dire ça ? Troublé et silencieux, il s'interrogeait. S'il racontait sa solitude et sa pauvreté à Francfort, comment pourrait-il convaincre İpek d'aller là-bas ? Dehors se mit à souffler un vent tourmenté qui dispersa de toute part les flocons de neige, Ka fut en proie à l'inquiétude qui l'avait saisi quand il était sorti du lit, et il ressentit alors avec encore plus d'intensité la douleur d'aimer et d'attendre qui le prenait aux entrailles. Il était si heureux que maintenant l'idée de perdre ce bonheur avait envahi tout son esprit. Et cette pensée lui faisait douter même du bonheur. Il aurait aimé demander à İpek : « Viendras-tu avec moi à Francfort ? », mais il avait peur de ne pas obtenir la réponse désirée.

Il retourna au lit et, le ventre contre le dos d'İpek, il la serra de toutes ses forces dans ses bras. « Au marché, il y avait une boutique qui passait une très vieille chanson de Peppino Di Capri intitulée *Roberta*. Où l'ont-ils trouvée, celle-là ? demanda-t-il.

— Il y a encore à Kars de vieilles familles qui n'ont pas pu quitter la ville, dit İpek. À la fin, une fois que le père et la mère sont morts, les enfants reviennent pour vendre les affaires puis repartent, et apparaissent sur le marché des choses étranges qui ne collent pas du tout avec la pauvreté actuelle de la ville. Il y avait même dans le passé un antiquaire qui venait l'automne d'Istanbul pour emporter à vil prix ces vieilles reliques, et qui repartait aussitôt. Mais à présent même lui ne vient plus. »

Ka crut un instant qu'il retrouvait le bonheur inégalé qu'il avait éprouvé, mais non, ce n'était désormais plus le même sentiment. La peur de l'avoir à jamais perdu grandit soudain en lui et se transforma en une inquiétude qui contaminait toute chose : il sentit avec effroi qu'il ne pourrait jamais convaincre İpek de venir à Francfort.

« Bon, mon chéri, je dois y aller », dit-elle.

Qu'elle ait dit « mon chéri » ne calma pas Ka, et pas davantage le fait qu'une fois levée elle se soit retournée pour l'embrasser avec douceur.

« Quand nous reverrons-nous ?

— Je me fais du souci pour mon père. Il se peut que la police les ait suivis.

— Moi aussi je me fais du souci pour eux..., dit Ka. Mais je veux savoir tout de suite quand nous nous reverrons.

— Quand mon père est dans l'hôtel, je ne peux pas venir dans cette chambre.

— Mais maintenant les choses ont complètement changé », dit Ka. Il craignit un instant que, pour İpek, qui se rhabillait avec art dans l'obscurité silencieuse, les choses n'aient pas du tout changé. « Moi, je vais aller dans un autre hôtel, et alors tu pourras venir », dit-il. Il y eut un silence destructeur. Une tension alimentée par la jalousie et le désarroi frappa puis envahit Ka. Il pensa même qu'İpek avait un autre amant, en se disant, d'un côté que ce n'était là que banale jalousie d'un amour encore balbutiant, mais de l'autre, et plus intensément, qu'il devait prendre İpek de toutes ses forces dans ses bras et renverser immédiatement tous les obstacles qui pourraient s'interposer entre eux. Comme il risquait de s'approcher d'İpek de trop près et trop vite, et de tenir des propos précipités qui le mettraient dans une situation périlleuse, il resta silencieux et indécis.

31

On n'est pas idiots, on est simplement pauvres

RÉUNION SECRÈTE
À L'HÔTEL ASYA

L'objet que Zahide avait apporté in extremis à Turgut Bey et Kadife, déjà dans la voiture à cheval qui allait les conduire à la réunion secrète de l'hôtel Asya, et que Ka, qui regardait par la fenêtre en attendant İpek, n'avait pas pu voir dans l'obscurité, était une paire de vieux gants de laine. Turgut Bey, qui n'arrivait pas à choisir sa tenue, avait étalé sur son lit deux vestes de ses années d'enseignement, l'une noire, l'autre gris plomb, le chapeau de feutre qu'il prenait avec lui pour les cérémonies de la Fête de la République et lorsque venait un inspecteur, et la cravate à carreaux que depuis des années il ne portait que pour amuser le fils de Zahide, et il avait scruté très longtemps ses vêtements et l'intérieur des placards. Voyant que son père atermoyait comme une femme rêveuse qui ne peut décider de ce qu'elle portera au bal, Kadife avait choisi elle-même un par un tous ses vêtements et boutonné sa chemise, lui avait passé sa veste et son manteau mais n'avait pu enfiler sur les petites mains de son père qu'en forçant, et au dernier moment, ses gants blancs en peau de chien. Sur ce, Turgut Bey s'était soudain rappelé ses vieux gants en laine et avait décidé qu'il les mettrait ; İpek et Kadife les avaient cherchés frénétiquement dans toute la maison, inspectant armoires et coffres profonds, et une fois retrouvés, voyant les trous de mites, elles les avaient jetés dans un coin. Cependant dans la voiture à cheval Turgut Bey avait de nouveau fait une fixation sur ces gants et déclaré qu'il ne « pouvait pas partir sans eux », racontant que des années auparavant, lorsqu'il était en prison pour gauchisme, sa femme lui avait tricoté ces gants et les lui avait apportés. Kadife, qui connaissait son père comme si elle l'avait fait, devina dans ce souhait plus qu'un attachement à des souvenirs : l'expression de sa peur. Une fois les gants récupérés, alors que la voiture avançait dans la neige, Kadife écouta les souvenirs de prison de son père (il pleurait en lisant les lettres de sa femme, il apprenait par lui-même le français, il s'endormait les nuits d'hiver avec ces gants), les yeux ouverts, comme si elle les entendait pour la première fois, et elle déclara : « Mon papa chéri, vous êtes un homme très courageux ! » Comme chaque fois que ses filles prononçaient de tels mots (ces dernières années, c'était moins fréquent), ses yeux se mouillèrent et, prenant Kadife dans ses bras, il lui fit un baiser appuyé. Dans les rues où la voiture venait de pénétrer, il y avait de l'électricité.

Aussitôt descendu de voiture, Turgut Bey demanda quelles boutiques étaient ouvertes dans les environs. « Viens, allons voir les vitrines », dit alors Kadife. Mais les chaussures de son père glissaient et elle n'insista pas. Comme de surcroît Turgut Bey voulait boire un tilleul et que, s'ils étaient repérés par un indic, ils seraient dans une situation délicate, ils entrèrent dans une maison de thé toute proche et s'assirent en regardant une scène de poursuite à la télévision. À la sortie, ils croisèrent l'ancien coiffeur de Turgut Bey et revinrent s'asseoir avec lui. Tout en feignant d'écouter le gros coiffeur, Turgut Bey murmura à sa fille : « Est-ce que c'est trop tard, est-ce que c'est la honte si finalement on n'y va pas ? » Kadife le prit par le bras et l'entraîna d'abord jusqu'à une boutique de papeterie, où il choisit, après mûres réflexions, un stylo-bille bleu. Par la porte du fond de la boutique Électricité et Matériel d'Installation Ersin, ils débouchèrent sur une cour intérieure, et, quand ils prirent la direction de l'obscure porte arrière de l'hôtel Asya, Kadife vit que son père blêmissait.

L'entrée de l'hôtel était plongée dans le silence, le père et la fille attendirent bien serrés l'un contre l'autre. Personne ne les avait suivis. Après quelques pas, l'obscurité était telle que Kadife ne put trouver qu'à tâtons les escaliers qui montaient au hall d'accueil. « Ne lâche pas mon bras », lui dit Turgut Bey. Le hall était dans une demi-pénombre, avec ses hautes fenêtres cachées par d'épais rideaux. La lumière morbide filtrant de la lampe pâlotte et sale de la réception éclairait à peine le visage d'un homme mal rasé et en haillons. Quelques personnes traînaient au salon ou descendaient les escaliers. La plupart de ces ombres étaient soit des policiers en civil, soit des hommes trempant dans des affaires louches, des trafics illégaux d'animaux ou de bois, ou même de travailleurs clandestins. Dans cet hôtel fréquenté quatre-vingts ans plus tôt par de riches négociants russes, et par des Turcs venus d'Istanbul pour faire du commerce avec la Russie ou par des agents doubles anglais d'origine aristocratique qui faisaient passer la frontière arménienne de l'Union soviétique à des espions, il descendait maintenant des femmes venues de Géorgie et d'Ukraine pour faire du commerce à la valise ou se prostituer. Les hommes des villages autour de Kars, qui leur louaient une chambre et y vivaient avec elles dans la journée une sorte de semi-mariage, puis retournaient chez eux le soir venu par le dernier minibus. À cette heure, ces femmes buvaient de la tisane alcoolisée au bar obscur de l'hôtel. Ils croisèrent l'une d'elles, blonde et fatiguée, en montant péniblement l'escalier de bois jadis recouvert de tapis rouges, et Turgut Bey murmura à sa fille : « Le Grand Hôtel, où était descendu İsmet Paşa à Lausanne, était lui aussi cosmopolite », puis il sortit son stylo de sa poche et dit : « Et moi aussi, comme le Paşa à Lausanne, je vais signer une déclaration avec un stylo tout neuf. » Kadife se demanda pourquoi elle s'arrêta alors aussi longuement. Pour que son père se repose dans les escaliers ou pour arriver en retard ? Devant la chambre 307, Turgut Bey déclara : « Nous allons signer tout de suite. »

À l'intérieur il y avait tant de monde que Kadife pensa d'abord qu'ils s'étaient trompés de chambre. Puis elle aperçut Lazuli, boudeur, assis à côté de la fenêtre en compagnie de deux jeunes militants islamistes, et fit asseoir son père non loin de lui. Malgré la lampe en forme de poisson posée sur une table à tréteaux et l'ampoule nue du plafond, la pièce n'était pas bien éclairée. Dans l'œil de ce poisson de bakélite posé verticalement sur sa queue et portant dans sa gueule une ampoule, un micro de la police avait été dissimulé.

Fazıl était dans la pièce ; dès qu'il aperçut Kadife, il se leva. Tous les autres se levèrent à leur tour, mais eux par respect pour Turgut Bey, puis se rassirent. Fazıl resta debout ; comme sous le coup d'un sort, il regardait Kadife, éperdu d'admiration. Quelques personnes crurent qu'il allait dire quelque chose, mais Kadife ne remarqua rien. Son attention était absorbée par la tension entre Lazuli et son père, perceptible dès le premier instant.

Lazuli s'était laissé persuader que les Occidentaux seraient encore plus impressionnés si un athée signait au nom des nationalistes kurdes la déclaration à paraître dans le *Frankfurter Rundschau*. Un jeune homme fin, au visage pâle, lui-même peu convaincu, se heurtait aux membres de son association, qui avaient des opinions divergentes sur la manière de rédiger la déclaration. Maintenant Lazuli, Turgut Bey et le jeune homme pâle attendaient leur tour de parole dans une atmosphère tendue. Il ne fut pas facile de faire venir ces jeunes Kurdes après le putsch : les associations comme celle qui rassemblait ces chômeurs, impuissants et hargneux, pleins d'admiration pour les Kurdes de la guérilla dans les montagnes, étaient interdites une fois sur deux et leurs responsables, sans cesse arrêtés et frappés, avaient été torturés. D'autre part, ces jeunes étaient accusés par les combattants des montagnes de prendre leur pied en ville, bien au chaud, et de pactiser avec l'État turc — tout cela parce que l'association n'arrivait plus à recruter suffisamment de candidats à la guérilla. Mais ces accusations avaient ruiné le moral des quelques membres qui n'avaient pas encore été envoyés en prison.

Deux « socialistes » de la génération précédente, âgés déjà d'une trentaine d'années, participaient aussi à la réunion. Ils avaient été mis au courant de l'association par de jeunes Kurdes qui s'étaient confiés à eux à la fois pour se vanter de participer à une déclaration qui serait publiée dans la presse allemande et pour leur demander conseil. Comme les socialistes armés n'étaient pas aussi puissants qu'auparavant à Kars, et que pour pouvoir réaliser des opérations telles que barrage de route, assassinat de policier ou dépôt de colis piégé, ils avaient désormais absolument besoin et de la permission et de l'aide des guérilleros kurdes, on percevait chez ces militants prématurément vieillis comme un sentiment de défaite. Ils étaient venus à la réunion sans y avoir été vraiment conviés, estimant qu'il y avait encore beaucoup de marxistes en Europe. Contre le mur, à côté des deux socialistes qui semblaient s'ennuyer profondément, un camarade au visage innocent et paisible ressentait une émotion toute particulière, car c'est lui qui communiquerait les détails de la réunion aux autorités. Il participait à l'affaire non pas animé d'intentions malfaisantes, mais pour empêcher que les organisations ne fussent inutilement maltraitées par la police. Il dénonçait aux autorités, non sans mauvaise conscience, les actions qu'il méprisait et qu'il trouvait d'ailleurs en majorité déplacées ; ce qui ne l'empêchait pas d'y participer avec un sentiment intérieur de révolte. Puis il racontait à qui voulait l'entendre des histoires de fusillade, d'enlèvement et de passage à tabac, de pose de bombes et d'assassinat.

Tout le monde était tellement sûr que la police avait placé des micros dans la salle et disposé au moins quelques indics dans le tas que personne d'abord ne dit mot. Sinon pour annoncer, en se penchant à la fenêtre, que dehors il continuait à neiger, ou pour avertir qu'il ne fallait pas « écraser de cigarettes par terre ». Le silence dura jusqu'à ce qu'une femme à laquelle personne n'avait fait attention se lève et raconte comment son fils, un des jeunes Kurdes, avait disparu (un soir on avait frappé à la porte, et on l'avait embarqué). Cette histoire de disparition, qu'il n'avait entendue pourtant qu'à moitié, mit Turgut Bey mal à l'aise. Il trouvait certes scandaleux l'assassinat de jeunes Kurdes enlevés en pleine nuit, mais la manière dont sa mère avait présenté ce jeune, comme « innocent », l'avait excédé. Kadife, qui tenait la main de son père, s'efforçait de déchiffrer le visage las et ironique de Lazuli. Celui-ci pensait qu'on l'avait précipité dans un piège, mais se forçait à rester assis, craignant, s'il partait, que chacun se mît à parler contre lui. Par la suite :

1. Un adolescent « islamiste » assis à côté de Fazıl, et dont il serait prouvé des mois plus tard qu'il était mêlé à l'assassinat du directeur de l'École normale, s'employa à démontrer que c'était un agent de l'État qui avait commis ce crime.

2. Les révolutionnaires donnèrent d'interminables informations relatives aux grèves de la faim de leurs camarades en prison.

3. Trois jeunes Kurdes de l'association, menaçant de retirer leurs signatures si la déclaration n'était pas publiée dans le *Frankfurter Rundschau*, firent donc d'une voix coléreuse la lecture détaillée d'un texte, passablement long, relatif à la place de la culture et de la littérature kurdes au sein de l'histoire mondiale.

Alors que la mère du disparu demandait où se trouvait le « journaliste allemand » qui prendrait la déclaration, Kadife se leva et expliqua d'une voix apaisante que Ka était à Kars mais que, pour ne pas jeter le soupçon sur le caractère spontané du communiqué, il avait préféré ne pas venir à la réunion. Personne ici n'était habitué à voir une femme se lever et parler avec une telle assurance dans une réunion politique ; en un instant tout le monde éprouva du respect pour elle. La mère du disparu prit Kadife dans ses bras et pleura. Puis elle lui tendit un papier sur lequel était noté le nom de son fils. Kadife promit alors de faire tout son possible pour qu'il soit publié dans le journal en Allemagne.

Sur ces entrefaites, le militant de gauche indic,

bien intentionné, sortit la première ébauche du communiqué qu'il avait écrite de sa main sur une feuille de cahier, et, affectant une drôle de pose, la lut.

Le titre en était : « Communiqué à l'opinion publique européenne au sujet de ce qui se passe à Kars ». Immédiatement, ce titre plut à tous. Ce qu'il avait éprouvé à ce moment, Fazıl le raconterait plus tard à Ka en ces termes : « J'éprouvai pour la première fois que ma petite ville allait participer un jour à l'histoire mondiale ! » ; propos qui allaient à leur tour entrer dans le poème de Ka intitulé « L'humanité entière et les étoiles ». Mais le point sur lequel Lazuli réagit aussitôt fut le suivant : « Nous ne nous adressons pas à l'Europe, nous nous adressons à toute l'humanité. Ne vous étonnez pas, mes amis, que notre communiqué soit publié à Francfort et non pas à Kars ou à Istanbul. L'opinion publique européenne n'est pas notre amie, c'est notre ennemie. Non pas parce que nous nous considérons comme leurs ennemis, mais parce que d'instinct ils nous méprisent. »

Le gauchiste qui avait écrit l'ébauche dit que ce n'était pas toute la population mais seulement la bourgeoisie européenne qui nous méprisait. Les pauvres, les travailleurs étaient nos frères... Mais plus personne ne crut en ce qu'il disait, pas même son camarade expérimenté.

« Personne n'est aussi pauvre que nous en Europe, dit l'un des trois jeunes Kurdes.

— Mon fils, est-ce que vous êtes déjà allé une seule fois en Europe ? demanda Turgut Bey.

— Je n'en ai pas encore eu l'occasion, moi, mais mon beau-frère travaille en Allemagne. »

On sourit légèrement à ces propos. Turgut Bey se redressa sur sa chaise. « Bien que cela représente beaucoup de choses pour moi, moi non plus je n'y suis jamais allé, dit-il. C'est pas ridicule, ça ? Que ceux parmi nous qui sont allés en Europe lèvent la main s'il vous plaît. » Personne ne leva la main, pas même Lazuli, qui était resté des années en Allemagne.

« Mais nous savons pourtant tous ce que signifie l'Europe, continua Turgut Bey. L'Europe, c'est notre futur au sein de l'humanité. Aussi, cher monsieur (il montra Lazuli), si nous admettons que les Européens valent pour toute l'humanité, vous pouvez changer le titre de notre déclaration.

— Les Européens ne représentent pas mon futur, dit Lazuli en souriant. Je ne pense jamais à les imiter ou à me rabaisser parce que je ne leur ressemble pas.

— Dans ce pays, il n'y a pas que les islamistes qui incarnent l'honneur national, il y a aussi les républicains..., dit Turgut Bey. Si on écrivait "humanité" à la place de "Europe" ? Qu'en dites-vous ?

— Déclaration à l'humanité à propos de ce qui se passe à Kars ! » lut l'auteur du texte. Ça fait un peu ambitieux. »

Turgut Bey suggéra alors de mettre « Occident » à la place de « humanité », mais un boutonneux parmi les jeunes aux côtés de Lazuli s'opposa aussi à cela. Sur proposition de celui des jeunes Kurdes qui avait une voix criarde on s'accorda pour n'utiliser que la formule « Une déclaration ».

Le projet de déclaration, contrairement à ce qu'il en est généralement dans ce genre de situation, n'était pas très long. Personne ne semblait trouver à redire aux premières phrases qui expliquaient qu'un coup d'État militaire avait été « mis en scène », au moment même où il apparaissait clairement que les candidats islamistes et kurdes allaient gagner les élections sur le point de se dérouler à Kars, quand Turgut Bey se dressa contre ce dernier point. Il expliqua qu'il n'y avait pas à Kars l'ombre de ce que les Européens appellent des sondages d'opinion, qu'il était ici courant que les électeurs votent pour un parti complètement opposé à celui dont ils prétendaient se sentir proches, changeant d'avis pour une raison mystérieuse la veille des élections, voire le matin en allant aux urnes et que, par conséquent, personne ne pourrait dire que tel candidat allait gagner les élections.

Le gauchiste indic qui avait préparé le projet de déclaration répondit à cette objection : « Tout le monde sait que les coups d'État se font avant des élections ou contre les résultats d'élections.

— Eux, c'est quoi en fin de compte ? Une troupe de théâtre, dit Turgut Bey. Ils n'ont réussi jusque-là que parce que la neige bloque les routes. Dans quelques jours, tout reviendra à la normale.

— Si vous n'êtes pas contre le coup, pourquoi êtes-vous ici ? » demanda un autre jeune.

On ne put comprendre si Turgut Bey avait ou non entendu le mot de cet insolent au visage rouge comme une betterave, assis à côté de Lazuli. À ce moment-là, Kadife se leva (il n'y avait qu'elle qui se levait pour parler et personne, pas même elle, ne l'avait remarqué) et, les yeux brillants de colère, elle dit que son père avait été emprisonné pendant des années à cause de ses opinions politiques et qu'il était toujours opposé à l'État répressif.

Son père ôta aussitôt son manteau et fit asseoir sa fille. « Voilà la réponse à votre question, dit-il. Pour ma part, je suis venu à cette réunion pour prouver aux Européens qu'il y a aussi en Turquie des démocrates et des gens de bon sens.

— Si un grand quotidien allemand m'offrait l'espace de deux lignes, eh bien moi je ne m'emploierais pas en premier à prouver cela », fit d'une voix ironique le rougeaud ; il aurait même probablement dit autre chose, mais Lazuli, le prenant par la manche, l'en dissuada.

C'en était assez pour que Turgut Bey regrettât d'être venu à cette réunion. Il essaya de se persuader qu'il était là par hasard. Il se leva avec l'air d'être accaparé par des choses complètement différentes, fit un ou deux pas en direction de la porte, puis, le regard attiré au-dehors par la neige qui tombait dans l'avenue Karadağ, il marcha vers la fenêtre. Kadife le prit par le bras comme s'il était incapable de marcher sans son soutien. Le père et la fille regardèrent très longuement une voiture à cheval passer dans la rue tels des enfants innocents souhaitant oublier leurs peines.

Des trois membres de l'association kurde, le jeune à la voix criarde qui ne parvenait pas à attirer l'attention sur lui se glissa jusqu'à la fenêtre et resta à regarder dans la rue en compagnie du père et de la fille. Tous les yeux se portèrent sur eux dans une attitude mi-respectueuse mi-anxieuse et l'on sentit dans l'air la peur d'une descente de police et une sorte de malaise. Dans ce climat d'inquiétude, les parties parvinrent en très peu de temps à un accord sur le reste de la déclaration.

Dans celle-ci, il y avait une expression qui précisait que le coup d'État avait été réalisé par une « poignée d'aventuriers ». Lazuli s'y opposa. Mais ces formules au sens large proposées à la place furent accueillies avec soupçon, au motif qu'elles donneraient l'impression aux Occidentaux que le putsch avait eu lieu dans toute la Turquie. On s'entendit donc pour écrire : « un coup d'État local soutenu par Ankara ». Il fut brièvement fait mention de l'oppression et de la torture dont avaient été victimes les Kurdes et les jeunes « imams et prédicateurs » la nuit du coup de force, abattus, arrachés un par un à leur maison puis tués. La formule « une agression généralisée contre le peuple » remplaça « une agression contre le peuple, ses valeurs spirituelles et sa religion ». Et avec les changements opérés dans la dernière phrase, il était demandé non pas à la seule opinion publique occidentale mais au monde entier de manifester sa réprobation envers l'État turc. Au moment où l'ensemble était relu, Turgut Bey sentit que Lazuli, dont il croisa un instant le regard, était satisfait. Et le regret de se trouver là acheva de l'envahir.

« Si plus personne n'a d'objection, signez tout de suite, s'il vous plaît, dit Lazuli. Parce qu'à tout instant il peut y avoir une descente de police. » Tout le monde se bouscula au milieu de la pièce pour signer le communiqué, devenu illisible avec ses flèches, ses corrections insérées et ses ratures, de manière à filer au plus vite. Alors que certaines personnes qui avaient terminé commençaient à sortir, Kadife cria :

« Attendez, mon père a quelque chose à dire ! »

Cela fit encore monter la tension. Lazuli envoya le jeune au visage rougeaud bloquer la sortie : « Que personne ne sorte ! dit-il. Écoutons maintenant les objections de Turgut Bey.

— Je n'ai pas d'objection, dit Turgut Bey. Mais avant d'apposer ma signature je souhaite une chose de cet adolescent. » Il montra du doigt le jeune au visage rougeaud qui venait de bloquer la porte au cri de « Que personne ne sorte », et avec qui il avait eu une altercation peu de temps avant. Il réfléchit un instant. « D'ailleurs pas seulement de lui mais de tous ceux qui sont là. Je ne signerai pas la déclaration si cet adolescent d'abord, puis vous tous, ne répondez pas à la question suivante. » Il se tourna vers Lazuli pour voir s'il avait été bien clair.

« Je vous en prie, posez votre question, demanda Lazuli. Si nous sommes en mesure de répondre, nous le ferons avec plaisir.

— Tout à l'heure vous avez ri de moi. Maintenant, répondez-moi tous : si un grand journal allemand vous offre l'espace de deux lignes, que direz-vous ? Qu'il réponde, lui, d'abord. »

L'adolescent au visage rougeaud avait du caractère et son opinion sur tous les sujets, mais il n'était pas préparé à une telle question. Serrant davantage la poignée de porte, il appela du regard Lazuli à l'aide.

« Vas-y, si c'est pour deux petites lignes, dis tout de suite ce qui te vient à l'esprit, qu'on puisse y aller, dit Lazuli avec un sourire forcé. Sinon on est bons pour la police. »

Comme s'il passait là un examen très important et qu'il tentait de se rappeler une réponse qu'il connaissait par cœur l'instant précédent, le jeune rougeaud détourna le regard, par étapes régulières, vers l'infini.

« Dans ce cas, moi, je vais parler, dit Lazuli. Je me fiche de ces messieurs européens... Qu'ils se contentent de ne pas me faire d'ombre, voilà mon souci... Même si nous vivons dans leur ombre.

— Ne l'aidez pas, qu'il dise lui-même ce qu'il a sur le cœur, fit Turgut Bey. Vous, vous parlerez en tout dernier. » Il sourit à l'adolescent, qui se contorsionnait d'indécision. « Il est dur de se décider. C'est vrai que c'est là une question étonnante, qu'on ne résout pas en se dressant au seuil d'une porte.

— Prétexte, prétexte ! dit une des personnes du fond. Il ne veut pas signer la déclaration. »

Chacun se replia dans ses pensées. Quelques personnes allèrent à la fenêtre pour s'abîmer dans la contemplation d'une voiture à cheval qui passait dans l'avenue Karadağ. Fazıl raconterait plus tard à Ka cet instant de « fascinant silence » : « C'était comme si nous étions devenus plus frères que jamais. » C'est le bruit d'un avion passant dans l'obscurité qui rompit le silence. Alors que tous écoutaient soudain avec attention, Lazuli murmura : « C'est le deuxième avion qui passe aujourd'hui. »

« Moi, je m'en vais ! » cria quelqu'un.

C'était un homme d'une trentaine d'années, au visage et à la veste ternes, auquel personne n'avait prêté attention, et l'une des trois personnes ici à avoir un travail stable. Il était cuisinier à l'hôpital public et regardait sans cesse sa montre. Il était entré en compagnie des familles de disparus. On raconterait plus tard que cet homme, porté sur la politique, avait été emmené une nuit au poste de police pour faire une déposition et n'en était jamais revenu. Toujours selon ces dires, pour pouvoir se marier avec la belle épouse de son frère aîné disparu, cet homme avait eu besoin d'un certificat de décès. À cette fin, un an après la disparition de son frère aîné, rejeté par toutes les autorités auprès desquelles il avait entrepris des démarches, Sécurité, Renseignements, justice et armée, il avait rejoint ces deux derniers mois le mouvement des familles de disparus pour parler avec elles de son affaire, plus qu'animé par un désir de vengeance.

« Vous direz dans mon dos que je suis un trouillard. C'est vous, les trouillards. Et ce sont vos Européens. Écrivez que je les traite de trouillards. » Il sortit en claquant la porte.

Quelqu'un demanda alors qui était monsieur Hans Hansen. Contrairement à ce que redoutait Kadife, Lazuli, cette fois dans un langage extrêmement châ-

404

tié, répondit que c'était un journaliste allemand bien intentionné, qui s'intéressait sincèrement aux problèmes de la Turquie.

Un autre, au fond de la pièce, dit : « Il faut avoir peur de l'Allemand, surtout s'il est bien intentionné. »

Un homme à veste noire planté à côté de la fenêtre demanda si, cette déclaration mise à part, on publierait ou non des explications particulières. Kadife répondit que c'était possible.

« Camarades, n'attendons pas tous pour prendre la parole que les autres aient parlé, comme des élèves d'école primaire à l'idée de s'exprimer, dit quelqu'un.

— Je vais au lycée, commença à dire un autre jeune Kurde de l'association. Ça fait longtemps que je réfléchis avant de parler.

— Vous aviez déjà pensé qu'un jour vous vous adresseriez à un journal allemand ?

— Eh oui, parfaitement, dit l'adolescent d'une voix très posée, bien qu'il fût dans un état exalté. Comme à chacun d'entre vous, à moi aussi il m'est arrivé de penser secrètement qu'un jour une telle occasion se présenterait à moi et que je pourrais faire savoir au monde mes opinions.

— Moi, je n'ai jamais pensé à ce genre de chose...

— Ce que je vais dire est très simple, poursuivit le jeune exalté. Le journal de Francfort doit écrire : on n'est pas idiots ! On est seulement pauvres ! J'estime que c'est de notre droit d'exiger que cette distinction soit faite.

— C'est assurément légitime. »

Mais on demanda à l'arrière : « Quand vous dites "on", cher monsieur, vous pensez à qui ? Aux Turcs, aux Kurdes, aux Azéris, aux Lazes, aux gens de Kars ? À qui donc ?

— ... Parce que la plus grande des erreurs de l'être humain, continua le jeune exalté de l'association, la plus grosse tromperie vieille de milliers d'années réside en ceci : on a confondu être pauvre et être idiot.

— Que signifie "être idiot" ? Il n'a qu'à expliquer ce qu'il entend par là !

— Certes, au cours de l'honorable histoire de l'humanité, il y a toujours eu des hommes de religion et des personnes riches de valeurs morales qui, remarquant cette honteuse confusion, ont soutenu que les pauvres aussi avaient des connaissances, une humanité, une intelligence et un cœur. Si monsieur Hans Hansen voyait un pauvre, il aurait de la peine pour lui. Peut-être qu'il ne penserait pas immédiatement que ce pauvre est un idiot qui a gâché toutes ses chances ou un ivrogne sans volonté.

— Je ne sais pas ce qu'il en est de monsieur Hansen mais c'est ce que tout le monde pense d'un pauvre.

— Écoutez, s'il vous plaît, dit le jeune Kurde exalté. Je ne vais pas trop parler. Peut-être qu'on a pitié pour les pauvres pris un par un, mais dès qu'il s'agit d'un peuple pauvre le monde entier pense que ce peuple est idiot, écervelé, qu'il est un peuple paresseux, sale et incapable. On rit même de celui qui pourrait avoir pitié d'eux. On trouve risibles leur culture, leurs us et coutumes. Par la suite, parfois, honteux de ces pensées, on cesse de rire, et on se met à trouver intéressante leur culture et même à se comporter comme s'ils étaient des égaux, juste pour qu'ils ne se révoltent pas, car les travailleurs immigrés de ce peuple nettoient le sol et travaillent dans les pires conditions.

— Dis-le, maintenant, si tu parles d'un peuple précis.

— Je vais le préciser, moi, intervint un autre jeune Kurde. L'être humain, malheureusement, ne rit même plus face à ceux qui s'entre-tuent, s'assassinent et s'oppriment. J'ai compris ça de ce que racontait mon beau-frère d'Allemagne quand il est venu à Kars l'été dernier. À présent, le monde ne tolère plus les peuples oppresseurs.

— Autrement dit, est-ce que tu nous menaces au nom des Occidentaux ?

— Pas faux, continua le jeune Kurde exalté. Supposons un Occidental qui rencontre quelqu'un d'un peuple pauvre ; eh bien, il éprouvera en premier lieu envers cette personne un mépris instinctif. Il pensera aussitôt que si cet homme est pauvre à ce point c'est parce qu'il appartient à un peuple idiot. Et il pensera que très probablement la tête de cet homme est pleine des inepties et idioties qui font sombrer tout son peuple dans la pauvreté et la misère.

— Du reste, c'est sans doute pas faux...

— Si toi aussi, comme cet écrivain qui se croyait malin, tu nous trouves idiots, dis-le clairement. Cet athée intégral, avant de mourir et d'aller en enfer, passant dans une émission en direct à la télévision, il a au moins eu le courage de dire en nous regardant tous dans le fond des yeux qu'il trouvait l'ensemble du peuple turc idiot [1].

— Excusez-moi, mais la personne qui passe en direct à la télévision ne peut pas se voir dans les yeux des spectateurs.

— Monsieur n'a pas dit : "en se voyant", mais : "en nous regardant", précisa Kadife.

— S'il vous plaît, camarades, ne polémiquons pas comme si nous étions à l'Assemblée nationale en

1. Allusion à Aziz Nesin, très célèbre écrivain satirique turc, dont les déclarations dans ce sens lui ont valu les fureurs de certains milieux nationalistes. Mort en 1995.

séance publique, s'écria le gauchiste qui prenait des notes. Et puis parlons moins vite.

— Moi, je ne me tairai pas tant qu'il ne dira pas courageusement quel est le peuple dont il parle. N'oublions pas que donner une déclaration qui nous rabaisserait à un journal allemand équivaut à être traître à la nation.

— Je ne suis pas traître à la nation. Je suis même parfaitement d'accord avec vous, dit le jeune Kurde exalté en se levant. C'est pourquoi je veux que l'on écrive que même si l'occasion se présentait un jour, même s'ils me donnaient le visa, je n'irais pas en Allemagne.

— Personne ne donnerait un visa pour l'Europe à un chômeur démuni de ton espèce.

— C'est vrai, ils ne m'en donneraient pas, admit le jeune exalté avec humilité. En supposant qu'ils m'en donnent et que j'y aille et que le premier Occidental que je croise dans la rue se trouve être un bon gars qui ne me traite pas de haut, eh bien, même dans cette hypothèse, je serais mal à l'aise, parce que je serais persuadé que cet homme me méprise simplement du fait qu'il est occidental. C'est clair, vu tout ce qui arrive aux Turcs en Allemagne... Aussi, pour ne pas être méprisé, il n'y a qu'une chose à faire : leur démontrer sans attendre qu'on pense comme eux. Mais ça, c'est à la fois un truc impossible et, pire, un truc vraiment blessant pour l'amour-propre.

— Mon fils, le début de votre propos était mauvais, mais vous l'avez mieux terminé, dit le vieux journaliste azéri. Ça non plus, on ne va pas le rapporter dans le journal allemand, ils se moqueraient de nous... » Il se tut un instant, ensuite il se mit à poser sournoisement sa question : « Quel est le peuple dont vous parliez ? »

Alors que l'adolescent de l'association s'asseyait à

sa place sans répondre, le garçon assis à côté du vieux journaliste s'écria : « Il a peur ! »

« Il a raison d'avoir peur », « Lui, ne travaille pas comme vous autres pour le compte de l'État », essayèrent de faire entendre certains, mais ni le vieux journaliste ni son fils ne captèrent ces propos. À force de parler tous en même temps, de plaisanter par moments, de se taquiner, une atmosphère ludique avait fini par lier tous ceux qui se trouvaient dans la pièce. Ka, qui apprendrait grâce à Fazıl ce qui s'était passé par la suite, écrirait sur son cahier que ce genre de réunion politique pouvait durer des heures, qu'il suffisait pour cela que la foule des hommes à moustache et sourcils froncés fumant des cigarettes s'amusât sans s'en rendre compte.

« Nous autres, nous ne pouvons pas être européens ! lança un autre jeune islamiste avec un air d'orgueil. Ceux qui s'emploient à nous faire entrer de force dans leur modèle, ils pourraient peut-être le faire à coups de tanks et de fusils, en nous liquidant tous. Mais notre âme, jamais ils ne pourront la changer.

— Vous pouvez prendre possession de mon corps mais de mon âme, jamais », dit l'un des jeunes Kurdes sur un ton ironique qui semblait tout droit sorti des films turcs.

Tout le monde se mit à rire. L'adolescent qui monopolisait la parole se mêla même, beau joueur, au rire général.

« Moi aussi, je voudrais dire quelque chose, lança un des jeunes assis à côté de Lazuli. Nos camarades ont beau parler des imitateurs des Européens comme de gens sans honneur, malgré tout, il règne ici une sorte de honte de ne pas être européens ; comme si on avait à s'en excuser. » Il se tourna vers l'homme à la veste en cuir qui prenait des notes.

« N'écris pas ce que je viens de dire, s'il te plaît! » dit-il avec une manière de caïd faisant le gentil. « Maintenant note : moi, je suis honoré de mon côté non européen. Je suis fier de tout ce que l'Européen trouve puéril, tyrannique et primitif en moi. S'ils sont beaux je serai laid, s'ils sont intelligents je serai idiot, s'ils sont modernes et bien je resterai innocent. »

Ces mots ne lui valurent aucune approbation. Comme chaque propos tenu dans la pièce était suivi d'une plaisanterie, il y eut quelques sourires. Quelqu'un intervint pour dire : « D'ailleurs tu es idiot! », mais comme juste à ce moment-là le plus âgé des deux gauchistes et l'homme à la veste noire furent pris d'une quinte de toux, on ne réussit pas à identifier qui avait lancé cette pique.

L'adolescent rougeaud qui tenait la porte se mit soudain à lire à haute voix un poème qui commençait ainsi : « Europe, ah Europe / Reste tranquille là-bas / Ne profite pas de nos rêves / Pour introduire en nous le diable. » Fazıl n'avait entendu que très difficilement la suite à cause des toux, des petits mots lancés et des éclats de rire. Aussi avait-il rapporté à Ka non pas ce qu'il se rappelait de la poésie elle-même, mais ce qu'il se rappelait des objections qu'elle avait soulevées; trois de ces détails passèrent à la fois sur le papier consignant les réponses de deux lignes destinées à l'Europe et dans le poème intitulé « L'humanité entière et les étoiles » que Ka allait écrire peu après :

1. « N'ayons pas peur de là-bas, il n'y a rien à craindre là-bas », cria un ancien militant gauchiste approchant la quarantaine.

2. Le vieux journaliste d'origine azérie qui avait répété à satiété : « À quel peuple fais-tu allusion? » dit d'abord : « Nous n'avons pas à renoncer à notre

identité turque ni à notre religion » ; ensuite, alors qu'il énumérait longuement les croisades, le massacre des Juifs, des Peaux-Rouges en Amérique, les assassinats de musulmans par les Français en Algérie, quelqu'un dans la foule, brisant ce bel élan, demanda sournoisement où se trouvaient les « millions d'Arméniens de Kars et de toute l'Anatolie » ; mais l'indic qui prenait des notes, ayant pitié de lui, n'avait pas écrit sur son papier qui avait dit cela.

3. Quelqu'un dit : « Personne ne perdra son temps à traduire une poésie aussi longue et absurde et monsieur Hans Hansen ne publiera pas ça dans son journal. » Ces propos furent l'occasion pour les poètes de la salle (ils étaient trois) de se plaindre de la solitude désolante du poète turc dans le monde.

Quand l'adolescent rougeaud termina, en sueur, son poème, dont l'absurdité et la naïveté faisaient l'unanimité, plusieurs personnes applaudirent en se moquant de lui. Certains prétendirent alors que si ce poème était publié dans un journal allemand, il servirait plus à alimenter l'ironie contre « nous » qu'à autre chose. Puis le jeune Kurde dont le beau-frère vivait en Allemagne formula une plainte.

« Eux, s'ils écrivent un poème, s'ils chantent une chanson, ils parlent au nom de toute l'humanité. Eux, ce sont des êtres humains, et nous, eh bien nous, nous ne sommes que des musulmans. Si on se met à écrire, ça devient de la poésie ethnique.

— Mon message est le suivant, écrivez, ordonna l'homme à la veste noire. Si les Européens ont raison et si nous n'avons pas d'autre avenir et de salut que de leur ressembler, nos petits amusements stupides, qui font de nous la caricature de nous-mêmes, ne sont pas autre chose qu'une perte de temps.

— Voilà les mots qui nous feront le plus passer pour idiots aux yeux des Européens.

— Maintenant, s'il vous plaît, ayez le courage de dire quel est le peuple qui paraîtra idiot.

— Messieurs, on est en train de faire comme si on était beaucoup plus intelligents et beaucoup plus estimables que les Européens, mais si aujourd'hui les Allemands ouvraient un consulat à Kars et se mettaient à donner gratuitement des visas, eh bien je vous jure qu'en une semaine Kars se viderait.

— C'est faux, ça. Déjà tout à l'heure notre camarade a dit que même s'ils donnaient des visas, il ne partirait pas. Moi non plus, je ne partirais pas, je resterais ici dignement.

— Messieurs, d'autres encore resteraient, sachez-le. Ceux qui ne partiraient pas, levez la main, s'il vous plaît, qu'on se fasse une idée. »

Quelques personnes levèrent la main avec sérieux. Un ou deux jeunes, face à ça, restèrent indécis. « Qu'il explique d'abord, lui, pourquoi ceux qui s'en iraient seraient déshonorés, demanda l'homme à la veste noire.

— C'est difficile à expliquer à des gens qui ne peuvent pas comprendre », dit-il d'une manière mystérieuse.

Sur ce, le cœur de Fazıl commença à s'emballer, à la vue des regards tristes que Kadife jetait par la fenêtre. « Mon Dieu, préserve mon innocence, préserve-moi de la confusion d'esprit », pensa-t-il. Puis il se dit que ces propos plairaient à Kadife. Il souhaita qu'on les notât pour le journal allemand, mais tout le monde parlait, personne ne s'intéressa à lui.

Seul le jeune Kurde criard pouvait s'imposer dans ce brouhaha généralisé. Il décida de faire écrire dans le journal allemand un de ses rêves. Au début du rêve qu'il racontait en tremblant de temps en temps, il regardait tout seul un film au Théâtre de la Nation. C'était un film occidental, tout le monde y parlait une langue étrangère, mais cela ne le dérangeait pas du tout parce qu'il avait l'impression de comprendre tout ce qui se disait. Ensuite, quel ne fut pas son étonnement, il était entré dans le film qu'il regardait : le fauteuil du Théâtre de la Nation était en fait dans le salon d'une famille chrétienne du film. Parallèlement, il apercevait à une certaine distance une grande table dressée et souhaitait apaiser sa faim, mais il se tenait éloigné, de peur de commettre un impair. Ensuite son cœur s'emballa car il avait devant lui une très belle femme blonde, dont soudain il se rappela qu'il était épris depuis des années. La femme se comportait vis-à-vis de lui d'une manière douce et affectueuse absolument inattendue. Elle lui faisait l'éloge de sa tenue, l'embrassait sur la joue et caressait ses cheveux. Il était très heureux. Puis la femme le prenait soudain contre elle et lui montrait la nourriture sur la table. Alors, en larmes, il comprenait qu'il était encore enfant et que c'était pour cette raison qu'on l'avait trouvé mignon.

Ce rêve fut accueilli autant par des rires et des plaisanteries collectives que par une tristesse qui confinait à la peur.

« C'est pas possible de faire un tel rêve, dit le vieux journaliste rompant le silence. Cet ado kurde l'a fabriqué pour joliment nous rabaisser aux yeux des Allemands. N'écrivez pas ça. »

L'adolescent de l'association, pour prouver qu'il avait bien fait ce rêve, avoua un détail qu'il avait sauté au début, à savoir que chaque fois qu'il se réveillait il se rappelait la femme blonde de son rêve. Il l'avait vue pour la première fois cinq ans auparavant, alors qu'elle descendait d'un autocar plein de touristes venus visiter les églises arméniennes. Elle portait un vêtement cintré bleu, qu'elle aurait par la suite dans ses rêves et dans le film.

On rit aussi à ça. « Nous, on a vu ce que c'est que les femmes européennes, et on a pactisé avec le diable pour toutes ces chimères », dit quelqu'un. En un instant s'instaura une discussion à la fois tendue, pleine de regrets et grossière au sujet des femmes occidentales. Un adolescent de grande taille, fin et assez beau, que personne n'avait vraiment remarqué jusque-là, commença à raconter une histoire :

Un jour, un Occidental et un musulman se rencontrent dans une gare. Il semble que le train n'arrivera jamais. Un peu plus loin sur le quai, une très belle Française attend aussi le train...

C'était une histoire établissant un lien entre la puissance sexuelle, la nation et la culture, comme tous les hommes qui étaient allés au lycée ou qui avaient fait leur service militaire pouvaient le deviner. Il n'avait pas utilisé de mots grossiers ou les avait déguisés sous des allusions qui étaient passées par-dessus la tête des gens. Mais en peu de temps s'installa dans la pièce une atmosphère qui ferait dire à Fazıl : « J'ai eu tellement honte ! »

Turgut Bey se leva.

« D'accord, mon fils, c'est bon. Apporte la déclaration, je vais la signer », dit-il.

Turgut Bey sortit de sa poche son nouveau stylo et signa la déclaration. Le bruit et la fumée de cigarettes l'avaient fatigué, mais, au moment où il allait partir, Kadife le retint, se leva.

« Écoutez-moi une seconde, s'il vous plaît, fit-elle. Vous autres, vous n'avez pas honte, mais moi, je rougis de ce que j'ai entendu. Je me mets ça sur la tête pour que vous ne voyiez pas mes cheveux, ça, ça va être trop douloureux pour vous, mais...

— Ce n'est pas pour nous ! », susurra une voix timide. « C'est pour Dieu et pour ta propre vie spirituelle.

414

— J'aurais aussi des choses à dire au journal alle-mand. Notez, s'il vous plaît. » Elle sentit en une intuition théâtrale qu'on la suivait avec un étonne-ment mêlé de colère : « S'appropriant le voile comme un drapeau au nom de leurs croyances, les jeunes femmes de Kars... non... écrivez : les musul-manes de Kars, en raison d'un dégoût qui les a soudain saisies, se sont dévoilées devant tout le monde. Voilà une belle information qui fait plaisir aux Européens. Comme ça, enfin, Hans Hansen publiera mes paroles. En se dévoilant, elle dit ceci : "Pardonne-moi, mon Dieu, mais maintenant je ne veux plus être seule. Ce monde est tellement répu-gnant et moi je suis tellement en colère et désarmée que ta..." »

Soudain Fazıl se leva et se rua sur elle en s'écriant : « Kadife, attention, ne te dévoile pas. Nous sommes maintenant là tous, sans exception. Necip et moi compris. Ensuite, nous mourrons tous, sans excep-tion. »

Tout le monde fut un moment étonné par ces mots. Certains dirent : « Arrête tes bêtises », d'autres : « Non, ne te dévoile pas », mais la majo-rité, d'un côté, observait en attendant avec l'espoir qu'il y ait un scandale, un événement, et, de l'autre, essayait aussi de comprendre à quel type de provo-cation ils assistaient et qui manipulait tout ça.

« Voilà les deux phrases que je voudrais voir publier dans le journal allemand », dit Fazıl. Dans la salle monta un brouhaha. « Je ne parle pas seule-ment en mon nom propre, mais aussi en celui de mon défunt ami Necip, ignoblement martyrisé la nuit de l'insurrection : Kadife, nous t'aimons beau-coup. Si tu te dévoiles, je me suicide. Attention ! ne te dévoile pas. »

Selon certains, Fazıl n'aurait pas dit à Kadife :

« Nous t'aimons », mais « Je t'aime ». Sans doute ont-ils été influencés par le comportement de Lazuli.

En effet, Lazuli cria de toutes ses forces : « Que personne ne parle de suicide dans cette ville ! » Ensuite, sans même jeter un seul regard à Kadife, il sortit de la chambre d'hôtel et s'en alla ; cela eut pour effet de mettre un terme immédiat à la réunion, et tous les participants se dispersèrent rapidement, à défaut de le faire silencieusement.

32

Mais quand deux âmes m'habitent, je ne peux pas être moi-même

À PROPOS DE L'AMOUR, DU DÉRISOIRE ET DE LA DISPARITION DE LAZULI

À cinq heures moins le quart, avant que Turgut Bey et Kadife ne fussent revenus de la réunion à l'hôtel Asya, Ka sortit de l'hôtel Karpalas. Il lui restait encore dix minutes avant de voir Fazıl ; cependant il voulait marcher dans la rue en savourant son bonheur. Il prit à gauche, quitta l'avenue Atatürk, puis marcha jusqu'à la rivière Kars, traînant à regarder les *çayhane* bondées, les télévisions allumées, les épiceries et les boutiques de photographes. Parvenu sur le pont en fer, sans prendre garde au froid, il fuma coup sur coup deux Marlboro, tout en rêvant au bonheur qu'il vivrait avec İpek à Francfort. Dans le parc, sur la rive opposée, où par le passé les riches familles de Kars regardaient, le soir, les patineurs sur glace, il régnait à présent une redoutable obscurité.

Dans cette obscurité, Ka confondit un instant Fazıl, qui arrivait en retard sur le pont, avec Necip. Ils entrèrent tous deux dans la *çayhane* des Frères Chanceux et Fazıl raconta à Ka dans le moindre détail la réunion à l'hôtel Asya. Parvenu au point où Fazıl disait avoir eu le sentiment que sa propre petite ville avait participé à la grande histoire mondiale, Ka le fit taire comme on éteint provisoirement la radio et écrivit son poème intitulé « L'humanité entière et les étoiles ».

Par la suite, dans les notes qu'il avait prises, plutôt que de rester sous l'emprise de la tristesse de vivre en dehors de l'histoire, Ka ferait une association entre ce poème écrit dans une ville oubliée et les débuts de certains films hollywoodiens qui lui avaient tant plu et qu'il avait vus tant de fois durant son enfance. À la fin du générique, la caméra montre d'abord de très loin la Terre qui tourne lourdement, puis lentement s'en approche ; alors, se distingue un pays et ce pays, dans le film que Ka se passe en rêve depuis son enfance, c'est bien sûr la Turquie ; alors se distinguent le bleu de la mer de Marmara, la mer Noire et le Bosphore, puis, la caméra se rapprochant encore, Istanbul, Nişantaşı où Ka a passé son enfance, l'agent de la circulation de l'avenue Teşvikiye, la rue Şair-Nigâr [1], les toits et les arbres (comme il était plaisant de les voir du ciel !), ensuite, le linge accroché, la publicité pour les conserves Tamek, les gouttières rouillées, le mur mitoyen enduit de poix, et apparaît petit à petit la fenêtre de Ka. Pénétrant par la fenêtre, la caméra, après un travelling sur les pièces encombrées de livres, d'affaires, de poussière et de tapis crasseux, montrait Ka assis à une table devant l'autre fenêtre en train d'écrire ; on arrivait enfin à la pointe du stylo qui traçait les ultimes lettres sur le papier et on lisait : « VOICI L'ADRESSE OÙ J'AI PARTICIPÉ À L'HISTOIRE MONDIALE DE LA POÉSIE, MOI, LE POÈTE KA : RUE ŞAIR-NIGÂR, 16/8, NIŞANTAŞI, ISTANBUL, TURQUIE. » Les lecteurs attentifs feront l'hypothèse que l'adresse, dont je crois qu'elle se trouvait aussi dans le poème, était elle-même située quelque part sur l'axe Logique en haut du flocon, prise dans le champ d'attraction du Rêve.

À la fin de son récit, Fazıl confia la douleur qui le

1. Célèbre poétesse et écrivaine turque du début du XXᵉ siècle.

taraudait : il était à présent extrêmement mal à l'aise d'avoir déclaré à Kadife que si elle se dévoilait il se suiciderait. « Je suis mal à l'aise non seulement parce que se suicider signifie pour un être humain perdre sa foi en Dieu, mais aussi parce que je n'y croyais pas. Pourquoi ai-je dit quelque chose auquel je ne croyais pas ? » Après avoir déclaré à Kadife qu'il se tuerait si elle se dévoilait, Fazıl cria : « Non, non ! », mais quand, sur le seuil de la porte, il croisa son regard, il se mit à trembler comme une feuille.

« Est-ce que Kadife a pu croire que j'étais amoureux d'elle ? demanda-t-il à Ka.

— Toi, t'es amoureux de Kadife ?

— Mais tu le sais, moi, j'étais amoureux de la défunte Teslime. Et mon défunt camarade, de Kadife, de son côté. Alors que ça ne fait même pas un jour que mon ami est mort, j'ai honte d'être amoureux de la même fille que lui. Et je sais que pourtant c'est ça la seule explication de mon comportement. Et ça me fait peur. Explique-moi comment tu peux être sûr que Necip est bien mort !

— Je l'ai pris par les épaules et j'ai embrassé sa dépouille au front transpercé par une balle.

— J'ai l'impression que l'âme de Necip vit en moi, dit Fazıl. Écoute, hier soir je ne me suis pas intéressé au théâtre et je n'ai même pas regardé la télévision. Je me suis couché tôt et j'ai dormi. J'ai réalisé dans mon sommeil qu'il arrivait des choses atroces à Necip. Quand les soldats ont fait une descente dans notre dortoir, j'en ai eu la confirmation. Quand je t'ai vu à la bibliothèque, je savais déjà que Necip était mort, parce que son âme était passée dans mon corps. Cela s'est produit tôt le matin. Les soldats qui ont vidé le réfectoire ne m'ont même pas effleuré, et j'ai passé la nuit rue du Bazar, chez un camarade de régiment de mon père, originaire de Varto. Six heures après que Necip a été tué, dès tôt le matin, je l'ai senti en moi. Dans le lit d'appoint où j'étais couché, ma tête s'est mise tout d'un coup à tourner, ensuite j'ai ressenti un doux et profond enrichissement ; mon ami était auprès de moi, en moi. Comme le prétendent les livres des anciens, l'âme quitte le corps six heures après la mort de l'homme. Selon Suyuti, l'âme est alors dans un état instable comme du mercure et doit attendre jusqu'à la fin du monde sur l'isthme de Berzah. Mais l'âme de Necip est entrée en moi. J'en suis sûr. J'en ai même peur parce qu'il n'y a rien de tel dans le Coran. Mais, si ça n'était pas le cas, je ne pourrais pas du tout être à ce point amoureux de Kadife. Et ainsi me suicider pour elle, ça n'est pas une idée qui m'appartient. À ton avis, est-ce que l'âme de Necip peut vraiment vivre en moi ?

— Si tu y crois, répondit Ka, plein d'attention.

— Tout ça, je ne le dis qu'à toi. Necip t'a confié des choses qu'il n'a dites à personne d'autre. Je t'en supplie, dis-moi la vérité : Necip ne m'a jamais avoué que le doute de l'athéisme était né en lui. Mais il se peut qu'il t'ait fait part de ces questions. Est-ce que Necip — Dieu nous en préserve — t'a jamais parlé du doute qu'il éprouvait quant à l'existence de Dieu ?

— Il m'a parlé d'autre chose, pas de cela. Il m'a dit que, bien malgré lui, il pensait à la non-existence de Dieu, qu'il aimait pourtant, à la façon dont l'homme pleure en pensant à la mort de sa mère et de son père et éprouve quelque plaisir dans cette affliction même.

— Voilà exactement ce qui m'arrive maintenant, lança Fazıl. Et je suis sûr que ce doute, c'est l'âme de Necip qui l'a inoculé en moi.

— Mais cela ne signifie pas que tu es devenu athée.

420

— Pourtant, maintenant, je donne même raison aux filles qui se suicident, dit Fazıl avec tristesse. Je viens de dire que je pouvais moi aussi me suicider. Je ne voudrais pas traiter d'athée le défunt Necip. Mais à présent je sens en moi une voix athée et j'ai très peur de cela. Je ne sais pas si vous êtes comme ça, mais vous vivez en Europe et vous paraissez connaître les intellectuels et tous ces gens qui boivent de l'alcool et se droguent. Je vous en prie, dites-moi une fois encore ce que ressent un athée.

— Pas une envie continuelle de se suicider.

— Je ne veux pas sans cesse me suicider, mais seulement par moments.

— Pour quelles raisons ?

— Parce que je pense sans cesse à Kadife et que je n'ai plus rien d'autre en tête ! Je la vois sans arrêt apparaître là, devant moi. Quand je reprends mes cours, quand je regarde la télévision, quand j'attends la venue du soir, dans les lieux les plus indifférents, tout me rappelle Kadife et j'en souffre atrocement. En vérité, je n'aimais pas Teslime, c'est Kadife que j'ai toujours aimée. Mais comme c'était l'amour de mon ami, j'ai tout enterré en moi. À me parler sans interruption de Kadife, c'est Necip qui a inoculé cet amour en moi. Quand les soldats ont fait l'assaut du dortoir, j'ai réalisé que Necip pourrait avoir été tué et, je l'avoue, je m'en suis réjoui. Non pas parce que j'allais pouvoir exprimer mon amour à Kadife, mais parce que j'en voulais mortellement à Necip d'avoir déversé en moi cet amour. Maintenant que Necip est mort, je suis libre, mais cela n'a pas eu d'autre conséquence que de me rendre encore plus amoureux de Kadife. Je pense à elle dès le matin et, plus ça va, moins je parviens à penser à autre chose. Mon Dieu, que puis-je faire ? »

Fazıl se couvrit le visage de ses mains et se mit à

pleurer à gros sanglots. Ka alluma une Marlboro et une indifférence égoïste l'effleura. Puis il caressa longuement les cheveux de Fazıl.

L'indic Saffet, un œil sur la télévision, un autre sur Ka et Fazıl, s'approcha alors d'eux. « Ne pleure pas, mon fils, je n'ai pas apporté ta carte d'identité au centre, elle est sur moi », dit-il. Comme Fazıl, pleurant toujours, ne faisait pas attention à lui, il sortit de sa poche la carte d'identité et la tendit à Ka, qui la prit. « Pourquoi pleure-t-il ? demanda l'indic avec une curiosité mi-professionnelle mi-humaine. — Il pleure d'amour », dit Ka. Cela eut un moment pour effet de rassurer l'indic. Ka le regarda s'éloigner jusqu'à ce que, après être sorti de la *çayhane*, il eût disparu.

Par la suite, Fazıl demanda à Ka comment il pouvait attirer l'attention de Kadife. Puis il dit que tout Kars le savait épris d'İpek, la sœur aînée de Kadife. La passion de Fazıl apparut à Ka tellement sans issue qu'il eut un instant peur que l'amour qu'il éprouvait lui-même pour İpek fût tout aussi sans espoir. Peu inspiré, il répéta à Fazıl, qui avait cessé de sangloter, le conseil d'İpek, « Sois toi-même ».

« Mais quand deux âmes m'habitent je ne peux pas être moi-même, dit Fazıl. En plus, l'esprit athée de Necip est en train de prendre possession de moi, petit à petit. Après avoir pensé pendant des années que les jeunes amis occupés par la politique se trompaient, eh bien maintenant je veux faire quelque chose contre ce putsch aux côtés des islamistes. Mais je sens que je le ferai aussi pour attirer l'attention de Kadife. Le fait de n'avoir en tête rien d'autre que Kadife m'effraie. Pas parce que je ne la connais pas du tout. Mais parce que je me rends compte que, tout comme un athée, je ne peux plus désormais croire en rien d'autre qu'en l'amour et au bonheur. »

Alors que Fazıl pleurait, Ka hésitait à lui dire qu'il ne fallait pas révéler à tout le monde son amour pour Kadife et qu'il fallait redouter Lazuli. Il supposait que de même qu'il était au courant de sa relation avec İpek, il l'était de celle qui unissait Lazuli et Kadife. Mais s'il était au courant, la hiérarchie politique lui interdisait absolument de tomber amoureux de Kadife.

« Nous sommes pauvres et sans importance, tout le problème est là, dit Fazıl avec une étrange hargne. Notre vie misérable n'a aucune place dans l'histoire de l'humanité. Pour finir, nous tous qui vivons dans cette misérable ville de Kars, eh bien nous crèverons et nous disparaîtrons. Personne ne se souviendra de nous, personne ne s'intéressera à nous. Nous resterons des personnes insignifiantes qui s'égorgent les unes les autres pour des histoires de voile, qui s'étouffent dans leurs propres petites et stupides rivalités. Tout le monde nous oubliera. Voyant que nous passerons et quitterons ce monde sans laisser de traces, après avoir eu des vies aussi débiles, je réalise avec rage qu'il n'y a rien d'autre que l'amour dans la vie. Alors, mon sentiment pour Kadife et l'évidence que la seule consolation possible dans ce monde est de la prendre dans mes bras me font encore plus souffrir ; et elle ne quitte pas mon esprit.

— Je vois, ce sont là des pensées dignes d'un athée », dit Ka sans aucune pitié.

Fazıl se remit à pleurer. Mais Ka ne se souvint pas des propos qu'ils échangèrent par la suite, pas plus qu'il ne les reporta sur un quelconque cahier. À la télé, dans les sketchs comiques, les petits enfants américains étaient renversés de leur chaise, brisaient des aquariums, tombaient dans l'eau, se tiraient par les basques et trébuchaient ; et tout cela était ponctué d'éclats de rire préenregistrés. Fazıl et

Ka, oubliant tout et souriant, au milieu des nombreux clients de la *çayhane*, regardèrent longuement les petits Américains.

Quand Zahide entra dans la *çayhane*, Ka et Fazıl regardaient à la télévision un camion qui avançait d'une manière très énigmatique dans une forêt. Zahide remit à Ka une enveloppe jaune, à laquelle Fazıl ne s'intéressa pas une seconde. Ka l'ouvrit et lut le petit mot qu'elle contenait : ça venait d'İpek. Kadife et İpek souhaitaient voir Ka à la pâtisserie Yeni Hayat à six heures, soit vingt minutes plus tard. Zahide avait appris de l'indic Saffet qu'ils se trouvaient dans la *çayhane* des Frères Chanceux.

Dans le dos de Zahide, Fazıl dit : « Son neveu est dans notre classe. Il est atrocement porté sur les jeux d'argent, et ne rate aucun combat de coqs ou de chiens où l'on fait des paris. »

Ka lui rendit sa carte d'étudiant. Il se leva : « Ils m'attendent pour manger à l'hôtel. — Tu vas voir Kadife ? » demanda Fazıl, désespéré. Ka eut honte de l'expression de lassitude affectueuse qu'affichait son visage. « Je veux me tuer. » Alors que Ka sortait de la *çayhane*, Fazıl lui lança : « Si tu la vois, dis-lui que si elle se dévoile je me tuerai. Et je ne le ferai pas parce qu'elle se dévoile, mais pour le plaisir de me tuer pour elle. »

Comme il avait encore un peu de temps avant le rendez-vous à la pâtisserie, Ka obliqua dans les rues secondaires. Dans la rue du Canal, il aperçut la *çayhane* où le matin même il avait écrit son poème « Rues rêvées » et y entra ; cependant, il n'y alla pas pour écrire un nouveau poème, mais pour ressortir par la porte arrière de la *çayhane* envahie par la fumée de cigarettes et à moitié vide. Il passa dans une cour recouverte de neige, franchit dans l'obscurité le mur bas devant lui, gravit trois marches

424

puis descendit à la cave entre les aboiements du même chien enchaîné.

L'endroit était éclairé par une lampe falote. À l'intérieur, outre une odeur de charbon et de sommeil, Ka identifia aussi une odeur de *rakı*. À côté de la chaudière ronronnante, il y avait des ombres et quelques individus. En apercevant entre les cartons le membre des Renseignements au nez aquilin, la Géorgienne tuberculeuse et son mari assis en train de boire du *rakı*, il ne fut pas surpris. Eux non plus ne semblaient pas étonnés de voir Ka. Ka vit que la femme malade portait un chic chapeau rouge. La femme offrit à Ka un œuf dur et du *lavaş* et son mari entreprit de servir un verre de *rakı* à Ka. Alors que Ka épluchait son œuf dur avec les ongles, l'agent des Renseignements déclara que cette chaufferie était l'endroit le plus chaud de Kars, un vrai paradis.

« Paradis » devint le titre du poème écrit par Ka sans aucun incident et sans un seul mot perdu, dans le silence qui suivit. Le fait que le poème soit disposé à un endroit éloigné du centre du flocon de neige, juste au-dessus de l'axe Rêve, ne signifiait pas que le paradis était un avenir purement onirique ; pour Ka, le paradis signifiait que ses souvenirs ne pourraient rester vivants qu'en étant rêvés. Des années plus tard, Ka se remémorerait un par un certains souvenirs évoqués dans ce poème : les vacances d'été de son enfance, les jours d'école buissonnière, ses tentatives de pénétrer en compagnie de sa sœur dans le lit où étaient couchés ses parents, certains dessins de son enfance, ses baisers à une fille rencontrée dans une boum de l'école, à qui il avait donné rendez-vous.

En marchant en direction de la pâtisserie Yeni Hayat, Ka avait en tête autant İpek que tous ces souvenirs. Dans la pâtisserie il trouva İpek et Kadife qui l'attendaient. İpek était si belle que Ka — sous l'effet aussi du *rakı* avalé à jeun — crut un instant que des larmes de bonheur mouillaient ses yeux. Et de se trouver à une table en compagnie de ces deux sœurs si agréables et de discuter avec elles lui procurait non seulement du bonheur, mais aussi quelque fierté : il aurait bien aimé, Ka, que les vendeurs turcs qui le saluaient en souriant tous les matins à Francfort le vissent avec ces deux femmes, mais dans la pâtisserie où la veille avait été tué le directeur de l'École normale, il n'y avait alors personne d'autre que l'inévitable vieux serveur. Une photographie prise de l'extérieur le montrant en compagnie de ces deux belles femmes — même si l'une d'elles portait un foulard — à ce moment où il était assis en compagnie d'İpek et de Kadife dans la pâtisserie Yeni Hayat est restée gravée dans un coin de son esprit, à la façon d'un rétroviseur indiquant en permanence la voiture de derrière.

Contrairement à Ka, les deux femmes n'étaient pas du tout sereines. Comme Ka dit qu'il avait appris par Fazıl ce qui s'était passé lors de la réunion à l'hôtel Asya, İpek fut brève.

« Lazuli a quitté la réunion en colère. Kadife regrette maintenant beaucoup ce qu'il a pu dire là-bas. Nous avons envoyé Zahide à l'endroit où il se cache, il n'y est apparemment plus. Nous n'arrivons pas à le retrouver. » İpek avait parlé en aînée cherchant un remède aux tourments de sa sœur, mais à présent elle semblait elle aussi fort affectée.

« Si vous l'aviez trouvé, qu'est-ce que vous lui auriez demandé ?

— D'abord, nous voulions nous assurer qu'il était en vie, qu'il n'avait pas été arrêté », répondit İpek. Elle jeta un regard à Kadife qui paraissait prête à pleurer à la moindre impulsion. « Rapporte-nous des nouvelles de lui. Dis-lui que Kadife fera tout ce qu'il veut.

— Vous connaissez Kars bien mieux que moi.

— Pas dans l'obscurité, pas deux femmes comme nous, dit İpek. Toi, tu as appris à connaître la ville. Va avenue Halitpaşa, dans les *çayhane* Aydede et Nurol, elles sont fréquentées par les jeunes prédicateurs islamistes. Maintenant ça grouille de policiers en civil là-bas, mais ils ne peuvent pas tenir leur langue, et s'il est arrivé quelque chose de grave à Lazuli, tu le sauras. »

Kadife sortit un mouchoir pour s'essuyer le nez. Ka crut qu'elle allait soudain se mettre à pleurer.

« Rapporte-nous des nouvelles de Lazuli, dit İpek. Si nous tardons, notre père va se faire du souci. Il t'attend pour le dîner.

— Cherchez aussi dans les *çayhane* du quartier de Bayrampaşa », dit Kadife en se levant.

Dans l'inquiétude et la tristesse des filles, il y avait un côté si fragile et si attirant que Ka, incapable de se détacher d'elles, parcourut en leur compagnie la moitié du chemin qui sépare la pâtisserie de l'hôtel Karpalas. Lié à İpek par la peur de la perdre, il était tout autant lié à elles deux par un sentiment de mystérieuse complicité dans la faute, car ils faisaient ensemble quelque chose qu'elles cachaient à leur père. Et il imagina qu'il irait un jour à Francfort avec İpek, que Kadife viendrait elle aussi, et que tous les trois ensemble ils iraient dans les cafés et déambuleraient en regardant les vitrines de l'avenue de Berlin. Mais il ne croyait pas du tout qu'il pourrait accomplir la mission qui lui avait été confiée. La *çayhane* Aydede, qu'il avait trouvée sans trop de difficulté, était si ordinaire et si terne que, oubliant presque pourquoi il y était venu, il regarda un bon moment la télévision, tout seul. Il y avait bien par là quelques jeunes en âge d'être lycéens, mais malgré ses tentatives d'engager la conversation — il avait risqué quelques mots à propos du match de football à la télévision —, personne ne répondit à ses sollicitations. Là-dessus, Ka brandit un paquet de cigarettes pour en offrir et quelqu'un posa sur la table un briquet pour signifier qu'on pouvait fumer. Comprenant qu'il ne pourrait rien apprendre du tenancier qui louchait, il sortit pour se rendre à la *çayhane* Nurol, à côté. Là, quelques jeunes regardaient le même match de football, mais cette fois sur une télévision noir et blanc. S'il n'avait pas remarqué les coupures de journaux aux murs et le tableau des matchs de Karsspor de cette année, il ne se serait pas souvenu que c'était là qu'il avait discuté la veille avec Necip de l'existence de Dieu et du sens du monde. Il s'aperçut qu'à côté du poème qu'il y avait lu, un autre poète avait accroché une invention de sa plume ; il la nota dans son cahier :

C'est l'évidence, maintenant, notre Mère ne viendra pas, sortie du Paradis, elle ne nous prendra pas dans ses bras,
Notre Père ne la laissera jamais un jour sans la frapper
Mais malgré tout notre cœur se réchauffera, notre esprit s'éveillera.
Car c'est notre destin ; dans la merde où nous sombrerons, on se souviendra de Kars comme d'un paradis.

« Vous écrivez des poèmes ? demanda le tout jeune serveur qui s'était posté en face de lui.

— Bravo, dit Ka. Tu sais lire à l'envers, toi ?

— Non, grand frère, je ne sais pas lire, même à l'endroit. J'ai fui l'école. Et j'ai grandi sans apprendre à lire, et voilà, c'est trop tard maintenant.

— Qui a écrit ce nouveau poème au mur ?

— La moitié des jeunes qui viennent ici sont des poètes.

— Pourquoi ne sont-ils pas là aujourd'hui ?

— Hier les militaires les ont tous raflés. Certains sont en prison, certains se sont cachés. Si tu veux, demande à ceux qui sont là-bas, ce sont des policiers en civil, ils sont au courant. »

À l'endroit qu'il montrait il y avait deux jeunes parlant football, pleins de fougue, mais Ka ne les approcha pas et sortit de la *çayhane* sans poser de questions à quiconque. Il lui plut de voir que la neige avait recommencé à tomber. Il ne croyait pas une seconde pouvoir retrouver la trace de Lazuli dans les *çayhane* du quartier de Bayrampaşa. Il y avait maintenant en lui aussi du bonheur, mêlé à la tristesse qu'il avait ressentie en arrivant à Kars. En attendant l'avènement d'un nouveau poème, il longea à pas lents, comme dans un rêve, les bâtiments en béton laids et misérables, les parkings enneigés, les vitrines couvertes de glace des *çayhane*, des salons de coiffure et des épiceries, les cours où depuis le temps des Russes aboyaient des chiens, ainsi que les boutiques où l'on vendait des pièces détachées de tracteur, des équipements pour voiture à cheval et du fromage. Il sentait que de sa vie il ne pourrait oublier tout ce qu'il voyait, l'affiche électorale du Parti de la mère patrie, une petite fenêtre aux rideaux très rigoureusement tirés, l'annonce « Le vaccin japonais contre la grippe est arrivé » collée des mois auparavant sur la vitrine pleine de givre de la pharmacie Bilim, pas moins que l'affiche contre le suicide imprimée sur du papier jaune. Cette exceptionnelle ouverture sensitive qui le portait vers les moindres détails des moments qu'il vivait, le sentiment qu'à cet instant tout était relié à tout et qu'il

429

était lui-même une partie inséparable de ce monde profondément beau prirent en lui une telle force qu'il crut qu'un nouveau poème était en gestation, et il entra dans une *çayhane* de l'avenue Atatürk. Mais nul poème ne lui vint à l'esprit.

33

Un homme sans Dieu à Kars

PEUR DE SE FAIRE DESCENDRE

À peine sorti de la *çayhane*, il se trouva nez à nez avec Muhtar sur le trottoir enneigé. Muhtar, qui se rendait quelque part avec un air immensément pensif, l'avait vu, mais un moment, sous la neige drue et à gros flocons, il fit comme s'il ne l'avait pas reconnu ; Ka avait lui aussi d'abord voulu l'éviter. Puis ils s'élancèrent en même temps l'un vers l'autre et s'embrassèrent comme de très vieux amis.

« Est-ce que tu as transmis à İpek ce que je t'ai dit ? demanda Muhtar.

— Bien sûr.

— Qu'a-t-elle dit ? Viens, asseyons-nous dans cette *çayhane* pour que tu me racontes. »

Malgré l'intervention de l'armée, malgré les coups qu'il avait encaissés au poste de police, malgré l'effondrement de ses espoirs d'être élu maire, Muhtar ne donnait pas l'impression d'être pessimiste. « Pourquoi ne m'ont-ils pas arrêté ? Pourvu que cesse la neige, que les routes soient rouvertes, que les militaires se retirent, qu'on élise un de leurs hommes de paille à la municipalité, dis-le à İpek ! » s'exclama-t-il au moment où ils prirent place dans la *çayhane*. Ka lui promit d'en parler. Puis il lui demanda s'il avait des nouvelles de Lazuli.

431

« C'est moi qui l'ai fait venir à Kars au début. Avant, chaque fois qu'il venait ici, il logeait chez moi, dit avec fierté Muhtar. Mais depuis que la presse d'Istanbul parle de lui comme d'un terroriste, pour ne pas compromettre notre parti, il ne nous appelle plus quand il vient. Et je suis le dernier informé de ce qu'il fait. Qu'est-ce qu'İpek a répondu à mes propositions ? »

Ka dit qu'İpek n'avait pas donné de réponse précise à la proposition de remariage de Muhtar. Celui-ci affecta une expression lourde de sens, comme s'il enregistrait une réponse très personnalisée, et dit qu'il souhaitait que Ka sût combien son ancienne épouse était sensible, fine et compréhensive. Il était plein de regrets de s'être mal comporté à son égard, à une période de crise de sa vie. « Une fois rentré à Istanbul, tu remettras à Fahir en mains propres les poèmes que je t'ai donnés, n'est-ce pas ? » enchaîna-t-il. Ayant obtenu l'engagement de Ka, une expression débonnaire, à la fois tendre et triste, se dessina sur son visage. Alors qu'un sentiment entre la pitié et le dégoût se substituait au remords honteux qu'il éprouvait envers Muhtar, Ka vit que son compagnon sortait un journal de sa poche. « Si j'étais à ta place, je ne me promènerais pas aussi tranquillement dans la rue », fit Muhtar avec une certaine jouissance.

Ka lut d'une traite l'édition du lendemain de la *Gazette de la ville-frontière*, à l'encre encore à peine séchée, qu'il lui avait arrachée des mains : « Le succès du putsch des gens de théâtre... Jours de sérénité à Kars, Élections reportées. Les citoyens sont satisfaits de l'intervention militaire... » Il lut ensuite l'information que Muhtar lui montrait du doigt, en pleine une :

ON SE DEMANDE BIEN CE QUE LE SOI-DISANT POÈTE KA CHERCHE DANS NOTRE VILLE EN CES JOURS TROUBLES

Notre édition d'hier présentant ce soi-disant poète suscite des réactions parmi les habitants de Kars

Nous avons entendu beaucoup de choses au sujet de Ka, le soi-disant poète qui a gâché le plaisir du peuple en lisant un poème incompréhensible et sans saveur en plein milieu de la pièce kémaliste qui a apporté à tout Kars paix et tranquillité ; une pièce jouée avec succès hier soir par le grand artiste Sunay Zaim et ses camarades, avec la participation enthousiaste du peuple. En ces jours où nous, habitants de Kars, qui vivons en symbiose et partageons le même esprit depuis des années, sommes entraînés par des puissances extérieures dans des querelles intestines, où notre communauté est artificiellement divisée par des différences entre laïcs et religieux, Turcs, Kurdes et Azéris, et où les allégations sur le massacre des Arméniens, qu'il nous faut désormais oublier, connaissent un regain de vigueur, l'apparition parmi nous, à la façon d'un espion, de cet individu suspect, qui vivait en Allemagne depuis des années après avoir fui la Turquie, a suscité au sein du peuple bien des interrogations. N'est-il pas vrai que, rencontrant il y a deux jours dans notre gare des jeunes de notre lycée de prédicateurs malheureusement ouverts à toutes sortes de provocations, il ait dit : « Moi, je suis athée, je ne crois pas en Dieu, cependant je ne me suiciderai pas, d'ailleurs Dieu n'existe pas » (quelle horreur !) ? Si la liberté de pensée à l'européenne va jusqu'à prétendre que « le travail d'un intellectuel, c'est de critiquer les choses sacrées », ne s'agit-il pas là de la négation de Dieu ? Le fait d'être engraissé par l'argent allemand ne te donne pas le droit de piétiner les croyances de cette nation. Sinon, est-ce parce que tu as honte d'être turc que tu caches ton vrai nom et que tu utilises le nom trompeur de Ka, qui fait étranger ? Comme l'ont fait savoir, scandalisés, nos lecteurs en téléphonant à notre journal, ce mécréant imitateur de l'Occident, venu en notre ville dans l'intention de semer la discorde parmi nous lors de ces jours difficiles, a incité le peuple à la révolte en frappant aux portes des plus pauvres dans nos quartiers de *gecekondu*, il a même entrepris de nous faire critiquer cette patrie et même Atatürk, qui nous a offert cette République. Tout Kars se demande bien pour quelle raison est venu dans notre ville ce soi-disant poète, logé à l'hôtel Karpalas. Puissent les jeunes de Kars rappeler la limite indépassable à ce genre d'insolent qui nie Dieu et notre Prophète (qu'ils soient vénérés) !

« Quand je suis passé il y a vingt minutes, les deux fils de Serdar venaient de terminer l'impression », dit Muhtar comme si, loin de partager les craintes et la peine de Ka, il prenait plutôt plaisir à aborder un sujet amusant.

Ka se sentit complètement seul et relut l'article avec attention.

Autrefois, quand il rêvait à sa future et brillante carrière littéraire, Ka pensait qu'en raison des innovations modernistes qu'il apporterait à la poésie turque (maintenant, ce concept nationaliste lui paraissait ridiculement pauvre) il s'exposerait à bien des critiques et à des agressions, et que ces animosités et incompréhensions contribueraient à composer son personnage. Malgré un début de notoriété survenu dans les années suivantes, comme ces critiques agressives ne lui avaient jamais été adressées, Ka se voyait affublé de cette qualification de « soi-disant poète ».

Après que Muhtar l'eut laissé en lui conseillant de ne pas se promener n'importe où telle une cible, la peur d'être tué s'empara de Ka. Il sortit de la *çay-hane* et marcha, hagard, sous les gros flocons de neige qui tombaient à un rythme mystérieux comme dans un film qui serait projeté au ralenti.

Au cours de ses premières années de jeunesse, mourir pour l'accomplissement d'un objectif intellectuel ou même politique, donner sa vie pour ses écrits constituait pour Ka le stade spirituel suprême à atteindre. Parvenu à la trentaine, l'absurdité de la vie de tant de ses camarades et connaissances, morts sous la torture pour des principes stupides ou nuisibles, assassinés en pleine rue par des gangs politiques, tués dans des affrontements au cours d'un casse de banque ou, pire, déchiquetés par la bombe qu'ils avaient confectionnée eux-mêmes, acheva d'éloigner Ka de cet idéal. Le fait d'être exilé pendant des années pour des raisons politiques auxquelles il ne croyait en fait plus du tout avait définitivement brisé en lui la relation entre politique et sacrifice de soi. Quand il était en Allemagne, la nouvelle d'un quelconque éditorialiste vraisemblablement tué pour des raisons politiques par des islamistes éveillait en lui la colère et un certain respect pour le mort, mais il n'éprouvait pas un soupçon d'admiration particulière pour l'écrivain défunt.

Cependant, au coin de l'avenue Halitpaşa et de l'avenue Kâzım-Karabekir, il imagina qu'un canon glissé dans le trou gelé d'un mur aveugle était pointé sur lui et que, soudainement atteint, il mourait sur le trottoir enneigé ; il essaya de deviner ce qu'écriraient les journaux d'Istanbul. Selon toute probabilité, la préfecture et les Renseignements locaux dissimuleraient la dimension politique du meurtre, afin que l'événement ne prenne pas trop d'ampleur et que leur responsabilité ne soit pas mise en cause ; la presse d'Istanbul, ne prenant pas en compte son identité de poète, publierait ou non l'information. Même si ses amis poètes et des journalistes du quotidien *Cumhuriyet* tentaient après coup de mettre en lumière la dimension politique de l'événement, cela diminuerait l'importance du papier critique général sur sa poésie (qui écrirait ce papier ? Fahir ? Orhan ?) ou alors renverrait la nouvelle de la mort aux pages « Arts », que personne ne lit. S'il existait vraiment un journaliste allemand dénommé Hans Hansen et que Ka le connaissait, peut-être que le *Frankfurter Rundschau* aurait repris l'information mais, à part celui-ci, aucun journal occidental n'en ferait mention. Bien qu'à titre de consolation Ka se mît à imaginer que peut-être ses poèmes seraient traduits en allemand et publiés dans la revue *Akzent*, s'il devait être tué à cause de ce papier paru dans la *Gazette de la ville-frontière*, il voyait très nettement que ce serait l'horreur absolue, et, plus que la mort, il craignait de mourir au moment même où pointait l'espoir d'être heureux à Francfort avec İpek.

Sur ce, il se remémora la figure de certains écrivains tombés sous les balles des islamistes radicaux ces dernières années : la larme à l'œil, il revit l'enthousiasme positiviste d'un ancien prédicateur qui, devenu athée sur le tard, s'employait à démontrer les « incohérences » du Coran (ils l'abattirent par-derrière d'une balle dans la tête), la colère d'un éditorialiste ironique qui traitait dans ses éditoriaux les filles à foulard et les femmes en *çarşaf* de « noires Fatma » (lui, ils le flinguèrent un petit matin avec son chauffeur), ou bien la fougue de tel autre qui montrait les liens entre le mouvement islamiste de Turquie et l'Iran (lui, ils le firent sauter au moment où il tournait la clé de contact de sa voiture). Et même s'il avait de l'affection pour toutes ces victimes au point d'en pleurer, il trouvait cela absurde.

Il s'emportait moins contre la presse stambouliote et occidentale, qui ne manifestait aucun intérêt pour la vie de ces ardents écrivains ni pour celle de ces journalistes abattus pour des raisons analogues d'une balle dans la tête dans une ruelle d'une lointaine ville de province, que contre l'avènement d'une culture qui oubliait totalement et si vite tous les écrivains qui allaient au casse-pipe ; et, sidéré, il se disait que pour être heureux il était bien plus intelligent de se retirer dans son petit coin.

Arrivé avenue Faikbey, au siège de la *Gazette de la ville-frontière*, il vit l'édition du lendemain placardée à l'intérieur, sur un coin de la vitre dégelée. Il relut la nouvelle à son sujet, puis entra. Le plus grand des deux fils si travailleurs de Serdar Bey était en train d'attacher avec un nylon une pile de journaux fraîchement imprimés. Pour se faire remarquer, il ôta son chapeau et tapota les épaules recouvertes de neige de son manteau.

« Papa n'est pas là, lui dit le benjamin, qui venait du fond, un torchon à la main pour nettoyer les machines. Vous prendrez bien un thé ?

— Qui a écrit l'article sur moi qui va sortir dans l'édition de demain ?

— Il y a un article sur vous ? demanda le benjamin en fronçant les sourcils.

— Mais oui, reprit, avec un sourire amical et satisfait, son aîné, qui avait les mêmes lèvres épaisses. C'est mon père qui a écrit tous les articles, aujourd'hui.

— Si vous distribuez ce journal demain matin... », commença Ka. Il réfléchit un instant. « ... Cela pourrait m'être très néfaste.

— Et pourquoi ? » demanda l'aîné. Il avait un teint tout doux et des yeux incroyablement innocents qui semblaient regarder du fond du cœur.

Ka réalisa qu'il ne pourrait obtenir d'eux des informations que s'il leur posait des questions élémentaires et naïves de la manière la plus amicale qui fût. Par ce biais, il apprit de ces gars robustes comme des taurillons que jusqu'alors seuls Muhtar Bey, un enfant venu du siège du Parti de la mère patrie, et Nuriye Hanım, l'enseignante de littérature à la retraite qui passait chaque soir, avaient acheté le journal, que les exemplaires qui, si les routes avaient été dégagées, avaient été livrés à la gare routière pour être transportés à Ankara et à Istanbul, attendraient eux aussi avec les paquets de la veille, que le reste serait distribué à Kars le lendemain matin par eux deux, que leur père, si Ka le souhaitait, pourrait certainement faire une nouvelle impression, que celui-ci était sorti et qu'il ne rentrerait pas à la maison pour le dîner. Ka dit qu'il ne pouvait attendre le thé, prit un exemplaire et sortit dans la nuit mortelle de Kars.

L'insouciance et l'innocence des fils calmèrent quelque peu Ka. Sous les flocons qui tombaient lentement, il se demanda s'il ne cédait pas trop à la peur et se sentit fautif. Mais, d'un autre côté, il savait qu'un bon nombre d'écrivains malchanceux avaient été dans l'obligation de quitter ce monde, sous le coup d'une rafale dans la poitrine et le cerveau ou d'un explosif envoyé par la poste — de ceux qu'on ouvre avec empressement, croyant qu'il s'agit d'une boîte de loukoums offerte par quelque lecteur admiratif — parce qu'ils étaient tombés dans la même impasse du courage orgueilleux. Par exemple, le poète Nurettin, grand admirateur de l'Europe, pourtant peu porté sur les sujets politiques, après la reprise par un journal islamiste, dans une version altérée, d'un article vaguement « scientifique », en fait pas très sérieux, qu'il avait écrit des années auparavant sur les rapports entre l'art et la religion, s'était réapproprié avec ferveur ses vieilles idées juste pour ne pas être suspecté d'être un poltron, et son kémalisme vibrant avait été transformé par la presse laïque soutenue par les militaires en une vocation héroïque, au prix de nombreuses exagérations qui ne lui avaient pas déplu ; mais, un beau matin, l'explosion d'une bombe placée dans un sac plastique attaché à une roue avant de sa voiture l'avait déchiqueté en mille menus morceaux (c'est pourquoi, d'ailleurs, le cortège funèbre, imposant et fastueux, avait suivi un cercueil vide). Ka savait que dans les petites villes de province — contre les anciens gauchistes devenus journalistes locaux, les médecins matérialistes ou les ambitieux critiques de la religion, tous versés dans ce genre de provocations et tous soucieux qu'on ne dise pas d'eux : « Mais quel trouillard ! », voire caressant le rêve d'attirer l'attention du monde entier « comme Salman Rushdie » — on n'utilisait pas, comme dans les grandes villes, de bombes finement programmées ou même de pistolets ordinaires, mais que les jeunes religieux enragés étranglaient plutôt leurs victimes de leurs mains nues ou bien les poignardaient dans les rues obscures. Tout ça, il l'apprenait dans les petits articles peu exaltants de la dernière page des journaux turcs qu'il lisait et froissait à la bibliothèque de Francfort. C'est la raison pour laquelle, alors qu'il essayait de trouver ce qu'il pourrait dire pour sauver à la fois sa peau et son honneur, si on lui donnait un droit de réponse dans la *Gazette de la ville-frontière* (« Je suis athée, mais je n'ai absolument pas insulté le Prophète » ? « Je ne crois pas, mais je respecte ceux qui croient » ?), quand il entendit soudain des bruits de pas s'approcher péniblement dans la neige, il se retourna sous le coup de la peur; c'était le gérant de la compagnie d'autocars qu'il avait vu la veille au moment de sa visite au couvent du cheikh Saadettin Efendi. Il pensa que l'homme pourrait témoigner du fait qu'il n'était pas athée, puis il eut honte.

Encore ébahi devant la beauté incroyable des énormes flocons de neige qui lui procurait une sorte de sentiment de déjà-vu, banal et fascinant à la fois, ralentissant sensiblement à l'angle sur les trottoirs verglacés, il descendit à pas lourds l'avenue Atatürk. Bien des années plus tard, il se demanderait pourquoi il portait toujours en lui, telles des cartes postales tristes et inoubliables, la beauté de la neige à Kars et les paysages entrevus lorsqu'il avait arpenté dans tous les sens les trottoirs enneigés de la ville (les trois enfants d'en bas qui poussaient leur luge dans le raidillon pour la remonter, l'unique feu rouge de Kars qui se reflétait sur la vitrine sombre de Chez Aydın, au Palais de la Photo).

Il aperçut deux gardes et un camion militaire à l'entrée de l'ancien atelier de couture que Sunay utilisait comme QG. Bien qu'il eût dit et redit aux soldats plantés sur le seuil pour se protéger de la neige qu'il souhaitait voir Sunay, ils repoussèrent Ka comme on refoule un pauvre hère venu d'un village pour remettre une requête écrite au chef de l'état-major. Il avait en tête de parler à Sunay pour empêcher la distribution du journal.

Il est nécessaire de bien prendre en compte cette déception pour comprendre l'inquiétude et la colère qui allaient le saisir par la suite. Alors qu'il commençait à se dire qu'il allait rentrer à toute vitesse à l'hôtel malgré la neige, il entra dans la *kıraathane* L'Union, située sur sa gauche avant le premier croisement. Il s'assit à la table située entre le poêle et le miroir mural et écrivit le poème intitulé « Mort par balle ».

Ce poème, dont il nota qu'il avait pour piste principale la peur, Ka allait le placer entre l'axe Rêve et la branche Mémoire de son flocon hexagonal et ferait ainsi passer avec modestie la prémonition qu'il contenait.

Son poème écrit, Ka sortit de L'Union. Quand il rentra à l'hôtel Karpalas, il était sept heures vingt passées. Il se jeta sur son lit, contempla les énormes flocons de neige qui tombaient lourdement à la lumière du lampadaire et de la lettre K rose fluo, et, tout en imaginant à quel point il serait heureux avec İpek en Allemagne, il s'efforça d'apaiser l'inquiétude qui le taraudait. Dix minutes après, sous le coup d'une irrésistible envie de voir İpek dans l'instant, il descendit, vit que Zahide venait de poser la soupière au milieu de la table autour de laquelle était réunie toute la famille en compagnie d'un invité, et il remarqua avec bonheur l'éclat des cheveux châtains d'İpek. S'asseyant à l'endroit qu'on lui indiquait, à côté d'elle, Ka sentit soudain avec fierté que toute la tablée était au courant de leur amour et il remarqua alors que l'invité assis juste en face de lui n'était autre que Serdar Bey, le propriétaire de la *Gazette de la ville-frontière*.

Celui-ci lui tendit la main pour la serrer avec un sourire tellement amical qu'un instant Ka se mit à douter de ce qu'il avait lu dans le journal qu'il avait en poche. Il tendit son bol, prit de la soupe, posa par-dessous la table sa main sur İpek, sentit son parfum et sa présence en rapprochant sa tête de la sienne, et lui murmura à l'oreille que par malheur il n'avait pu obtenir aucune nouvelle de Lazuli. Juste après, il croisa le regard de Kadife, assise à côté de Serdar Bey, et comprit qu'İpek lui avait transmis l'information en une fraction de seconde. Elle bouillait de colère et de stupeur rentrées, mais malgré tout elle avait la capacité d'écouter les plaintes de Turgut Bey à propos de la réunion tenue à l'hôtel Asya : Turgut Bey déclarait que cette réunion n'était qu'une provocation et que la police était certainement au courant de tout. Mais il ajouta : « Je ne regrette pourtant absolument pas d'avoir participé à cette réunion historique. Je suis content d'avoir vu de mes propres yeux combien le potentiel humain était réduit à Kars, vieux et jeunes confondus, apte à la politique. Et j'ai réalisé qu'avec la couche des plus idiots, des plus écervelés et des plus voyous de la ville, il était impossible de faire de la politique ou quoi que ce soit qui s'y apparente ; de même, au cours de cette réunion, où je suis allé pour marquer mon opposition au putsch, j'ai senti qu'en réalité les militaires avaient bien fait de ne pas abandonner le futur de Kars à ces pillards. J'en appelle donc à vous tous, et en premier lieu à Kadife, pour que vous vous y preniez à deux fois avant de vous intéresser à la politique dans ce pays. Par ailleurs, la personne que vous avez là à l'écran et qui fait tourner "La Roue de la fortune", cette chanteuse peinturlurée et passée, eh bien, il y a trente ans, à Ankara, tout le monde savait qu'elle était la maîtresse de Fatih Rüştü Zorlu, l'ancien ministre des Affaires étrangères, condamné à mort et exécuté [1]. »

Quand Ka montra à ses compagnons de table la *Gazette de la ville-frontière* et se mit à dire qu'il y avait un article contre lui, cela faisait un peu plus de vingt minutes qu'ils étaient à table, et il se fit un silence plus audible que le son de la télévision.

« Je voulais en parler, moi aussi, dit Serdar Bey. Mais je ne pouvais me décider par peur qu'on se comprenne mal.

1. En 1961, au terme d'un long procès qui fit suite au coup d'État de 1960.

— Serdar, Serdar, qui donc vous en a encore donné l'ordre ? demanda Turgut Bey. Cela tombe bien mal que vous soyez notre hôte. Donnez-le-lui, qu'il relise la bêtise qu'il a commise.

— Je voulais que vous sachiez que je ne crois pas un seul mot de ce que j'ai écrit là, dit Serdar en prenant le journal que lui tendait Ka. Cela me ferait de la peine que vous pensiez que je crois des choses pareilles. S'il te plaît, Turgut Bey, explique-lui, toi, qu'il ne s'agit pas d'une affaire personnelle et que, à Kars, tout journaliste est dans l'obligation d'écrire ce genre de papier de commande. »

Turgut Bey acquiesça : « Serdar prend ses ordres de la préfecture pour se répandre en horreurs sur les uns et les autres. Lis-nous ça, qu'on voie.

— Mais je n'en crois pas un mot, dit Serdar Bey, comme offusqué. D'ailleurs, nos lecteurs n'y croient pas non plus. C'est pourquoi il n'y a rien à craindre. »

Serdar Bey lut son article, sourire aux lèvres, en prenant à certains passages un ton dramatique, ou ironique. « Comme vous voyez, il n'y a vraiment rien à craindre ! ajouta-t-il en conclusion.

— Vous êtes athée ? demanda Turgut Bey à Ka.

— Papa, ce n'est pas le problème, intervint İpek avec colère. Si ce journal est distribué, demain, dans la rue, il se fera descendre.

— Chère madame, il ne se passera rien de tel, reprit Serdar Bey. L'armée a ramassé tous les islamistes et les réactionnaires de Kars. » Il se tourna vers Ka. « Je comprends à votre regard que vous savez à quel point je prends en considération votre mécontentement, votre art et votre humanité. Ne me faites pas de faux procès au nom de règles en vigueur en Europe mais pas du tout faites pour nous. Les idiots qui se croient en Europe à Kars,

Turgut Bey le sait aussi bien que moi, se font abattre ici en moins de trois jours au coin d'une rue, et on les oublie aussitôt. La presse d'Anatolie orientale est dans une situation très délicate. Nos concitoyens de Kars ne nous lisent pas. Ce sont les services de l'État qui sont abonnés à mon journal. Et c'est pourquoi nous publions des informations destinées à leur plaire. Partout dans le monde, même aux États-Unis, les journaux publient en priorité les informations que souhaitent les lecteurs. Si les lecteurs veulent lire des mensonges, eh bien, en aucun lieu du monde personne ne prendra le risque de faire chuter les ventes en publiant des vérités. À l'inverse, si ça gonflait les ventes de mon journal, pourquoi n'écrirais-je pas la vérité? Mais de toute façon la police ne m'autorise pas à publier la vérité. Nous avons cent cinquante lecteurs natifs de Kars à Ankara et à Istanbul. Alors nous exagérons le succès et les richesses qu'ils ont accumulés là-bas, nous leur cirons les pompes, et nous écrivons ce qu'il faut pour qu'ils renouvellent leur abonnement. En plus, ils finissent par y croire, à ces mensonges; mais c'est une autre affaire. » Il éclata de rire.

« Allez, dis-nous qui t'a commandé ce papier, fit Turgut Bey.

— Cher monsieur, il est bien connu qu'une des règles de base du journalisme occidental est la dissimulation des sources! »

Turgut Bey dit alors : « Mais mes filles apprécient beaucoup notre hôte. Si tu distribues ce journal, elles ne te le pardonneront jamais. Et si les religieux fanatiques abattent notre camarade, ne te sentiras-tu pas responsable?

— Vous avez peur à ce point? demanda Serdar Bey à Ka avec un petit sourire. Si oui, alors ne mettez pas les pieds dans la rue demain.

— Je préférerais qu'on ne voie pas cette édition dans les parages plutôt que de ne pas le voir, lui, dit Turgut Bey. Ne distribue pas le journal.

— Mais cela va contrarier mes abonnés.

— D'accord, fit Turgut Bey, comme sous le coup d'une inspiration. Donne cette édition aux abonnés. Pour les autres lecteurs, prépare une édition délestée de ce papier mensonger et provocant sur notre hôte. »

İpek et Kadife soutinrent cette suggestion.

« Je suis très honoré de voir que l'on prend à ce point mon journal au sérieux, dit Serdar Bey. Mais qui supportera les frais de cette édition parallèle, dites-moi ?

— Mon père vous invitera au restaurant Yeşilyurt, vous et vos garçons, dit İpek.

— Entendu. À condition que vous veniez, vous aussi, répondit Serdar Bey. Une fois que les routes seront rouvertes et qu'on sera libérés de cette cohorte de théâtreux ! Kadife Hanım aussi sera des nôtres. Kadife Hanım, est-ce que vous pourriez me pondre une déclaration de soutien aux putschistes du théâtre pour le papier que je ferai à la place de celui que vous me demandez de retirer ? Ça plaira beaucoup à nos lecteurs.

— Pas question, fit Turgut Bey. On voit que tu ne connais pas ma fille.

— Kadife Hanım, est-ce que vous pourriez dire que vous croyez que les suicides vont diminuer à Kars après le coup des théâtreux ? Ça aussi, ça fera plaisir à nos lecteurs. En plus, vous, vous êtes contre le suicide des musulmanes.

— Désormais je ne suis plus contre ! lança Kadife pour couper court.

— Cela ne risque-t-il pas de vous faire tomber dans le camp des athées ? » demanda Serdar Bey. Il essayait de dévier la conversation, mais il était suffisamment lucide pour se rendre compte que ses compagnons de table le regardaient avec exaspération. « Entendu, c'est promis, je ne distribuerai pas le journal, consentit-il.

— Est-ce que vous ferez une nouvelle édition ?

— Aussitôt sorti d'ici, et avant même de rentrer chez moi !

— Nous vous remercions », fit İpek.

Il y eut un silence étrangement long. Cela plut à Ka : pour la première fois depuis des années, il se sentait membre d'une famille ; il réalisait que ce qu'on appelle « famille », malgré les malheurs et les problèmes, était une institution fondée sur le plaisir de s'obstiner désespérément à demeurer ensemble, et il regrettait d'avoir manqué ça toute sa vie. L'important, c'était d'être ensemble sans espoir, de fonder un noyau humain auquel le monde entier demeurait extérieur. Et il sentait qu'il pourrait y arriver s'il faisait l'amour avec İpek pendant des mois sans interruption. En cette fin de journée, être assis à une table avec ces deux sœurs, dont l'une était sa compagne en amour, sentir leur présence, la douceur de leur teint, savoir qu'il ne serait pas seul le soir, lorsqu'il rentrerait à la maison, croire à toutes ces promesses de bonheur sexuel et croire que le journal ne serait pas distribué rendaient Ka exceptionnellement heureux.

Sous l'effet de ce bonheur démesuré, il ne perçut pas les histoires et les racontars qui circulaient autour de la table comme les signes annonciateurs d'une catastrophe mais comme les passages terrifiants d'un conte des temps anciens : un des enfants qui travaillaient à la cuisine avait raconté à Zahide qu'il avait entendu que des tas de gens, arrêtés, avaient été conduits au stade de foot, dont les buts

446

étaient à moitié ensevelis sous la neige, que la plupart d'entre eux étaient tombés malades à cause du froid, qu'on les avait obligés à rester toute la journée dehors, comme s'il ne suffisait pas qu'ils soient malades et qu'il faille les achever, et que certains avaient été fusillés pour l'exemple à l'entrée des vestiaires. Il se pouvait aussi que les témoins de la terreur que Z. Demirkol et ses camarades avaient fait régner dans la ville durant toute la journée exagèrent leurs récits : l'association Mésopotamie, où certains jeunes nationalistes kurdes se livraient à des travaux « folkloriques et littéraires », avait été l'objet d'une descente, mais comme il n'y avait personne dans le local, on avait méchamment frappé le vieillard qui y sert le thé dans la journée et y dort la nuit, un homme sans relation aucune à la chose politique. Un chômeur et deux coiffeurs — au sujet desquels une enquête avait été menée six mois auparavant parce qu'on les soupçonnait d'avoir jeté de l'eau sale mêlée de peinture sur la statue d'Atatürk à l'entrée du Centre d'activités Atatürk, mais qui n'avaient alors pas été arrêtés —, après avoir été frappés jusqu'au petit matin, auraient avoué leur faute ainsi que d'autres actions anti-Atatürk menées dans la ville : bris, au moyen d'un marteau, du nez de la statue d'Atatürk qui se trouve dans le jardin du lycée professionnel et industriel, inscription de propos blasphématoires sur le portrait d'Atatürk accroché au mur de la *kıraathane* Chez les Quinze, élaboration de plans de destruction à la hache de la statue d'Atatürk située en face de la préfecture. L'un des deux jeunes Kurdes dont on prétendait qu'ils avaient écrit des slogans sur les murs de l'avenue Halitpaşa après la fameuse nuit au théâtre aurait été tué d'une balle, l'autre aurait été frappé jusqu'à évanouissement et un jeune chômeur sommé d'effacer les slogans des murs du lycée de prédicateurs aurait été atteint à la jambe alors qu'il s'enfuyait. Ceux qui avaient tenu des propos horribles sur les militaires et les acteurs de théâtre, ainsi que ceux qui répandaient des ragots sans fondement avaient été interpellés grâce à des dénonciateurs des *çayhane*, mais malgré tout, comme il arrive toujours au cours de telles périodes de catastrophes et d'assassinats, des histoires abracadabrantes circulaient. On parlait ainsi de jeunes Kurdes qui se faisaient exploser à la bombe, de jeunes femmes voilées qui se suicidaient pour protester contre le coup d'État militaire ou d'un camion chargé de dynamite qui avait été intercepté alors qu'il s'approchait du poste de police Inönü.

Comme il avait déjà entendu parler d'attaques-suicides au camion d'explosifs, pendant un moment, loin de prêter attention à ce sujet, Ka ne fit rien d'autre que sentir qu'il était assis avec sérénité à côté d'İpek tout au long de la soirée.

Tard dans la nuit, alors que, une fois le journaliste Serdar Bey parti, Turgut Bey et ses filles se levaient pour se retirer dans leurs chambres, Ka pensa un instant demander à İpek de le rejoindre dans la sienne. Mais pour ne pas s'exposer à un refus qui aurait jeté une ombre sur son bonheur, il monta se coucher sans faire une seule allusion à la jeune femme.

34

Kadife n'acceptera pas non plus

L'INTERMÉDIAIRE

Dans sa chambre, Ka fuma une cigarette tout en regardant par la fenêtre. Désormais il ne neigeait plus ; dans la rue couverte de neige, sous la pâle lumière des lampadaires, il régnait une immobilité, source de quiétude. Ka savait pertinemment que la quiétude qu'il éprouvait était liée davantage à la beauté de la neige qu'à l'amour et au bonheur. En plus, être mêlé, ici, en Turquie, à ses égaux, à la foule des gens qui lui ressemblaient le tranquillisait. Mais il était maintenant si heureux qu'il se demanda si sa sérénité ne puisait pas aussi de sa force dans quelque sentiment de supériorité qu'il éprouvait à l'égard de ces gens, simplement parce que lui venait d'Allemagne ou d'Istanbul.

On frappa à la porte ; en voyant İpek, il fut surpris.

« Je n'arrête pas de penser à toi, je ne peux pas dormir », lui dit İpek en entrant.

Ka comprit aussitôt qu'ils allaient faire l'amour jusqu'au matin, malgré Turgut Bey. Il lui arrivait une chose incroyable : il allait pouvoir prendre İpek dans ses bras sans avoir éprouvé préalablement la douleur de l'attente. En faisant l'amour avec İpek tout au long de la nuit, Ka réalisa qu'il existait un lieu au-delà du bonheur et que son expérience de la vie et de l'amour n'avait pas été suffisante pour pénétrer cette zone située presque hors du temps de la passion. Il en avait même oublié certaines façons de faire, tout droit sorties de ses rêves érotiques et des émissions ou de films pornographiques, et qu'il tenait à sa disposition dans un coin de sa tête quand il faisait l'amour. Avec İpek, son corps trouva une musique inconnue que Ka avait tenue cachée en lui auparavant, et il avançait à son rythme. De temps en temps il s'endormait, il se voyait courir dans des rêves imprégnés du parfum enchanteur des vacances d'été, il se voyait éternel, il se voyait mangeant une pomme dans un avion en chute libre, il se réveillait contre la peau toute chaude à l'odeur de pomme d'İpek, et, constatant qu'elle le regardait en silence, il l'observait de très près au fond des yeux, tandis qu'à la lumière couleur neige et légèrement jaunâtre provenant du dehors il avait l'impression qu'ils étaient deux baleines allongées côte à côte, dans une eau peu profonde, et il remarquait alors seulement que leurs mains étaient mêlées.

À un moment, réveillée, les yeux dans les siens, İpek dit : « Je vais parler à mon père. J'irai en Allemagne avec toi. »

Ka ne put se rendormir. Il regardait toute sa vie comme un film heureux.

Une explosion survint dans la ville. Le lit, la chambre et l'hôtel furent soudain secoués. On entendit au loin des détonations de fusils-mitrailleurs. La neige qui recouvrait la ville allégeait le bruit. Ils se serrèrent l'un contre l'autre et attendirent en silence.

Plus tard dans la nuit, quand ils se réveillèrent à nouveau, les bruits d'armes s'étaient tus. Ka, sorti par deux fois du lit chaud pour fumer une cigarette, sentait sur sa peau en sueur l'air glacé de la fenêtre. Aucun poème ne lui vint à l'esprit. Il était heureux comme il ne l'avait jamais été de sa vie.

Au matin, il fut réveillé par un bruit de porte qu'on frappait. İpek n'était plus à ses côtés. Il ne parvenait plus à se souvenir quand il s'était endormi la toute dernière fois, quand il avait parlé avec İpek la toute dernière fois, ni quand les coups de feu avaient cessé.

À la porte, c'était Cavit, le réceptionniste. Il lui dit qu'un officier était venu à l'hôtel, qu'il avait fait savoir que Sunay Zaim invitait Ka à son QG et qu'il attendait actuellement en bas. Ka ne se pressa pas, il se rasa.

Il trouva les rues vides de Kars bien plus attirantes et plus belles que la veille. Quelque part sur le haut de l'avenue Atatürk, il aperçut une maison à la porte en lambeaux, aux vitres brisées et à la façade trouée de toutes parts.

Dans l'atelier de couture, Sunay lui dit qu'il y avait eu une attaque-suicide contre cette maison. Il ajouta : « Le pauvre s'est trompé, il ne visait pas cette maison, mais l'un des bâtiments plus haut. Il a été déchiqueté. On n'a pas encore pu déterminer s'il s'agissait d'un militant islamiste ou du PKK. »

Ka percevait en Sunay cette expression puérile qu'ont les acteurs célèbres qui ne prennent pas leur rôle trop au sérieux. Il s'était rasé, lui aussi, il paraissait impeccable et alerte. « Nous avons arrêté Lazuli », dit-il en fixant Ka.

Ka souhaita d'instinct dissimuler la satisfaction que cette nouvelle lui procurait ; mais cela n'échappa pas à Sunay. « C'est un être néfaste, dit-il. C'est sûr que c'est lui qui a fait tuer le directeur de l'École normale. D'un côté, il prétend qu'il est contre le suicide et, de l'autre, il manipule de pauvres jeunes sans plomb dans la cervelle pour organiser une attaque-suicide. La Sûreté nationale est sûre qu'il est venu ici avec une quantité suffisante d'explosifs pour faire sauter tout Kars ! La nuit du putsch, il a réussi à brouiller les pistes. Il s'est caché dans un endroit auquel nul n'a songé. Tu es bien sûr au courant de la ridicule réunion d'hier au soir à l'hôtel Asya. »

Ka secoua la tête d'une façon surfaite comme s'ils étaient en train de jouer une pièce.

« Mon souci, dans cette vie, ce n'est pas de châtier ces coupables, ces réactionnaires ou ces terroristes, dit Sunay. Il y a une pièce que je veux monter depuis des années et je suis actuellement ici pour ça. Il y a un auteur anglais qui s'appelle Thomas Kyd. Shakespeare lui a piqué *Hamlet*. J'ai découvert une pièce de Kyd qui n'est pas reconnue à sa juste valeur, et même a été oubliée, *La Tragédie espagnole*. C'est une histoire tragique de crime d'honneur et de vengeance et à l'intérieur de la pièce se déroule une autre pièce. Avec Funda ça fait quinze ans qu'on guette une occasion pareille pour la jouer. »

En pénétrant dans la salle, Ka, plein d'affectation, s'inclina à outrance devant Funda Eser, et il s'aperçut qu'elle prenait plaisir à être saluée de la sorte, tout en fumant sa cigarette avec un fume-cigarette fort long. Sans même que Ka le demande, le mari et la femme lui résumèrent la pièce.

Sunay précisa ensuite : « J'ai simplifié et modifié la pièce de façon que notre peuple puisse y prendre plaisir et en tirer des leçons, dit ensuite Sunay. Demain, quand on la jouera au Théâtre de la Nation, tout Kars pourra suivre soit directement dans la salle, soit par le biais de la retransmission télé.

— Moi aussi, j'aimerais bien voir ça, dit Ka.

— On voudrait bien que Kadife joue dans la pièce... Funda sera sa rivale au mauvais cœur... Kadife montera sur scène la tête couverte. Ensuite, pour se révolter contre la tradition complètement stupide à l'origine du crime d'honneur, elle enlèvera soudain son foulard devant tout le monde. » Sunay fit comme s'il se débarrassait d'un foulard imaginaire, d'un geste ostentatoire et exalté.

« Il va y avoir à nouveau des événements ! dit Ka.

— Oh, ne t'en fais pas ! On a une administration militaire maintenant.

— De toute façon, Kadife n'acceptera jamais, dit Ka.

— On sait bien que Kadife est amoureuse de Lazuli, lança Sunay. Si Kadife se dévoile, moi je lui fais renoncer immédiatement à Lazuli. Ou alors ils devront fuir ensemble dans un lieu éloigné de tous pour être heureux... »

Sur le visage de Funda Eser se dessina cette expression d'affection propre aux vieilles tantes complices des mélos turcs qui se réjouissent du bonheur des jeunes amoureux contraints de s'enfuir ensemble. Ka imagina un instant que Funda pourrait considérer avec la même affection son amour pour İpek.

« Je continue d'être très dubitatif sur le fait que Kadife puisse se dévoiler en direct, enchaîna-t-il.

— Compte tenu de la situation, on a pensé que tu étais la seule personne en mesure de la convaincre, dit Sunay. Marchander avec nous, cela veut dire pour elle marchander avec le pire des diables. En plus elle sait que tu as donné raison aux filles voilées. Et puis t'es amoureux de sa grande sœur.

— C'est vrai qu'il faut convaincre non seulement Kadife, mais aussi Lazuli. Parlons d'abord avec Kadife », dit Ka. Cependant son esprit était accaparé par la grossièreté élémentaire du « Et puis t'es amoureux de sa grande sœur ».

Sunay d'ajouter : « Pour tout ça, tu feras comme tu veux. Je te donne carte blanche et un véhicule militaire. Tu négocieras en mon nom comme tu l'entends. »

Il y eut un silence. Sunay vit que Ka avait l'air préoccupé.

« Je ne veux pas me mêler de cette histoire, dit Ka.

— Pourquoi ?

— Peut-être parce que je suis un froussard. Je suis très heureux en ce moment. Je ne veux pas devenir la cible préférée des religieux. Ils diront que c'est ce type athée qui a manigancé le dévoilement de Kadife et sa mise en scène devant les étudiants et, même si je fuis en Allemagne, ils finiront par m'abattre, une nuit, dans la rue.

— Ils m'abattront d'abord, dit Sunay avec fierté. Mais ça me plaît que tu dises que tu es peureux. Moi aussi, je suis un sacré peureux, crois-moi. Dans ce pays il n'y a que les peureux qui se maintiennent. Mais chaque homme, comme tous les peureux, rêve quand même sans cesse qu'un jour il pourra faire quelque chose d'extrêmement héroïque. N'est-ce pas ?

— Moi, je suis très heureux en ce moment. Je ne veux pas être un héros, pas du tout. Le rêve d'héroïsme, c'est la consolation des malheureux. Et d'ailleurs, pour les gens comme nous, être héroïque, c'est soit tuer quelqu'un, soit se tuer soi-même.

— Parfait, mais quelque part au fond de toi ne sais-tu pas que ce bonheur ne va pas beaucoup durer ? demanda Sunay avec insistance.

— Mais pourquoi tu fais peur à notre invité ? intervint Funda Eser.

— Aucun bonheur ne dure très longtemps, ça, je le sais, dit Ka avec prudence. Cependant, en raison de ce probable retour du malheur, je n'ai pas l'intention de me tuer dans un acte d'héroïsme.

— Si tu ne te mêles pas de cette affaire, ce n'est pas en Allemagne qu'ils vont te tuer, c'est ici même ! Tu as vu le journal d'aujourd'hui ?

— Il y est écrit que je vais mourir aujourd'hui ? demanda Ka en souriant.

Sunay montra à Ka la dernière édition de la *Gazette de la ville-frontière* que ce dernier avait vue la veille au soir.

« Un homme sans Dieu à Kars ! lut Funda Eser avec emphase.

— C'est la première édition d'hier, dit Ka, sûr de lui. Serdar Bey a finalement décidé de modifier le texte dans l'édition suivante.

— Il a distribué la première ce matin sans avoir tenu ses promesses, dit Sunay. Tu ne devrais jamais faire confiance aux journalistes. Mais on te protégera. Les religieux ont des forces insuffisantes pour affronter les militaires, et ils ont pour premier objectif d'abattre un athée au service de l'Occident.

— C'est toi qui as demandé à Serdar Bey d'écrire cette info ? » interrogea Ka.

Sunay, tel un homme d'honneur subissant un affront, plissa les lèvres, fronça les sourcils et lui jeta un regard agressif, mais Ka devina qu'il était très heureux de sa position de petit politicien malin qui fait tourner les guéridons.

« Si tu promets de m'assurer une protection jusqu'au bout, je ferai l'intermédiaire », consentit Ka.

Sunay promit, félicita Ka d'avoir rejoint le camp jacobin, le serra dans ses bras et lui dit que deux hommes l'accompagneraient en permanence.

« Si nécessaire, ils te protégeront de toi-même ! » ajouta-t-il avec enthousiasme.

Afin de parler dans le détail de ce travail de médiation et de persuasion, ils s'assirent pour boire un thé du matin délicieusement parfumé. Funda Eser était heureuse comme si un acteur célèbre et brillant venait de rejoindre la troupe de théâtre. Elle parla un peu de la force de *La Tragédie espagnole*, mais Ka n'y était pas du tout, il regardait par les hautes fenêtres de l'atelier de couture l'extraordinaire lumière blanche qui frappait à l'intérieur.

En sortant, Ka vit qu'on l'avait flanqué de deux imposants soldats armés ; ce n'était pas du tout ce qu'il attendait. Il aurait aimé qu'il y eût au moins un officier ou un homme en civil, et qu'ils fussent bien habillés. Il avait vu une fois, entre deux gardes du corps élégants et bien élevés fournis par l'État les derniers temps de sa vie, le célèbre écrivain qui, en direct à la télévision, avait autrefois déclaré que le peuple turc était idiot et qu'il ne croyait pas du tout en l'islam. Ils ne se contentaient pas de porter son cartable, ils lui tenaient la porte avec, aux yeux de Ka, une solennité méritée par ce célèbre écrivain d'opposition, ils lui offraient le bras dans les escaliers et maintenaient à distance ses admirateurs exagérément curieux ainsi que ses ennemis.

Or les soldats assis à côté de Ka dans le véhicule militaire ne se comportaient pas, eux, en anges gardiens, mais plutôt comme s'ils l'avaient arrêté.

Dès qu'il rentra à l'hôtel, Ka sentit à nouveau le bonheur qui au matin avait enveloppé tout son être, et, alors qu'il aurait spontanément souhaité voir İpek tout de suite, il s'était résolu à d'abord parler seul à seule avec Kadife, non sans en avoir informé İpek, car lui cacher quelque chose, même minime, aurait signifié qu'il trahissait leur amour. Mais, croisant İpek dans le hall d'entrée, il oublia toutes ses intentions.

« Tu es encore plus belle que dans mon souvenir ! lui dit-il en la regardant avec admiration. Sunay m'a fait appeler, il souhaite que je fasse l'intermédiaire.

— À quel propos ?

— Lazuli a été arrêté hier en fin de journée ! dit Ka. Pourquoi tu détournes ainsi ton visage ? On n'a rien à craindre. Oui, Kadife va être triste. Mais pour ma part ça m'a tranquillisé, crois-moi. » Il raconta à toute vitesse les propos tenus par Sunay, l'explosion et les coups de feu qu'ils avaient entendus la nuit. « Ce matin tu es partie sans me réveiller. N'aie crainte, je vais tout arranger, il n'y aura pas d'effusion de sang. Une fois parvenus à Francfort, on sera heureux. As-tu parlé à ton père ? » Il ajouta qu'il allait y avoir une négociation, que pour cette raison Sunay allait l'envoyer à Lazuli, mais qu'avant il était nécessaire qu'il parle avec Kadife. L'inquiétude extrême qu'il percevait dans les yeux d'İpek signifiait qu'elle se faisait du souci pour lui et cela aussi lui plaisait.

İpek dit : « J'envoie tout de suite Kadife dans ta chambre », puis elle s'en alla.

En pénétrant dans sa chambre, il vit que le lit avait été fait. Les affaires, la lampe pâle du chevet, les rideaux fades, derrière lesquels il avait passé, la veille, la plus belle nuit de sa vie étaient plongés dans une tout autre lumière de neige et dans un profond silence, mais il pouvait encore identifier l'odeur d'amour qui subsistait. Il se jeta sur le lit, s'y allongea et, tout en regardant le plafond, il essaya d'anticiper les problèmes qu'il aurait à affronter s'il ne réussissait pas à convaincre Kadife et Lazuli.

À peine entrée, Kadife lui demanda : « Raconte ce que tu sais de l'arrestation de Lazuli. Ils l'ont maltraité ?

— S'ils l'avaient maltraité, ils ne m'emmèneraient pas le voir, dit Ka. Or, j'y vais bientôt. Ils l'ont arrêté après la réunion à l'hôtel, je n'en sais pas plus. »

Kadife regarda par la fenêtre l'avenue enneigée. « Maintenant c'est toi qui es heureux et moi qui suis malheureuse, dit-elle. Depuis notre rencontre dans la pièce placard, tout a changé. »

Il se souvint de leur rencontre de l'après-midi de la

veille, dans la chambre 217, il se souvint que Kadife s'était dévêtue pour retirer son arme avant de sortir, il s'en souvint comme d'un très ancien et très doux souvenir qui les liait l'un à l'autre.

« Ce n'est pas tout, Kadife, dit Ka. L'entourage de Sunay lui a fait croire que Lazuli était impliqué dans l'assassinat du directeur de l'École normale. En plus, un dossier était parvenu à Kars, qui prouvait qu'il avait tué le présentateur de télévision d'Izmir.

— Quel est cet entourage ?

— Quelques membres des Renseignements de Kars... Et un ou deux militaires qui leur sont liés. Mais Sunay n'était pas totalement sous leur influence. Il avait des "visées artistiques". Selon ses propres termes. Ce soir, il veut jouer une pièce au Théâtre de la Nation et te donner un rôle. Ne tords pas le nez, écoute. La télévision retransmettra en direct et tout Kars pourra voir la pièce. Si tu acceptes de jouer, si Lazuli accepte de convaincre les jeunes prédicateurs et s'ils viennent regarder en silence, poliment, en applaudissant quand il le faut, Sunay relâchera Lazuli. Tout sera oublié, aucune goutte de sang ne sera versée. Il m'a choisi comme intermédiaire.

— C'est quoi, la pièce ? »

Ka parla de Thomas Kyd et de *La Tragédie espagnole*, puis il précisa que Sunay avait modifié la pièce pour l'adapter. « Pendant des années, dans ses tournées en Anatolie, il a mélangé avec intelligence Corneille, Shakespeare ou Brecht avec des danses du ventre et des chansons obscènes.

— Et moi, je vais sûrement être la femme qu'on viole en direct, histoire d'initier une vendetta.

— Non. La tête couverte, telle une Espagnole, tu seras une jeune femme révoltée qui dans un accès de colère, excédée par les vendettas, jette son foulard.

— Mais ici, être révolté, ce n'est pas jeter son foulard, c'est plutôt en porter un.

— C'est du théâtre, Kadife. Comme c'est du théâtre, tu peux enlever ton foulard.

— J'ai compris ce qu'on attend de moi. Même si c'est du théâtre, même si c'est du théâtre dans le théâtre, je ne me dévoilerai pas.

— Regarde, Kadife, dans deux jours la neige cessera, les routes seront rouvertes, et les prisonniers seront livrés à des hommes sans pitié. Tu n'auras plus aucune chance de revoir Lazuli. Tu as bien réfléchi à cela ?

— J'ai peur d'accepter, si je réfléchis trop.

— En plus, tu mettras une perruque sous ton foulard. Personne ne verra tes cheveux.

— Si j'étais prête à porter une perruque, je l'aurais fait pour être acceptée à l'université, comme certaines.

— Le problème actuel n'est pas de sauver son honneur à l'entrée de l'université. C'est pour sauver Lazuli que tu ferais ça.

— Et à ton avis est-ce que Lazuli acceptera une libération que je lui obtiendrais en me dévoilant ?

— Il l'acceptera, répondit Ka. Tu ne porteras pas atteinte à l'honneur de Lazuli en te dévoilant. Puisque personne n'est au courant de votre relation. »

Ka comprit à ses yeux en colère qu'il avait touché un point faible de Kadife ; il la vit sourire d'une façon étrange qui l'inquiéta. Une peur mêlée de jalousie l'envahit. Il craignit que Kadife ne lui fît quelque aveu destructeur au sujet d'İpek. « Nous n'avons pas beaucoup de temps, Kadife, dit-il avec la même peur bizarre. Je sais que tu es suffisamment intelligente et sensible pour te sortir tranquillement de cette affaire. J'ai vécu des années une vie d'exilé

...que, écoute-moi bien : on vit non pas pour des principes, mais pour le bonheur.

— Pourtant personne ne peut être heureux sans principes et sans foi, objecta Kadife.

— C'est juste. Mais dans un pays d'oppression comme le nôtre, où on n'accorde aucune valeur à l'être humain, se détruire pour ses croyances n'a pas de sens. Les grands principes, les nobles croyances, tout ça c'est pour les gens des pays riches.

— Au contraire. Dans un pays pauvre, l'être humain n'a pas d'autre refuge que ses croyances. »

Ka ne lui dit pas les choses telles qu'elles lui vinrent à l'esprit, à savoir : « Mais tout ce en quoi tu crois est faux ! » Il se déroba : « Mais toi, Kadife, tu ne fais pas partie des pauvres. Toi, tu viens d'Istanbul.

— C'est pour cette raison que j'agirai conformément à mes convictions. Je ne peux pas faire de dissimulation. Si je me dévoile, je me dévoile vraiment.

— D'accord, et si on ne prenait aucun spectateur dans la salle du Théâtre ? Si les habitants de Kars ne regardaient le spectacle qu'à la télévision ? Que penses-tu de ça ? Alors la caméra se contentera de montrer ta main se jetant sur ton voile à la suite d'un accès de fureur. Ensuite nous ferons de la fiction et nous montrerons, de dos, une fille qui te ressemble en train de se couvrir les cheveux.

— Ça, c'est encore plus pervers que le coup de la perruque, dit Kadife. Tout le monde pensera que je me suis dévoilée après le putsch.

— Ce qui importe, c'est ce qu'ordonne la religion ou ce que pensent les autres ? Au nom de l'opinion des autres, tu refuses catégoriquement de montrer tes cheveux. Non, si ton principal souci c'est ce que disent les autres, une fois que toutes ces aberrations seront terminées, on leur expliquera que c'était une fiction cinématographique. Et quand il apparaîtra au grand jour que tu avais consenti à faire tout cela pour sauver Lazuli, alors ces jeunes du lycée de prédicateurs éprouveront encore plus de respect pour toi.

— En t'efforçant de convaincre quelqu'un à tout prix..., commença Kadife avec une expression toute nouvelle. En fait, ça t'arrive jamais d'être lucide quand tu parles de choses auxquelles tu ne crois pas une seconde ?

— Ça m'arrive. Mais pas en ce moment.

— Dans ce cas, quand tu as finalement réussi à convaincre telle ou telle personne, est-ce que tu n'éprouves pas une quelconque culpabilité de l'avoir trompée ? De l'avoir laissée sans solution ?

— La situation dans laquelle tu te trouves actuellement, ce n'est pas l'absence de solution, Kadife. En personne dotée d'intelligence, tu vois bien qu'il n'y a rien d'autre à faire. Les individus de l'entourage de Sunay vont pendre Lazuli sans hésiter un seul instant et tu ne vas pas accepter cela.

— Admettons que j'aie enlevé mon foulard devant tout le monde, et que j'aie accepté cette défaite. Qu'est-ce qui me garantit qu'ils relâcheront vraiment Lazuli ? Pourquoi me mettrais-je à croire les promesses de cet État ?

— Tu as raison. Il faut que je discute ce point avec eux.

— Quand et avec qui tu vas discuter ?

— Après avoir parlé avec Lazuli, je retournerai voir Sunay. »

Ils se turent un moment. Ainsi il apparut que Kadife avait globalement accepté les conditions. Alors Ka, pour suggérer que le temps pressait, regarda ostensiblement sa montre.

« Lazuli est entre les mains des Renseignements ou des militaires ?

— Je ne sais pas. D'ailleurs il n'y a pas une grande différence.

— Il arrive aux militaires de ne pas torturer », dit Kadife. Elle se tut un instant. « Je veux que tu lui passes ça. » Elle tendit à Ka un paquet de Marlboro rouge avec un vieux briquet à molette et placage de nacre. « Le briquet appartient à mon père. Lazuli adore allumer ses cigarettes avec. »

Ka prit les cigarettes, mais pas le briquet. « Si je lui donne le briquet, Lazuli comprendra que je suis d'abord passé te voir.

— Soit.

— Mais dans ce cas il comprendra aussi que nous avons discuté et il cherchera à connaître ta décision. Or moi je ne veux pas lui dire que je t'ai d'abord vue, ni que tu es d'accord, d'une façon ou d'une autre, pour enlever ton voile afin de le sauver.

— Parce qu'il ne l'accepterait pas ?

— Tu sais comme moi que Lazuli est quelqu'un d'assez intelligent et de logique pour accepter que tu fasses comme si tu enlevais ton voile, si c'est pour lui épargner la mort. Ce qu'il n'acceptera pas, c'est que j'aie parlé de ça avec toi avant d'en parler avec lui.

— Mais ça aussi, ce n'est pas seulement une question politique, c'est aussi une question personnelle, qui me concerne. Lazuli le comprendra.

— Même s'il le comprend, tu sais parfaitement qu'il souhaitera être le premier consulté. C'est un Turc, lui. Et en plus un islamiste. Je ne peux pas aller lui dire : "Kadife a décidé de se découvrir la tête car elle pense que ça te permettrait d'être libéré." Il doit penser que c'est lui seul qui a pris la décision. Je lui ferai aussi part de ce compromis avec dissimulation, perruque et montage télé. Et il sera aussitôt convaincu que ton honneur restera sauf et que c'est une solution. Il ne souhaitera même pas s'imaginer cette zone obscure où sa conception pratique de l'honneur entre en conflit avec ta conception de l'honneur qui refuse toute comédie. Si tu te dévoiles, il ne voudra jamais admettre que tu le fais honnêtement et sans comédie.

— Tu es jaloux de Lazuli, tu le détestes, dit Kadife. Tu ne veux même pas le considérer comme un être humain. Tu es pareil à ces laïcs qui considèrent les personnes non occidentalisées comme une classe primitive, indigne et inférieure et qui ne s'adressent à elles que pour leur donner des coups de pied. Tu te réjouis du fait que je m'incline devant la force militaire pour sauver Lazuli. Et tu ne peux même pas dissimuler cette satisfaction indigne. » La haine se lut sur son visage. « Puisqu'en fait c'est Lazuli qui doit d'abord prendre la décision sur cette affaire, toi qui incarnes un autre type de Turc, dis-moi donc pourquoi, de chez Sunay, tu n'es pas allé directement voir Lazuli et pourquoi tu es venu ici. Parce que tu voulais d'abord me voir consentir à plier l'échine. Et que ça te donnerait un sentiment de supériorité face à Lazuli, dont tu as peur.

— Il est exact que j'ai peur de Lazuli. Mais tout ce que tu as dit d'autre est injuste, Kadife. Si, voyant d'abord Lazuli, je t'avais rapporté comme un ordre la décision de te découvrir, tu ne t'y serais pas conformée.

— Tu n'es plus un intermédiaire, tu es quelqu'un qui collabore avec les oppresseurs.

— Moi, je ne crois en rien d'autre qu'en la nécessité de partir de cette ville sain et sauf. Maintenant, à ton tour de ne plus croire en rien. Tu as suffisamment prouvé à tout Kars que tu étais une femme intelligente, fière et courageuse. Nous, ta sœur et moi, dès qu'on pourra se sauver d'ici, on ira à Francfort. Pour connaître le bonheur là-bas. Et je te dirai de faire toi aussi tout le nécessaire pour être heureuse. Une fois sortis de là, Lazuli et toi, vous pourriez être parfaitement heureux en tant que réfugiés politiques dans une ville d'Europe. Même ton père, j'en suis sûr, finirait par vous suivre. Pour ça, tu dois d'abord me faire confiance. »

Alors qu'il parlait de bonheur, une larme perla à un œil et roula sur la joue de Kadife. Souriant d'une manière qui effraya Ka, Kadife l'essuya sans tarder de la paume de la main. « Es-tu sûr que ma grande sœur quittera Kars ?

— J'en suis sûr, répondit Ka, bien qu'il n'en fût pas du tout sûr.

— Je n'insiste pas pour que tu donnes à Lazuli le briquet et que tu lui dises que tu m'as d'abord vue, dit Kadife avec un air de princesse orgueilleuse et indulgente. Mais je veux être vraiment sûre que Lazuli sera libéré si j'enlève mon foulard. La garantie d'un Sunay ou de qui que ce soit d'autre ne me suffit pas. Nous connaissons tous l'État turc.

— Tu as parfaitement raison, Kadife. Et tu es certainement à Kars la personne qui mérite le plus d'être heureuse ! » dit Ka. Un instant il lui vint à l'esprit d'ajouter : « Il y a aussi Necip », mais il oublia aussitôt. « Donne-moi aussi le briquet. Peut-être que si j'en ai l'occasion, je pourrai le remettre à Lazuli. Surtout, aie confiance en moi. »

Alors que Kadife lui tendait le briquet, ils se prirent dans les bras d'une manière inattendue. Un instant Ka sentit avec tendresse dans ses mains ce corps plus fin et plus léger que celui de son aînée, et il dut se contenir pour ne pas l'embrasser. Comme on frappait à la porte, il se dit qu'il avait bien fait de se retenir.

C'était İpek, qui annonça qu'un véhicule militaire était arrivé pour emmener Ka. Désireuse de comprendre ce qui se passait dans la chambre, elle fixa, insistante, Ka et Kadife d'un regard doux et pensif. Ka sortit sans l'embrasser. Au bout du couloir, partagé entre culpabilité et triomphalisme, il se retourna et vit les deux sœurs enlacées.

35

Moi, je ne suis l'agent
de personne

KA DANS LA CELLULE DE LAZULI

L'image d'İpek et de Kadife enlacées au bout du couloir ne lui sortait pas de l'esprit. Il était monté à côté du chauffeur, et maintenant le camion militaire où il avait pris place était à l'arrêt au seul feu rouge de Kars, au croisement de l'avenue Halitpaşa et de l'avenue Atatürk. Un peu au-delà, mais à hauteur des yeux de Ka, au premier étage d'une vieille maison arménienne, une fenêtre en bois brut était ouverte, et les rideaux, animés de mouvements légers par les courants d'air. Dans leur entrebâillement soudain, en une fraction de seconde, mais avec une netteté telle qu'on eût dit un cliché pris par un radiologue scrupuleux, l'image d'une réunion politique clandestine lui apparut; d'une main blanche et nerveuse, une femme empoigna le rideau puis ferma rageusement la fenêtre. Mais, dans un extraordinaire éclair de lucidité, Ka eut l'intuition de ce qui se passait là : un jeune homme, serveur de son état, dont le frère aîné avait été tué lors des opérations de sécurité de la nuit précédente, et que la proximité du poêle mais aussi le bandage dont on lui avait ceint la poitrine faisaient suer à grosses gouttes, était en pourparlers, avec deux militants expérimentés, très influents chez les nationalistes kurdes de Kars. Et ceux-ci tentaient de convaincre le jeune qu'il lui serait facile de se faire sauter à l'explosif, une fois entré à la Direction de la Sûreté par la porte latérale de l'avenue Faikbey. Contrairement aux prévisions de Ka, le camion de l'armée ne quitta pas l'avenue Atatürk, ni pour entrer dans la cour de la Direction de la Sûreté, ni pour se diriger vers le fastueux centre de la Sûreté nationale, hérité des premières années de la République ; passant l'avenue Faikbey, il entra dans l'enceinte du commandement militaire, situé en plein centre-ville. Ce terrain, destiné selon les plans des années 1960 à être aménagé en parc, avait été ceint de murs après le coup d'État militaire de 1971, et transformé en une zone d'habitation pour militaires. Des enfants désœuvrés circulaient à vélo parmi les peupliers chétifs, entre les nouveaux bâtiments du commandement et le terrain d'entraînement. La maison occupée par Pouchkine lors de son séjour à Kars et les écuries que le tsar avait fait édifier quarante ans plus tard pour ses cavaliers cosaques — comme l'écrit *Hüryurt*, journal proche des militaires — avaient été sauvées de la destruction.

La cellule où était détenu Lazuli se trouvait juste à côté de ces écuries historiques. Le camion laissa Ka devant un charmant vieux bâtiment en pierre, sous les branches d'un vénérable eléane qui ployaient sous le poids de la neige. À l'intérieur, deux hommes aimables, que Ka identifia avec justesse comme des membres des Renseignements, munis de bandelettes, installèrent sur la poitrine de Ka un magnétophone, déjà obsolète en ces années 1990. Ils lui ordonnèrent de l'enclencher et d'enregistrer dès que Lazuli serait décidé à avouer les crimes qu'il avait commis ou conçus. Ils l'enjoignirent de procéder sans ironie, comme si la déchéance du prisonnier qui gisait en dessous les peinait et même comme s'ils

467

voulaient l'aider. Ka ne pensa pas une seconde que ces hommes ignoraient la véritable raison pour laquelle on l'avait envoyé ici.

Au sous-sol du petit bâtiment de pierre et de brique utilisé à l'époque des tsars comme QG par les cavaliers russes, il y avait une cellule sans fenêtre mais assez grande, où étaient enfermés les détenus indisciplinés. On y descendait par un glacial escalier de pierre. Utilisée pendant la période républicaine comme dépôt, cette cellule fut considérée comme un abri antiatomique idéal dans les années 1950 : Ka la trouva bien plus propre et plus tranquille qu'il ne l'avait imaginée.

Lazuli, étendu sur le lit, où il lisait, avait tiré à lui une couverture militaire, bien que la pièce fût très bien chauffée par un appareil électrique Arçelik que le responsable régional de cette marque, Muhtar, avait jadis offert aux militaires pour se faire bien voir. En voyant Ka, il se leva, laça ses chaussures, lui serra la main avec un air officiel, mais en souriant, puis, avec la résolution d'un homme d'affaires s'apprêtant à négocier, il lui indiqua la table en formica. Ils s'assirent l'un en face de l'autre. Un cendrier en zinc plein de mégots y était posé, et Ka sortit les Marlboro de sa poche, les donna à Lazuli, et lui dit qu'il paraissait tranquille. Lazuli lui répondit qu'il n'avait pas subi de torture, alluma la cigarette de Ka, puis la sienne. « Cette fois, cher monsieur, pour le compte de qui faites-vous de l'espionnage ? demanda-t-il avec un sourire séducteur.

— J'ai abandonné l'espionnage, dit Ka. Maintenant je fais l'intermédiaire.

— Ça, c'est encore pire. Les espions, moyennant argent, donnent en vrac des informations, la plupart du temps inutiles. Les intermédiaires, eux, affectant une posture de neutralité, se mêlent grossièrement de ce qui ne les regarde pas. Quels sont tes intérêts dans l'affaire ?

— Quitter sain et sauf cette sale ville de Kars.

— Aujourd'hui, il n'y a que Sunay pour accorder sa confiance à un athée venu d'Occident faire de l'espionnage. »

Il avait donc vu la première édition de la *Gazette de la ville-frontière*. Ka détesta le rire de Lazuli, qui avait fusé de sous sa moustache. Comment ce militant de la charia pouvait-il être aussi enjoué et calme, après être tombé dans les mains de l'État turc, dont il se plaignait tant, avec les deux accusations de crime qu'il avait sur le dos ? En plus, Ka comprenait maintenant pourquoi Kadife était à ce point amoureuse de cet individu. Lazuli lui sembla encore plus beau que d'habitude.

« Quel est le sujet de la médiation ? »

Ka répondit : « Ta libération », puis il résuma d'une façon posée la proposition de Sunay. Pour se laisser de la marge, il ne parla encore ni de la perruque que pourrait porter Kadife quand elle se dévoilerait en direct ni d'aucun autre artifice de ce genre. Il prit un véritable plaisir à raconter combien les circonstances étaient graves et combien les faucons qui faisaient pression sur Sunay étaient prêts à saisir le moindre prétexte pour pendre Lazuli, et se sentit coupable. Il ajouta qu'une pareille occasion ne se représenterait pas et qu'une fois la neige fondue et les routes rouvertes tout rentrerait dans l'ordre. Ensuite, il se demanda ce qu'il pourrait bien ajouter pour plaire aux Renseignements.

Mais Lazuli lui dit : « En conséquence, il apparaît que ma seule chance de salut réside dans cette faille du raisonnement de Sunay.

— En effet.

— Dans ces conditions, dis-lui que je refuse sa

proposition. Et je te remercie d'avoir pris la peine de venir jusqu'ici. »

Ka crut un instant que Lazuli allait se lever, lui serrer la main et le mettre à la porte. Il y eut un silence.

Lazuli se balançait tranquillement sur sa chaise. « Si tu ne parviens pas à t'échapper sain et sauf de cette sale ville de Kars parce que tu as échoué dans ta tentative de médiation, ce ne sera pas ma faute, ce sera à cause de ton indiscrétion, de ces vantardises au sujet de ton athéisme. Dans ce pays, on ne peut se vanter d'être athée que si on a les militaires derrière soi.

— Je ne suis pas du genre à me vanter de mon athéisme.

— Dans ce cas, très bien. »

Ils se turent à nouveau et fumèrent une nouvelle cigarette. Ka sentit qu'il n'avait absolument rien d'autre à faire que de se lever et de se retirer. « Tu n'as pas peur de la mort ? demanda-t-il.

— Si c'est une menace : je n'en ai pas peur. Si c'est une curiosité amicale : eh bien si, j'en ai peur. Mais si je n'y peux rien, qu'ils me pendent, ces oppresseurs. Il n'y a rien d'autre à faire. »

Lazuli sourit avec des yeux doux qui affligèrent Ka et où il lisait : « Regarde, moi je suis dans une situation bien plus délicate que la tienne et malgré tout je suis plus paisible que toi ! » Ka savait que son angoisse et sa nervosité étaient liées à l'espoir de bonheur qu'il portait en son ventre comme une douce souffrance depuis qu'il était amoureux d'İpek et il en eut honte. Lazuli n'avait-il jamais eu tel espoir ? Ka se dit : « Je vais compter jusqu'à neuf et ensuite je me lève et je m'en vais. Un, deux... » Arrivé à cinq, il prit cette résolution s'il n'arrivait pas à convaincre Lazuli : il n'emmènerait pas İpek en Allemagne.

Comme sous le coup d'une inspiration, il parla longuement : d'un intermédiaire malheureux dans un film américain en noir et blanc qu'il avait vu durant son enfance, de la possibilité de publier en Allemagne — si on l'arrangeait un peu — la déclaration issue de la réunion à l'hôtel Asya, des regrets infinis qu'on éprouve après avoir pris de mauvaises décisions, victime d'une obstination ou d'une passion subite, de son regret à lui, par exemple, lorsqu'il était au lycée, de ne plus pouvoir retourner dans une équipe de basket qu'il avait abandonnée dans un accès de colère, de son interminable contemplation de la mer, ce jour de désarroi où il était descendu sur la rive du Bosphore, de son grand amour d'Istanbul, de la beauté de la baie de Bebek les soirs de printemps, et de bien d'autres choses encore. Il s'efforçait de ne pas être paralysé par le regard de Lazuli, qui le fixait avec sang-froid, et de ne pas s'arrêter de parler ; et il comparait toute cette discussion avec l'ultime conversation qui précède une exécution capitale.

« Même si on cédait à toutes leurs exigences, jusqu'aux plus inacceptables, ils ne tiendraient pas parole, ces gens-là. » Il montra le stylo et le tas de feuilles posés sur la table. « Ils veulent que j'écrive toute l'histoire de ma vie, toutes mes fautes et tout ce que je désire raconter. Si je fais preuve de bonne volonté, peut-être alors me pardonneront-ils, au titre de la loi sur le repentir. J'ai toujours eu pitié de ces idiots qui, trompés par ces mensonges, abandonnant au dernier moment les causes qu'ils défendaient, trahissent leur vie entière. Puisque je m'achemine vers la mort, je veux que ceux qui viennent après moi apprennent à mon sujet une ou deux choses exactes. » Il tira un des feuillets posés sur la table. Apparut alors sur son visage l'expression d'extrême sérieux qu'il avait eue en faisant son discours pour les journaux allemands :

« À la date du 20 février, où il est question de m'exécuter, je veux dire que je ne regrette rien de ce que j'ai fait jusqu'à aujourd'hui en matière politique. Je suis le second fils d'un secrétaire du Trésor public d'Istanbul à la retraite. Mon enfance et ma jeunesse se sont déroulées dans le monde modeste et silencieux de mon père, qui continuait à fréquenter secrètement une communauté Cerrahi. Jeune, m'opposant à mon père, je suis devenu un gauchiste athée ; quand j'étais à l'université, dans le sillon des jeunes militants, j'ai jeté des pierres sur les marins qui sortaient d'un porte-avions américain. Là-dessus je me suis marié, puis séparé de ma femme ; j'ai traversé une crise. Pendant des années je n'ai vu personne. Je suis ingénieur en électronique. À cause de la rage que je nourris contre l'Occident, j'ai éprouvé du respect pour la révolution en Iran. Je suis redevenu musulman. J'ai cru en la pensée suivante de l'imam Khomeyni : "Aujourd'hui défendre l'islam est beaucoup plus urgent que de prier et de faire le jeûne." J'ai tiré mon inspiration des écrits de Frantz Fanon sur la violence, des pensées de Seyyid Kutub sur l'hégire et le changement de lieu face à l'oppression, et d'Ali Şeriati. Je me suis réfugié en Allemagne pour fuir le coup d'État militaire. Je suis revenu. Je boite parce que j'ai été blessé au pied droit en combattant à Grozny aux côtés des Tchétchènes contre les Russes. Pendant l'encerclement serbe je suis allé en Bosnie, et je suis retourné à Istanbul en compagnie de Merzuka, la jeune Bosniaque que j'avais épousée là-bas. J'ai aussi quitté ma seconde femme, parce que je ne peux pas rester plus de deux semaines dans la même ville en raison de mes activités politiques et de ma croyance en l'idée d'hégire.

Après avoir coupé toute relation avec les groupes musulmans qui m'avaient mené en Tchétchénie et en Bosnie, j'ai arpenté toute la Turquie. Bien que je pense que, si nécessaire, les ennemis de l'islam peuvent être tués, jusqu'à aujourd'hui je n'ai ni tué ni fait tuer qui que ce soit. C'est un cocher kurde pas très futé, enragé par le projet de supprimer les phaétons de la ville, qui a tué l'ancien maire de Kars. Et je suis venu à Kars à cause des jeunes femmes qui se suicidaient. Le suicide est le pire des péchés. Après ma mort, je voudrais que mes poèmes restent comme un souvenir et qu'ils soient publiés. Tout ce qui m'appartient revient à Merzuka. C'est tout. »

Il y eut un silence.

« Tu n'es pas obligé de mourir, dit Ka. Moi, je suis ici pour te dire ça.

— Dans ce cas, je vais te raconter autre chose », dit Lazuli. Sûr qu'il était écouté avec attention, il alluma une nouvelle cigarette. Avait-il remarqué le magnétophone qui s'acquittait de sa tâche sur la poitrine de Ka, aussi laborieux et silencieux qu'une femme au foyer ?

« Quand j'étais à Munich, le vendredi à minuit il y avait un cinéma qui proposait deux films d'affilée pour pas cher, et j'y allais, commença Lazuli. J'y ai vu *Queimada*, le dernier film de l'Italien qui en a fait un, intitulé *La Bataille d'Alger*, sur l'oppression des Français en Algérie. *Queimada* montre les intrigues que nouent les colonisateurs anglais dans une île de l'océan Atlantique où l'on cultive la canne à sucre et les soulèvements qu'ils fomentent. Ayant identifié un meneur noir, ils provoquent d'abord une révolte contre les Français, puis, s'installant dans l'île, ils en prennent le contrôle. Après une première tentative avortée de soulèvement, les Noirs se révoltent à nouveau, cette fois contre les Anglais, mais sont battus, et les Anglais n'hésitent pas à incendier toute l'île. Le meneur noir de ces deux révoltes est arrêté, puis condamné à la pendaison. Mais le matin même où il devait être pendu, Marlon Brando, qui l'avait finalement retrouvé, avait poussé au soulèvement, tout manipulé pendant des années et lancé la seconde révolte pour le compte des Anglais, pénètre dans la tente où le Noir est tenu prisonnier, tranche ses liens et lui rend la liberté.

— Mais pourquoi ? »

Lazuli s'énerva un peu. « Pourquoi ? Mais pour qu'on ne le pende pas ! Parce qu'il sait très bien que si on le pend, il deviendra une légende, et que les autochtones, des années durant, brandiront en son nom le drapeau de la révolte. Mais le Noir, parfaitement conscient que Marlon lui coupe ses liens pour cette raison, refuse la liberté et ne s'échappe pas.

— Alors, ils l'ont pendu ? demanda Ka.

— Oui, mais la pendaison n'est pas montrée dans le film, dit Lazuli. À la place, on voit l'assassinat de Marlon Brando, l'agent qui avait proposé la liberté au Noir, comme toi à l'instant tu me l'as proposée, alors même qu'il était sur le point de quitter l'île.

— Je ne suis pas un agent, moi ! s'écria Ka dans un accès de susceptibilité qu'il ne put contrôler.

— Ne fais pas de fixation sur le mot "agent" : moi aussi je suis un agent, un agent de l'islam.

— Moi je ne suis l'agent de personne, dit Ka avec sang-froid.

— Alors, ils n'auraient pas mis dans cette Marlboro une substance censé me faire fléchir ou m'empoisonner ? La meilleure chose que les Américains ait donnée au monde, ce sont les Marlboro rouges. Je pourrais en fumer jusqu'à la fin de mes jours.

— Si tu es raisonnable, tu pourras fumer des Marlboro encore quarante ans !

— Voilà, en parlant d'agent, c'est de ça que je parlais, dit Lazuli. C'est bien un travail d'agent que de faire ce genre de chantage.

— Je voulais juste dire qu'il serait complètement absurde de te faire tuer par ces fascistes aux mains pleines de sang et aux yeux révulsés. En outre, ton nom ne saurait être pour quiconque une bannière ou je ne sais quoi. Ce peuple d'agneaux est attaché à sa religion, pourtant, en fin de compte, il fait non pas ce que commande la religion mais ce qu'ordonne l'État. Il ne resterait même rien des tombes de tous ces cheikhs révoltés, de ceux qui se sont soulevés contre le recul de la religion ou des militants formés en Iran et même de Saidi Nursi [1], qui jouit d'une certaine réputation, s'ils n'avaient pas reculé. Dans ce pays, on met dans un avion et on balance à la mer en un endroit inconnu les cadavres des chefs religieux dont le nom pourrait un jour être érigé en étendard. Tu sais tout cela. Les tombes des militants du Hezbullah qui étaient devenues un lieu de pèlerinage à Batman ont disparu en une nuit. Où sont-elles, maintenant ?

— Dans le cœur du peuple.

— Sornettes ! Pas plus de vingt pour cent de ce peuple votent pour les islamistes. Et encore, pour un parti modéré.

— S'il est modéré alors pourquoi, par peur, ils font un coup d'État militaire ? Dis-le-moi !

— Moi, je suis un intermédiaire impartial. » D'instinct, Ka avait élevé la voix.

« Non ! Toi, tu es un agent de l'Occident. Tu ne sais pas que tu es l'esclave des Européens, un esclave qui refuse la liberté et, comme tous les esclaves, tu

1. Homme de religion vénéré (1876-1960), auteur du *Resale-i Nur*, figure tutélaire de mouvances religieuses très actives et influentes actuellement, dites nourdjou ou néo-nourdjou, comme les Fethullahçı.

ne sais même pas que tu es esclave. Comme tu t'es européanisé à Nişantaşı, où tu as appris à mépriser la religion du peuple et ses traditions, tu te considères comme le seigneur de cette nation. Selon toi, dans ce pays, la voie de la justesse et de la morale ne passe pas par la religion, par Dieu, par le partage de la vie du peuple, mais par l'imitation de l'Occident. Tu pourrais dire un ou deux mots sur l'oppression dont souffrent les islamistes et les Kurdes, mais ton cœur donne en secret raison aux militaires putschistes.

— Je peux te proposer la solution suivante : Kadife portera une perruque sous son foulard, de cette façon personne ne verra ses cheveux quand elle se découvrira.

— Tu ne me feras pas boire de vin ! s'écria Lazuli en haussant le ton. Je ne serai pas européen ni ne ferai semblant de l'être. Moi, j'écrirai ma propre histoire et je serai moi-même. Je pense que l'être humain peut être heureux sans singer les Européens et sans être non plus leur esclave. D'ailleurs il y a ceci, que disent très souvent les admirateurs de l'Occident pour masquer leur mépris du peuple : pour qu'une personne soit occidentale, il faudrait d'abord qu'elle soit un individu. Or, selon eux, il n'existerait pas d'individu en Turquie. Là réside le sens de mon exécution. Moi, en tant qu'individu, je m'oppose aux Occidentaux, et c'est parce que je suis un individu que je ne les imiterai pas.

— Sunay tient tellement à cette pièce que je peux aussi te proposer la chose suivante. Le Théâtre de la Nation sera vide. D'abord la caméra montrera en direct Kadife portant la main à son foulard. Ensuite, par un artifice de montage, on montrera les cheveux d'une autre personne en train de se découvrir.

— Je trouve suspect que tu te donnes tant de mal pour me sauver.

476

— Mais je suis très heureux, moi, confia Ka, aussi coupable que s'il avait menti. Je n'ai jamais été aussi heureux de ma vie. Et je veux préserver ce bonheur.

— Et qu'est-ce qui te rend heureux ? »

Ka ne répondit pas ce à quoi il penserait bien plus tard : « Parce que j'écris des poèmes. » Ni : « Parce que je crois en Dieu. » Il dit tout à coup : « Parce que je suis amoureux ! Celle que j'aime va venir avec moi à Francfort. » D'avoir confié son amour à une tierce personne l'emplit d'une joie soudaine.

« Qui est celle que tu aimes ?

— İpek, la sœur de Kadife. »

Ka vit Lazuli se renfrogner. Il regretta aussitôt de s'être laissé emporter par l'enthousiasme, ne fût-ce qu'un instant. Le silence s'installa.

Lazuli alluma une nouvelle Marlboro. « C'est une grâce de Dieu que d'être heureux au point de vouloir partager ce bonheur avec quelqu'un qui va se faire exécuter. Mettons que j'accepte ta proposition, pour que tu puisses quitter la ville non seulement sain et sauf mais heureux, et que Kadife, pour ne pas compromettre le bonheur de son aînée, joue dans cette pièce de Sunay et d'une manière qui ne porte pas atteinte à son honneur, qu'est-ce qui prouve qu'ils tiendront leur promesse et qu'ils me relâcheront ?

— Je savais que tu me dirais ça ! » reprit Ka avec émotion. Il se tut un instant. Il posa un doigt sur ses lèvres et fit à Lazuli un geste signifiant : « Fais attention ! » Il déboutonna sa veste et arrêta ostensiblement l'appareil enregistreur glissé sous son pull. « Moi, je me porte garant, ensuite ils te libèrent, dit-il. Kadife, quant à elle, ne montera sur scène que lorsque, de l'endroit où tu te seras caché, tu lui auras donné l'assurance que tu as bien été libéré. Mais pour que Kadife accepte, il faut que tu m'écrives une

lettre stipulant que tu es d'accord avec cet arrangement. » Tous ces détails lui venaient soudain à l'esprit. « J'assurerai ta libération dans les conditions
que tu souhaites, murmura-t-il. À toi de choisir une
cachette où personne ne pourra te trouver, jusqu'à
ce que les routes soient dégagées. Fais-moi
confiance. »

Lazuli lui tendit une des feuilles de papier qui
étaient sur la table. « Écris donc là-dessus que toi,
Ka, tu es à la fois l'intermédiaire et le garant de ma
libération et de mon départ sain et sauf de Kars
contre la participation de Kadife à cette pièce dans
laquelle elle ôtera son foulard d'une manière qui ne
porte pas atteinte à son honneur. Si tu ne tiens pas
parole et que je suis trompé, quel sera le châtiment
du garant ? »

Ka répondit : « Que ce qui t'arrive soit à la mesure
de ce qui m'arrive ! »

— D'accord, écris. »

Ka à son tour lui tendit une feuille. « Toi, à
présent, écris que tu es d'accord avec ma proposition, que c'est moi qui suis chargé de faire savoir à
Kadife les termes de l'arrangement, et que Kadife
prendra la décision finale. Si Kadife est d'accord,
elle l'écrira sur un papier qu'elle signera, et toi, tu
seras libéré de la façon qui te convient avant qu'elle
enlève son foulard. Note tout cela. Décide où et comment tu seras relâché, non pas avec moi, mais avec
une personne en qui tu aurais plus confiance pour
ce genre de tâche. Je te propose Fazıl, le frère de
sang du défunt Necip.

— Le gamin qui a envoyé des lettres d'amour à
Kadife ?

— Lui, c'est Necip ; il est mort. C'était un être singulier, un envoyé de Dieu, dit Ka. Fazıl lui ressemble, c'est quelqu'un de bien.

— Si tu le dis, alors je lui fais confiance », dit Lazuli. Tous deux se mirent à écrire.

Lazuli fut le premier à avoir fini. Quand il en eut terminé à son tour, Ka vit que son interlocuteur avait son sourire légèrement ironique, mais il n'y accorda pas d'importance. Il était trop heureux pour cela : tout s'engageait comme prévu et il allait pouvoir quitter la ville avec İpek. Ils échangèrent en silence leurs papiers. Voyant Lazuli plier le sien et le glisser dans sa poche sans le lire, Ka fit de même et, avec un geste explicite, remit le magnétophone en marche.

Il y eut un silence. Ka se souvint des derniers mots qu'il avait prononcés avant d'interrompre l'enregistrement. « Je savais que tu dirais ça, répéta-t-il. Mais si les parties en jeu ne se font pas confiance, on ne pourra parvenir à aucun accord. Tu dois croire que l'État sera fidèle à la promesse qu'il te fera. »

Ils sourirent en se regardant l'un l'autre. Par la suite, pendant des années, chaque fois qu'il repenserait à cet instant, Ka regretterait que son propre bonheur l'ait empêché de sentir la colère de Lazuli. Avec maladresse, il avait posé cette question :

« Est-ce que cet arrangement conviendra à Kadife ?

— Bien sûr », répondit Lazuli, dont les yeux crachaient la fureur.

Ils se turent encore un instant.

« Puisque tu veux conclure un accord qui me maintiendra en vie, parle-moi de ton bonheur, fit Lazuli.

— Je n'ai jamais aimé personne comme ça de toute ma vie », dit Ka.

Il trouvait ses mots naïfs et un peu idiots, mais il les prononça quand même. « İpek est ma dernière chance d'être heureux.

— Qu'est-ce que le bonheur?

— Trouver un monde qui puisse faire oublier ce néant et cette oppression. Pouvoir tenir quelqu'un dans ses bras comme s'il était le monde entier... », répondit Ka. Il allait en dire davantage, mais tout à coup Lazuli se leva.

À cet instant, le poème intitulé « Jeu d'échecs » prit forme dans son esprit. Il jeta un coup d'œil à Lazuli, sortit son cahier de sa poche et se mit à écrire rapidement les vers qui parlaient de bonheur et de pouvoir, de sagesse et de désir. Lazuli devait se demander ce qui se passait et vint regarder le cahier par-dessus l'épaule de Ka. Celui-ci réaliserait plus tard qu'il avait transposé dans son poème ce que ce regard signifiait. Ka voyait sa propre main écrire comme s'il s'agissait de celle d'un autre. Il savait que Lazuli ne pouvait en être conscient; que, du moins, il eût l'intuition qu'une force extérieure mettait en mouvement la main du poète, Ka le lui souhaita. Mais Lazuli était revenu s'asseoir sur le bord du lit et il fumait une cigarette comme un vrai condamné à mort, le visage renfrogné.

Ka éprouva de nouveau le besoin de se confier, en proie à une pulsion incompréhensible, à laquelle il repenserait très fréquemment par la suite.

« Ça fait des années que je ne pouvais plus écrire de poèmes, dit-il. En ce moment, à Kars, toutes les voies vers la poésie me sont ouvertes. Et je relie ce phénomène à l'amour de Dieu qu'ici j'éprouve en mon for intérieur.

— Je ne voudrais pas te blesser, mais ton amour de Dieu m'a l'air un peu sorti des romans occidentaux, dit Lazuli. Si tu crois ici en Dieu comme un Européen, tu es ridicule. Car l'être humain ordinaire ne peut pas croire en ce que tu crois. Tu n'appartiens pas à ce pays, c'est comme si tu n'étais pas turc.

Essaie d'abord d'être comme tout le monde, et ensuite tu croiras en Dieu. »

Ka sentit profondément qu'il n'était pas aimé. Il prit quelques feuilles de papier de la table et les plia. Et disant qu'il devait au plus vite aller voir Kadife et Sunay, il frappa à la porte de la cellule. On lui ouvrit, il se tourna vers Lazuli et lui demanda s'il avait un message pour Kadife. Lazuli sourit : « Fais bien attention, dit-il. On pourrait s'en prendre à toi. »

36

Non, cher monsieur,
vous n'allez quand même
pas mourir, n'est-ce pas ?

MARCHANDAGE ENTRE VIE ET JEU,
ART ET POLITIQUE

À l'étage supérieur, les agents des Renseignements lui défirent énergiquement, en lui arrachant force poils, le bandage qui lui maintenait l'appareil sur la poitrine. Ka se mit d'instinct à l'unisson de leur humeur ironique et coopérative et s'offrit de traiter de haut Lazuli. Si bien qu'il ne s'attarda pas sur la haine que ce dernier lui avait manifestée.

Il demanda au chauffeur du camion de se rendre seul à l'hôtel et de l'y attendre. Flanqué de deux soldats en guise de gardes du corps, il traversa à pied toute la garnison. Sous les peupliers de la vaste place enneigée, sur laquelle donnaient les logements des officiers, des garçons se lançaient bruyamment des boules de neige. À l'écart, une fillette menue, habillée d'un manteau qui rappela à Ka le manteau de laine noir et rouge qu'il portait en dernière année d'école primaire, faisait un bonhomme de neige en compagnie de deux camarades qui roulaient devant eux une énorme boule de neige. Le ciel était parfaitement limpide et le soleil avait un peu commencé à réchauffer l'atmosphère, pour la première fois depuis la tempête.

À l'hôtel, il trouva immédiatement İpek. Elle était à la cuisine et portait un gilet et une blouse telle qu'en portaient jadis toutes les lycéennes de Turquie. Ka la regarda avec bonheur, il voulut la serrer dans ses bras, mais ils n'étaient pas seuls : il résuma ce qui s'était déroulé depuis le matin et expliqua que tout se passait bien, et pour eux deux et pour Kadife. Le journal avait été distribué, mais il affirma ne pas craindre d'être tué ! Il s'apprêtait à poursuivre quand Zahide fit irruption et lui parla des deux soldats restés à la porte. İpek demanda qu'on les fît entrer et qu'on leur offrît du thé. D'un clin d'œil, İpek et Ka se mirent d'accord pour se retrouver dans la chambre.

Aussitôt arrivé, son manteau enlevé, Ka commença à attendre İpek, les yeux rivés au plafond. Ils avaient beaucoup de choses à se dire, et Ka savait parfaitement qu'İpek monterait sans faire de manières, mais, très rapidement, il broya du noir. D'abord, il imagina qu'İpek ne pouvait pas venir parce qu'elle avait croisé son père, ensuite, avec effroi, qu'elle ne voulait pas venir. Et il ressentit à nouveau cette douleur qui irradiait dans tout son corps à partir du ventre, comme un poison. Il s'agissait sans doute de ce que d'autres appellent le mal d'amour, mais il n'y avait là absolument rien qui rendît heureux. Plus s'approfondissait son amour pour İpek, plus vite ce genre d'accès de défiance et de pessimisme se déclarait. Il se dit que ce qu'on dénomme amour était en réalité ce manque de confiance, cette peur d'être trompé et déçu, mais qu'avant, lui, à la différence d'autres sans doute, n'y voyait pas une misérable défaite, plutôt quelque chose de positif, qui lui était même, de temps en temps, une source de fierté. Pire, il commençait à croire que ces pensées étaient maladives et paranoïaques ; plus il attendait et plus il en était la proie impuissante (İpek ne venait pas, İpek en fait ne voulait pas vraiment venir, İpek venait pour faire tourner les tables ou dans un autre but caché, tous — Kadife, Turgut Bey et İpek — discutaient entre eux et consi-

483

déraient Ka comme un ennemi qu'il fallait tenir à l'écart). Ainsi il pouvait être, simultanément, envahi par telle pensée paranoïaque (par exemple il se disait et se redisait, douleurs au ventre, qu'İpek avait à présent un autre amoureux) et persuadé que cette pensée relevait de la médecine. Par moments, pour calmer sa douleur et effacer les visions désagréables qui défilaient en lui (du genre : İpek aurait pu avoir été dissuadée de fréquenter Ka et d'aller à Francfort), il faisait appel à son versant le plus logique (« Bien sûr qu'elle m'aime ; si elle ne m'aimait pas, pourquoi donc serait-elle aussi enthousiaste ? »), mais il était vite empoisonné par le venin d'une nouvelle inquiétude.

Quand il entendit des bruits de pas dans le couloir, il pensa que ce n'était pas İpek mais quelqu'un venu lui dire qu'elle ne viendrait pas. C'était İpek. Il la regarda avec bonheur et haine à la fois. Il avait attendu en tout douze minutes et cela l'avait fatigué. Il se réjouit de voir qu'İpek s'était maquillée et mis du rouge à lèvres.

« J'ai parlé à mon père, je lui ai dit que j'allais en Allemagne », dit-elle.

Ka était tellement sous l'emprise des images négatives qui l'habitaient que dans un premier temps il éprouva du ressentiment ; il fut incapable d'accueillir les paroles d'İpek. Cette réaction éveilla en elle le soupçon que cette nouvelle ne procurait aucune joie à Ka, au point qu'elle songea à se rétracter. Mais, d'un autre côté, elle savait que Ka était très amoureux d'elle et qu'il lui était résolument attaché, tel un enfant de cinq ans désarmé, incapable de se séparer une seconde de sa mère. Elle savait aussi que Ka souhaitait l'emmener en Allemagne non seulement parce que la maison où il se sentait désormais heureux était à Francfort, mais parce qu'il n'y avait que là-bas, loin du regard de tous, qu'il pouvait nourrir l'espoir de se consacrer complètement et en toute confiance à İpek.

« Mon amour, qu'est-ce que tu as ? »

Au cours des années suivantes, en proie aux convulsions de la douleur d'aimer, Ka se souviendrait des milliers de fois de la tendre douceur avec laquelle İpek avait posé cette question. Il raconta à İpek dans le détail toutes les inquiétudes qui le hantaient, la peur d'être abandonné et les visions effroyables qui lui avaient traversé l'esprit.

« Vu à quel point tu redoutes a priori la douleur d'aimer, une femme a dû te faire beaucoup souffrir.

— J'ai un peu souffert, mais maintenant c'est la perspective de la souffrance que tu pourrais m'infliger qui me fait peur.

— Mais je ne te ferai jamais souffrir, assura İpek. Je suis amoureuse de toi, je vais aller en Allemagne avec toi et tout se passera pour le mieux.

Elle le serra de toutes ses forces dans ses bras et ils firent l'amour avec une tranquillité qui stupéfia Ka. Plutôt que de faire acte de brutalité virile, Ka prit plaisir à l'étreindre intimement et à s'abîmer dans la délicate blancheur de sa peau ; cependant, tous deux eurent conscience que leurs ébats n'étaient pas aussi violemment intenses que la nuit précédente.

Ka avait la tête à ses plans d'intermédiaire. Il croyait que pour la première fois de sa vie il allait être heureux et que, à condition d'agir assez intelligemment, une fois qu'il serait sorti de Kars sain et sauf, avec son amante, ce bonheur serait sans fin. Tout à ses calculs, fumant une cigarette et regardant par la fenêtre, il s'étonna qu'un nouveau poème fût sur le point de naître. Sous le regard amoureux et surpris d'İpek, il nota d'une traite le poème, comme il lui venait à l'esprit. Ce poème, intitulé « Amour », Ka en ferait plus tard la lecture six fois lors de ses tournées en Allemagne. Des auditeurs m'expliquèrent que la relation évoquée dans le poème, né de l'intérêt pour une femme en particulier (d'ailleurs une seule personne me demanda par la suite qui était cette femme), concernait non pas l'amour mais la tension entre sérénité et solitude, confiance et peur et émanait des insondables ténèbres de la vie de Ka. Or, la plupart des notes que Ka a écrites ultérieurement sur ce poème font référence à ses souvenirs avec İpek, à son envie de la revoir et aux petits détails annexes de ses vêtements et de ses mouvements. Si, la première fois que je l'ai vue, je n'ai pas été plus impressionné que ça par İpek, c'est sans doute parce que j'avais lu et relu ces notes.

Puis İpek se rhabilla à toute vitesse et annonça la venue imminente de sa sœur ; à peine était-elle sortie que Kadife arriva. Afin d'apaiser les angoisses de Kadife, aux grands yeux tout écarquillés, Ka lui expliqua qu'il n'y avait rien à craindre et qu'on avait bien traité Lazuli. Il dit avoir déployé des trésors d'ingéniosité pour convaincre Lazuli d'accepter l'arrangement et avoir vu combien celui-ci était courageux ; ensuite, sous le coup d'une soudaine inspiration, il commença à multiplier les détails d'un mensonge qu'il avait préparé à l'avance : il raconta d'abord que le plus difficile avait été de convaincre Lazuli que Kadife avait accepté cet arrangement ; puis que Lazuli avait prétendu que lui faire, à lui d'abord, cette proposition témoignait d'un manque de respect vis-à-vis de Kadife et que Ka aurait dû en parler en premier lieu à Kadife ; ensuite, alors que la petite Kadife fronçait les sourcils, Ka ajouta qu'il pensait que ces propos de Lazuli n'étaient pas sincères, afin de donner plus de profondeur et de crédibilité à ce mensonge. À ce stade, il ajouta que Lazuli s'était longuement opposé à lui au nom de l'honneur de Kadife, même s'il jouait la comédie, et que cela (à savoir le respect manifesté vis-à-vis de la décision de Kadife) constituait un point positif, même s'il se comportait avec l'air de vouloir jeter l'accord à la poubelle. Dans cette pauvre ville de Kars, où il avait appris, certes un peu tard, que le bonheur était la seule vérité dans la vie, Ka était maintenant satisfait d'avoir concocté de délectables mensonges pour ces gens désespérés, qui s'adonnaient corps et âme à des luttes politiques complètement absurdes. Mais, d'un autre côté, il était gagné par la tristesse de sentir que Kadife, pourtant bien plus courageuse et prête au sacrifice que lui, avalait ces déclarations et finirait par être malheureuse. C'est pourquoi il conclut son récit par un dernier mensonge inoffensif en ajoutant que Lazuli lui avait demandé en murmurant de transmettre son salut à Kadife. Puis il lui répéta une fois de plus les détails de l'accord et lui demanda son avis.

« Je me dévoilerai comme je sais le faire », dit Kadife.

Sentant qu'elle ne le ferait pas correctement s'il n'en fixait pas précisément les modalités, Ka dit que Lazuli considérait comme raisonnable le recours à une perruque ou à un artifice analogue, mais, voyant Kadife gagnée par la colère, il coupa court. Selon l'accord, Lazuli serait d'abord libéré, caché dans un endroit sûr, et seulement ensuite Kadife se découvrirait la tête comme elle l'entendait. Est-ce que Kadife pouvait sans tarder écrire puis signer un texte précisant qu'elle était informée de tous ces détails ? Ka tendit à Kadife la lettre de Lazuli, afin qu'elle la lise et la prenne pour modèle. Le seul fait de voir l'écriture de Lazuli émut Kadife, et, fugitivement, Ka en éprouva pour elle une sorte d'amour. Tout en lisant, Kadife essaya même de sentir le papier, en dissimulant son geste. Comme elle semblait indécise, au moment d'écrire à son tour, Ka lui dit qu'il utiliserait sa lettre pour persuader Sunay et les militaires qui l'entourent de libérer Lazuli. Certes les militaires et l'État en voulaient à Kadife à cause de la question du foulard, mais, comme tout Kars, ils croyaient aussi en sa bravoure et en sa parole. Elle rédigea alors son texte avec zèle sur une feuille blanche. Ka l'observa un moment. Kadife avait vieilli depuis l'avant-dernière nuit où, tout en marchant ensemble dans la rue des Bouchers, ils avaient parlé d'astrologie.

Après avoir glissé dans sa poche la lettre de Kadife, Ka précisa que s'il parvenait à convaincre Sunay et que Lazuli était libéré, il resterait à lui trouver une cachette sûre. Kadife était-elle prête à offrir son aide ?

La jeune femme fit un signe d'approbation plein de gravité.

« Ne t'en fais pas, dit Ka. À la fin, nous serons tous heureux.

— Faire ce qui est juste ne rend pas toujours heureux ! dit Kadife.

— Ce qui est juste, c'est ce qui nous rend heureux », dit Ka. Il rêvait aux jours prochains à Francfort, où Kadife connaîtrait le bonheur et verrait celui de sa sœur. İpek achèterait au *Kaufhof* un manteau chic à Kadife, tous les trois iraient au cinéma, ensuite ils mangeraient des saucisses et boiraient une bière dans un des restaurants de la Kaiserstrasse.

Ka passa son manteau et descendit juste après le départ de Kadife, puis remonta dans le véhicule militaire. Ses deux gardes du corps s'assirent juste derrière lui. Ka se demanda si, seul dans les rues, et à l'idée d'être victime d'une agression, il manifesterait ou non une grande couardise. Mais le spectacle qu'il contemplait du camion n'avait rien d'effrayant. Il vit des femmes faire leurs courses, leur filet à la main, des enfants qui se lançaient des boules de neige et des personnes âgées qui marchaient en se tenant les unes aux autres pour ne pas glisser, et il s'imagina dans un cinéma de Francfort, sa main dans la main d'İpek.

Sunay était en compagnie de son ami putschiste, le colonel Osman Nuri Çolak. Ka leur parla avec l'optimisme où l'avaient plongé ses rêves de bonheur : il dit qu'il avait tout arrangé, que Kadife était d'accord pour jouer dans la pièce et pour se dévoiler et que, en contrepartie, Lazuli était impatient d'être libéré. Il sentit entre Sunay et le colonel une grande complicité, comme entre deux sages qui auraient lu les mêmes livres dans leur jeunesse. Avec un ton prudent mais nullement timide, il ajouta que l'affaire en question n'était pourtant pas gagnée d'avance. « D'abord j'ai flatté l'orgueil de Kadife, ensuite celui de Lazuli », dit-il. Il donna à Sunay leurs deux lettres. Tandis que celui-ci en prenait connaissance, Ka sentit qu'il avait déjà bien bu, alors qu'il n'était pas encore midi. Se rapprochant un peu de la bouche de Sunay, il reconnut l'odeur sans pareille du *rakı*.

« Ce type veut être libéré avant que Kadife monte sur la scène et enlève son foulard, dit Sunay. Pas bête.

— Kadife veut la même chose, dit Ka. J'ai fait mon possible, mais je n'ai pu parvenir qu'à ce point dans les tractations.

— En tant qu'État, pourquoi donc, nous, leur ferait-on confiance ? demanda le colonel Osman Nuri Çolak.

— Ils ont l'un et l'autre perdu toute confiance en l'État, dit Ka. S'ils continuent à se méfier, rien ne se fera.

— Est-ce qu'il ne serait pas venu à l'esprit de Lazuli de se faire pendre juste pour l'exemple, pour qu'ensuite on nous en fasse porter la responsabilité en disant qu'il s'agissait d'un coup de force d'un homme de théâtre ivre et d'un colonel aigri ? demanda le colonel.

— Il se comporte vraiment comme quelqu'un qui n'a pas peur de la mort. C'est pourquoi je n'arrive pas à comprendre ce qu'il pense. Il a juste fait allusion au fait que si on le pendait il deviendrait un modèle de sainteté, un homme bannière.

— Mettons que nous libérions d'abord Lazuli, fit Sunay. Comment être certains que Kadife tiendra parole et jouera effectivement dans la pièce ?

— On pourrait croire Kadife sur parole, bien plus que Lazuli, parce qu'elle est la fille de Turgut Bey, qui a gâché sa vie en la fondant sur la fidélité à l'honneur et à une cause. Mais c'est possible que, si tu lui dis maintenant que Lazuli sera remis en liberté, elle ne sache plus elle-même si elle jouera ou non dans la pièce. Elle a un côté comme ça : colère subite et décisions imprévisibles.

— Qu'est-ce que tu proposes ?

— Je sais que vous faites ce coup non seulement pour la politique, mais aussi pour la beauté de l'art, dit Ka. Je déduis de toute sa vie que Sunay Bey a fait de la politique pour l'art. Maintenant, si vous voulez juste poser un acte politique ordinaire, il faut éviter de courir le risque de libérer Lazuli. Mais si vous avez l'intuition que le dévoilement de Kadife devant tout Kars sera, en tant qu'acte artistique, un acte politique d'une bien plus grande portée, alors il faut le faire.

— Si elle enlève son voile, nous libérerons Lazuli, dit Osman Nuri Çolak. Et nous allons rassembler toute la ville pour la pièce de ce soir. »

Sunay prit son ancien camarade de régiment dans ses bras et lui fit un baiser. Une fois le colonel sorti, il prit Ka par la main et, en lui disant : « Je veux que tu redises tout ça à ma femme », il l'emmena dans une pièce nue et froide qu'on essayait de chauffer avec un radiateur électrique. Funda Eser y faisait d'une manière théâtrale la lecture d'un texte qu'elle tenait à la main. Elle vit bien que Ka et Sunay l'observaient par la porte ouverte, mais elle continua à lire sans broncher. Ka, captivé par le maquillage cernant ses yeux, par son rouge à lèvres, par sa bouche fine et sévère, son costume débraillé montrant la naissance de ses gros seins et par ses gestes outranciers, ne prêta aucune attention à ce qu'elle déclamait.

Sunay lui dit avec fierté : « C'est la tirade tragique de la femme vengeresse sexuellement abusée dans *La Tragédie espagnole* de Kyd. On l'a adaptée en s'inspirant de *La Bonne Âme de Setchouan* de Brecht, et j'ai apporté d'autres modifications, grâce à ma propre force d'imagination. Ce soir, quand Funda lira ce texte, Kadife Hanım essuiera les larmes de ses yeux avec le coin du foulard qu'elle n'aura pas encore eu le courage de retirer.

— Si Kadife Hanım est prête, commençons tout de suite à répéter », fit Funda Eser.

Le ton volontaire de Funda évoqua à Ka non seulement l'amour du théâtre, mais les rumeurs de penchants lesbiens que faisaient autrefois abondamment circuler sur le compte de Funda ceux qui ne voulaient pas que Sunay joue le rôle d'Atatürk. Avec une allure qui s'apparentait davantage à celle d'un fier producteur de théâtre que d'un soldat putschiste, Sunay fit savoir que Kadife n'avait toutefois pas encore fait les preuves de ses talents de comédienne. Sur ce, son ordonnance entra et annonça qu'on avait fait venir Serdar Bey, le propriétaire de la *Gazette de la ville-frontière*. En voyant celui-ci en face de lui, Ka fut démangé par une envie soudaine dont il avait été la proie pour la dernière fois des années auparavant quand il était encore en Turquie : lui envoyer son poing dans la figure. Mais on les pria de prendre place à une table garnie de *rakı* et de fromage, dont il était évident qu'elle avait été préparée avec soin de longue date ; alors, tout en buvant et mangeant avec la confiance, la tranquillité intérieure et l'absence de pitié qui habitent les détenteurs du pouvoir, prompts à considérer comme naturel le fait de régir le destin des autres, ils parlèrent des affaires du monde.

Comme Sunay le lui avait demandé, Ka répéta à Funda Eser ce qu'il avait dit au sujet de l'art et de la politique. Le journaliste émit le souhait de noter ces paroles, que Funda Eser accueillait avec exaltation, pour les publier. Sunay le reprit grossièrement et exigea qu'avant toute chose il corrigeât les mensonges qu'il avait écrits sur Ka. Là-dessus Serdar Bey promit de réserver la une à un article très positif qui ferait aussitôt oublier tout cela au versatile lecteur de Kars.

« Mais un papier sur la pièce qui va être donnée ce soir devait paraître à la une », objecta Funda Eser.

Serdar Bey promit que l'information, rédigée comme souhaité et à la dimension voulue, y serait, bien sûr. Mais il ne connaissait pas grand-chose au théâtre, classique ou moderne. Par conséquent, prétendit-il, s'il faisait écrire ce qui se passerait ce soir durant la pièce, autrement dit si Sunay Bey en personne rédigeait le papier, la une du lendemain serait impeccable. Il rappela poliment que toute sa vie de journaliste il avait publié sans se tromper nombre d'informations, qu'il savait parfaitement raconter les événements avant même qu'ils se produisent. Comme lui, Serdar allait mettre son journal sous presse à quatre heures de l'après-midi en raison du contexte insurrectionnel, Sunay avait donc quatre heures devant lui pour faire le travail.

Sunay lui dit : « Je ne vais pas te faire attendre

beaucoup pour que tu puisses faire le tien. » Ka avait remarqué qu'il avait avalé un verre de *rakı* à peine assis à table. Après le second, qu'il descendit encore plus vite, il vit dans ses yeux une douleur passionnée.

« Prends note, journaliste ! s'écria Sunay en regardant Serdar Bey d'un œil menaçant. Gros titre : MORT SUR SCÈNE ». Il réfléchit un instant. « Sous-titre :... » Il réfléchit un instant. « LE CÉLÈBRE ACTEUR SUNAY ZAIM A ÉTÉ ABATTU PENDANT LE SPECTACLE D'HIER SOIR. Et un sous-titre de plus. »

Il parlait avec une intensité qui éveilla l'admiration de Ka. Tout en écoutant Sunay avec respect et sans sourire aucunement, il aida le journaliste quand celui-ci ne comprenait pas.

La rédaction de l'intégralité de l'article avec les titres et les chapeaux, en comptant les pauses et les hésitations dues au *rakı*, requit près d'une heure. Quand je me rendis à Kars des années plus tard, je récupérai des mains de Serdar Bey, le propriétaire de la *Gazette de la ville-frontière*, la totalité de l'article :

MORT SUR SCÈNE

LE CÉLÈBRE ACTEUR SUNAY ZAIM A ÉTÉ ABATTU PENDANT LE SPECTACLE D'HIER SOIR

Hier soir, pendant la représentation historique au Thê tre de la Nation, Kadife, la fille voilée, en proie aux feux des Lumières, a d'abord enlevé son voile et ensuite déchargé son arme sur Sunay Zaim, incarnation du mal. Les gens de Kars qui suivaient l'événement en direct à la télévision sont restés glacés de terreur.

Arrivés dans notre ville il y a trois jours, Sunay Zaim et sa troupe de théâtre, vecteurs du rayonnement des Lumières dans tout Kars grâce à leurs pièces révolutionnaires et créatrices, qui agissent sur la vie elle-même, ont une fois de plus étonné les habitants au cours de leur deuxième représentation, la nuit dernière. Dans cette œuvre adaptée de l'auteur anglais Kyd, qui aurait influencé Shakespeare en personne, mais dont le mérite a été oublié, Sunay Zaim a enfin fait parvenir à un résultat sans appel son amour du théâtre vecteur des Lumières qu'il s'efforce de faire vivre depuis vingt ans dans les bourgades oubliées, sur les scènes vides et dans les *çayhane* d'Anatolie. Dans l'exaltation de ce drame moderne et déstabilisant qui vibre des échos du jacobinisme français et du théâtre JACOBEAN anglais, Kadife, l'opiniâtre meneuse des filles à foulard, s'est dévoilée sur scène sous le coup d'une décision foudroyante et, une arme à la main, sous les regards pleins de stupeur de tout Kars, a vidé son chargeur sur Sunay Zaim, grand homme de théâtre non reconnu, tout comme Kyd, qui incarnait le méchant homme. Les spectateurs, se rappelant que les armes à feu utilisées au cours de la représentation deux jours avant étaient vraies, ont été terrorisés à l'idée que cette fois Sunay Zaim avait été vraiment abattu. La mort sur scène du Grand Homme de Théâtre turc Sunay Zaim a ainsi été vécue avec une violence encore plus grande que sa propre vie. Le public, sensible à l'affranchissement de l'être humain par rapport à la tradition et aux pressions religieuses qu'opère la pièce, n'a pas pu tout à fait saisir si Sunay Zaim était vraiment mort ou non, alors même que son corps était criblé de balles, tant l'homme de théâtre a cru jusqu'au bout à la pièce qu'il jouait tout ensanglanté. Mais ils comprirent qu'ils n'oublieraient jamais les ultimes mots de celui-ci juste avant de mourir ni le don de sa vie qu'il fit à l'art.

Serdar Bey leur relut la version définitive de l'article avec les corrections de Sunay et déclara : « Ce papier sera publié tel quel dans l'édition de demain, conformément à vos instructions. Mais pour la première fois, moi qui aurai raconté des dizaines et des dizaines d'événements avant qu'ils aient eu lieu, je vais prier pour que ce qui sera écrit ne se réalise pas! Non, cher monsieur, vous n'allez quand même pas mourir, n'est-ce pas? »

Sunay répondit : « J'essaie d'atteindre au point auquel, *in fine*, doit atteindre le vrai théâtre, c'est-à-dire au mythe. Par ailleurs, demain matin, une fois les routes rouvertes et la neige fondue, ma mort n'aura plus aucune importance pour les habitants de Kars. »

Il croisa un instant le regard de Funda Eser. Mari et femme se fixèrent l'un l'autre dans le fond des yeux avec une complicité si profonde que Ka en fut jaloux. Pourrait-il lui aussi mener une vie heureuse, partager la même complicité avec İpek?

« Monsieur le journaliste, maintenant allez-y et préparez la sortie de votre journal, dit Sunay. Que mon ordonnance vous passe un négatif d'une photo de moi pour cette édition historique. » À peine le journaliste parti, Sunay perdit de son ironie, que Ka avait attribuée à l'excès de *rakı* et dit : « J'accepte les conditions de Lazuli et de Kadife. » Et il expliqua à Funda Eser, qui fronçait les sourcils, que, puisque Kadife avait promis de se dévoiler, Lazuli serait libéré sur-le-champ.

« Kadife Hanım est quelqu'un de très loyal. Je sais que je m'entendrai tout de suite avec elle pendant les répétitions, ajouta Funda Eser.

— Allez la voir, tous les deux, pria Sunay. Mais pas avant qu'elle ait appris que Lazuli a été libéré et se cache en lieu sûr. Ce qui va prendre du temps. »

De la sorte, sans trop prendre au sérieux le souhait de Funda Eser de commencer tout de suite à répéter avec Kadife, Sunay discuta avec Ka les modalités de la libération de Lazuli. Des notes prises par Ka, je peux déduire que celui-ci, à ce stade, était à peu près sûr que Sunay était sincère, autrement dit qu'il n'avait pas de plan prévoyant de faire suivre Lazuli après sa libération, repérer l'endroit où il se cacherait et le faire de nouveau arrêter, une fois que Kadife se serait dévoilée sur scène. Ça, c'était une idée des Renseignements, qui essayaient de savoir tout ce qui se passait, au moyen de microphones installés çà et là et d'agents doubles, et de s'allier le colonel Nuri Osman Çolak ; une idée, donc, de personnes relativement bien informées. Les Renseignements ne disposaient pas de moyens militaires pour prendre le contrôle de l'insurrection des mains de Sunay, du colonel aigri et de leurs quelques camarades officiers ; mais, par l'intermédiaire de leurs agents partout disséminés, ils tentaient de contenir les excentricités « artistiques » de Sunay. Comme, avant de photocomposer l'article qu'il avait noté sur la table à *rakı*, Serdar Bey l'avait transmis par TSF à ses amis de l'antenne des Renseignements de Kars, ceux-ci s'étaient interrogés sur la santé mentale et la fiabilité de Sunay. Mais personne ne sut, jusqu'au dernier moment, dans quelle mesure Sunay avait vraiment l'intention de libérer Lazuli.

Aujourd'hui cependant, j'ai tendance à penser que cela n'a guère d'incidence sur la suite de notre récit. C'est pourquoi je n'entrerai pas trop longuement dans les détails relatifs à l'application du plan de libération de Lazuli. Sunay et Ka avaient décidé de laisser résoudre l'affaire par l'officier d'ordonnance de Sunay, originaire de Sıvas, et par Fazıl. Dix minutes après que les Renseignements eurent fourni son adresse, un camion militaire envoyé par Sunay vint chercher Fazıl. Il paraissait avoir un peu peur et cette fois-ci ne rappelait pas Necip ; arrivé à la caserne centrale avec l'ordonnance de Sunay, il en sortit par la porte arrière de l'atelier du tailleur pour semer les indics à leurs trousses. Les hommes des Renseignements n'étaient pas préparés au point d'avoir posté un agent en tout lieu, alors même qu'ils soupçonnaient Sunay de pouvoir commettre quelque acte insensé. Ka apprendrait par la suite que, après avoir sorti Lazuli de sa cellule de la caserne centrale, on l'avait fait monter dans un camion militaire avec l'instruction de Sunay de ne pas en faire une comédie, que, sur indication de Fazıl, l'ordonnance de Sıvas avait arrêté le camion à côté du pont en fer de la rivière Kars, et que, une fois descendu du camion, Lazuli était entré comme convenu dans une épicerie, dont la vitrine regorgeait de ballons en plastique, de boîtes de détergent et de publicités pour de la saucisse, et enfin qu'il avait réussi à se cacher sous une bâche recouvrant des bonbonnes de gaz, dans une voiture à cheval arrivée peu après lui. Et que, hormis Fazıl, personne ne savait où cette voiture avait mené Lazuli.

Il fallut une heure et demie pour arranger et mettre en application tout ce scénario. Aux alentours de trois heures et demie, alors que l'ombre des eléanes et des châtaigniers commençait à tout envahir et les premières ténèbres du soir à tomber, fantomatiques, dans les rues vides de Kars, Fazıl annonça à Kadife que Lazuli était caché en lieu sûr. Par la porte de la cuisine, ouverte sur l'arrière de l'hôtel, il regardait Kadife comme si elle venait d'une autre planète, mais Kadife ne le remarqua même pas, pas plus qu'elle n'avait remarqué Necip. Kadife tressaillit de joie et courut jusqu'à sa chambre. Au même instant, İpek sortait de la chambre de Ka, où elle avait passé une heure entière. Mais je préfère consacrer le début d'un nouveau chapitre à cette heure-là, durant laquelle mon cher camarade s'est cru heureux, sous l'effet de la promesse d'un bonheur à venir.

37

Le seul texte de ce soir,
ce sont les cheveux de Kadife

PRÉPARATIFS POUR
LA DERNIÈRE PIÈCE

J'ai déjà dit que Ka était de ceux qui ont peur du bonheur, par crainte de la souffrance qui peut s'ensuivre. Nous savons aussi qu'il éprouve ce bonheur moins au moment où il le vit que lorsqu'il pense ne pas devoir en être dépossédé. Il quitta Sunay et sa table à *rakı* et parcourut à pied le trajet entre l'atelier de couture et l'hôtel Karpalas, suivi de ses deux gardes du corps, heureux à l'idée que tout se passait bien et de bientôt revoir İpek, mais en même temps, au fond de lui-même, la peur de perdre ce bonheur le taraudait. C'est ainsi que pour parler du poème écrit par mon ami dans sa chambre d'hôtel le jeudi aux environs de trois heures de l'après-midi, il ne faut pas oublier ce double état d'esprit. Il avait associé ce poème, « Le chien », au chien couleur anthracite qu'il avait une fois de plus aperçu sur le chemin du retour. Quatre minutes plus tard, il entra dans sa chambre et se mit à écrire, partagé entre l'attente du bonheur et la peur de le perdre, tandis que la douleur d'aimer se diffusait en lui comme un poison. Le poème portait aussi des traces de sa terreur des chiens pendant son enfance, d'un chien gris qui l'avait pourchassé dans le parc de Maçka alors qu'il n'avait encore que six ans et d'un méchant camarade de quartier qui lâchait son chien sur tout le monde.

Ka penserait ultérieurement qu'enfant, déjà, il considérait la peur des chiens comme un juste châtiment des heures de bonheur. Mais il y avait là quelque chose de paradoxal qui retiendrait son attention : ces lieux où l'on goûtait aux plaisirs de l'enfance, comme jouer au foot entre deux rues, ramasser des mûres ou bien collectionner précieusement les images de footballeurs glissées au hasard dans des paquets de chewing-gums, auraient donc été d'autant plus attirants que des chiens en faisaient un enfer.

Sept ou huit minutes après avoir appris que Ka était rentré, İpek monta le rejoindre — un laps de temps que Ka jugea raisonnable, dans la mesure où il ne savait pas si İpek était ou non informée de son retour, dont il avait même songé l'avertir ; il n'eut donc pas le loisir d'imaginer qu'elle avait peut-être décidé de l'abandonner, et il fut encore plus heureux que les autres fois de la retrouver. En plus, il y avait sur le visage d'İpek une expression de bonheur qui semblait inaltérable. Ka lui dit que tout allait bien pour lui, et elle, que tout allait bien pour elle, puis İpek l'interrogea sur Lazuli, et Ka lui annonça qu'il serait bientôt libéré, ce qui acheva de faire plaisir à İpek. Ils ne se contentèrent pas de se convaincre que l'essentiel était que tout allât bien pour eux, comme ces couples extrêmement heureux travaillés par la crainte égoïste que la détresse et le malheur des autres, en les affligeant eux-mêmes, ne fassent que gâcher leur propre bonheur, ils sentirent sans honte que pour préserver ce bonheur ils étaient prêts à oublier à l'instant même la souffrance endurée par d'innombrables personnes et le sang versé. À plusieurs reprises ils se serrèrent dans les bras l'un de l'autre et s'embrassèrent avec avidité, mais ils ne basculèrent pas sur le lit pour faire l'amour. Ka dit qu'à Istanbul ils pourraient obtenir en un jour un visa allemand pour İpek, qu'il connaissait quelqu'un au consulat, qu'il n'était pas nécessaire qu'ils se marient tout de suite pour le visa et qu'ils pourraient le faire quand ils le voudraient à Francfort. Ils évoquèrent la venue à Francfort de Kadife et de Turgut Bey, une fois leurs affaires réglées ici, et allèrent même jusqu'à envisager dans quel hôtel ils descendraient. Et, grisés par l'ivresse de leur futur bonheur, ils se mirent à examiner certains détails, auxquels ils eurent bientôt honte d'avoir pensé tant cela relevait du rêve. Aussi İpek parla-t-elle plutôt des inquiétudes d'ordre politique de son père, de possibles vengeurs poseurs de bombes et de la nécessité pour Ka de ne plus sortir ; puis ils se promirent de quitter la ville par le premier autocar en partance. Et, la main dans la main, ils regarderaient par la fenêtre de l'autocar la route cernée de montagnes enneigées.

İpek expliqua alors qu'elle avait commencé à faire ses valises. Ka lui dit d'abord de ne rien emporter, mais il y avait tant de choses dont İpek ne s'était jamais séparée depuis sa jeunesse et qui lui manqueraient énormément. À la demande insistante de Ka, planté devant la fenêtre à vaguement regarder la rue enneigée (le chien, source d'inspiration du poème, apparut puis disparut), İpek énuméra certaines de ces affaires auxquelles elle tenait absolument : la montre jouet, l'une de celles que sa mère avait achetées à ses filles quand ils vivaient à Istanbul et qui avait d'autant plus de valeur aux yeux d'İpek que Kadife avait perdu la sienne ; le pull couleur bleu glacier en laine angora, de bonne qualité, que son oncle maternel décédé avait rapporté d'Allemagne, où il avait vécu, mais qu'elle n'avait jamais pu mettre à Kars parce qu'il était trop moulant ; la nappe ouvragée de fils d'argent que sa mère avait fait faire pour son trousseau et qu'elle n'avait plus utilisée après qu'au premier usage Muhtar avait renversé de la confiture dessus ; dix-sept petits flacons d'alcool et de parfum qu'elle avait commencé à collectionner sans but et auxquels elle ne pouvait renoncer parce qu'ils s'étaient ensuite transformés en toutes sortes de porte-bonheur, des photographies d'enfance prises alors qu'elle était sur les genoux de son père et de sa mère (photos que Ka, à ce moment, souhaita ardemment voir) ; la robe de soirée noire en beau velours qu'elle s'était offerte à Istanbul, mais que Muhtar ne lui permettait de porter qu'à la maison parce qu'elle découvrait trop son dos, et le châle en soie satinée ourlé de dentelle qu'elle avait convaincu Muhtar de lui acheter, justement pour cacher son dos ; les chaussures en daim qu'elle n'avait pas pu mettre à Kars à cause des ravages de la boue, et un énorme collier de jaspe qu'elle lui montra parce qu'il était à portée de main au moment où elle l'exhumait.

N'allez pas croire que je m'égare en vous disant que, quatre ans après cette journée, İpek était assise juste en face de moi, à un dîner donné par le maire de Kars, avec, autour du cou, une cordelette de soie noire à laquelle était suspendue cette merveille. Bien au contraire, nous entrons en fait maintenant au cœur du sujet : İpek était belle à un point que ni moi ni vous qui suivez ce récit par mon entremise n'aurions pu imaginer jusque-là. C'était la première fois que je la voyais et je fus envahi par une stupeur teintée de jalousie ; tout mon esprit en fut troublé. En un instant, le récit fragmenté du livre de poèmes perdu de mon cher camarade se transforma en un autre récit, qui étincelait à mes yeux d'une passion profonde. J'ai sans doute décidé d'écrire ce livre que vous avez entre les mains en cet instant bouleversant. Mais alors, inconscient que mon esprit prenait une telle décision, j'étais entraîné vers des lieux hantés par l'incroyable beauté d'İpek. Ce désarroi, cette impression de liquéfaction et de surréalité qui s'empare de l'homme face à une femme exceptionnellement belle avaient envahi tout mon corps. Et je réalisais parfaitement que cette foule attablée, ces gens qui voulaient échanger quelques mots avec le romancier venu dans leur ville ou bien, saisissant ce prétexte, s'adonner à quelques ragots, tout cela n'était que de la comédie, et que toutes ces conversations creuses avaient pour seul but de me détourner du véritable sujet, à savoir la beauté d'İpek. D'autre part, une intense jalousie me rongeait, dont je craignais qu'elle ne se transformât en amour : je voulais pouvoir vivre, moi aussi, comme Ka, mon ami décédé, un amour avec une femme aussi belle qu'İpek, ne fût-ce qu'un bref moment ! Ma conviction secrète, selon laquelle les dernières années de la vie de Ka avaient été perdues, se transforma soudain en cette certitude : seul l'homme qui possède une âme profonde comme celle de Ka gagnera l'amour d'une telle femme ! Pourrais-je séduire et emmener İpek à Istanbul ? J'étais prêt à lui dire que nous allions nous marier, ou alors qu'elle serait mon amour caché jusqu'à ce que la situation devienne invivable, et qu'en tout cas je voulais même mourir auprès d'elle ! Elle avait un front large et décidé, de grands yeux vaporeux, et une bouche délicate qui me faisait fondre, exactement semblable à celle de Melinda. Et que pensait-elle donc de moi ? N'avaient-ils jamais parlé de moi, Ka et elle ? Alors que je n'avais pas repris de *rakı*, mon cœur s'emballa. Un moment, je vis que le regard furieux de Kadife, assise un peu plus loin, s'était posé sur moi. Mais il me faut revenir à mon histoire.

Immobile devant la fenêtre, Ka prit le collier de jaspe et le mit autour du cou d'İpek, puis il l'embrassa tendrement et répéta sans réfléchir qu'ils seraient très heureux en Allemagne. İpek aperçut alors Fazıl entrer prestement par la porte donnant sur la cour, et, après un instant d'attente, elle descendit et retrouva sa sœur au seuil de la cuisine : Kadife dut à cet endroit précis annoncer la libération de Lazuli. Les deux sœurs se retirèrent dans leur chambre. Je ne sais pas ce dont elles ont parlé, ni ce qu'elles y ont fait. Là-haut, dans sa chambre, Ka était tellement empli de nouveaux poèmes et d'un bonheur désormais confiant qu'il cessa pour la première fois d'être préoccupé par les allers et retours des sœurs dans l'hôtel Karpalas.

Il apprit ensuite que, d'après la météo, le temps allait se radoucir un peu. Et on commençait à dire que les routes seraient rouvertes en fin de journée dans la ville, bien avant la nuit, une fois que le soleil aurait, tout au long de la journée, ramolli les stalactites suspendues aux avant-toits et aux branches. On annonçait aussi la fin du coup de force militaro-théâtral. Des années plus tard, ceux qui n'avaient pas oublié le détail des événements me rappelèrent qu'au même moment la Télévision de la *ville-frontière* avait appelé les habitants de Kars à suivre au Théâtre de la Nation la pièce jouée par la troupe de Sunay Zaim. Comme les organisateurs avaient pensé que les souvenirs de l'avant-veille ensanglantée n'inciteraient personne à assister à la nouvelle pièce, on fit savoir par le biais du jeune présentateur préféré de la télévision Hakan Özge qu'aucun débordement parmi les spectateurs ne serait toléré, que les forces de sécurité seraient déployées tout autour de la scène, qu'aucun billet ne serait payant et que les habitants de Kars pourraient assister en famille à cette pièce instructive; mais cette annonce n'eut d'autre effet que d'accroître les craintes dans la ville et de vider prématurément les rues. Tout un chacun sentit qu'il allait se reproduire des déchaînements violents au Théâtre de la Nation et, hormis les personnes aveuglées au point de vouloir coûte que coûte être témoins des événements (ici il faut citer cette foule non négligeable composée de jeunes chômeurs désemparés, de gauchistes désœuvrés, toujours enclins à la violence, de vieux exaltés à dentier, désireux d'être là pour le cas où il y aurait mort d'homme et de fidèles d'Atatürk admirateurs de Sunay, qu'ils avaient beaucoup vu à la télévision), les gens préférèrent suivre en direct à la télévision la soirée annoncée. À cette heure même, Sunay et le colonel Osman Nuri Çolak se retrouvèrent et, pressentant que la salle pourrait être déserte, ils donnèrent l'ordre de rassembler des jeunes prédicateurs pour les conduire au théâtre par camions militaires et obligèrent un certain nombre d'élèves, d'enseignants et de fonctionnaires à s'y rendre en costume cravate.

Ceux qui virent Sunay par la suite furent témoins du fait qu'il alla faire un somme dans une petite pièce poussiéreuse de l'atelier de couture, sur les chutes de tissu, les papiers d'emballage et les cartons vides. Ce n'était pas à cause de l'alcool, mais parce que Sunay, persuadé que les lits mous étaient très mauvais pour le corps, avait depuis des années pris l'habitude, avant les grandes pièces auxquelles il accordait de l'importance, de s'étendre, à même le sol, sur une couche dure et rustre. Juste avant, il avait parlé en braillant à sa femme du texte de la pièce, auquel il n'avait pas pu donner sa forme ultime, et l'avait envoyée en camion militaire voir Kadife à l'hôtel Karpalas, parce qu'elles devaient commencer à répéter. Je peux m'expliquer que, à peine arrivée, Funda Eser soit montée directement dans la chambre des deux sœurs avec l'air d'une dame qui considère le monde entier comme sa propre maison, qu'elle ait entrepris rapidement de leur parler avec sa voix stridente de choses intimes en les tutoyant, aidée par son art de la représentation, qu'elle développait même hors de la scène. Son cœur et ses yeux étaient bien sûr tout à la beauté limpide d'İpek, mais sa raison était focalisée sur le rôle de Kadife pour la soirée. Je pense qu'elle n'accordait elle-même à ce rôle que l'importance que son mari lui avait conférée. Parce que Funda Eser, qui depuis vingt ans jouait en Anatolie des rôles de femme subissant oppressions et agressions, avait sur scène un seul objectif : parler à la sexualité des hommes en prenant des poses de victime ! Pour elle, le mariage de la femme, son divorce, son voilement ou dévoilement n'étaient que de vulgaires moyens de l'abaisser à un rang de victime attirante. Mais, même s'il serait exagéré de prétendre qu'elle comprenait dans leur intégralité les rôles d'intellectuelles kémalistes éclairant les foules, il faut dire que les auteurs masculins de ces stéréotypes n'étaient pas dotés d'une intelligence plus profondément subtile que la sienne, au sujet de l'érotisme des personnages féminins principaux et aux fonctions sociales de la femme. Du moins Funda Eser était-elle douée, dans la réalité, d'une sensualité instinctive dont ces auteurs n'avaient pas la moindre notion. Aussi, bien avant de franchir la porte de la chambre, avait-elle proposé à Kadife, en guise de répétition, de découvrir sa belle chevelure. Elle la fit asseoir face au miroir et, tout en peignant ses cheveux démesurément longs avec un peigne en mica imitation ivoire, elle expliqua que l'essence même du théâtre ce n'est pas ce qui est donné à entendre, mais ce qui est donné à voir. « Si tu défais tes cheveux, tu peux raconter ce que tu veux, les hommes deviennent fous ! » dit-elle, puis, en lui posant quelques baisers sur les cheveux, elle rassura Kadife, dont l'esprit était passablement confus. Funda Eser était assez intelligente pour s'apercevoir que ces petits baisers animaient les germes du vice tapi en Kadife et avait assez d'expérience pour attirer même İpek : elle sortit une fiole de cognac de son sac et en versa dans les tasses de thé apportées par Zahide. Alors que Kadife s'offusquait, elle la provoqua en disant : « Mais ce soir tu enlèves ton foulard ! » Kadife se mit à pleurer et Funda déposa avec fougue de tendres petits baisers sur ses joues, son cou et ses mains. Ensuite, pour amuser les deux sœurs, elle leur lut *La Tirade de l'hôtesse innocente*, qu'elle qualifia de « chef-d'œuvre méconnu de Sunay », mais elles en furent bien plus affligées qu'amusées. Et quand Kadife exprima le souhait de travailler son texte, Funda Eser lui répondit que, ce soir, l'éclat de ses longs et superbes cheveux, que tous les hommes de Kars admireraient, constituerait son texte. Il y avait plus important encore : les femmes elles-mêmes, par jalousie et par amour à la fois, désireraient toucher les cheveux de Kadife. D'un autre côté, elle remplissait petit à petit de cognac sa propre tasse et celle d'İpek. Elle dit alors qu'elle lisait le bonheur sur le visage d'İpek et du courage hargneux dans les yeux de Kadife. Elle ne cessait de se demander laquelle des sœurs était la plus belle. Cet enthousiasme de Funda Eser dura jusqu'à ce que Turgut Bey pénètre, tout rougeaud, dans la pièce.

« La télévision vient d'annoncer que Kadife, la meneuse des filles à foulard, allait se dévoiler lors de la pièce de ce soir, dit Turgut Bey. C'est vrai ?

— Allons voir! répliqua İpek.

— Cher monsieur, je vais me présenter, dit Funda Eser. Je suis Funda Eser, la compagne du célèbre homme de théâtre et nouvel homme d'État Sunay Zaim. Avant tout, je tiens à vous féliciter pour avoir élevé ces deux magnifiques filles d'exception. Je vous conseille de ne vous faire aucun souci au sujet de la courageuse décision de Kadife.

— Les religieux fanatiques de cette ville ne pardonneront jamais à ma fille! » dit Turgut Bey.

Ils passèrent tous ensemble dans la salle à manger pour regarder la télévision. Là, Funda Eser prit la main de Turgut Bey et lui promit au nom de son mari, maître de la ville entière, que tout se passerait très bien. Ka les entendit, descendit les rejoindre et apprit de Kadife, tout heureuse, que Lazuli avait été libéré. Sans même que Ka le lui eût demandé, elle ajouta qu'elle resterait fidèle à la promesse faite le matin, et qu'elle travaillerait avec Funda Eser pour la représentation. Ka se souviendrait très souvent des huit à dix minutes qui suivirent, au cours desquelles tous ceux qui se trouvaient dans la pièce parlaient en même temps devant la télévision, tandis que Funda Eser s'employait avec douceur à convaincre Turgut Bey de ne pas faire obstacle à la montée sur scène de sa fille, il s'en souviendrait comme de quelques-unes des plus heureuses minutes de sa vie. Libéré de tout doute, il croyait avec optimisme qu'il allait être heureux et s'imaginait tel un membre d'une famille nombreuse et enjouée. Il n'était pas encore quatre heures, mais, comme si un souvenir d'enfance apaisant était descendu sur la salle à manger haute de plafond aux murs couverts de papier peint ancien de couleurs vives, Ka souriait, les yeux éperdument plongés au fond de ceux d'İpek.

C'est à ce moment-là que Ka aperçut Fazıl à la porte donnant sur la cuisine : pour éviter qu'il ne gâche la joie générale, il tenta de le repousser dans la cuisine et de le faire parler discrètement. Mais l'adolescent ne permit pas à Ka de le traiter de cette manière : il affecta d'être successivement absorbé puis exaspéré par les images de la télévision, il resta planté dans l'embrasure de la porte et dévisagea tout le monde avec un regard mi-stupéfait mi-menaçant. Quand Ka put enfin l'entraîner dans la cuisine, İpek les repéra et se précipita à leur suite.

« Lazuli souhaite parler à nouveau avec vous, dit Fazıl avec une manifeste jubilation de trouble-fête. Il a changé d'avis sur un point.

— Sur quel point ?

— Il vous le dira lui-même. La voiture qui vous mènera à lui arrivera dans la cour dans dix minutes. » Cela dit, il sortit aussitôt.

Le cœur de Ka s'emballa : non seulement parce qu'il ne voulait plus mettre aujourd'hui un pied en dehors de l'hôtel, mais aussi parce que, foncièrement lâche, il avait peur.

« Surtout, n'y va pas ! s'écria İpek, qui avait deviné les pensées de Ka. D'ailleurs ils ont même prévu la voiture. Ça va être la catastrophe totale.

— Non, j'irai », répondit Ka.

Pourquoi donc dit-il qu'il irait alors qu'il n'en avait aucune envie ? Ça lui était souvent arrivé dans la vie de lever le doigt à une question du prof alors qu'il ne connaissait pas la réponse ou d'acheter en toute connaissance de cause et au même prix non pas le pull qu'il désirait mais un autre, bien plus moche. Peut-être par curiosité, peut-être par peur du bonheur. Une fois dans la chambre de Ka, et ils s'étaient bien gardés d'informer Kadife de la situation, quoi que dise et fasse İpek d'intelligent, Ka n'en tint pas compte et insista pour qu'elle reste à l'hôtel, l'esprit en paix. Et là, dans la chambre, tout en regardant vaguement par la fenêtre, İpek se contenta de répéter plus ou moins la même idée, avec plus ou moins les mêmes mots : « N'y va pas, ne sors plus de l'hôtel aujourd'hui, ne mets pas notre bonheur en danger », etc.

Ka regardait lui aussi dehors en l'écoutant, comme une victime plongée dans ses rêves. Quand la voiture pénétra dans la cour, son cœur défaillit, comme sous le coup d'un mauvais sort. Il sortit, sans embrasser İpek, mais ne négligeant pas de la saluer d'une étreinte, passa par la cuisine sans être vu de ses deux gardes du corps, qui lisaient le journal dans le hall, puis s'allongea sous la bâche de la carriole.

Avec ce rebondissement, que les lecteurs n'aillent pas croire que je me prépare à infléchir d'une façon irréversible toute la vie de Ka en l'engageant dans un voyage en charrette, ni que sa réponse à l'appel de Lazuli soit pour lui un moment charnière. Je n'ai pas du tout ce genre d'intention : Ka aurait à l'avenir encore de nombreuses occasions d'inverser le cours des choses initié à Kars et de trouver ce qu'il dénommait le bonheur. Mais quand, pendant des années, plein de regrets, il évaluerait ce qui était arrivé, après que les événements eurent pris leur ultime et irrémédiable contour, il penserait des centaines de fois que si İpek avait su dire les mots justes, dans sa chambre, devant la fenêtre, elle l'aurait dissuadé d'aller voir Lazuli. Cependant, il n'avait aucune idée de ce qu'İpek aurait dû dire.

Comme on peut encore le constater ici, dans la voiture où il se cache, l'idée que Ka est du genre à plier l'échine devant le sort n'est pas tout à fait fausse. Il avait des regrets de se trouver là et était fâché contre lui-même et contre le monde entier. Il avait froid, craignait de tomber malade et n'attendait rien de bon de Lazuli. Comme lors de son premier voyage, son esprit était très réceptif aux bruits de la rue et des hommes, mais il ne disposait d'aucun indice relatif au lieu où l'emmenait la carriole.

Une fois celle-ci arrêtée, il sortit de dessous la bâche sur un ordre du conducteur et, sans identifier l'endroit où il était, il pénétra dans un immeuble en piteux état, décrépi, comme il en avait tant vu. Il emprunta un escalier exigu et tout tordu (lors d'un moment de joie, il se rappellerait avoir entrevu les yeux d'un enfant espiègle par l'entrebâillement d'une porte devant laquelle des chaussures étaient alignées), il entra deux étages plus haut dans une pièce et se trouva face à Hande.

La jeune femme lui dit en souriant : « Je refuse de me couper de la personne que je suis vraiment.

— Il est important que tu sois heureuse. »

Hande ajouta : « Réaliser ici ce que je souhaite me rend heureuse. Désormais, je n'ai plus peur de devenir une autre dans mes rêves.

— Ce n'est pas un peu dangereux pour toi, d'être là ? demanda Ka.

— Si, mais l'être humain ne peut être concentré sur sa vie que lorsqu'il y a danger, dit Hande. J'ai compris que je ne pourrais pas me concentrer sur quelque chose en quoi je ne crois pas, à savoir sur l'acte de se dévoiler. Maintenant, je suis ici très heureuse de défendre une cause commune avec Lazuli Bey. Est-ce que vous pouvez écrire de la poésie ici ? »

Les circonstances dans lesquelles il avait fait sa connaissance et discuté avec elle deux jours auparavant étaient déjà enfouies si profondément dans sa mémoire que Ka regarda Hande un instant comme s'il avait tout oublié. Jusqu'à quel point voulait-elle se prétendre proche de Lazuli ? La fille ouvrit la porte de la pièce d'à côté, Ka y entra et vit Lazuli qui regardait une télévision en noir et blanc.

« J'étais sûr que tu viendrais, dit Lazuli avec satisfaction.

— Je ne sais même pas pourquoi je suis venu, dit Ka.

— Parce que tu n'as pas la conscience tranquille », dit Lazuli avec l'air de tout savoir.

Ils se regardèrent avec haine. Il n'échappait à aucun des deux que Lazuli était manifestement satisfait et que Ka était miné par le remords. Hande sortit de la pièce puis ferma la porte.

« Je veux que tu dises à Kadife de ne pas participer aux abominations de ce soir », dit Lazuli.

Ka demanda alors : « N'aurais-tu pas pu faire passer ce message par l'intermédiaire de Fazıl ? » Il comprit à la tête de Lazuli que celui-ci ne savait pas qui était Fazıl. « Le jeune prédicateur qui m'a amené ici.

— Je vois, fit Lazuli. Kadife ne l'a pas pris au sérieux. À part toi elle ne prend personne au sérieux. Kadife ne réalisera vraiment à quel point je suis déterminé sur cette question que si elle l'entend de ta bouche. Peut-être qu'elle a déjà elle-même décidé d'éviter à tout prix de se dévoiler. Du moins, après avoir vu l'annonce faite à la télévision et la manière abjecte dont ils exploitent cette affaire. »

Ka dit alors avec un plaisir qu'il ne pouvait dissimuler : « Quand j'ai quitté l'hôtel, Kadife avait commencé à répéter.

— Tu lui diras que je suis totalement opposé à ça ! Kadife a pris cette décision non pas de son propre gré, libre et souveraine, mais pour me sauver la vie. Elle a marchandé avec un État qui retenait en otage un prisonnier politique, mais désormais elle n'est plus obligée de tenir sa parole.

— Je lui dirai tout ça, assura Ka, mais je ne peux savoir ce qu'elle fera.

— Tu es en train de me dire que si Kadife fait le numéro demandé, tu ne seras pas responsable, n'est-ce pas ? » Ka se tut. « Si Kadife fait ce numéro de théâtre ce soir et si elle se dévoile, c'est toi qui en porteras la responsabilité. Car c'est toi qui as fait ce marchandage. »

Pour la première fois depuis son arrivée à Kars, Ka se sentit la conscience tranquille et dans le droit chemin : en définitive, le méchant homme avait très mal parlé, à la manière des méchants hommes, et désormais cette affaire ne le concernait plus. Pour apaiser Lazuli, Ka reconnut qu'il avait été pris en otage et réfléchit à la manière dont il pourrait sortir de là et filer sans susciter la colère de Lazuli.

Celui-ci lui tendit une enveloppe : « Donne-lui aussi cette lettre. Au cas où elle ne croirait pas en mon message. » Ka prit l'enveloppe. « Si un jour tu retrouves ta route et que tu rentres à Francfort, tu feras publier par Hans Hansen cette déclaration signée par une dizaine de personnes qui ont couru maints dangers.

— Bien sûr. »

Il aperçut dans les yeux de Lazuli un manque, une insatisfaction, quoiqu'il fût plus serein que le matin dans sa cellule, tel un condamné à mort. À présent, il avait sauvé sa vie, mais son malheur était visible, comme s'il savait déjà que, désormais, il ne lui resterait plus qu'à exploser de colère pour le restant de ses jours. Lazuli se sentit démasqué et lui dit alors :

« Que ce soit ici ou dans ta chère Europe, tu vas vivre en parasite tout en singeant les Européens.

— Être heureux me suffit.

— Va-t'en, allez, va-t'en, cria Lazuli. Et mets-toi ceci dans la tête : qui se contente d'être heureux ne peut atteindre au bonheur. »

38

Notre intention n'est pas du tout de vous faire de la peine

UNE HOSPITALITÉ OBLIGÉE

Ka fut d'abord soulagé de s'éloigner de Lazuli, mais il ressentit très vite qu'ils étaient unis par un lien maudit, plus fort qu'une simple curiosité haineuse et, dès que Ka fut sorti de la pièce, force lui fut de constater que Lazuli allait lui manquer. Il trouvait maintenant Hande franchement naïve et écervelée, qui s'approchait de lui avec un air bienveillant, faussement réfléchi et un peu fiérot, qui ne dura pas. Hande, les yeux écarquillés, transmettait maintenant son salut à Kadife, souhaitait qu'elle sût que son cœur était toujours à ses côtés, qu'elle enlève ou non son foulard à la télévision — en effet, ce n'était pas au théâtre, elle avait raison de dire : « à la télévision ». Puis elle lui indiqua quel chemin il devrait suivre pour ne pas attirer l'attention des policiers en civil, une fois hors de l'immeuble.

Très soucieux, Ka quitta rapidement l'appartement ; quand, un étage plus bas, un poème lui vint à l'esprit, il s'assit sur la première marche, devant la porte où étaient bien alignées des chaussures, sortit de sa poche son cahier et se mit à écrire. C'était là le dix-huitième poème que Ka entreprenait d'écrire à Kars, mais, sans les notes qu'il tenait pour lui-même, nul n'aurait compris qu'il y faisait référence à diverses personnes qui, durant leur vie, avaient vécu de telles relations d'amour et de haine mêlés : il y avait, du temps où il était au lycée Terakki [1] de Şişli, le fils d'une très riche famille d'entrepreneurs en construction, un enfant gâté — il avait été champion hippique des Balkans —, mais indépendant au point d'exercer une attirance sur Ka ; il y avait aussi le fils d'une camarade de lycée de sa mère, une Russe blanche, mystérieux, au teint blême, qui avait grandi sans père et sans frère et avait commencé à toucher à la drogue au lycée, un garçon à la fois indifférent à tout et très savant à sa façon ; il y avait encore un type charmant, silencieux et lui aussi indépendant qui, quand il suivait sa formation militaire à Tuzla, sortait des rangs de la compagnie pour aller causer à Ka quelques petits malheurs (du genre lui cacher sa casquette). Dans le poème il apparaissait que Ka était lié à toutes ces personnes par un amour secret mêlé d'une haine flagrante, qu'il essayait d'apaiser le désordre en son esprit par l'unification de ces deux sentiments et par l'usage du terme « jalousie » — le titre du poème. Le problème était toutefois plus profond : Ka sentit au bout d'un certain temps que l'esprit et la voix de ces personnes pénétraient en lui.

En sortant de l'immeuble, il se demanda à quel endroit de Kars il se trouvait, mais après avoir descendu une ruelle, il arriva dans l'avenue Halitpaşa et, d'instinct, il se retourna pour jeter un coup d'œil en direction de la cachette de Lazuli.

Sur le chemin de l'hôtel, il éprouva un malaise, en raison de l'absence de ses deux gardes du corps. Il s'arrêta net quand une voiture de policiers en civil lui coupa la route, juste devant le bâtiment de la mairie. Une porte du véhicule s'ouvrit.

1. Une des premières et plus prestigieuses institutions d'enseignement privé de Turquie, créée en 1877 dans le quartier de Nişantaşı.

« Monsieur Ka, n'ayez crainte, nous sommes de la Sécurité, montez, on vous dépose à votre hôtel. »

Ka se demanda ce qui était le plus sûr : rentrer à l'hôtel sous la protection de la police ou ne pas être vu montant dans une voiture de police en plein milieu de la rue ? Là-dessus, un homme volumineux attira Ka à l'intérieur de la voiture en un geste brutal et musclé qui n'avait plus rien de l'invitation polie qu'on venait de lui faire. Ka l'avait déjà furtivement entrevu quelque part : un oncle paternel éloigné, d'Istanbul, oui, l'oncle Mahmut. Le véhicule démarra aussitôt, et Ka prit deux coups de poing sur la tête. Ou bien est-ce qu'il s'était cogné en entrant dans la voiture ? Il avait très peur ; il régnait une obscurité bizarre à l'intérieur. Un type assis devant, pas l'oncle Mahmut, un autre, proférait d'horribles insultes. Durant son enfance, un homme, dans la rue Şair-Nigâr, insultait les enfants de cette manière chaque fois qu'un ballon tombait dans son jardin.

Ka se tut et pensa qu'il était un enfant. La voiture, alors (il s'en souvenait maintenant : ce n'était pas une Renault comme les voitures de la police en civil à Kars, c'était une grande Chevrolet 56 peu discrète), comme pour infliger une punition à un enfant boudeur, plongea dans les rues obscures de Kars, en sortit, fit une sacrée promenade, puis entra dans une cour intérieure. « Regarde devant toi », dirent-ils. Ils le prirent par les bras et montèrent deux escaliers. Quand ils parvinrent en haut, Ka était certain que ces trois personnes, le chauffeur compris, n'étaient pas des islamistes (d'ailleurs, comment ceux-ci auraient-ils pu se procurer une telle bagnole ?). Ils n'étaient pas non plus des Renseignements, parce qu'ils auraient été, au moins certains d'entre eux, mieux coordonnés avec Sunay. Une porte s'ouvrit, une se ferma, Ka se retrouva devant les fenêtres donnant sur l'avenue Atatürk d'une ancienne maison arménienne haute de plafond. Dans la pièce, il aperçut une télévision allumée, une table encombrée d'assiettes sales, d'oranges et de journaux ; ensuite il vit un magnétophone, dont il comprit par la suite qu'il était utilisé comme instrument de torture électrique, un ou deux talkies-walkies, des pistolets, des vases, des miroirs... Réalisant qu'il était tombé dans les mains des Équipes spéciales [1], il prit peur, mais quand il croisa le regard de Z. Demirkol à l'autre bout de la salle il fut rassuré : même si c'était celui d'un assassin, le visage lui était familier.

Z. Demirkol était parfait dans le rôle du policier. Il était désolé que Ka lui eût été amené de cette façon. Ka se montra tout attentif aux propos et questions de Z. Demirkol, tant il supposait que le gros oncle Mahmut serait le mauvais policier.

« Que souhaite faire Sunay ? »

Ka raconta, en en rajoutant, jusqu'aux plus menus détails, y compris *La Tragédie espagnole* de Kyd.

« Pourquoi a-t-il libéré ce dément de Lazuli ? »

Ka raconta que c'était pour que Kadife retire son foulard en direct au cours de la pièce. Sous le coup d'une inspiration, il utilisa pompeusement un terme de jeu d'échecs : peut-être que c'était un « sacrifice » excessivement hardi, digne d'admiration. Mais c'était en même temps une offensive susceptible d'affecter gravement l'état d'esprit des islamistes de Kars !

« Qu'est-ce qui te fait dire que la fille tiendra parole ? »

Ka répondit que Kadife avait promis qu'elle monterait sur scène, mais que personne ne pouvait être sûr qu'elle le ferait.

---

1. Liées au ministère de l'Intérieur, ces Équipes spéciales (*Özel Tim*) ont joué un rôle souvent en marge de la légalité lors des années de fortes tensions dans l'est de la Turquie, au début des années 1990.

Z. Demirkol demanda : « Où est la nouvelle cachette de Lazuli ? »

Ka répondit qu'il n'en avait aucune idée.

Ils demandèrent alors pourquoi il n'était pas accompagné de ses gardes du corps quand la voiture l'avait chargé et d'où il revenait.

« D'une promenade du soir », dit Ka. Alors qu'il s'obstinait à donner cette réponse, Z. Demirkol quitta la pièce, puis, comme Ka s'y attendait, l'oncle Mahmut se posta devant lui avec sa sale tête. Lui aussi connaissait un tas d'insultes affreuses. Tout comme les enfants versent sans réfléchir du ketchup sur chacune de leurs bouchées avant même d'avoir goûté, il déversait à grands flots ses insultes parmi des analyses politiques auxquelles Ka n'était pas étranger sur les intérêts suprêmes du pays et sur les menaces qui pesaient.

« Tu sais ce que tu fais en refusant de nous dire où se trouve un terroriste islamiste aux mains pleines de sang et stipendié par l'Iran ? demanda oncle Mahmut. Et tu sais bien, n'est-ce pas, ce qu'ils feront des libéraux de ton espèce, compatissants et européanisés, s'ils arrivent au pouvoir ? » Ka répondit qu'au fond il le savait, mais l'oncle Mahmut raconta à nouveau avec force détails comment en Iran les démocrates et les communistes, qui avaient fait alliance avec les mollahs avant que ces derniers arrivent au pouvoir, avaient été par la suite rôtis et passés au gril ; et là-dessus il raconta à nouveau des histoires indécentes : ils leur fourraient de la dynamite dans l'anus pour les faire exploser, ils fusillaient les putes et les pédés, ils interdisaient tous les livres à l'exception des livres religieux, les snobs intellos du genre de Ka, ils commençaient par les raser avant de faire saisir leurs ineptes livres de poésie... Puis, le visage las, il demanda une nouvelle fois à Ka où se cachait

Lazuli et d'où il revenait. Ka lui ayant redonné sa réponse peu crédible, oncle Mahmut, avec le même air las, lui passa les menottes. « Regarde maintenant ce que je vais te faire », avertit-il ; et il lui administra, sans passion ni colère, quelques coups de poing et quelques claques.

J'espère ne pas fâcher mes lecteurs en rapportant le plus honnêtement possible les cinq principales raisons, trouvées dans les notes prises ultérieurement, qui prouvent que ce tabassage n'a pas trop affligé Ka.

1. Étant donné la conception du bonheur que Ka avait en tête, il pouvait lui arriver autant de malheurs que de bonheurs et le passage à tabac qu'il subissait signifiait qu'il allait pouvoir partir pour Francfort avec İpek.

2. Avec une intuition caractéristique des classes dominantes, il supposait que les membres des Équipes spéciales qui l'interrogeaient faisaient une différence entre lui et les vagabonds, les délinquants ou les voyous de Kars, et qu'il ne serait pas exposé aux coups et à la torture au point d'en avoir le corps et l'esprit durablement marqués.

3. Il pensait, à juste titre, que les coups qu'il recevait allaient accroître l'affection qu'İpek avait pour lui.

4. Deux jours auparavant, le mardi en début de soirée, à la Direction de la Sécurité, à la vue du visage en sang de Muhtar, il avait stupidement imaginé que les coups infligés par la police allaient affranchir le pauvre vieux du sentiment de culpabilité qu'il éprouvait face à la misère du monde.

5. Se trouver dans la situation du prisonnier politique qui refuse de dénoncer autrui lors d'un interrogatoire, ce, malgré les coups, le remplissait intérieurement de fierté.

Cette dernière raison aurait encore plus satisfait Ka vingt ans auparavant; à présent, il sentait que la situation était un peu stupide, la mode ayant passé. Le sang et son goût salé qui lui coulait par le nez sur la commissure des lèvres lui rappelèrent son enfance. Quand avait-il saigné du nez pour la dernière fois? Alors que l'oncle Mahmut et les autres s'attroupaient devant la télévision, l'oubliant dans ce coin à moitié obscur de la pièce, Ka se rappela les fenêtres qui se refermaient sur son nez durant son enfance, la violence des ballons de foot, et le coup de poing qu'il avait encaissé au cours d'un petit accrochage au service militaire. À la tombée de la nuit, Z. Demirkol et ses camarades se rassemblèrent devant le poste de télé pour regarder *Marianna* et Ka n'était pas mécontent d'être ainsi ignoré, comme un enfant au nez en sang, frappé et humilié. Un moment, ils le fouillèrent et il paniqua à l'idée qu'ils pussent trouver le mot écrit par Lazuli. Puis il regarda *Marianna* avec les autres, en silence et en proie à la culpabilité, tout en imaginant que Turgut Bey et ses filles suivaient eux aussi l'épisode.

Au cours d'un flash publicitaire, Z. Demirkol se leva de sa chaise, prit le magnétophone sur sa table, le montra à Ka et lui demanda s'il savait à quoi ça servait; n'obtenant pas de réponse, il se mit à monologuer, puis prit l'air d'un père qui menace son fils d'un gourdin.

Au moment où le feuilleton recommençait, il demanda : « Sais-tu pourquoi j'aime Marianna ? Eh bien, parce qu'elle sait ce qu'elle veut. En effet, les intellectuels de ton espèce me rendent malade parce qu'ils ne savent pas du tout ce qu'ils veulent. Vous parlez de démocratie et ensuite vous collaborez avec les partisans de la charia... Vous parlez de droits de l'homme et vous menez des négociations avec des terroristes... Vous parlez d'Europe et vous caressez les islamistes dans le sens du poil, ces ennemis de l'Occident... Vous invoquez le féminisme et vous soutenez les hommes qui voilent les femmes. En fait, vous n'agissez pas selon vos propres idées et votre propre conscience : à chaque instant vous essayez d'agir comme les Européens ! Mais vous n'arrivez pas à être européens ! Est-ce que tu sais ce que fait l'Européen ? Si Hans Hansen publie votre stupide déclaration et si les Européens, prenant au sérieux l'affaire, envoient une délégation à Kars, eh bien, cette délégation commencera par aller remercier les militaires d'avoir empêché de livrer le pays aux islamistes. Cependant, bien sûr, une fois retournés en Europe, ces pédés se plaindront qu'il n'y a pas de démocratie à Kars. Vous autres, à la fois vous vous plaignez de l'armée et vous vous en remettez aux militaires pour que les islamistes ne vous découpent pas tout crus. Comme tu as compris tout ça, je ne vais pas te torturer. »

Ka pensa alors que son sort n'était pas désespéré, qu'il allait même être libéré peu après et qu'ayant retrouvé Turgut Bey et ses filles il allait pouvoir regarder avec eux la fin de *Marianna*.

« Mais avant de te renvoyer à ta chérie de l'hôtel, je veux que tu te mettes une ou deux choses dans ta petite tête au sujet de cet assassin avec lequel tu négocies et que tu protèges, dit Z. Demirkol. D'abord fourre-toi ça dans le crâne : tu n'es jamais venu dans ce bureau. Notre nouveau lieu, c'est le dernier étage du dortoir du lycée de prédicateurs. Nous t'attendrons là-bas. Au cas où par hasard tu viendrais à te souvenir de l'endroit où se cache Lazuli et où tu es allé faire ta petite "promenade du soir" et que tu souhaiterais nous faire partager ces informations. Sunay a dû te dire, quand il avait encore tous ses esprits, que c'est lui, ton héros séduisant aux yeux bleu marine, qui a fait tuer sans pitié un présentateur de télévision vraiment pas malin qui avait osé insulter notre Prophète et que c'est aussi lui qui a monté l'assassinat du directeur de l'École normale que tu as eu le plaisir insigne de voir de tes propres yeux. Mais il y a encore un point sur lequel nos fonctionnaires zélés des Renseignements chargés de l'écoute se sont documentés dans le détail et dont on ne t'a sans doute pas parlé jusqu'à présent pour ne pas te faire de peine ; or, il nous semble que ce serait bien que tu en sois aussi informé. »

Nous sommes maintenant parvenus au point à partir duquel Ka se dirait, tout au long des quatre années qui suivirent, que tout aurait pu se passer autrement, lorsque, tel un projectionniste rembobinant un film, il reviendrait sur le cours de sa vie.

« İpek Hanım, avec laquelle tu projettes de t'enfuir à Francfort pour vivre le bonheur parfait, a été un temps la maîtresse de Lazuli, dit Z. Demirkol d'une voix toute molle. D'après le dossier que j'ai devant moi, leur relation a commencé il y a quatre ans. À cette époque, İpek Hanım était mariée à Muhtar Bey, qui a retiré avant-hier de son plein gré sa candidature aux élections municipales, et ce poète, à moitié benêt — excuse-moi — et ancien gauchiste, n'a par malheur pas du tout remarqué que, pendant que de son côté il vendait des radiateurs électriques dans son magasin d'électroménager, Lazuli, qu'il accueillait chez lui, plein d'admiration, dans l'objectif d'organiser les jeunes islamistes de Kars, vivait dans sa propre maison une relation très étroite avec sa femme. »

Ka pensa : « Voilà des propos préparés bien à l'avance, complètement inexacts. »

« La première personne à s'être rendu compte de

cet amour caché — les fonctionnaires des Renseignements chargés de l'écoute mis à part, bien évidemment — fut Kadife Hanım. İpek Hanım, en effet, alors que ses relations avec son mari se dégradaient, prétextant l'arrivée de sa sœur qui commençait ses études supérieures, prit un appartement avec elle. Lazuli continuait à venir à Kars de temps en temps afin d'''organiser les jeunes islamistes'' et logeait chez Muhtar, toujours plein d'admiration pour lui ; ainsi, dès que Kadife partait en cours, les amoureux éperdus se retrouvaient dans ce nouvel appartement. Et cela dura jusqu'à ce que Turgut Bey débarque dans la ville et que ses deux filles s'installent à l'hôtel Karpalas. Après ça, Kadife, qui avait rejoint le camp des filles à foulard, prit la place de sa sœur aînée. Cependant, nous disposons des preuves relatives à l'existence d'une période de transition durant laquelle notre Casanova aux yeux bleu marine a composé avec les deux sœurs en même temps. »

Ka, mobilisant toute sa volonté pour que Z. Demirkol ne s'aperçoive pas de ses larmes, fixa les lampadaires tristes et tremblants de l'avenue Atatürk enneigée, dont il venait de remarquer qu'il pouvait la voir dans toute sa longueur de l'endroit où il était assis.

« Je te raconte tout ça pour te montrer à quel point tu te trompes de nous cacher — uniquement par excès de faiblesse — l'endroit où se trouve cet assassin vorace, dit Z. Demirkol, éprouvé à ce genre de coup bas, comme tous les membres des Équipes spéciales. Mon intention n'est absolument pas de te faire de la peine. Pourtant, en sortant d'ici, tu vas peut-être penser que tout ce que je t'ai raconté, ce sont non pas des informations collectées avec minutie par le service des écoutes qui a, ces quarante dernières années, équipé tout Kars de microphones, mais des aberrations nées de mon imagination perverse. Peut-être aussi qu'İpek Hanım, soucieuse de ne pas compromettre votre bonheur à Francfort, s'efforcera de te faire croire que tout cela n'est que mensonge. Tu es un faible, ton cœur peut ne pas supporter, mais si tu le permets, je vais te lire des extraits de quelques conversations amoureuses enregistrées puis transcrites à grands frais par notre État, afin que tu n'aies plus aucun doute quant à la véracité de mes propos :

« "Mon chéri, mon chéri, les jours sans toi je me meurs", dit par exemple İpek Hanım le 16 août, il y a quatre ans, par un chaud jour d'été, peut-être après leur première rencontre... Deux mois après, venu à Kars pour donner une conférence intitulée "Islam et vie privée", Lazuli l'appelle en une seule journée au total à huit reprises, des épiceries ou des maisons de thé, et ils se disent combien ils s'aiment. Deux mois après, İpek Hanım, envisageant de s'enfuir avec lui, lui dit à un moment où il hésite : "Dans la vie chacun n'a en fait qu'un seul amour et le mien, c'est toi." Une autre fois, comme elle éprouve de la jalousie pour sa femme d'Istanbul, elle déclare à Lazuli qu'elle ne peut pas faire l'amour tant que son père est dans la maison. En outre, et je m'en tiendrai là, ces deux derniers jours ils se téléphonent à trois reprises ! Nous n'avons pas encore le détail de leurs dernières conversations, mais cela n'a pas d'importance, tu demanderas toi-même à İpek Hanım de quoi ils ont parlé. Je suis vraiment désolé, je vois que ça suffit ; s'il te plaît, ne pleure pas, les camarades vont t'enlever tes menottes, lave-toi le visage si tu veux, ils peuvent te déposer à l'hôtel. »

39

Leur plaisir à pleurer ensemble

KA ET İPEK À L'HÔTEL

Ka souhaita faire à pied le chemin du retour. Il nettoya à grandes eaux son visage, surtout le sang qui avait coulé de son nez sur ses lèvres et son menton, il sortit en saluant les brigands et meurtriers de la pièce d'un « Je vous recommande à Dieu » poli, tel un invité venu de son propre gré, puis il se mit à tituber comme un ivrogne sous les lumières faiblardes de l'avenue Atatürk, bifurqua sans réfléchir dans l'avenue Halitpaşa, et, aussitôt après avoir entendu que passait à nouveau *Roberta* de Pepinno Di Capri dans la mercerie, il commença à pleurer à gros sanglots. Et c'est à ce moment précis qu'il croisa le villageois à la beauté subtile, assis à côté de lui trois jours auparavant dans l'autocar entre Erzurum et Kars, et sur l'épaule de qui, alors qu'il s'endormait, la tête de Ka était tombée. Tandis que tout Kars regardait encore *Marianna*, Ka se retrouva nez à nez d'abord avec l'avocat Muzaffer Bey, dans l'avenue Halitpaşa, et ensuite, dans l'avenue Kâzım-Karabekir où il avait tourné, avec le patron de la compagnie d'autobus et son ami âgé qu'il avait vus lors de sa première venue au *tekke* du cheikh Saadettin. À leurs regards, il comprit que des larmes coulaient encore de ses yeux. À force d'avoir arpenté les rues dans tous les sens, il reconnaissait, même s'il ne les voyait plus, les vitrines couvertes de givre, les maisons de thé remplies à ras bord, les boutiques de photographe rappelant les heures brillantes de naguère, les lampadaires frileux, les vitrines des épiciers et leurs meules de fromage *kaşar*, les policiers en civil au coin de l'avenue Karadağ et de l'avenue Kâzım-Karabekir.

Juste avant d'entrer à l'hôtel, il rassura ses deux gardes du corps en leur disant que tout allait bien. Puis il monta dans sa chambre en s'efforçant de n'être vu de personne. À peine allongé sur son lit, il se mit à sangloter. Ses longs pleurs finirent par s'arrêter d'eux-mêmes. Au bout d'une ou deux minutes qui lui parurent aussi longues que les attentes de son enfance, étendu sur le lit à écouter les bruits de la ville qui n'en finissaient pas, on frappa à la porte : c'était İpek. Le jeune de la réception lui avait fait savoir que Ka avait quelque chose de bizarre et elle était accourue immédiatement. Tout en expliquant ce qui l'amenait, elle vit nettement à la lumière de la lampe qu'elle avait allumée le visage de Ka et, d'effroi, en eut le souffle coupé. Il y eut un long silence.

« J'ai appris ta relation avec Lazuli, murmura Ka.
— Il t'en a parlé lui-même ? »

Ka éteignit la lampe. « Z. Demirkol et ses camarades m'ont enlevé, murmura-t-il. Ça fait quatre ans que vos conversations au téléphone sont sur écoute. » Il se jeta à nouveau sur le lit. « Je veux mourir », dit-il.

La main d'İpek qui lui caressait les cheveux le faisait pleurer davantage. Outre un sentiment de perte, ils étaient habités par la tranquillité de ceux qui ont décidé que, de toute façon, ils ne seraient absolument jamais heureux. İpek s'étendit sur le lit et le serra dans ses bras. Ils pleurèrent ensemble un moment et cela les lia l'un à l'autre plus fortement encore.

Dans l'obscurité de la pièce, İpek raconta son histoire en répondant aux questions de Ka. Elle dit que tout était la faute de Muhtar : il ne s'était pas contenté de faire venir Lazuli à Kars et de le loger dans sa maison, il voulait même que l'islamiste qu'il admirait lui confirmât combien sa femme était une créature d'exception. En plus, à cette époque, Muhtar se comportait très mal avec İpek et la rendait responsable de leur difficulté à avoir un enfant. Et comme le savait bien Ka, outre son éloquence, Lazuli avait toutes les qualités requises pour séduire une femme malheureuse et lui faire tourner la tête. Une fois leur relation engagée, İpek s'était beaucoup démenée pour ne pas sombrer dans une affaire incontrôlable ! D'abord, elle se soucia d'éviter que Muhtar, pour qui elle avait beaucoup d'amour et à qui elle ne voulait pas faire de peine, ne réalisât ce qui se passait. Ensuite elle chercha à se libérer d'un amour qui l'embrasait de plus en plus. Au premier abord, ce qui rendait Lazuli attirant, c'était sa supériorité par rapport à Muhtar; dès que Muhtar commençait à dire des énormités sur des sujets politiques qu'il ne connaissait pas du tout, İpek avait honte de lui. En l'absence de Lazuli il ne cessait de faire son éloge; il disait qu'il fallait qu'il vînt à Kars plus souvent et il exhortait İpek à être moins distante et plus cordiale avec lui. Même après qu'elle eut pris un appartement avec Kadife, Muhtar continua à ne rien comprendre; si des gens comme Z. Demirkol ne lui avaient pas laissé entendre certaines choses, il ne se serait jamais aperçu de rien. Pourtant, Kadife, la maligne, avait tout compris dès le jour de son arrivée à Kars, et rallia le camp des filles à foulard uniquement pour se rapprocher de Lazuli. İpek perçut l'intérêt que Kadife éprouvait pour lui à cette fureur qu'elle lui connaissait fort bien depuis son enfance. Et voyant que cet intérêt ne déplaisait pas à Lazuli, elle prit ses distances vis-à-vis de lui. Elle avait alors pensé que s'il s'intéressait à Kadife, elle allait pouvoir se libérer de lui et, après la venue de son père, elle avait réussi à se tenir à distance. Ka allait sans doute croire à cette histoire, qui réduisait la relation entre Lazuli et İpek à une erreur appartenant au passé, quand İpek, s'enflammant soudain, lui dit : « En fait, Lazuli n'aime pas Kadife, c'est moi qu'il aime ! » À l'annonce de ces propos, que Ka aurait aimé ne jamais avoir entendus, il lui avait demandé ce qu'elle pensait maintenant de cet « affreux individu » et İpek lui avait répondu qu'elle ne voulait désormais plus en parler, que tout cela c'était du passé et qu'elle souhaitait aller en Allemagne. Ka avait rappelé à ce moment-là qu'elle avait pourtant tout dernièrement parlé avec Lazuli au téléphone. Là-dessus, İpek répondit que c'était faux, et que Lazuli était suffisamment expérimenté au plan politique pour savoir que s'il téléphonait il se ferait repérer. Alors Ka avait déclaré : « Nous ne serons jamais heureux ! » Et İpek l'avait pris dans ses bras en lui disant : « Si, nous allons partir pour Francfort et nous serons heureux là-bas. » D'après İpek, Ka avait alors cru à ces paroles ; ensuite il s'était remis à pleurer.

İpek le serra encore plus fort dans ses bras et ils pleurèrent ensemble. Ultérieurement, Ka écrirait que pleurer ainsi enlacés, évoluer à deux dans ces confins indécis entre défaite et nouvelle vie, procurait à l'homme autant de plaisir que de souffrance ; il écrirait aussi qu'à cet instant İpek avait sans doute pour la première fois de sa vie découvert la même chose. Et il devint encore plus amoureux d'elle parce qu'ils pouvaient pleurer dans les bras l'un de l'autre. Ka pleurait en serrant de toutes ses

forces İpek dans ses bras, se demandait simultanément ce qu'il allait devoir faire et prêtait d'instinct
attention aux bruits provenant de l'hôtel et de la rue.
Six heures approchaient : l'impression de l'édition
du lendemain de la *Gazette de la ville-frontière* était
terminée, sur la route de Sarıkamış les chasse-neige
avaient été mis au travail avec rage, et Kadife, que
Funda Eser avait conduite au Théâtre de la Nation,
après l'avoir fait monter avec douceur dans un
camion militaire, avait commencé à répéter là-bas
avec Sunay.

Ce n'est qu'au bout d'une demi-heure que Ka put
dire à İpek qu'il y avait un message de Lazuli pour
Kadife. Tout au long de cette demi-heure, ils avaient
pleuré, enlacés, et la tentative de relation sexuelle
initiée par Ka, sous le coup des craintes, des indécisions et de la jalousie, avait tourné court. Ka avait
ensuite demandé à İpek quand elle avait vu Lazuli
pour la toute dernière fois et répété de manière
obsessionnelle que chaque jour en secret elle lui parlait, le rencontrait, faisait l'amour avec lui. Ka se
rappellerait que, face à ces questions et insinuations,
İpek avait tout d'abord répondu avec colère parce
qu'il ne la croyait pas, ensuite adopté une attitude
plus affectueuse, parce qu'elle avait pris en compte
non pas la logique des propos de Ka mais leur
dimension affective ; quant à lui, d'un côté il tirait
plaisir de l'affection d'İpek, de l'autre il jouissait de
l'avoir profondément blessée avec ses questions et
insinuations. Durant les quatre dernières années de
sa vie passées à éprouver des remords et à s'accuser
lui-même, Ka s'avouerait intérieurement qu'il utilisait depuis toujours ce genre de vexation verbale
comme moyen de mesurer l'amour qu'une personne
lui vouait. En disant d'une manière obsessionnelle à
İpek qu'elle aimait encore beaucoup Lazuli et qu'en

fait c'est lui qu'elle désirait, et en l'assaillant de questions, Ka était à vrai dire plus curieux de tester les limites de la patience qu'elle pourrait lui témoigner que de connaître les réponses d'İpek.

« Avec tes questions, tu me fais payer cette liaison ! dit İpek.

— C'est juste pour l'oublier que tu veux de moi ! » dit Ka ; il vit avec effroi, à l'expression d'İpek, qu'il avait dit juste, mais il ne pleura pas. Il sentit même comme une force sourdre en lui, sans doute parce qu'il avait déjà trop pleuré, et il déclara : « Il y a un message de Lazuli pour Kadife. Il souhaite que Kadife revienne sur ses promesses, qu'elle ne monte pas sur scène et ne se dévoile pas. Il insiste.

— On ne doit pas le dire à Kadife, fit İpek.

— Pourquoi ?

— Parce que ainsi Sunay nous protégera jusqu'au bout. Et parce que pour Kadife ça vaut mieux. Je veux éloigner ma sœur de Lazuli.

— Non, dit Ka. Tu veux simplement les éloigner l'un de l'autre. » Il voyait que sa jalousie le rabaissait encore aux yeux d'İpek, et malgré tout il ne pouvait s'empêcher de la manifester.

« Ça fait longtemps que c'est terminé avec Lazuli. »

Ka eut le sentiment que le ton fiérot du discours d'İpek n'était pas sincère. Mais il se contint et résolut de se taire. Pourtant, peu de temps après, il en parla, puis tenta de retrouver ses esprits en regardant par la fenêtre. Voir qu'il s'emportait ainsi malgré lui, incapable de contrôler sa jalousie et sa colère, le rendit encore plus triste. Il était sur le point de pleurer, mais son attention était accaparée par la réponse qu'allait donner İpek.

« C'est vrai, j'ai été, un moment, très amoureuse de lui, admit İpek. Mais maintenant, c'est en grande partie du passé, et désormais je vais bien. Je veux aller avec toi à Francfort.

— À quel point as-tu été amoureuse de lui?

— J'ai été très amoureuse », répondit İpek. Puis elle se tut avec détermination.

« Raconte combien tu as été amoureuse. » Bien qu'il eût perdu son sang-froid, Ka sentit qu'İpek traversait une phase d'indécision, hésitant entre dire la vérité et rassurer Ka, entre partager avec lui cette douleur d'amour et lui faire autant de peine qu'il le méritait.

« J'ai été amoureuse de lui comme je n'ai jamais été amoureuse de personne, dit ensuite İpek en fuyant son regard.

— C'est peut-être parce que tu n'avais pas connu d'autre homme que ton mari, Muhtar », dit Ka.

Il regretta d'avoir trop parlé. Pas seulement parce qu'il savait qu'il l'avait blessée, mais parce qu'il sentait aussi qu'İpek allait répondre durement.

« Sans doute qu'en tant que Turque je n'ai pas eu très souvent dans ma vie l'occasion d'approcher des hommes. Toi, en tout cas, tu as probablement rencontré d'assez nombreuses filles émancipées, en Europe. Je ne te demande rien sur aucune d'entre elles. Cependant, je suppose qu'elles t'ont fait oublier tes amours anciennes.

— Mais moi, je suis turc, dit Ka.

— Être turc, la plupart du temps, c'est soit une excuse pour mal se comporter, soit un prétexte.

— C'est pourquoi je rentrerai à Francfort, dit Ka sans croire à ce qu'il disait.

— Je viendrai avec toi et là-bas nous serons heureux.

— C'est pour l'oublier que tu veux aller à Francfort.

— Si nous pouvons partir ensemble pour Francfort, je sens que rapidement je tomberai amoureuse de toi. Moi, je ne suis pas comme toi, je ne peux pas tomber amoureuse de quelqu'un en deux jours. Si tu patientes un peu, si tu ne te pourris pas le cœur avec tes jalousies à la turque, je t'aimerai beaucoup.

— Donc, maintenant, tu ne m'aimes pas, dit Ka. Tu es encore amoureuse de Lazuli. Mais qu'est-ce qu'il a de si spécial ?

— Je suis contente que tu veuilles le savoir, mais je crains ta réaction.

— Ne crains rien, dit Ka sans y croire. Je t'aime beaucoup.

— Moi, je ne pourrais vivre qu'avec un homme capable de m'aimer encore après avoir entendu ce que je vais dire. » İpek se tut un instant et son regard intense glissa de Ka à la rue. « Il est très affectueux, Lazuli, très réfléchi et très généreux, dit-elle d'une voix pleine d'ardeur. Il ne veut de mal à personne. Une fois même, il a pleuré durant toute une nuit pour deux petits chiots dont la mère était morte. Crois-moi, il est sans pareil.

— Mais c'est un assassin, n'est-ce pas ? demanda Ka sans espoir.

— Quelqu'un qui le connaîtrait même dix fois moins que moi saurait à quel point ces allégations sont stupides, et même en rirait. Il ne peut faire de mal à personne, lui. C'est un enfant. Comme un enfant, il se plaît à jouer et à rêver, il fait des imitations, il raconte des histoires du *Şehname* et du *Mesnevi* [1] et il peut revêtir successivement des tas de personnalités différentes. Il est très volontaire, intelligent et très fort ; il est aussi très amusant... Non, excuse-moi, ne pleure pas, chéri, c'est fini, ne pleure pas. »

1. Œuvre en persan du poète et mystique Mevlana Celaleddin-i Rumi, remontant au XIIIe siècle.

Ka s'arrêta de pleurer un moment et dit qu'il ne croyait désormais plus qu'ils partiraient ensemble pour Francfort. Il y eut dans la pièce un long et étrange silence, par instants interrompu par les sanglots de Ka. Il s'allongea sur le lit, tourna le dos à la fenêtre et se mit en chien de fusil comme un enfant. Peu après, İpek se coucha à ses côtés et, le ventre collé à son dos, elle le serra dans ses bras.

Ka voulut d'abord dire à İpek : « Laisse-moi. » Mais il finit par lui susurrer : « Serre-moi encore plus fort. »

Sentir sous sa joue l'oreiller mouillé par ses larmes procura du plaisir à Ka. Et sentir qu'İpek le serrait était bon. Il s'endormit.

Quand ils se réveillèrent, il était sept heures et tous les deux eurent le sentiment d'avoir été heureux quelques instants. Ils ne pouvaient se regarder en face, mais chacun cherchait un prétexte pour se réconcilier avec l'autre.

« C'est pas grave, allez, c'est pas grave », dit İpek.

Mais Ka ne sut pas, sur le moment, si cela signifiait qu'il n'y avait plus d'espoir ou, au contraire, que le passé allait être oublié. Il eut l'impression qu'İpek était sur le point de le quitter. Si, de Kars, il retournait à Francfort sans elle, il savait pertinemment qu'il ne pourrait même pas reprendre sa vie habituelle.

« Ne t'en va pas, reste encore un moment », dit-il avec inquiétude.

Après un silence étrange et désagréable, ils se prirent dans les bras l'un de l'autre.

« Mon Dieu, mon Dieu, que va-t-il arriver ? demanda Ka.

— Tout se passera bien, dit İpek. Crois-moi, fais-moi confiance. »

Ka sentait qu'il ne pourrait sortir de ce cauchemar qu'en écoutant comme un enfant les paroles d'İpek.

« Viens donc, que je te montre les affaires que je vais mettre dans la valise à emporter à Francfort », dit-elle.

Sortir de la chambre fit du bien à Ka. Avant d'entrer dans l'appartement de Turgut Bey, il lâcha la main d'İpek, qu'il avait prise en descendant les escaliers, mais en traversant le hall de l'hôtel il fut tout fier qu'on les regardât tous les deux comme un couple. Ils allèrent directement dans la chambre d'İpek. Elle sortit de son tiroir le pull moulant bleu glacier qu'elle n'avait pas pu porter à Kars, le déplia en ôtant la naphtaline et, face au miroir, elle l'appliqua sur son corps.

« Mets-le », dit Ka.

İpek enleva le gros pull de laine qu'elle avait sur elle et, quand elle eut enfilé le pull moulant, Ka fut à nouveau saisi d'admiration devant sa beauté.

« Est-ce que tu vas m'aimer jusqu'à la fin de ta vie ? demanda Ka.

— Oui.

— Maintenant, mets ta tenue de soirée en velours que Muhtar ne t'autorisait à porter qu'à la maison. »

İpek ouvrit le placard, défit d'un cintre la tenue en velours noir, en ôta la naphtaline, puis la déploya avec soin et l'enfila.

Ka regarda avec une émotion et une jalousie qui le remplirent d'ardeur la beauté de son dos allongé, ce point sensible de la nuque où les cheveux se font rares et, juste au-dessous, la marque de la colonne vertébrale, ainsi que les fossettes se dessinant sur ses épaules quand elle joignit les mains sur sa tête pour prendre la pose. Et il se sentit à la fois très heureux et très malheureux.

« Oh oh, qu'est-ce que c'est que cette tenue ! fit Turgut Bey en entrant dans la chambre. À quel bal te prépares-tu ? » Sur son visage il n'y avait aucune gaieté. Ka s'expliqua cela par la jalousie paternelle, et cela ne lui déplut pas.

« Depuis que Kadife est allée là-bas, les annonces à la télévision se font plus agressives, dit Turgut Bey. Ce serait une grosse erreur que Kadife joue cette pièce.

— Papa chéri, expliquez-moi s'il vous plaît pourquoi vous ne voulez pas que Kadife sorte sans foulard. »

Ils passèrent tous ensemble au salon, s'installèrent devant la télévision. Juste après, le présentateur annonça qu'au cours de la retransmission en direct de la soirée il serait mis un terme à la tragédie qui paralyse notre vie sociale et spirituelle et que les habitants de Kars, ce soir, dans un mouvement dramatique, allaient être libérés des préjugés religieux qui les éloignent de la modernité et de l'égalité entre hommes et femmes. On allait encore vivre un de ces moments historiques fascinants et uniques qui réalisent sur scène l'union de la vie et du théâtre. Cette fois, les habitants de Kars n'avaient pas à se faire de souci, puisque au cours de la pièce, dont l'entrée était gratuite, la Direction de la Sécurité et le Commandement de l'État d'exception auraient déployé toutes sortes de mesures dans le théâtre. Dans un reportage tourné manifestement à l'avance, le directeur adjoint de la Sécurité, Kasım Bey, apparut à l'écran. Il avait peigné ses cheveux, complètement en bataille la nuit de l'insurrection, sa chemise était bien repassée et sa cravate en bonne place. Il déclara que personne ne devait hésiter à assister à la grande manifestation artistique du soir. Après avoir ajouté que dès maintenant de nombreux jeunes prédicateurs s'étaient rendus à la Direction de la Sécurité et avaient promis aux forces de sécurité d'applaudir quand il le faudrait, avec discipline et enthousiasme, comme dans les pays civilisés et comme en Europe, que « cette fois » aucun débordement, aucun attroupement, aucun cri ni aucune invective ne serait autorisé, et que les habitants de Kars, produits d'une accumulation culturelle de milliers d'années, savaient assurément comment on regardait une œuvre théâtrale, il disparut.

Le présentateur qui réapparut à sa suite parla de la tragédie qui allait être jouée le soir et expliqua comment l'acteur principal, Sunay Zaim, préparait cette pièce depuis longtemps. Et on montra à l'écran les affiches froissées des pièces que Sunay avait jouées des années auparavant, Sunay en Napoléon, en Robespierre, en jacobin léniniste, on montra des photos noir et blanc de Sunay (que Funda Eser était maigre jadis !) ainsi que certains autres souvenirs dont Ka se dit que le couple d'acteurs les emportait partout avec eux dans une valise (de vieux billets, de vieux programmes, des coupures de journaux de l'époque où Sunay pensait jouer le rôle d'Atatürk et des images déprimantes de cafés anatoliens). Ce film pédagogique avait un côté ennuyeux qui rappelait les documentaires sur l'art diffusés sur les chaînes d'État, mais une photo prétentieuse de Sunay, montrée en permanence à l'écran et dont on voyait bien qu'elle était récente, lui donnait l'air déséquilibré quoique ambitieux des présidents de pays du rideau de fer ou des dictateurs d'Afrique et du Moyen-Orient. Les habitants de Kars avaient cru dès lors que Sunay, dont ils voyaient des images à la télé du matin au soir, allait apporter la tranquillité à leur ville, et avaient commencé à le considérer comme leur concitoyen et, d'une manière mystérieuse, à considérer leur futur avec confiance. En plus apparaissait à l'écran à intervalles réguliers le drapeau, dont personne ne savait où il avait été retrouvé, de l'État que les Turcs avaient proclamé dans la ville, quatre-vingts ans avant, à l'époque où Turcs et Arméniens s'entre-tuaient, après le retrait des troupes ottomanes et russes. La vision à l'écran de ce drapeau troué par les mites et taché, plus que toute autre chose, mit Turgut Bey mal à l'aise.

« Il est fou, ce type. Il va nous apporter la poisse à tous. Kadife, prends garde, ne monte pas sur scène !

— C'est vrai : qu'elle ne monte pas, dit İpek. Mais si on lui dit que c'est votre idée, vous connaissez Kadife, papa chéri, eh bien elle s'obstinera et enlèvera son voile.

— Qu'est-ce qu'on va faire alors ?

— Ka doit aller tout de suite au théâtre pour persuader Kadife de ne pas monter sur scène ! » s'écria İpek en se retournant vers Ka le sourcil interrogateur.

Ka, qui regardait depuis un long moment non pas la télévision mais İpek, se demanda pourquoi elle avait changé d'avis.

« Si elle souhaite enlever son foulard, qu'elle l'enlève à la maison une fois que les événements se seront apaisés, dit Turgut Bey à Ka. Sunay, j'en suis sûr, va nous faire une nouvelle provocation ce soir au théâtre. Je regrette terriblement de m'être laissé berner par Funda Eser et d'avoir livré Kadife à ces fous.

— Ka va aller au théâtre persuader Kadife, papa chéri.

— Il n'y a désormais plus que vous qui puissiez accéder à Kadife, parce que Sunay vous fait confiance. Qu'est-ce qui est arrivé à votre nez, mon pauvre ?

— Je suis tombé sur le verglas, dit Ka, mal à l'aise.

— Vous vous êtes aussi cogné le front, apparemment. Tiens, là aussi vous avez un hématome.

— Ka a marché toute la journée dans la rue, dit İpek.

— Attirez Kadife dans un coin, sans que Sunay s'en aperçoive..., conseilla Turgut Bey.

— Ne dites pas à Kadife que cette idée vient de nous, et ne lui laissez pas croire non plus qu'une telle idée vient de vous. Ne polémiquez pas avec Sunay, d'aucune manière, inventez une excuse. Le mieux serait qu'elle dise : "Je suis malade" et qu'elle promette : "J'enlèverai mon voile demain chez moi". Dites-le-lui, parce que nous aimons tous Kadife. Ma chérie. »

Turgut Bey se mit soudain à pleurer.

« Mon petit papa, est-ce que je peux parler maintenant seule à seul avec Ka ? » demanda İpek en tirant Ka vers la salle à manger. Ils s'assirent à un coin de la table sur laquelle Zahide venait de mettre la nappe.

« Dis à Kadife que Lazuli est dans une situation difficile, et qu'étant donné la situation il souhaite qu'elle agisse ainsi.

— Explique-moi d'abord pourquoi tu as changé d'avis, demanda Ka.

— Ah ! mon amour, il n'y a rien de suspect, crois-moi, je me suis seulement rangée aux propos pleins de raison de mon père, c'est tout. Tenir Kadife loin des malheurs de ce soir m'apparaît à présent plus important que tout.

— Non, dit posément Ka. Il s'est passé quelque chose et tu as changé d'avis.

— Il n'y a rien à craindre. Si Kadife veut retirer son voile, elle le retirera à la maison.

— Si Kadife ne le retire pas ce soir, dit Ka posément, elle ne le retirera pas devant la presse à la maison. Ça, tu le sais très bien.

— Le plus important, c'est que ma sœur revienne saine et sauve à la maison.

— J'ai peur que tu me caches quelque chose, dit Ka.

— Mais non, mon chéri, il n'y a rien de tel. Je t'aime beaucoup. Si tu veux de moi, j'irai sans tarder avec toi à Francfort. Là-bas, avec le temps, tu verras combien je suis attachée à toi et amoureuse, et tu oublieras ces jours, tu m'aimeras avec confiance. »

Elle posa sa main sur la main chaude et moite de Ka. Il attendait, sans pouvoir croire à sa beauté, que reflétait le miroir du buffet, à l'extraordinaire charme de son dos magnifié par sa tenue de velours à bretelles, ni à l'extrême proximité de ses grands yeux.

Il dit ensuite : « Je suis sûr qu'il va se passer quelque chose d'affreux.

— Pourquoi ?

— Parce que je suis très heureux. J'ai écrit à Kars dix-huit poèmes d'une manière complètement inattendue. Si je venais à en écrire un de plus, j'aurai écrit un livre sans préméditation. Je crois en plus que tu veux venir en Allemagne avec moi et je sens que l'avenir me réserve un bonheur encore plus grand. Tant de bonheur me semble excessif et j'ai l'intuition qu'avec le bonheur son opposé adviendra.

— Quel genre de malheur ?

— Que dès que je serai sorti pour aller convaincre Kadife, tu retrouveras Lazuli.

— Ah, c'est n'importe quoi, dit İpek. Je ne sais même pas où il se trouve.

— On m'a frappé pour ne pas avoir révélé où il se trouvait.

— Prends garde, ne le dis à personne ! dit İpek en fronçant les sourcils. Tu comprendras l'absurdité de tes craintes.

— Eh, que s'est-il passé ? Tu ne vas pas voir Kadife ? s'écria Turgut Bey. La pièce commence dans une heure et quart. Et la télévision a annoncé que les routes étaient sur le point d'être rouvertes.

— Je ne veux pas aller au théâtre, je ne veux pas sortir d'ici, susurra Ka.

— Sache bien que nous ne pourrons pas nous enfuir en laissant derrière nous Kadife malheureuse, dit İpek. Sinon, nous non plus nous ne pourrons pas être heureux. Vas-y, au moins, essaie de la convaincre, qu'on ait la conscience tranquille.

— Il y a une heure et demie, dit Ka, quand Fazıl m'a dit que Lazuli voulait me voir, tu ne voulais pas que je sorte.

— Comment pourrais-je te prouver que je ne m'enfuirai pas une fois que tu seras parti au théâtre, dis-moi ? » demanda İpek.

Ka sourit. « Tu vas venir avec moi dans ma chambre, là-haut, on va fermer la porte à clé et je prendrai la clé avec moi le temps de faire l'aller et retour.

— D'accord », dit İpek avec entrain. Elle se leva. « Papa chéri, je vais monter une demi-heure dans ma chambre. Ne vous inquiétez pas, Ka va aller tout de suite au théâtre parler avec Kadife... Surtout, ne bougez pas de l'endroit où vous êtes, nous avons là-haut une affaire urgente à régler.

— Bien, que Dieu vous bénisse », dit Turgut Bey non sans inquiétude.

İpek prit la main de Ka et, sans la lâcher en traversant le hall, le fit monter par les escaliers.

« Cavit nous a vus, dit Ka. Qu'a-t-il bien pu se dire ?

— Laisse tomber », dit İpek avec entrain. En haut, elle prit la clé, ouvrit et entra avec Ka. À l'intérieur régnait encore une vague odeur d'ébats nocturnes. « Je t'attendrai ici. Fais attention à toi. Ne te dispute pas avec Sunay.

— Je dois dire à Kadife que c'est nous et son père qui ne souhaitons pas qu'elle monte sur scène ou que c'est Lazuli?

— Que c'est Lazuli.

— Pourquoi? demanda Ka.

— Parce que Kadife aime beaucoup Lazuli. Tu vas là-bas pour sauver ma sœur du danger. Oublie ta jalousie de Lazuli.

— Si j'y arrive.

— Nous serons très heureux en Allemagne », dit İpek. Elle passa ses bras autour du cou de Ka. « À quel cinéma irons-nous? Dis-moi.

— Au musée du Film il y a un cinéma qui propose, tard le samedi soir, des films d'auteurs américains en VO, dit Ka. Nous irons là-bas. Avant d'y aller, nous mangerons un *döner* et des cornichons doux dans un restaurant près de la gare. Après le cinéma, on s'amusera à la maison à zapper. Ensuite nous ferons l'amour. Comme mon indemnité de réfugié politique et l'argent tiré des lectures que je ferai de ce dernier livre de poèmes nous suffiront à tous les deux, nous n'aurons rien d'autre à faire que de nous aimer. »

İpek lui demanda le nom du livre; Ka répondit.

« C'est beau, fit İpek. Allez, amour, vas-y maintenant, sinon mon père va se faire du souci et il ira lui-même au théâtre. »

Une fois son manteau enfilé, Ka serra İpek dans ses bras.

« À présent, je n'ai plus peur, dit-il sans y croire. Mais, quoi qu'il arrive, s'il y a une complication, je t'attendrai dans le premier train qui quittera la ville.

— Si je peux sortir de cette chambre, dit İpek en riant.

— Est-ce que tu veux bien me regarder par la fenêtre jusqu'à ce que je disparaisse au coin?

— D'accord.

— J'ai très peur de ne plus te revoir », dit Ka.

Il ferma la porte à double tour et mit la clé dans la poche de son manteau.

Il envoya ses deux gardes du corps quelques mètres en avant pour pouvoir plus tranquillement regarder İpek à la fenêtre. Il la vit le regarder sans bouger par la fenêtre de la chambre 203 du premier étage de l'hôtel Karpalas. De la petite lampe de la table, une lumière orangée, que Ka n'oublierait plus jamais et qu'il associerait au bonheur durant les quatre années qui lui restaient à vivre, frappait ses épaules couleur miel saisies par le froid dans sa tenue de velours.

Ka ne revit jamais İpek.

40

Être agent double doit être très difficile

CHAPITRE ABANDONNÉ EN ROUTE

Sur le trajet du Théâtre de la Nation, les rues étaient désertes et, mis à part un ou deux restaurants, tous les rideaux étaient baissés. Dans les *çayhane*, à l'issue d'une longue journée passée à fumer et à boire du thé, les derniers clients s'apprêtaient à partir, mais ne pouvaient toujours pas détacher leurs yeux de la télévision. Ka aperçut trois engins de police aux lumières clignotantes devant le théâtre et, sous les eléanes, au bas du raidillon, l'ombre d'un tank. Le vent glacial du soir avait frappé, et l'extrémité des stalactites suspendues aux avant-toits dégoulinait. Il passa sous le câble de retransmission en direct tendu des deux côtés de l'avenue Atatürk et, en pénétrant dans le bâtiment, il serra la clé dans le creux de sa main.

Les policiers et les soldats alignés en ordre sur les côtés écoutaient les échos, dans la salle vide, de la répétition. Ka s'assit sur un des sièges et suivit les mots prononcés un par un par la voix mâle de Sunay, les réponses indécises et frêles de Kadife voilée et les paroles de Funda Eser qui s'immisçait de temps en temps dans la répétition (« Mais dis-le de façon plus sincère, ma chère Kadife ! »), tout en mettant en place le décor (un arbre, une table de maquillage avec miroir).

À un moment où Funda Eser et Kadife répétaient toutes les deux, Sunay aperçut le foyer de la cigarette de Ka et vint s'asseoir à ses côtés. « Ce sont les heures les plus heureuses de ma vie », dit-il. Sa bouche sentait le *rakı*, mais il était loin d'être soûl. « On a beau faire autant de répétitions que l'on veut, tout se décide sur scène en fonction de ce qu'on ressent sur l'instant. D'ailleurs, Kadife est douée pour l'improvisation.

— J'ai un message pour elle et un porte-bonheur de la part de son père, dit Ka. Pourrais-je lui dire deux mots dans un coin ?

— On a remarqué que tu avais semé tes protecteurs et disparu un moment. Il paraît que la neige fond, que la voie ferrée est sur le point d'être dégagée. Mais avant tout ça nous jouerons notre pièce, dit Sunay. Lazuli est bien caché, au moins ? demanda-t-il en souriant.

— Je ne sais pas. »

Sunay s'en alla en disant qu'il allait lui envoyer Kadife et reprit part à la répétition. Ka sentit qu'il y avait un intense magnétisme entre les trois personnes sur scène. L'aptitude de Kadife, avec sa tête voilée, à s'adonner aussi rapidement au secret de ce monde extraverti effraya Ka. Il eut le sentiment que si elle ôtait son foulard, à condition qu'elle portât non pas un de ces horribles manteaux que portent les filles voilées mais une robe qui donnerait à voir un peu ses longues jambes pareilles à celles de sa sœur, il se sentirait encore plus proche de Kadife, et, dès qu'elle descendit de la scène pour s'asseoir à ses côtés, il comprit soudain pourquoi Lazuli était tombé amoureux d'elle, délaissant İpek.

« Kadife, j'ai vu Lazuli. Ils l'ont relâché, et il se cache quelque part. Il ne veut pas que tu montes sur scène ce soir pour te dévoiler. D'ailleurs, il te fait parvenir une lettre. »

Kadife ouvrit bien ostensiblement la lettre que Ka, pour ne pas attirer l'attention de Sunay, lui avait aussi discrètement tendue qu'une antisèche pendant un examen, et la lut. Elle la lut une nouvelle fois et sourit.

Ka, ensuite, aperçut des larmes dans les yeux en fureur de Kadife.

« Kadife, ton père pense la même chose. Quand bien même ta décision d'enlever ton voile est juste, le faire ce soir devant les jeunes prédicateurs déchaînés est une folie. Sunay va à nouveau provoquer tout le monde. Il n'est pas nécessaire que tu restes là ce soir. Tu diras que tu es malade.

— Pas besoin de prétexte. Sunay m'a de toute façon dit que si je voulais je pouvais rentrer à la maison. »

La colère et la déception que Ka lisait sur le visage de Kadife étaient bien plus profondes que celles d'une jeune fille à qui, au dernier moment, on n'aurait pas permis de jouer la pièce de l'école.

« Est-ce que tu vas rester, Kadife ?

— Je vais rester et jouer.

— Sais-tu que tu vas faire beaucoup de peine à ton père ?

— Donne-moi le porte-bonheur qu'il m'a fait passer.

— J'ai inventé cette histoire de porte-bonheur pour pouvoir discuter seul avec toi.

— Ça doit être difficile d'être agent double. »

Ka vit sur le visage de Kadife une nouvelle déception, mais il sentit aussitôt avec douleur que l'esprit de la jeune femme était complètement ailleurs. Il la tira par l'épaule et voulut la serrer dans ses bras, mais elle l'en empêcha.

« İpek m'a raconté ses anciennes relations avec Lazuli », dit Ka.

Kadife sortit en silence une cigarette de son paquet, la mit avec une lenteur calculée entre ses lèvres, puis l'alluma.

« Je lui ai donné tes cigarettes et ton briquet », dit Ka d'un air penaud. Ils se turent un moment. « Est-ce que tu fais ça parce que tu aimes beaucoup Lazuli ? Dis-moi : qu'est-ce que tu aimes autant en lui, Kadife ? »

Ka se tut, parce qu'il comprit qu'il parlait pour rien et que plus il parlait, plus il s'enfonçait.

Funda Eser appela Kadife de la scène pour lui dire que c'était son tour.

Kadife regarda Ka de ses yeux pleins de larmes, puis se leva. Au dernier moment ils s'étreignirent. Imprégné de sa présence et de son odeur, Ka les regarda jouer un moment, mais son esprit n'y était pas ; il ne comprenait plus rien. Il était miné par un manque, une jalousie et un remords qui ruinaient sa confiance en lui et son sens logique. Il arrivait plus ou moins à saisir pourquoi il souffrait, mais pas pourquoi sa souffrance était à ce point destructrice et violente.

Sentant que les années qu'il passerait à Francfort avec İpek — si, bien sûr, il arrivait à partir avec elle — seraient marquées du sceau de cette souffrance écrasante et anéantissante, il fuma une cigarette. Son esprit était complètement confus. Il alla aux toilettes, où deux jours auparavant il avait retrouvé Necip et entra dans le même cabinet. Il ouvrit le fenestron, puis regarda le ciel obscur en fumant. Sorti de là, il ne put croire, d'abord, qu'un nouveau poème était en gestation. Il reporta avec émotion sur son cahier vert le poème qu'il considérait comme une consolation et un signe d'espoir.

Mais le sentiment d'anéantissement continuait de se diffuser en lui de toute sa force, et il sortit paniqué du Théâtre de la Nation.

En marchant sur les trottoirs enneigés, il sentit un moment que le froid lui faisait du bien. Ses deux soldats protecteurs étaient à ses côtés et son esprit s'embrouillait de plus en plus. À ce stade, pour une meilleure compréhension de mon histoire, il me faut mettre un terme à ce chapitre et en entamer un autre. Mais cela ne signifie pas que Ka n'a pas fait tout ce qui aurait dû être raconté dans ce chapitre. Avant tout, il me faut examiner la place dans le livre intitulé *Neige* du dernier poème, baptisé « Le lieu où le monde s'achève », à propos duquel Ka s'est livré à tant et tant de commentaires dans son cahier.

41

On a tous un flocon

LE CAHIER VERT ÉGARÉ

« Le lieu où le monde s'achève » est le dix-neuvième et dernier poème qui vint à l'esprit de Ka à Kars. Nous savons que Ka a écrit, au fur et à mesure qu'ils lui venaient à l'esprit, sur un cahier vert qu'il portait toujours sur lui — quelles que soient les petites lacunes —, dix-huit de ces poèmes. Le seul poème manquant est celui qu'il a lu sur scène le soir du putsch. Plus tard, dans deux des lettres qu'il a écrites à İpek de Francfort, mais dont aucune n'a été envoyée, Ka lui disait qu'il n'arrivait pas à se souvenir du poème qu'il avait intitulé « Le lieu dont Dieu est absent », que pour pouvoir terminer son livre il devait absolument le retrouver, et, pour cette raison, qu'il serait très content si à l'occasion elle pouvait jeter un œil sur les enregistrements vidéo de la Télévision de la ville-frontière. Dans ma chambre d'hôtel à Francfort, au ton qu'il a employé, j'ai perçu une sorte de malaise, comme si Ka craignait ce que penserait İpek de telles lettres d'amour, qui prenaient pour prétexte des histoires de vidéo et de poésie.

La même nuit, dans ma chambre d'hôtel, où j'étais revenu avec les cassettes de Melinda, à laquelle j'ai vite trouvé peu de plomb dans la cervelle, j'ai mis le flocon, que j'avais vu dans un cahier ouvert au hasard, à la fin du vingt-neuvième chapitre de ce roman. Au fur et à mesure que je lisais les cahiers, dans les jours suivants, je crois que je comprenais, ne fût-ce qu'un peu, ce que Ka avait souhaité faire en disposant les poèmes qui lui étaient venus à l'esprit à Kars sur dix-neuf points du flocon.

Par la suite, ayant lu dans un ouvrage qu'entre la cristallisation dans le ciel et sa disparition après avoir touché terre et s'être délité, il se passait de huit à dix minutes pour un flocon de neige en forme d'étoile à six branches, et que, outre le vent, la température et la hauteur des nuages, celui-ci était configuré par toute une série de facteurs mystérieux et incompréhensibles, Ka eut l'intuition de la correspondance entre les flocons de neige et les êtres humains. Il avait écrit à la bibliothèque municipale de Kars le poème « Moi, Ka » en pensant à un flocon de neige dont, ensuite, il placerait l'image au centre de son recueil intitulé *Neige*.

Plus tard, selon la même logique, il avait démontré que les poèmes « Paradis », « Jeu d'échecs » et « La boîte de chocolats » s'organisaient eux aussi sur ce flocon imaginaire. C'est pourquoi, sur la base des ouvrages où sont détaillées diverses formes de flocon de neige, il avait dessiné le sien propre et disposé sur ses branches la totalité des poèmes qui lui étaient venus à l'esprit à Kars. Ainsi, autant qu'il structurait son recueil, son dessin représentait tout ce qui le caractérisait, lui, Ka. À chaque individu devait correspondre un flocon spécifique, sorte de cartographie de sa vie intérieure. Ka avait emprunté les branches Mémoire, Rêve et Logique, le long desquelles il avait disposé ses poèmes, à l'arbre de classification dont se sert Bacon pour organiser toutes les sciences, et il avait discuté très longuement la signification des points sur les branches de son étoile hexagonale, en commentant les poèmes écrits à Kars.

C'est la raison pour laquelle il faut considérer la grande majorité des notes qui remplissent les trois cahiers tenus à Francfort comme autant de discussions sur la signification de la vie de Ka. Par exemple, quand il discutait de la place, sur l'étoile à six branches, du poème « Mort par balle », il expliquait d'abord la peur déjà analysée dans le poème, puis pourquoi il avait disposé celui-ci et cette peur près de la branche Rêve et non loin et dans le champ d'attraction du poème intitulé « Le lieu où le monde s'achève », juste au-dessus de la branche Mémoire. Il espérait ainsi, avec ses commentaires, disposer d'assez de matériau pour résoudre nombre de mystères. Selon Ka, en deçà de la vie de chacun, il devait exister une telle carte et un tel flocon, et chacun, en procédant à l'élucidation de sa propre étoile de neige, pouvait prouver à quel point des gens qui de loin se ressemblent sont en réalité différents, étrangers et inconciliables.

Je ne vais pas m'étendre plus que notre roman l'exige sur les pages noircies de notes (quelle était la signification de la place de « La boîte de chocolats » sur la branche Rêve ? comment « L'humanité entière et les étoiles » avait-il reconfiguré l'étoile ?) tenues par Ka à propos de la structure de son livre de poésie et de son propre flocon de neige. Ka, dans sa jeunesse, se moquait en effet des poètes qui se prennent trop au sérieux, et qui, de plus en plus imbus d'eux-mêmes et persuadés que la moindre ineptie sortie de leur plume constituera à l'avenir un sujet de recherche, deviennent finalement des espèces de statues monumentales que personne ne regarde, sauf eux.

Certes, après avoir longtemps méprisé les poètes bernés par les sirènes du modernisme qui écrivent des textes quasi incompréhensibles, il a passé les quatre dernières années de sa vie à commenter sa propre poésie, mais il avait quelques circonstances atténuantes. Comme on le comprend en lisant attentivement ses notes, Ka ne considérait pas comme totalement siens les poèmes qui lui étaient venus à l'esprit à Kars. Il croyait qu'ils étaient « venus » de quelque lieu éloigné de lui-même, et qu'il n'était pour sa part qu'un simple instrument de leur écriture — et, pour l'un d'eux, de sa déclamation. Ka avait écrit à plusieurs endroits qu'il tenait ses notes pour infléchir sa tendance à la « passivité » et pour élucider le sens et la symétrie cachés de ses poèmes. Là résidait la deuxième excuse de la propension de Ka à commenter ses propres poèmes : Ka ne pouvait compléter les lacunes de son livre (les vers inachevés et « Le lieu dont Dieu est absent », qu'il avait oublié de transcrire) qu'à condition d'élucider le sens et l'organisation logique des poèmes écrits à Kars. Parce qu'une fois rentré à Francfort aucun poème ne lui était venu à l'esprit.

Les notes et les lettres de Ka m'ont convaincu que, puisque ce travail d'élucidation était achevé, il avait également achevé son livre. C'est pourquoi, tout en buvant, j'ai brassé jusqu'au matin dans l'hôtel de Francfort les papiers et les cahiers que j'avais récupérés dans son appartement ; de temps en temps, je me donnais de l'entrain en rêvant que les poèmes de Ka se trouvaient effectivement quelque part, et je recommençais à chercher dans les matériaux en ma possession. À force de fouiller jusqu'au matin parmi ses vieux pyjamas, les cassettes de Melinda, ses cravates, ses livres, ses briquets (c'est ainsi que j'ai remarqué que j'avais aussi pris dans l'appartement le briquet que Kadife avait envoyé à Lazuli, mais que Ka ne lui avait pas donné), je me suis endormi en faisant des rêves pleins d'horreur et de nostalgie (dans mon rêve, Ka me disait : « Tu as vieilli », et j'avais peur).

Je ne me réveillai que vers midi, et je passai le reste de la journée dans les rues enneigées et humides de Francfort, sans l'aide de Tarkut Ölçün, à collecter des informations au sujet de Ka. Deux femmes avec lesquelles il avait eu une relation au cours des huit années précédant sa venue à Kars ont tout de suite accepté de me parler — je leur ai dit que j'écrivais une biographie de mon camarade. Nalan, la première relation de Ka, non seulement n'était au courant de rien sur son dernier livre de poésie, mais elle ne savait pas même qu'il écrivait. Elle était mariée et gérait en compagnie de son mari deux boutiques à *döner* et une agence de voyage. Alors que nous parlions en tête à tête, après m'avoir dit que Ka était quelqu'un de difficile, querelleur et extrêmement susceptible, elle pleura légèrement (ce qui l'affligeait, plus que la mort de Ka, c'était d'avoir sacrifié sa jeunesse à des chimères de gauche).

La seconde amoureuse, Hildegard, comme je l'ai vite supposé, n'avait eu connaissance ni de ce que Ka avait écrit dans ses derniers poèmes ni même de l'existence de son recueil *Neige*. Avec un air joueur et séducteur qui atténuait la culpabilité que je ressentais en lui présentant Ka comme un poète bien plus célèbre en Turquie qu'il ne l'était, elle me raconta qu'après sa relation avec lui elle avait renoncé à aller en vacances en Turquie, que Ka était un enfant à problèmes, très intelligent et esseulé, et qu'à cause de l'incompatibilité entre l'amante et la mère toutes deux recherchées il n'aurait jamais pu trouver ce qu'il désirait, et que quand bien même il l'aurait trouvé, il l'aurait aussitôt évité, et qu'il était aussi facile d'être amoureuse de lui que difficile de vivre avec lui. Ka ne lui avait pas du tout parlé de moi (je ne sais pas pourquoi je lui ai posé cette question et encore moins pourquoi j'en parle ici). C'est au dernier moment, en me serrant la main, que Hildegard me montra qu'il lui manquait la première articulation de l'index de sa belle main droite au fin poignet et aux longs doigts, signe particulier que je n'avais pas remarqué au cours de notre entretien, qui dura une heure et quinze minutes ; elle ajouta en souriant que, lors d'un accès de colère, Ka s'était moqué de ce doigt.

Après avoir terminé son recueil et avant de faire taper les poèmes écrits à la main sur un cahier et de faire reproduire le tout, Ka entreprit une tournée de lectures comme il l'avait fait pour les livres précédents : Cassel, Brunswick, Hanovre, Osnabrück, Brême et Hambourg. Et moi aussi, avec l'aide des Maisons du peuple qui m'invitaient et de Tarkut Ölçün, je fis précipitamment organiser des « soirées lecture » dans ces mêmes villes. Tout comme Ka le relate dans un poème, moi aussi je me suis assis côté fenêtre dans les trains allemands dont j'admire la ponctualité, la propreté et le confort protestants, j'ai contemplé avec tristesse les plaines, les adorables villages à petite église endormis au fond de vallons creux, ainsi que les enfants à sac à dos et imperméable bariolé des petites gares qui se reflétaient sur la vitre, j'ai dit aux deux militants associatifs turcs qui m'accueillirent à la gare, cigarette à la bouche, que je voulais faire exactement ce que Ka avait fait quand il était venu ici sept semaines auparavant pour une lecture ; dans chaque ville, après m'être fait enregistrer dans un petit hôtel bon marché, comme ceux que choisissait Ka, et après avoir mangé des *börek* aux épinards et du *döner* en discutant avec ceux qui m'invitaient dans un restaurant turc de la politique et de la déplorable absence d'intérêt des Turcs pour la culture, je parcourais les rues vides et froides, et j'imaginais que j'étais Ka marchant dans ces rues pour oublier la douleur de son amour pour İpek. Le soir, pendant la réunion « littéraire » à laquelle participaient quinze ou vingt personnes curieuses de politique, de littérature ou bien des Turcs, après avoir lu sans grande conviction une ou deux pages de mon tout dernier roman, j'amenais soudain la discussion sur la poésie, j'expliquais que le grand poète Ka, assassiné peu de temps avant à Francfort, était un de mes amis proches et je demandais : « Y aurait-il parmi vous, par hasard, des gens qui se souviendraient des derniers poèmes qu'il a lus ici récemment ? »

La plupart des participants à la réunion n'étaient pas venus à la soirée poésie de Ka. Les autres se souvenaient moins des poèmes eux-mêmes que du manteau couleur cendre qu'il ne quittait jamais, de son teint pâle, de ses cheveux en bataille ou de ses gestes nerveux, et je comprenais qu'ils étaient venus pour poser des questions d'ordre politique ou bien juste par hasard. Très vite, ce qui éveilla le plus d'intérêt, ce ne fut pas la vie ni les poèmes de mon ami, ce fut sa mort. J'entendis toute une série d'élucubrations relatives au fait qu'il avait été tué par les islamistes, les services secrets turcs, les Arméniens, les *skins* allemands, les nationalistes kurdes ou turcs. Cependant, il se distinguait toujours, dans l'assistance, des personnes fines, intelligentes et sensibles qui manifestaient un réel intérêt pour Ka. De ces amateurs de littérature attentifs, je n'ai pourtant rien appris de très utile, si ce n'est que Ka avait terminé un nouveau livre de poésie, qu'il avait lu les poèmes « Rues rêvées », « Le chien », « La boîte de chocolats » et « Amour » et qu'ils avaient trouvé ces poèmes très étranges. Ka avait plusieurs fois signalé qu'il avait écrit ces poèmes à Kars ; mais cela avait été interprété comme une manière d'aller au plus sensible des auditeurs en jouant sur leur nostalgie des origines. Après la soirée de lecture, une femme brune, veuve de trente ans et mère d'un unique enfant, s'était faufilée jusqu'à Ka (comme elle l'a fait jusqu'à moi) et se souvenait qu'il lui avait parlé d'un poème intitulé « Le lieu dont Dieu est absent » : d'après elle, selon toute probabilité, Ka n'aurait lu qu'un seul quatrain de ce long poème pour ne pas s'attirer les foudres de la justice. Malgré mon insistance, cette lectrice attentive, amatrice de poésie, n'a pu se rappeler autre chose qu'un « paysage très effrayant ». Cette femme, qui était assise au premier rang à la soirée de Hambourg, était certaine que Ka lisait ses poèmes sur un cahier vert.

La nuit, je suis rentré de Hambourg par le train qu'avait pris Ka pour retourner à Francfort. En sortant de la gare, j'ai marché comme lui dans la Kaiserstrasse et me suis diverti dans les sex-shops (en une semaine, une nouvelle cassette de Melinda était arrivée). Parvenu à l'entrée où mon camarade avait été abattu, je me suis arrêté, et je me suis formulé pour la première fois clairement la vérité que j'avais admise sans en être conscient. Après que Ka s'était effondré, son assassin avait dû prendre le cahier vert dans le cartable puis il s'était enfui. Pendant ce séjour d'une semaine en Allemagne, chaque nuit, pendant des heures, j'avais lu les notes prises par Ka pour ses poèmes et ses souvenirs de Kars. À présent, ma seule consolation était d'imaginer que m'attendait un de ces longs poèmes du livre, dans les archives vidéo d'un studio de télévision à Kars.

Une fois à Istanbul, pendant quelque temps, chaque nuit, là aussi, j'écoutai les informations de fin de programme pour savoir quel temps il faisait à Kars et j'imaginais comment je serais accueilli dans la ville. Je ne dirai pas qu'au terme d'un voyage en autocar d'un jour et demi, semblable à celui réalisé par Ka, je suis arrivé à Kars à la fin d'une journée, que, mon sac à la main, je me suis installé tout timoré dans une chambre à l'hôtel Karpalas (il n'y avait là ni les mystérieuses sœurs, ni leur père), que j'ai marché très longtemps, comme lui, sur les trottoirs enneigés qu'il avait foulés quatre ans auparavant (en quatre ans le restaurant Yeşilyurt avait été transformé en un misérable bar à bière); non, je n'en parlerai pas pour ne pas faire croire aux lecteurs que je me destine sans détour à devenir son ombre encombrante. Le manque de poésie et de tristesse qui me caractérise, alors que Ka est en permanence dans ces dispositions d'esprit, non seulement nous distingue l'un de l'autre, mais distingue sa ville de Kars, triste, de celle, pauvre, que j'ai vue. Mais il me faut parler maintenant de la personne qui nous fait nous ressembler et qui nous lie l'un à l'autre.

La première fois que j'ai vu İpek, ce soir-là, à l'occasion du dîner donné en mon honneur par le maire, combien ai-je souhaité croire en toute tranquillité d'esprit que mon vertige était dû au *rakı*, que l'impression de n'être plus maître de moi et de tomber amoureux d'elle était pure exagération, et que la jalousie que je commençais à éprouver à l'égard de Ka était déplacée! Alors que de la neige fondue, bien moins poétique que celle évoquée par Ka, tombait au milieu de la nuit sur les trottoirs boueux devant l'hôtel Karpalas, je me suis demandé je ne sais combien de fois pourquoi je n'avais pas déduit des notes de mon ami à quel point İpek était belle. Ce que j'ai aussitôt écrit sur un cahier, et qui m'était venu à l'esprit, selon une expression dont j'usais très souvent à l'époque, « tout comme Ka », avait constitué le début du livre que vous lisez : je me rappelle avoir commencé à parler de Ka et de son amour pour İpek comme s'il s'agissait de ma propre histoire. Dans un coin de ma tête brumeuse, je pensais que me laisser accaparer par les problèmes internes à un livre ou à un travail d'écriture était une méthode éprouvée pour se tenir éloigné de l'amour. Contrairement à ce qu'on croit, quand on le veut vraiment, on peut se tenir éloigné de l'amour.

Mais pour cela il faut se libérer et de la femme qui vous a ravi l'esprit et du fantôme de la tierce personne qui vous a précipité dans cet amour. Et, d'ailleurs, je m'étais, moi, depuis le début, mis d'accord avec İpek pour parler de Ka le lendemain après-midi, à la pâtisserie Yeni Hayat.

Ou plutôt, j'étais persuadé de lui avoir fait part de mon désir de parler de Ka. À la pâtisserie, où il n'y avait que nous, alors que l'inévitable télévision noir et blanc montrait deux amoureux qui s'embrassaient face au pont du Bosphore, İpek m'expliqua qu'il n'était vraiment pas facile de parler de Ka. Elle ne pouvait confier la souffrance et l'énorme déception qui l'habitaient qu'à quelqu'un qui pût l'écouter avec patience ; et le fait que cette personne fût un ami de Ka, et si proche qu'il était venu à Kars pour les poèmes de celui-ci, l'apaisait intérieurement. En effet, si elle parvenait à me convaincre qu'elle n'avait pas été déloyale vis-à-vis de Ka, elle serait, ne fût-ce qu'un peu, soulagée de l'inquiétude qui la minait. Elle me dit avec précaution que, à l'inverse, si je ne la comprenais pas, elle serait peinée. Elle portait la longue robe brune qu'elle avait sur elle le matin de l'« insurrection » lorsqu'elle avait servi à Ka le petit déjeuner et, encore, son pull, l'épaisse ceinture démodée (comme j'avais vu ces détails dans les notes des poèmes de Ka, je les reconnaissais aussitôt) et elle avait sur le visage une expression mi-vengeresse mi-triste qui rappelait Melinda. Et je l'ai écoutée longuement, longuement, plein d'attention.

42

Je vais préparer ma valise

À TRAVERS LE REGARD D'İPEK

Avant de partir pour le Théâtre de la Nation derrière ses deux anges gardiens, Ka s'immobilisa, leva les yeux sur la fenêtre d'où İpek le regardait une dernière fois et il sentit avec optimisme qu'elle allait beaucoup l'aimer. Pour İpek, croire qu'elle aimerait un homme était un sentiment plus positif que l'aimer vraiment et même en tomber amoureuse ; elle se sentait donc au seuil d'une nouvelle vie et d'un bonheur promis à durer longtemps.

C'est pourquoi elle ne se fit aucun souci durant les vingt premières minutes qui suivirent le départ de Ka : loin d'être gênée d'avoir été enfermée à clé dans une chambre par son amant jaloux, elle en était presque heureuse. Elle pensait à sa valise ; il lui semblait que si elle la préparait sans attendre, si elle s'occupait des affaires dont elle ne voulait pas se séparer jusqu'à la fin de sa vie, elle pourrait à la fois quitter plus facilement son père et sa sœur et sortir tout de suite, sans problème, de Kars avec Ka.

Ka ne revenant toujours pas, au bout d'une demi-heure İpek alluma une cigarette. Pour se persuader que tout se passerait bien, elle se disait qu'elle était idiote : être enfermée à clé dans une chambre, maintenant, ne fit que le confirmer et elle en voulut à Ka autant qu'à elle-même. En apercevant Cavit, le réceptionniste, courir hors de l'hôtel, elle eut envie d'ouvrir la fenêtre et de l'appeler mais, le temps qu'elle prenne sa décision, l'adolescent avait disparu. İpek chercha alors à se rassurer en se disant que Ka allait revenir d'une minute à l'autre.

Quarante-cinq minutes après le départ de Ka, İpek ouvrit, avec difficulté, la fenêtre couverte de givre, et demanda à un jeune qui passait par là, élève d'un lycée de prédicateurs à l'air ébahi qui n'avait pas été emmené au Théâtre de la Nation, de signaler à la réception qu'elle était enfermée dans la chambre 203. L'adolescent la considéra avec un air soupçonneux, mais il finit par pénétrer dans l'hôtel. Peu après le téléphone de la chambre sonna :

« Qu'est-ce que tu fous là-haut ? » demanda Turgut Bey. « Si tu es enfermée à clé, pourquoi ne téléphones-tu pas ? »

Une minute plus tard son père ouvrit la porte avec la clé de secours. Elle lui dit qu'elle avait voulu aller au Théâtre de la Nation avec Ka, mais que, pour ne pas lui faire courir de danger, il l'avait enfermée à clé dans sa chambre, et que, comme les communications étaient coupées dans la ville, elle croyait que le téléphone intérieur ne marchait pas non plus.

« Le réseau urbain a été rétabli, dit Turgut Bey.

— Cela fait un bon moment que Ka est parti, je me fais du souci, dit İpek. Allons au théâtre voir ce qui est arrivé à Kadife et à Ka. »

Malgré son angoisse, Turgut Bey prit son temps avant de quitter l'hôtel. D'abord il eut du mal à trouver ses gants, ensuite il dit que s'il ne mettait pas de cravate Sunay pourrait mal l'interpréter. En chemin, il demanda à İpek de marcher lentement parce qu'il n'avait pas la force d'aller plus vite et pour entendre plus nettement ses conseils.

« Prends garde à ne pas trop contrarier Sunay, dit İpek. N'oublie pas que c'est un jacobin doté de pouvoirs très spéciaux ! »

À la vue des curieux à l'entrée du théâtre, des lycéens transportés par autobus, des vendeurs qui depuis un bon moment avaient la nostalgie de ce type d'attroupement, Turgut Bey se rappela l'excitation qu'il éprouvait dans sa jeunesse lors de rassemblements de ce genre. Serrant encore plus fort le bras de sa fille, il regarda autour de lui mi-heureux mi-craintif en guettant toute occasion dont il pourrait se saisir, polémique ou mouvement de foule, pour participer à l'agitation ambiante. Mais tous ceux-là lui étaient par trop étrangers, il joua des coudes, bouscula un des jeunes qui bloquaient l'entrée et eut aussitôt honte de son geste.

La salle n'était pas encore remplie, mais İpek eut l'impression qu'on allait célébrer une fête de famille et que tous les gens qu'elle connaissait étaient là, comme dans un rêve surpeuplé. Ne parvenant à voir ni Kadife ni Ka, elle devint très nerveuse. Un capitaine les tira sur le côté.

Turgut Bey lança d'une voix outrée : « Je suis le père du rôle principal, Kadife Yıldız. Je dois lui parler tout de suite. »

Turgut Bey se comporta comme le père qui fait irruption au dernier moment pour voir sa fille jouer le rôle principal dans une pièce au lycée, le capitaine, de son côté, comme un enseignant stagiaire qui apaise les inquiétudes des proches. Ils attendirent un peu dans une salle décorée de photos d'Atatürk et de Sunay, où Kadife entra, mais seule, et İpek comprit que, quoi qu'ils fassent, sa sœur allait monter sur scène.

Elle lui demanda où était Ka. Kadife lui répondit qu'il était rentré à l'hôtel après leur conversation.

İpek lui dit qu'ils ne l'avaient pas croisé, mais ils ne s'appesantirent pas sur le sujet parce que Turgut Bey, en larmes, avait commencé à supplier Kadife de ne pas monter sur scène.

« Papa chéri, vu l'heure et vu la façon dont l'événement a été annoncé, il est plus dangereux de ne pas monter sur scène que d'y monter, dit Kadife.

— Mais, Kadife, tu ignores à quel point les prédicateurs vont se déchaîner si tu ôtes ton voile et à quel point tout le monde va devenir haineux.

— Pour être franche, papa chéri, votre insistance à m'en empêcher, après des années de désaccord sur ces questions, me fait l'effet d'une plaisanterie.

— Ça n'a rien d'une plaisanterie, ma Kadife, répliqua Turgut Bey. Dis-leur que tu es malade.

— Je ne suis pas du tout malade... »

Turgut Bey pleura un peu. İpek, comme toujours dans les moments chargés d'émotion, s'efforça d'analyser lucidement la situation et s'interrogea sur la véritable raison de ces larmes. Turgut Bey avait une telle manière de manifester sa douleur, à la fois superficielle et profonde, qu'İpek le sentit capable de verser des larmes certes sincères, mais pour une raison complètement opposée. Cette particularité, qui faisait le charme de leur père, rendait par comparaison presque léger, au point de les faire rougir, ce dont les sœurs voulaient à présent parler.

« Quand est-ce que Ka est sorti ? murmura İpek.

— Ça fait longtemps qu'il devrait être rentré à l'hôtel ! » répondit Kadife avec la même délicatesse.

Elles se regardèrent chacune au fond des yeux avec effroi.

Quatre ans plus tard, à la pâtisserie Vie Nouvelle, İpek me dit qu'à cet instant elles avaient pensé toutes les deux non pas à Ka mais à Lazuli et que, sachant cela, chacune avait eu peur du regard de l'autre. Toutefois elles n'en avaient pas dit un mot à leur père. J'ai pris cet aveu d'İpek comme une preuve de confiance et senti que, de son point de vue, j'approchais désormais inéluctablement de la fin de mon histoire.

Un moment de silence s'installa entre les deux sœurs.

« Il t'a dit, n'est-ce pas, que Lazuli ne souhaitait pas non plus que tu te dévoiles ? » demanda İpek.

Kadife regarda son aînée avec des yeux qui disaient : « Papa a entendu. » Elles jetèrent toutes deux un œil sur leur père et comprirent que Turgut Bey, malgré ses larmes, avait attentivement suivi les chuchotements de ses filles et entendu le nom de Lazuli.

« Papa chéri, est-ce qu'on peut parler deux minutes entre sœurs ?

— À vous deux, vous avez toujours été plus intelligentes que moi », dit Turgut Bey. Il sortit de la pièce mais ne ferma pas la porte derrière lui.

« Tu as bien réfléchi, Kadife ? demanda İpek.

— J'ai bien réfléchi, répondit Kadife.

— Je le savais. Mais il se peut que tu ne puisses plus le revoir.

— Je ne le crois pas, dit Kadife avec attention. Je lui en veux beaucoup, à lui aussi. »

İpek se remémora avec douleur qu'il y avait une longue et secrète histoire entre Kadife et Lazuli, pleine de colères, de cris, de réconciliations, d'irritations, de hauts et de bas. Depuis combien de temps ? Elle ne pouvait pas le dire précisément, elle ne voulait plus jamais se poser la question de savoir pendant combien de temps Lazuli avait eu une double relation, passant d'elle à Kadife. Elle eut une brève pensée amoureuse pour Ka parce que en Allemagne il lui ferait oublier Lazuli.

Comme lors de tous ces moments où les deux sœurs étaient particulièrement proches, Kadife eut l'intuition de ce que pensait İpek. « Ka est très jaloux de Lazuli, dit-elle, il est très épris de toi.

— Je n'aurais pas cru qu'en si peu de temps il pourrait m'aimer à ce point, dit İpek. Mais maintenant j'y crois.

— Pars en Allemagne avec lui.

— Dès que je serai rentrée à la maison je préparerai ma valise, dit İpek. Crois-tu vraiment que nous puissions être heureux, Ka et moi, en Allemagne ?

— Je le crois, répondit Kadife. Mais n'en dis pas plus à Ka sur ton passé, ça suffit. Il sait déjà trop de choses et en sent plus encore. »

İpek détestait cet air triomphant de Kadife, comme si elle en savait bien plus sur la vie que son aînée. « Tu parles comme si tu ne devais jamais revenir à la maison après la pièce, dit-elle.

— Moi, je reviendrai, bien sûr, dit Kadife. Mais je croyais que tu partais tout de suite.

— As-tu une idée de l'endroit où Ka a pu aller ? »

Tandis qu'elles se fixaient l'une l'autre dans les yeux, İpek sentit que la même redoutable hypothèse leur traversait simultanément l'esprit.

« Il faut que j'y aille, maintenant, dit Kadife, je dois me maquiller.

— Plus que du foulard, je me réjouis que tu sois libérée de l'imperméable violet », dit İpek.

Kadife fit virevolter en deux mouvements de danse le bas de son vieil imperméable, qui lui descendait effectivement, comme un *çarşaf*, jusqu'aux pieds. Les deux sœurs se prirent dans les bras et s'embrassèrent tout en remarquant que Turgut Bey souriait par l'entrebâillement de la porte.

Turgut Bey devait avoir accepté depuis longtemps que Kadife montât sur scène. Cette fois-ci, il ne versa pas de larmes, pas plus qu'il ne donna de conseils. Il prit sa fille dans ses bras, lui fit un baiser et souhaita s'extraire au plus vite de la foule.

À l'entrée bondée du théâtre et sur le chemin du retour, İpek ouvrit grands ses yeux dans l'espoir de rencontrer Ka ou quelqu'un qui pourrait la renseigner, mais rien sur les trottoirs ne retint son attention. À moi, elle a dit : « Autant Ka, quelle qu'en fût la raison, pouvait être pessimiste, autant moi, pour des raisons différentes dans cette même affaire de fous, j'étais très optimiste, en tout cas durant les quarante-cinq minutes qui ont suivi. »

Alors que Turgut Bey s'était installé sans tarder devant le poste de télé pour attendre la représentation dont la diffusion en direct était désormais annoncée en boucle, İpek prépara la valise qu'elle allait emporter en Allemagne. Elle choisit des vêtements de son placard, tout en se demandant où pouvait se trouver Ka et en imaginant à quel point ils seraient heureux en Allemagne. Alors que, outre les affaires qu'elle avait pensé prendre depuis longtemps, elle tassait dans sa valise ses chaussettes et ses sous-vêtements, elle se dit qu'il y avait bien mieux à Francfort mais que peut-être elle ne s'habituerait pas aux sous-vêtements allemands, puis elle jeta instinctivement un œil par la fenêtre et vit s'approcher le camion militaire qui était déjà venu plusieurs fois chercher Ka.

Elle descendit, son père était lui aussi à la porte. Un fonctionnaire en civil, rasé de près, au nez aquilin, qu'elle voyait pour la première fois, demanda « Turgut Yıldız » et remit de la main à la main une enveloppe à son père.

Turgut Bey, le visage couleur cendre, ouvrit l'enveloppe d'une main tremblante et une clé en sortit. Il réalisa vite que la lettre qu'il commençait à lire était destinée à sa fille, mais il ne la donna à İpek qu'après l'avoir lue jusqu'au bout.

Quatre ans plus tard, İpek m'a donné cette lettre, parce qu'elle souhaitait se défendre avec sincérité et de façon que ce que j'écrirais à propos de Ka reflétât la vérité.

Jeudi, huit heures
Turgut Bey, si vous pouviez, s'il vous plaît, après avoir fait sortir İpek de ma chambre au moyen de cette clé, lui remettre cette lettre, ce serait, cher monsieur, le mieux pour chacun d'entre nous. Veuillez m'excuser. Mes respects.

Ma chérie. Je n'ai pas pu convaincre Kadife. Pour ma protection, les soldats m'ont amené à la gare. La route d'Erzurum a été rouverte, ils vont m'éloigner de là de force par le premier train, celui de neuf heures et demie. Toi aussi il faut que tu viennes : fais mon sac et prends ta valise. Un véhicule militaire te prendra à neuf heures et quart. Surtout ne sors pas dans la rue. Viens. Je t'aime tant. Nous serons heureux.

L'homme au nez aquilin partit après avoir précisé qu'ils reviendraient après neuf heures.

Turgut Bey demanda alors : « Tu vas y aller ?

— Je suis très curieuse de savoir ce qui lui est arrivé, dit İpek.

— L'armée le protège, il ne peut rien lui arriver. Et toi, tu vas partir ? nous abandonner ?

— Je crois que je serai heureuse avec lui, dit İpek. Kadife est du même avis. »

Comme si la preuve de son bonheur était là, elle relut la lettre qu'elle avait dans les mains, puis se mit à pleurer. Mais elle ne pouvait précisément identifier pourquoi elle pleurait. Elle m'a dit des années après : « C'était peut-être parce que cela me faisait mal d'abandonner ma sœur et mon père. » Je m'apercevais alors que l'intérêt tatillon que je manifestais à tout ce qu'İpek avait ressenti à ce moment-là, c'était exclusivement ce qui la concernait en propre. Elle a reconnu en ma présence : « C'est peut-être aussi que je craignais d'autres choses qui me hantent. »

Quand elle eut cessé de pleurer, İpek alla dans sa chambre avec son père ; là, ensemble, ils passèrent une nouvelle fois en revue les affaires qu'elle allait mettre dans sa valise ; ensuite, ils allèrent dans la chambre de Ka pour remplir son grand sac couleur griotte. Ils parlèrent cette fois tous les deux avec espoir de l'avenir et se dirent que quand elle serait partie, une fois, si tout se passait bien, que Kadife aurait fini ses études, elle et Turgut Bey viendraient rendre visite à İpek en Allemagne.

La valise terminée, ils descendirent tous les deux regarder Kadife à la télévision.

« J'espère que la pièce est brève ; comme ça, avant de monter dans le train, tu pourras voir de tes yeux que cette affaire s'est bien terminée ! » dit Turgut Bey.

Sans plus parler, ils s'assirent devant la télévision et ils se lovèrent l'un contre l'autre, comme quand ils regardaient *Marianna*, mais İpek ne put à aucun moment fixer son attention sur ce qui passait à l'écran. Des vingt premières minutes de la pièce retransmise en direct, il ne lui resterait en mémoire, pendant des années, que la réplique de Kadife montant sur scène avec son foulard et ses longs vêtements tout rouges : « C'est comme vous voudrez, mon papa chéri. » Comme elle a compris que j'étais sincèrement curieux de savoir à quoi elle avait pensé durant ces instants, elle m'a dit : « Mon esprit, bien

sûr, était complètement ailleurs. » Je lui ai demandé
à plusieurs reprises quel était cet ailleurs, et elle m'a
parlé du voyage en train qu'elle devait faire avec Ka.
Ensuite, de ses craintes. Mais comme alors elle ne
pouvait vraiment se formuler ce qu'elle craignait, il
lui a été impossible, des années plus tard, d'être très
explicite. Les portes de son intelligence grandes
ouvertes, à l'exception de l'écran de télévision, elle
percevait intensément et regardait avec étonnement
ce qui l'entourait, le chevalet et les plis des rideaux,
comme les voyageurs trouvent très étranges, petits,
changés et vieillots, leur maison, leurs affaires et
leur chambre, lorsqu'ils rentrent chez eux après un
long voyage. Elle m'a dit qu'à partir de cette soirée
elle avait permis à sa vie de prendre un cours
complètement différent, et qu'elle avait réalisé cela
en se sentant étrangère dans sa propre maison. Et,
comme İpek me l'a raconté à la pâtisserie Yeni
Hayat, cela signifiait qu'elle avait pris ce soir-là la
décision irrévocable de partir pour Francfort avec
Ka.

İpek courut ouvrir dès qu'on sonna à la porte de
l'hôtel. Le véhicule militaire qui devait la conduire à
la gare était en avance. Elle dit, non sans appréhen-
sion, au fonctionnaire en civil qu'elle venait tout de
suite. Elle courut vers son père, s'assit et le prit dans
ses bras de toutes ses forces.

« La voiture est là ? demanda Turgut Bey. Si ta
valise est prête, on a encore le temps. »

Hagarde, İpek regarda un moment Sunay à
l'écran. Ne tenant pas en place, elle courut dans sa
chambre, jeta dans sa valise ses pantoufles et la
petite trousse de couture à fermeture éclair posée
sur le rebord de la fenêtre, puis pleura quelques
minutes, assise au bord de son lit.

D'après ce qu'elle m'a raconté, elle sortit ensuite

de sa chambre avec la ferme décision de quitter Kars avec Ka. Elle fut apaisée d'être enfin débarrassée du doute et de l'indécision qui la minaient comme un poison, et souhaita passer ses dernières minutes dans cette ville devant la télévision avec son cher papa.

Quand Cavit, le réceptionniste, avait annoncé qu'il y avait quelqu'un à la porte, İpek ne s'était pas du tout affolée. Turgut Bey venait de lui demander de sortir deux verres pour partager la bouteille de Coca-Cola qui était au frigo.

İpek m'a dit qu'elle n'oublierait jamais le visage de Fazıl, qu'elle aperçut à la porte de la cuisine. Son regard disait qu'il s'était passé une catastrophe et, en même temps, révélait un aspect qu'İpek n'avait pas du tout perçu jusqu'alors, à savoir que Fazıl se considérait comme quelqu'un de la famille, ou une personne très proche.

« Ils ont tué Lazuli et Hande ! » dit Fazıl. Il but la moitié du verre d'eau que lui offrait Zahide. « Or seul Lazuli aurait pu la dissuader. »

Fazıl pleura un peu tandis qu'İpek, immobile, le regardait. Il raconta qu'une voix intérieure l'avait poussé à aller là où Lazuli était caché avec Hande et qu'il avait compris à l'importance des forces participant à l'opération que la descente avait été organisée sur dénonciation. S'il n'y avait pas eu dénonciation, il n'y aurait pas eu autant de soldats. Non, ils ne pouvaient pas l'avoir suivi, puisque quand il était arrivé sur les lieux, tout était fini depuis longtemps. Fazıl raconta aussi qu'avec des enfants des maisons alentour il avait vu le cadavre de Lazuli à la lumière des projecteurs militaires.

« Je peux rester là ? demanda-t-il. Je n'ai nulle part où aller. »

İpek sortit un troisième verre. Elle se mit à ouvrir

puis refermer absurdement placards et tiroirs à la recherche désespérée d'un décapsuleur. Elle se rappela la première fois qu'elle avait vu Lazuli, la blouse à fleurs qu'elle portait ce jour-là et qu'elle avait d'ailleurs mise dans sa valise. Elle fit entrer Fazıl, le fit asseoir sur la chaise à côté de la porte de la cuisine où s'était assis Ka mardi soir, passablement ivre, pour écrire un poème sous les yeux de tout le monde. Elle brida la douleur qui se diffusait en elle comme un poison, elle écouta le récit de Fazıl avec l'attention qu'on prête à un malade puis, tandis que celui-ci regardait de loin et en silence Kadife à la télé, elle leur offrit à chacun un verre de Coca-Cola, d'abord à Fazıl, ensuite à son père. En son for intérieur, devenue étrangère à elle-même, elle revit, comme un film, tout ce qui était arrivé.

Elle monta dans sa chambre. Et resta une minute dans l'obscurité.

Elle alla chercher le sac de Ka. Elle sortit dans la rue. Il faisait froid dehors. Elle fit savoir au fonctionnaire en civil qui attendait dans le véhicule militaire devant la porte qu'elle ne quitterait pas la ville.

« Montez, nous arriverons à temps au train, dit le fonctionnaire.

— J'y ai renoncé, je n'y vais pas, je vous remercie. Donnez ce sac à monsieur Ka, s'il vous plaît. »

Elle se rassit à l'intérieur à côté de son père puis ils entendirent le bruit du véhicule militaire qui s'éloignait.

« Je les ai renvoyés, dit İpek à son père, je ne pars pas. »

Turgut Bey la prit dans ses bras. Ils regardèrent encore un moment la pièce à la télé sans y comprendre grand-chose. Alors que la fin du premier acte approchait, İpek s'écria : « Allons voir Kadife ! J'ai des choses à lui raconter. »

43

Les femmes se suicident
par amour-propre

DERNIER ACTE

Sunay avait changé au dernier moment en *Tragédie à Kars* le titre de l'espèce de pièce qu'il avait
écrite et montée — il s'était inspiré de la pièce de
Thomas Kyd dénommée *La Tragédie espagnole* et de
bien d'autres sources — et ce nouveau titre n'avait
été finalement divulgué dans les annonces faites en
boucle à la télévision qu'une demi-heure avant le
début du spectacle. La foule des spectateurs était
composée en partie de personnes emmenées en
autobus sous contrôle militaire, de quelques autres
qui s'étaient fiées aux annonces de la télé et au gouvernement militaire ou qui souhaitaient voir de
leurs propres yeux ce qui allait se passer, quel qu'en
fût le prix (en effet, circulaient en ville des rumeurs
selon lesquelles le direct était un faux direct et que
des enregistrements réalisés en Amérique allaient
être montrés), ainsi que de curieux et de fonctionnaires venus en majorité par obligation ; et tous ces
gens n'étaient pas au courant que le titre avait
changé. Même s'ils l'avaient été, comme tout le reste
de la ville, ils n'auraient pas pu faire la relation entre
ce titre et la pièce, à laquelle personne ne comprit le
moindre mot.

Il n'est pas facile de résumer le sujet de la première moitié de la *Tragédie à Kars* dont, quatre ans

après sa première et unique représentation, j'ai fait sortir la cassette pour la visionner aux archives de la Télévision de la ville-frontière. Il était question d'une vendetta dans une bourgade « arriérée, pauvre et stupide », mais on ne comprenait absolument pas pourquoi les gens se mettaient à s'entre-tuer, ni ce qu'ils se disputaient : ni les assassins, ni les victimes qui tombaient comme des mouches ne donnaient d'indications là-dessus. On ne voyait que Sunay, qui pestait contre la population enlisée dans une affaire aussi primitive qu'une vendetta, qui se disputait avec sa femme sur ces questions, et cherchait à être entendu auprès d'une seconde et jeune femme (Kadife). Sunay avait les apparences d'un homme puissant, riche et éclairé, mais il savait aussi danser, plaisanter, sagement discuter du sens de la vie avec le peuple et parfois, au sein d'un spectacle, lui jouer des scènes de Shakespeare, de Victor Hugo et de Brecht en pratiquant le théâtre dans le théâtre. En outre, il avait ponctué la pièce, dans un désordre qui faisait naturel, de petites scènes pédagogiques sur des sujets aussi variés que la circulation en ville, les manières de table, les particularités irréductibles des Turcs et des musulmans, l'enthousiasme pour la Révolution française, les vertus de la vaccination, du préservatif et du *rakı*, la danse du ventre d'une putain fortunée ou l'absence de différence entre l'eau colorée, le shampooing ou les cosmétiques.

Il n'y avait bien sûr que le jeu passionné de Sunay pour donner une unité à cette pièce truffée de séquences d'improvisation et pour faire adhérer les spectateurs de Kars à ce qui se passait sur scène. Dans les moments les plus intenses, avec une gestuelle qui rappelait ses meilleures prestations, il se mettait subitement en colère, fustigeait ceux qui avaient précipité dans cet état et le pays et le peuple, et, tout en parcourant la scène d'un bout à l'autre, il clopinait avec un air tragique, et il racontait ses souvenirs d'enfance, ce qu'avait écrit Montaigne sur l'amitié et à quel point Atatürk était seul, en fait. Son visage était en sueur. Des années plus tard, Nuriye Hanım, l'enseignante passionnée de théâtre et d'histoire qui l'avait suivi avec admiration dans la pièce donnée deux jours auparavant, m'a raconté qu'elle avait été passablement affectée, elle qui était placée dans les tout premiers rangs, par l'odeur de *rakı* qu'exhalait la bouche de Sunay. Cependant, cela ne signifiait pas que ce grand artiste était ivre, mais plutôt qu'il était exalté. Les fonctionnaires d'État d'âge moyen, admirateurs de Sunay au point d'avoir pendant deux jours bravé tous les dangers pour le voir de près, les veuves, les jeunes kémalistes qui avaient regardé depuis lors des centaines d'images de lui à la télévision, les hommes tentés par l'aventure et le pouvoir m'ont avoué qu'une lumière, un rayonnement, émanait de sa personne et touchait les premiers rangs et que, pendant un long moment, leurs yeux avaient été comme aveuglés.

Mesut, un des jeunes prédicateurs transportés de force par camions militaires au Théâtre de la Nation (il était opposé à l'inhumation dans le même cimetière des athées et des croyants), m'a dit lui aussi qu'il avait ressenti ce magnétisme irradié par Sunay. Il se peut qu'il ne m'ait avoué ça que parce que, après avoir opéré pendant quatre ans dans un petit groupe islamiste qui menait des actions armées à Erzurum, il avait réalisé que cela n'avait aucun sens, était rentré à Kars et avait commencé à travailler dans une *çayhane*. Selon lui, quelque chose de difficilement explicable liait les élèves prédicateurs à Sunay. Peut-être que celui-ci possédait le pouvoir absolu auquel ils aspiraient. Ou bien qu'avec les mesures qu'il avait imposées il les libérait de l'obsession dangereuse de se révolter. Mesut est allé jusqu'à dire : « En fait, après chaque coup d'État militaire, tout le monde se réjouit en secret. » Toujours selon lui, le fait que Sunay, qui était alors en possession de tant de pouvoirs, fût monté sur scène et se fût offert à la foule avec toute sa sincérité avait aussi impressionné les jeunes.

En regardant la cassette vidéo de cette soirée à la Télévision de la ville-frontière, j'ai senti moi aussi que chacun, installé dans un profond silence — oubliées, les tensions entre père et fils, entre accusateur et accusé —, s'était plongé dans ses propres souvenirs d'effroi et dans ses propres rêves et j'ai éprouvé ce fascinant sentiment du « nous » que seuls comprennent ceux qui ont vécu dans des pays extrêmement nationalistes, où les pressions sont constantes. C'était comme si, par le seul charisme de Sunay, personne dans la salle ne se sentait « étranger » et que tous les spectateurs étaient désespérément liés les uns aux autres par une histoire commune.

Kadife, dont la présence sur scène ne pouvait être considérée comme normale par les spectateurs, rompit cette belle unanimité. Le caméraman de l'émission en direct avait si bien senti cela que dans les moments d'exaltation il braquait l'objectif sur Sunay, en évitant Kadife soigneusement ; le spectateur de Kars ne pouvait ainsi la voir que comme l'auxiliaire des puissants qui accaparent la vedette, telle une servante de comédie de boulevard. Toutefois, comme on annonçait depuis le milieu de la journée que Kadife enlèverait son foulard, les spectateurs étaient très curieux de voir si elle le ferait. Toutes sortes de rumeurs avaient circulé : que Kadife faisait tout cela forcée par les militaires, qu'elle refuserait de monter sur scène, etc.; même à ceux qui avaient entendu parler du combat des filles à foulard sans avoir jamais entendu son nom, celui-ci était devenu familier en une demi-journée. C'est pourquoi, dans un premier temps, son arrivée voilée sur scène, son effacement malgré son long vêtement rouge, causa de la déception.

Durant les vingt premières minutes de la pièce où l'on attendait quelque chose de Kadife, seul un échange avec Sunay permit de comprendre la situation : à un moment où elle était seule avec Sunay, celui-ci lui avait demandé si elle était ou non décidée, puis avait dit : « Je trouve inacceptable que tu te suicides par rage contre les autres. »

Comme si elle fuyait Funda Eser qui venait de faire irruption sur scène, Kadife décampa tout en déclarant : « Dans cette ville, les hommes s'entre-tuent comme des bêtes en prétendant le faire pour le bien de tous ; qui peut oser se mêler de ma propre mort ? »

À force d'écouter, quatre ans après, tous ceux avec qui j'ai pu parler de ce qui s'était passé ce soir-là, à force d'essayer, montre en main, de faire coïncider les divers événements minute après minute, j'ai calculé qu'à l'instant où Kadife disait cela Lazuli la voyait à l'écran pour la dernière fois. En effet, selon les voisins et certains membres de la Sécurité encore en fonction à Kars qui m'ont raconté l'opération, Lazuli et Hande étaient devant la télévision quand on sonna à la porte. D'après la version officielle, à la vue des forces de Sécurité et des soldats, Lazuli se serait replié en courant à l'intérieur pour prendre son arme et aurait commencé à tirer ; cependant, selon les voisins et certains jeunes islamistes qui en peu de temps firent de Lazuli une légende, il aurait souhaité sauver Hande et se serait écrié : « Ne tirez pas », mais, se ruant dans l'appartement, l'Équipe spéciale sous les ordres de Z. Demirkol aurait mis en pièces, en l'espace d'une minute, non seulement Lazuli et Hande, mais tout l'appartement. En dépit du bruit terrible, et à part les quelques enfants curieux des appartements voisins, personne ne s'inquiéta, non seulement parce que les habitants de Kars étaient habitués à ce genre de descente musclée dans la nuit, mais aussi parce qu'à ce moment précis personne dans la ville n'était plus à même de s'intéresser à autre chose qu'à l'émission retransmise en direct du Théâtre de la Nation. Tous les trottoirs étaient déserts, tous les rideaux baissés et, à l'exception de quelques-unes, toutes les *çayhane* étaient fermées.

Savoir que tous les yeux de la ville étaient rivés sur lui conférait à Sunay une force et une confiance extraordinaires. Comme Kadife sentait qu'elle n'aurait de place sur scène qu'autant que Sunay lui en laisserait, elle saisit toutes les occasions que Sunay lui offrait pour faire ce qu'elle voulait, et s'imposa à lui. Comme plus tard, contrairement à sa sœur, elle s'est bien gardée de me parler de ces jours, il m'est impossible de savoir ce qui lui était alors passé par la tête. Quarante minutes après le début de la pièce, la détermination de Kadife à se suicider et à retirer son foulard était si perceptible que les habitants de Kars commencèrent lentement à l'admirer. Dès ce moment, la pièce perdit le côté colérique, mi-pédagogique et mi-ironique, que lui avaient donné Sunay et Funda, pour prendre un tour dramatique et pesant. Le spectateur sentit que Kadife incarnait une femme courageuse prête à tout parce que excédée par les pressions masculines. Bien que l'identité de « Kadife fille à foulard » ne fût pas totalement oubliée, j'ai entendu de la bouche de nombreuses personnes avec lesquelles j'ai discuté après coup, et qui sont restées affligées des années durant par l'histoire de Kadife, que ce soir-là les habitants de Kars avaient admis dans leur cœur la nouvelle identité qu'elle incarnait sur scène. Désormais, chaque fois que Kadife apparaissait, le silence se faisait, et ceux qui regardaient la télévision en famille à la maison se demandaient les uns les autres, au moindre de ses propos : « Mais qu'est-ce qu'elle a dit ? qu'est-ce qu'elle a dit ? »

Lors d'un de ces silences, on entendit le sifflet du premier train qui quittait la ville depuis quatre jours. Ka, hissé de force par les soldats, était dans un de ses wagons. Mon cher camarade, qui avait vu qu'İpek ne sortait pas du véhicule militaire de retour avec son seul sac, avait fort insisté auprès des soldats qui le protégeaient pour lui parler ; n'obtenant pas cette permission, il les avait persuadés de renvoyer le camion à l'hôtel, et, lorsque le véhicule était revenu, obstinément vide, il avait supplié les officiers de retenir le train cinq minutes encore, mais quand le sifflet du départ avait retenti, İpek n'était toujours pas arrivée et il avait commencé à pleurer. Et une fois le train en marche, ses yeux voilés de larmes avaient encore cherché dans la foule sur le quai, à l'autre porte, devant la statue de Kâzım Karabekir, une femme à la taille élancée, une valise à la main, qu'il rêvait de voir courir vers lui.

Le train prit de la vitesse et fit entendre une nouvelle fois son sifflet. À cet instant, İpek et Turgut Bey avaient commencé à marcher en direction du Théâtre de la Nation. « Le train part, dit Turgut Bey. — Oui, fit İpek. Les routes seront bientôt ouvertes. Le préfet et le colonel vont revenir dans la ville. » Elle dit encore quelques mots sur la fin imminente de ce putsch absurde, sur le retour à la normale qui s'enfuivrait ; et elle ne parla pas de cela parce qu'elle trouvait que c'était important, mais parce qu'elle sentait que si elle se taisait, son père croirait qu'elle pensait à Ka. Elle se demandait elle-même si son esprit était accaparé par Ka ou bien par la mort de Lazuli. Plus que par l'idée d'une occasion de bonheur manqué, elle était habitée par une violente souffrance, une rage intense contre Ka. Elle avait assez peu de doutes sur les raisons de la colère qui l'envahissait. Quatre années après, me parlant à Kars de ces raisons, un peu contrainte, elle m'a dit qu'elle avait tout de suite réalisé qu'elle serait malheureuse et que, après cette soirée, il lui serait quasi impossible d'aimer Ka. Quand le sifflet du train qui emportait Ka retentit, marquant sa sortie de Kars, İpek n'éprouvait à son égard qu'un amour déçu ; peut-être aussi un peu de stupeur. Son souci principal, alors, était de partager sa souffrance avec Kadife.

Turgut Bey avait senti que le silence indisposait sa fille. « On a l'impression que la ville entière a été abandonnée, dit-il.

— C'est comme une ville fantôme », reprit İpek, pour dire quelque chose.

Un convoi de trois véhicules militaires les dépassa après avoir tourné à l'angle. Turgut Bey dit alors que s'ils étaient là, c'est que les routes avaient été dégagées. Le convoi les ayant dépassés, le père et sa fille suivirent des yeux, pour s'occuper, les phares du convoi qui se perdaient dans l'obscurité. D'après des recherches que j'ai menées ultérieurement, il devait y avoir dans le camion Cemse du milieu les dépouilles de Lazuli et de Hande.

À la lumière des phares tout de travers de la jeep qui fermait le convoi, Turgut Bey aperçut l'édition du lendemain de la *Gazette de la ville-frontière*, collée à la vitrine du bureau du journal ; il s'arrêta pour lire : « Mort sur scène. Le célèbre acteur turc Sunay Zaim a été abattu au cours de la représentation d'hier soir ».

Après avoir lu et relu l'information, ils se précipitèrent au Théâtre de la Nation. Devant l'entrée du théâtre se trouvaient les mêmes véhicules militaires et, plus loin en contrebas, la même ombre de tank.

On les fouilla à l'entrée. Turgut Bey dit qu'il était le « père de l'actrice principale ». Le deuxième acte avait commencé, ils s'assirent tout au fond, là où il restait deux places vides.

Dans cet acte, on pouvait encore reconnaître quelque chose des farces et des saynètes amusantes auxquelles Sunay s'était consacré pendant ses années de formation : Funda Eser fit même un peu la danse du ventre, avec l'air de se moquer de ses propres manières. Mais l'atmosphère de la pièce s'était sérieusement alourdie, le silence s'était abattu sur le théâtre. Kadife et Sunay, maintenant, restaient très souvent seul à seul.

« Ne dois-tu pas au moins m'expliquer pourquoi tu vas te suicider ? demanda Sunay.

— On ne le sait jamais complètement, répondit Kadife.

— Qu'est-ce que ça veut dire ?

— Si on savait exactement pourquoi on se suicide, si on pouvait en formuler clairement la raison, on ne se suiciderait pas, continua Kadife.

— Non, non, ça ne se passe pas du tout comme ça, objecta Sunay. Les unes se suicident pour des histoires de cœur, les autres parce qu'elles ne supportent pas d'être frappées par leur mari ou bien parce que la misère les a prises à la gorge.

— Vous avez un regard très élémentaire sur la vie, dit Kadife. On réfléchit toujours à deux fois avant de se suicider pour des histoires de cœur et, avec le temps de la réflexion, l'intensité du sentiment diminue toujours. La pauvreté n'est pas non plus une raison suffisante pour se suicider. On quitte plutôt son mari ou bien on commence par s'enfuir et on essaie de voler de l'argent.

— D'accord, mais alors quelles sont les vraies raisons?

— Il est évident que dans tous les suicides la raison essentielle, c'est l'amour-propre. Les femmes se suicident toutes au moins pour cette raison!

— Parce que leur amour-propre a été blessé en amour?

— Vous ne comprenez décidément rien! s'exclama Kadife. Une femme se suicide non pas parce que son amour-propre a été blessé, mais pour montrer qu'elle en a.

— C'est donc pour cette raison que vos camarades se sont suicidées?

— Je ne peux pas parler en leur nom. Chacune a ses propres raisons. Cependant, chaque fois que j'envisage de me suicider, je sens qu'elles ont dû avoir les mêmes pensées que moi. L'instant du suicide est le moment où les femmes réalisent de la manière la plus aiguë qu'elles sont seules et qu'elles sont femmes.

— Est-ce que vous avez utilisé ces arguments afin de pousser vos camarades au suicide?

— Elles se sont suicidées de leur propre gré, libres et souveraines.

— Tout le monde sait qu'ici à Kars personne ne peut prendre une décision en toute liberté et que tout un chacun, pour fuir les coups, se précipite vers une communauté supposée le protéger. Reconnaissez, Kadife, que, par un accord secret avec elles, vous poussez ces jeunes femmes au suicide.

— Mais qu'est-ce que ça veut dire ? objecta Kadife. Quand elles se suicident, elles sont au contraire plus solitaires. Au motif qu'elles se sont suicidées, leurs pères parfois les renient, parfois même on ne fait pas de cérémonie d'enterrement.

— Maintenant, vous allez vous aussi vous suicider pour prouver qu'elles ne sont pas seules, que vous formez un mouvement collectif, n'est-ce pas ? Kadife, vous êtes muette... Or si vous vous suicidez sans expliquer les causes de votre geste, est-ce que le message que vous souhaitez transmettre ne risque pas d'être mal compris ?

— Je ne souhaite pas transmettre de message par mon suicide, reprit Kadife.

— Quand bien même, il y a tellement de gens qui vous regardent et qui se soucient de votre sort. Dites au moins ce qui vous passe par la tête en ce moment.

— Les femmes se suicident avec l'espoir de gagner ; les hommes, pour leur part, quand ils voient qu'il ne reste plus d'espoir, dit Kadife.

— Ça, c'est vrai », dit Sunay ; puis il sortit de sa poche un pistolet Kırıkkale. La salle entière eut l'attention accaparée par l'arme rutilante. « Maintenant que je réalise que j'ai perdu sur toute la ligne, pouvez-vous m'abattre avec ça ?

— J'ai pas envie de me faire coffrer.

— Mais, de toute façon, n'allez-vous pas vous suicider après ? demanda Sunay. Et d'ailleurs, comme en vous tuant vous vous destinez à l'enfer, vous n'avez pas à craindre de châtiment, ni dans ce monde ni dans l'au-delà.

— Très bien, c'est exactement la raison pour laquelle une femme se suicide, dit Kadife. Pour pouvoir éviter toute sorte de châtiment.

— Au moment où je réalise que je suis vaincu, je

voudrais être tué de la main d'une telle femme ! » dit Sunay en se tournant vers les spectateurs avec ostentation. Il se tut un moment. Puis il se mit à raconter une histoire sur les galanteries d'Atatürk, mais sentit le moment précis où les spectateurs commençaient à s'en lasser.

Tandis que le deuxième acte parvenait à sa fin, Turgut Bey et İpek filèrent dans les coulisses retrouver Kadife. La grande salle, où s'apprêtaient jadis les acrobates venus de Moscou ou de Saint-Pétersbourg, les acteurs arméniens qui jouaient Molière et les musiciens et danseuses qui faisaient des tournées en Russie, était à présent complètement glaciale.

Kadife dit à İpek : « Je croyais que tu étais partie. »

Turgut Bey prit Kadife dans ses bras et lui dit : « Je suis fier de toi ma chérie, tu as été fabuleuse ! S'il t'avait donné le pistolet en t'implorant de l'abattre, je me serais levé, j'aurais interrompu la pièce et crié : "Kadife, prends garde, ne tire pas !"

— Pourquoi ?

— Eh bien parce que l'arme peut être chargée ! » répondit Turgut Bey. Il raconta la nouvelle lue dans le numéro du lendemain de la *Gazette de la ville-frontière*. « Ce n'est pas que j'aie peur des informations qu'écrit à l'avance Serdar avec l'espoir que ses anticipations se confirment, dit-il. La plupart de ces informations se révèlent à l'épreuve inexactes. Mais je me fais du souci, parce que je sais que Serdar n'aurait jamais rédigé une information aussi audacieuse sans l'aval de Sunay. Il est évident que c'est Sunay qui a fait écrire ce papier. Et ça peut être autre chose qu'un coup de pub. Il se peut qu'il veuille que tu le tues sur scène. Ma fille chérie, prends garde à toi, n'appuie pas sur la détente avant d'être certaine que le chargeur est vide ! Prends garde de ne pas ôter ton foulard à cause de cet individu. İpek ne part pas. Nous allons encore vivre longtemps dans cette ville, ne déchaîne pas pour rien la colère des religieux.

— Pourquoi İpek a-t-elle renoncé à partir ?

— Parce qu'elle tient encore plus à toi et à notre famille, répondit Turgut Bey en prenant les mains de Kadife.

— Cher papa, est-ce que l'on peut à nouveau parler toutes les deux ? » demanda İpek. Elle lut la peur sur le visage de Kadife dès qu'elle eut formulé cette demande. İpek prit de toutes ses forces Kadife dans ses bras et la serra, tandis que Sunay et Funda Eser, entrés par une autre extrémité de la pièce poussiéreuse et haute de plafond, rejoignaient Turgut Bey. İpek prit sa sœur apeurée par la main et la conduisit dans un petit recoin isolé par le rideau. Funda Eser passa par là, une bouteille de cognac et des verres à la main.

« Tu as été très bonne, Kadife, dit-elle. Prenez vos aises. »

İpek fit asseoir sa sœur, qui semblait sombrer dans le désespoir. Elle fit en sorte que Kadife la regarde droit dans les yeux, et qu'elle voie qu'İpek allait lui annoncer une mauvaise nouvelle. « Hande et Lazuli ont été tués au cours d'un assaut des forces de l'ordre », dit-elle alors.

Kadife sembla un instant regarder en elle-même. « Ils étaient dans le même appartement ? Qui te l'a dit ? » İpek semblait si résolue qu'elle se tut.

« C'est le lycéen, Fazıl, qui me l'a dit, je l'ai cru sans hésiter. Il les a vus de ses yeux, en effet... » Elle laissa à Kadife, dont le visage était désormais tout blanc, le temps d'assimiler cette information, puis elle continua précipitamment. « Ka connaissait la cachette de Lazuli ; or, après t'avoir vue, il n'est pas rentré à l'hôtel. Je suppose que c'est Ka qui a indiqué aux membres de l'Équipe spéciale l'endroit où se cachaient Lazuli et Hande. C'est la raison pour laquelle je ne suis pas partie avec lui en Allemagne.

— Mais qu'en sais-tu? demanda Kadife. Peut-être que ce n'est pas lui qui a lâché le morceau.

— C'est possible, j'y ai pensé. Mais mon cœur est tellement persuadé que c'est Ka qui l'a dénoncé que j'ai le sentiment que ma raison ne pourra jamais me faire croire que ce n'est pas lui. Et comme j'ai réalisé que je ne pourrais pas l'aimer dans ces conditions, je ne suis pas partie pour l'Allemagne. »

Kadife était désormais à bout de forces : elle ne pouvait plus écouter İpek. Celle-ci vit que sa sœur commençait à réaliser que Lazuli était bien mort.

Kadife se cacha le visage dans les mains et commença à pleurer à gros sanglots. İpek la prit alors dans ses bras et se mit à pleurer à son tour, en silence, avec le sentiment qu'elle ne pleurait pas pour les mêmes raisons que sa sœur. Elles avaient ainsi pleuré ensemble une ou deux fois, à l'époque où ni l'une ni l'autre ne pouvaient renoncer à Lazuli et où elles avaient honte d'être dans une situation de concurrence impitoyable. İpek pensait à présent que le combat était entièrement terminé : elle ne quitterait pas Kars. Soudain, elle se sentit accablée. Vieillir dans l'absence de conflits, devenir sage au point de ne plus rien attendre de la vie : elle allait pouvoir s'acheminer vers cet horizon.

Maintenant, elle se faisait bien plus de souci pour Kadife, qui pleurait violemment. Elle voyait que sa sœur souffrait d'un désarroi plus profond, plus destructeur que le sien. Elle fut traversée par un sentiment de reconnaissance — avec même un parfum de vengeance — à l'idée de ne pas se trouver dans la même situation, et en eut aussitôt honte. Les gérants du Théâtre de la Nation avaient lancé les mêmes séquences de musique que celles qu'ils faisaient entendre aux entractes de film dans le but de stimuler les ventes de limonade et de pois chiches grillés : ils passaient la chanson *Baby Come Closer, Closer to Me*, qu'elles avaient entendue pour la première fois dans leurs jeunes années à Istanbul. À cette époque, toutes les deux voulaient apprendre correctement l'anglais ; mais ni l'une ni l'autre n'avaient pu le faire. İpek sentit que sa sœur redoublait de larmes à cause de cette musique. Entre les rideaux, à l'autre extrémité de la pièce à moitié obscure, elle vit Sunay converser avec son père et Funda Eser remplir leurs verres en se frottant à eux, sa petite flasque de cognac à la main.

« Kadife Hanım, je suis le colonel Osman Nuri Çolak, dit un soldat d'âge moyen qui entrouvrit grossièrement les rideaux et salua en se penchant jusqu'au sol avec une gestuelle d'acteur. Chère madame, comment pourrais-je alléger votre peine ? Si vous ne voulez pas remonter sur scène, je peux vous annoncer cette bonne nouvelle : les routes ont été rouvertes et les forces armées sont sur le point de pénétrer dans la ville. »

Plus tard, devant le tribunal militaire, Osman Nuri Çolak rappellerait ces paroles, preuve de ses efforts pour protéger la ville de ces stupides putschistes.

« Je vais parfaitement bien, je vous remercie, cher monsieur », répondit Kadife.

İpek eut l'impression que les manières affectées de Fundar Eser avaient contaminé Kadife. D'un autre côté, elle admirait les efforts déployés par sa sœur pour se ressaisir. Kadife se fit violence et se leva ; elle but un verre d'eau et fit les cent pas, tel un spectre, dans la vaste salle des coulisses.

Quand le troisième acte allait commencer, İpek

voulut empêcher son père de parler à Kadife, mais au dernier moment Turgut Bey s'imposa : « N'aie pas peur, dit Sunay en désignant ses compagnons de troupe, ce sont des gens modernes. »

Au début du troisième acte, Funda Eser chanta le chant de la femme violée. Cela eut pour effet de lui rallier des spectateurs qui la trouvaient par moments trop « intellectuelle » et incompréhensible. Comme à son habitude, Funda Eser, d'un côté, versait des larmes, tout en insultant la gent masculine, et, de l'autre, racontait avec complaisance ce qui lui était arrivé. Après deux chansons et une petite parodie de publicité destinée à faire rire surtout les enfants (où l'on montrait que Aygaz était fabriqué avec des pets), tout s'assombrit, et deux soldats apparurent, qui rappelaient les militaires montés sur scène avec leurs armes à la fin de la pièce de l'avant-veille. Ils installèrent une potence au milieu du plateau et un silence crispé se fit dans la salle entière. Sunay se mit à marcher au pied de l'échafaud en clopinant avec exagération, en compagnie de Kadife.

Sunay déclara : « Je ne pensais pas du tout que les événements se précipiteraient aussi vite. »

Et Kadife demanda : « Est-ce que c'est là l'aveu de l'échec d'un de vos souhaits, ou alors la recherche d'un prétexte pour mourir d'une manière élégante, maintenant que vous êtes vieux ? »

İpek sentit que Kadife déployait de grands efforts pour jouer son rôle.

« Vous êtes très intelligente, vous, Kadife, fit Sunay.

— Est-ce ça qui vous fait peur ? demanda Kadife avec un air tendu et furieux.

— Parfaitement ! dit Sunay avec galanterie.

— Vous n'avez pas peur de mon intelligence, mais du fait que j'ai de la personnalité, ajouta Kadife.

Parce que dans notre ville les hommes ont peur non pas de l'intelligence des femmes, mais d'être à leurs ordres.

— C'est tout le contraire, dit Sunay. J'ai fait cette révolution avec l'espoir que vous, les femmes, comme les Européennes, vous serez vos propres donneuses d'ordres.

— Je vais retirer mon voile, dit Kadife. Ensuite, je me pendrai pour prouver que je ne fais pas cela sous votre contrainte ni pour imiter les Européens.

— Mais vous savez parfaitement, Kadife, que les Européens vous applaudiront des deux mains parce que votre suicide sera l'acte d'un individu autonome. N'est-ce pas ? Il n'a échappé à personne que vous vous êtes comportée avec zèle dans cette affaire de déclaration à remettre à un journal allemand pendant la réunion prétendument secrète à l'hôtel Asya. Et on prétend aussi que c'est vous qui organisez les filles qui se suicident, tout comme les filles voilées.

— Il n'y a eu qu'une seule fille qui se soit battue pour le voile et suicidée, c'est Teslime.

— À présent, vous allez être la seconde...

— Non, moi, avant de me tuer je vais me dévoiler.

— Avez-vous bien réfléchi ?

— Oui, répondit Kadife, j'ai bien réfléchi.

— Dans ce cas, vous devez donc avoir réfléchi au point suivant. Ceux qui se suicident vont en enfer. Vous allez ainsi pouvoir me tuer la conscience tranquille, en vous disant que de toute façon vous irez en enfer.

— Pas du tout, reprit Kadife. Je ne crois pas que j'irai en enfer en me suicidant. Et je te tuerai avec la conviction que je nettoie un microbe, un ennemi du peuple, de la religion et des femmes !

— Vous êtes courageuse et franche, Kadife. Mais le suicide est interdit par notre religion.

— Il est vrai, dit Kadife, que la quatrième sourate du Saint Coran ordonne de ne pas se donner la mort. Mais cela ne signifie pas que Dieu, qui apprécie toute chose à sa juste valeur, ne pardonnera pas à ces filles qui se sont suicidées et qu'il les enverra en enfer.

— Voilà que tu es en train de t'engager dans ce genre d'échappatoire.

— Non, c'est justement tout le contraire, objecta Kadife. Certaines filles à Kars se sont donné la mort parce qu'elles ne pouvaient pas se voiler comme elles le désiraient. Dieu, dans sa grandeur, est juste et voit la souffrance qu'elles ont endurée. Sûre de cet amour de Dieu en mon cœur, comme je n'ai pas ma place dans cette ville, je vais me tuer moi aussi, à leur manière.

— Tu sais parfaitement, Kadife, que tu vas faire enrager les autorités religieuses qui, bravant les neiges de l'hiver, viennent ici faire des allocutions pour dissuader les femmes sans défense de cette pauvre ville de Kars de se suicider... D'ailleurs, le Coran...

— Je ne vais discuter de ma religion ni avec les athées, ni avec ceux qui agissent comme si on croyait par peur. En plus, il est maintenant temps de mettre un terme à cette pièce.

— Vous avez raison. J'ai abordé le sujet non pas pour me mêler de votre vie spirituelle, mais avec l'espoir que, par peur de l'enfer, vous ne m'abattiez pas la conscience tranquille.

— N'ayez aucune crainte, je vous tuerai la conscience tranquille.

— Parfait, dit Sunay avec un air contrarié. Je voudrais vous dire que c'est là le résultat le plus important que j'aie obtenu en vingt-cinq ans de vie théâtrale. Dans aucune œuvre, nos spectateurs ne pourraient supporter sans s'ennuyer un dialogue plus long que ça. Si vous voulez, brisons là notre conversation et passons à l'acte.

— Entendu. »

Sunay sortit le fameux pistolet Kırıkkale et le montra à Kadife et aux spectateurs. « Maintenant, c'est à vous. Retirez votre voile. Ensuite, je vous donnerai cette arme et vous m'abattrez... Comme c'est la première fois qu'une telle chose se produit en direct, je voudrais encore une fois insister auprès de nos spectateurs sur...

— N'en rajoutons pas, dit Kadife, je suis lasse des paroles d'hommes sur les causes du suicide des jeunes femmes.

— Vous avez raison, dit Sunay en jouant avec son arme. Mais je veux dire deux choses, histoire que les habitants de Kars qui nous suivent en direct, victimes de rumeurs à la lecture de ce qu'écrivent les journaux, n'aient pas peur. Regardez, Kadife, ceci est le chargeur de mon pistolet. Comme vous le voyez, il est vide. » Il sortit le chargeur, le montra à Kadife et le remit en place. « Vous avez bien vu qu'il était vide ? demanda-t-il à la manière d'un prestidigitateur aguerri.

— Oui.

— Vérifions une fois encore ! » dit Sunay. Il sortit à nouveau le chargeur et, comme le prestidigitateur qui montre le lapin et le chapeau, il le montra une fois de plus aux spectateurs et le remit. « Enfin, je veux parler pour mon propre compte : vous venez de dire que vous alliez m'abattre en toute tranquillité d'âme. Comme je suis quelqu'un qui a fait feu sur le peuple pour la simple raison qu'il ne ressemble pas aux Occidentaux, je suppose que vous m'exécrez, mais je veux que vous sachiez que j'ai fait cela pour le peuple.

— Entendu, dit Kadife. Maintenant je vais me

dévoiler. Attention, s'il vous plaît, que tout le monde regarde. »

Soudain son visage exprima la souffrance et elle enleva ce qu'elle avait sur la tête d'un geste de la main très simple.

Dans la salle, il n'y eut alors pas le moindre bruit. Et comme s'il s'agissait d'un acte complètement inattendu, Sunay regarda un instant Kadife, tout étourdi. Ils se tournèrent l'un et l'autre vers les spectateurs, comme des acteurs débutants qui oublient leurs répliques.

Tout Kars contempla pendant un long moment, avec admiration, les superbes cheveux châtain clair et longs de Kadife. Le caméraman, prenant son courage à deux mains, pour la première fois braqua progressivement l'objectif sur Kadife. Sur le visage de celle-ci, se manifesta la honte d'une femme dont le vêtement se serait ouvert au milieu de la foule. Tout en elle indiquait qu'elle souffrait le martyre.

« Donnez votre arme, s'il vous plaît ! demanda Kadife avec impatience.

— Vos désirs sont des ordres », fit Sunay. Et il tendit à Kadife le pistolet qu'il tenait par le canon. « Vous actionnerez la détente comme ça. »

Quand Kadife eut pris le pistolet, Sunay sourit. Tout Kars pensait qu'il allait prolonger son discours. Sunay, avec probablement cette intention, lui dit que ses cheveux étaient beaux et que lui aussi serait jaloux du regard des autres hommes sur eux, quand Kadife appuya sur la détente.

Un coup de feu se fit entendre. Tout Kars fut surpris non du bruit, mais de la chute de Sunay, tressaillant comme s'il avait été réellement abattu.

« Que tout est stupide ! dit Sunay. Ceux qui ne comprennent rien à l'art moderne ne seront jamais modernes ! »

Alors que le spectateur s'attendait à un long monologue d'agonie, Kadife, rapprochant bien le pistolet, fit encore feu à quatre reprises. À chaque coup, le corps de Sunay se souleva un instant en tressaillant et retomba à terre, à chaque coup de plus en plus lourdement. Ces quatre balles furent tirées très vite.

Le spectateur, qui s'attendait de la part de Sunay à une tirade pleine de sens sur la mort plus qu'à l'imitation de la mort, vit après le quatrième coup que son visage était en sang, et cessa de nourrir tout espoir. Nuriye Hanım, qui, dans le théâtre, accordait de l'importance à la simplicité des événements et des effets autant qu'au texte, s'était levée pour applaudir Sunay, mais, effrayée par le visage en sang, elle se rassit.

« Mais c'est que je l'ai probablement tué ! cria Kadife aux spectateurs.

— Tu as bien fait », lança des rangs arrière un jeune prédicateur.

Les forces de l'ordre étaient tellement sidérées par le crime sur scène qu'elles ne localisèrent pas le lycéen qui venait de rompre le silence et, d'ailleurs, elles ne bougèrent pas. Quand Nuriye Hanım, l'enseignante assise tout devant pour voir Sunay de près coûte que coûte, et qui le regardait avec admiration à la télévision depuis deux jours, commença à sangloter, tous ceux qui étaient dans la salle, et même tout Kars, eurent le sentiment que les événements sur scène étaient trop réalistes.

Sur la scène, alors, deux soldats se saisirent chacun d'une extrémité du rideau et se mirent à courir l'un vers l'autre avec des manières étranges et ridicules. Ainsi s'acheva la pièce.

44

À présent personne ici
n'aime Ka

À peine le rideau tiré, Z. Demirkol et ses camarades arrêtèrent Kadife, la sortirent en la traînant,
« pour sa sécurité », par la porte arrière, qui donnait
sur l'avenue Küçük Kâzımbey, puis la firent monter
dans un véhicule militaire et la conduisirent dans
l'ancien refuge de la caserne centrale où Lazuli avait
été « accueilli » le dernier jour. Au bout de quelques
heures, les routes desservant Kars ayant été intégralement dégagées, des unités de l'armée passèrent
à l'action pour mâter ce petit « soulèvement militaire » et entrèrent dans la ville sans rencontrer de
résistance. Le préfet adjoint, le général de garnison
et un certain nombre d'autres dirigeants locaux,
dont on considérait qu'ils avaient fait preuve de
négligence durant les événements, furent aussitôt
démis de leurs fonctions, et une poignée de militaires et de membres des Renseignements qui
avaient collaboré avec les « putschistes » — malgré
leurs objections selon lesquelles ils avaient fait cela
« pour l'État et pour la nation » — furent arrêtés.
Turgut Bey et İpek ne purent rendre visite à Kadife
que trois jours plus tard. Turgut Bey avait compris
que Sunay était vraiment mort sur scène lors des
événements, et, quoique désemparé, il était passé à
l'action afin de récupérer sa fille Kadife et la rame-

ner, le soir même, à la maison en espérant qu'il ne lui était rien arrivé ; mais il n'y était pas parvenu et était rentré chez lui bien après minuit, au bras de son autre fille, par les rues vides ; là, alors que son père pleurait, İpek avait ouvert sa valise et rangé dans les placards tout ce qu'elle contenait.

La plupart des gens de Kars qui avaient suivi les événements réalisèrent à la lecture des faits dans la *Gazette de la ville-frontière* le lendemain matin que Sunay était réellement mort au terme de sa brève agonie sur scène. La foule qui remplissait le Théâtre de la Nation se dissipa sans le moindre bruit mais resta travaillée par le doute après la tombée de rideau ; la télévision, de son côté, ne revint pas sur ce qui s'était passé durant les trois derniers jours. Habitués à la chasse aux « terroristes » que la police, l'armée ou bien les Équipes spéciales menaient dans les rues pendant les périodes d'état d'urgence, rompus aux annonces faites lors des descentes des forces de l'ordre, les habitants de Kars cessèrent rapidement de considérer ces trois jours comme une période vraiment particulière. D'ailleurs, dès le lendemain matin, la présidence de l'état-major lança une enquête administrative, le conseil de l'inspection lié au Premier ministre passa aussi à l'action et tout Kars commença à discuter du « coup d'État d'opérette » en l'envisageant non pas sous son aspect politique, mais dans sa dimension d'événement théâtral et artistique. Alors même que le chargeur du pistolet de Sunay Zaim était censé être vide, comment Kadife avait-elle pu, avec ladite arme, lui tirer dessus et le tuer ?

Sur ce point, qui semble plus relever de la magie que de la dextérité, comme sur tant d'autres d'ailleurs dans mon livre, le rapport détaillé du commandant-inspecteur missionné d'Ankara pour enquêter sur le « coup d'État d'opérette » de Kars après le retour à la normale m'a été d'un grand secours. Comme après cette nuit-là, Kadife a toujours refusé de revenir sur ces événements, que ce soit avec son aînée et son père venus lui rendre visite, avec les procureurs ou avec son avocat — et même au moment de se défendre au tribunal —, l'inspecteur, dans sa quête de la vérité, tout comme je devais le faire moi-même quatre ans plus tard, avait discuté avec un assez grand nombre de personnes (pour être plus exact : avait recueilli leur déposition) et avait passé en revue toutes les hypothèses et tous les ragots.

Afin d'invalider la thèse selon laquelle Kadife avait tué Sunay Zaim en toute connaissance de cause, volontairement, et contre le gré de celui-ci, l'inspecteur démontra d'abord que les deux hypothèses suivantes ne tenaient pas debout, à savoir, d'une part, que la jeune fille aurait secrètement mis une autre arme dans sa poche, puis glissé un chargeur plein dans le pistolet avec lequel elle aurait tiré, même si au moment où il avait été abattu on avait pu lire sur le visage de Sunay une expression de stupeur ; les investigations que les forces de l'ordre menèrent ensuite, ce qu'on retrouva sur Kadife et l'enregistrement vidéo de la soirée confirmèrent qu'une seule arme et un seul chargeur avaient été utilisés durant les événements. D'autre part, le rapport balistique envoyé d'Ankara à la suite de l'autopsie qui avait révélé que les balles trouvées dans le corps de l'acteur provenaient bien du pistolet Kırıkkale que Kadife avait dans la main invalida l'opinion partagée par beaucoup de gens à Kars que c'était quelqu'un d'autre qui avait tiré sur Sunay Zaim, d'un autre endroit. En outre, l'inspecteur considéra que les derniers mots de Kadife (« Mais c'est que je l'ai tué ! »), d'ailleurs à l'origine, chez la majorité des habitants de Kars, du mythe de Kadife, à la fois héroïne et victime, constituaient une preuve du caractère non intentionnel du crime ; sur ce point, dans son intention manifeste d'influencer le procureur qui allait instruire le procès, il avait décortiqué les deux concepts philosophico-juridiques de crime intentionnel et de crime prémédité et avait expliqué que le concepteur de tous ces événements, ce n'était en vérité pas Kadife, qui durant la pièce s'était contentée de répéter les mots qu'on lui avait fait apprendre par cœur juste avant ou qu'on lui avait fait tenir au moyen de divers stratagèmes, mais bien l'acteur défunt Sunay Zaim. Celui-ci avait trompé et Kadife et tous les habitants de Kars en rechargeant l'arme, après avoir pourtant affirmé à deux reprises que le chargeur était vide. Autrement dit, pour reprendre l'expression du commandant-inspecteur qui avait été mis à la retraite trois ans après les événements et qui, au cours de notre conversation, chez lui, à Ankara, m'a expliqué, tandis que je les lui montrais dans sa bibliothèque, qu'il aimait surtout les livres d'Agatha Christie, autrement dit : « Le chargeur était plein ! » Faire passer un chargeur plein pour un chargeur vide n'était pas un tour de passe-passe adroit qu'un homme de théâtre pouvait réaliser facilement : les habitants de Kars étaient si affectés par la violence impitoyable qu'exerçaient depuis trois jours au nom de l'occidentalisme et du kémalisme Sunay Zaim et ses camarades (Sunay Zaim compris, le nombre de morts s'élevait à vingt-neuf) qu'ils étaient prêts à tout gober. De ce point de vue, malgré l'annonce de sa mort préméditée, les habitants de Kars qui ont regardé avec plaisir l'exécution de Sunay sur scène en se disant qu'il s'agissait d'un jeu ont été aussi, au même titre que Kadife, partie pre-

nante de l'événement. Dans son rapport, le commandant avait également fait taire deux rumeurs : la
première, selon laquelle Kadife avait tué Sunay pour
venger Lazuli, en spécifiant qu'elle ne pouvait pas
être accusée de la faute de quelqu'un d'autre, qui lui
avait de surcroît mis dans les mains une arme chargée en prétendant qu'elle était vide ; et la seconde,
émanant d'islamistes qui louaient Kadife d'avoir tué
Sunay par ruse, sans bien sûr s'être suicidée, ou de
laïcs républicains qui l'accusaient, en spécifiant qu'il
ne fallait pas confondre l'art avec la réalité. Quant à
l'opinion selon laquelle Kadife aurait renoncé à se
suicider après avoir tué Sunay Zaim, trompé par son
chantage au suicide, elle fut à son tour invalidée,
puisque Kadife, comme Sunay, savait parfaitement
que la potence de la scène était en carton.

Le procureur et les juges militaires de Kars appré-
cièrent avec un respect infini le rapport détaillé du
laborieux commandant-inspecteur missionné par
l'état-major. Ainsi, Kadife fut condamnée à trois ans
de prison, parce qu'elle avait tué non pour des
motifs politiques, mais par maladresse et inatten-
tion ; et, au bout de vingt mois de prison, elle fut
relâchée. Quant au colonel Osman Nuri Çolak, il fut
très sévèrement condamné, conformément aux
articles 313 et 463 du code pénal turc, à la fois pour
avoir constitué un escadron de la mort et assassiné
des personnes dont les fautes n'étaient pas évi-
dentes, mais il fut libéré au bout de six mois grâce à
une amnistie. Les nuits où il retrouvait ses anciens
camarades de caserne au cercle militaire les années
suivant sa libération, il buvait passablement, et
racontait, bien que son regard fût un peu effrayé,
parce qu'il n'avait jamais expliqué ce qui s'était vraiment passé, que lui « au moins » avait eu le courage
de faire ce que rêve de faire tout soldat fidèle à Ata-

türk et, sans aller trop loin, il accusait ses camarades de craindre les religieux et par lâcheté de ne prendre aucune initiative.

Les autres sous-officiers ou soldats et certains autres fonctionnaires impliqués dans les événements avaient été condamnés de la même manière par le tribunal militaire pour divers délits — bien qu'ils eussent fait valoir l'obligation d'obéir aux ordres et leur patriotisme —, de la formation de gangs à l'utilisation des biens de l'État sans autorisation, en passant par le meurtre de personnes, mais ils furent eux aussi rapidement relâchés grâce à la même amnistie. Parmi eux d'ailleurs, un jeune sous-lieutenant peu futé, qui devait devenir islamiste par la suite, publia ses souvenirs en feuilleton (sous le titre « Moi aussi, j'étais jacobin ») dans le journal islamiste *Le Serment*, une fois sorti de prison ; mais son expérience fut vite interrompue pour « outrage à l'armée ». On révéla juste après le putsch que le gardien de but Vural avait commencé à travailler pour les Renseignements locaux. Le tribunal admit aussi que les autres acteurs n'étaient que de « simples artistes ». Quant à Funda Eser, elle fut mise en observation pendant quatre mois au service de psychiatrie de l'hôpital militaire d'Ankara, parce qu'elle avait fait une crise de nerfs la nuit où son mari avait été tué et qu'elle agressait rageusement tout le monde, se plaignant et dénonçant les uns et les autres à qui voulait l'entendre. Des années après sa sortie de l'hôpital, elle m'a expliqué, à l'époque où le personnage de sorcière auquel elle prêtait sa voix dans un feuilleton populaire pour les enfants l'avait rendue célèbre dans tout le pays, qu'elle était encore profondément attristée par le fait que son mari, mort sur scène d'un accident du travail, n'avait pas pu jouer le rôle d'Atatürk à cause de jalousies et de médisances et que le fait qu'il avait été choisi comme modèle pour d'assez nombreuses statues d'Atatürk avait été sa seule consolation les dernières années. Comme, sur la base du rapport du commandant-inspecteur, Ka semblait avoir joué un rôle dans l'affaire, le juge militaire l'avait, à juste titre, convoqué comme témoin au tribunal ; mais, comme il n'était pas venu après la deuxième cession, il fut pris à son encontre une décision d'arrestation pour déposition.

Turgut Bey et İpek rendirent visite tous les samedis à Kadife, qui purgeait sa peine à Kars. Avec la permission du directeur de la prison, un homme bienveillant, ils étendaient une nappe blanche sous le grand mûrier de la vaste cour, les jours de printemps et d'été où il faisait beau, mangeaient des poivrons farcis à l'huile d'olive confectionnés par Zahide, offraient à chaque prisonnier des boulettes au riz et à l'œuf et, entrechoquant leurs œufs durs avant de les éplucher, écoutaient les préludes de Chopin sur l'appareil portatif Philips que Turgut Bey avait fait réparer. Pour ne pas vivre la condamnation de sa fille comme une honte, Turgut Bey considérait la prison comme un pensionnat où devait aller tout citoyen respectable et, de temps en temps, il y amenait des connaissances, tel le journaliste Serdar Bey. Kadife souhaita même revoir Fazıl, qui avait une fois participé à une de ces visites et, deux mois après sa libération, elle se maria avec ce jeune homme qui avait quatre ans de moins qu'elle.

Les six premiers mois, ils logèrent dans une chambre de l'hôtel Karpalas, où Fazıl travaillait comme réceptionniste. Et quand j'étais à Kars, ils avaient déménagé avec leur bébé dans un appartement. Tous les matins, Kadife allait à l'hôtel Karpalas avec Ömercan, son fils de six mois, où İpek et

Zahide donnaient à manger au petit, et où Turgut Bey pour sa part s'occupait un peu de l'hôtel, tout en jouant avec son petit-fils ; quant à Fazıl, pour ne pas dépendre de son beau-père, il travaillait à la fois au Palais de la photo Aydin et à la Télévision de la ville-frontière où il m'a dit en souriant qu'officiellement il faisait un boulot d'assistant de production, mais qu'en réalité il était l'homme à tout faire.

Le lendemain de mon arrivée dans la ville et du repas donné en mon honneur par le maire, j'ai rencontré Fazıl entre midi et deux dans leur nouvel appartement de l'avenue Hulusi-Aytekin. Tandis que je regardais la neige tomber lourdement, à gros flocons, sur la citadelle et la rivière Kars, quand Fazıl m'a demandé sans mauvaise intention pourquoi j'étais venu, j'ai été pris de panique à l'idée qu'il allait me parler d'İpek, qui m'avait fait tourner la tête lors du dîner offert par le maire, alors je lui ai parlé des poèmes écrits par Ka à Kars et, non sans exagération, du vague projet que j'avais d'écrire un livre sur ces poèmes.

« Comment peux-tu écrire un livre à leur sujet si ces poèmes ont disparu ? a-t-il demandé cordialement.

— Je ne sais pas, ai-je répondu. Il doit y en avoir au moins un dans les archives de la télévision.

— Nous devrions le trouver et l'exhumer ce soir. Mais toi tu t'es promené toute la matinée dans les rues de Kars. Peut-être que tu as aussi en tête d'écrire un roman à notre sujet.

— Je suis allé dans tous les lieux dont parle Ka dans ses poèmes, ai-je dit non sans quelque tension.

— Mais, à l'expression de ton visage, je comprends que tu veux raconter combien nous sommes pauvres, combien nous sommes différents des gens qui lisent tes romans. Je ne voudrais pas que tu me mettes dans un tel roman.

— Pourquoi ?

— Parce que tu ne me connais pas, tiens ! Et même si, après avoir fait ma connaissance, tu pouvais me raconter tel que je suis, tes lecteurs occidentaux, à force de s'apitoyer sur ma pauvreté, eh bien ils ne verraient pas ce qu'est ma vie. Par exemple, le fait que j'écrive un roman de science-fiction islamiste les ferait rire. Je ne veux pas qu'on fasse de moi quelqu'un qu'ils aimeraient, tout sourire, en le traitant de haut.

— D'accord.

— Je sais que ça te fait de la peine, dit Fazıl. Mais, je t'en prie, ne tiens pas compte de mes paroles, toi tu es un type bien. Ton ami aussi était un type bien, peut-être même qu'il a souhaité nous aimer, mais après il nous a fait la pire des crasses. »

Fazıl n'avait pu se marier avec Kadife que grâce à la disparition de Lazuli. Je ne trouvais donc pas honnête que Fazıl parlât d'une crasse qui lui aurait été faite, en prétendant que Ka avait dénoncé Lazuli ; mais je me suis tu.

Après un long moment, je lui ai demandé : « Comment peux-tu être sûr que cette accusation est fondée ?

— Tout Kars le sait », répondit Fazıl d'une voix douce et presque affectueuse, sans accuser nullement ni Ka ni moi-même.

J'aperçus Necip apparaître dans le fond de ses yeux. Je lui dis que j'étais prêt à regarder le roman de science-fiction qu'il souhaitait me montrer : il me demanda si je regarderais vraiment ses écrits et précisa qu'il ne pouvait cependant pas me donner ce qu'il avait écrit et qu'il préférait être à mes côtés quand je lirais. Le soir, après avoir dîné avec Kadife, nous nous sommes assis à la table d'où on regarde d'habitude la télévision et nous avons lu ensemble, en silence, les cinquante premières pages du roman de science-fiction imaginé quatre ans auparavant par Necip et rédigées par Fazıl.

« Alors, c'est comment ? Pas mal ? demanda Fazıl une seule fois, comme en s'excusant. Laisse, si ça t'ennuie.

— Pas du tout, c'est bien », dis-je en me remettant à lire avec résolution.

Par la suite, lorsqu'on marchait ensemble sous la neige dans l'avenue Kâzım-Karabekir, je lui redis encore plus sincèrement que je trouvais son roman très plaisant.

« Tu me dis ça sans doute pour me faire plaisir, dit Fazıl non mécontent. Mais tu m'as fait du bien. Alors moi aussi je veux te faire du bien. Si tu veux écrire un roman, tu peux parler de moi. À condition cependant que je ne dise rien directement aux lecteurs.

— Qu'est-ce que ça veut dire ?

— Je ne sais pas. Je te le dirai si je peux le formuler avant que tu quittes Kars. »

Convenant de nous retrouver en fin de journée à la Télévision de la ville-frontière nous allâmes chacun de notre côté. Je regardai Fazıl de dos, alors qu'il courait vers la boutique du Palais de la photo Aydin. À quel point apercevais-je Necip en lui ? Ressentait-il encore Necip en lui comme il l'avait dit à Ka ? Dans quelle mesure un être humain pouvait-il ressentir en lui la voix d'un autre ?

Ce matin, à me promener de rue en rue dans Kars, à parler avec les gens avec lesquels Ka avait parlé, à m'asseoir dans les mêmes maisons de thé, je me suis senti comme Ka à de nombreuses reprises. De bon matin je me suis assis dans la *kıraathane* des Frères bienheureux où il avait écrit le poème intitulé « L'humanité entière et les étoiles » et à mon tour j'ai imaginé ma place dans le monde comme l'avait fait mon cher ami. À la réception du Karpalas, Cavit me dit que j'avais pris ma clé précipitamment « tout comme le faisait monsieur Ka ». Alors que je marchais dans une des rues secondaires, un épicier m'invita à l'intérieur de sa boutique : « Est-ce vous l'écrivain venu d'Istanbul ? » ; il souhaitait que j'écrive que toutes les informations publiées dans les journaux sur le suicide de sa fille quatre ans auparavant étaient complètement fausses, et il parla avec moi comme il avait parlé avec Ka, m'offrant aussi un Coca-Cola. Dans tout ça, qu'est-ce qui relevait du hasard, qu'est-ce qui relevait de mon imagination ? Un moment, réalisant que je marchais dans la rue Baytarhane, j'ai regardé les fenêtres du couvent du cheikh Saadettin et, pour comprendre ce que Ka avait ressenti en y entrant, j'ai gravi les escaliers raides qu'évoque Muhtar dans son poème.

D'après ce que j'ai trouvé parmi les papiers de Ka à Francfort, il n'avait pas envoyé à Fahir les poèmes confiés par Muhtar. Néanmoins Muhtar, alors que nous nous connaissions depuis à peine cinq minutes, me dit à quel point Ka était « un homme estimable », puis il me raconta que Ka avait beaucoup apprécié ses poèmes quand il était à Kars et qu'il les avait transmis avec force louanges à un éditeur de renom d'Istanbul. Il était satisfait de ses affaires et avait l'espoir d'être élu maire aux prochaines élections sous l'étiquette du nouveau parti islamiste (le précédent, le Refah, avait été interdit). Grâce à la personnalité de Muhtar, largement accommodante, souple et consensuelle, on nous autorisa à nous rendre à la Direction de la Sécurité (mais pas cependant à l'étage du bas) et à l'hôpital public où Ka avait déposé un baiser sur le cadavre de Necip. En me montrant ce qui restait du Théâtre de la Nation et les pièces qu'il avait transformées en dépôt d'électroménager, Muhtar admit qu'il était « en partie » responsable de la dégradation de ce bâtiment vieux d'un siècle, mais il essaya de me consoler, arguant qu'il s'agissait, de toute façon, d'une bâtisse arménienne et non pas turque. Il me montra un à un tous ces lieux que Ka se rappelait avec le désir de revoir un jour İpek et Kars, la halle aux fruits sous la neige, les maréchaux-ferrants en rang d'oignons sur l'avenue Kâzım-Karabekir, puis, après m'avoir présenté dans le *han* Halitpaşa à l'avocat Muzaffer Bey, son adversaire politique, il s'est éclipsé. Je dus subir une histoire républicaine de Kars contée par l'ancien maire, la même que celle racontée à Ka, puis tandis que je marchais dans les couloirs sombres et oppressants du *han*, un riche propriétaire de ferme, debout à la porte de la Société des Amis des animaux, m'invita à entrer d'un respectueux « monsieur Orhan », et me conta avec une étonnante précision comment, quatre ans plus tôt, au moment où le directeur de l'École normale avait été abattu, Ka était entré dans ce lieu même, s'était assis dans un coin de la salle des combats de coqs et s'était plongé dans ses pensées.

Comme je m'apprêtais à voir İpek, tous ces détails du moment où Ka avait réalisé qu'il était amoureux d'elle m'ont fait souffrir. Avant d'aller à notre lieu de rendez-vous à la pâtisserie Yeni Hayat, j'entrai boire un *rakı* au Yeşilyurt, un bar à bière, pour me détendre et me libérer de la peur d'être embarqué dans une histoire d'amour. Mais dès que je me suis assis en face d'İpek, à la pâtisserie, je réalisai que les précautions que j'avais prises me laissaient encore plus désarmé. Bu à jeun, le *rakı*, loin de me détendre, rendit mon esprit très confus. Avec ses grands yeux, elle avait un visage allongé comme je les aime. Je m'efforçai de percer le secret de sa beauté, que je trouvais encore plus profonde que je me l'étais imaginé sans arrêt depuis la veille, et je voulais une nouvelle fois, sans espoir, me persuader que ce qui me troublait le plus, c'était de savoir tous les détails de l'amour qu'elle avait vécu avec Ka. Mais ce sentiment me rappelait avec douleur une autre de mes faiblesses — comparable à celle qui habitait Ka alors même qu'il était un vrai poète prêt à vivre complètement son destin —, celle d'être un romancier banal, travaillant chaque matin et chaque nuit à heures fixes, comme un secrétaire. C'est sans doute pour cette raison que j'ai fait un tel récit de la vie quotidienne plutôt réglée de Ka à Francfort, celle d'un homme qui se lève chaque matin à la même heure, emprunte toujours les mêmes itinéraires et travaille dans la même bibliothèque, assis à la même table.

« J'avais pourtant vraiment pris la décision de partir pour Francfort avec lui », a dit İpek, convoquant pour preuves de cette décision toute une série de petits détails, jusqu'aux préparatifs de la valise. Elle a ajouté : « Mais maintenant, me souvenir à quel point Ka était agréable m'est pénible. Cependant, je respecte votre amitié, et je veux donc vous aider pour le livre que vous allez écrire. »

J'ai voulu la provoquer : « Grâce à vous, Ka a écrit à Kars un livre merveilleux. Il a reporté sur son cahier tous les souvenirs de ses trois jours ici, à la minute près ; il ne manque que les dernières heures avant son départ. »

Avec une franchise étonnante, sans rien dissimuler et avec une honnêteté forçant mon admiration, alors même qu'elle n'aimait pas s'épancher sur sa vie privée, elle m'a raconté par le menu ce que Ka avait vécu durant ses dernières heures à Kars, du moins comme elle l'imaginait.

Je m'efforçai de ne pas paraître l'excuser et lui dis : « Vous ne disposiez d'aucun indice solide pour renoncer à partir pour Francfort.

— Il y a des choses que l'on saisit immédiatement avec son cœur. »

Je lui répondis : « Vous êtes la première à parler de cœur. » Puis je lui racontai que, d'après les lettres qu'il ne lui avait pas envoyées mais que j'avais été obligé de lire pour mon livre, durant toute la première année en Allemagne, ne parvenant pas à dormir à force de penser à elle, Ka prenait chaque nuit deux somnifères, buvait jusqu'à en perdre la raison, que, lorsqu'il marchait dans les rues de Francfort, sans cesse il prenait chaque femme qu'il apercevait de loin pour İpek, que, chaque jour pendant des heures, jusqu'à la fin de sa vie, il revivait en pensée, comme un film au ralenti, chaque moment de bonheur qu'il avait vécu avec elle, qu'il se sentait très heureux quand il pouvait l'oublier ne fût-ce que cinq petites minutes et que, depuis qu'il l'avait perdue, il ne se considérait plus comme un homme normal, mais comme un fantôme ; puis, quand je remarquai que son regard affectueux semblait implorer : « Je vous en prie, ça suffit ! » et que ses sourcils se soulevaient comme face à une question mystérieuse, je réalisai avec effroi que j'avais rapporté tout cela non pas pour qu'İpek accepte mon camarade, mais pour qu'elle m'accepte, moi.

Elle a dit : « Votre camarade m'aimait peut-être beaucoup. Mais pas au point, ne serait-ce qu'une fois, de revenir à Kars.

— Il était sous le coup d'une décision d'arrestation.

— Ça, ce n'était pas important. Il se serait présenté au tribunal, aurait témoigné, rien ne lui serait arrivé. Ne vous méprenez pas, il a bien fait de ne pas venir, mais Lazuli, lui, était venu de nombreuses fois en secret me voir à Kars, alors même qu'il était sur le coup d'un ordre d'exécution depuis des années. »

Au moment où elle a dit « Lazuli », j'ai vu poindre une flamme dans ses yeux azur et son visage s'attrister ; j'en ai été tout retourné.

Et sur un ton de consolation, elle m'a dit : « Mais ce n'est pas du tribunal que votre ami avait peur. Il a bien compris que j'étais au courant de son impardonnable faute et que, pour cette raison, je ne viendrais pas à la gare.

— Vous n'avez jamais eu la preuve de cette faute.

— Je comprends très bien qu'à cause de lui vous éprouviez de la culpabilité », a-t-elle dit avec intelligence, puis, pour signifier que notre entrevue touchait à sa fin, elle a remis ses cigarettes et son briquet dans son sac. Avec intelligence : parce que ces mots à peine prononcés, j'avais saisi, accablé par un sentiment de défaite, qu'elle savait que ce n'était pas de Ka que j'étais jaloux, mais de Lazuli. Cependant, je me suis résolu ensuite à penser qu'İpek n'avait pas fait allusion à ça et que j'étais seulement victime d'un défaitisme excessif. Elle se leva, elle était élancée, tout était beau en elle, puis elle enfila son manteau.

Mon esprit était totalement confus. « On va se revoir ce soir, n'est-ce pas ? » lui demandai-je avec anxiété. Parole totalement inutile.

« Bien sûr, mon père vous attend », a-t-elle répondu avant de s'éloigner de sa douce démarche si caractéristique.

Sa conviction instinctive que Ka était coupable m'a fait de la peine. Mais je me trompais moi-même. En fait, mes intentions étaient claires : parler tout tendrement de Ka, en convoquant le discours de l'ami très cher assassiné, mettre au jour tout doucement ses faiblesses, ses obsessions et sa « faute », et ainsi, exploitant son vénéré souvenir, prendre sa place auprès d'İpek pour entreprendre de voguer en sa compagnie. Le rêve que j'avais caressé la première nuit, ramener İpek avec moi à Istanbul, me paraissait à présent très lointain et j'étais plutôt stimulé par la profonde envie de prouver que mon ami n'était pas coupable. Dans quelle mesure cela signifiait-il que, de ces deux morts, ce n'était pas Ka mais Lazuli que je jalousais ?

Marcher dans les rues enneigées de Kars à la tombée de la nuit me rendit encore plus triste. La Télévision de la ville-frontière avait déménagé dans un nouvel immeuble, face à la station-service de l'avenue Karadağ. Les habitants de Kars considéraient cet immeuble de bureaux de deux étages comme un indice de développement ; mais, en l'espace de deux ans, l'atmosphère polluée, boueuse, obscure et viciée de la ville avait déjà par trop affecté les couloirs du bâtiment.

Fazıl m'accueillit avec entrain dans le studio du premier étage ; après m'avoir présenté une à une les personnes qui travaillaient à la télévision, il déclara, toujours positif : « Les collègues souhaitent une petite interview pour les informations de ce soir. » Je pensai alors que cela pourrait faciliter mes affaires à Kars. Durant les cinq minutes de l'enregistrement, Hakan Özge, le présentateur des programmes pour la jeunesse qui menait l'interview, me dit soudain, sans doute parce que Fazıl lui en avait parlé : « Il paraît que vous écrivez un roman qui se passe à Kars » ; déstabilisé par l'allusion, j'ai marmonné quelques mots pour toute réponse et nous ne dîmes pas un mot au sujet de Ka.

Nous entrâmes dans le bureau du directeur, et trouvâmes, grâce aux dates figurant sur les cassettes vidéo, stockées conformément à la loi sur des rayons aux murs, l'enregistrement des deux premières émissions réalisées en direct du Théâtre de la Nation. Puis je m'installai devant un vieux poste de télévision dans une pièce exiguë et mal aérée, pour regarder d'abord, tout en buvant du thé, *Tragédie à Kars*, où Kadife apparaît sur scène. J'éprouvai une certaine admiration pour les « flashs critiques » de Sunay Zaim et Funda Eser et pour leur façon de se moquer de certains clips publicitaires qui avaient été très appréciés quatre ans auparavant. Je regardai attentivement, revenant en arrière à plusieurs reprises, la scène où Kadife se dévoile puis montre ses beaux cheveux juste avant d'abattre Sunay. La mort de Sunay semblait vraiment faire partie intégrante de la pièce. Hormis ceux des premiers rangs, il était impossible pour les spectateurs de voir si le chargeur était vide ou non.

En visionnant l'autre cassette, je compris d'abord que dans *La Patrie ou le Voile* d'assez nombreuses saynètes, des imitations, les aventures du gardien de but Vural, ou encore les danses du ventre de la charmante Funda Eser étaient des divertissements que la troupe de théâtre réitérait à chaque pièce. Les échanges de cris dans la salle, les slogans proférés et le brouhaha avaient rendu sur cet enregistrement déjà ancien les dialogues plutôt incompréhensibles. Mais malgré tout, en écoutant la bande rembobinée un nombre incalculable de fois, je notai sur un papier une partie du grand poème que Ka avait lu et auquel il donnerait par la suite pour titre « Le lieu dont Dieu est absent ». Alors que Fazıl demandait pourquoi donc, au moment où Ka faisait la lecture de son poème, Necip s'était levé pour dire quelque chose, je lui donnai le poème pour qu'il lût au moins ce que j'avais pu retranscrire.

Nous regardâmes deux fois les soldats tirer sur les spectateurs.

« Tu as déjà beaucoup parcouru Kars, dit Fazıl. Mais maintenant j'aimerais à mon tour te montrer un endroit. » D'un air légèrement honteux mais aussi un peu mystérieux, il me dit qu'il souhaitait me montrer les dortoirs du lycée, maintenant fermé, où Necip avait passé les dernières années de sa vie, au cas où je voudrais le mettre dans mon roman.

Tandis que nous marchions sous la neige dans l'avenue Gazi-Ahmet-Muhtar, je vis un chien noir avec une tache blanche toute ronde sur la tête et réalisai qu'il s'agissait du chien sur lequel Ka avait écrit un poème ; j'achetai du pain et un œuf dur chez un épicier, j'épluchai l'œuf et donnai le tout à l'animal qui agita sa queue en tire-bouchon de contentement.

Voyant que le chien ne nous lâchait pas les basques, Fazıl déclara : « C'est le chien de la gare. Peut-être que je ne te l'ai pas dit avant pour que tu ne sois pas tenté de le prendre avec nous. » L'ancien dortoir était vide. « Il a été fermé juste après la nuit du putsch au motif que c'était un nid de terroristes et de religieux réactionnaires. Depuis, il n'y a personne dedans, c'est pour ça que j'ai pris cette lanterne. » Dès qu'il l'alluma, les yeux tristes du chien noir qui nous suivait toujours s'embrasèrent et l'animal agita la queue. La porte du jardin de l'ancien dortoir était fermée à clé ; autrefois, ç'avait été d'abord un *konak* arménien, et ensuite un bâtiment officiel, où un consul de Russie avait vécu avec son chien. Fazıl me prit la main pour m'aider à franchir le muret. Il pénétra avec agilité par une haute fenêtre à la vitre cassée, qu'il me montra en précisant : « La nuit, on se faisait la belle par là » ; puis, éclairant de sa lanterne tout autour, il me hissa à l'intérieur. « N'aie pas peur, mis à part les oiseaux, il n'y a personne », dit-il. L'intérieur du bâtiment, dont les vitres ne laissaient pas passer la lumière tant elles étaient sales et givrées et dont certaines fenêtres avaient été occultées par des planches, était profondément obscur. Pourtant Fazıl montait les escaliers avec une aisance qui prouvait qu'il était déjà venu là auparavant et éclairait le chemin loin devant moi, tenant sa lampe à la façon des ouvreuses de cinéma. Ça sentait la poussière et le moisi. Nous franchîmes des portes cassées, héritage de la nuit du putsch, et, prêtant attention aux impacts de balles sur les murs, aux angles des hauts plafonds de l'étage supérieur, ainsi qu'aux battements d'ailes inquiets des pigeons qui avaient fait leurs nids dans les coudes du tuyau de poêle, nous marchâmes entre les lits superposés en fer rouillé, vides. « Ça, c'était le mien, et celui-là celui de Necip, dit Fazıl en montrant deux lits côte à côte des rangées supérieures. La nuit, pour ne pas réveiller les camarades par nos murmures, on se mettait parfois dans le même lit et on discutait en regardant le ciel. »

Par le trou d'une vitre cassée au-dessus, à la lumière d'un lampadaire, on apercevait d'énormes flocons de neige qui tombaient lourdement. Plein de respect, je regardai avec attention.

Plus tard, indiquant un boyau en bas, Fazıl dit : « Ça, eh bien, c'était le paysage qu'on voyait du lit de Necip. » J'aperçus un passage qu'on ne saurait qualifier de rue, de deux mètres de large, coincé entre le mur latéral aveugle du bâtiment de la Banque de l'Agriculture qui bordait le jardin à l'extérieur et le mur aveugle d'un autre immeuble élevé. Du premier étage de la banque une lumière d'un violet fluo frappait le sol boueux. Un panneau, avec « Entrée interdite » écrit en rouge avait été placé au milieu pour qu'on ne prenne pas le passage pour une rue. Au bout de la rue dont Fazıl dit, s'inspirant de Necip, que c'était la « fin de ce monde », il y avait un arbre exfolié et sombre et, au moment même où nous le regardions, il devint subitement tout rouge, comme embrasé. « L'enseigne rouge Palais de la photo Aydin est cassée depuis sept ans, murmura Fazıl. La lumière rouge s'allume puis s'éteint de temps en temps et, chaque fois que l'on regarde l'arbre là-bas du lit de Necip, on a l'impression qu'il prend feu. Necip, parfois, plongé dans ses rêves, regardait ce paysage jusqu'au petit matin. Il avait donné à ce qu'il voyait le nom de "ce monde" et, parfois, au petit matin d'une nuit sans sommeil, il me disait : "J'ai regardé ce monde toute la nuit!" Cela signifie qu'il en a parlé à Ka, ton ami poète, et que celui-ci l'a mis dans son poème. Comme j'ai compris ça en regardant les cassettes, je t'ai amené ici. Mais que ton ami ait intitulé son poème "Le lieu dont Dieu est absent" est un manque de respect pour Necip.

— C'est le défunt Necip qui a parlé à Ka du paysage qu'on voit en lui disant : "Le lieu dont Dieu est absent", lui dis-je. Ça, j'en suis sûr.

— Je ne crois pas que Necip soit mort athée, dit Fazıl avec mesure. Il n'avait en l'occurrence que des doutes. »

Je demandai : « Est-ce que tu sens encore en toi la voix de Necip? Et tout ça, est-ce que ça n'éveille jamais en toi, comme pour l'homme de l'histoire, la peur de devenir athée tout doucement? »

Que je sois si bien au courant des doutes dont Necip avait fait part à Ka quatre ans auparavant ne plut pas à Fazıl. « Moi, maintenant, je suis marié, j'ai un enfant, dit-il. Je ne m'intéresse plus à ces questions comme avant. » Il regretta aussitôt de se comporter vis-à-vis de moi comme si j'étais un Occidental et que je cherchais à l'attirer vers l'athéisme. «Nous en parlerons plus tard, dit-il d'une voix douce. Mon beau-père nous attend pour manger, il ne faudrait pas être en retard, n'est-ce pas?»

Avant de descendre, il me montra encore une table dans le coin de la grande pièce qui servait jadis de bureau au consul de Russie, des morceaux de bouteille de *rakı*, des chaises. « Z. Demirkol et l'Équipe spéciale sont restés encore ici quelques jours après la réouverture des routes, et ils ont continué à tuer des nationalistes kurdes et des islamistes. »

Ce détail, que j'avais réussi à oublier jusque-là, me fit froid dans le dos. Je n'ai pas du tout voulu penser aux dernières heures de Ka à Kars.

Le chien couleur charbon qui nous attendait à la porte du jardin se colla à nos basques.

«Tu es devenu bien grave, dit Fazıl. Pourquoi donc?

— Avant le repas, peux-tu passer dans ma chambre? Je te donnerai quelque chose.»

En récupérant ma clé des mains de Cavit, j'aperçus par la porte ouverte de l'appartement de Turgut Bey l'intérieur tout lumineux et la table préparée, j'entendis les conversations des invités et devinai qu'İpek était là. Dans ma valise se trouvaient les photocopies que Ka avait fait faire à Kars des lettres d'amour que Necip avait écrites à Kadife; une fois dans la chambre, je les donnai à Fazıl. Je me dirais bien plus tard que j'avais fait cela parce que je souhaitais qu'il fût dérangé par le fantôme de son camarade mort autant que j'étais hanté par Ka.

Alors que Fazıl lisait ces lettres, assis sur le bord de mon lit, je sortis de ma valise un des cahiers de Ka et regardai une fois de plus l'étoile de neige que j'avais vue pour la première fois à Francfort. J'aperçus alors de mes propres yeux ce que mon inconscient savait : Ka avait disposé le poème intitulé « Le lieu dont Dieu est absent » juste au-dessus de la branche Mémoire. Cela signifiait qu'il s'était rendu dans le dortoir vide utilisé par Z. Demirkol, qu'il avait regardé par la fenêtre de Necip et avait découvert la véritable source du « paysage » de son ami avant de quitter Kars. En effet, les poèmes disposés autour de la branche Mémoire évoquaient seulement ses propres souvenirs de Kars ou son enfance. Par conséquent, j'étais sûr de ce que tout Kars savait, autrement dit n'arrivant pas à convaincre Kadife au Théâtre de la Nation, et ayant enfermé İpek à clé dans sa chambre d'hôtel, mon camarade s'était rendu au dortoir, où l'attendait Z. Demirkol, pour lui dire où se trouvait Lazuli.

Sur mon visage s'installa alors une expression qui valait bien celle, bouleversée, de Fazıl. D'en bas montaient les conversations à demi audibles des invités et les bruits de la rue, les soupirs de la ville. Fazıl et moi-même nous nous sommes alors égarés en silence parmi nos souvenirs, habités par la présence invincible de nos prédécesseurs, plus passionnés, plus compliqués et plus authentiques que nous.

Je regardai par la fenêtre tomber la neige et je dis à Fazıl qu'il était maintenant temps d'aller manger. Fazıl partit le premier, dépité, comme s'il avait commis une faute. Étendu sur le lit, j'imaginai dans la douleur les pensées de Ka, quand il s'était rendu en marchant du Théâtre de la Nation au dortoir, comment, parlant avec Z. Demirkol, il avait évité son regard, comment il était monté dans la même voiture que les putschistes pour leur décrire une adresse inconnue, comment, en disant : « Voilà, c'est là », il avait montré de loin le bâtiment où Hande se cachait avec Lazuli. Dans la douleur ? Conscient que moi, « écrivain laborieux », je prenais un plaisir secret, très secret, à la chute de mon ami poète, révolté contre moi-même j'essayai de ne pas penser à tout cela.

En bas, à la soirée de Turgut Bey, à la vue de la beauté d'İpek mon état ne fit qu'empirer. Qu'il me soit permis de passer rapidement sur cette longue soirée où Recai Bey, le directeur de l'Administration du téléphone, homme cultivé, friand de livres et surtout de mémoires, le journaliste Serdar Bey, Turgut Bey, tous se comportèrent très aimablement avec moi, mais où je dépassai les bornes avec l'alcool. Chaque fois que je regardais İpek assise en face de moi, quelque chose se brisait en moi. Je vis le reportage fait sur moi passer aux informations et j'eus honte de mes gesticulations nerveuses. J'enregistrai cependant sur le petit appareil que j'avais tout le temps sur moi à Kars, tel un journaliste endormi qui ne croit pas à son travail, mes conversations avec les maîtres de maison et leurs hôtes, sur des sujets comme l'histoire de Kars, le journalisme à Kars et les souvenirs de la nuit du coup de force quatre ans auparavant. En mangeant la soupe aux lentilles de Zahide, je me sentis comme dans un vieux roman provincial des années 1940 ! Je me dis que la prison avait mûri et apaisé Kadife. Personne ne parlait de Ka ni même de sa mort ; et cela ne faisait qu'achever de me mettre en lambeaux. Kadife et İpek, un moment, partirent s'occuper du petit Ömercan, qui dormait dans une chambre. Moi, j'aurais bien voulu les suivre, mais votre auteur, dont on disait qu'il avait bu « comme les artistes », était ivre au point de ne pas tenir debout.

Il y a toutefois un épisode de cette soirée dont je me souviens très bien. À une heure très avancée, je dis à İpek que je voulais voir la chambre 203, où avait dormi Ka. Tout le monde se tut et se tourna vers nous.

« D'accord, dit İpek, allons-y. »

Elle prit la clé à la réception. Je montai derrière elle. Chambre ouverte. Rideaux, fenêtre, neige. Odeur de sommeil, de savon, légère odeur de poussière aussi. Froid. Tandis qu'İpek m'examinait avec soupçon et bonté, je m'assis sur le bord du lit où mon ami avait passé, à faire l'amour avec elle, les plus belles heures de sa vie. Là, dois-je mourir, faire une déclaration d'amour à İpek ou regarder par la fenêtre ? Tout le monde, oui, nous attendait à table. Je parvins à faire sourire İpek avec une ou deux bêtises destinées à l'amuser. À un moment, après qu'elle m'eut souri tout doucement, je lui dis ces mots honteux dont je me rappelai, en les prononçant, que je les avais préparés à l'avance.

« Dans la vie hormis l'amour rien ne procurait du bonheur à l'être humain ni les romans qu'il écrivait ni les villes qu'il voyait Je suis très seul dans la vie Si je vous disais que je veux vivre ici dans cette ville à vos côtés jusqu'à la fin de ma vie Qu'est-ce que vous me diriez ?

— Enfin, monsieur Orhan, dit İpek. J'ai beaucoup souhaité aimer Muhtar, ça n'a pas marché ; j'ai beaucoup aimé Lazuli, ça n'a pas marché ; j'ai cru que je pouvais aimer Ka, ça n'a pas marché ; je voulais très fort avoir un enfant à moi, ça n'a pas marché. Après ça, je ne pense pas que je puisse aimer d'amour qui que ce soit. Maintenant je souhaite seulement m'occuper de mon neveu Ömercan. Je vous remercie, mais de toute façon vous non plus vous n'êtes pas sérieux. »

Je la remerciai beaucoup d'avoir dit pour la première fois « Ka » et non pas « votre ami ». Est-ce que nous pouvions à nouveau nous rencontrer à la pâtisserie Yeni Hayat le lendemain au moment du déjeuner, juste pour parler de Ka ?

Malheureusement elle était prise. Mais en bonne maîtresse de maison, pour ne pas me faire de peine, elle promettait de me saluer le lendemain soir à la gare, accompagnée de tous les autres.

Je la remerciai infiniment, lui avouai ne pas avoir la force de retourner à table (en plus je craignais de me mettre à pleurer), puis, me jetant sur le lit, je m'assoupis aussitôt.

Le matin, à l'insu de tous, je sortis me promener dans la ville, d'abord en compagnie de Muhtar et ensuite en compagnie de Serdar Bey et de Fazıl. Mon apparition aux informations télévisées la veille au soir ayant, ne fût-ce qu'un peu, rassuré les habitants de Kars, je collectai toute une série de détails nécessaires pour la fin de mon histoire. Muhtar me présenta au propriétaire du premier journal islamiste de Kars, *La Lance*, qui tirait à soixante-quinze exemplaires, et à son principal fournisseur en textes, un pharmacien à la retraite, arrivé un peu en retard au comité de rédaction. Peu après avoir appris d'eux que le mouvement islamiste avait connu à Kars un recul du fait des mesures antidémocratiques et que d'ailleurs le lycée de prédicateurs n'était plus aussi couru qu'avant, je me souvins que Necip et Fazıl avaient planifié de tuer ce vieux pharmacien au motif qu'il avait embrassé deux fois Necip d'une façon bizarre. Le propriétaire de l'hôtel Şen, qui dénonçait ses clients à Sunay Zaim, écrivait maintenant dans le même journal et, dès qu'on commença à aborder les événements passés, il me rappela un détail que j'avais presque oublié : la personne qui avait tué quatre ans plus tôt le directeur de l'École normale, Dieu merci, n'était pas de Kars. L'identité de cet employé d'une *kıraathane* de Tokat, outre les enregistrements réalisés pendant le crime, avait été établie par les analyses balistiques effectuées à Ankara parce qu'un autre crime y avait été commis avec la même arme et que le propriétaire de l'arme avait été arrêté. L'homme, qui avait avoué que Lazuli l'avait fait venir à Kars, avait bénéficié lors de son procès d'un rapport médical concluant au déséquilibre mental, puis était resté trois ans à l'hôpital psychiatrique de Bakırköy, en était sorti, avait ouvert par la suite le Café Şen de Tokat à Istanbul, où il s'était installé et était enfin devenu un éditorialiste défenseur des droits des filles à foulard dans le journal *Le Serment*. Même si la résistance des filles voilées, brisée par l'acte « théâtral » de Kadife, paraissait sur le point de recommencer, en raison de l'expulsion de l'école des filles attachées à cette cause ou bien en raison de leur départ vers des universités d'autres villes, ce mouvement n'était désormais plus à Kars aussi fort qu'à Istanbul. La famille de Hande refusa de me parler. Le pompier à la voix mâle, dont on avait tant apprécié les chansons sur le putsch, était devenu la star de l'émission hebdomadaire « Nos chansons de la frontière » à la Télévision de la ville-frontière. Son ami proche, un des adeptes de Sa Majesté le cheikh Saadettin, portier mélomane de l'hôpital de Kars, l'accompagnait au *saz* rythmique et enregistrait tous les mardis soir l'émission du vendredi. Le journaliste Serdar Bey me présenta au petit qui était monté sur scène la nuit de l'insurrection. Le binoclard, à qui depuis ce jour son père avait interdit de jouer même dans les représentations théâtrales scolaires, était devenu un gaillard bon à marier et continuait à distribuer le journal. Grâce à lui, j'ai pu apprendre ce que font les socialistes de Kars qui lisent les journaux publiés à Istanbul : ils éprouvent encore, avec les islamistes, un respect sincère pour les nationalistes kurdes qui se battent à mort contre l'État et, hormis écrire des déclarations que personne ne lisait ou se vanter d'actes héroïques et sacrificiels de leur passé, ils ne pouvaient pas faire grand-chose d'efficace. L'aspiration à voir surgir un héros prêt au sacrifice qui nous sauverait tous du chômage, de la pauvreté, de la corruption et de la criminalité sommeillait en chacun de mes interlocuteurs et, parce que je suis un romancier un peu connu, toute la ville m'appréciait, mais elle me jugeait à l'aune de cet homme fantasmé qui viendrait un jour et me faisait sentir qu'elle n'aimait pas toute une série de mes défauts sur lesquels, par habitude, je ne m'arrêtais plus à Istanbul, à savoir ma distraction, ma dispersion, mon côté obsédé par mes propres affaires et par mon récit, ni mon empressement. Invité chez le tailleur Maruf, qui m'avait raconté dans la *kıraathane* L'Union l'histoire de toute sa vie, je fis la connaissance de ses neveux, et je dus boire de l'alcool, tout faire pour rester deux jours de plus à Kars afin d'assister à la conférence organisée par les jeunes atatürquistes le mercredi soir, fumer toutes les cigarettes qu'on m'offrait par amitié et boire tous les thés (et je le fis en grande partie). Le camarade d'armée du père de Fazil, un natif de Varto, me raconta qu'en quatre ans un grand nombre de nationalistes kurdes avaient été soit tués, soit flanqués en prison : personne à présent ne s'engageait dans la guérilla, aucun des jeunes Kurdes venus à la réunion de l'hôtel Asya n'était encore dans la ville. Le neveu joueur et mignon de Zahide m'introduisit dans la foule des combats de coqs du dimanche et je bus d'un trait, avec plaisir, un *rakı* servi dans un verre à thé.

Le soir tomba. Sans être vu de personne, bien avant l'heure de mon train, je rentrai dans ma chambre pour préparer mon départ de l'hôtel, en marchant lourdement, tout seul sous la neige comme un voyageur malheureux, puis je fis ma valise. En sortant par la porte de la cuisine je croisai l'indic Saffet, à qui Zahide donnait encore tous les soirs de la soupe. Il était maintenant à la retraite, il me connaissait parce qu'il m'avait vu la veille à la télévision, il avait des choses à me raconter. Une fois assis dans la *kıraathane* L'Union, il m'expliqua que, malgré sa retraite, il continuait de travailler à la tâche pour l'État. Un indic ne peut jamais prendre sa retraite à Kars ; il me dit en souriant et avec honnêteté qu'il pourrait gagner deux ou trois sous si je lui donnais des informations à même d'exciter les interrogations des services des Renseignements de la ville sur les raisons de ma venue jusqu'ici, aspect qui les intéressait beaucoup.

En hésitant, je lui parlai de Ka, je lui rappelai qu'il avait filé un moment mon ami, quatre ans auparavant, et je lui demandai comment ça s'était passé.

Il répondit : « C'était un homme très bon qui aimait les hommes, les chiens. Mais il avait la tête en Allemagne, il était très renfermé. Aujourd'hui, ici, personne ne l'aime. »

Nous nous tûmes un long moment. Je me dis qu'il avait peut-être des informations et lui demandai ce qu'était devenu Lazuli. J'appris que, comme j'étais venu, moi, pour Ka, l'an passé des gens étaient revenus d'Istanbul pour savoir ce que Lazuli était devenu. Saffet me raconta que ces jeunes islamistes, ennemis de l'État, avaient beaucoup bataillé pour trouver la tombe de Lazuli : ils étaient rentrés bredouilles ; en effet, selon toute probabilité, pour que sa tombe ne devînt pas un lieu de pèlerinage, sa dépouille avait été jetée d'un avion dans la mer. Fazıl s'assit à notre table et raconta qu'il avait effectivement entendu la même histoire de ses anciens camarades, que ces jeunes islamistes se rappelaient l' « hégire » de Lazuli, autrefois, que, en fuite en Allemagne, ils avaient fondé un groupe islamiste à l'audience croissante à Berlin, et qu'ils avaient écrit dans le premier numéro de la revue *Hégire* publiée en Allemagne leur intention de venger la mort de Lazuli. Nous avons alors supposé que c'était eux qui avaient tué Ka. Imaginant un moment que l'unique manuscrit du livre de poésie de mon ami, intitulé *Neige*, était à Berlin entre les mains d'un de ces hégiriens partisans de Lazuli, je regardai la neige dehors.

Un autre policier vint alors nous rejoindre et m'assura que toutes les rumeurs qui circulaient à ce sujet étaient mensongères. « Moi je n'ai pas le regard métallique ! » dit-il. Je ne savais pas ce que signifiait ce « regard métallique ». Il avait passionnément aimé la défunte Teslime Hanım et si elle ne s'était pas suicidée il se serait à coup sûr marié avec elle. Je me souvins alors que c'était Saffet qui avait confisqué la carte d'étudiant de Fazıl quatre ans auparavant à la bibliothèque. Ils avaient sans doute oublié depuis longtemps cet incident mentionné par Ka dans son cahier.

Au moment où je sortais avec Fazıl dans la rue sous la neige, deux policiers, sous le coup d'une impulsion dont je ne suis pas parvenu à savoir si c'était de l'amitié ou de la curiosité professionnelle, se mirent à marcher en notre compagnie et à se plaindre de la vie et de sa vacuité, des souffrances amoureuses et de la vieillesse. Aucun des deux ne portait de couvre-chef et les flocons de neige tenaient sans fondre sur leurs cheveux blancs et clairsemés. À la question que je posai de savoir si en quatre ans la ville s'était davantage vidée et appauvrie, Fazıl répondit que ces dernières années tout le monde regardait toujours plus la télévision, que même si les chômeurs continuaient à fréquenter les maisons de thé, assis chez eux ils regardaient gratuitement, grâce à l'antenne parabolique, les films de la terre entière. La seule nouveauté dans le tissu urbain était donc que chacun, une fois l'argent nécessaire accumulé, avait accroché une de ces paraboles blanches de la taille d'une marmite à un coin de sa fenêtre.

Ayant chacun acheté à la pâtisserie Yeni Hayat un de ces extraordinaires *çörek* aux noix en forme de croissant qui avaient coûté la vie au directeur de l'École normale, nous décidâmes que cela constituerait notre dîner. Après que les policiers qui avaient compris que nous nous rendions à la gare nous eurent quittés, longeant les rideaux abaissés, les maisons de thé vides, les bâtisses arméniennes abandonnées et les lumières des vitrines givrées, passant sous des châtaigniers et des peupliers aux branches couvertes de neige, nous marchâmes dans les rues tristes qu'éclairaient quelques rares néons, accompagnés par le bruit de nos pas. Comme il n'y avait plus de policiers à nos trousses, nous prîmes des rues de traverse. La neige, qui avait un moment fait mine de s'arrêter, reprit de plus belle. Il n'y avait pas l'ombre d'un individu dehors et la perspective de quitter Kars commençait à me travailler douloureusement : je ressentis alors une culpabilité comme si je m'en allais en laissant Fazıl tout seul dans la ville déserte. Au loin, un moineau fusa du rideau de tulle que formaient deux eléanes totalement entremêlés avec leurs branches mortes auxquelles pendaient des stalactites, puis il nous passa au-dessus de la tête, parmi les énormes flocons de neige tombant si lourdement. Les rues couvertes d'une neige toute neuve et toute douce étaient tellement silencieuses que nous ne percevions rien d'autre que le bruit de nos pas et de notre respiration, de plus en plus pénible. Dans une rue où les boutiques et les maisons étaient alignées des deux côtés, ce silence donnait l'impression d'être celui d'un rêve.

Soudain je m'arrêtai et suivis jusqu'à ce qu'il touche terre un flocon de neige qui avait attiré mon attention quelque part dans les airs. Au même moment, Fazıl me signala à l'entrée de la *çayhane* Nurol une affiche défraîchie, demeurée au même endroit depuis quatre ans parce qu'elle avait été collée en hauteur :

L'ÊTRE HUMAIN EST UN CHEF-D'ŒUVRE DE DIEU

et

LE SUICIDE EST UNE INSULTE

« Comme les policiers fréquentent cette *çayhane*, personne n'a osé toucher à cette affiche ! dit Fazıl.

— Est-ce que tu te sens un chef-d'œuvre ? demandai-je.

— Non. Il n'y avait que Necip qui était un chef-d'œuvre. Après que Dieu l'a rappelé à Lui, je me suis éloigné et de la peur de l'athéisme qui m'habitait et de la passion d'aimer encore plus Dieu. Que Dieu me pardonne désormais. »

Nous marchâmes jusqu'à la gare sans dire un mot parmi les flocons immobilisés, comme suspendus en l'air. Le beau bâtiment en pierre de la gare, avec cette structure caractéristique des débuts de la République dont je parle dans *Le Livre noir*, avait été détruit et remplacé par une horreur en béton. Muhtar et le chien couleur charbon nous attendaient. Dix minutes avant le départ du train, le journaliste Serdar Bey vint lui aussi et, après m'avoir donné de vieux numéros de la *Gazette de la ville-frontière* où il est question de Ka, il me demanda expressément de parler dans mon livre de Kars et de ses peines sans dire du mal de la ville et de ses gens. En voyant le cadeau du journaliste, Muhtar, à son tour, me fourra dans la main, comme on passe des produits douteux à l'intérieur d'un sac plastique, une bouteille d'eau de Cologne, une petite portion de *kaşar* de Kars et un exemplaire signé de son premier recueil de poésies imprimé à Erzurum à compte d'auteur. J'achetai alors pour le chien couleur charbon évoqué dans un poème de mon ami un sandwich et, pour moi, un billet. Alors que je donnais à manger au chien, qui agitait familièrement sa queue en tire-bouchon, Turgut Bey et Kadife arrivèrent en courant. Ils avaient appris mon départ au dernier moment par Zahide. Nous parlâmes par phrases brèves du billet, de la route et de la neige. Turgut Bey me tendit avec honte la nouvelle édition d'un roman de Tourgueniev (*Premier Amour*) qu'il avait traduit du français lors de ses années de prison. Je fis quelques caresses à Ömercan, qui était blotti contre le sein de Kadife. Les flocons tombaient sur la frange de ses cheveux couverts d'un chic foulard d'Istanbul ayant appartenu à sa mère. Redoutant de regarder plus longtemps au fond des beaux yeux de sa femme, je me tournai vers Fazıl et lui demandai ce qu'il voudrait dire au lecteur si jamais j'écrivais un jour un roman se déroulant à Kars.

« Rien du tout », répondit-il, décidé.

Voyant que ça me faisait de la peine, il se montra plus délicat : « J'ai bien quelque chose en tête, mais ça ne va pas vous plaire... Si vous me mettez dans un roman qui se passe à Kars, je souhaiterais dire au lecteur de ne rien croire de ce que vous écrivez à mon ou à notre sujet. Personne ne peut nous comprendre de loin.

— Personne ne croira à un tel roman, d'ailleurs.

— Si, ils y croiront, dit-il, emporté. Pour se considérer eux-mêmes comme intelligents, supérieurs et humains, ils vont désirer nous croire ridicules et aimables, et, de ce point de vue sur notre situation, dans cet état d'esprit, ils pourraient éprouver de l'amour pour nous. Mais si vous transcrivez mes paroles, un soupçon va demeurer en eux. »

Je promis de transcrire ses paroles dans mon roman.

Comme je regardais la porte d'entrée de la gare, Kadife, un instant, se mêla de la conversation. « Il paraît que vous avez une jolie petite fille qui s'appelle Rüya, dit-elle. Ma grande sœur n'a pas pu venir, mais elle a souhaité que je transmette ses amitiés à votre fille. Quant à moi, je vous ai apporté ce souvenir de ma carrière théâtrale avortée. » Elle me donna une petite photo qui la représentait en compagnie de Sunay Zaim sur la scène du Théâtre de la Nation.

Le chef de gare siffla. J'étais probablement le seul à monter dans le train. Je les serrai tous dans mes bras, un à un. Fazıl, au dernier moment, me glissa dans la main un sac froissé qui contenait des copies de cassettes vidéo et le stylo-bille de Necip.

Les mains pleines de paquets cadeaux, je montai avec difficulté dans le wagon, alors que le train était déjà en marche. Tous plantés là, sur le quai, ils me saluaient de la main, et moi, penché par la fenêtre, je les saluais aussi. J'aperçus au dernier moment le chien couleur charbon, sa grosse langue rosâtre à l'air, s'amuser à courir à mes côtés tout le long du quai. Ensuite, tous disparurent dans la neige qui tombait de plus en plus dru, à gros flocons.

Je m'installai et, en regardant entre les flocons de neige les lumières orangées des dernières maisons visibles des faubourgs, les petites pièces de bric et de broc avec la télévision allumée, les fumées fines, fluettes et frêles s'échapper des cheminées basses des toits couverts de neige, je me mis à pleurer.

Avril 1999 - décembre 2001

POÈMES VENUS À L'ESPRIT DE KA
À KARS PAR ORDRE D'AVÈNEMENT

LISTE DES POÈMES SELON LEUR PLACE
SUR LE FLOCON DE NEIGE

DU MÊME AUTEUR

COLLECTION FOLIO